POMNIK
CESARZOWEJ
ACHAI

D1337836

fabryka słów
WYDAWNICTWO

ANDRZEJ ZIEMIAŃSKI

POMNIK CESARZOWEJ ACHAI

TOM II

ILUSTRACJE
Dominik Broniek

fabryka słów

Lublin 2013

Rozdział I

Żagiel o niezwykłym kształcie został zauważony w Cesarsko-Książęcej Dostrzegalni mniej więcej w południe. Mistrz Roe zanotował pozycję statku względem wieży, a po dwudziestu modlitwach także jego kurs. Potem jednak, jakby nie wierząc własnym oczom, posłał po chłopca obdarzonego najbardziej bystrym wzrokiem.

Zdyszany pomocnik zjawił się dłuższą chwilę potem. Musiał pokonywać skokami nie po dwa, ale po trzy stopnie naraz. A w dodatku schody Dostrzegalni należały do bardzo stromych, z chłopca ściekał pot.

– Na rozkaz, panie. – Rozpaczliwe próby uspokojenia oddechu przyniosły w końcu efekt.

– Patrz tam. – Mistrz ręką wskazał kierunek. – Powiedz mi, co widzisz.

Chłopak przysłonił dłonią oczy, usiłując jak najlepiej wypełnić niecodzienny rozkaz. Ma opisać, co widzi? Dziwne. Z reguły wykorzystywano go do obserwowania, czy nie pojawiają się pierwsze oznaki nadciągającej burzy, czasem do śledzenia rozbitków, ale nigdy do opisywania widoków. Nie zamierzał jednak dyskutować. Wytężył wzrok.

– To bardzo ciężki statek. Takiego układu żagli jeszczem nie widział.

– Jakie one są? – przerwał mu Roe. – Mów, co widzisz.

– Panie... – Chłopak zawahał się na chwilę. – Panie, nie jestem pewien, ale...

– Mów.

– Panie, one są ustawione do linii środka, o tak. – Klasnął, przesuwając jednocześnie dłoń po drugiej dłoni. Nie umiał powiedzieć: „W stanie spoczynku są ustawione równolegle do osi statku, pokrywają się z nią", ponieważ nie znał tych pojęć ani adekwatnych słów. Musiał pokazać gestem. Mistrz Roe jednak zrozumiał. Zrozumiał też, że takich żagli nie widział dotąd ani razu w swoim długim, poświęconym sprawom morza życiu. Po jaką zarazę komuś były potrzebne żagle zabudowane równolegle do osi? A jednak.

– Co jeszcze?

– One... on... – Chłopak westchnął ciężko. Miał najwyraźniej spore problemy z wysławianiem się. – Ten statek płynie pod wiatr!

Roe wzruszył ramionami. To oczywiste. Wiało od lądu, a obca jednostka zbliżała się coraz bardziej. Jak więc płynęła? Pod wiatr, do ciężkiej zarazy. Tylko niech ktoś wytłumaczy, po co płynącemu do portu sternikowi żagle, skoro mu w mordę wieje?

– Wyrażaj się jaśniej – zganił chłopca.

Ten nie miał pojęcia, co powiedzieć. W końcu zaryzykował.

– Oni nie mają wioseł.

Mistrza zatkało. Dłuższą chwilę walczył o odzyska-
nie oddechu.

– To jak płyną pod wiatr na samych żaglach? – zapytał, wymuszając na sobie spokój.

– Zwrot! – krzyknął nagle młody obserwator. – Właśnie zrobili zwrot! Płyną do nas zygzakiem.

Roe westchnął ciężko. Odnotował w kronice porto-
wej zmianę kursu tamtej jednostki. Dalej nie rozumiał
niczego. Odprawił chłopca, nie chcąc dłużej słuchać jego
okrzyków. Na starość w ogóle nie znosił przesadnego ha-
łasu. Praca na wieży Dostrzegalni była więc dla niego
ideałem, na który ciężko pracował przez całe życie. Teraz
zerknął na dół, na wielki, wspaniały port książęcy. Dzięki
młodemu wszyscy już tam pewnie wiedzieli o dziwnym
statku, który najwyraźniej zamierzał tu zawinąć. Nie miał
na to wpływu. Czuł jednak, że dotknie dzisiaj dziwnej zagadki, z którą to właśnie on będzie musiał sobie poradzić.

W porcie życie toczyło się normalnym rytmem. Dopiero przed zmierzchem ludzie odrywali się od swoich
zajęć, żeby zająć się obserwacją. Obcy statek był już widoczny w całej okazałości. Oczywiście dokerów, kupców,
zarządców handlowych i spekulantów nic to nie obchodziło. Ale kapitanowie, sternicy, szyprowie kutrów, oficerowie marynarki i wszyscy związani z życiem na morzu
gromadzili się, tworząc gęstniejący tłum. Każdy chciał
zobaczyć dziwoląga, który płynął pod wiatr.

– Ale cudo! – krzyknął ktoś uczepiony masztu syg-
nalizacyjnego. – Właśnie robi zwrot.

– E tam, cudo – odezwał się jeden z szyprów. – Widziałem już takie w Negger Bank.

– Tak? To powiedz, jakim sposobem on płynie na nas na samych żaglach? Co?

Szyper najwyraźniej kłamał, opowiadając o swoich doświadczeniach, bo nie potrafił udzielić odpowiedzi.

– Ależ wielki! – ekscytował się ktoś inny, usiłując się wspiąć na stertę towarów zgromadzonych tuż przy nabrzeżu. Zaraz zresztą wywiązała się kłótnia z kupcem o te towary. Nie jedyna. Przybywający ciągle ludzie mieli różne teorie na sposoby nawigacji zbliżającego się dziwadła, a także różne przypuszczenia co do jego przynależności państwowej. Sprzeczka goniła sprzeczkę. Napięcie rosło.

– Wywiesił banderę! – krzyknął ktoś o bystrzejszym wzroku od innych. – Opowiedział się!

– Jakby dwa pasy, biały i czerwony... – rozległy się komentarze.

– A pośrodku coś... jakby ptak?

– Na czerwonym polu. Ptak. Czyj to może być herb? Słyszał ktoś o takim?

– Jaki to ptak? Potwór chyba.

– Jest tu jakiś heraldyk? – donośny głos wybił się nad pozostałe. – Niech powie, czyj to herb: rozplaskany ptak na czerwonym polu, z żółtą plamą na łbie?

Heraldyka jednak w porcie nie było.

– Stanął! – wrzasnął nagle jeden z kapitanów. – Rzuca żagle i kotwicę!

Wszyscy pozostali wytężyli wzrok. Niebywałe! Obcy, przedziwny statek rzuca kotwicę daleko PRZED wejściem do portu. Niesłychane! Po co?! Dlaczego nie wpływa?

– Może ma głębokie zanurzenie? – odezwał się głos rozsądku starego, doświadczonego sternika. – I nie może tu wpłynąć? Albo po prostu nie zna głębokości portu i nie chce ryzykować?

– Brednie, bzdura! Nie wygląda na aż tak obciążony, żeby się przesadnie zanurzyć. Burty widać na sporą wysokość – szybko zakrzyczano jedynego człowieka, który ten dziw żeglarstwa usiłował wytłumaczyć racjonalnie.

Wszyscy wokół obserwowali małe sylwetki w jednolitych mundurach, które radziły sobie ze skomplikowanym olinowaniem statku. Komentowano fakt, że burty i pokład lśnią w promieniach chylącego się ku zachodowi słońca. Z czego są zrobione? Jakiej obróbce poddano drewno, że aż do oślepienia odbija światło? Widok był zupełnie nieprawdopodobny.

– No, szykujcie mi łódkę na jutro – krzyknął jakiś cieśla okrętowy. – Ja se chcę o brzasku obejrzeć te żagle z bliska.

– Ja też! Ja też! Płynę z tobą. – Chętnych na poranną podróż nie brakowało.

– Toż żagle będą zwinięte.

– Po rejach się zorientujemy, jak to robią. – Cieśla w fascynacji pocierał brodę. – A może jak z dobrym winem popłyniemy w dzbanach, to zaproszą na pokład i pozwolą popatrzeć dokładnie?

– E, toż tamci mundury mają, nie wolno im wpuszczać. Bo w ogóle to okręt wojenny, a nie statek jest.

– Patrzcie! – ostry okrzyk przerwał dyskusję.

Na pokładzie obcej jednostki pojawiła się nagle łódka. Tak, pojawiła się to najwłaściwsze określenie. Przedtem jej tam nie było. Dwóch ludzi chwyciło ją i wrzuciło do wody. Tłum na nabrzeżu zamarł. Jak to? Albo tych dwóch to siłacze, o jakich Bogowie nawet nie słyszeli, albo łódka jest nieprawdopodobnie wręcz lekka. A przecież nie może taka być, skoro za moment wsiadły do niej cztery osoby i do tylnej burty przymocowały coś niekształtnego, co z trudem na linach spuszczono im ze statku. To, co wszyscy widzieli, okazało się trudne do uwierzenia, ale najlepsze było jeszcze przed nimi. Łódź ruszyła nagle sama z siebie. Bez pomocy żadnych wioseł, nie mówiąc o żaglu. Sama z siebie. Po długiej chwili do obserwatorów na brzegu dotarł niesiony przez wodę warkot. O Bogowie! Łódź błyskawicznie rosła w oczach. Mniej odważni cofnęli się trochę, kiedy ciągnięta najwyraźniej przez demony łódka błyskawicznie wpływała do portu. Wewnątrz siedziało dwóch mężczyzn odzianych w nieskazitelną czerń, z idealnie białymi czapkami na głowie – znać w nich było wielkich panów. Obok znajdowała się ubrana w jakiś przedziwny strój czarownica z czarną opaską na głowie. Tym hałaśliwym czymś z tyłu zajmował się chyba zwykły marynarz, choć też w nieskazitelnej czerni, to jednak skromniej ubrany. Do obecnych w porcie dotarła właśnie fala smrodu albo skoncentrowanego nieznanego zapachu, która biła od hałaśliwego urządzenia. Warkot zresztą zaraz zmniejszył się znacznie, potem ucichł, a łódź wpłynęła dziobem na piaszczystą łachę, gdzie wyciągano rybackie łodzie i małe stateczki handlowe. Pasażerowie zeskoczyli na piach, ostatni sam jeden bez żadnego wysiłku wyciągnął łódkę na ląd. Niebywałe.

Z tłumu obserwatorów oderwało się kilka osób i pchanych ciekawością ruszyło w stronę przybyszów. Niepotrzebnie zresztą. Okazało się, że tamci doskonale znali miejscowe zwyczaje, bo skierowali się wprost do kapitanatu. Tłum rozstępował się przed nimi w ciszy.

Ich mundury budziły podziw, nikt dotąd nie widział tak drobnych i równych splotów nici tworzących materiał. Nikt dotąd nie czuł też zapachów, jakie tamci rozsiewali, idąc. Przypominały trochę zapach korzeni czy pachnideł z dalekich krajów, ale... No dobrze. Nic dziwnego, że pachniała młodziutka czarownica, w końcu to kobieta. Ale mężczyźni? I to tak intensywnie?

Na przywitanie gości z kapitanatu wyszedł sam mistrz Roe. Trudno się dziwić zresztą. Widok był niebywały. Obcy jednak wiedzieli, co robić. Obaj mężczyźni energicznie dotknęli palcami swoich czapek. Nie był to może regulaminowy salut, przybysze robili to po swojemu. Czarownica dygnęła lekko. Mistrz w odpowiedzi skłonił głowę.

– Komandor Krzysztof Tomaszewski, Marynarka Wojenna RP – przedstawił się najważniejszy z przyszów, a potem wskazał dłonią pozostałych. – Czarownica Kai, porucznik Leszek Siwecki.

– Witam. – Roe poczuł ulgę. Obcy mówił z wyszukanym, perfekcyjnym akcentem. Widać było, że jest człowiekiem kulturalnym, bywałym na dworach i w pałacach. Nie jest więc posłem jakiegoś barbarzyńskiego króla planującego napaść, tylko kimś na poziomie. Wróżyło to brak kłopotów. – Jestem mistrzem Cesarsko-Książęcej Dostrzegalni i administratorem portu.

– Chcielibyśmy wnieść opłaty portowe. Niestety, nie mamy waszych pieniędzy. Czy możemy zapłacić po prostu złotem?

Port był pełen lichwiarzy i spekulantów. Roe pstryknięciem palców wezwał najbliższego, w miarę uczciwego, o imieniu Ores.

– Przyjmiesz od państwa złoto i rozliczysz się z portem?

– Tak, mistrzu. – Ores, węsząc dobry interes, dosłownie rozpływał się w uśmiechach.

– Chcielibyśmy też postawić wartę przy naszej łodzi. Zostaniemy w mieście na noc.

– Oczywiście. – Ponowne pstryknięcie palców i Ores natychmiast krzyknął, że postawi czterech strażników. A to spekulant łapczywy! Wystarczyłby jeden strażnik na pokaz. Skoro łódź znalazła się pod opieką kapitanatu, to żaden złodziej i tak nie miałby do niej dostępu. Obcy jednak najwidoczniej nie liczyli się z wydatkami, bo nie zaprotestowali. Naiwni. Oskubią ich tu naciągacze oferujący usługi i dobra wszelakie.

– I ja mam prośbę – odezwała się czarownica.

– Tak, pani?

– Czy mógłbyś, szanowny mistrzu, zgłosić mój przyjazd w cechu? Bardzo by mi to życie ułatwiło. Mam na imię Kai, szkoła pustynna Danoine, misja specjalna.

Roe skłonił głowę, kryjąc uśmiech. Domyślał się, dlaczego dziewczyna sama nie chciała podejść do cechu czarowników. Pewnie musiałaby tam oddać czarną opaskę i część godności by jej ubyła. Usiłował się nie roześmiać, mówiąc:

– To dla mnie żaden kłopot, młoda pani. Zgłoszę twoje przybycie urzędowo. – Przeniósł wzrok na komandora. – Wielki panie, jaką nazwę twojego okrętu mam wpisać do kronik portowych?

– „Biegnąca z Bogami", mistrzu.

– Ooo...? – Roe popatrzył na młodego oficera z uznaniem. – Właściwa nazwa dla tak pięknej jednostki.

– Dziękuję. Ale to nie okręt, mistrzu. To jacht peł-nomorski.

Tym razem Roe ukłonił się w niemym podziwie nad niewyobrażalnym wręcz bogactwem nieznanego władcy, który przysłał tu swoich oficerów. Jacht tej wielkości? Dużo większy niż niejeden statek handlowy? Ciekawe, czy sama cesarzowa miała jacht porównywalnych rozmiarów.

– Piękny – odparł tylko. – Ores, zajmij się państwem i zaprowadź do miasta!

– Tak, mistrzu. – Spekulant zrozumiał, że to może być jeden z najpiękniejszych dni w jego życiu. Zgiął się w ukłonie i wskazał obcym drogę do wyjścia z portu.

Roe patrzył za nimi długo. Wokół właśnie gruchnęła wieść, że mimo postawionych czterech strażników komuś udało się dotknąć małej łodzi, która leżała niedaleko wyciągnięta na piach. Podobno jej burty były miękkie jak rybi pęcherz wypełniony powietrzem. Mistrz nie ekscytował się jednak plotkami. Pogłębione przez lata doświadczeń zebranych dzięki pracy w porcie przeczucie mówiło mu, że ta wizyta nie należy do zwykłych i nie skończy się jak zazwyczaj. Przybysze przedstawili się jako oficerowie marynarki wojennej. Nie wyglądało to jednak ani na wyprawę szpiegowską, ani poselską, ani, co zupełnie już oczywiste, kupiecką. Kogo więc reprezentowali? To było mniej istotne. Sądząc po niewidzianym tu nigdy systemie ożaglowania, pochodzili z tak daleka, że nazwa kraju pewnie nikomu tu nic by nie powiedziała. Ale najwyraźniej i ta myśl okazała się najgorsza, ich nie za bardzo interesowało, co dzieje się wokół. Kto się tak zachowuje? Kurtuazja, uprzejmość, szastanie pieniędzmi, lecz nie na pokaz, tylko tak... bez zwracania uwagi na drobiazgi. No kto się tak zachowuje? Przecież nie szpiedzy z rozbieganymi oczami, nie czujny zwiad wojskowy, nie posłowie każdym gestem podkreślający godność osoby, którą reprezentują. Tak robią... właściciele gospodarstwa. Ludzki pan chodzi sobie po swoich włościach i tak właśnie robi. Tu rzuci garść brązowych, tu z uprzejmością skłoni głowę służącemu, który dobrze wykonał swą powinność. Kulturalny, ludzki pan nie pluje kmiotom w twarz, on nie żałuje zapłaty. A ci tutaj, przybysze nie wiadomo skąd, tak właśnie się zachowywali. Jakby wszystko wokół od dawna było już ich własnością.

Roe wrócił do kapitanatu i skrupulatnie uzupełnił odpowiednie wpisy w kronikach portowych. A potem wydał kolejny niecodzienny dla niego rozkaz:

– Przynieście tu wina. Dużo!

– Podnieś głowę!

Dziewczyna leżąca wewnątrz niewielkiej transportowej klatki poruszyła się lekko. Jeden z konwojentów szturchnął ją swoją długą drewnianą pałką.

– Więzień! Wstać!

Odruchowo poprawiła na sobie łachmany. Potem podniosła się chwiejnie. Kiedy oparła dłoń o kratę, żeby sobie pomóc, dosięgnął jej nowy cios. Nie będzie sobie tu łap o kraty opierała, kurwa jedna. Jak jej chwiejno, to zaraz dostanie porządne oparcie. Już konwojenci o nią zadbają. Jeden ze strażników wsunął do środka gruby kij z zawieszonym na końcu sznurem. Opuścił pętlę na szyję dziewczyny i zadzierzgnął mocno.

– Ręce wystaw!

Dusząca się dziewczyna, chcąc uniknąć dalszego bólu, skwapliwie wysunęła dłonie przez kraty. Na obu nadgarstkach natychmiast zacisnęły się pętle. Po chwili mały, podręczny kołowrót bez trudu uniósł klatkę w górę, a oprawcy, nie narażając się na żadne już niebezpieczeństwo, mogli wejść do środka.

– Spętaj ją! – rozkazał konwojent młodszemu strażnikowi.

Ten przyklęknął szybko. Związał więźniowi obie nogi, ale tak, żeby mogła stawiać przynajmniej drobne kroczki. Sznur podciągnął jeszcze do góry i przymocował do skrępowanych dłoni. Teraz nie mogła już nawet teoretycznie nic im zrobić. Trzymali ją na pętli przymocowanej do kija niczym na wędce.

– Idź! – Ten, który trzymał drąg, szarpnął nim lekko. – I żadnych numerów, bo się sama powiesisz.

Dziewczyna najwyraźniej nie zamierzała robić żadnych numerów. Posłusznie dreptała, gdzie jej kazali. Podduszana walczyła o choć odrobinę oddechu.

– No jazda, jazda! – Konwojent był zbyt doświadczony, żeby szarpać tylko ze złośliwości. Nikt tu nie chciał śmierci więźniów. Ludzie wokół to zawodowcy, a nie sadyści. Dręczyli do upadłego, bo taka była procedura niepozwalająca więźniom nawet zipnąć, żeby nie mieli chęci pomyśleć choćby o próbie przeciwstawienia się konwojentom. Nie męczyli dla przyjemności.

Niewielkiej grupie udało się zejść do piwnic, pokonując wąskie schody z dość dużym trudem. Na szczęście pęta na nogach dziewczyny pozwalały na taki rozstaw nóg, żeby schodzić stopień za stopniem. Na dole jednak jej twarz zaczęła przybierać lekko siną barwę. Lecz na razie nikt nie zamierzał poluźnić pętli na szyi.

Zza wielkiego kontuaru ustawionego przed kratą podniósł się zwalisty mężczyzna.

– No i coście mi tu dzisiaj za gówno przywieźli? – Popatrzył na przybyłych z niesmakiem. – Dezertera?

– Ja tylko towar dostarczam. – Szef konwoju położył na blacie przedmioty, które własnoręcznie musiał znieść do piwnicy. – Pokwituj mi to wszystko.

– A po co? Przecież ją zaraz rozstrzelają.

– Ja nic nie wiem. Ja towar dostarczam, panie Magazynier – ostatnie słowo wypowiedział tak, jakby należało je pisać wielką literą. Lepiej, wypowiedział je z dużą dozą szacunku.

Człowiek nazwany Magazynierem wzruszył ramionami.

– Mówisz: kwitować, ja kwituję. – Wskazał palcem najbliżej leżącą rzecz. – Tylko mi powiedz, co to jest, kochaniutki.

– Jak to co? Karabin.

– No to karabin własnością wojska jest. Niech oni sobie biorą.

– Ale ten może do śledztwa potrzebny? Nie wiem. Dziwny jakiś.

– No ja też takiegom jeszcze nie widział. Ale do jakiego śledztwa? Jak ktoś do mnie trafia, to nie wychodzi. Ani do domciu, ani na żadne śledztwo. Chyba że pod ścianę albo na jakiś szafot.

Konwojenci i strażnik uśmiechnęli się na te słowa. Każdy znał ponurą sławę więzienia zwanego Podziemną Twierdzą.

– No dobra. – Magazynier usiadł i rozpostarł podaną mu kartkę papieru. – Kwituję. Karabin dziwny, sztuk jedna.

– Panie Magazynier... Nie pisz „dziwny".

– A jaki?

– Jak to będzie wyglądało? Napisz... „normalny". Albo w ogóle nie pisz. Jak ja te „dziwności" później dowódcy oddam? To nie jest zwrot ogólnoregulaminowy.

Magazynier jednak nie zamierzał wnikać. Problemy z przyjęciem raportu i pokwitowania przez dowódcę konwojenta były prywatną sprawą tamtego.

– A co to jest? – Dotknął gęsim piórem sporej skrzyneczki.

– Naboje chyba. Skąd mam wiedzieć?

Magazynier otworzył wieczko i z niedowierzaniem patrzył na połyskującą w świetle pochodni zawartość.

– Całe z metalu? – Podniósł głowę. Nagle zaczęła go nurtować inna kwestia. – Zaraz! Co wy tu wyrabiacie? Chcecie mi z magazynu arsenał zrobić?!

– Ja tylko wykonuję rozkazy.

Magazynier sapnął ze złością. Przechowywanie broni w więzieniu to przecież głupota. Nie mógł jednak niczego poradzić.

– Dobra – syknął. – Ile jest tych naboi?

– Pięćset pięćdziesiąt.

– Przeliczymy. – Wysypał zawartość skrzynki na blat.

– Zwariowałeś? Jeśli będziesz długo liczył, dziewczyna się udusi.

– Nie szkodzi. Nie kwituję w ciemno.

– Naprawdę jest pięćset pięćdziesiąt. Słuchaj, jeśli to potrwa, szyja jej napuchnie i ciężko będzie zdjąć pętlę.

– Twoja sprawa.

Liczenie odbywało się powoli. Sztuka po sztuce. Okazało się, że nabojów można było pokwitować czterysta dziewięćdziesiąt cztery, a nie pięćset pięćdziesiąt. Magazynier jednak nie wnikał, skąd różnica. Po pierwsze to nie jego sprawa, a po drugie każdy widział, że są z jakiegoś cennego metalu. A poza tym równiuteńkie, lśniące, wykonane z nieprawdopodobną precyzją. Sporą cenę można uzyskać u handlarzy. Nie dziwota, że zginęły po drodze.

– Piszę: nabojów z metalu czterysta dziewięćdziesiąt dwa.

Konwojent ze skwaszoną miną nie protestował za bardzo. Każdy chce mieć jakąś pamiątkę. Mruknął tylko:

– Dobrze, że nie wpisałeś „nabojów dziwnych".

Magazynier bez słowa podniósł ze stołu następny przedmiot.

– Kurtka w zielono-brązowo-czarne nieregularne ciapki, dziwna.

Konwojenci woleli już nie komentować. Na szczęście z pozostałymi przedmiotami poszło już szybko. Tuleja metalowa ze znaczkami, torba z dwoma pasami do noszenia, sznurowana, kilka drobiazgów. Nareszcie koniec.

Dziewczynie z pewnym trudem zdjęto pętlę. Walcząc o przywrócenie oddechu, opadła na kolana z głową opartą o blat. Miała ciemne plamy przed oczami. Magazynier, o dziwo, nie protestował.

– Imię?

– Shen – wycharczała.

Zwalisty mężczyzna podniósł drewnianą pałkę i sztorcem uderzył ją w wątrobę. Nie z sadyzmu. Po pro-

stu stosował się do procedury. Długie życie nauczyło go,
że procedura jest bardzo skuteczna.

– Pełnym zdaniem.

– Kapral Shen, siły specjalne imperium...

Kolejny cios w wątrobę. Zwinęła się z bólu. Przy skrępowanych rękach nie miała się jak zasłonić.

– Jaki kapral? Toż musieli cię zdegradować. Tu się
mówi: więzień.

Usiłowała za wszelką cenę nie pozwolić ciału na
ucieczkę w omdlenie. Instynktownie czuła, że wtedy będzie jeszcze gorzej.

– Melduje się więzień Shen, proszę pana.

– Proszę pana nadzorcy – poprawił, ale już bez ciosu
pałką. Robiła postępy.

– Melduje się więzień Shen, proszę pana nadzorcy!

Magazynier bez słowa opatrzył pokwitowanie zama-
szystym podpisem i oddał szefowi konwoju.

– No. Możecie spadać, chłopaki.

Rand stał przy swoim kantorku przy oknie i sprawdzał
wszystkie meldunki dotyczące tej sprawy.

– Mam tego powoli dość – mówił głośno. – Ktoś tu
po prostu gra w grę „Nikt nic nie wie, a jeśli wie, to zaraz ginie". Psiamać szczególnie zjadliwa.

Aie, prześliczna dziewczyna o jasnych włosach
i ogromnych, troszeczkę szklistych oczach, podeszła bliżej i zanotowała na małej kartce:

Jesteś geniuszem, mój panie!

Rand zerknął na podsunięty karteluszek i potwierdzająco skinął głową. Potem wrócił do studiowania papierów.

– Przecież to niemożliwe. Ktoś wysłał korpus na wojnę z potworami. Wojsko wlazło w las i od bardzo długiego czasu ani widu, ani słychu. Nic. Mija dzień po dniu i nic. Żadnego oficjalnego komunikatu, żadnego wyjaśnienia złożonego u pani cesarz. Nic. Jakby się nic nie działo. A zapytani, co z wojskiem w lesie, odpowiadają: wojsko prowadzi tam działania operacyjne. Jakie? Tajne! Ot, co wymyślili. Zatem ile będziemy czekać? Choćby na uznanie klęski korpusu i żałobę?

Wspaniale wymyślone, mój panie, największy z mądrych tego świata – nowa kartka pojawiła się przed oczami młodzieńca. Rand ponownie skinieniem przyznał Aie rację.

– Dlaczego siły specjalne za wszelką cenę pragną ukryć to, co się stało z korpusem? – ciągnął swój monolog. – Boją się kompromitacji? Nie. Kompromitacja dotyczyć będzie przecież imperialnej armii, a nie speckurew. Co więc jest grane? I dlaczego to takie tajne? – Rand podniósł głowę. – Jestem głupi jak but!

Jesteś najmądrzejszy na świecie – Aie podsunęła kolejną kartę.

Tym razem ledwie spojrzał. Dziewczyna przyjęła to jak naganę i napisała jeszcze:

Mądrość twoja nie ma sobie równej. Filozofowie, uczeni i mędrcy wszelkiej maści niegodni są, by buty ci czyścić...

Nie dokończyła, bo złapał ją za rękę. Zrozumiała, że sprawa jest poważna. Aie była co prawda głuchoniema, ale nie głupia. Lubiła wypisywać karteczki sławiące umysł szefa, ponieważ i on to lubił. Potrafiła oczywiście bardzo dobrze czytać z ruchu warg, ale kiedy Rand mówił do siebie, to nie chciało jej się patrzeć na jego twarz. Zresztą z reguły stał odwrócony plecami. Prawdę więc powiedziawszy, sławiła mądrość szefa raczej w ciemno – nie słysząc, o co chodzi.

Lecz Rand rzeczywiście ją lubił. Okazała się jego najlepszym współpracownikiem. Jedynym prawdziwie inteligentnym i odpowiednio wrażliwym. Jedynym, który tak naprawdę czuł ból istnienia i poznał, co to znaczy być innym wśród zwykłych ludzi. A poza tym nikt tak jak ona nie umiał wyciągać od ludzi wszystkiego, co chciałby wiedzieć. Jej wygląd ni to dziewczynki, ni dziecka, litość, jaką budziła swoją nieporadnością spowodowaną kalectwem, wielkie oczy i półotwarte usta przepięknej, niezbyt rozgarniętej sierotki sprawiały, że otwierał się przed nią każdy.

Mało kto z kolei wiedział, że Aie pełniła w służbie Randa także funkcję egzekutora. Nie, nie... Nie tajnego zabójcy, który skrada się po nocy, przenika linię wart i cichcem zabija „tego najważniejszego". Bez przesady. Przecież była głuchoniema. A to znaczy, że nic nie słyszała, zatem zwiadowca byłby z niej jak z kozła baletnica. Po prostu szef się za to nie chciał chwytać, więc gdy zachodziła potrzeba, sprawę załatwiała Aie, nie tracąc zresztą przy tym niczego ze swojej „niewinności".

Teraz jednak, czując, że zanosi się na dłuższą dyskusję, odłożyła pióro i plik karteczek, a wzięła tabliczkę i rysik. Usiadła naprzeciw Randa.

Aż tak źle?

– W sensie? – usiłował się domyślić. – Że nic nie wiemy? Beznadziejnie przecież.

Ja nie o tym – pisała szybko i błyskawicznie ścierała kredę, kiedy tylko on zdążył przeczytać. *Czy ukrywanie machlojek sił specjalnych jest aż tak ważne?*

– Czuję, że coś się szykuje po prostu. – Wstał i zaczął krążyć po ogromnym pokoju o ścianach zajętych przez regały z papierami. Zrozumiał jednak, że w ten sposób straci możliwość prowadzenia dyskusji z głuchoniemą, więc wrócił i na powrót stanął przy swoim kantorku. – Po prostu czuję przez skórę, że stało się coś bardzo dziwnego. Cała akcja, od samego początku tajna jak niewiele rzeczy dotąd, musiała pójść nie tak, jak planowali. Tam musiało się wydarzyć coś niesamowitego.

Myślisz, że napotkały coś, co je zaskoczyło?

– Dobrze zgadujesz. – Skinął głową. – Coś zobaczyły, czegoś się dowiedziały i wryło je w szoku w ziemię, gdzie siedzą do tej pory, nie wiedząc, co można powiedzieć, żeby to zakryć.

A nie sądzisz, że jakiś debil po prostu posłał korpus na zagładę?

– Wszystko jest możliwe, ale aż tak głupi nie są.

A może jednak? Żołnierzy pozabijali i nie ma nawet świadka klęski? A te ze specsił same nie wiedzą, co jest grane.

– Za dużo czasu upłynęło. Za dużo pytań się pojawia. Jeśli korpus przestał istnieć, należy to ogłosić, określić termin i formę żałoby narodowej, opuścić flagi, pozasłaniać pomniki i... Każdy urzędas wie, co robić w takim przypadku. Nawet dzieci w szkółce świątynnej mają wpojone, że w takim wypadku należy śpiewać smutne piosenki!

A jeśli nie są pewni zagłady? Może po prostu czekają? Albo posłali kogoś, żeby sprawdzić, co się stało?

– Zaćmiło cię? – Westchnął ciężko. – Powiedz mi, jak długo może działać korpus w lesie, całkowicie odcięty od zaopatrzenia?

Mogły dotrzeć do twierdzy, warunki się zmieniły, więc okopały się wokół i jakimiś tam zapasami dysponują.

Zaczął się śmiać.

– Przeliczyłem to wielokrotnie.

A jeśli tylko resztki korpusu dotarły do twierdzy? Wtedy nawet i skromne zapasy mogą wystarczyć.

– Mówię ci, że przeliczyłem to w różnych wariantach. To niemożliwe, żeby ktoś z naszych w lesie jeszcze żył. Zresztą znam wszystkie rozkazy, które otrzymała armia. Nie było tam nic na temat trwania w twierdzy czy wokół niej. W razie totalnej klapy garnizon miał się połączyć z niedobitkami z korpusu i próbować przebijać się dalej, w drugą stronę. – Wzruszył ramionami. – Ot i masz. Najtajniejsze rozkazy dla wojska są nam znane. A co zaplanowały speckurwy, nie wie nikt.

A plotki, które nasi ludzie przekazali niedawno?

– Wiesz co? – wyraźnie się obruszył. – Jakoś nie bardzo mogę sobie wyobrazić specoficera, który w porcie Sait idzie do burdelu i tam po pijaku zdradza, że Achaja znalazła coś podczas pacyfikacji Wielkiego Lasu tysiąc lat temu i to coś okazało się na tyle ważne, że wojska rozpoczęły drugą wojnę z potworami. To jakaś prowokacja po prostu.

A może źle szukamy plotek?

– W sensie?

Może nie trzeba ich szukać w dolinie Sait. Popatrzmy wokół siebie.

– Przecież wszędzie trzymamy rękę na pulsie. I tam, i tu.

Źle się wyraziłam. Interesują nas teraz specsłużby. I temu poświęcamy całą uwagę. A może poszukajmy przede wszystkim wokół siebie. Posłuchajmy szeptów ludzi, którzy są tutaj.

– Bogowie, chcesz przerzucić te stosy papierów, które codziennie do nas docierają? Przecież są ludzie, których zadaniem jest czytanie tego chłamu i wyławianie...

Lekko stuknęła rysikiem w tablicę, żeby mu przerwać.

Ja właśnie chcę porozmawiać z tymi ludźmi – napisała szybko. *Może przeoczyli coś, bo byli nastawieni na konkretne informacje. A ja chcę po prostu posłuchać ploteczek. Zanurzyć się w nich. Może wyłowię coś, co oni uznali za mało ważne.*

– A ty spojrzysz świeżym okiem – dokończył za nią. – Dobrze. – Znowu wzruszył ramionami. – Mam tylko nadzieję, że nie zajmie ci to całego dnia.

Skinęła głową, unosząc się z krzesła. Uśmiechnął się do własnych myśli: Aie była jedyną kobietą, która zawsze wychodziła bez słowa. Podszedł do okna i oparł ręce o parapet. Przygryzł wargi. No i doszło do sytuacji, kiedy nie dysponował nawet strzępem potrzebnej mu jak jasny szlag informacji. Teraz Aie zda się na szczęście. Na ślepy traf. Hm, ciekawe, czy on sam ma szczęście? Ma czy nie ma?

Zamyślił się. Gdy miał prawdopodobnie rok, półtora, podrzucono go pod bramę żeńskiego klasztoru. W koszu oprócz pewnej sumy pieniędzy znalazł się list, w którym jego naturalna matka w zawiły sposób wyjaśniała powody skłaniające ją do rozstania się z dzieckiem. Tak zawiły, że kapłanki niewiele zrozumiały. Pieniądze jednak wzięły. Mały został umieszczony w pomieszczeniu obok spiżarni, gdzie żył w ciągłym chłodzie, a opiekowały się nim kobiety przygotowujące posiłki. Matka wyrządziła chłopcu niepotrzebną krzywdę. W liście nie napisała, jakie imię mu nadała. Jakieś musiała przecież, ale nie napisała. Religia, niestety, nie pozwalała na powtórne nazywanie kogokolwiek, mały został więc człowiekiem bez imienia. Kapłanki, mówiąc o nim, używały imienia Rand. Było bardzo rzadkie i wydawało im się, że jest to imię męskie. Myliły się, nie było. Ale nie miałoby to aż takiego znaczenia, wymienność imion w Arkach między płciami była spora, gdyby nie późniejsze losy chłopca.

W zimnym pomieszczeniu obok spiżarni dorósł wieku, kiedy zaczął raczkować. Pobyt coraz starszego chłopca w żeńskim klasztorze był rzeczą wysoce niestosowną, zatem kapłanki pozbyły się go przy pierwszej nadarzającej się okazji. A okazja nadarzyła się fatalna. Ambicją rozkochanej w uduchowionych moralitetach miejscowej księżniczki stała się pomoc tym istotom, których nikt nie chce. Zbierała więc w całej okolicy dzieci upośledzone umysłowo, kalekie fizycznie, te, które wyrzucono poza obręb społeczeństwa, a które zdołano znaleźć w odpowiedniej chwili, kiedy nie było jeszcze za późno. Księżniczka przychyliła się do próśb kapłanek i postanowiła zabrać Randa do swojego przytułku.

Najwcześniejsze dzieciństwo Rand spędził zatem wśród kalek, które nie mogły się poruszać, i rówieśników ze znacznym niedorozwojem umysłowym. Nikt nie zwracał na niego uwagi, nikt go niczego nie uczył. Personel księżniczki wykonywał jedynie bezpośredni rozkaz: „karmić" i z niego się wywiązywał. Utrzymanie przytułku szybko jednak okazało się zbyt kosztowne. Pracowników zwolniono, a obowiązki opiekunów mieli przejąć przestępcy skazani za mniejsze wykroczenia jako zamiennik kary więzienia. I tu chyba chłopca po raz pierwszy spotkało szczęście. Córka spekulanta, skazana za kradzież jakiejś sumy ze skarbca ojca, okazała się wystarczająco inteligentna, żeby odróżnić jedno dziecko od pozostałych. We wszystkich kojcach leżały kaleki i upośledzeni, a tylko w jednym znajdował się zdrowy chłopiec, który, rozsadzany energią, za wszelką cenę chciał wydostać się na zewnątrz, wyciągając przez kraty maleńkie rączki. Wokół nie było żadnego partnera do zabawy. Nie było nikogo do rozmowy.

Córka spekulanta okazała się osóbką niezwykle skuteczną. A poza tym umiała pisać i była naprawdę wykształcona. Zainteresowała losem Randa samą księżniczkę. Pewnego dnia zwołano medyków i zawiązano w pałacu specjalną komisję, która miała zadecydować o jego dalszym losie. Kiedy już wszyscy zebrali się w przeznaczonej do tego celu sali, okazało się jednak, że chłopca nie ma. Wykorzystując nieuwagę opiekunów, po prostu zwiał. Poszukiwanie na szczęście zakończyło się szybko.

Rand na korytarzu polował na mamę. Ukrył się pod wielkim, stojącym pod ścianą, rzeźbionym krzesłem i wypadał na łowy, ilekroć w zasięgu wzroku pojawiała się istota spełniająca kryteria, czyli nosząca spódnicę. Kiedy jakakolwiek kobieta przechodziła obok, wyłaniał się spod krzesła, łapał za łydkę i usiłował nie puścić do końca, nie bacząc na krzyki zaskoczonej ofiary. Nie udało się jednak schwytać jakiejś matki na stałe. Wysoka komisja przerwała myśliwski proceder Randa i zabrała małego z powrotem na salę obrad, które zresztą nie trwały długo. Z powodu ucieczki Rand został uznany za niedorozwiniętego i umieszczony na powrót w kojcu książęcego przytułku.

No i już. Pewnie spędziłby tam wszystkie swoje lata z powodu braku kontaktu z rówieśnikami i jakiejkolwiek nauki, gdyby nie pech córki spekulanta. Sąd grodzki wynalazł jeszcze kilka jej ciemnych sprawek i chciał wszcząć nowy proces. Dziewczyna nie zamierzała czekać, aż każą ją doprowadzić. Uciekła najbliższej nocy, zabierając Randa. Owinęła chłopca w wielki koc, zrobiła z niego tobołek i wzięła ze sobą na kiju niesionym na ramieniu. Nie wiadomo, co nią powodowało. W żadnym wypadku nie zamierzała zostać przybraną matką. Po kilku dniach drogi podrzuciła dziecko w jedynej budowli, która się do tego nadawała w całej okolicy – na schody szkoły z internatem dla małych dziewczynek. Córka spekulanta okazała się o całe nieba bardziej inteligentna niż jego rzeczywista matka. W liście, który dołączyła do podrzutka, w absolutnie przekonujący sposób opisała go jako niezwykle wysoko urodzonego, tyle że z... hm... nieprawego łoża.

To było nad wyraz skuteczne. Odtąd chłopcu towarzyszył strach opiekunów. Każdy z nich sądził bowiem, że bogata, szlachecka matka śledzi jego losy z ukrycia i w razie czego może się zemścić. Rand od tej chwili został sierotą wysoko urodzonym. Nie szczędzono więc wysiłków dla jego wykształcenia. Tyle tylko, że... była to szkoła dla dziewczynek. No ale w końcu nie wszystko źle się sprzęgło – chłopak miał przecież wyszczególnione w dołączonym liście, rzadkie, bo rzadkie, żeńskie imię.

I w ten sposób nareszcie rozpoczął się okres jego edukacji. Szybko okazało się, że kiedy tylko nauczono go mówić, okazał się zdolny, łaknący wiedzy i szybko ją przyswajający. Problemy jednak pojawiły się dwa. Po pierwsze Rand z tego powodu, że praktycznie nikt go nie wychowywał w początkowym okresie życia, myślał w sposób absolutnie niekonwencjonalny. Szybko zrozumiał, że nie spotyka się to z aplauzem, zaczął więc ukrywać swoje myśli. Ale sposobu rozumowania nie zmienił. Drugim problemem był fakt, że żyjąc w otoczeniu samych dziewczynek i tych nielicznych kobiet, które je wychowywały, sam uznał, że jest dziewczynką. Nie wyprowadzano go z błędu, bo i po co. W tym wieku żadnych kłopotów z tego powodu jeszcze się nie spodziewano.

Można zaryzykować stwierdzenie, że był to chyba najszczęśliwszy okres w życiu chłopca. A przynajmniej zupełnie bezproblemowy. Rand rósł jednak, jak i wszystkie dzieci wokół. Ukończył szkołę i... I co? Nie miał go kto odebrać. Zostać w szkole dalej nie mógł. I co z nim zrobić? Opiekunki postanowiły go skierować gdzie indziej, na dalszą edukację, wykorzystując swoje znajomości, układziki, stosunki i dojścia. No a gdzie mogły mieć znajomości opiekunki ze szkoły dla dziewczynek? W szkole dla starszych dziewcząt, oczywiście. I tam też przeniesiono chłopca, sugerując co prawda, że coś z nim jest nie tak, ale nie wyjaśniając, że nie jest istotą płci żeńskiej. Takie kukułcze jajo po prostu.

Rand polubił nową szkołę od samego początku. Po pierwsze, jak chciało się i umiało, można było korzystać z biblioteki i poznawać prawdziwą wiedzę, a nie to, co dziewczęta wiedzieć powinny. Drugim wielkim plusem szkoły były dorastające wokół koleżanki. W miarę upływu lat zaczął dostrzegać istotne różnice, które ich dzieliły, a także skuteczne sposoby ich zacierania. Wchodził w świat kobiet, którymi się stawały dziewczyny naokoło niego, i coraz bardziej go to fascynowało. Nie interesowało go wspólne podglądanie chłopców pracujących przy żniwach, zdecydowanie wolał podglądać własne koleżanki.

W końcu stało się, co się stać musiało. Sprawdził, o co chodzi w tych różnicach płci. I to dogłębnie. Postawiony przed obliczem dyrektor szkoły nie wiedział, co ma powiedzieć, a ona nie wiedziała, co zrobić. Przecież stała się rzecz, która aż się prosiła o to, żeby się wydarzyć.

Załatwiono Randowi adopcję w rodzinie zubożałej szlachty mieszkającej gdzieś daleko, daleko, jak najdalej od szkoły, w której mógł wybuchnąć skandal. Odesłano go już jako chłopca, a właściwie młodzieńca, oczywiście. Zaopatrzono w drobne pieniądze, wystarczające jednak, by wspomóc podupadający dom szlacheckiej wdowy, która odtąd miała być jego pierwszą w życiu mamą.

Udało się, szlachcianka okazała się rozsądna. Za pieniądze na przeżycie nie czepiała się chłopaka w ogóle. Mówili sobie „pani matko", „panie synu", jedli razem posiłki w towarzystwie wyróżnionych służących i tyle. Było bardzo sympatycznie, bo nie wchodzili sobie w drogę, każdy robił, co chciał, byle tylko zgodnie z etykietą. Taki układ okazał się bardzo dobry i bardzo zdrowy.

Kolegów praktycznie nie miał. Rand nie umiał bowiem jeździć konno, strzelać ani z łuku, ani z myśliwskiej strzelby. Nie umiał się bić, władać nożem czy mieczem. Oferma normalnie. Polowania go nie interesowały, określał je mianem „masowych morderstw". Wojna go nie interesowała, określał ją jako „zmagania brudnych i spoconych ciał".

Ale najbardziej okoliczni młodzieńcy nienawidzili go za to, że w przeciwieństwie do nich miał... wiele koleżanek. Był zresztą obdarzony licznymi talentami, których mężczyźni nie potrafili docenić. Pisał świetne wiersze, pełne zadumy, o skomplikowanych uczuciach, o miłości, niezrozumieniu, odrzuceniu i bólu. Malował piękne obrazy, najczęściej melancholijne pejzaże. Ale niezły był też w portretach, koleżanki chętnie grały rolę modelek, czy to ubranych, czy nagich, właściwie bez różnicy. Czuł się po prostu wśród kobiet jak ryba w wodzie, a one go uwielbiały.

Często pytano go, czy rozumie kobiety. Śmiał się zawsze i odpowiadał, że pytanie jest głupie i źle zadane. Wyjaśniał, że kobiety, kiedy mówią, nie chcą wcale przekazać informacji, jak oczekują mężczyźni. One chcą po prostu podzielić się emocjami. Emocjami! Dlatego też pytanie, czy ktoś rozumie kobiety, jest głupie do imentu. Należy spytać, czy ktoś czuje kobiety. Czy jest w stanie spotkać się z nimi sercem. Sercem, a nie rozumem. Słuchać kobiet nie ma sensu – przecież wszystkie wyłącznie bzdury gadają. Ale należy wiecznie próbować czuć kobiety, bo one są w stanie przekazać takie rzeczy, o których mężczyźni nie mają zielonego pojęcia.

Sytuacja wokół stawała się coraz gorsza. Wojny szarpały cesarstwem, ludność biedniała, powiększały się rzesze głodnych. Zapaść dotknęła przede wszystkim rolnictwo. Właściwie nie sposób było utrzymać się z ziemi, a już na pewno nie mogły tego dokonać gospodarstwa małe. Rand musiał zetknąć się z ponurą rzeczywistością, jeśli chciał zachować stan istniejący. Upadek gospodarstwa „pani matki", i tak już wpół zrujnowanego przez śmierć męża, absolutnie nie leżał w jego interesie. Co zatem zrobić? Na agronomii się nie znał, na gospodarce też. Z tym że w przeciwieństwie do okolicznych gospodarzy głupi nie był. Co mogło zapewnić dostatek w trudnych czasach? Jedynie zamówienia rządowe – państwo zawsze wypłacało w terminie, zawsze zgodnie z umową. A skąd zdobyć zamówienia w tej zapadłej głuszy? Gdzie tu przedstawiciele państwa? A byli, byli. Wystarczyło się rozejrzeć. Przecież jak wszędzie musiała stacjonować tu armia. A w armii same kobiety. A w przeciwieństwie do niekumatych, szowinistycznie męsko nastawionych gospodarzy wokół Rand umiał się przecież i wysłowić, i zachować, i być czarujący. Szybko załatwiał sprawy w garnizonie obok pobliskiego miasta. Panie oficer uwielbiały, gdy wnosił odrobinę ciepła, koloru i zrozumienia w szare dni nudnej służby. Lubiły słuchać jego wierszy, cieszyły się, kiedy je szkicował węglem w paradnych mundurach. Poza wódką był chyba jedyną rozrywką w okolicy. Zamówienia szły więc szybko, gospodarstwo prosperowało.

Właściwie powinien teraz sukcesywnie dokupować ziemi, tworzyć potęgę gospodarczą, ale... Nie interesował się tym zupełnie. Doznał olśnienia na miejskim rynku, pod pomnikiem Tyranobójców. Takie pomniki stały w każdym większym mieście, z reguły przedstawiały cztery nagie postacie z obnażonymi mieczami. Achaja, Biafra, Sirius i Zaan. „Sami przeciwko złu!", jak głosił zdobiący cokół napis. No tak, zabili wspólnie cesarza Luan, cwaniaki. Ale ich czworo, a cesarz sam, więc po co umieszczać na cokole głupie napisy?

Najbardziej z całej czwórki rozumiał Biafrę – to była jego ulubiona postać. Odrzucony przez matkę, szybko jednak doprowadził do tego, że stał się niezbędny. I to niezbędny dla całego królestwa, dla wszystkich matek na ziemi. Rand patrzył w oczy wykutej w kamieniu postaci. I zrozumiał. Tu, gdzie stoi, stać dalej nie ma sensu. Ponieważ jest to miejsce, gdzie tylko i wyłącznie marnuje się życie, zamieniając je w wegetację. Precz stąd! Natychmiast! Musi uciekać, bo tu zostanie zżarty przez głupie, powtarzalne, codzienne czynności. Utopi się w bagnie prowincjonalnych układzików pozbawionych jakiegokolwiek znaczenia. Won! Won stąd! Natychmiast uciekać do prawdziwego życia!

Z „panią matką" poszło łatwo. Zostawił jej kontrakty w zamian za dziesiątki listów polecających do bliższej i dalszej rodziny, którą miała w różnych częściach kraju. Obiecała też przysyłać mu procent z interesu, który stworzył. Rand jeszcze tej nocy wyjechał do stolicy.

Nie można powiedzieć, żeby szło mu jak z płatka. Lecz dzięki listom polecającym, uporowi, osobistemu urokowi oraz dużym sumom w gotówce, które był w stanie wręczać, został nareszcie przedstawiony u dworu. Nareszcie mógł bywać. I dać się poznać ze swojej najlepszej strony – młodego, czarującego mężczyzny, artysty, poety i malarza, który co prawda przez Akademię Sztuk został oceniony bardzo nisko, ale co tam. Akademia to sami mędrkowaci mężczyźni, na dworze za to same intrygujące kobiety. A te szybko zaczęły go i doceniać, i lubić. Doceniać choćby dlatego, że jako człowiek posiadający dar uważnego słuchania kobiet Rand był dla nich zawsze źródłem najświeższych i najciekawszych plotek. Zauważyła go nawet cesarzowa. Artyści ją nudzili, plotki wprost przeciwnie. Była młoda i niedoświadczona, plotki stanowiły więc dla niej ważne źródło informacji. Rand potrafił to wykorzystać. Szybko przekonał władczynię, że on sam może zorganizować służbę, która będzie się zajmować wyłącznie dostarczaniem plotek. I to nie tylko z dworu, ale z całego kraju. Cesarzowa musi przecież wiedzieć, co myśli lud, kto się burzy, na kogo można liczyć i w ogóle co się dzieje wokół. Obiecał, że jego agenci będą przynosili nawet dowcipy, które się opowiada. Cesarzowa zachwycona połknęła przynętę, znalazła fundusze. A Rand dotrzymał słowa. Stworzył służbę, jakiej jego idol, Biafra, nie musiałby się wstydzić. Szydercy nazwali ją Organizacją Randa, a on sam musiał stworzyć wewnętrzną cenzurę, żeby jednak skreślać z raportów dowcipy, które nie powinny dotrzeć do uszu władczyni.

Pierwszym dowcipem skreślonym przez cenzurę był taki:

„Wiesz, jak awansuje się w Organizacji Randa? Najpierw słuchasz plotek na ulicy. Potem w karczmie, gdzie już za kołnierz ci się nie leje. A potem możesz zostać nawet dowódcą własnego magla!" Ha, ha, ha...

Po pewnym czasie wewnętrzna cenzura skreślała już takie dowcipy:

„Żeby uniknąć podsłuchujących, trzy panie generał udały się na bezludną wyspę, chcąc omówić plany najbliższej kampanii. Służby rozpoznania i zaopatrzenia wiedziały, że takie spotkanie miało miejsce. Wywiad sił specjalnych wiedział mniej więcej, czego to spotkanie dotyczyło. Organizacja Randa miała zapisane każde słowo, które na wyspie padło, i były to pewne informacje, bo pochodziły z trzech niezależnych źródeł". Hm... Niby to tylko dowcip, ale chyba w każdej dykteryjce tkwiło ziarno prawdy.

Na dworze nazwano Randa „Człowiekiem bez Imienia". I bardzo lubił to przezwisko, choć było pogardliwe w zamierzeniu. Lecz jemu pasowało. Ciekawe, jak za plecami zawistnicy nazywali Biafrę? W kronikach o tym nie przeczytał.

Teraz jednak długi czas stał przy oknie i zastanawiał się, czy ma szczęście. Z daleka słyszał odgłos zbliżających się kroków Aie na korytarzu. Co mu przyniesie? Ma szczęście czy pecha?

Dziewczyna zastukała swoją tabliczką we framugę drzwi, żeby nie zaskoczyć go nagłym wejściem. Podeszła bliżej, a kiedy się odwrócił, podetknęła Randowi tabliczkę pod oczy. Widniało na niej:

Mam coś!

Siwecki nie wiedział, czy ma zachwycać się wszystkim wokół w milczeniu, chłonąc wspaniałości „antycznego" miasta, czy raczej dokumentować, co widzi, od razu i skupić się wyłącznie na robieniu zdjęć. Zachowywał się jak dziecko. Tomaszewski usiłował panować nad sobą, zgromadzeni gapili się na nich, a on przecież reprezentował godność dowódcy. Ale też ponosiło go od czasu do czasu. Kai dzielnie ich znosiła, mimo że robiła się coraz bardziej głodna. Dla niej miasto, którym tak zachwycali się turyści z tamtej półkuli, wyglądało zupełnie normalnie. Tyle że... prowincjonalnie.

Jedynie zadowolenia Oresa nie sposób było zmierzyć żadną ludzką miarą. Przybysze nie wiadomo skąd chcieli wszystko zobaczyć, wszędzie wejść, dotknąć każdej rzeczy. A on przecież na wszystkim zarabiał.

– Tu, obok świątyni, też są piękne rzeźby w bocznym portyku. Mistrz zagraniczny robił. Mistrz artystów! – Prowadził towarzystwo schodami w dół, a jego entuzjazm rósł z każdym krokiem. – Patrzcie tylko, wielcy państwo, to strasznie stare, z okresu, jak mnie na świecie nie było, a może nawet nie było mojego ojca, albo i dziadka.

Oczom turystów ukazał się uroczy zakątek, gdzie na specjalnym kamiennym podeście, w gęstwinie roślin, ustawiono kilka rzeźb. W tym otoczeniu robiły naprawdę duże wrażenie swoim realizmem.

– Patrzcie. – Siwecki trzaskał zdjęcie za zdjęciem. – U nas naukowcy od lat spierają się, czy antyczne rzeźby były malowane.

– Na kilku odkopanych na stanowiskach archeologicznych pozostało trochę farby w zagłębieniach kamienia.

– No tak, i mamy długi spór, czy starożytne rzeźby były kolorowe, czy nie. A tu mamy naoczny dowód. Tak, były malowane!

– Wszystko jak żywe, fakt. – Tomaszewski nachylił się nad posągiem zamyślonego filozofa. – Kolory, kurczę, jak z odpustu.

– A niektóre nawet odziali w prawdziwe ubrania. Ale barwy, fakt, odpustowe. Jaskrawe, aż się mieni w słońcu. I to złoto...

– Wszystko kolorowe, cała świątynia jak ze wzornika malarza. Nigdzie właściwie nie ma naturalnego marmuru.

Siwecki musiał zrobić przerwę, żeby wymienić film w aparacie. Przysiadł na stopniach portyku i narzucił sobie specjalną szmatkę na ręce. Wymiana kliszy musiała się odbywać po omacku.

– Patrz tam. – Brodą wskazał najbliższy tympanon. – Nawet tam wszystko pomalowali.

– Ta... Ciekawe, jak się teraz zmieni literatura.

– W sensie?

– Na przykład wyrażenie „posągowa biel". Jeśli literat chciał opisać czyjś strach, to używał słów: „jego twarz przybrała barwę posągu". W domyśle: idealnej bieli. A teraz? Ten sam zwrot będzie oznaczał, że bohater przebiegł ze dwadzieścia kilometrów i jego twarz mieni się żywymi kolorami.

– No.

Zaczęli się śmiać.

– To miejsce jest cudowne.

– Eee... – Kai wzruszyła ramionami. – Zwykła prowincja. Zachowujecie się tak, jakbyście porządnego wielkiego miasta nie widzieli.

– Zrozum nas. To jest jak antyk, jakby nas przeniesiono machiną czasu do starożytności. I to żywej, takiej, której można dotknąć, powąchać, poczuć.

Tomaszewski wskazał ludzi, którzy chodzili ulicą obok, a właściwie przystających gremialnie, żeby się pogapić na obcych.

– Popatrz na ich stroje: tuniki, chitony, chlamidy... Jak z naszych podręczników historii. Tyle że na obrazkach w podręcznikach wszystkie te stroje są idealnie białe. A tu? Mają wszystkie z możliwych kolorów.

Kai zerknęła w bok.

– Mylisz się. Nie opanowaliśmy trwałego koloru czarnego w tkaninach.

– A sadza?

– Posmaruj coś sadzą i zaraz sam będziesz czarny.

– No nie! – włączył się Siwecki. – Przecież kapłani w tej świątyni – wskazał kciukiem za siebie – mieli czarne suknie.

– To głębokie indygo. Prawdziwej czerni na tkaninach nie mamy i dlatego wasze smoliste mundury tak wszystkich intrygują.

Tomaszewski skinął na nich i wyszedł na ulicę.

– Słuchaj, czy to stoa? – Wskazał kolumnadę ciągnącą się od sporej fontanny do czegoś, co było chyba gajem oliwnym w środku miasta.

– Tak, wielki panie, to stoa. – Ores zgiął się w ukłonie.

– Czy tam przemawiają filozofowie? Wprost do ludu?

– Tak, wielki panie, czasem przemawiają.

– Muszę to zobaczyć!

Kai jednak chwyciła go za rękę.

– Błagam, jutro to zobaczysz. Strasznie zgłodniałam i wieczór się zbliża!

– Nie rozumiesz? To prawdziwa stoa! Tam są kupcy wystawiający swoje towary, handel, lichwa, interesy, zwykli ludzie przychodzą kupować i w tym wszystkim filozofowie przemawiający nie z katedr, nie w gajach dla nielicznych uczniów, ale wprost do ludzi!

– Jutro to zobaczymy, proszę, jestem głodna!

Coraz więcej ludzi gromadziło się wokół, ale chyba nie po to, żeby wysłuchać filozoficznych racji obcych przybyszów. Raczej frapował ich widok wielkich państwa, których godność i majestat pozwalały jednak szarpać się na ulicy. Fascynujący widok. Większość gapiów pootwierała usta ze zdziwienia.

– Naprawdę nie rozumiesz. – Tomaszewski usiłował wyrwać rękę i wytłumaczyć czarownicy. – Tak samo powstawała i nasza cywilizacja. Jej fundamenty moralne, etyczne i naukowe. Filozof przemawiający do przekupniów na targu. Tak rodziły się wielkie idee! A tu możemy to zobaczyć na żywo.

– Jutro zobaczymy, proszę. – Dziewczyna odwróciła głowę. – Ores, psiamać, załatw na rano jakichś filozofów, żeby przemawiali, i zapłać ludziom, żeby ich słuchali.

– Będzie według twojego życzenia, wielka pani. – Spekulant aż zacierał ręce. – Jutro będą się tu rodzić wielkie idee.

– A teraz prowadź do karczmy. Jeść i spać. Tylko nie byle gdzie!

– Ależ, wielka pani! – Ores zapowietrzył się na chwilę. – Ja... ja tylko... do najlepszej w mieście! Do najlepszej!

Jako osoba bardzo teraz ważna bezceremonialnie roztrącał stojących na drodze ludzi.

– Tędy, tędy, wielcy państwo – pokrzykiwał. – Najlepsza karczma jest przy wzgórzach na peryferiach miasta. Z dala od zgiełku i łoskotu wozów dostawczych w nocy. Tam się można spokojnie wyspać. Nie to, co tu, całą noc w hałasie.

– Jak daleko na te peryferia? – spytała Kai.

– A z tej strony to wcale niedaleko, wielka pani. – Prawie biegnąc, wykonał dość głęboki ukłon i nawet nim nie zachwiało. Rzeczywiście spekulant był specjalistą od obsługi osób ważnych i wysoko urodzonych. – Ale jeśli wielcy państwo sobie życzą, to natychmiast zawołam lektyki albo lekką dwukółeczkę z baldachimem?

– Nie, nie. – Kai potrząsnęła głową, widząc, jak Siwecki i tak zatrzymuje się co chwila, żeby zrobić zdjęcie. – Nie trzeba.

W miarę jak wychodzili z kwartałów dość zwartej zabudowy miasta posadowionego w pobliżu portu i wzgórza, na którym stał książęcy pałac, szybkość marszu ewidentnie wzrosła. Budynki były coraz niższe, stawiane w większych odległościach od siebie. Miasto nie miało murów. Leżało na wyspie, co chyba uznano za wystarczającą ochronę przed wrogim najazdem. Fakt ten jednak sprawiał, że zabudowa płynnie przechodziła w tereny zagajników porośniętych drzewami oliwkowymi. Ludzi było znacznie mniej, a przy drodze pojawiły się drzewa. Nie dane im jednak było cieszyć się długo ich widokiem. Okazały dwupiętrowy budynek z idealnie ciosanego kamienia okazał się karczmą. I to karczmą, jak zobaczyli po wejściu, rzeczywiście mogącą pretendować do miana najlepszej w okolicy.

Spodziewali się, jak to bywa w potocznych opisach karczm, tłumu pijanych ludzi, ciał pod stołami bez mała, wrzasku, dymu, tłoku i smrodu. Pachniało ziołami, trochę gotowanymi warzywami, trochę pieczenią. W przestronnym wnętrzu znalazło schronienie może dwadzieścia osób raptem. Generalnie albo coś jedli, albo rozmawiali ze sobą głosami o normalnym natężeniu. Całość sprawiała sympatyczne wrażenie, szczególnie że gospodarz pojawił się błyskawicznie u drzwi i nie okazując żadnego zdziwienia ich niecodziennością, zaprowadził do ustronnego miejsca w specjalnej wnęce. Ores nie omieszkał poinformować przybyszów, że tutaj wino miesza się z wodą w bardzo rozsądnych proporcjach, bez oszustwa i bez zlewania różnych gatunków do jednego podgrzewacza.

– Podobają mi się warunki, w których kazano nam pełnić misję zwiadowczą. – Siwecki rozsiadł się na ławie, na której pomocnik gospodarza położył skóry, żeby im było miękko. – Wygoda, luksus, wszystko pod ręką. – Podniósł napełnioną właśnie czarkę wina. – Czy wszyscy zwiadowcy w wojsku polskim tak mają?

– Tylko ci z marynarki wojennej – mruknął Tomaszewski.

Kai pokręciła głową.

– Ech, zwiadowcy z was jak... – zawiesiła głos, nie chcąc wypowiadać nieładnego porównania.

– Czemu się czepiasz? Przecież nie szpiegujemy fortyfikacji ani nie liczymy wojaków w koszarach – powiedział Siwecki.

– Pomysł z tym zwiadem uważam za całkiem rozsądny – stwierdził Tomaszewski.

– Bo?

– Bo na cholerę ruszać całą flotę, żeby coś sprawdzić. Jacht jest najlepszy, żeby wstępnie stwierdzić, gdzie możemy założyć nową bazę.

– A co było złego w starej? Dziki las dookoła, przez krainę potworów nikt obcy nie przejdzie, a same potwory już teraz boją się was jak ognia.

– Jest za kosztowna po prostu. I będzie tam trwała tylko jako pomocnicza. Jest świetna, jeśli chodzi o załatwianie tajnych spraw. Ale tam wszystko przecież trzeba przewieźć na statkach zza Gór Pierścienia.

– Plan jest naprawdę świetny – zgodził się Siwecki. – Po co płacić dosłownie góry pieniędzy za każdą konserwę sprowadzoną zza gór. Wiesz, ile tego trzeba dziennie?! Niech to wszystko zapewnią miejscowi. Zapłacimy złotem, ale w porównaniu z transoceanicznym transportem każdej dupereli to będą dla nas grosze. Dodatkowo wszystko tutaj będzie świeże, a nie konserwowe. Dodatkowo za grosze będą przecież miejscowi cieśle, krawcy, dokerzy, panienki... hm... kabaretowe, nazwijmy to tak. Za grosze będzie też miejscowy transport i miejscowi kupcy, którzy dostarczą wszystko pod nos, bez wysiłku z naszej strony.

– Przecież nie przyjechaliśmy tutaj z nikim walczyć ani nikogo podbijać – dodał Tomaszewski. – Chcemy się zorientować, gdzie są co bardziej istotne złoża naturalne, które nas interesują. A co do reszty się dogadamy. Najlepiej byłoby, gdyby nasze bazy ochraniało miejscowe wojsko, wysłane przez miejscowego króla.

– A czego niby się boicie? Przecież nikt was nie będzie śmiał zaatakować.

– Obca armia na pewno nie. Ale mętów, złodziei, band różnych nie sposób uniknąć, więc lepiej, żeby się tym zajął ktoś inny niż nasi cenni i, psia cholera, kosztowni wartownicy.

Siwecki uśmiechnął się, słysząc te słowa.

– No i unikniemy w ten sposób ataków gazowych, zrzucania napalmu z samolotów i ostrzału okolicy z ciężkich dział – powiedział. – A jeśli dzięki miejscowym uda się nie wpuścić kapitana Kozłowskiego na okręt wojenny, to może nie zatopimy nawet żadnego statku, który będzie przepływał obok nas – zakpił.

– No i... tutejsi przewodnicy, kartografowie i geografowie też będą bardzo pożądani, prawda?

Kai wzruszyła ramionami.

– Jeśli zamierzacie wchodzić w układy z królami, to dlaczego zawinęliśmy do tego prowincjonalnego portu?

– Potrzebujemy świeżej wody i świeżych owoców – odparł Tomaszewski. – A poza tym musimy się przyzwyczaić do widoku „antyku na żywo".

– Dajcie już spokój. – Siwecki z uwagą obserwował wyrafinowane potrawy, które stawiali przed nimi pomocnicy gospodarza. – Rozkoszujcie się tą atmosferą, jaka zawsze towarzyszyła odkrywcom nowych lądów, kiedy pokonali nareszcie straszliwe niebezpieczeństwa na swoich kruchych żaglowych łupinkach i trafiali w nieodkryte, dzikie ostępy... – Wziął z talerza udko jakiegoś malutkiego ptaka w gęstym sosie i powąchał. – Jaka to przyprawa? Nie mogę rozpoznać.

– Dzikoostępowa – mruknęła Kai.

– Proszę cię. Naprawdę czuję się jak pionier, odkrywca nowych lądów.

– Ciekawe, czy dawni odkrywcy mieli, tak jak my, wsparcie lotnicze na zawołanie przez radio? – powiedział Tomaszewski.

Tę niezbyt wyrafinowaną dyskusję przerwały głośne okrzyki na zewnątrz. Po chwili drzwi otworzyły się z trzaskiem i kilku zdyszanych ludzi wniosło do środka nieprzytomnego mężczyznę. Ktoś zgarnął z najbliższego stołu naczynia wprost na podłogę. Mężczyźni położyli chorego na blacie. Ktoś nachylił się nad nim. Ktoś wołał o ostry nóż.

– Co to jest? – spytała Kai. – Co mu się stało?

Ores pobiegł się dowiedzieć.

– Chyba powinniśmy pomóc – mruknął Tomaszewski. – Wygląda na ciężko chorego.

Siwecki skrzywił się lekko.

– A jeśli coś pójdzie nie tak? Mogą nas tu poturbować.

– Pesymista. Poza tym mamy pistolety.

Ores wrócił spod przeciwległej ściany. Był bardzo zafrasowany.

– Ugryzł go wąż. Tamci nie wiedzą kiedy, znaleźli go już nieprzytomnego.

– A kto to jest?

– Wielki i znany kupiec. Byle kogo by do takiej karczmy nie przynieśli.

Tomaszewski zerknął na Siweckiego. Ten tylko westchnął, klnąc cicho. Wyjął notes, wyrwał z niego kartkę i skreślił kilka słów. Potem dał kartkę Oresowi. Tomaszewski tłumaczył:

– Biegnij pędem do portu i daj tę kartkę bosmanowi przy naszej łodzi. On popłynie na jacht po torbę, a kiedy wróci, weźmiesz ją i przyniesiesz do tej karczmy. Rozumiesz?

– Tak, wielki panie. Uwinę się migiem.

Kai pomyślała, że spekulantowi należy się jakieś wyjaśnienie, więc dodała:

– To jest wielki lekarz. Powstrzymał zarazę na okręcie wojennym.

Powiedziała to trochę za głośno. Kilka par oczu odwróciło się w ich stronę. Tragarze również spojrzeli z nadzieją.

– On umiera, panie, on umiera! – krzyknął jeden z nich.

Ores runął w kierunku drzwi, wrzeszcząc, że chce najszybszego rumaka. Kilku pomocników rzuciło się do stajni, żeby mu pomóc. Goście obecni w gospodzie gapili się jednak bez przerwy na Siweckiego. Trudno było tego nie zauważyć.

– Co oni mu tam robią? – spytał w końcu, widząc wysiłki ludzi, którzy przynieśli tu nieprzytomnego.

– Chcą naciąć ranę i wyssać jad – mruknęła Kai.

Lekarz okrętowy podszedł bliżej. Najwyraźniej nie chciał się mieszać. Nie znał miejscowych zwyczajów, nie miał pojęcia, jaki jad mają tutejsze węże. Ale widząc, co tamci wyrabiają, nie mógł wytrzymać. Skinął na czarownicę, żeby tłumaczyła.

– Niech ktoś przyniesie sznur, jakiś przedmiot tej wielkości. – Pokazał rękami, jak duży. – Może być nawet kawałek gałęzi. Potrzebuję też ze dwa koce i coś do usztywnienia kończyny.

Sprawnie odsunął ratowników amatorów od leżącego na stole.

– Nie jest dobrze – mruknął do Kai. – Ty mówisz, że jesteś czarownicą, więc może uda ci się coś pomóc?

– Gdyby czarownice potrafiły leczyć, to medycy nie byliby potrzebni.

– To może się chociaż pomodlisz?

– Ja niekoniecznie. – Wzruszyła ramionami. – Ale jeśli ty znasz jakąś modlitwę, to się nie krępuj.

Nareszcie przyniesiono wszystko, czego potrzebowali. Siwecki przyłożył dość gruby wałek do wewnętrznej strony uda ofiary. Przełożył wokół sznur i używając widelca jako dźwigni, skręcił go mocno.

– W ten sposób zminimalizowaliśmy przepływ krwi pomiędzy ukąszoną nogą a resztą ciała – wyjaśnił. – Jad z rany nie powinien się już rozprzestrzeniać tak szybko. Niestety, w tym stanie możemy utrzymywać kończynę

bardzo krótko. Jeśli nie przywrócimy przepływu w odpowiednim czasie, konieczna będzie amputacja.

Korzystając z przełamanego w połowie trzonka miot-
ły i reszty sznura, unieruchomił nogę.

– Nie wolno nią ruszać, teraz spowoduje to tylko
szybsze wchłanianie toksyn. Dlatego nacinanie rany, wysysanie, a przede wszystkim związane z tym wierzganie
i napinanie mięśni jest wysoce niewskazane. Tym bardziej że nie wiemy, kiedy nastąpił atak.

Siwecki okrył pacjenta kocami, podłożył mu pod głowę miękką skórę.

– No... a teraz czekamy – westchnął. – Trucizna
działa sobie w najlepsze, a pan Ores ściga się właśnie ze
śmiercią. Ciekawe, kto będzie tu pierwszy.

– A nasza surowica zadziała? – spytał Tomaszewski.

– Nie mam zielonego pojęcia – wyznał z rozbrajającą
szczerością Siwecki. – Nawet nie mam mu jak zmierzyć
ciśnienia. – Dotknął dwoma palcami tętnicy szyjnej. –
Puls wali jak werbel. Po mojemu on zaraz umrze.

– Ale jest szansa?

Siwecki wzruszył ramionami.

– Surowica została przygotowana prawdopodobnie
na zupełnie inne gatunki gadów. A jad węża jest substan-
cją niezwykle skomplikowaną, zawarte w nim toksyny są
różnorodne. A ja nie wiem nawet, czy wąż był duży, czy
mały... To agonia. Po mojemu.

Zaczął im tłumaczyć zależność ilości suchej masy
jadu od długości węża i okresu, przez jaki gad pościł.
Potem przeszedł do rodzajów trucizn, ale tylko mieszał
im w głowach, używając słów takich, jak: hemolizyna,
toksolecytyna, hemmorragina czy koagulina. Przy obli-

czeniach liczby ludzi, których można zabić jednym gramem odpowiedniego jadu, Tomaszewski przerwał Siweckiemu, mówiąc, że to nie wykład z chemii na akademii medycznej. Czekali w milczeniu, które przerwało dopiero przybycie zawiadomionej przez kogoś żony kupca. Zaskakująco młoda, prześliczna dziewczyna tuliła się do nieprzytomnego męża, płacząc bez słowa. Wiedziała, że umiera. Ktoś musiał jej coś szepnąć, bo nagle rzuciła się Siweckiemu do stóp. Ten nie wiedział, jak postąpić. Na szczęście Ores wrócił na spienionym wierzchowcu.

– Torba! Jest torba! – krzyczał, zeskakując z siodła.

Wbiegł do środka, o mało nie przewracając się na progu. Siwecki przejął swoją własność. Musiał mieć w środku wszystko idealnie poukładane, bo niczego nie szukał. Prawie od razu w jego ręku pojawiła się strzykawka z nałożoną igłą i maleńka ampułka. Lekarz opróżnił ją, wbijając igłę przez korek. Podniósł strzykawkę, pstryknął lekko dwa razy w szkło i delikatnie nacisnął tłok, aż na górze wytrysnęła cieniutka strużka. Sprawnie zdezynfekował odpowiednie miejsce i wbił igłę. Żona mężczyzny leżącego na stole przypatrywała się wszystkiemu z przepełnioną przerażeniem uwagą. Siwecki nacisnął tłok, opróżniając szklany pojemnik strzykawki. U ofiary nie nastąpiła żadna reakcja.

– Dam mu jeszcze coś na serce i na wzmocnienie.

W dłoni lekarza pojawiła się kolejna mała buteleczka.

– Myślisz, że ma szansę? – spytał Tomaszewski.

– Generalnie jego szanse obracają się w okolicach zera.

– Co oni mówią? – Żona kupca, siłą rzeczy nie rozumiejąc obcego języka, przypadła do kolan Kai.

Czarownica nie miała wątpliwości.

– Mówią, że wszystko będzie dobrze – skłamała gładko.

Drugi zastrzyk również nie wywołał żadnej reakcji.

– I co teraz? – dopytywał się Tomaszewski.

– Nic. – Lekarz kilkoma ruchami zdjął opaskę uciskową. – Trzeba czekać, my już nie pomożemy.

Ores zrozumiał wszystko, nawet nie znając języka, w którym porozumiewali się obcy. Miał doskonałe wyczucie sytuacji.

– Proponuję, żeby wielcy państwo udali się na górę, do pokoi, gdzie czeka nocleg. Każę gospodarzowi zanieść tam jedzenie. – Ukłonił się z szacunkiem. – Myślę, że tak będzie lepiej.

– I ja tak myślę. – Tomaszewski uśmiechnął się do Oresa.

Więzienie zwane Podziemną Twierdzą było zlokalizowane niedaleko Pałacu Audiencji. W tym przypadku „niedaleko" okazało się wyrażeniem trochę mylącym – niedaleko, czyli dokładnie pod kanałem otaczającym reprezentacyjną budowlę. Rand zawsze się zastanawiał, czy przechadzające się przepięknymi mostkami wysoko urodzone damy czerpały perwersyjną przyjemność, wiedząc, że podczas kiedy one same przechadzają się alejkami wśród pachnących drzew, setki ludzi głęboko pod ich stopami w smrodzie i wilgoci cierpi niewyobrażalne męki. A może nie wiedziały? E tam, zganił się w myślach, wiedziały, wiedziały. Miasto jednak cierpiało na permanentny brak powierzchni pod zabudowę, więc to, co niekoniecznie nadawało się do oglądania, najchętniej umieszczano pod ziemią.

Pałac Audiencji jako miejsce spotkań był niezastąpiony. Ilość plotek, którą można było usłyszeć w tym miejscu, przewyższała zarówno pod względem ilości, jak i jakości wszystko, co można było zdobyć w całej reszcie miasta. Jeśli tylko pozwalały na to inne obowiązki, Rand bywał tu więc codziennie. Zawsze z Aie, ponieważ głuchoniema dziewczyna potrafiła czytać z ruchu warg i była niezastąpiona w zdobywaniu informacji przekazywanych szeptem w takiej odległości, żeby on sam nie usłyszał.

Ciekawe, czy jeszcze żyje? – Aie miała na przedramieniu specjalne urządzenie, dzięki któremu mogła się porozumiewać, nawet idąc. Jeden z najlepszych rzemieślników wyprodukował dla niej wyprofilowaną tabliczkę mocowaną paskami, na której można było pisać specjalnymi pałeczkami z twardej kredy.

– Jakby się chcieli jej tak po prostu pozbyć, nie robiliby aż takiego zachodu.

Ja nie o tym. Pytanie, czy nie zabili jej już w więzieniu.

– Zaraz się okaże. To zależy, na którym oddziale ją umieścili. – Rand przygryzł wargi.

Jego też intrygowała tajemnicza dziewczyna o imieniu Shen, którą siły specjalne zamknęły w najgorszym więzieniu tego miasta. Dzięki Aie wiedzieli, że prawdopodobnie był to jedyny żołnierz, który przetrwał zagładę korpusu wysłanego na wojnę z potworami. Ale tu zaczynały się mnożyć pytania. Jeśli dowództwo sił specjalnych nie chciało, żeby dziewczyna rozpowiadała o jakiejś masakrze własnych oddziałów, to dlaczego nie zabili jej po prostu na miejscu, w dolinie Sait? Jeśli chcieli zrobić Shen publiczny proces zakończony egzekucją „na pokaz i ku przestrodze", to powinni ją trzymać w którymś z własnych więzień, a nie w „lokalu publicznym". Podobno uwięziona dziewczyna była wariatką, nie wiedziała, co mówi. Ot, pomieszało się biednej w umyśle. Być może. Zważywszy, co prawdopodobnie przeszła, było to jak najbardziej możliwe i prawdopodobne. Ale pytanie: po co z nią sobie robić tyle zachodu, pozostawało bez odpowiedzi. Rand nie lubił mnożyć hipotez. Teraz jednak nie mógł oprzeć się wrażeniu, że ktoś ważny w siłach specjalnych, wtrącając Shen do jednego z najcięższych więzień, chce po prostu dziewczynę chronić. I dlatego wybrał miejsce odosobnienia podlegające bezpośrednio cesarskiej administracji. Uśmiechnął się. Być może takie rozwiązanie chroniło byłą kapral przed zakusami innych speckurew, ale z całą pewnością wydawało ją na pastwę Randa. Bo do więzienia sił specjalnych by w żaden sposób nie wszedł.

Strażnik nie salutował ani nie stawał na baczność, bo oboje nie byli przecież żadnymi osobistościami. Na tyle był jednak zorientowany, kto jest kim, że bez słowa otworzył zewnętrzną bramę. Następni strażnicy również nie sprawiali kłopotu, mimo że nie padło ani jedno słowo. Przybysze bez problemów zostali wpuszczeni do małego budyneczku, który stanowił jedyną część więzienia wystającą nad powierzchnię ziemi. Wewnątrz reżim był znacznie większy, ale w dalszym ciągu otwierano przed nimi kolejne kraty bez żadnych pytań. Bez słowa również zeszli trzy piętra w dół okropnymi, stromymi schodami, które oświetlały jedynie dymiące pochodnie.

Uprzedzony gospodarz czekał już na dole.

– Witam. – Magazynier zgiął swoje zwaliste ciało w dość przyzwoitym ukłonie. – Zapraszam, zapraszam do mojego gospodarstwa.

Wskazał im sporą kanciapę położoną nad magazynem i salą, gdzie przyjmował nowych więźniów.

– Czym mogę służyć tak dostojnemu – znowu ukłon w stronę Randa – i hojnemu – jeszcze głębszy ukłon – panu?

– Shen.

Magazynier skrzywił się jakby.

– Wiedziałem, że z nią będą trudności – mruknął. – Za dużo służb w tej sprawie.

Wskazał gościom ogromne krzesła przy stole, który musiał mu służyć do posiłków, bo na blacie stały jeszcze naczynia po śniadaniu. Magazynier strącił je jednym ruchem na ziemię.

– A może dostojni państwo napiją się wina? – zapytał.

Rand zaprzeczył. Chyba nie mógłby przełknąć czegokolwiek w tej śmierdzącej norze.

– Jak mógłbym porozmawiać z Shen? I to w warunkach, w których mógłbym wzbudzić w niej zaufanie.

Magazynier odruchowo przysunął sobie księgę wpisów, ale nawet do niej nie zajrzał.

– Absolutnie niemożliwe – powiedział sucho. – Nie ma takiej ludzkiej mocy, która mogłaby ją wyprowadzić na zewnątrz.

– Rozumiem. Z kim ona siedzi?

– Z wyrokiem.

Rand roześmiał się, ale szybko zrozumiał, że nie chodzi o dowcip. „Wyrokiem" nazywano tego więźnia, który miał już oznaczoną datę egzekucji.

– To świetnie, nie będziemy musieli niczego mieszać.

– Mieszać? – Magazynier zdziwił się trochę.

– W papierach. – Wskazał głową Aie. – Za co mogli-byśmy ją posadzić, żeby sobie nie zrobić problemu?

Magazynier spojrzał na dziewczynę z pewnym po-dziwem. Obojętnie przenosiła wzrok z ust jednego do drugiego. Nie drgnął jej nawet najmniejszy mięsień na twarzy, kiedy zrozumiała, że ma iść do więzienia. Do tego więzienia. W całym swoim życiu niewielu widział tak twardych ludzi.

– No na pewno nie za zdradę – powiedział oschle po chwili. – Nie wyobrażają sobie państwo, ilu prawdziwych patriotów siedzi tam w celach pod ziemią. Zdrajczynię kraju gotowi gołymi rękami rozerwać.

– No to może za morderstwo?

– A jak później wyjdzie? – Szef więzienia pokręcił głową. – Zresztą sąd by trzeba angażować i w ogóle... Z kolei wyrok za głupstwo to nie tu. Zaraz się współ-więźniowie pokapują, że ucho do celi wsadzamy. Może... złorzeczyła samej cesarzowej?

– Jest głuchoniema.

– Aha, myślałem, że tylko głucha. – Magazynier za-sępił się nagle. Myślał dłuższą chwilę, zanim powie-dział: – Może zróbmy tak. Niech ona idzie siedzieć za to, że podpaliła warsztat rzemieślniczy i magazyn. Współ-więźniowie dowiedzą się, że zrobiła to w proteście, bo jej dzieci pomarły z głodu, i zaczną ją lubić. A nam da to możliwość brania jej codziennie na przesłuchania i pod-karmienia tutaj, żeby na dole z głodu nie umarła.

– To nie jest więzienie śledcze – zauważył Rand.

– Jasne. Toteż zrobimy tak, że ona siedzi z wyroku państwowego. Imperium ją posadziło za podpalenie. Ale prywatny właściciel ją ciąga na przesłuchania, żeby się dowiedzieć o reszcie konspiracji. Że niby chce wiedzieć, kto jeszcze z jego pracowników ma żal i chce się mścić. Że niby jest tam jakaś grupa wywrotowców.

– Genialne! – uśmiechnął się Rand. – Ale powiedz mi jedną rzecz. Jeśli Aie będzie wzywana na przesłuchania i będzie wracać po posiłkach do celi, to przecież każdy głodny więzień natychmiast to wyczuje. Węchem!

– Z tym sobie bez trudu poradzimy, dostojny panie.

– Jak? Sprawicie, że jedzenie nie będzie pachnieć?

– Nie. Sprawimy, że ta druga nie będzie niczego czuć. – Z całej siły uderzył pięścią w swoją otwartą dłoń.

Wszyscy obecni dokładnie jednak zrozumieli, że biedna Shen nie zarobi bynajmniej ciosu w rękę, tylko w inną część ciała. Rand, a nawet stojący pod ścianą strażnik wzdrygnęli się. Jedynie Aie nie drgnęła. Stanowiła dla Magazyniera coraz większą zagadkę. Myślał o niej, pisząc rozkaz przyspieszenia egzekucji współwięźniarki Shen. Wiele istot ludzkich przewinęło się przez jego więzienie, ale takiej dziewczyny jeszcze nie widział.

Ciekawe, co ją łączy z tym zniewieściałym paniczykiem? – pomyślał. Głośno jednak powiedział:

– Idź i każ przygotować szubienicę. – Wręczył strażnikowi pisemny rozkaz. – Wracając, przynieś z magazynu wszystko, co miała przy sobie więzień Shen.

– Tak jest!

Magazynier zerknął na Randa.

– Jeśli chcecie, dostojny panie, żebym cokolwiek powiedział wam o tym więźniu, to niewiele się dowiecie. To wariatka.

– Dlaczego?

– Trudno tak jednym słowem powiedzieć. Tu prawie wszyscy wariują, prawie wszyscy coś mówią, jak ich najdzie, wyrzucają z siebie winy, prawdziwe czy urojone, złorzeczą, bajdy wymyślają... Każdy coś tam gada, nie mogąc wytrzymać w maleńkiej klatce. Na głowę się im po prostu rzuca.

– A Shen?

Magazynier skrzywił się, nie wiedząc, jak dobrać słowa. Zdecydował się dopiero po dłuższej chwili.

– Shen sprawiła, że ciarki mi przeszły po plecach.

– Bo?

– Robiłem ostatni, nocny obchód. Ona nowa. Parę dni dopiero była u mnie, więc się zatrzymałem, szturchnąłem pałeczką i grzecznie pytam: „Co? Nie spodziewałaś się, że coś takiego zobaczysz?". A ona...

Zapadła cisza. Magazynier trwał nieruchomo w zamyśleniu. Rand poddał:

– A ona?

Tamten poruszył się lekko.

– Siedziała, patrząc gdzieś przed siebie. Albo gdzieś w głąb? I powiedziała takim dziwnym głosem...

– Co powiedziała?

– „Widziałam zagładę całego korpusu, widziałam umierające mi na rękach koleżanki, widziałam dziewczyny wyjące ze strachu w agonii. Widziałam dalekie świątynie obcych bogów, widziałam, jak ogień spada z nieba, i potwory, które latają na żelaznych maszynach. Widziałam okręty ze spiżu, wielkie jak miasta, i upiory, które zabijają samym powietrzem"...

Magazynier otrząsnął się, a Rand poczuł, że ma dreszcze. Zaniepokojony rozejrzał się wokół. Jedynie Aie siedziała nieruchomo, z nieprzeniknioną miną.

– Ona to mówiła z takim przekonaniem...

Na szczęście Magazynierowi przerwało wejście strażnika, który położył na stole wszystkie przedmioty, jakie zarekwirowano Shen do depozytu. Rand odetchnął z ulgą. Opowieść tamtego była tak sugestywna, że szczególnie w tym mrocznym otoczeniu zaczynał się już czuć dość nieswojo.

– Co to jest? – Wskazał podłużny kształt na wierzchu.

– Karabin. – Magazynier wzruszył ramionami. – Chyba.

Rand wziął nietypową konstrukcję do ręki. Była dość ciężka, ale nie tak ciężka jak karabiny stosowane w wojsku.

– Dziwny. – Przesuwał dłonią po gładziuteńkiej, wypolerowanej z jakąś nieprawdopodobną precyzją kolbie. – Jeszcze takiego nie widziałem.

– Ja też nie – zgodził się szef więzienia. – A tu, proszę, naboje. Te to dopiero dziwne.

– To jest nabój? – Rand wziął do ręki połyskujący metalicznie wałeczek. – Hm, niesamowite. Nie ma zamka, a nabój nie mieści się w lufie? Co tu jest nie tak?

– Trudno powiedzieć. A tu jest jeszcze lepsze.

Magazynier pokazał miedzianą tuleję.

– Do czego to służy?

– Nie wiem, ale się rozkłada. – Rozciągnął tuleję tak, że stała się trzy razy dłuższa. – I jeszcze ta kurtka.

Rand wziął do rąk materiał w zielono-brązowo-czarne ciapki. Sprawdził guziki, bo były elementem wykonanym z wyjątkową precyzją. Na kość były za lekkie, na ceramikę zbyt twarde i niełamliwe. Co to mogło być?

– Ciekawe, skąd to ma? – powiedział głośno.

– Eee... po mojemu to proste. Ta kurtka w ciapki, kiedy się ją włoży w lesie, nie będzie człowieka prawie widać. A ta broń jest tak wykonana, że jest jak kolekcjonerska, pewnie na specjalne zamówienie robiona. Ktoś bogaty i z pasją zamawiał.

– I co?

Magazynier wzruszył ramionami.

– Ta Shen pewnie zadziabała w lesie jakiegoś bogatego myśliwego. Bardzo bogatego. No bo kogo byłoby stać na takie fanaberie. A myśliwi, ci naprawdę z pasją, to każdy grosz wydadzą na takie pierdoły.

– Może i tak. – Rand odłożył kurtkę na blat stołu. – Pogadajmy więc, za jaką kwotę mógłbym te przedmioty wypożyczyć.

Magazynier rozpromienił się natychmiast i odruchowo zatarł dłonie.

– O tak, właśnie. Pogadajmy o tym.

Rozdział 2

Tomaszewski spał w jednym pokoju z Siweckim, Kai dostała drugi. Moralność więc dokładnie taka jak po drugiej stronie Gór Pierścienia. Przynajmniej w hotelach dobrej klasy. Obsługa jednak i jej wyszkolenie stały nawet o klasę wyżej. Ktoś najwyraźniej czekał pod drzwiami i podsłuchiwał, bo kiedy tylko w pokoju rozległy się pierwsze hałasy, energicznie zapukano do drzwi.

– Proszę.

Młody pomocnik gospodarza postawił na specjalnym stoliku dzbanek, który zawierał, sądząc po zapachu, grzane wino z jakimiś ziołami, szklane naczynie z krystalicznie czystą wodą i drobne przekąski. Drugi posługacz ustawił pod ścianą dwie miednice, a trzeci napełnił je ciepłą wodą i rozwiesił ręczniki.

– Jak w lokalu z czterema gwiazdkami – ziewnął Siwecki.

– Albo nawet z pięcioma!

– W takich to nie bywałem. – Lekarz gramolił się z pościeli. – Ja nie z bogatej ziemiańskiej rodziny.

– A kto dostał stypendium prezydenckie? Jakbyś wszystkiego nie rozfrymaczył, byłoby cię stać na sześciogwiazdkowe.

Siwecki nachylił się nad jedną z misek.

– Mydła nie mają.

Tomaszewski podszedł bliżej. Uważnie oglądał przyniesione flakoniki.

– Oni chyba stosują oliwę. – Wąchał zawartość kolejnych naczyń. – O, jest coś jakby zapach dla mężczyzn.

– Pachnieć może i pachną, faktycznie. Ale gdzie jest mydło?

– No mówię ci, że używają oliwy.

– Nie widziałem nikogo z tłustą, wysmarowaną olejem gębą wczoraj.

– Bo nie na twarz.

– A na co? Znaczy... Czym myją twarz?

Tomaszewski, prawdę powiedziawszy, nie wiedział.

– Piaskiem?

– A widzisz tu jakiś piasek? – Siwecki też badał zawartość podstawionych naczyń. – Dobra, spytamy Kai, ale na razie użyjmy mydła, które mam w torbie lekarskiej.

– Daj skorzystać. Nie pomyślałem wczoraj.

Okazało się, że ubikacja jest na zewnątrz. Ale nie żadna tam śmierdząca buda zbita z desek, z siedziskiem, w którym ktoś wyciął po prostu otwór. Przeciwnie – znaleźli coś w rodzaju latryny, siedziało się na podgrzewanym kamieniu, a pod spodem normalnie płynęła woda. Majsztertyk, tym bardziej że aby móc skorzystać, nie trzeba było przechodzić przez główną salę karczmy. Było dyskretne wyjście z tyłu, i to z własnymi schodami.

Kai też obudziła się wcześniej. Musieli czekać jednak, trochę już wygłodniali, aż dziewczyna poradzi sobie z poranną toaletą. Trwało to zdecydowanie dłużej niż u mężczyzn. Kiedy jednak pojawiła się w drzwiach ich pokoju, wyglądała naprawdę ślicznie.

– Na śniadanko?

– Z największą przyjemnością. – Tomaszewski poderwał się z łóżka. – Ale wyjaśnij mi jedną rzecz. Gdzie tu się można umyć, że tak powiem, w całości? Nie tylko górną część ciała w miednicy?

Wzruszyła ramionami.

– W łaźni.

– A gdzie taka łaźnia jest?

– W mieście. Jedna reprezentacyjna i kilka mniejszych. Ale to prowincja, mówiłam.

Tomaszewski i Siwecki spojrzeli po sobie. Liczyli, że przy śniadaniu uda im się poznać kwestie dotyczące braku mydła. Niestety. Kiedy tylko pojawili się na dole schodów prowadzących do głównej sali karczmy, rozległ się wrzask.

– Panie! Panie! – Młoda dziewczyna runęła do stóp Siweckiego, chwyciła go za łydki pod kolanami, i to tak, że o mało się nie przewrócił. – Dzięki ci, panie! – Dziewczyna zaczęła całować nogi lekarza. – Panie! Oddam ci wszystko, co mam, zrobię, co zechcesz! Wielki panie, dziękuję!

Dopiero teraz poznali w klęczącej żonę wczorajszej ofiary. Najlepsze jednak było dopiero przed nimi. Od najbliższego stołu podniósł się mężczyzna owinięty w koc. Trochę mniej energicznie niż dziewczyna, ale dość żwawo, choć przy pomocy jednego z posługaczy, podszedł do Siweckiego.

– Ożeż szlag! – wyrwało się lekarzowi. – To ten wczorajszy zdechlak! Żywy... Ale jaja!

– Wielki lekarz gratuluje panu powrotu do zdrowia – przetłumaczył Tomaszewski.

Kupiec zgiął się w ukłonie. Mówił coś, że gotów jest przeznaczyć na honorarium każdą sumę, która tylko się zbawcy zamarzy. Że cudotwórca uratował nie tylko jego, ale też piękną żonę od nędzy i czwórkę jego malutkich dzieci.

– Niesamowite! – Siwecki jednak tylko kręcił głową na widok kondycji chorego. – A powinni już go zakopywać.

– Pan doktor bardzo się cieszy – brzmiało to w wersji Tomaszewskiego.

Kai uśmiechnęła się promiennie.

– Chcesz zostać politykiem, prawda? – szepnęła.

Razem przekonali kupca, żeby odkleił śliczną żonę od nóg lekarza i poszedł do łóżka. Chory powinien jeszcze leżeć. Gospodarz i czuwający na dole od rana Ores chwycili kupca i wraz z żoną odprowadzili gdzieś, gdzie mógł się położyć. Niestety, nie był to koniec kłopotów. Zza największego, najważniejszego stołu w obszernej izbie podniósł się czcigodny, sądząc po wyglądzie i szatach, starzec.

– Witajcie, wielcy państwo, i ty, największy z medyków tego świata.

Siwecki, kiedy usłyszał tłumaczenie, zakrztusił się śliną.

– Jestem Horeth – przedstawił się stary. – Mówią, że jestem najlepszym medykiem w tym mieście.

Siwecki podszedł i podał mu dłoń. Przedstawił się, dodając:

– To tutaj to jak splunięcie. Generalnie zajmuję się powiększaniem piersi i ujędrnianiem pośladków u dam, a wszystko to metodą nakładania rąk.

– O, naprawdę? – Kai zerknęła zdziwiona. – Takim go jeszcze nie znałam.

Tomaszewski tłumaczył bez mrugnięcia okiem:

– Pan doktor wyraża zadowolenie ze spotkania. Wiele o panu słyszał.

Horeth pokraśniał i ukłonił się z szacunkiem.

– Nie śmiem prosić ani się narzucać, ale czy uczyniliby mi państwo zaszczyt i pozwolili towarzyszyć wam przy śniadaniu?

– Oż kurde balans! – Siwecki odkłonił się odruchowo.

– Pan doktor zapewnia, że towarzystwo tak znanego medyka i dla nas będzie zaszczytem. – Tomaszewski zrozumiał nagle, że przegiął długością tłumaczenia, więc wykonał zapraszający gest.

Kiedy usiedli, gospodarz w otoczeniu zgrai pomocników zaczął ustawiać naczynia. Staruszek okazał się przemiłym towarzyszem, w bardzo zręczny sposób komplementującym każdego członka towarzystwa.

– Uważaj – szepnęła Kai do Tomaszewskiego. – Horeth jest światowy i bywały u dworu. To na pewno oko i ucho samego księcia.

Starego interesował jednak przede wszystkim wczorajszy przypadek.

– Kiedy dotarła do mnie wieść, że obcy medyk, przybysz z dalekich stron, zawrócił ukąszonego kupca z krainy śmierci, pozwoliłem sobie przyjść tu i zobaczyć pacjenta.

– On ma wyjątkowo mocny organizm. Wczoraj był już w stanie agonalnym.

– Tak. – Horeth potwierdził ruchem głowy. – Już był poza granicą śmierci. Jaki więc cud sprawił, że mogłeś go sprowadzić z powrotem do nas, panie?

– To nie cud. To surowica.

– Hm. Zbadałem ranę. Została zadana długo przed podaniem medykamentu. Co gorsze, ukąsił go jeden z najbardziej okropnych gadów. Wąż zwany kamaszem. – Horeth upił trochę wina ze swojej czarki. – Nazwa stąd, że podobno potrafi przegryźć nawet wojskowy bucior, ale sądzę, że to bzdura, kolejna plebejska legenda bez oparcia w faktach. Niemniej jednak jad tego węża jest wstrzykiwany niezwykle głęboko. Nacinanie ciała wokół rany i wysysanie jest bezskuteczne. Cóż więc sprawiło, że kupiec cudownie ozdrowiał?

– Surowica – powtórzył Siwecki. – Prawdę powiedziawszy, nie sądziłem, że zadziała.

– A co to jest surowica?

– Antidotum. Z reguły wytwarza się ją przeciwko jednemu typowi jadu. Można zrobić poliwalentną, ale... – Lekarz wzruszył ramionami. – Zawsze jest tak, że jeśli coś jest panaceum na wszystko, to na coś konkretnego słabo działa. A poza tym antytoksyna była wytworzona przeciwko jadom naszych węży, a i to nie wszystkich. Czy tu zadziała...

– Hej! – Tomaszewski przerwał tłumaczenie. – Bo zaraz powiesz, że pochodzimy zza Gór Pierścienia. A nie wiem, czy możemy już o tym mówić.

– Zrozumiałem – mruknął Siwecki. – Z surowicą jest jeszcze jeden problem – kontynuował. – Musi być dostarczona w stanie schłodzonym. Na jachcie mamy lodówkę na generatorze, no ale torbę trzeba przenieść, a pojemnik ze styropianu trzyma tak sobie...

– Zlituj się! – przerwał mu znowu Tomaszewski. – Generator, lodówka, styropian... Jak ja mam to przetłumaczyć? Do każdego słowa dziesięć zdań wyjaśniających?

– No przecież chciał wiedzieć.

– Co wiedzieć? Co ty mu chcesz wytłumaczyć? A poza tym kiedy przejdziesz do chemii wyższej, to w ogóle ugrzęźniemy.

Starzec jednak zdawał się rozumieć, o czym mówią. Ukłonił się lekko i wykonał ręką uspokajający gest.

– Chciałem się tylko dowiedzieć, panie, czy jesteś medykiem, czy też jakimś groźnym, obcym magiem, który być może dysponuje złymi siłami. Wybacz, panie. Nie rozumiem szczegółów, lecz przekonałeś mnie, że jesteś medykiem, jak ja, o całe nieba lepszym, ale medykiem, nie potworem. – Jeszcze raz wykonał uspokajający gest. Potem skinął na chłopca, który czaił się pod drzwiami.

Ten wyskoczył na zewnątrz niczym wystrzelony z katapulty.

– Wybaczcie, wielcy państwo. Po prostu musiałem was sprawdzić. – Horeth pochylił głowę. – A oto przyczyna całego zamieszania.

Drzwi otworzyły się, przepuszczając kilka osób w bogatych, ceremonialnych strojach. Z tyłu, za nimi, na podwórku czekało kilkudziesięciu żołnierzy opartych na swoich skałkowych karabinach. Pierwszy i najważniejszy w orszaku, starszy mężczyzna w purpurze szamerowanej złotem, ukłonił się sztywno.

– Drodzy przybysze! Książę i pan mój zaprasza was na drugie śniadanie.

– Nie zjedliśmy jeszcze pierwszego – wyrwało się Tomaszewskiemu.

– Cicho! – warknęła Kai po polsku. – Podziękuj za tak niebywały zaszczyt!

Tomaszewski wstał i uporządkował mundur. Wyraził zachwyt i zaskoczenie, unikając jednak zbyt kwiecistego stylu. Czuł, że sprawa jest niezwykła. Zapytał, kiedy mają przybyć na zamek. Pierwszy w orszaku wyjaśnił, że książę zaprasza niezwłocznie i dlatego wysłał eskortę żołnierzy, by gościom nie groziło żadne niebezpieczeństwo.

– I co? – spytał Kai po polsku.

– Musimy iść. – Dziewczyna wyglądała na przejętą. – Musiało się stać coś strasznego.

Tomaszewski nieznacznie sprawdził, czy w kaburze ma służbowy pistolet, czy jak to czasem bywało na łodzi podwodnej, łyżkę do butów. Na szczęście na lądzie nie groziło mu noszenie kamizelki ratunkowej, która kolidowała z kaburą na pasku. Pistolet był, a w nim jeden magazynek. Drugi, zapasowy, tkwił tuż obok w ładownicy. Niestety, miał więc przy sobie tylko szesnaście nabojów.

Kadir, naczelny rusznikarz garnizonu, był człowiekiem niezwykle inteligentnym, i to nie jak na warunki wojskowe, tylko ogólnie. Cierpiał strasznie, ponieważ w otoczeniu trudno mu było znaleźć kogokolwiek, z kim mógłby wymienić choć kilka zdań niekonieczne o problemach z przechowywaniem prochu strzelniczego czy spodziewanych lub nie awansach różnych znajomych. Rusznikarz był człowiekiem samotnym, spędzającym wolny czas na czytaniu opasłych ksiąg. Miał dobrą pamięć, kolekcjonował w głowie dobre sposoby na każdą sytuację życiową. Ale ciągle szukał tego jednego sposobu, którego nie mógł znaleźć. A potem w jego głowie zalęgło się podejrzenie: może w księgach nie znajdzie sposobu na samotność? Chodził więc na spacery po plantach otaczających cytadelę i mijał dziesiątki kobiet. Roześmianych, smutnych, plotkujących z koleżankami. Tak bardzo chciałby im pokazać, jak wiele pięknych rzeczy kryje się w jego głowie. Nie był już młodzieńcem, nie był zbyt atrakcyjny, lecz jego dusza naprawdę zawierała skarby. Chodził zatem powoli szerokimi alejkami wśród drzew i męczył się, chcąc się podzielić tym ukrytym bogactwem. Nikt jednak nie chciał brać.

Dlatego też tak bardzo zaprzyjaźnił się z Randem, Człowiekiem bez Imienia. Był też chyba jednym z niewielu ludzi, którzy znali przeszłość twórcy „plotkarskiej organizacji". Obaj uwielbiali spokojne wieczorne rozmowy przy winie, w których omawiali sprawy światowe i te dotyczące filozofii, zawsze przepełnione melancholią i niewyrażoną chyba nigdy potrzebą znalezienia kogoś lub czegoś.

Teraz jednak Kadir wyznaczył spotkanie nie w samej cytadeli, gdzie z górnych tarasów roztaczał się przepiękny widok, sprzyjający zadumie. Wybrał fort numer cztery, położony na dalekich przedmieściach, tuż przy strzelnicy i maleńkim poligonie służącym bardziej jako pole różnych doświadczeń niż teren do ćwiczeń. Rand przybył punktualnie, złorzecząc jednak na odległości.

– Zbadałeś karabin, który ci przekazałem? – po chwili narzekania przeszedł do rzeczy.

– Tak. Zbadałem go.

– I co?

Kadir uśmiechnął się tajemniczo.

– To może być dłuższa opowieść. Wraz z pokazem.

Rand z rezygnacją machnął ręką. Ruszyli w stronę wyjścia z fortu do zabudowań starej strzelnicy. Na szczęście wokół prawie nie było ludzi, poza kilkoma znudzonymi służbą funkcyjnymi nie napotkali żadnego żołnierza ze znaczącą szarżą.

– Powiedz mi – spytał Rand, kiedy wychodzili na wąską drogę wyłożoną kamieniem, w którym koła toczonych tędy armat wyżłobiły dość głębokie koleiny – czy widziałeś już kiedyś taki karabin?

– Nie.

– Źle się wyraziłem. Chodzi mi o to, czy widziałeś taki system?

– Również nie.

– Bo...

Kadir zatrzymał się nagle. Odwrócił się i położył ręce na ramionach przyjaciela.

– Mam nadzieję, że nie jest to broń naszych wrogów? – Spojrzał Randowi badawczo w oczy.

– Tego nie wiem.

– O Bogowie. – Rusznikarz opuścił głowę. – O Bogowie...

Zabrał ręce i ruszył w stronę strzelnicy.

– Co? Nie potrafisz takiego odtworzyć?

– Pewnie bym mógł. Jest tam jeszcze sporo zagadek do rozgryzienia, ale po długim czasie poświęconym na badania i próby pewnie bym mógł zrobić taki. – Kadir westchnął ciężko. – Ale nie w tym rzecz.

– A w czym?

Rusznikarz tylko machnął dłonią, jakby opędzał się od niedającego spokoju owada.

– Pokażę ci kilka rzeczy, które ci się zupełnie nie spodobają. Zupełnie.

Otworzył drzwi do magazynów i poprowadził Randa do strzeżonej szczególnie części, zawierającej rzadkie egzemplarze, będące własnością jednostki albo prywatnie, poszczególnych oficerów. Na umieszczonym pod oknem stole leżał karabin zabrany Shen. Kadir jednak otworzył jedną z szaf.

– Patrz. – Ze specjalnej przegródki wyjął wspaniały złoty pistolet. – Widziałeś kiedyś takie cudo?

Rand ostrożnie wziął broń do ręki. Mistrzostwo w wykonaniu jakiegoś rzemieślnika. Absolutne mistrzostwo. Trzymał dzieło sztuki, a nie broń. Każdy, nawet najmniejszy i najbardziej skomplikowany mechanizm pokryty został inkrustacjami i misternymi płaskorzeźbami. Zamek można było zakryć specjalną osłoną przeciwko kroplom deszczu, którą wykonano z górskiego kryształu, a rękojeść wyrzeźbiono tak, by każdy z palców dłoni miał oparcie.

– Cudowny, prawda? – Kadir uśmiechał się do pięknego okazu.

– Tak.

– Zwróciłeś uwagę, że oprócz precyzji wykonania, na którą to precyzję nigdy nie będzie stać naszej armii, ma jeszcze szereg mechanizmów zabezpieczających go przed wilgocią?

– Ma osłonę zamka, specjalną pokrywkę zabezpieczającą od góry, można chyba domontować osłonę na dłoń...

– Tak. A gdyby zanurzyć go w wiadrze z wodą, strzeliłby?

Rand roześmiał się cicho.

– Po takim eksperymencie nic nie wystrzeli.

– Nic? – Kadir wyciągnął zza szafy przygotowane wcześniej wiadro wody. Wstawił tam karabin Shen tak, żeby zamek się zamoczył. Dodatkowo wrzucił łódkę z nabojami. – No to patrz. – Otworzył okno.

– Na co mam patrzeć?

– Patrz oczami wyobraźni. Jest ulewa, rozpoczyna się wielka bitwa. Dwie kompanie ustawiają się naprzeciwko, pierwsze szeregi przyklękają, pada komenda „gotuj broń”. Leje jak z cebra na otwarte zamki karabinów. Żołnierze mierzą do siebie wzajemnie...

Kadir wyjął karabin i naboje z wiadra. Otworzył zamek, wytrząsnął resztki wody i załadował łódkę. Przez otwarte okno wymierzył w niebo.

– Pada komenda „pal!”. Zatkaj uszy.

Rusznikarz wystrzelił w powietrze. Rand, mimo że zdążył sięgnąć palcami głowy, teraz potrząsał nią, usiłując poradzić sobie ze słuchem.

– I teraz tak... Z klasycznych karabinów wypaliło mniej więcej dwie trzecie albo nawet tylko połowa, takie jak ten wystrzeliły wszystkie. Żołnierze muszą przeładować broń.

– Nie muszą. Mogą pójść do ataku na bagnety.

– Tak? No to mają wybór. Albo zajmować się papierowymi tutkami, stemplami, ładowaniem od lufy, podsypywaniem w deszczu prochu na panewki, albo rzeczywiście zdecydować się na przejście na piechotę pięćdziesięciu kroków. Na cokolwiek się zdecydują, ci, którzy mają te karabiny, w tym czasie robią tak...

Rusznikarz przeładował broń czterema szybkimi ruchami, nie odrywając od niej dłoni.

– Zatkaj uszy!

Nowy strzał wstrząsnął pomieszczeniem, które zaczął wypełniać dziwny smród, w ogóle nieprzypominający spalin czarnego prochu.

– I jeszcze raz!

Kolejny strzał. Rand zatykał już uszy całymi dłońmi.

– I jeszcze raz! I jeszcze... Mało ci? No to patrz. – Otworzył zamek i błyskawicznie załadował kolejne pięć nabojów z drugiej łódki. – Ja już jestem znowu gotowy do strzału!

– Nie strzelaj, błagam! – krzyknął Rand. – Zaraz zwymiotuję.

Rusznikarz opuścił broń. Dyszał z podniecenia, zupełnie jakby przebiegł szybko odległość dzielącą go od wrogich, wyimaginowanych sił.

– Czułeś? – zapytał. – Czułeś tę moc?

Rand potrząsał głową. Pomachał rękami, żeby dać mu na chwilę spokój.

– A wiesz, gdzie jest teraz wróg? – kontynuował Kadir. – Nie ma go! Nie żyje!

– I co z tego?

– To, że nasza armia nie wytrzyma ataku na żołnierzy uzbrojonych w coś takiego. Zostanie rozsmarowa-

na na tych pięćdziesięciu dzielących ich podczas bitwy
krokach!

– To nie jest broń wojskowa. Żadna armia nie wy-
trzymałaby ciężaru wydatków, żeby wyposażyć wojsko
w coś takiego.

– Kwestia do rozpatrzenia, ale jeszcze do tego wrócimy – Kadir na poły zgodził się z pierwszą częścią wypowiedzi. – A do czego ma, twoim zdaniem, ta broń służyć?

Rand nie wahał się.

– Według słów Magazyniera, specjalisty od dusz
ludzkich, ta broń w połączeniu z kurtką w ciapki to wyposażenie myśliwego. Shen po prostu zaciukała albo
ukradła wszystko jakiemuś księciu, miłośnikowi uga-
niania się po kniejach, na którego specjalne zamówienie
wykonano ten cud techniki.

Rusznikarz aż się zapowietrzył.

– No wiesz co?! Niech się ten twój znawca dusz weźmie za znawstwo dup! Bo tyle jest warta jego wiedza! To
bzdury, brednie, to idiota jakiś!

– Według ciebie to nie jest broń myśliwska?

– Nie. – Kadir wziął na ramię karabin, chwycił chlebak z nabojami, mosiężną tuleją i wielokolorową kurtką. – Chodź. Przygotowałem małe przedstawienie.

Otworzył drzwi na korytarz i wskazał kierunek.
Rand z ulgą opuścił pomieszczenie, które śmierdziało
strasznie w bardzo nieprzyjemny sposób. Rusznikarz
wyprowadził przyjaciela na zewnątrz.

– Bo widzisz, do tej pory opowiadałem ci o klasycz-
nym sposobie prowadzenia wojny. A w przypadku takich
karabinów nikt nie stanie w linii naprzeciwko. Aż tylu
samobójców nie zbiorą.

– A jaki jest nieklasyczny sposób?

Kadir stanął na skraju rzadkiego, niewielkiego lasku położonego na szczycie łagodnego wzgórza. Nałożył na siebie kurtkę w ciapki, z najbliższego drzewa zerwał kilka gałązek i oplótł sobie głowę tak, że z każdej strony zwisały teraz zielone witki.

– I jak wyglądam? – spytał.

– Jak idiota – odparł szczerze Rand.

– No to patrz. – Rusznikarz odszedł kilkanaście kroków i ukrył się za niewielkim krzakiem. – W odległości pięciuset kroków kazałem czekać drużynie piechoty. Kiedy dasz znak, to ruszą na nas i mogą strzelać, jeśli zobaczą cel. Nie bój się, w lufach nie mają kul. Obok drogi wbiłem w ziemię deski na sztorc. Tak mniej więcej wielkości człowieka. Ilekroć więc wywrócę deskę, znak, że jeden z nich jest zabity.

Kadir przeładował karabin i złożył się do strzału.

– Możesz im dać znak.

Rand zaczął machać zawzięcie, niepotrzebnie zresztą, żołnierze mieli dobry wzrok. Pięćset kroków to nie tak dużo. Cała drużyna ruszyła do przodu. W tym samym momencie rozległ się huk i pierwsza deska poleciała na ziemię. Rand poruszył się niespokojnie. Trzask zamka i chwilę później poleciała na ziemię druga deska. No jasny piorun. To przecież pięćset metrów! Trzecia deska. Czwarta...

Kadir przeładowywał spokojnie. Żołnierze, którzy zbliżali się drogą, nie strzelali ze swoich karabinów. Oni go po prostu nie widzieli! Zwyczajnie, najnormalniej w świecie nie widzieli! Rand zrozumiał nagle, do czego tak naprawdę służyła kurtka w ciapki. Zrozumiał też, że z lufy tego przedziwnego karabinu nie wydobywa się dym! Nic nie zdradzało położenia strzelca. Piechota zbliżała się, maszerując na ślepo, a jeden mężczyzna masakrował ją z dalekiej, bezpiecznej pozycji. Kiedy rusznikarz rozwalił już dziesięć desek, wyszedł z krzaków i zdjął maskującą konstrukcję gałęzi z głowy. Machnął żołnierzom, żeby wracali. Żaden z nich nie oddał ani jednego strzału. Nikt przecież nie widział celu.

– I jak?

– Robi wrażenie – zgodził się Rand. – Ale nie myśl, że w rzeczywistej walce poszłoby ci tak łatwo. Jest przecież wsparcie artyleryjskie, które przed atakiem pomacałoby las.

– Taaa... A jak myślisz? Czy ludzie, którzy są w stanie produkować takie karabiny, umieją też robić armaty? I jakie te dołączane w zestawie armaty są? Gorsze od naszych? Takie same? Czy też może... – Kadir nie dokończył znacząco.

– Co chcesz przez to powiedzieć?

Rusznikarz wzruszył ramionami. Dłuższy czas patrzył na pokrytą rzadkimi drzewami przestrzeń małego, podmiejskiego poligonu.

– Nadchodzi coś, czemu nie stawimy czoła – podjął po chwili. – Nie będziemy mieli żadnych szans.

– A czyż to nie wojskowi właśnie mówią, że nie broń jest ważna, tylko żołnierz, który ją nosi?

Kadir uśmiechnął się szczerze.

– Ja nie jestem żadnym żołnierzem, a zabiłem właśnie całą drużynę naszej piechoty, podczas kiedy oni nie wiedzieli w ogóle, co się dzieje. Nieprawdaż?

– Przesadzasz.

– Tak? No to pokażę ci coś, czego się naprawdę prze-straszysz. Siądźmy. – Wskazał złamane drzewo w pobliżu.

Kiedy usiedli na spróchniałym pniu, rusznikarz wyjął ze swojej sakiewki kawałek blachy. Zaczął majstrować przy klamrze, do której umocowany był parciany pas, pozwalający na noszenie broni na ramieniu. Po jakimś czasie wyciągnął z kolby coś jakby gwóźdź, lecz w dziwny sposób karbowany na całej swojej długości.

– Popatrz.

– Co to jest?

– Nazwałem to wkrętem do drewna. Niby gwóźdź, ale się go nie wbija, tylko wkręca, gdy pod ręką nie masz akurat młotka.

– I do czego to służy?

– Do mocowania klamry paska. Nieistotne – obruszył się rusznikarz. – Tej rzeczy nie powinno tu być. Popatrz. Karabin wykonany w technice, którą szalenie trudno byłoby nam skopiować. Ale najlepsi rzemieślnicy na pewno daliby radę, choć, jak mówię, nie znam jeszcze rozwiązania paru zagadek. Tyle tylko, że każdy z nich musiałby poświęcić na to tyle czasu, ile na wykonanie złotego pistoletu, który ci pokazywałem.

– Dalej nie rozumiem.

– Czy widziałeś w pistolecie, w tym majersztyku rzemiosła, jakikolwiek gwóźdź? Nie. Bo to tandetna technologia. Tania i kiepska. Ten wkręt przy odrobinie siły można wyrwać z kolby, szarpiąc za pasek. Tandeta po prostu.

Kadir nie wiedział, jak to wytłumaczyć lepiej.

– Może tak. Robisz wspaniały, rzeźbiony, pozłacany powóz. A w środku zamiast złotogłowiem tapicerujesz kanapę starymi szmatami. Bo taniej. Rozumiesz?

– Nie.

– Co mogłoby sprawić, żeby w pozłacanym powozie obić kanapę nie złotogłowiem, ale brudną szmatą? Czy można znaleźć choć jeden powód, dla którego ktoś mógłby tak postąpić? Można – rusznikarz sam sobie odpowiedział na pytanie. – Można zrezygnować ze złotogłowiu pod warunkiem, że cały powóz jest dla nas nic niewarty. Albo mało warty. Jeśli mamy zrobić tysiące powozów, wtedy zamiana złotogłowiu na szmaty da ogromną oszczędność.

– Czekaj, czekaj, coś mi świta.

– Dam ci lepszy przykład. Każdy człowiek używa naczyń, żeby zjeść posiłek. Są wspaniałe, piękne i są okropne. Na przykład z cynowej taśmy uderzeniami stempla robi się talerze. Buch, buch, buch i leci jeden za drugim. Tanizna. Nikt tego na stół nie śmie postawić, ale dla wojska, dla więźniów idealne. Tanie i nie szkoda, kiedy się zniszczą. Ale kupcy, którzy z żeglarzami pływają do krain, gdzie żyją prymitywne plemiona, zabierają całe stosy takich naczyń. Dla dzikusów to istny cud. Naczynie, które lśni, nie tłucze się, jak spadnie, można w talerz nawet bębnić. Cud! A dla nas śmieć niewarty nawet jednego brązowego. Na czymś takim gospodarz nie śmiałby podać jedzenia w najgorszej karczmie.

– Rozumiem – powiedział Rand. – Dla plemion to cud, bo nie potrafią czegoś takiego zrobić, a dla nas tanizna.

– Dokładnie. I tak samo jest z tym karabinem. Dla nas cud, a tandetny sposób przypięcia paska do kolby świadczy, że dla nich to...

– Tanizna?

Kadir westchnął ciężko. Odpowiedział dopiero po dłuższej chwili.

– Dla nich to masowa produkcja.

Rand zrozumiał. Nagle zrozumiał, co przyjaciel chciał mu powiedzieć, w całej rozciągłości. Chwycił się za głowę.

– O Bogowie... Bogowie!

Rusznikarz przygryzł wargi.

– Mówiłem, że cię to przestraszy.

Można powiedzieć, że siły specjalne były specjalnego znaczenia, i nie jest to żaden truizm. Formacja ta zawsze znajdowała się blisko władzy, ale i sama miała ogromną władzę. Dlatego też poszczególne jednostki różniły się od reszty wojska, i to nie tylko jakością umundurowania, zaopatrzenia czy wysokością żołdu. Jeśli jesteś zbyt blisko władzy, licz się z tym, że władza będzie ci się bacznie przyglądać. Dlatego też liczba kapusiów w każdej jednostce przewyższa średnią armijną wielokrotnie. Tu trzeba wiedzieć o każdym żołnierzu wszystko. Donosiciele ulokowani w oddziałach są na każdym szczeblu i albo sami piszą raporty (to raczej wśród oficerów), albo dyktują temu, co umie pisać, a oberkapuś wysyła tam, gdzie trzeba.

Shen założono teczkę już na wyspie Tarpy. Oprócz oficjałów, czyli daty przyjęcia do jednostki, daty awansu wraz z uzasadnieniem, charakterystyki napisanej własnoręcznie przez przełożonego, były tam wszystkie codzienne raporty dotyczące tego, jak się kapral zachowywała, o czym mówiła, co wspominała. Z teczki jasno wynikało, że Shen jest córką ubogiego rybaka. W chałupie panował głód, ojciec pił i bił dzieci bez umiaru, a kiedy dziewczyna podrosła, usiłował ją sprzedać dla czyjejś uciechy. Słuchająca tej wypowiedzi koleżanka z oddziału wyraziła niedowierzanie co do istnienia handlu ludźmi i co do tego, że może to być powód ucieczki z domu. Wtedy Shen wyraziła się w te słowa: „Własnego tyłka lepiej pilnować, póki jeszcze niesprzedany". Teczka zawierała też opis zwierzeń Shen dotyczących wcześniejszych ucieczek z domu, dziwnych snów i nawiedzającego w nich kapral chłopca.

Nie było tego wiele, ale jako punkt zaczepienia materiały nadawały się idealnie.

Po zakończeniu szkolenia teczka powędrowała za jednostką Shen do doliny Sait wraz z całym archiwum. Jej kopia została wysłana do stolicy, do głównej kartoteki sił specjalnych, i tam czekała na uzupełnienia. Z głównej kartoteki, miejsca z klauzulą najwyższej tajności, nie sposób było ukraść jakichkolwiek materiałów. Poufnych materiałów. Nieważną teczkę jakiejś tam kapral Rand kupił za wysoką, acz rozsądną w kontekście sprawy cenę. Nie zawierała żadnych informacji na temat przyczyn aresztowania Shen ani tego, co się z nią działo po powrocie z doliny Sait. Ale jako zaczątek do rozpracowania człowieka była świetna. W każdym razie stojąca na progu więzienia Aie miała te wszystkie informacje wykute na blachę.

– Ruszaj się, krówsko! – Nadzorca szarpnął brutalnie przywiązanym do jej szyi powrozem. – Nie będę cię tu ciągał jak barana na rzeź!

Magazynier wiedział o podwójnej roli Aie tutaj. Zwykli strażnicy oczywiście nie wiedzieli. Była więc traktowana dokładnie tak samo jak inni więźniowie. Teraz strażnik, podduszając sznurem, prowadził głuchoniemą na dół, do wypełnionej smrodem i jękami ludzi nory pod ziemią, gdzie miała cierpieć z innymi. Nie dbała o ból, była bardzo wytrzymała. A cierpienie? Hm. Tu działał pewien ulotny, ale istotny mechanizm psychologiczny. Wiele osób przestraszyłoby się warunków panujących w tej umieralni. Wielu nie mogłoby wytrzymać tu ani chwili. Jednak nie Aie. Tylko z pozoru była przecież taka sama jak wszyscy. Tylko z zewnątrz. Naprawdę różniło ją od współwięźniów wszystko. Po pierwsze mogła w każdej chwili wyjść. Po drugie mogła zjeść coś ekstra. I po trzecie... miała władzę! Gdyby jej się cokolwiek nie spodobało, gdyby jakiś więzień choć spojrzał na nią krzywo, mogła kazać Magazynierowi przenieść go gdzie indziej, na przykład do sali tortur, a gdyby się uparła... mogła nawet kazać go zabić. Ulotny czynnik psychologiczny. Miała cierpieć jak wszyscy. A jednak była wywyższona przez swoją ukrytą władzę. Przez to, że okazała się lepsza niż wszyscy otaczający ją ludzie. A z cierpienia w takich warunkach wiele osób czerpało nawet przyjemność. No, skądś się przecież wzięły legendy o Bogach zstępujących pod przybraniem między ludzi...

– No leżżeż! – strażnik wrzeszczał jakoś tak bez przekonania.

Zaduch, smród i okropna wilgoć. Znajdowali się przecież pod kanałami nawadniającymi ogrody Pałacu Audiencji. Te kanały były z technicznego punktu widzenia niezbędne. Od czasu do czasu należało jednak wymieniać w nich wodę. Brudną spuszczano więc w całości tutaj. Pod wielkim ciśnieniem myła tę norę, a to, że przy okazji utopiło się kilku więźniów, nie stanowiło dla nikogo problemu. Woda wraz z resztkami, które miała zabrać, spływała potem do ścieku, a ciała więźniów wynoszono.

– Tędy, suko! Gdzie mi tu leziesz! – Szarpnięcie sznura na szyi o mało nie udusiło Aie. Lecz nie zwracała na to uwagi.

Weszli do czegoś w rodzaju korytarza oświetlonego pochodniami. Po obu stronach w ścianach widniały zakratowane otwory. Kiedy szli, każdy ich krok śledzony był przez oczy stłoczonych po dwóch w maleńkich pomieszczeniach więźniów.

– Tutaj. – Strażnik szarpnął sznurem po raz ostatni. – W tym apartamencie zamieszkasz. – Wskazał dziurę na najniższym poziomie, z otworem tuż nad podłogą.

Najpierw przymocował sznur do haka w ścianie tak, żeby dziewczyna nie mogła się ruszyć, a potem otworzył kratę. Cela okazała się zajęta przez jednego więźnia.

– Hej, ty tam! – krzyknął. – Wystaw ręce!

– Melduje się więzień Shen – dobiegło ze środka.

Była kapral wystawiła ręce przez wewnętrzną kratę, a strażnik skrępował je błyskawicznie, zaciągając przygotowany wcześniej węzeł.

– No to mam dla ciebie dobrą wiadomość, Shen. – Roześmiał się chrapliwie. – Miałaś tu chyba za dużo miejsca, co? Już od wczoraj bez koleżanki, nie?

Z wnętrza klitki nie padł żaden komentarz. Mężczyzna wyjął ze specjalnej pętli przy pasie drewnianą pałkę i mocno szturchnął Shen.

– Odpowiadaj, jak pytam – rzucił sucho.

– Tak jest, panie nadzorco.

– Co? Nudno ci było?

– Tak jest. Nudno, panie nadzorco.

– No! To teraz masz nową koleżankę. Pogadacie sobie, pożartujecie, wesoło będzie...

Rozwiązał sznur na szyi Aie, ciosem w podbrzusze zgiął ją wpół i z dużym trudem zaczął wciskać do maleńkiej klitki. Pchał z całych sił, zmuszając, by uklękła obok nowej koleżanki ze skrępowanymi rękami do tyłu.

– No. Udało się. – Zamknął wewnętrzną kratę. – Wystawić ręce.

Kiedy wyciągnęły do niego nadgarstki, rozwiązał sznury i rzucił na odchodnym:

– No i koniec nudy, Shen. Twoja nowa koleżanka ma na imię Aie, czy jakoś tak. Pogadacie sobie, poopowiadacie różne historie. Czas zleci szybciej, nie będzie się dłużył.

Zamknął i zabezpieczył zewnętrzną kratę.

– No co? Nic mi nie powiesz, Shen? Nie podziękujesz mi?

– Tak jest, dziękuję, panie nadzorco.

– No, to rozumiem. – Strażnik mógł się nareszcie wyprostować. – To sobie gadajcie. Z tym że... ona głuchoniema! Ha, ha, ha! Głuchoniema.

Poszedł sobie nareszcie, pogwizdując wesoło. Dziewczyny po raz pierwszy zerknęły na siebie. Potem zaczęły się gramolić.

Cała tortura w Podziemnej Twierdzy polegała na tym, że cele zrobiono za małe. Dostępnej przestrzeni pozostawiono mniej więcej tyle, ile we wnętrzu niezbyt dużego pudła. Nie można było stanąć wyprostowanym ani położyć się na wznak na przykład. Nie można było nawet siedzieć tak, żeby przez cały, ale to absolutnie cały czas nie dotykać połową ciała współtowarzyszki. Jedząc, pijąc, siedząc i dumając, czy też robiąc inne rzeczy, było się przyklejonym do człowieka obok. Żeby położyć się do snu, obie musiały wpasować się jedna w drugą, w pozycji płodu, i zmieniać bok na komendę. Całą resztę życia spędzało się tu przyklejonym do drugiej osoby.

Ludzie często wyli. Czasem wariowali. Wystarczyła byle iskra, żeby doszło do morderstwa. Zdarzało się, i to nierzadko, że strażnicy wynosili ciała z przegryzionymi gardłami. Albo też, w zależności, przeciwko komu skierowana była agresja, z przegryzionymi żyłami na nadgarstkach. Całą resztę życia razem, bez dzielącej dwa ciała jakiejkolwiek odległości. Różnie mogło być. Czasem dziewczyny stawały się sobie bliższe niż siostry bliźniaczki, czasem ogarniała je miłość tak intensywna, jakiej na wolności chyba nie sposób doświadczyć.

Nie wiadomo, jak to wyglądało na oddziale męskim. Tu jednak bywało różnie. Ale i tu, i tam wariowało się równie często.

– Spróbujmy się jakoś ułożyć... – Shen nagle przypomniała sobie o ułomności nowej towarzyszki: – Naprawdę jesteś głuchoniema?

Zanim zdała sobie sprawę z idiotyzmu takiego pytania, Aie skinęła głową.

– Aha – zrozumiała Shen. – Czytasz z ruchu warg? Kolejne skinięcie głową.

– A umiesz pisać?

Aie skłamała, robiąc ruch zaprzeczenia. I o mało nie roześmiała się przy tym niechcący. Umiała pisać znakomicie, używając każdego alfabetu, od uproszonego po wysoką kaligrafię. Potrafiła nawet posługiwać się solografem i stosować alfabet kwatermistrzowski składający się z błysków krótkich i długich.

Shen jednak wzięła jej uśmiech za dobrą monetę.

– Usiłujesz się nie załamać, co? Dobrze to wróży. – Zaczęła przekładać swoje nogi do przodu. – Chodź, spróbujmy się jakoś poukładać.

Długą chwilę gramoliły się niezdarnie, usiłując dobrać jakąś pozycję, w której byłoby choć w miarę znośnie. W końcu udało im się usiąść przodem do siebie, przekładając na przemian między sobą zgięte w kolanach nogi. Ich twarze znalazły się blisko siebie.

– Skoro nie umiesz pisać, to rozmowa będzie trochę jednostronna, prawda? – powiedziała Shen.

Aie uczyniła gest, że niekoniecznie. Potem przybrała zabawną minę, udając małego pieska, i polizała Shen po twarzy. Ta wybuchła śmiechem.

– Fajna jesteś. I nie poddajesz się łatwo.

Aie wzruszyła ramionami. A potem samymi gestami zapytała Shen, co chciałaby się dowiedzieć o niej samej. Była głuchoniema od bardzo dawna i w „mówieniu" gestami osiągnęła mistrzostwo.

– Skąd jesteś?

Aie pokazała, że stąd.

– Stąd? Ze stolicy?

Gest: daleko, daleko. Potem okrąg i gest, jakby miała pływać.

– A, znad jeziora?

Potwierdzenie.

– Miasto, wieś?

Najpierw dwa palce wskazujące to drugie, potem gest określający coś bardzo, bardzo małego.

– Z malutkiej wioseczki nad jeziorem? – uśmiechnęła się Shen. – Córka rybaka?

Aie potwierdziła gwałtownym skinieniem.

– O kurczę, to tak jak ja... Pewnie strasznie tęsknisz teraz, prawda?

Energiczne zaprzeczenie, potem szybki ruch dłońmi przy ustach, jakby Aie wymiotowała.

– Nie tęsknisz? Nie masz ochoty tam wracać?

Potwierdzenie. Gest pokazujący kogoś wysokiego.

– Ojciec?

Teraz dłoń ułożyła się tak, jakby trzymała kubek i przechylała go do gardła. Chwilę później kiwająca się głowa.

– Ojciec pił?

Potwierdzenie, a potem pięść bijąca we własną twarz.

– Bił?

Potwierdzenie.

Shen przytuliła Aie do siebie. Mocno.

– Bogowie, jak ja cię rozumiem...

Kilkudziesięciu żołnierzy sformowało szyk, który jak klin wbił się w zgromadzony na ulicy tłum i rozrywając go, utorował drogę. Wielu gapiów desperacko usiłowało się przedrzeć bliżej orszaku. Nieczęsto sam książę zapraszał obcych przybyszów od razu na zamek, nieczęsto odbywało się to z oficjalną eskortą. Plotki rodziły się różne. Jedni sądzili, że obcy okazali się złymi czarnoksiężnikami, chcieli zatruwać studnie i książę kazał ich przywlec przed swoje oblicze, by osobiście poprowadzić poprzedzoną mękami egzekucję. Inni twierdzili, że jeden z obcych to wielki medyk o mocy nieznanej w tej części świata. Ponoć uzdrawia przez nakładanie rąk. Wielu więc mieszkańców miasta chciało za wszelką cenę przepchnąć się bliżej, żeby pokazać obcemu magowi swoje ropiejące rany lub opowiedzieć o dręczących chorobach. Nic z tego. Żołnierze byli bardzo sprawni i wzorowo wyszkoleni w utrzymaniu ruchomego kordonu na tłocznej ulicy.

Potem, kiedy dotarli do zamkowego wzgórza, wszystkich na szczęście zatrzymały straże. Tutaj też zostali żołnierze ochrony, dalej orszak prowadzili już tylko dostojnicy.

– Jest bosko! – szepnęła nagle Kai.

– Dlaczego? – mruknął Tomaszewski, nie odwracając głowy.

– Jeśli mnie wzrok nie myli, to książę osobiście czeka na nas przy głównym wejściu do pałacu.

– Niebywałe.

– Właśnie. To honor i zaszczyt wielki, tak się wita jedynie królów albo wysłanników królów.

– A czemu on tak tam sterczy?

– Po pierwsze z tego wniosek, że nie szykuje się tu żadna przykra niespodzianka. Po drugie on wyraźnie czegoś od nas chce.

– Oj, dzieci, dzieci – do prowadzonej szeptem rozmowy włączył się Siwecki. – Przecież to proste jak drut. Ktoś z jego rodziny również nadepnął na węża i... – podniósł do góry swoją lekarską torbę, którą przezornie wziął z karczmy – kiedy się tylko dowiedzieli, co wczoraj zaszło, to wysłali po mnie swojego speca.

– Możliwe.

– Z tym tylko, że surowica musi być przechowywana w lodówce. Więc i tak trzeba będzie posłać na jacht po nową.

Orszak zatrzymał się nagle. Otoczona przez dworzan postać księcia ruszyła w ich stronę.

– Bogowie! – wyrwało się Kai. – Jaki zaszczyt!

Nastąpiła wymiana powitań, uprzejmości, komplementów i ciepłych, wykwintnych słów. Czarownica odruchowo podjęła się roli oficjalnego tłumacza. Tomaszewskiemu, choć znał język, nie wypadało, ponieważ był dowódcą, w pewnym więc sensie posłańcem swojego władcy. Siwecki, „wielki cudotwórca", najwyraźniej odnalazł się w nowej roli i, co gorsze, bardzo mu się to podobało. Błyskawicznie opanował sztukę łaskawych skinięć głową, wielkopańskich, oszczędnych gestów i strojenia światowych min.

– Żeby tylko nie pękł z samozachwytu – mruknął Tomaszewski do Kai.

– Żebyście obaj nie pękli – zrewanżowała się dziewczyna. – Sam już nie idziesz, ale kroczysz w kierunku komnat.

Najpierw przygryzł wargi, a potem przyznał jej rację. Sytuacja sama jakoś tak dziwnie sprawiała, że najwyraźniej wchodzili w rolę. Na szczęście nie prowadzono ich daleko. W sali audiencyjnej książę zarządził postój, by podać coś do picia. Mogli mu się teraz w spokoju przyjrzeć bliżej. Nie był stary, mógł mieć jakieś pięćdziesiąt, pięćdziesiąt pięć lat. Miał z pozoru łagodną, ojcowską twarz. Lecz tylko z pozoru. Bystre oko wyłowiłoby natychmiast wszystko, co znamionowało pewność siebie i łatwość wydawania rozkazów. Teraz jednak władca wydawał się albo zdenerwowany, albo spięty, udawało mu się panować nad sobą z pewnym trudem. Przynajmniej takie wrażenie odnosiło się, patrząc z boku.

Kiedy podano wino i rozpoczął mowę powitalną, wrażenie to wyraźnie się spotęgowało.

– Czy można mu przerwać? – Siwecki nachylił się ostrożnie do ucha Kai.

– Na pewno nie – padła ledwie słyszalna odpowiedź.

– Ale jeśli ktoś nadepnął na węża, to każda chwila jest ważna.

– A...! – zrozumiała. – To da się załatwić.

Czarownica zwróciła się dyskretnie do starca Horetha, który przez cały czas trzymał się blisko gości. Szepnęła mu kilka słów do ucha, a on szybko dał znać mistrzowi ceremonii.

Ni stąd, ni zowąd nastąpiło małe zamieszanie, właściwie nawet nie wiadomo, czym spowodowane. Ktoś wstał, ktoś coś powiedział, ze dwie osoby postanowiły zmienić miejsce, gdzie stały, i ruszyły w dwóch różnych kierunkach, i nagle okazało się, że książę wcale nie przemawia. Książę słucha, stojąc z boku, a przemawia osobiście mistrz ceremonii, nawet nie zmieniając intonacji przemówienia. Jeśliby ktoś z boku odwrócił na chwilę wzrok, prawdopodobnie niczego by nie zauważył. Horeth wskazał drogę i kilku osobom udało się dyskretnie opuścić zasłuchane w mowę powitalną towarzystwo.

Książę przystanął na chwilę.

– Dziękuję wam – powiedział nagle. – Ja nie mogłem przerwać ceremonii.

Jedynie Kai miała jakie takie pojęcie o panującej tu etykiecie. Ukłoniła się, zostawiając na później tłumaczenie kolegom. Horeth, kiedy ruszyli znowu, zaczął objaśniać sytuację.

– Syn księcia wiele dni temu zapadł na śmiertelną chorobę. Mimo starań miejscowych medyków i tych, których udało się sprowadzić z okolicznych wysp, jego stan pogarsza się z dnia na dzień. Nie będę używał łagodnych słów. Pierworodny syn władcy tak naprawdę właśnie umiera. Rozpoczęły się ciche przygotowania do ceremonii żałobnych. Ale w nocy... – Horeth zadyszał się trochę, usiłując dotrzymać tempa służącemu, który otwierał przed nimi kolejne drzwi. – W nocy dowiedzieliśmy się, że do miasta zawitał człowiek, który sprawia cuda. Wysłano mnie, żebym sprawdził. I rzeczywiście... – Stary medyk zupełnie stracił oddech. Musieli przystanąć.

– Co to za śmiertelna choroba?

– Wywrócenie płuc!

– Aha. – Siwecki skinął głową, usiłując utrzymać poważny wyraz twarzy. – Jeśli jednak to naprawdę coś z płucami, będę potrzebował paru drobiazgów z jachtu.

– Już z góry wiesz, co trzeba? – spytał Tomaszewski.

– Nie wiem. Ale w przypadku duszności butla z tlenem zawsze się przyda. – Lekarz skończył krótką notatkę i wyrwał kartkę z notesu. – Bosman może nie chcieć wydać sprzętu ot tak, więc gdyby się upierał, niech sam przyniesie.

Książę pojął intencję, zanim Tomaszewski zdążył przetłumaczyć. Wezwany posłaniec zjawił się jak spod ziemi, wziął kartę i runął biegiem do wyjścia.

– Tu obok już jest komnata młodego księcia. – Horeth powoli odzyskiwał oddech. – Tędy. Tędy...

Służący otworzył ostatnie drzwi. W pomieszczeniu panował półmrok, wielkie okno przysłonięto szczelnie kotarą. Wnętrze oświetlały tylko trzy oliwne lampki. Trzeba było dłuższej chwili, żeby zauważyć kilku medyków skupionych nad chorym, który leżał nieprzytomny na wielkim łożu w kokonie koców, pledów i miękko wyprawionych skór.

– No szlag! – Siwecki potrząsnął głową. – Wywrócenie czy nie wywrócenie, ale jeśli chodzi o płuca, to trzymanie chorego w zaduchu szybciej go zabija! No i w przypadku płuc światło nie jest dla pacjenta śmiertelne.

– Kazać im wywietrzyć? – spytał Tomaszewski.

– Nie teraz, pewnie spocony jak mysz.

Siwecki podszedł do łoża, nie patrząc na usuwających się na boki medyków.

– Niech ktoś kompetentny opisze objawy. – Wyjął z torby stetoskop i przyrząd do pomiaru ciśnienia. – Pomóż mi. – Skinął na Kai. – Chyba że boisz się choroby.

Dziewczyna uśmiechnęła się kpiąco.

– Czarownice radzą sobie z własnym ciałem. Nic mi nie będzie.

Razem unieśli chorego do pozycji siedzącej. Przyjęli pomoc dwóch medyków, żeby utrzymać bezwładne ciało.

Horeth tymczasem opisywał zaobserwowane wcześniej objawy. I Tomaszewski, i Kai mieli pewne problemy z idealnym przetłumaczeniem rodzajów kaszlu, gęstości oblewającego chorego potu, właściwości świstów w oskrzelach, rodzajów dreszczy, bólów i duszności. Siwecki jednak zdawał się wszystko rozumieć.

– Powiedz temu Horethowi – przerwał tłumaczenie – że mam jasność. To, co oni nazywają wywróceniem płuc, my nazywamy zapaleniem. Ale poza tym wszystko się zgadza, oni wydali prawidłową diagnozę. – Podniósł głowę. – To obustronne zapalenie płuc, stan agonalny.

– I co zrobimy?

– Nie ma na to lekarstwa. – Lekarz wzruszył ramionami. – Powiedz księciu, że jego syn umiera. I że mogę trochę przedłużyć ten stan, a może nawet przywrócić na krótko świadomość, żeby mógł się pożegnać z dzieckiem. No i potrzebuję natychmiast tlenu.

Tomaszewski wahał się, czy przekazać władcy taką diagnozę. Spojrzał na Kai, a dziewczyna na niego. Też nie wiedziała. Jedynie Horeth zorientował się w wymianie znaczących spojrzeń i zaczął coś tłumaczyć księciu. Wyraźnie zdenerwowało to Siweckiego.

Klasnął, żeby wszyscy na niego spojrzeli. Wskazał chorego i przeciągnął sobie palcem po szyi. Potem wskazał kierunek, gdzie znajdował się port.

– Tlen! Szybko!

Książę pokazał prawdziwe oblicze. Zorientował się w ułamku chwili, o co chodzi obcemu medykowi. Ryknął coś do służącego, a ten już biegł, o mało nie tracąc życia, kiedy z najwyższym trudem wymijał filary na korytarzu.

Siwecki w tym momencie już robił pierwszy zastrzyk.

– Ja to mam pecha – mruczał pod nosem. – Znowu śmiertelna choroba i agonia... A nie mógłby to być jakiś banalny, widowiskowy przypadek? Na przykład lekka śpiączka cukrzycowa. Chory prawie martwy, zimny jak lód, nieprzytomny, a ja przychodzę, jeden malutki zastrzyk i mówię: „Wstań i idź za mną, synu!". A chory wstaje i idzie. Wszyscy dookoła padają na kolana, potem na twarz. Całują ślady moich stóp...

Książęcy medycy wokół z szacunkiem pochylali głowy przed obcym lekarzem. Sądzili, że szepce starożytne zaklęcia.

Tomaszewski wyszedł na korytarz, żeby zapalić papierosa. Kai wyszła razem z nim. Nikogo nie zdziwił dym ani zapalniczka. Wiadomo, kadzidło choremu zawsze pomaga.

– Co o tym sądzisz? – zapytał Kai.

Czarownica przygryzła wargi.

– Nasz doktorek zdecydowanie nie jest dobrej myśli.

– A nie sądzisz, że niepowodzenie może nam tu zaszkodzić?

Zaprzeczyła.

– Pamiętaj, że oni myślą inaczej niż wy. Ten, kto potrafi cofnąć śmiertelną chorobę, według nich potrafi i rzucić. Ot tak. – Pstryknęła palcami. – Nie tkną nas, cokolwiek by się stało. Ze strachu.

Tomaszewski przytaknął. Zaciągnął się głęboko mimo niesmaku w ustach. Znowu z nostalgią wspomniał radioaktywną pastę do zębów Tlenol-Ra. Dlaczego ją wycofali? Była przecież cholernie skuteczna.

Po chwili dołączył do nich Siwecki.

– Dajcie zapalić. – Skwapliwie wyciągnął rękę do podsuniętej paczki. – Ale sytuacja. Jeszcze kilka dni temu może byśmy cokolwiek zdziałali. A teraz...

– Naprawdę nie ma na to lekarstwa?

– A znasz jakieś? – Siwecki wzruszył ramionami. – Normalnie daje się witaminy, środki wzmacniające, chorego doprowadza do potów, podaje środki rozrzedzające, wykrztuśne i na dwoje babka wróżyła. A teraz to naprawdę agonia.

– Nic nie podasz?

– Przeciągnę to trochę. A nawet doprowadzę chorego do przytomności na jakiś czas. Będzie można się pożegnać.

Kai uśmiechnęła się szeroko.

– Pomnik ci za to postawią. Będziemy mogli zażądać, co zechcemy.

Tomaszewski skinął głową.

– No przydałby się jakiś żeglarz, przewodnik znający te wody.

– Dostaniesz takiego na własność. – Kai urwała nagle, zbliżając się do okna. – Patrzcie!

Z góry dobrze widać było zamieszanie na ulicy łączącej pałac z portem. A tam... kilkunastu ludzi niosło kogoś w zaimprowizowanej lektyce. Tragarze wcale nie szli. Biegli tak szybko, jak tylko mogli.

– To bosman Mielczarek. – Tomaszewski wskazał chyboczącą się postać. Marynarz miał w jednym ręku obciążony czymś ciężkim plecak, w drugim pistolet maszynowy z bębnowym magazynkiem, a na piersi wisiał mu pas z granatami. – On chyba nie ufa tym ludziom.

– Ja też bym nie ufał – poparł kolegę Siwecki. – Dobra. Zaraz tu będzie.

– I co? Naprawdę nie masz jakiegoś lekarstwa na zapalenie płuc? – podjął poprzedni temat Tomaszewski. – Admirał Wentzel mówił mi, że firma „Kocyan i wspólnicy" dostała tłuste rządowe zamówienia, i przysłał nam tu całe spektrum nowych leków do wypróbowania.

– Tak? Ja też to słyszałem. A nawet czytałem specyfikacje tych nowych leków.

– I co?

– Psińco. – Siwecki wzruszył ramionami. – Jest cała grupa pseudonowoczesnych lekarstw, które działają na wszystkie bakterie naraz. Jak leci. Przysłali tego do wyboru, do koloru.

– I co? – powtórzył Tomaszewski. – Żaden nie pasuje do zapalenia płuc?

– Pasuje, pasuje, aż nadto. Potrafi też wiele innych rzeczy, tak cudownych, że to wszystko bujda przecież.

– Nie rozumiem... – włączyła się Kai.

– Posłuchaj, był kiedyś u nas szeroko reklamowany środek: „Maść cioci Kasi". Działał on według producentów na wszystko. Na porost włosów, na kaszel, na przeziębienie, na pocenie się stóp, na przykry zapach z ust, na depresję, padaczkę i wyrzuty sumienia. Działał na wszystko.

– Dalej nie rozumiem.

– On chce powiedzieć, że jeśli coś działa na wszystko, to naprawdę nie działa na nic – powiedział Tomaszewski. – To tylko taki chwyt reklamowy dla idiotów.

Czarownica podniosła ręce w obronnym geście.

– Jak tam sobie chcecie. Ale jeśli coś macie, to ja bym podała. Gorzej już mu nie będzie. – Wskazała pomieszczenie, gdzie leżał młody książę.

– W zasadzie... – skrzywił się Siwecki. – Jest tam taki środek, opisany jako panaceum właśnie. I niby leczy wszelkie zapalenia... Mogę zrobić parę zastrzyków w ramach eksperymentu oraz dla dossier firmy „Kocyan i wspólnicy".

– Jaki to środek?

– Czekaj, zapomniałem. Pe... pe...

– Pe?

Siwecki potarł czoło i nagle sobie przypomniał.

– Penicylina!

Podziemna Twierdza była miejscem, skąd się nie wychodziło. Jeśli już, to na szafot, ale tę drogę trudno nazwać normalną. W każdym razie nie było to rozwiązanie, które dawało jakąkolwiek możliwość podzielenia się z kimś tym, co się usłyszało w więzieniu. No chyba że ktoś decydował się na rozmowę z katem. Ale próżny trud. Kat nie słuchał. Różne to bajędy ludzie wymyślali, żeby uniknąć stryczka. Kat nie słuchał i nie zaprzyjaźniał się z nikim.

Inna rzecz, że ktoś głuchoniemy to człowiek bezpieczny, jeśli chodzi o zwierzenia. Po pierwsze nie wszystko zrozumie, a po drugie, skoro niepiśmienny, to w jaki sposób może cokolwiek komuś powtórzyć. A zwierzenia pomagają. Szczególnie gdy się siedzi w norze, gdzie nie można się wyprostować, nie można się położyć, gdzie wiecznie trzeba tkwić przytulonym mocno do drugiego człowieka i współpracować z nim przy każdym bez mała ruchu.

I Shen się zwierzała. To pomagało. Błogosławiła dzień, w którym dano jej za towarzyszkę sympatyczną i ciepłą Aie. Zaczęła lubić nawet noc, kiedy gaszono pochodnie rozświetlające Podziemną Twierdzę i traciły możliwość porozumienia, bo jedna nie widziała ust drugiej, a druga gestów pierwszej. Leżały wtedy wtulone w siebie, czerpiąc choć takie maciupeńkie poczucie spokoju ze wsłuchiwania się nawzajem w swoje oddechy, głaskania, kiedy chciało się obudzić towarzyszkę, bo ból skurczonych mięśni nakazywał przełożenie się na drugi bok, lub zrobienia przerwy we śnie, żeby na chwilę choć wyprostować jedną albo drugą nogę. Wymagało to ciągłej współpracy, ale ani Shen, ani Aie najwyraźniej nie były kandydatkami do przegryzania sobie nawzajem gardeł, jak to zdarzało się w innych drastycznie małych celach.

– Powiedz mi, w jaki sposób porwałaś za sobą ludzi, skoro nie możesz mówić? – Shen wyraźnie ciekawiła kwestia, jak jej współtowarzyszka wywołała bunt i doprowadziła do spalenia zabudowań gospodarczych.

W instrukcji wymyślonej przez Randa i Magazyniera coś było na ten temat, ale generalnie Aie musiała zmyślać i improwizować na gorąco. Na szczęście jej język gestów był dopracowany perfekcyjnie. Jeśli chciała, potrafiła wytłumaczyć wszystko.

„Bieda" – pokazywała ruchami rąk na brzuch, że pusty, że nie ma nic, że trzeba coś włożyć do ust, a nie ma, usta puste, brzuch pusty, umierające dziecko. Łatwo to pokazać, tylko trochę to trwa. „Nie trzeba niczego tłumaczyć. Każdy widzi".

– No dobra, ale jak zorganizowałaś ludzi?

„Proste. My, bieda. Oni, pełne brzuchy. Udusić pełne brzuchy. Proste".

Shen śmiała się, bo Aie okraszała gestykulację zabawnymi minami połączonymi z danym pojęciem. Na przykład łączyła w pary: bieda – o, jak mi smutno; pełny brzuch – cieszę się jak prosię. Miała talent komiczny, mogłaby zrobić karierę w teatrze, gdyby tylko była gdzieś scena umożliwiająca grę bez słów oraz gdyby gdziekolwiek istniał teatr, w którym pozwalano by kobietom zostać aktorkami.

– I co? Tak poszli od razu za tobą?

Aie wzruszyła ramionami. Miała niespożyty talent narracji.

„Dziecko. Gruby. Zabrać jedzenie. Zabrać dzieciom. Złość. Ludzie, złość. Dużo ludzi. Duża złość. Im więcej ludzi w złości, tym większa siła". Tu Aie zrozumiała, że trochę przedobrzyła, sugerując, że głuchoniemy porywa tłumy. „Gniew się sam rodzi" – zaczęła tłumaczyć. „Jeden gniew, drugi gniew, wielka złość. Razem. Wszyscy razem. Wielka złość..."

Zmęczyła się tak gwałtowną gestykulacją. Pokazała, żeby teraz Shen coś opowiedziała.

– A co chcesz usłyszeć?

„O potworach. Czy potwory bardzo straszne?"

Tak naprawdę Aie bardziej interesowała kwestia, w jaki sposób Shen wydostała się z doliny Sait i jak dotarła aż tutaj. A przede wszystkim: dlaczego. Ale uznała, że za wcześnie pytać o to wprost. Niech tamta sama dojrzeje do tej opowieści.

– O których potworach chcesz usłyszeć? Tych z lasu czy tych, co przybyły na wielkich okrętach?

„Okręty. Okręty! Czy są prawdziwe?"

– Dobrze zrozumiałam? Pytasz, czy okręty były prawdziwe?

„Czy są z żelaza?"

– Tak. – Shen pochyliła głowę do swoich wspomnień, ale zaraz podniosła ją z powrotem, żeby Aie mogła czytać z ruchu warg. – Są prawdziwe.

„Dotykałaś?"

– Tak, dotknęłam osobiście. A moja porucznik to nawet była na okręcie tak wielkim, że niejedna wyspa by się nie powstydziła. Cały z żelaza. Cały! A z dachu to wzlatują ogniste ptaki. I cały czas ryczą.

„Jak możliwe? Okręt z żelaza pływa? Żelazo tonie".

Shen wzruszyła ramionami.

– Wiele razy o tym gadałyśmy. Te okręty chyba od spodu mają przywiązane drewniane bale. Z takim obliczeniem, żeby drewno utrzymywało na powierzchni żelazny okręt, ale też żeby ten wciskał je pod powierzchnię wody tak, żeby drewna nie było widać.

„To mają straszne zanurzenie?"

– Tak. Do brzegu potrafią przybić tylko ich małe okręciki. Żaden wielki. Za to patrz, jakie to sprytne. Nie podpalisz nigdy okrętu z żelaza, a drewno, które utrzymuje go na powierzchni, jest ukryte pod wodą. Nie podpalisz! Więc taki okręt wygra każdą bitwę.

„Widziałaś bitwę?"

– Widziałam na lądzie. Jest straszna. – Shen przygryzła wargi. Wspomnienia ciągle były zbyt żywe. – Potwory z lasu wybiły nam cały korpus. Goniły nędzne resztki, każda z nas... – odchrząknęła – każda z nas wiedziała, że zagłada właśnie następuje. Że dalej nie ma już nic.

„I pojawili się ludzie z żelaznych okrętów?"

– Tak. Widziałam bitwę. To była masakra, ale tym razem w drugą stronę. Ci ludzie z żelaznych okrętów nie dają w bitwie przeciwnikowi żadnych szans. Wszystko jest przykryte ogniem.

„Jak?"

– Oni... oni potrafią zrzucać ogień nawet z nieba. Wysłali raz latające upiory i spuścili ogień na leśnych ludzi. Widziałam jedną z ofiar. Człowieka spalonego w połowie. Zupełnie jakby ogień się do niego przykleił. Naprawdę, jakby... jakby się dosłownie przykleił do ciała.

Aie kiwała głową. Była cierpliwa.

– Rozmawiałam z taką jedną młodą czarownicą. Mówiła mi, że oni potrafią zatruć nawet powietrze. Potwory z lasu zaatakowały ich port, no to zrobili tak, że nie było czym oddychać. Zrobisz wdech i jesteś trupem...

„I swoich żołnierzy też zabili?"

Shen najpierw upewniła się, czy dobrze zrozumiała zadane za pomocą samych gestów pytanie, a potem udzieliła odpowiedzi:

– Nie, swoich nie. Potrafią się ochronić – westchnęła. – Oni są bardzo mądrzy, bardzo bezwzględni, ale i bardzo dziwni.

„Dlaczego?"

– Dlaczego dziwni? – Shen potrząsnęła głową. – Wyobraź sobie, że skoro podczas bitwy uznali, że jesteśmy ich sojusznikami, to po bitwie pozbierali ciała naszych zabitych żołnierzy.

Aie ewidentnie nie uwierzyła. Pytała jednak z obowiązku:

„Po co?"

– Wykopali groby, dla każdego osobny. Mimo że widziałam na własne oczy, długo nie mogłam uwierzyć. Podobno robiła to wszystko jedna maszyna, idealnie równo. Bogowie. Jakie to robi wrażenie, grób obok grobu po sam horyzont! Kiedy możesz jednym spojrzeniem ogarnąć tę okropną liczbę martwych koleżanek. A przecież tam nie leżał cały korpus...

Aie dotknęła karku koleżanki i przytknęła czoło do jej czoła. Przez chwilę patrzyły sobie w oczy z bliska. Przyniosło to Shen dużą ulgę.

– Oni są bardzo dziwni – podjęła. – Inna maszyna wykopała wielki dół w samym lesie, a jeszcze inna wielkim lemieszem zepchnęła tam ciała potworów. Nawet swoim wrogom zrobili zbiorową mogiłę.

„Potworom z lasu?"

– Tak. Nie grób z pomnikiem, ale wielką mogiłę, żeby zwierzęta nie rozszarpywały ciał.

Aie potrząsnęła głową. Tego nikt nigdy nie uczynił ani razu w historii. Bo i po co? Własnych martwych, jeśli istniały ku temu odpowiednie warunki oraz ich liczba nie była zbyt duża, czasami zdarzało się ściągać z pola i grzebać. Choć bardzo rzadko, bo kto mógł sobie na coś takiego pozwolić. Od zarania świata zwłoki leżały na polach bitew tak, jak śmierć zastała żołnierzy. No i każdy miał dostęp. Najpierw ludzkie hieny, potem zwierzęta. Nie od rzeczy przecież miejsca bitew nazywano często „psimi polami".

„A po co ci ludzie na żelaznych okrętach przypłynęli?"

Shen zaczęła się śmiać.

– Szlag... Ten ich naczelny dowódca chyba zapomniał przyjść do mnie i zameldować.

Atmosfera przepełniona ponurymi wspomnieniami wyraźnie się rozluźniła. Aie też się roześmiała. Rzeczowo oceniała sytuację, zastanawiając się, czy zdobyła już na tyle zaufanie swojej towarzyszki, żeby spytać o ważną kwestię wprost bez budzenia podejrzeń. Uznała, że tak. Że chyba właśnie teraz nastąpił właściwy moment.

„Powiedz, byłaś jeńcem ludzi z okrętów?"

– Nie. Nazywali nas sojusznikami, ale wiesz, jak to jest. Mówili tak pewnie po to, żeby nam nie było smutno. Byłyśmy w takim obozie, który zresztą same z ich pomocą zbudowałyśmy...

„Zamknięte?"

– Nie, każdy mógł chodzić, gdzie chciał. Domyślam się, co ci chodzi po głowie. – Shen rozłożyła ręce w geście bezradności. – Stamtąd nie można było uciec.

Pytające spojrzenie Aie Shen mogła dwojako interpretować.

– Opuszczony i przejęty przez nich port to przecież dolina Sait. Ze wszystkich stron otoczona przez nieprzebyty las, a w nim potwory. Przez morze nie przepłyniesz, bo nie ma jak, nie mówiąc o tym, że przed wejściem do portu gigantyczne okręty pływają, a w powietrzu krążą te ich latające upiory.

„To jak sobie poradziłaś?"

– Miałam w plecaku bardzo dużo złota, które zrabowałam w świątyni potworów. Tam, gdzie spotkałam major Dain.

Widząc pytające spojrzenie, Shen dodała:

– To była major, oficer łącznikowy sił specjalnych. Dostałam od niej list żelazny i rozkaz.

Aie aż płonęła z ciekawości. Oficer łącznikowy w obcej świątyni! Co tam robiła, zaraza? Czuła, że jest blisko rozwiązania tajemnicy, jednak nie odważyła się jeszcze pytać wprost. W każdym razie Rand jak zwykle miał nosa. Ta tutaj, skazana, wie o rzeczach, o których się innym nie śniło. Być może o czymś, co zachwieje cesarstwem i hegemonią służb specjalnych. Lecz chyba jeszcze nie nastąpił moment, kiedy można o to zapytać. Zresztą historia i sposób ucieczki też były niezmiernie interesującym tematem.

– Miałam to złoto i oni...

„Oni też kochają złoto?"

– Jasne. Dokładnie jak my! – Shen zaczęła chichotać. – Niczym się nie różnimy pod tym względem.

„A pod innymi względami?"

Shen wzruszyła ramionami.

– Są od nas więksi. Wysocy znaczy. Ten oficer, w którym podkochiwała się moja znajoma czarownica, to był taki... – Wyciągnęła rękę, uderzając dłonią w sufit ich nory. Skuliła się więc pod kratą, położyła głowę na ziemi i wyciągnęła ramię na płask, przy podłodze. – O, tyle by sięgał nad moją czupryną, gdybym stała.

Aie pokazała gestami, że zrozumiała.

– Ale w zasadzie się od nas nie różnią. Tylko są tacy okropnie pewni siebie... – Shen przygryzła wargi. – Wiesz, jak to jest. Garnizon w głuszy, a tam żołnierze i marynarze oderwani od rodzin i dziewczyny sojuszniczego wojska, też samotne. No wiesz, co będę gadać... Znajomości to się nawiązywały między jednymi i drugimi bliskie. Bardzo bliskie nawet, jeśli rozumiesz, co chcę powiedzieć.

Aie kiwnęła głową i zaczęła się śmiać.

– No właśnie. A ja miałam takiego ze skośnymi oczami. Tak skośnymi, że prawie ich nie było widać. Ale zabawowy był strasznie.

Aie przytknęła sobie koniuszki palców do kącików powiek i pociągnęła, robiąc sobie skośne oczy. Zrobiła zabawną minę i pocałowała Shen w usta.

Ta uśmiechnęła się do wspomnień.

– No! Fajny był! Nazywał się Tatar. Był zwiadowcą i nauczył mnie dużo rzeczy, o których nie miałam pojęcia.

„Nauczył? Czego?"

– Jak przeżyć w lesie. Znał niesamowite sposoby. No i przynosił mi dużo prezentów, jakich w życiu nie widziałam. A ja miałam jeszcze złoto, więc sobie sporo pokątnie kupowałam, bo on był blisko z takim magazynierem...

Shen urwała nagle i odruchowo dotknęła swojego opuchniętego nosa. Ten Magazynier tutaj, którego przezwisko pisało się dużą literą, rozkwasił jej nos kilka dni temu zupełnie bez sensu. Nie dała mu przecież żadnego powodu.

„I co dalej?"

– Kupiłam sobie karabin. Ach, gdybyś go mogła zobaczyć. Niewrażliwy na pogodę, precyzyjny, pozwalający strzelać z ukrycia, bez zdradzania pozycji, bo z lufy nie wydobywał się dym. Kupiłam skrzynkę amunicji. No i dostałam też mnóstwo innych rzeczy...

„Jakich?"

– Na przykład konserwy. Wiesz, że oni potrafią pakować mięso w metal, i to tak, że w ogóle się nie psuje? Otwierasz taką konserwę po trzydziestu dniach na przykład, a mięso świeże!

Aie spojrzała z niedowierzaniem.

– Możesz sobie zabrać ze sobą zapas na całą wyprawę i masz co jeść, nie musisz polować albo żreć tych ohydnych sucharów.

„Zaczęłaś myśleć, żeby się stamtąd wydostać?"

Shen pojęła pytanie dopiero po dłuższym powtarzaniu.

– Tak, musiałam.

„Dlaczego musiałaś?"

To pytanie pozostało bez odpowiedzi. Albo Shen nie zrozumiała, albo nie chciała zrozumieć.

– No i wiesz. Ten mój Tatar nauczył mnie, jak radzić sobie w lesie. Pokazał, jak się posługiwać mapą zrobioną z obrazów, które dostarczały te latające upiory. Pokazał, jak zgrać mapę z kompasem i jak zrozumieć, gdzie się jest.

„Po co to robił?"

– Bo mnie lubił. A mapy, kompasy, środek z zapachem, który mylił tropiące psy, jak się go wylało, kupowałam sobie, bo miałam złoto. Kurtkę w barwy maskujące, koc... Wystarczyło pomalować twarz, wpleść we włosy różne trawy i w takim przebraniu, jak się wlazło w krzaki, to już nikt nie umiał cię zobaczyć. A kurtka to nawet deszczu nie przepuszczała. Buty zresztą też. Tyle że na moją stopę butów nie było, same duże mieli.

Aie zaczęła się śmiać. Robiąc zabawne miny, pokazywała, jak łatwo zgubić za duży but. Czuła, że jest bliska rozwiązania. Że zaraz się dowie, co takiego tajemniczego tkwi w historii Shen.

„I uciekłaś bez butów?"

Kapral też zaczęła się śmiać.

– Tak.

„A w jaki sposób?"

Shen spoważniała.

– Tamci ludzie zdziesiątkowali potwory. W bitwach, zatruwając powietrze, zrzucając ogień z nieba. Potwory musiały zacząć lizać rany. Trzymały się z dala od morza, gdzie królowały żelazne okręty. Więc uciekłam wybrzeżem.

Aie wytrzeszczyła oczy.

„Sama?!"

– Tak.

„Dlaczego?!"

– Musiałam wykonać rozkaz.

W literackim, poprawnym języku wyraz „cesarzowa" oznacza żonę cesarza. Jeśli władczynią była kobieta, to należało nazywać ją... cesarz. Cesarz poszła, cesarz podjęła decyzję i tak dalej. Wedle leksykalnych zasad tak jest i tak być powinno. Nie wszystkim jednak się to podobało. Achaja tysiąc lat temu zmieniła te zasadę jednym dekretem tylko dlatego, że miała na to ochotę, a poza tym w ogóle nie lubiła oficjalnych tytułów – wolała zwroty kolokwialne.

Rand jednak nigdy nie ośmielił się zwrócić do władczyni per „cesarzowa". Lawirował jak mógł przez cały okres swojej kariery na dworze, aż w końcu w uznaniu zasług dostąpił zaszczytu i mógł zwracać się do cesarzowej per „pani".

– No powiedz, powiedz! – Władczyni była bardzo młoda, charakteryzowała ją ciekawość dorastającej panny ze szkoły świątynnej. – Wolę się dowiedzieć od ciebie, a nie kiedy już wszyscy będą syczeć dookoła.

– Ale ta prawda może zaboleć, pani.

– Przyzwyczaiłam się do twoich złośliwostek, Rand. – Cesarzowa przesunęła ręką po rzeźbionej poręczy niewielkiego balkonu tak zwanej sali sypialnej Pałacu Audiencji. W tej sali nikt co prawda nigdy nie spał, wyłączając może służących trzymających wartę przy drzwiach, za to mnogość buduarów zapewniała pełną dyskrecję, pozwalającą rozmawiać bez skrępowania o sprawach dotyczących... hm... snu właśnie.

– A jeśli powiem, że ploteczka dotyczy twojej rodziny, pani? I lada chwila może się rozejść dokoła?

– Tym bardziej. Mów.

– Twoja kuzynka, pani, młodziutka Rine, dowiedziała się właśnie o nowej metodzie zapobiegania ciąży, którą przywiózł rzekomo medyk z dalekiego wschodniego kraju. I sprawdza skuteczność tej metody.

– Znaczy... puszcza się na lewo i prawo bez przerwy? – Zdziwienie władczyni osiągnęło jedynie średnie natężenie. – Z kim konkretnie to robi?

– Z całym szacunkiem, z garnizonem...

Władczyni uśmiechnęła się kpiąco.

– Zdecyduj się, Rand. Puszcza się z całym szacunkiem czy z całym garnizonem?

– Wybacz niezręczne słowa, pani. Konkretnie, śpi z każdym mężczyzną zatrudnionym w służbach zaopatrzeniowych, technicznych i na zapleczu.

– A co ma do tego szacunek?

Tym razem Rand się uśmiechnął.

– Dopuszcza do siebie wyłącznie mężczyzn od podoficera wzwyż.

– O? To zaopatrzeniowcy też mają stopnie wojskowe? – Zerknęła na niego, nie oczekując jednak odpowiedzi. Po chwili przeniosła wzrok na otoczone wypielęgnowaną zielenią alejki nad kanałami poniżej. – Gdzie ona jest?

– W Dien Phua.

– U, daleko. Faktem jest, że tylko ty mogłeś dowiedzieć się tak prędko.

– Staram się, pani.

Nie było potrzeby wprowadzania nikogo w tajniki jego sieci łączności. Opartej zresztą w dużej mierze o Imperialny Konny Ekspres, choć z pewnymi usprawnieniami. Rzeczywiście, wiele wiadomości otrzymywał dużo szybciej niż reszta świata.

– Przestań udawać dworzanina! – Uderzyła dłonią o poręcz. – Powstrzymaj Rine natychmiast, a ludziom zatkaj usta złotem.

– To nic nie da, pani.

Spojrzała na niego ostro.

– Cóż więc proponujesz?

Powstrzymał się, żeby odruchowo nie wzruszyć ramionami. Czuł się spięty i tylko z trudem nad tym panował. To, o czym zamierzał mówić w dalszej części rozmowy, w przeciwieństwie do dającej dupy księżniczki mogło zaważyć na jego przyszłości. A nawet przyszłości całego imperium.

– Proponuję... – Udał, że się zastanawia. – Proponuję, żeby moi ludzie rozpuścili plotki o kilku koleżankach naszej księżniczki. Niech one wszystkie bawią się w orgie w Dien Phua. Szybko okaże się, że jedna w ogóle nie mogła tam być, bo widziano ją w Negger Bank, druga bawiła w stolicy, trzecia gdzie indziej, też zapamiętana publicznie. Słowem, orgie to wymysł wrogów.

– A co, jeśli ktoś będzie twierdził, że widział osobiście Rine, jak zadawała się...

– Usłyszy w odpowiedzi, że widziano też inne. I wszystko okazało się bzdurą. Nie kłopocz się o to, pani. Moi ludzie pójdą na salony i będą przysięgać na głowę, iż widzieli orgie osobiście. A potem, wobec dowodów, że żadnych orgii nie było, pospuszczają oczy. Wszystko rozpłynie się w słowach.

– To dobrze, ufam ci, Rand.

– Dziękuję, pani.

– A tak nawiasem mówiąc... Ta metoda zapobiegania ciąży. Jest skuteczna?

Wykonał przepisowy ukłon pozwalający mu ukryć uśmiech.

– Jeszcze nie wiem. Kiedy księżniczka wróci, zobaczymy gołym okiem.

Władczyni roześmiała się perliście.

– Co masz jeszcze?

Zaczął zabawiać ją ploteczkami, w które wplótł kilka poważniejszych problemów z aktualnego spisu pogłosek, jakie rozchodziły się wśród ludu. Ale cesarzowa zdawała się nie słuchać.

– Widzę, że przestępujesz z nogi na nogę – przerwała opowieść o buntach na prowincji przeciwko nadmiernym podatkom. – Powiedz, co tak naprawdę przyszedłeś tu załatwić.

Rand zesztywniał nieprzygotowany na zmianę tematu. Opanował się szybko.

– Pani, nastąpi coś, co zachwieje podstawami naszego świata.

Spojrzała na niego. Bez słowa, badawczo, świdrującym wzrokiem. Trwali tak długą chwilę.

– Czy to, co chcesz powiedzieć, dotyczy sił specjalnych? – zapytała.

Mhm. Ta uwaga oznaczała, że cesarzowa nie była jak dziecko we mgle. Coś wiedziała. A przedziwna akcja speckurew i zagłada korpusu nie była dla niej opowieścią o żelaznym wilku. W takiej sytuacji musiał błyskawicznie zmienić taktykę.

– Pani, wiem, że w dolinie Sait wylądowały wojskowe siły nieznanego nam, obcego mocarstwa.

– I nie mamy żadnych meldunków od dowódców garnizonów? Zajęli czy spalili sam port Sait?

Aha, kolejny kamyczek do informacyjnej mozaiki. Siły specjalne najwyraźniej nie powiedziały jej o obcych. Ciekawe. Nie uwierzyli w opowieści własnego kaprala, czy też mają coś ważniejszego na głowach?

– Wylądowali w starym, opuszczonym od stuleci porcie.

– I nie boją się potworów? Przecież też port został opuszczony z jakichś konkretnych powodów, a nie tak sobie, prawda?

Rand uśmiechnął się lekko.

– Oni nie boją się nikogo. Przypłynęli na wielkich żelaznych okrętach, których zatopić nie sposób.

Reakcja władczyni go zaskoczyła.

– I znowu, jak przed tysiącem lat. Wielkie żelazne okręty i nieznany lud, który przypływa na pomoc imperium.

– Słucham, pani? – Nachylił się zdziwiony.

– Nie czytałeś dokładnie naszych kronik z okresu upadku Cesarstwa Luan? Tam wciąż jest mowa o legendach, ba, nawet wieściach o tym, że nieznany dotąd lud objawił się nagle i na ogromnych żelaznych okrętach zmierzał na pomoc zagrożonemu upadkiem cesarzowi. To miało miejsce dokładnie tysiąc lat temu.

Miała rację. Wszelkie wzmianki o losach czarownika Mereditha czy „Kroniki podboju" autorstwa kapitan Harmeen wspominały o tym wiele razy. Faktem jest, że podań i legend dotyczących nieznanych ludów przybywających na monstrualnych okrętach stworzono mnóstwo.

– Widzisz... – Cesarzowa wzięła z podręcznego stolika malutką tackę z rodzynkami i zaczęła powoli skubać. – Imperium przeżywa właśnie swoje najgorsze chwile. Recesja, nieurodzaj, klęski głodu nawet, niezadowolenie ludu sięga zenitu. A tu jeszcze wrogowie szarpią państwo od zewnątrz, różne prowincje chcą się oderwać, grasują partyzanci, wybuchają coraz to nowe chłopskie ruchawki. Nie dziwota, że jak za najgorszych czasów Luan pojawiają się legendy o cudownym zbawieniu przywiezionym na żelaznych okrętach. Czyż nie taka jest podstawa wszelkich mitów? Kiedy jest bardzo źle, to może nastąpi zbawienie z obcych rąk.

– W tym przypadku nie mówiłbym raczej o zbawieniu – mruknął Rand.

– A o czym byś mówił? – zaciekawiła się władczyni. Ale patrzyła jakoś tak kpiąco.

– O wojnie, którą przegramy w dwa dni? – Zmarszczył brwi i celowo powiedział to tak, żeby zabrzmiało jak pytanie. – W trzy dni?

Roześmiała się.

– Ach, więc chodzi o legendy, które mówią o naszym końcu! – zrozumiała to po swojemu albo kpiła w dalszym ciągu. – Cisi Bracia, straszliwi Ziemcy, spustoszenie będzie następować po spustoszeniu, a plaga za plagą!

Nie mógł odmówić jej inteligencji. Odruchowo skłonił głowę. Nalał sobie wina z karafki i podniósł do ust.

– Mam dowód – powiedział i upił nieco wina. Smakowało, jak zwykle tutaj, znakomicie.

– Dowód, dowód – powtórzyła. – Był taki żeglarz o imieniu Ames, bodajże. Chwalił się, że opłynął świat dookoła. Pokazywał obliczenia, mapy i dowody. Najwięksi filozofowie, najlepsi żeglarze go podziwiali.

– Tak, miałem honor nawet poznać go osobiście.

– Ja też go widziałam, przeprowadziliśmy kilka długich rozmów. I choć trudno go nazwać urodzonym gawędziarzem, to jednak opowieści o dalekich lądach i na mnie zrobiły wrażenie.

– Dlaczego o tym mówisz, pani?

– Otóż, choć opisał mi wszystko, co widział, jakoś jednak nie wspomniał o krainie, gdzie buduje się okręty z żelaza.

– Sądzisz pani, że odkrył wszystkie lądy? Ja słyszałem, jak mówił, że zrobił dopiero pierwszy krok.

– A ty z kolei sądzisz, że istnieje jeszcze jakiś nieodkryty, odseparowany od reszty świata kontynent?

Nie miał na to odpowiedzi.

– Zdobyłem dowód, że oni istnieją – powiedział tylko. – Przyprowadziłem ze sobą rusznikarza Kadira, który bada karabin pochodzący...

– Nie chcę poznać Kadira ani dowiedzieć się, co on tam stworzył w swoim warsztacie, żeby zrobić na mnie wrażenie – ucięła.

Odłożyła swoją tackę, tym samym zmuszając Randa, by odstawił kieliszek.

– Chodź, przejdziemy się.

Poprowadziła mężczyznę schodkami w dół, na jedną z alejek wijących się wśród pachnących krzewów. Na sprowadzanych z odległych krain, rzadkich gatunkach drzew siedziały kolorowe, egzotyczne ptaki. Sztuczne strumienie spływały z niewielkich wzgórz, a nad malutkimi jeziorkami gromadziły się sprowadzane z dalekich krajów puchate zwierzęta, wyhodowane chyba tylko po to, by móc je kochać. Mało która rzeźba ustawiona nad brzegiem przepływającego pod ażurowymi mostkami kanału miała mniej niż tysiąc lat. W blasku czerwieniejącego wieczorem słońca sprawiały wrażenie żywych ludzi, na chwilę tylko zaklętych w kamień. Głęboko pod ziemią kryła się Podziemna Twierdza, najcięższe więzienie w kraju. Być może Rand, stąpając po wysypanej drobniutkim piaskiem alejce, szedł właśnie dokładnie nad celą cierpiącej na niewygodę Aie. Cóż... Kwintesencja cesarstwa właśnie.

– Widzisz, Rand... – podjęła władczyni, nadając ich spacerowi przesadnie powolne tempo. – Jesteś cudowny i uroczy, kiedy przynosisz plotki, ciekawostki i wiele, wiele ważnych informacji. Jednak pragnę cię ostrzec, moje dziecko. Nie pchaj paluszków pomiędzy framugę a drzwi. Bo jak się zatrzasną, to z całej dłoni może nic nie pozostać. Nie pchaj łapsk do ogniska sił specjalnych, bo chronię cię przed nimi tylko z największym trudem.

– Czy to znaczy, że mogą pozostać bez żadnej kontroli?

– A czy ty możesz pozostać bez żadnej kontroli? – odpowiedziała pytaniem. – Plotki to groźna broń. Dopóki mi je przynosisz, dajesz mi oręż. Kiedy zaczniesz je wykorzystywać, będzie po tobie.

Szlag! To już była wyraźna groźba i utarcie rogów. Ciekawe jednak, co miała na myśli.

– Jesteś dla mnie, chłopcze, jak Biafra dla królowej Arkach. – Zatrzymała się przy krzewie ozdobionym przepięknymi białymi kwiatami i położyła Randowi rękę na ramieniu. – Zabawne, że historia nawet nie zanotowała jej imienia, prawda? W żadnej z kronik, w żadnych spisanych wspomnieniach czy pamiętnikach, dosłownie nigdzie nie pada jej imię. Mylę się?

Zaprzeczył.

– No właśnie. Mimo wygranej wojny z Cesarstwem Luan musiała abdykować i z powodu braku źródeł nie wiemy, co się z nią dalej działo. Jak wspomniałam, nie znamy nawet jej imienia. A Biafra? To imię zna każdy. Parafrazując kronikarzy, można by rzec: „Pokonawszy przejściowe trudności, został cesarzem imperium, które sam sobie stworzył". To, że się zapił później na śmierć, to już inna sprawa.

Przesunęła dłoń z ramienia Randa na szyję.

– Czy ja się mylę?

– Nie mylisz się, pani – przyznał.

– No właśnie. A jaka z tego lekcja płynie?

Domyślał się, lecz wzruszył tylko ramionami.

– Ja ci wyjaśnię: źle się kończy dla władczyni życie, jeśli za bardzo zaufa chłopczykowi, który przynosi ciekawe informacje. Nieprawdaż?

Przesunęła dłoń z szyi Randa jeszcze wyżej i uderzyła go mocno, choć niby przyjacielsko w policzek. Stali, patrząc sobie w oczy. Po chwili cesarzowa roześmiała się nagle.

– Jednak możesz mnie przekonać, że jest inaczej. Czy znasz imię królowej Arkach, Rand?

Drgnął nieprzygotowany na taki obrót sprawy. Uderzyła go w policzek jeszcze raz.

– A znasz moje imię?

– Oczywiście, pani.

– To wymawiając je, pamiętaj o jednym: nie pchaj rąk tam, gdzie na pewno zostaną ucięte. Rozumiesz?

– Tak, pani.

Uśmiechnęła się znowu, i to jednym ze swoich najcieplejszych, najbardziej cudownych uśmiechów.

– Możesz odejść, Rand. Audiencja skończona.

Rozdział 3

Komnaty, które przydzielono gościom w pałacu, w niczym nie przypominały tych w miejskiej karczmie. Ich malowane we wspaniałe wzory sklepienia znajdowały się wysoko. Nie było szans okopcić ich pochodniami. Chociaż zauważyli, że pochodnie tutaj to rzadkość – stosowano je chyba dla podkreślenia wagi, kiedy służący oświetlali drogę ważnej osobie. Do rozjaśnienia wnętrz służyły oliwne lampki, które tworzyły przytulny nastrój z domieszką sympatycznej tajemniczości.

W przeciwieństwie do gospody tutaj każde z nich dostało osobną komnatę. Wszystkie jednak były połączone ze sobą wewnętrznymi przejściami z pominięciem wspólnego korytarza. Na tym nie kończyły się luksusy – każde z pomieszczeń miało osobny dostęp do łaźni, która mieściła nawet mały basen. Cudowności antyku, jak określali to przybysze zza gór. Wnętrze pałacu i jego wygody zrobiły na nich ogromne wrażenie.

– Wielki panie! Wielki panie...

Tomaszewski z trudem otworzył oczy. Po kolacji suto zakrapianej winem poprzedniego dnia czuł lekki, jak by to nazwać, zamęt w głowie. W ogóle ilość wina, którą tego dnia wypili, goszcząc u księcia, przekraczała wszelkie rozsądne normy. Ale też trudno było się powstrzymać. Po pierwsze nie chcieli obrazić gospodarza, a po drugie wina tej jakości chyba za Górami Pierścienia w ogóle nie mogliby znaleźć.

– Co? – Rozejrzał się nieprzytomnie.

– Wielki panie! – Służący wysokiej rangi, zaufany księcia, giął się w pokornym ukłonie. – Uniżenie przepraszam, że ośmielam się zakłócać sen tak wielkiego dowódcy. Wiem, jak bardzo zasłużony wypoczynek potrzebny jest...

– Do brzegu – Tomaszewski postanowił przerwać kwiecistą wypowiedź. – O co chodzi? – Przetarł oczy. Za oknem szarzało. Zaraz będzie świtać.

– Wielki medyk – służący wskazał drzwi do pokoju obok, gdzie spał Siwecki – kazał się obudzić rano.

Tomaszewski, ciągle niezbyt przytomny, tarł oczy. Wiedział, gdzie jest i co tu robi, ale usiłował sobie przypomnieć wszystkie szczegóły.

– No to budźcie.

– Ale... Wielki panie, my nie wiemy, co dla niego oznacza rano? A jeśli go rozgniewamy, budząc zbyt wcześnie?

– Ach, w tym kłopot! – Tomaszewski nagle sobie przypomniał. – A powiedz mi... Syn księcia jeszcze żyje?

– Żyje! Żyje, wielki panie! – wykrzyknął niezmiernie podekscytowany służący. – Książę i cały dwór przez cały czas na nogach. Medycy nie mogą się nadziwić. Ale... syn księcia żyje!

– Rozumiem. W takim razie rzeczywiście budźcie Siweckiego. Na pewno będzie chciał zobaczyć, co z pacjentem.

– Ale... – Sługa najwyraźniej nie był przekonany. Stękał, wzdychał, cmokał i nareszcie wydusił z siebie: – Ale co zrobimy, jeśli wielki medyk się rozgniewa?

Tomaszewski się roześmiał.

– Wolicie, żebym to ja go obudził? Rozumiem.

– Z całym szacunkiem, z całym szacunkiem.

Tomaszewski wysunął się do połowy spod kołdry i oparł jedną dłoń na podłodze. Podniósł but i rzucił tak, żeby ten z całą siłą uderzył w drzwi łączące oba pokoje.

– Leszek! – ryknął jak mógł najgłośniej. – Wstawaj, pali się!

Coś w komnacie obok przewróciło się z łoskotem. Służący, sądząc po wyrazie twarzy, chyba dostał zawału serca. Przez jakiś czas z sypialni obok dochodziły odgłosy szamotaniny i ciche przekleństwa. Potem rozległo się głośniejsze:

– Zaraz ci się odechce dowcipów, cholero!

– Ty! Mówisz do komandora!

– Zaraz się podasz do dymisji, jak tam przyjdę! Czego ryczysz jak wół?

– Syn księcia żyje!

Zapadła nagła cisza. Nadal dało się słyszeć dźwięki szarpania się z czymś, ale już po chwili drzwi otworzyły się, przepuszczając Siweckiego w szortach, z narzuconym na tułów kocem.

– Poważnie?

– Ten tutaj tak mówi. – Tomaszewski wskazał służącego.

Siwecki patrzył z pewnym niedowierzaniem. Poprzedniego dnia udało mu się trochę pomóc choremu w agonalnym stanie. Przede wszystkim zaimprowizowany namiot tlenowy zrobił swoje. Środki na wzmocnienie, odkrztuszające i parę innych. Chłopak odzyskał nawet przytomność na moment i książę mógł z nim zamienić kilka słów. Podawał też pacjentowi penicylinę w zastrzykach według rozpiski na opakowaniu. Ale zapalenie płuc to zapalenie płuc, szczególnie w tym stadium. Nie robił sobie nadziei i książę doskonale to rozumiał. Był wdzięczny za samą możliwość porozmawiania z synem, za widoczną ulgę w cierpieniach, którą przyniósł lekarz z obcego świata.

– No dobra. Chodźmy zobaczyć.

Postanowili nie budzić Kai. Ogromny pokój łaziebny z basenem też nie został w pełni wykorzystany. Ogarnęli się jak mogli najszybciej. Na szczęście bosman Mielczarek, który przywiózł butlę tlenową, był na tyle przewidujący, żeby zabrać ze sobą świeże koszule i zmianę bielizny. Byli gotowi po kilku minutach.

Służący ruszył przodem, żeby pokazać gościom najkrótszą drogę. Zaraz jednak okazało się, że nie jest to jego jedyne zadanie. Musiał dodatkowo roztrącać ciekawskich, którzy jeszcze przed świtem zebrali się, chcąc zobaczyć zagranicznego cudotwórcę. W komnacie chorego też nie było pusto. Oprócz księcia przy łóżku warowali wszyscy medycy. Być może nawet było ich więcej niż poprzedniego dnia.

Władca wstał na widok Siweckiego.

– On... On... – Wskazał syna. – On ma się dużo lepiej, mistrzu!

Lekarz zerknął na Tomaszewskiego. Podszedł i kazał przysunąć lampkę bliżej twarzy chorego. Ten leżał przytomny. Przymykał oczy osłabiony, ale widać było, że ma się o całe niebo lepiej niż wcześniej. Siwecki zaintrygowany usiadł na brzegu łóżka. Otworzył swoją torbę i właśnie rozglądał się, gdzie by ją postawić. Niepotrzebnie. Jeden ze starych medyków chwycił torbę w ręce i zastygł w pełnej szacunku pozycji, służąc za podręcznego.

Chory już wiedział, co robić, a raczej czego nie robić z termometrem wetkniętym w usta. Długie osłuchiwanie stetoskopem przyjął również bez zastrzeżeń. Przestraszył się dopiero aparatu do badania ciśnienia. Na szczęście był za słaby, żeby cokolwiek przedsięwziąć.

Siwecki kompletował pastylki z różnych buteleczek, które należało teraz podać. Sprawdził godzinę zapisaną poprzedniego dnia na tekturce i zrobił kolejny zastrzyk z penicyliny. Potem zerknął na wynik badania temperatury. Podniósł się bez słowa, usiłując unikać oczu, które z każdego miejsca wokół usiłowały odczytać coś z wyrazu jego twarzy.

– Przetłumacz, że muszę na osobności porozmawiać ze swoim dowódcą.

– Czyli ze mną? – Tomaszewski nie zrozumiał w pierwszej chwili. – Ach, jasne!

Zatroskany, lecz też pełen jakichś nieokreślonych uczuć książę osobiście zaprowadził ich na korytarz, wskazując przytulną wnękę w murze, ze stolikiem, na którym stała patera z owocami, i krzesłami wokół. Kazał wszystkim ciekawskim zgromadzonym dokoła natychmiast oddalić się poza zasięg słuchu.

– Co się dzieje? – zapytał Tomaszewski, kiedy już zostali sami.

– Nastąpiło coś, czego nie rozumiem – powiedział Siwecki.

– To znaczy? Bo... widzę, że mu lepiej.

– Nie o to chodzi. Temperatura spadła i...

– Martwi cię to? Twoja sława wzrośnie.

– To nie miało prawa się stać.

Popatrzyli na siebie w milczeniu.

– Penicylina? – zapytał podejrzliwie Tomaszewski.

– Wszystko na to wskazuje. W tym stadium temperatura spada choremu dopiero po zanotowaniu zgonu. A tu... – Siwecki nie wiedział, co ma myśleć. – Słuchaj. Nie ma uniwersalnych lekarstw na wszystko. Nie ma cudownej kuli!

Tomaszewski też czytał tę książkę. Cudowna kula to pocisk, który miał zabić chorobę, a nie uszkodzić ciała. Nie było czegoś takiego, choć cała historia medycyny to właśnie poszukiwanie magicznego środka. Bakterie łatwo zabić. Na przykład w przypadku syfilisu robiło się to arszenikiem. Wspaniały środek, zabijał bakterie masowo. Niestety, chorych też. Wystarczył mały błąd w określeniu dawki i martwy chory maszerował w siną dal w ślad za swoimi martwymi bakteriami. Podobnie działo się z chorobami płuc, oskrzeli, wszelkimi infekcjami bakteryjnymi. Armia wynalazła sulfamidy. A konkretnie, jej lekarze z akademii. Był to swoisty przełom, świetna rzecz na zakażenia ran, ale stosowany bezpośrednio, od razu na polu bitwy. A teraz...

– Nie mogę uwierzyć w to, co się stało. – Siwecki podniósł do oczu niewielką szklaną ampułkę. – Cudowna kula została wynaleziona!

– Chyba nie mówisz...

– Właśnie mówię. Wszystko wskazuje na to, że młody książę wyzdrowieje! Trzeba tylko dokończyć kurację.

Tomaszewski nie mógł wydobyć z siebie ani słowa.

– To cud! – wykrztusił wreszcie.

– To cudowna kula. – Siwecki ciągle wpatrywał się w biały proszek. – Gdybyś miał taki pocisk w pistolecie, to mógłbyś włożyć paczkę papierosów do szklanki i przestrzelić tę paczkę, nie naruszając samej szklanki! Cudowna kula istnieje naprawdę.

Mimo że nie jedli jeszcze śniadania, Tomaszewski nie mógł się powstrzymać. Zapalił papierosa i zaciągnął się głęboko. Przypomniał sobie opowieść admirała Wentzla o „przybyszu zero", który pojawił się w stolicy ze skórzaną teczką wypchaną złotem i diamentami. Który kupił podupadającą firmę farmaceutyczną „Kocyan i wspólnicy". Wyprodukował środek na potencję, zarobił miliony i wpompował to wszystko w badania naukowe nad nowymi technologiami. Rezultat mieli ze sobą w okrętowych zapasach. Całą gamę supernowoczesnych lekarstw i środków chemicznych do wypróbowania „gdzieś daleko, za górami i lasami", z dala od lustrujących oczu. Rewolucje w medycynie się zdarzają. Lecz na taką skalę? Jeśli okaże się, że wszystkie te środki są równie skuteczne co penicylina, to już nie będzie to rewolucja – ale nowy etap ewolucji.

Zaciągnął się jeszcze raz i wyrzucił niedopałek przez okno.

– Chodźmy do księcia – powiedział.

Potrzebowali map, miejscowych nawigatorów i kogoś w rodzaju geografów. Tomaszewski już wiedział, w jaki sposób dostać to, czego chciał.

– Książę! – Skinął głową władcy. – Wielki lekarz postanowił jednak sprawić cud. Twój syn będzie żył!

„Masz" – Aie podawała sporą część swojej porcji Shen. Ta jednak wzbraniała się przed przyjęciem aż tak królewskiego daru. W Podziemnej Twierdzy karmiono okropnie, lecz żadne resztki z posiłków nie zostawały. Porcje były tak małe, że nawet siedzący praktycznie nieruchomo dzień po dniu ludzie stale głodowali. Podarowanie komuś prawie połowy posiłku – to się tutaj nie zdarzało!

Rand nie przewidział jednego. W porządku, Aie była wzywana niby to na przesłuchania, gdzie zdawała relacje z tego, czego dowiedziała się od współwięźniarki. Tam mogła najeść się do syta, wyprostować kości, odpocząć. Wracała do celi i dalej była bezpieczna, Magazynier zmasakrował nos Shen i opuchlizna nie pozwalała na rozpoznanie jakiegokolwiek zapachu. Ale... niedopatrzenie tkwiło w jednym. Aie nie potrafiła zjeść śmierdzącej, ohydnej papki, którą normalnie serwowano w celach. Usiłowała nie oddychać nosem, wpychała sobie do gardła na siłę, usiłowała przełknąć i... nic. Nie dawała rady jeść tego gówna! Misterny plan mógł się posypać w każdej chwili.

„Masz" – udawała zatroskaną losem swojej koleżanki. Grała taką, która wzruszona cudzym losem podzieli się ostatnim kęsem. Ale jak długo tak można?

– Jedz, bo opadniesz z sił i umrzesz. – Shen odpycha-
ła oferowaną jej porcję. – Nie chcę tu być sama ani z nikim innym. – Uśmiechała się. – Polubiłam cię.

Aie przytuliła się do Shen. Co robić? Co można w tej
sytuacji wymyślić? Nie chciała zwymiotować tutaj i pokazać, że po prostu nie może tknąć tego syfu.

„Nie mogę jeść" – odsunęła się troszkę i zaczęła go-
rączkowo gestykulować. „Oni mnie tam czymś trują".

Shen długo nie mogła zrozumieć.

„Na przesłuchaniach. Wlewają mi do ust coś okropnego. Potem mam wizje, koszmary".

Shen wpatrywała się ze zmarszczonymi brwiami
w chaotyczną gestykulację. Potem coś zaczęło do niej
docierać.

– Zaraz, zaraz... – Potarła czoło. – Mówisz, że cię trują?

Aie gwałtownie przytaknęła.

– No tak, to ma sens... – Shen rozumiała wszystko po
swojemu. – Skoro nie biją, bo nie masz przecież jakichś
strasznych obrażeń, to zaczęli cię truć. Dają jakieś nar-
kotyki, żeby cię odurzyć?

Aie z ulgą potakiwała.

– No ale czego oni chcą od ciebie? Czego nie mogą
wyciągnąć przez tak długi czas?

Niebezpiecznie.

„Pokazują mi tych, których też złapano. Chcą, żebym
sypnęła, który dowodził. Nie wierzą, że to ja..."

– To wiadomo. Nikt nie chce wierzyć, że głuchoniema
ma poprowadziła bunt. – Shen znowu zmarszczyła brwi.

Na szczęście najprostszą rzecz tłumaczy się gestami z trudem i powoli. Jest dużo czasu, żeby się zasta-

nowić i wymyślić wersję na tyle prawdopodobną, żeby ktoś uwierzył.

„Pokazują mi rysunki ważnych ludzi z miasta. Chcą wiedzieć, który z nich kierował buntem po cichu".

– Aha! – Shen nareszcie uwierzyła. – No tak, wszystko jasne! Wszędzie bunty, rokosze, lud się burzy, a jedyne, co te głupki potrafią wymyślić, że to inni wielmoże chcą podkopać władzę. Tak, tak, tak, wszystko pasuje do tych idiotów.

Aie powstrzymała się, żeby nie westchnąć z ulgą.

„I te trucizny, które każą mi połykać, sprawiają, że cała kołowacieję. Nie chce mi się jeść, nie chce mi się niczego..."

– Tak, rozumiem cię doskonale.

Uff, nareszcie uwierzyła. O mało cały plan się nie posypał. Niewiele brakowało, żeby Shen odkryła, że coś jest nie tak.

– Widziałam już, jak się przesłuchuje za pomocą trucizn.

Aie spojrzała zaciekawiona.

– Major Dain, którą spotkałyśmy w świątyni bogów z lasu. – Shen zatopiła się we wspomnieniach. – To ją przesłuchiwano w ten sposób.

Aie bardzo chciała dowiedzieć się czegoś więcej, ale wiedziała już, że koleżanki lepiej nie popychać. Wystarczyło wykazać się niezmienną cierpliwością.

– Posadzili ją na jakiejś trującej roślinie, przywiązali. A ta roślina chciała do światła, wiadomo. I zaczęła dosłownie przerastać przez panią major. Zysk mieli podwójny. Już na wstępie przesłuchiwana wyła z bólu, a poza tym roślina była trująca. Chyba trochę rozpuszczała ciało ofiary, trochę nasączała czymś, co powodowało malignę i brak kontroli. Mówię ci... straszny widok.

„I co?"

– Nic. Kiedy ją znalazłyśmy, Dain poprosiła o pistolet ze swojej torby i strzeliła sobie w łeb.

Aie zrezygnowana opuściła wzrok. Nie zazdrościła Shen wspomnień. Nie zazdrościła również sobie własnych. Lecz słuchanie o kolejnych trupach, poświęceniu korpusu, jatkach i masakrach nie wnosiło niczego nowego.

– To ona dała mi list żelazny i rozkaz.

No! Może teraz?

„Z tym rozkazem uciekłaś od ludzi na żelaznych okrętach?"

– Tak.

„A co było w rozkazie?"

Shen wzruszyła ramionami.

– Nie wiem. Został zaszyfrowany.

„Dlaczego sądziłaś, że był taki ważny? Dlaczego zaryzykowałaś życie?"

Bogowie! Jak trudno pokazać to gestami. Szczególnie w takiej ciasnocie.

– Dain powiedziała taką rzecz: „Korpus ginie, ale korpus nie zawodzi. Powiedz im, że wykonałyśmy nasze zadanie".

„Co?!"

– Przynajmniej ja to tak zrozumiałam. Mimo zagłady korpusu zadanie zostało wykonane.

Aie zamarła. Coś nieprawdopodobnego. W to, że zadaniem korpusu ekspedycyjnego nie było żadne tam zabezpieczenie szlaku przez las, łatwo można uwierzyć.

W machloje i ciemne interesy – również. Ale w istnienie tajnego zadania dla całego imperialnego korpusu? I to zadania, które choć zakończyło się klęską, utratą wszystkich żołnierzy, zagładą, to jednak było zwycięstwem? I owoce tego zwycięstwa dały się zawrzeć na kilku zaszyfrowanych kartkach? Nieprawdopodobne.

– Wiesz... – podjęła Shen po chwili. – Ja od początku miałam wrażenie, że imperialne wojsko nie zostało tam posłane dla prostej pacyfikacji. Wydawało mi się, że czegoś szukamy.

„Czego?"

– Pojęcia nie mam. A co gorsze... Później zdobyłam przeświadczenie, że nie tylko my tam czegoś szukamy.

Aie w milczeniu czekała na ciąg dalszy. Cisza jednak przeciągała się i przeciągała.

– Wiem, że opieram się tylko na przeczuciach – odezwała się wreszcie Shen. – Na obserwacjach wszystkiego dookoła, zachowania oficerów, rzucanych tu i tam uwag... Miałam jednak wrażenie, że ktoś bardzo władny szuka tam być może tego samego co my.

„I znalazł?"

– Nie wiem. Jeśli to ludzie z żelaznych okrętów, to chyba... – Uśmiechnęła się. – To chyba nam się udało, a nie im. Choć to oni pokonali potwory, a my nie. My zostaliśmy pokonani.

„Wszystko kryje się w tym rozkazie?"

– Raporcie. Tak. Tak mówiła Dain.

Aie myślała intensywnie. Shen na pewno przekazała raport komuś z sił specjalnych. I wszystko powinno być w porządku. Dlaczego ją uwięzili? Jeśli chcieli się pozbyć świadka, to przecież kat uciszyłby pionka z większą gwarancją braku trzepania ozorem. Hm... Musiała być im jeszcze do czegoś potrzebna. Ale gdyby to było coś konkretnego, wymagającego współpracy, to przecież trzymaliby ją w lepszych warunkach. A tu? Hm. Shen była jedynym człowiekiem, który widział świątynię obcych bogów. Jedynym więc, który mógłby tam kogoś poprowadzić. A dlaczego w więzieniu? Tu nikomu ważnemu nie wychlapie, co wie – a przynajmniej tak im się wydaje. Ale może nastąpić jakaś szalenie mało prawdopodobna opcja. Na przykład? Może oni liczą, że uda im się wrócić do lasu? Wtedy Shen by się przydała. Lecz to tak mało prawdopodobne, że trzymają więźnia tylko na wszelki wypadek, żeby później w razie czego nie żałować.

Zbyt skomplikowana konstrukcja myślowa. I zbyt wątpliwe przesłanki.

– Wiesz, rozmawiałam z tą czarownicą, która trzyma z obcymi. Z Kai.

„Tak?"

– Powiedziała mi coś dziwnego.

„Co?"

– Ludzie z żelaznych okrętów, kiedy usłyszeli moją historię i zobaczyli przedmioty, które przyniosłam ze świątyni obcych bogów, wyraźnie się rozczarowali.

„Czym?"

– Pojęcia nie mam.

– Dobrze, że jesteście, panie. – Młody uczeń rusznikarski ledwie dotrzymywał kroku Randowi. – Mistrz zwariował!

– Co mu się stało?

– Nie śpi już od wielu nocy. Nam też nie pozwala spać!

– A co robicie?

– Karabiny!

Rand zatrzymał się zaskoczony i chłopak o mało go nie staranował. Do tej pory Kadir wydawał się racjonalnym, przytomnym w każdej sytuacji człowiekiem. Kpiącym raczej niż poddającym się szaleństwu. Rand zmarszczył brwi. Z drugiej strony przypominał sobie opowieści z lat młodzieńczych, którymi raczył go Kadir. Kiedyś paliła go pasja, kiedyś był człowiekiem, który zrobiłby wszystko dla idei. Rand nawet wiedział, dlaczego ten okres w życiu starego już rusznikarza skończył się dawno, dawno temu.

Komisja uzbrojenia imperialnej armii powiedziała „nie". Gorzej, nazwała autora pomysłu tak, jak nazwała, i ośmieszyła publicznie, co zablokowało go na kolejne lata. A szkoda. Wielu fachowców później pomysł uznało za wyjątkowy. No trudno, jak pech, to pech. A chodziło o coś, co Kadir nazwał „unifikacją części zamiennych". Każdy karabin nie miał być produkowany przez jednego rusznikarza od początku do końca. Według nowej idei wszystkie części broni palnej miały być dokładnie takie same. Wykonane według jednego wzorca. Dawało to następującą możliwość: w warsztacie, który umiał produkować rury, można było wykonywać lufy. Tylko lufy, bez kolb na przykład, bo te mógł przecież wytwarzać warsztat specjalizujący się w stolarce. Potem, mając już wszystkie części od różnych wytwórców, można było składać gotowe karabiny.

Idea ta miała szereg zalet. Skoro każdy robił tylko to, na czym się naprawdę znał, produkcję broni można było zwielokrotnić i zwiększyć jej tempo. Opóźnienia u jednego wytwórcy, zawał na jednym etapie, nie hamowały przecież pozostałych. Wielość dostawców, wykonujących tylko proste, fragmentaryczne prace, na których się znali doskonale, sprawiała, że produkowane w ten sposób karabiny stawały się niewiarygodnie wręcz tanie.

Pomysł miał więc same zalety: więcej, taniej, szybciej. Niestety, miał też zasadniczą wadę, którą na szczęście wysoka komisja zauważyła w porę i postanowiła pomysł ośmieszyć, a autora wykpić. Wadą, i to kardynalną, było wszak to, że w ten sposób broń trafiała czy łatwo mogła trafić w ręce ludu! A tego żaden władca sobie nie życzył. Nie pozostawiono więc na idei suchej nitki, a samego twórcę zesłano do szkoły rusznikarskiej, by uczył młodych adeptów, jak wytwarza się broń starymi metodami: każdy karabin unikatowy, wykonany przez jednego rzemieślnika w całości indywidualnie.

Teraz jednak coś musiało wyrwać Kadira z kpiąco-
-cynicznego kokonu.

– Gdzie on jest? W forcie?

– Nie, panie. W artyleryjskiej hucie wojskowej, tej małej. Razem ze wszystkimi uczniami.

– A co on tam robi z uczniami?

– Przecież mówię, panie. Karabiny!

Rand zmełł przekleństwo.

– Przodem.

Szerokim podejściem forecznym zeszli do starej, od dawna suchej fosy, która zaprowadziła ich krótszą drogą do budynków zaplecza technicznego. Tam wystarczyło obejść arsenał i, znowu na skróty, przejść mały plac manewrowy.

Kadir, uprzedzony przez kogoś, już czekał przed wejściem do małej huty.

– I co? – przywitał Randa gromkim okrzykiem. – Masz coś nowego?

– Co? – dał się zaskoczyć.

– Czy masz jakieś nowe wiadomości od tej biednej dziewczyny, którą zamknąłeś w więzieniu?

Rand rozejrzał się, czy nikt nie słyszy. Przestrach musiał być widoczny na jego twarzy, bo Kadir śmiał się, prowadząc przyjaciela do swojego prywatnego warsztatu.

– Ja przecież nie o polityce ani o przekrętach – tłumaczył, gestami pokazując uczniom, że teraz nastąpi przerwa i mają się wynosić. – Chciałem tylko wiedzieć, czy ta biedna Shen nie powiedziała niczego nowego o broni obcych.

Rand znowu z trudem powstrzymywał się, żeby nie zacząć kląć. Uczniowie co prawda czmychali w popłochu, ale nie wiadomo, ile który usłyszał i ile skojarzył.

– Nic nie powiedziała – warknął.

– Bo wiesz, ja nie śpię po nocy... Nie mogę wytrzymać w jednym pomieszczeniu, ja... prawie w ogóle nie jem...

– To widać. Za to w ilość pustego gadania ci wszystko poszło.

– O nie! Nic nie idzie na marne! Nie ma już pustosłowia. Szykuje się rewolucja...

Otworzył drzwi swojego warsztatu i przepuścił Randa przodem. Na środku stała laweta małego działka, z której ktoś zdemontował armatnią lufę, a umieścił przedziwną konstrukcję z kilkoma grubymi prętami.

– Rewolucja, wybuch, totalna przemiana!

– Co to jest? – Rand spokojnie oglądał machinę.

– Kartaczownica? – zabrzmiało to jak pytanie.

Rand prychnął pogardliwie.

– Co? To niby od kartacza pochodzi?

– No bo nie wiem, jak to nazwać. Zainspirowały mnie opowieści tej skrzywdzonej dziewczyny, kapral, no i ten karabin, który dzięki niej dostałem. Jak oni skonstruowali broń, która strzela tak szybko, że dźwięk zlewa się w jedno trrrrrrrrrr...? Jak oni to zrobili?

Rand spojrzał na niedokończoną konstrukcję cudacznej kartaczownicy.

– Nie wiem – wyznał szczerze. – Ale chyba nie tak.

Też przecież zastanawiał się nad szybkostrzelną bronią ludzi z żelaznych okrętów. Przecież nawet rozmyślali razem, jak to mogło działać, ale nic z tych rozmyślań nie wyszło. Problemów pojawiło się kilka. Nie udało się otworzyć metalowej kapsułki wmontowanej w tylną ściankę mosiężnych pocisków. Nie wiadomo, jaka substancja powodowała wybuch przy uderzeniu, które miażdżyło kapsułkę. Każda próba najdelikatniejszego rozpiłowania tego elementu kończyła się maleńkim wybuchem. Poza tym, nawet gdyby udało im się skopiować taki mosiężny nabój, byłby on zbyt trudny do wyprodukowania i zbyt kosztowny, żeby go stosować.

Shen upierała się przy tym, co pamiętała. Według jej słów żołnierze, którzy strzelali z tych karabinów wypluwających setki pocisków, mieli nieruchome ręce. To znaczy dłonie drżały oczywiście od wystrzałów, ale ludzie nimi nie manipulowali przy żadnych mechanizmach. Jaka więc tajemnicza siła przeładowywała te karabiny?

Jaka siła byłaby w stanie zrobić to wszystko tak szybko? Problemy zdawały się nierozwiązywalne, a pytania pozostawione bez odpowiedzi.

– I wtedy nastąpiła noc cudów – gorączkował się Kadir, nalewając wino do dwóch wojskowych cynowych kubków. – Obudziłem się nagle i zdałem sobie sprawę, że przecież nigdy nie będę tak bogaty jak tamci, nie będę miał ich wiedzy ani możliwości. Nie mam też sposobu wykonania tak wspaniałej sprężyny jak oni.

Rand wiedział, że aby porozmawiać poważnie z Kadirem, należy najpierw przeczekać to, co rusznikarz ma do powiedzenia na tematy fachowe. Pił więc i sukcesywnie dolewał sobie wina w miarę pojawiania się takiej potrzeby. A mistrz opowiadał o swoich natchnieniach. Nie ma cudownej kapsułki powodującej wybuch ładunku prochowego? Więc ze znajomym chemikiem z artylerii ulepszyli dziecinną zabawkę z odpustów – zrobili ukryty w nawoskowanym papierze kapiszon. Od tej pory ani wiatr, ani rzęsisty deszcz nie powinien szkodzić procesowi odpalania broni.

Karabin kapiszonowy okazał się znacznie lepszy od dotychczas używanego – skałkowego. Ale co z tego? Nie był szybkostrzelny. Jak więc osiągnąć to, dysponując tym, czym dysponowali? Jedyną możliwością jest powiązanie razem większej liczby wcześniej nabitych luf. Ale ile luf można skleić i móc jeszcze taką broń unieść? Dwie, trzy? Kadir eksperymentował z pistoletami, bo zdawały się prostsze. Przy sześciu lufach broń była nie do utrzymania. A to wciąż były tylko pistolety, nie karabiny.

Kadir nagle zrozumiał, że lufy są zbędne. A jeśliby naboje umieścić w obrotowym bębnie? Wtedy przy sześ-

ciu komorach nabojowych broń okazywała się jak najbardziej poręczna. Kiedy tylko poprzez kolejne poprawki
sprawił, że nowy pistolet stał się bronią użytkową, bez
zacięć i niespodzianek, rusznikarz poczuł, że nadchodzi rewolucja.

Pistolet okazał się świetny, dużo lepszy i bardziej nie-
zawodny od skałkowego, a poza tym dawał strzelcowi
miażdżącą przewagę ognia nad człowiekiem uzbrojonym
klasycznie. Na cześć rewolucji nazwał ją rewolwerem.

Teraz już bez problemu dało się zrobić oparte na tej samej zasadzie karabiny. No tak, lepsze od klasycznych, ale
nadal ładowane od przodu i kilkustrzałowe raptem, a to
ciągle nie szybkostrzelność. Wymyślił więc wymienne
bębny. W końcu ile strzałów oddaje przeciętny żołnierz
podczas bitwy? Jeden? Dwa albo trzy? A tu będzie miał
do dyspozycji piętnaście strzałów, wciąż bez nabijania.

No tak. Kadir czuł, że przyszłe bitwy w żaden sposób
nie będą przypominać dotychczasowych. A on nadal nie
miał czegoś, co mogło strzelać w sposób ciągły. Olśnienia
doznał następnej nocy. A co będzie, jeśli połączy zasadę działania rewolweru z normalnym karabinem? Zaraz,
nie da się ładować broni strzelającej seriami, wsypując
proch przez lufę. Trzeba powrócić do koncepcji naboju zespolonego. Nie można go wyprodukować z metalu?
Trudno, trzeba wykonać z grubego kartonu. Nie znamy
metody produkcji wybuchowej kapsułki inicjującej? Nie
ma sprawy. Całe dno naboju będzie jednym wielkim ka-
piszonem. A żeby ładunek nie wpadł do środka naboju
przy uderzeniu iglicy, która zastąpi kurek, będzie się go
uderzać z boku. Łuska będzie mieć rant, każdorazowo
opierany na metalowym wypuście zamka. No dobrze,

ale przy zakładanej szybkostrzelności lufa będzie się nagrzewać i szybko przestanie pełnić swoją funkcję. Trudno, trzeba powrócić do pomysłu obracających się kilku luf. Sześciu, dziewięciu, dwunastu. Broń będzie za ciężka. Nie ma sprawy, zdejmie się armatę z lawety, którą wykorzysta się jako kołową podstawę. Nie wiemy, czym obcy napędzają swoją broń? I szybko się nie dowiemy – nasze lufy będą obracane korbą, która jednocześnie uruchomi wszystkie inne mechanizmy, jak choćby wyjmowania łuski, wkładania nowego naboju, ryglowania, wszystko dzięki ruchowi obrotowemu.

– Działa? – zapytał Rand, kiedy nareszcie rusznikarz się zadyszał i zamilkł.

– Jeszcze nie. Ale będzie działać, choć mechanizmy są bardzo skomplikowane...

– A co to znaczy?

– Może się często zacinać.

Rand zaczął się śmiać. Podstawił swój kubek, żeby napełnić go winem. Nie był żołnierzem, ale koncepcja broni, która będzie się zacinać na polu bitwy, raczej go nie przekonywała.

– No to chyba jest mało przydatny w takim razie?

– A w czym widzisz przeszkodę? – obruszył się Kadir. – Po pierwsze trzeba mu zapewnić fachową obsługę kilku wyszkolonych ludzi, którzy błyskawicznie będą likwidować zacięcia. A po drugie podstawową jednostką będą dwa takie karabiny. Jeden się zatnie, strzela drugi.

– A może trzy? – zakpił Rand. – Może dziesięć?

– Ty lepiej nie żartuj – odciął się Kadir. – I żebyś nigdy nie poznał uczucia, jak to jest, kiedy każą ci atakować stanowiska tych karabinów.

– Przecież żołnierze do tej pory atakują stanowiska naładowanych kartaczami armat i często je zdobywają.

– Kartacze są mało skuteczne.

– Dlaczego?

– Bogowie, czyś ty żadnej szkoły nie skończył?!

Rand westchnął tylko. Szkołę oczywiście kończył, ale była to szkoła dla dorastających dziewcząt z dobrych domów. O kartaczach wspominało się na lekcjach niezmiernie rzadko.

– Posłuchaj mnie – kontynuował rusznikarz. – Mówimy o puszce wypełnionej metalowymi kulkami, którą wkłada się do armatniej lufy. Podczas wystrzału kartacze wylatują z dużą siłą, tworząc coś w rodzaju stożka. Część kulek leci więc do góry, ponad głowami atakujących, a część wbija się w ziemię przed nimi. Tylko niewielka część razi tak, jak powinna. A kule z tego karabinu wylatują wyłącznie w płaszczyźnie horyzontalnej. Każda może trafić wroga. No i jeszcze jedno. Armatę kartaczami trzeba nabić! I podczas tej czynności stanowisko jest bezbronne. A ten karabin ładuje się w trakcie strzelania.

– Na szczęście nie jestem żołnierzem. A niebezpieczeństwa grożą mi rozmaite, lecz z innych kierunków. Czasem trochę większe niż ta armata.

Rusznikarz ręką zgarnął porozrzucane na stole, dopiero co wyprodukowane naboje z kartonu i usiadł na brzegu.

– No dobra – westchnął. – Cóż łaskawie nam panująca, obdarzona tytułami, najmądrzejsza i...

– Nie chce cię widzieć.

– Uuu... – Kadir cmoknął i zerknął na swoje odbicie w wielkim lustrze zawieszonym na ścianie, które służyło uczniom do śledzenia tego, co się działo podczas zajęć w warsztacie także i z drugiej strony. – To mogę zrozumieć. – Przesunął dłonią po własnej szczęce pokrytej kilkudniowym zarostem. – Naprawdę nie chciała zobaczyć dowodów?

– Nie.

– Ani wysłuchać, co mamy do powiedzenia?

– Nie.

– No to kłopot.

Kadir zeskoczył ze stołu. Jak na swój wiek i tyle nieprzespanych nocy, ruszał się bardzo sprężyście. Z pokoju obok przyniósł kolejny dzban wina.

– Rodzi to we mnie bardzo konkretne podejrzenia.

– Jakie? – Rand może i spał trochę ostatniej nocy, ale też był zbyt zmęczony, żeby owijać cokolwiek w bawełnę.

– To proste. Nie chce nas słuchać, bo o wszystkim od dawna już wie. Proste?

– Proste, proste, aż za proste – mruknął Rand. – Taka też była moja pierwsza myśl.

– No i dlaczego uważasz, że zła?

– Poprowadziłaby rozmowę inaczej. Odniosłem wrażenie, że ona niczego nie wie. Że działania sił specjalnych, ta cała akcja, która skończyła się zagładą korpusu, to operacja wewnętrzna tych dup. A przed oczy cesarzowej daje się dym.

– Tylko wrażenie? Czy ja dobrze usłyszałem? – dziwił się Kadir. – Nie masz żadnych dowodów, ale dzięki odniesionemu wrażeniu sądzisz...

– Nie znasz kobiet tak jak ja – przerwał mu Rand. – A u nich na wrażeniu może opierać się wszystko.

– O ile mnie wzrok nie myli, to ciągle jeszcze nie jesteś kobietą.

– Ale znam ich świat.

– Odnoszę wrażenie, że możesz mieć rację – zakpił rusznikarz. – Choć mój racjonalny umysł mówi mi, że możesz się też mylić, a także podsuwa miliony innych możliwości. Czy wyraziłem się dostatecznie kobieco?

– Kpij sobie, kpij. A ona mnie nawet ostrzegła, żebym nie wpychał palców pomiędzy framugę i drzwi. I niedwuznacznie dała do zrozumienia, że siły specjalne mi te palce przytrzasną.

Kadir nalał nowe porcje wina i znowu przysiadł na brzegu stołu.

– No to już jest wyraźna groźba.

– Właśnie.

– Słuchaj, a może one coś na cesarzową mają?

– Nic nie mają. Coś bym słyszał.

– To może ona w tym wszystkim po prostu bierze udział. Tylko tobie nic nie mówi, trzymając cię wyłącznie jako zabezpieczenie na wszelki wypadek.

– Mało prawdopodobne. Po pierwsze gówno jestem, a nie zabezpieczenie. Przeciwko speckurwom nic nie mogę. A po drugie, gdybyś miał rację, to by znaczyło, że szefowa posłała świadomie cały korpus na wyniszczenie. Bo może się nie spodziewała aż takiej klęski. – Rand podniósł oczy na przyjaciela. – Wyobrażasz ją sobie w tej roli?

Fakt. Cesarzowa dostała swoje stanowisko z urodzenia przecież, a nie za zasługi w dziedzinie uprawiania polityki. Wielu uważało władczynię za ciepłą kluchę, mającą może i sporą orientację w pałacowych intrygach i przepychankach, jednak bez jakiejkolwiek koncepcji rządzenia państwem. I to szczególnie w tak ciężkich czasach.

– Nie. Nie wyobrażam sobie. Ale speckurwy mogły wymyślić taką intrygę, że...

– O intrydze coś bym słyszał – przerwał mu Rand. – Od intryg i słuchania plotek to ja jestem. – Uśmiechnął się smutno. – Szkoda, że na tym moja realna władza się kończy.

– Oj, nie przesadzaj. Informacja to broń równie groźna jak kartaczownica.

– Tak? A ile batalionów ma informacja do dyspozycji?

Zaczęli się śmiać. Sytuacja na dworze, a przez to i w całym państwie wydawała się z ich punktu widzenia absurdalna. Cesarstwo chwiało się zarówno pod naporem wrogów zewnętrznych, jak i wewnętrznych, a na szczytach władzy trwały zwykłe przepychanki, „kto bliżej ucha", „kto bliżej kabzy". Z tym tylko, że w przypadku dopychających się do „ucha" nie bardzo było wiadomo, o czyje ucho może w tej chwili chodzić. A w tym wszystkim jeszcze specsłużby urastające do liczącej się siły, zdobywającej coraz większy wpływ na dworze.

Rubaszny nastrój przerwało wejście jednego z uczniów.

– Panie, przybył posłaniec z ważnymi wieściami.

– Do mnie? – zdziwił się Kadir.

– Nie, panie. – Uczeń zgiął się w ukłonie. – Do was, panie. – Nastąpił drugi ukłon, tym razem skierowany w stronę Randa.

– Zostawiłem wiadomość, gdzie będę – ten mruknął wyjaśniająco. – Wprowadź go – dodał głośniej.

– Tak, panie.

– Zostawię was samych. – Rusznikarz podniósł się z miejsca.

– Nie, zostań, proszę. Odkąd zamknąłem Aie w więzieniu, nie mam z kim słowa zamienić.

Znowu zaczęli się śmiać. Zaskoczyli tym młodego człowieka w poszarpanym ubraniu, który pojawił się w drzwiach.

– Kurier Marre – przedstawił się, nie bardzo wiedząc, do kogo się zwracać.

– Jakieś nowe zwyczaje zapanowały? – zapytał Rand. – Czy odtąd posłańcy już zawsze będą nosić podarte ubrania?

– Wybaczcie, panie. – Kurier pochylił lekko głowę. – Tłum rzucał kamieniami, musiałem się przedzierać najpierw pomiędzy rozjuszonymi ludźmi, a potem przez krzaki.

– Jaki tłum?

– Zamieszki, panie. Lud wyraża swoje niezadowolenie.

– I co? Szturmują pałace jak podczas zarazy?

– A skąd, na to brak im jaj – kurier użył kolokwialnego zwrotu i trochę się zmieszał. Rand jednak nie wyglądał na groźnego belfra tropiącego drobne potknięcia ucznia. – Po prostu... rzucają kamieniami w tych, którzy mają lepsze ubrania. Coś tam buczą. I tyle.

– Znaczy zamieszek jeszcze nie ma?

Młody człowiek wzruszył ramionami.

– Mój woźnica zarobił w głowę. Zostawiłem go za-
krwawionego w jakimś szynku. Nie wyglądał za dobrze.
No i powóz straciłem.

– Aha. – Rand uśmiechnął się lekko. – Czyli nie wiemy jeszcze, czy się buntujemy, czy na razie tylko grabi-
my. – Machnął lekceważąco ręką. – No dobra. Jakie wieści przyniosłeś?

– Panie, w Kyle wylądowali ludzie, których kazałeś
szukać.

Kadir spojrzał na przyjaciela, nie rozumiejąc. Rand
jednak zerwał się na równe nogi.

– Bogowie! Są już u nas żelazne okręty?!

Teraz dopiero rusznikarz zrozumiał, o co chodzi.
Sięgnął po dzban z winem.

– Nie, panie. Żadnych żelaznych okrętów jeszcze nie
widziano.

– O czym więc mówisz?

– Mistrz Roe, dowódca Cesarsko-Książęcej Dostrzegalni w Kyle, przesłał raport o dziwnym statku, który
stanął przed portem. To zaalarmowało naszych ludzi
i z najbliższej naszej faktorii wysłano szpiegów. Potwier-
dzili wieści.

– Czy okręt jest z żelaza?

– Nie, ale wygląda przedziwnie. Jego żagle zbudowa-
no w systemie, którego nikt u nas nie zna. Mistrz Roe
przysięga, że widział, jak obcy płynęli pod wiatr!

Kadir o mało nie rozlał wina z wrażenia.

– Na żaglach pod wiatr. Dobre! – Zaczął się śmiać.

– Roe jest urzędnikiem państwowym – powiedział
kurier.

– O? A w jakim stadium upojenia alkoholowego był, kiedy widział te cuda?

– Nie, panie. Nasi ludzie sprawdzili i mistrza, i jego opowieść. Są świadkowie, którzy to potwierdzają.

Rand uspokajająco uniósł dłonie.

– Co jeszcze?

– Obcy mają łódź, jakby... – zawahał się – jakby zrobioną z rybich pęcherzy. Jest miękka w dotyku, ale bardzo wytrzymała. Może pomieścić kilku ludzi i... – znowu zawahał się na moment. – Ona płynie sama, panie.

– Jak to sama? Są w środku ludzie czy nie?

– Ludzie są. Ale łódź nie ma ani żagla, ani wioseł. A płynie, i to bardzo szybko. Warczy i śmierdzi okropnie. I płynie sama.

Rand spojrzał na Kadira. Ten wzruszył ramionami.

– No dobrze. A skąd wiadomo, że to właśnie ci ludzie z żelaznych okrętów?

– Tego nie wiem. Ale czytałem okólnik, który zawierał opis wspomnień waszego świadka, panie.

Rand przytaknął. Rozesłał takie pismo do swoich placówek, w którym zamieszczono szczegółowy opis osób ze wspomnień Shen. Sam myślał, że jego ludzie najpierw dowiedzą się czegoś o żelaznych okrętach, a tu niespodzianka. Pojawili się konkretni ludzie.

– Jesteś pewien, że kogoś ze wspomnień świadka rozpoznaliśmy?

– Tak, panie. W piśmie był opis bardzo wysokiego oficera w czarnym, niecodziennie skrojonym mundurze, z białą czapką. Towarzyszyła mu bardzo młoda czarownica z czarną opaską na głowie. Dokładnie takie osoby wysiadły z miękkiej łodzi w porcie Kyle.

Kadir westchnął cicho. Znowu wymienił się spojrzeniami z Randem.

– Jasny szlag – szepnął.

– Czy jeszcze coś niezwykłego zauważono w związku z tymi ludźmi? – zapytał Rand.

– Bardzo! – chłopak aż krzyknął. – Bardzo niezwykłego!

– No? No?

Kurier Marre długo milczał.

– Jest z nimi wielki mag o mocy nieznanej dotąd ludziom – zaczął nareszcie. Rand i Kadir wymienili się spojrzeniami po raz trzeci. – Potrafi sprawiać cuda. Potrafi...

– A jaki cud sprawił jako pierwszy? – Rand usiłował zmusić kuriera, żeby przeszedł do konkretów.

– Do gospody, w której mieszkał, przyniesiono kupca w agonii. Ukąsił go wąż zwany kamaszem. A mag uzdrowił umierającego jednym ukłuciem cudownej igły.

Kadir podniósł swój kubek i osuszył jednym wielkim haustem. Kiedy odzyskał oddech, jęknął tylko:

– Wąż zwany kamaszem i jedną igłą go! Dużo się pije w Kyle.

– Ano za kołnierz nie wylewają – zgodził się Rand. – Przy ukąszeniu kamasza nawet błyskawiczna amputacja bywa nieskuteczna.

– Było, jak mówię, panie – obruszył się kurier. – Nasi ludzie przepytali i kupca, i medyka książęcego Horetha, który badał sprawę.

Rand tylko wzruszył ramionami, a młody człowiek kontynuował:

– Książę zaprosił maga na dwór, widząc w nim ostatnią nadzieję. Jego syn bowiem umierał właśnie na wywrócenie płuc.

No, to już naprawdę strzał z grubej armaty. Rand długo nie mógł uwierzyć, bo danie wiary w tę opowieść musiało nieść ze sobą dalekosiężne konsekwencje. Można sobie bowiem wyobrazić państwo żyjące w izolacji na jakimś nieodkrytym jeszcze kontynencie, kultywujące agresję, wojny i tworzące nową, lepszą od innych broń. Ale czy może istnieć państwo, które wszystko ma lepsze? Lepszą broń, lepsze żagle niosące nawet pod wiatr, lepszych medyków? Czy coś takiego jest w ogóle możliwe? A jeśli tak, to pojawiało się dużo bardziej intrygujące pytanie: czego ci ludzie chcą? Z zeznań Shen wynika, że wcale nie zamierzają szybko ujawnić się z całą swoją potęgą. Zajęli bazę wypadową, opuszczony port na niedostępnym odludziu wśród potworów, gdzie siedzą cicho i wysyłają łodzie zwiadowcze. Nie z żelaza, co charakterystyczne, lecz z żaglami, choć cudownymi, żeby jednak nie budzić powszechnej trwogi. No niby wszystko jasne. Szpiegują sobie po cichu. Ale...

Coś burzyło jednak tak prostą koncepcję. Jeśli szpiegują, to po co budzić powszechną sensację pokazem umiejętności ich medyków. Po co miękka łódź poruszająca się za pomocą warkotu i smrodu? Przecież wystarczyłyby zwykła kupiecka łupina, miejscowe stroje drobnych kupców i bez zwracania uwagi mogliby sobie oglądać, co by chcieli.

A może zależało im na wizycie na dworze? Rand wzruszył ramionami. Sam, siedząc tutaj, niczego nie rozstrzygnie.

– Co jeszcze?

– Marynarze z ich dziwnej łodzi wychodzą na ląd dla rozrywki i odpoczynku. Wszystko organizuje im spekulant Ores za złoto zdeponowane przez oficerów. Lecz... za miłość z kobietą trzeba jednak zapłacić z własnej kieszeni, żaden fundusz takich cudów nie obejmuje.

I Rand, i Kadir uśmiechnęli się. A jednak obcy okazali się bardzo podobni do nich samych. Tak samo zachowywaliby się oficerowie imperialnej floty w obcym porcie. Można zapłacić za pewne rozrywki marynarzy, ale przecież nie za burdel! Ha, ha, ha... Obcy byli więc dokładnie tacy sami. Nie różnili się od imperialnej kadry niczym.

– No i marynarze, wiadomo, płacą za kobiety – kontynuował kurier. – Ale naszych pieniędzy nie mają. Przynoszą więc z dziwnej łodzi różne ciekawe drobiazgi.

– Coś udało się zdobyć naszym ludziom?

– Trudno się dopchać, taki tłum chętnych. Kurwy przeżywają swój złoty okres. Chcących odkupić obce dziwadełka jest naprawdę mnóstwo. Ale ciągle się staramy.

– A co mówią marynarze?

– Nie sposób się porozumieć. Mówią w innym języku.

– Co?! W jakim innym?

– Nieznanym nam, panie. Natomiast czarownica i główny oficer z księciem rozmawiają w sposób zrozumiały.

– Dowiedzieliście się, czego chcą?

– Niedługo będą odpływać. Chcą miejscowego nawigatora i mapy.

Rand podniósł się i zaczął krążyć po warsztacie, czując przypływ ogromnej energii. Nareszcie coś! Nareszcie coś, co pozwoli mu działać.

– Dobrze, zróbmy wszystko, co w ludzkiej mocy, żeby ten nawigator był naszym człowiekiem. Jeśli się nie uda, to może potrzebują chłopca okrętowego do najgorszych prac, może kurwy dla oficerów, masażystki albo kucharza natchnionego. Musimy mieć tam kogoś swojego, nieważne, ile to będzie kosztowało!

– Stać cię? – zapytał cicho Kadir.

– Zdobędę pieniądze, gdy tylko dostanę się do miasta. Szlag! – Rand zatrzymał się nagle. – Tam kamieniami rzucają.

– Kartaczownica jeszcze nie działa. Mogę ci dać mój nowy rewolwer.

– Daj mi lepiej jakieś stare, brudne odzienie. Może przemknę.

– Tego tu nie brakuje. – Rusznikarz podniósł się ochoczo. Zatrzymał się jednak, widząc, że jego przyjaciel zamarł nagle, patrząc dziwnym wzrokiem na kartaczownicę. – Co?

Rand uśmiechnął się chytrze.

– Wymyśliłeś chyba nowe zastosowanie dla niej. – Pogłaskał niedokończoną broń.

– Strzelanie do tłumów?

– Ostateczny argument władcy właśnie uległ zwielokrotnieniu. I wiem nawet, jak lud nazwie te śmiercionośne machiny.

– Jak?

– Karabiny Kadira.

Gaj oliwny położony na słonecznym stoku wzgórza górującego nad portem sąsiadował z winnicą. Jej właściciel chętnie otwierał swoje wykopane w zboczach głębokie

piwnice i częstował uczniów medycyny chłodnym cien-
kuszem. Płacili mu nieźle, ale dziś liczył na zysk wręcz
niebywały. Gościem akademii w oliwnym gaju był obcy
lekarz, który tylko na krótko przybył do Kyle. Dlatego
też oprócz zwykłych uczniów, a także tych, którzy przypłynęli z bliższych wysp, dziś pojawili się medycy nie
tylko z okolic, ale także ci mistrzowie, którzy na wieść
o tym wydarzeniu podążyli z dalszych stron. I rzeczywiście, wszyscy zasłuchani płacili za chłodny napój odruchowo, nie licząc nawet gotówki.

– Pamiętajcie – kończył właśnie Siwecki, usiłując
używać jak najprostszych słów, żeby umożliwić Tomaszewskiemu dosłowne tłumaczenie. Niezbyt mu to wychodziło. – Lekarstwa, choć bardzo ważne, nie są przecież najważniejsze. Nowoczesna medycyna to system,
który nie działa na oślep, lecz według z góry przygotowanych procedur. Posługuje się naukową metodą. Medyk nie może zgadywać, nie może opierać się na swojej intuicji. Powinien dysponować maksymalną wiedzą
o chorym.

Uczniowie i młodzi adepci sztuki leczenia z wybału-
szonymi oczami starali się po prostu wszystko zapamię-
tać. Ale usadzeni na honorowych miejscach pod drzewami czcigodni starcy o siwych głowach i długich brodach
odważyli się czasem zadać pytanie.

– A skąd mamy uzyskać wiedzę o pacjencie?

– To bardzo proste. Każdy pacjent powinien mieć
kartę wypełnianą przez lekarza. Obojętnie, czy pacjent
leczy się u jednego medyka, dwóch, czy też podróżuje
i najczęściej woła kogoś doraźnego, zawsze musi mieć
swoją kartę. A tam kolejni lekarze wpisują, na co ten

człowiek zapadł, jak był leczony, jakie były efekty leczenia. Wiedząc, jakie choroby pacjent już przeszedł, będziecie wiedzieć, jakie mogą być przyczyny choroby obecnej.

Siwe głowy kiwały potakująco. To przecież takie proste. Dlaczego nikt dotąd na to nie wpadł? Każdy z doświadczonych medyków wiedział, ile w ten sposób można uniknąć fałszywych tropów, ile pułapek obejść, które mogą stwarzać mylące objawy. Dlaczego nikt nie pomyślał o tym wcześniej? Przecież w ten sposób każdy, nawet obcy przybysz, będzie tak jakby znany lekarzowi od dziecka. A to dramatyczna różnica.

– To wspaniałe rozwiązanie – odezwał się jeden z czcigodnych starców. – Ale tę... jak to nazwałeś, panie...?

– Procedurę.

– Tę procedurę można teraz dopiero zacząć. Skorzysta z niej następne pokolenie lekarzy. – Wskazał zasłuchanych chłopców wokół, którzy tkwili nieruchomo, niektórzy z otwartymi ustami. – Te chłystki będą mieć korzyść.

– Wprost przeciwnie. Jeśli nie mamy karty teraz, to każde diagnozowanie należy rozpocząć od wyjątkowo skrupulatnego wywiadu przeprowadzonego z chorym. Należy go jak najdokładniej wypytać. I nie tylko o choroby własne. Nie tylko o te, które przechodził.

– A ciekawe, czego się dowiemy od chorego? Toż wszyscy kłamią jak najęci.

– Oczywiście. – Siwecki ukłonił się z kurtuazją mistrzowi, który zadał to pytanie. – Dlatego też medyk musi łączyć w sobie umiejętności dwóch zawodów. Le-

karza i dowódcy straży miejskiej, który przesłuchuje zło-
dzieja.

Starcy zaczęli się śmiać. Od uczniów Siwecki dostał
brawa – porównanie bardzo im się spodobało.

– Musicie pytać o wszystko. Również o choroby w rodzinie. Musicie się dowiedzieć, na co chorowali rodzice
pacjenta i jego krewni. To bardzo ważne w przypadku
chorób dziedzicznych.

– Zlituj się – nie wytrzymał Tomaszewski. – Już nie
dam rady dłużej tłumaczyć. A ty zaczynasz nowy wykład.

– Jednym wystąpieniem nie naprawię ich medycyny.

– Chcesz tu zostać pięć lat? Przypominam, że rano
wypływamy.

Siwecki westchnął ciężko. Potem popatrzył na roz-
palone emocjami twarze słuchaczy. Takiej widowni nie
miał żaden z profesorów na jego uczelni. Żaden też nie
przemawiał z pozycji „cudotwórcy", za jakiego mieli go
zebrani tutaj.

Niespodziewanie Tomaszewskiego poparła Kai.

– Krzysiek ma rację. Ja go zastąpię na chwilę, a ty za-
powiedz, że mają moment na zadanie najpilniejszych pytań.

– Ale...

– Jutro naprawdę wypływamy. Musimy się przygotować.

Tomaszewski z ulgą odszedł na bok. Właściciel win-
nicy doskoczył błyskawicznie.

– Zaschło w gardle, wielki panie?

– A masz coś mocniejszego?

Winiarz poczuł się urażony.

– Oczywiście.

Wino, które przyniósł, było gęste, mocne i słodkie. Doskonały napój, kiedy siadło się w wietrze rodzącym się właśnie nad wzgórzami. Co za ulga. Tomaszewski obojętnie patrzył, jak dostojni mistrzowie chcą dosłownie rozerwać Siweckiego, ciągnąc go za ręce w różne strony, by móc zadać właśnie swoje pytanie, które uważali za najważniejsze.

Nie mógł zrozumieć do końca tej cywilizacji. Antyk. Hm... Lekarze wydawali się wyzbyci złudzeń. Na pewno należeli do ludzi trzeźwo myślących, racjonalnych. A jednak niektóre ich metody... Stanowili przedziwny konglomerat światłych umysłów i zacofania jednocześnie. A jednak chcieli się uczyć. Co prawda od „cudotwórcy", który już udowodnił swoją moc sprawiania rzeczy nadprzyrodzonych i niemożliwych w ich mniemaniu. Ale... Mieli otwarte umysły. Chcieli wiedzieć. Chcieli poznać metodę.

No i byli w szoku, że ktoś chciał się dzielić tajemną w ich oczach wiedzą w sposób tak otwarty. Co chcieli, o to pytali i tego się dowiadywali. Bez żadnych tajemnic. Ta otwartość powodowała osłupienie. Siweckiego nie udało się złapać absolutnie na niczym, co chciałby ukryć albo zachować dla siebie. W kręgu tej kultury była to cecha niespotykana.

Na szczęście nie trwało to już długo. Kai zręcznie ucinała przydługie przewody dyskutantów, a kiedy doszło do pożegnań, towarzyszący im dworzanie księcia z doskonałą wręcz maestrią ucięli wszelkie próby towarzyszenia gościowi w drodze do miasta. Powóz książęcy był tylko jeden, a poza tym teraz rozgadali się dworzanie, dając idealną szansę na opuszczenie oliwnego gaju.

– Etykieta to chyba ich druga natura – powiedział Tomaszewski, kiedy powóz ruszył nareszcie drogą w dół, w stronę miasta.

– Dobry dworzanin nie może się dać zaskoczyć w jakiejkolwiek sytuacji. Oni byli szkoleni przez całe lata, jak sprawiać, żeby nikt nigdy nie poczuł się zażenowany, źle potraktowany, pominięty w czymkolwiek. – Kai uśmiechnęła się serdecznie, ale chyba, jak się okazało, miał być to kpiący uśmiech. – Oczywiście dotyczy to tylko ludzi z otoczenia księcia, jego gości i ludzi wysoko urodzonych. Gdybyście choć raz zobaczyli, jak ci przemili ludzie, znający wszystkie niuanse towarzyskiej wrażliwości, traktują plebs, tobyście w ogóle zwątpili w ich inteligencję.

– Ale chyba w żadnej sytuacji nie będą się zachowywać jak zwierzęta? – wtrącił Siwecki.

– Żebyś się nie zdziwił. – Czarownica ciągle się śmiała.

Chciała powiedzieć coś jeszcze, ale zamilkła na widok jeźdźca, który zmierzał w ich kierunku. Za nim, w nieco większej odległości, biegło kilkudziesięciu zbrojnych.

– Oj, kłopoty.

– Coś zrobiliśmy nie tak?

– Nie o nas chodzi. – Kai była tego pewna. – Ci żołnierze to raczej ochrona dla nas.

Miała rację. Jeździec okazał się młodym dworzaninem średniej rangi. Wybrano go, bo prawdopodobnie najlepiej radził sobie z koniem.

– Wielcy państwo! – krzyczał już z daleka. – Wielcy państwo, nieszczęście!

Rumak zarył kopytami tuż przy burcie wozu.

– Wybaczcie, wielcy państwo. Wielkie nieszczęście. – Z trudem łapał oddech. – Nasz książę kazał sprowadzić dla was nawigatora, żebyście mogli jutro wyruszyć, zgodnie z waszą wolą.

– I co się stało? Nie przyjechał?

– Dotarł, wielki panie, dotarł na własne nieszczęście. To był najlepszy nawigator, znany na wszystkich okolicznych wyspach.

– Człowieku – przerwał mu Tomaszewski – mów nareszcie, co się stało?

– Zabili go. W karczmie.

– Jak to... zabili?

– Sam jeszcze nie wiem, wielki panie. Książę też nie wie. Kazał przydzielić wam ochronę.

– Skąd wiecie o wszystkim?

– Karczmy strzegła straż portowa, bo tam się bawili wasi marynarze. A mimo to ktoś zadźgał nawigatora nożem.

Tomaszewski zerknął na Siweckiego.

– Kto dzisiaj był na przepustce?

– Nie wiem, cholera. Jedźmy tam.

– Dobrze. – Tomaszewski przeniósł wzrok na dworzanina. – Jedziemy do tego szynku. Błyskiem!

– Ależ, panie, książę kazał was chronić i pędem do pałacu...

– O ile mnie wzrok nie myli, otacza nas trzydziestu książęcych żołnierzy. Cały pluton! Więc razem z nimi, w pełni bezpieczni, jedziemy do karczmy!

Szturchnął woźnicę, który bez słowa ruszył w nakazanym kierunku. Dworzanin chcąc nie chcąc musiał się dostosować. Żołnierze ruszyli za dowódcą.

– Ciekawe. – Tomaszewski popatrzył na Kai. – Czy o coś może tu chodzić?

Dziewczyna parsknęła śmiechem.

– Wiesz... – nie wiedziała, jak to ująć. – To portowe miasto, portowe knajpy. Nie dziwota, że czasem nożem kogoś zachlastają znienacka. Różnie w życiu plączą się sprawy.

– To akurat rozumiem. Ale czy nie dziwi cię fakt, że zaproszony przez samego księcia nawigator zamiast do pałacu idzie do knajpy?

Uśmiech zniknął natychmiast z twarzy dziewczyny.

– A tak. To dziwne.

Na szczęście droga opadała w stronę portu i powóz poruszał się bardzo szybko. Trochę musieli zwolnić, kiedy wokół pojawiły się zabudowania i więcej ludzi. Dało to szansę mającym ich ochraniać żołnierzom do odzyskania dystansu na tyle, że na niewielki placyk obstawiony przez straż portową wpadli dosłownie chwilę za powozem.

– Wielki panie! – Dowódca straży podskoczył natychmiast. – Twoim ludziom nic się nie stało! – Wskazał dwóch marynarzy rozmawiających z jakąś kobietą. Sprawiali wrażenie nawet zaprzyjaźnionych. Jednym z nich był bosman Mielczarek. Tomaszewski odetchnął z ulgą.

– Bosman do mnie!

Obaj marynarze podbiegli szybko. Panienka, która z nimi rozmawiała, również chciała się zbliżyć, ale dowódca straży doskoczył do niej i pociągnął za rękę do tyłu. Siwecki parsknął śmiechem. Czego się strażnik bał? Że obcy oficerowie nie widzieli prostytutek?

– Co tu się stało? – Tomaszewski zgasił oficjalny meldunek podoficera.

– E, panie komandorze... – Mielczarek od razu przeszedł na ton półoficjalny. – Rozróba normalnie. No
i dziabnęli jednego.

– Złapali mordercę?

Bosman zaprzeczył.

– A o co poszło? Nie wiecie?

– A kto by tam na niego zwracał uwagę, panie komandorze. Mówię o ofierze. Trochę zajęci byliśmy. – Zerknął
w stronę kobiety, która z nim rozmawiała. – No ale jak
się zaczęło, to wyciągnąłem z kabury giwerę, przełado-
wałem, ale trzymałem kulturalnie, pod stołem znaczy.

– Co się zaczęło? Burda na całą knajpę?

– No nie. Trochę się tam szarpali. A nasze baby mówiły, że nas i tak nie ruszą, bo mamy immunitet.

– Od księcia?

Bosman wybałuszył oczy. A co książę miał do por-
towej knajpy?

– Nie, od tego oberalfonsa, z którym czasem handlu-
jemy. Tu, w gościach, jesteśmy niby pod jego ochroną.
Choć ja tam dla wszelkiej pewności naładowaną giwerę
pod stołem trzymałem.

Mielczarek był bardzo szczery. Żaden marynarz nie
pozwoliłby sobie na taką poufałość wobec dowódcy, jednak akurat jemu było wolno. Od czasu kiedy Tomaszewski uratował go z wielkich tarapatów i uchronił przed
więzieniem, łączyła ich specjalna więź. A poza tym bosman wiedział, że dowódca powinien dysponować prawdziwą i rzetelną informacją.

– To jaka jest wasza wersja wydarzeń? Zanim usłyszę
od tych tam. – Wskazał zbliżających się szybkim krokiem oficjeli z książęcego dworu.

– Po mojemu to przyprowadziła go młoda kobieta. Pewnie poderwała faceta w porcie. Tak myślę, bo miał bagaże ze sobą.

– I co z nimi? Zniknęły?

– Nie. Stoją tam w budzie, z tyłu. – Bosman machnął za siebie. – No więc po mojemu – powrócił do swojej opowieści, a raczej przypuszczeń – dziwka załapała go w porcie, kiedy przypłynął, facet był napalony, za przeproszeniem, więc zaciągnęła go tu na szybki numerek. No ale komuś za skórę zalazł, więc go dziabnęli nożem i uciekli. Nawet nie obrabowali.

– Doskonale, dzięki.

Zdyszani dworzanie wkroczyli właśnie na plac przed szynkiem.

– Słyszałem... słyszałem... – Mistrz ceremonii sapał tak bardzo, że Siwecki zaczął się bać, czy nie dostał zawału. – Co za nieszczęście!

– Przecież książę obiecał wam najlepszego nawigatora – wtórowali mu młodsi i mniej spasieni towarzysze. – Co za nieszczęście. Książę jest wstrząśnięty.

Na placu rósł rozgardiasz. Dowódca straży tłumaczył coś dworzanom, ci atakowali go wściekle, dowódca plutonu przysłanego do ochrony pytał, czy ma zaprowadzić porządek. Tłum ciekawskich gromadził się wokół, chłonąc każdy gest, każde słowo.

Mistrz ceremonii dogadał się jakoś z dowódcą straży. Podszedł do Tomaszewskiego strapiony.

– Naprawdę nie wiem, co teraz uczynić – wyznał szczerze.

– Przecież nic takiego strasznego się nie stało. – Tomaszewski usiłował go pocieszyć. – Nie mówię oczywiście o losie tego biednego człowieka, ale... Wypłyniemy rano bez nawigatora.

– Książę straci twarz – westchnął mistrz ceremonii. – Tak źle i tak niedobrze.

Kai westchnęła również. Najwyraźniej mistrz ceremonii mówił zupełnie otwarcie, szczerze i co gorsze, rzeczywiście był to dla dworu wielki problem. Siwecki co prawda nie rozumiał słów, ale domyślił się z wyrazu twarzy, co się dzieje.

– A dlaczego nie można opóźnić naszego wypłynięcia o pół dnia, znaleźć innego nawigatora i...

– Bo ceremonia pożegnalna już od dawna jest przygotowana i zapowiedziana. Jeśli nie odbędzie się jutro rano, książę traci twarz. Jeśli pośle nas bez nawigatora albo z byle kim, również traci twarz. Proste jak drut przecież – Tomaszewski okrutnie zakpił z miejscowych zwyczajów.

Siwecki tylko machnął ręką. Przez otaczający ich tłum przeciskał się jakiś starzec. Tomaszewski miał wrażenie, że już gdzieś tego człowieka widział. Stojący obok dworzanie wyraźnie ucieszyli się na jego widok.

– To mistrz Cesarsko-Książęcej Dostrzegalni – krzyknął ten najważniejszy i najbardziej tłusty. – To mistrz Roe we własnej osobie.

– Słyszałem o waszym kłopocie. – Starzec czuł, że sytuacja jest bardzo skomplikowana i napięta. Nawet się nie witał.

– Czy możesz nam coś poradzić, mistrzu?

– Wszystko będzie dobrze, wszystko będzie dobrze. Jeśli tylko strony wyrażą zgodę na to rozwiązanie.

– Mów, panie.

– Rano razem z Imperialnym Ekspresem ze stolicy zawinął do portu nawigator nawet lepszej klasy niż ten tu nieszczęśnik. – Roe wskazał szynk, przed którym gromadzili się ludzie.

– A czy ma odpowiednie referencje? – Specjalista od ceremonii na dworze uczepił się tej możliwości. – Czy ma listy od kapitanów, szyprów? Bo to, że przypłynął ze stolicy, nic nie znaczy.

– Sprawdziłem wszystko – odparł Roe. – A nawet z nią rozmawiałem.

– Z nią? To kobieta?

– Tak. Nazywa się Melithe i ma listy polecające od armatora. Prowadziła nawet flotyllę handlową.

– Baba prowadziła flotyllę?! – wyrwało się dworzaninowi, ale zerknął na Kai i umilkł zawstydzony.

– Jest naprawdę rozsądna, choć taka młoda. – Roe potrząsnął głową. – Sprawdziłem jej dokumenty. Armator, który wystawił listy, ma status cesarskiego dostawcy. Dysponuje więc poświadczeniem z podpisem samej cesarzowej.

Rozwiązywało to wszystkie sprawy. Jeśli tylko honorowi goście wyrażą zgodę. Dworzanie zerkali niepewnie na Tomaszewskiego, aż ten zrozumiał, że to on musi podjąć decyzję. Domyślił się na szczęście, że powinien odstrzelić jakiś cyrk i podjąć decyzję „z całą powagą i dostojeństwem dowódcy oraz książęcego gościa".

– Mistrzu Roe – zwrócił się do portowego specjalisty – jaki staż ma Melithe na statkach?

Roe nie dał się zaskoczyć.

– Ma trzydzieści sześć lat. Na morzu od szóstego roku życia. Jako nawigator od pięciu. Tak wynika z dokumentów.

– Czy można sprawdzić autentyczność papierów?

– Ależ oczywiście. Armator, a raczej organizacja kupiecka, która ma tytuł cesarskiego dostawcy, musi być
wpisana do rejestrów portowych w każdym ważniejszym
porcie. Sprawdziłem w naszym, jest.

– A to znaczy...

– Że jej papiery, pośrednio oczywiście, sygnowane są
podpisem samej cesarzowej.

– A Melithe zgodzi się na rejs z nami?

Roe uśmiechnął się szeroko.

– Ma trzy racjonalne powody. Oczywiście chce solid-
nie zarobić, a myślę, że w tej sytuacji będzie mogła liczyć
na hojność księcia. Po drugie jak każdego człowieka morza ciągnie ją przygoda, coś nieznanego...

– A po trzecie?

– Ja sprawdzałem ją, a ona sprawdziła w rejestrze
wasz wpis. I bardzo chce uzyskać po wyprawie list po-
lecający od komandora Polskiej Marynarki Wojennej.
Bowiem takiego listu nie ma żaden inny nawigator na
świecie!

Tomaszewski zaczął się śmiać.

– Dobrze. Bierzemy ją.

Dworzanin westchnął z ulgą. Książę uniknie hańby.
Żeby udowodnić jednak także swoją aktywność, zapytał:

– A jak się nazywa ta kupiecka organizacja, która
dysponuje poręczeniem cesarzowej?

Roe zmarszczył brwi, żeby sobie przypomnieć.

– Organizacja Randa.

Każdy, kto mógł, wolał pozostać w domu. Gniew ludu rozlał się po ulicach.

– Jedź – rozkazał woźnicy Rand.

Miał nadzieję, że pojazd przypominający więzienny furgon nie stanie się obiektem ataków. Długo wahał się, czy zabrać ze sobą żołnierzy albo wręcz więziennych strażników. Ale po dłuższym namyśle zrezygnował. Rzucający kamieniami obdartusy mogliby pomyśleć, że przewożą właśnie jednego z nich. Być może także powstałaby w ich tępych głowach myśl, że trzeba kamrata uwolnić, a tego Rand wolałby zdecydowanie uniknąć. Nie chciał też przedzierać się w przebraniu wąskimi ulicami. Powód był bardzo prosty. Miał przy sobie pękaty woreczek ze złotem i wolałby, żeby go nikt nie obściskiwał, nie macał, nie pomagał w niczym. Tym bardziej że pod ubogą, znoszoną szatą miał też ostateczny argument. Rewolwer podarowany przez Kadira.

Rand nigdy nie strzelał do człowieka i nie miał zielonego pojęcia, czy potrafi. Ale według słów rusznikarza przy tego typu eksperymentalnej broni nie miało to większego znaczenia. Powiedział: „Jeśli nie uda się zabić za pierwszym razem, to nic straconego. Strzel raz jeszcze! I dalej, do skutku...".

Zabranie całego oddziału wojska również nie wchodziło w grę z dwóch powodów. Po pierwsze nie miał takiego oddziału. Choć to dałoby się załatwić. Po drugie jednak i ważniejsze, jego misja była tajna. I zdecydowanie wolałby nie powierzać tej tajemnicy nawet sowicie przekupionym żołdakom.

Rand też wolałby zostać w domu. Niestety, jego służby doniosły, iż siły specjalne już wiedzą, że wsadził agenta do celi ich kaprala. Jakim cudem się dowiedzieli? Nieistotne. Tym zajmie się później. Jeśli jednak nie zrobi czegoś z więzieniem, to Aie czeka rychła śmierć albo coś znacznie gorszego. Dygotał z przejęcia w ciemnawym wnętrzu podskakującego na wybojach furgonu. W kieszeni miał worek ze złotem, a blisko ciała rewolwer. Ta jazda to szaleństwo. Wiedział o tym doskonale. Dlaczego więc się zdecydował? Nie mógł przed sobą przyznać, że ta głuchoniema dziewczyna jest... Jest... Jak dobrać odpowiednie słowo? Jest dla niego bardzo ważna. O!

– Panie, prostą drogą możemy się nie przedostać. – Woźnica nachylił się do małego, zakratowanego okienka przy koźle.

– To jedź krętą.

Furgon rzeczywiście gdzieś skręcił. Zahurgotały kamienie o grube drewniane burty. Ciekawe, czy tłum celował również w woźnicę? Wbrew pozorom zamieszki nie były niczym tak znowu dziwnym w stolicy cesarstwa. Ludowi co rusz coś się nie podobało. A to podatki, a to za mało mąki z rozdawnictwa albo pogoda była zbyt wietrzna. Troszkę więcej mąki, jakieś pokazy sztucznych ogni i kilka kompanii wojsk sił specjalnych wyprowadzonych na ulice zazwyczaj uspokajało sytuację. Nigdy jednak dotąd lud nie ważył się godzić w wielmoży. To, że obwieszono publicznie ze złości jakiegoś tam poborcę podatkowego, tak naprawdę nikogo nie obchodziło. Złość była wymierzona przeciwko konkretnemu człowiekowi, czy, niechętnie biorąc to szerzej, przeciwko konkretnemu urzędowi. Fakt, że spalono kilka kamienic i spichlerz, też dawało się wytłumaczyć konkretnym niezadowoleniem spowodowanym konkretnym powodem.

Najgorzej było z pogodą, lecz i to nie wykraczało poza ramy umowy społecznej. Teraz jednak ludność występowała przeciwko wielmożom jako takim. Po raz pierwszy negowała podstawy organizacji społecznej, choć nie potrafiła tego jasno wyrazić. Tu już kilka kompanii wojska mogło nie wystarczyć.

– Panie, dojeżdżamy do Podziemnej Twierdzy, dalej nie damy rady! – krzyknął woźnica.

– Przecież nad więzieniem znajduje się Pałac Audiencji! Musi być chroniony.

– I jest! Podwójnym kordonem!

Rand wyjrzał przez zakratowane okienko. Jego powóz wyhamował właśnie na szczycie wzgórza.

– O szlag!

Murów pałacu nie sposób było stąd dostrzec. Żołnierzy jednak tak. A przed nimi kłębił się tłum. Nikt nie rzucał kamieniami. Jeden z pałaców cesarzowej stał zbyt blisko. A napięcie, nawet z odległości, w której znajdował się Rand, łatwo dawało się odczuć.

– Co radzisz?

– Nie przedrzemy się, panie. Tam wystarczy byle iskra.

– Przecież nie zrobią zamieszek przy pałacu cesarzowej.

– Danie komuś w łeb i skopanie na bruku to nie zamieszki. To ludowa sprawiedliwość.

– A gdyby tak rozpędzić wóz i przejechać przez środek?

– Jeśli się nie uda przedrzeć, a stratujemy kogoś, to nas zabiją. Jeśli się uda przedrzeć, ale przez stratowanie niewinnych wzbudzimy prawdziwy gniew i zamieszki, to zabiją nas tamci z pałacu. Wybór więc przed nami taki:

albo zginiemy byle jak, na ulicy, rozszarpani, albo roz-strzelani pod murem pałacu, z ogłoszeniem prawomoc-nego wyroku, panie.

Coś w tym jest. Rand musiał się zgodzić z wygłoszo-ną przez człowieka na koźle oceną sytuacji.

– Dobrze. Dalej idziemy pieszo.

Woźnica błyskawicznie zeskoczył i otworzył drzwi furgonu. Rand umocował złoto w specjalnym pasie pod ubraniem. Tam też schowany miał rewolwer, ale w taki sposób, żeby łatwo móc sięgnąć rękojeści. Wysiadł. Prze-łknął z trudem ślinę, bo zaschło mu w gardle. Miał wra-żenie, że jest nagi. Na szczęście wokół nie było nikogo. Mieszkańcy okolicznych domów stali przed pałacem.

– Tędy. – Woźnica schował w rękawie kurtki krótką skórzaną pałkę.

Ruszył wzdłuż odrapanych fasad, potem skręcił i jakimś ciasnym zaułkiem doprowadził nad strumień, w którym okoliczne gospodynie robiły pranie, myły się i nabierały wody do przyrządzania posiłków. Potem po-szli w stronę pałacu. Zza budynków docierał do nich szmer rozgniewanego tłumu. Nagle strumień skręcał gwałtownie, ustępując miejsca murowi oporowemu.

– Teraz, panie, nie możemy zrobić ani kroku w po-śpiechu. Pamiętaj, panie: ani kroku szybciej.

Woźnica otworzył drzwi w murze i spokojnie wy-szedł pomiędzy rozdyskutowanych ludzi. Rand za nim. Czuł, jak oblewa go fala gorąca. O mało nie wpadł na własnego człowieka, który ruszył przodem. Ten zatrzy-mał się momentalnie.

– No, do jasnej zarazy! Gdzie jest ten zawszony kra-wiec?

Rand nie wiedział, czy ma odpowiedzieć. Ludzie wokół patrzyli na nich. Ale po chwili spokojnego zastanowienia można było stwierdzić, że patrzyli, owszem, lecz bez większego zainteresowania.

– Chyba tam mi mignął, oszust! – Woźnica wyciągnął rękę w stronę pałacu. – Chodźmy tam!

Zainteresowanie wokół nie wzmogło się w ogóle. Nawet zrobiono im przejście.

– Żeby go szlag jasny trafił! – pomstował woźnica, lecz niezbyt głośno i niezbyt energicznie. – Żeby go nagła krew zalała!

Tylko i wyłącznie dzięki jego opanowaniu dotarli prawie do pierwszej linii żołnierzy. Dzieliło ich dosłownie kilkanaście kroków. Woźnica powoli wyszedł z tłumu na wolną przestrzeń.

– Ja chcę na słowo do Harii! – krzyknął. – To moja siostrzenica.

– Stój, gdzie stoisz, palancie! – Najbliższe piechociarki opuściły bagnety.

– Harii służy w waszych szeregach. – Woźnica zrobił następny krok. Potem jeszcze jeden. – To moja siostrzenica.

Rand ruszył za nim. Ukradkiem wyjął swój glejt z podpisem cesarzowej, rozwinął i przyłożył sobie do piersi. Dokument od tłumu osłaniały jego plecy. Żołnierze powinny coś widzieć.

– Ja tylko do Harii. – Woźnica podjął swój powolny marsz. Rand za nim. Bagnety celowały im w piersi.

Na szczęście jakaś sierżant zauważyła glejt Randa.

– A to idź se w zarazę – krzyknęła, dając swoim dziewczynom znak, żeby nie strzelały.

Dopiero kiedy minęli linię żołnierzy, Rand poczuł, że jest cały mokry od potu.

– My do Podziemnej Twierdzy – wyjaśnił pani sierżant.

– Idźcie, idźcie. Tylko się lepiej zabarykadujcie w środku. Tam siedzą krewni tych ludzi, którzy tu się zebrali.

– A kiedy zaczniecie strzelać?

– Kiedy dostaniemy taki rozkaz. – Podoficer zerknęła na tłum, a potem na Randa. – Ale ja jestem z piechoty. Ja, kurwa, za swoich ludzi nie ręczę w kwestii, czy odpalą do braci, sióstr, rodziców, krewnych i znajomych...

– A siły specjalne?

– Pewnie są w bardziej istotnych miejscach. W tym pałacu cesarzowej nie ma.

Skinął głową i zamyślony ruszył dalej.

– Czy coś się stało, panie? – zapytał woźnica zaniepokojony jego wyrazem twarzy.

– Nie, nie – zaprzeczył Rand. – Myślę nad tym, co powiedziała ta przemiła pani sierżant. Wbrew pozorom w tej krótkiej przemowie zawarła wiele ciekawych rzeczy.

Woźnica wzruszył ramionami. Jego zadaniem była ochrona ważnej persony i kiedy tylko dotarli do strażników więziennych, ta misja kończyła się właśnie pełnym sukcesem.

– My do Magazyniera! Migiem prowadzić!

Strażnik rzucił się po kogoś ważniejszego. Po chwili przybył rozprowadzający wartę i wyznaczył kogoś, żeby eskortował niespodziewanych gości z ważnym papierem na dół. Rand jednak zdawał się nie zauważać niczego wokół. Pewna uporczywa myśl, która pojawiła się w jego głowie przed momentem, dręczyła go coraz bardziej.

Ocknął się, dopiero słysząc tubalny głos Magazyniera.

– A prosimy, prosimy znakomitych gości. – Gestami zapraszał do swojego zagraconego pomieszczenia.

– Tym razem tylko ja. – Rand zostawił woźnicę-
-ochroniarza na zewnątrz. – Zamknij drzwi tak, żeby mieć pewność, że nikt nie słucha.

Kiedy zaskoczony Magazynier spełnił prośbę, Rand nie czekał, aż tamten usiądzie. Położył na stole worek ze złotem.

– Jest sprawa do załatwienia. Pilna.

– No i doigrałyście się, blade suki! – wrzeszczał strażnik, otwierając kratę. – Do karceru, świnie!

Musiał być czymś nieźle wyprowadzony z równowagi, bo wyraźnie trzęsły mu się ręce. Ale czym? Nie miały pojęcia. Nie bluzgały, nie wyły potępieńczo po nocy, jak to się innym więźniom zdarzało, nie rzucały ekskrementami.

– Zobaczycie, suki bure, co to karcer!

Za włosy wyszarpnął je na zewnątrz, najpierw jedną, potem drugą, nie bez trudu zresztą, bo Shen, siedząca dalej od wyjścia, trochę się opierała. Nie krępował ich ani nie zakuwał. Nie było po co. Człowiek, który spędził dłuższy czas w skrzynce, gdzie nie można się wyprostować, nie jest zdolny ani do ucieczki, ani tym bardziej do walki. Obie tkwiły przy murze przygięte, z zaciśniętymi z bólu zębami. Aie w trochę lepszej sytuacji, przecież wyprowadzano ją na „przesłuchania", usiłowała pomóc koleżance. Ból mięśni i, zdawałoby się, nawet kości był nie do zniesienia. Rozprostowanie czegoś, co było przygięte tak długo jak w przypadku Shen graniczyło z cudem.

– Co? – Strażnik nie zamierzał ich na razie zmuszać, żeby szły gdziekolwiek. Dobrze znał wszystkie objawy nagłego wypuszczenia z mikroskopijnej celi. – Wydawało się wam, że tu, u mnie, jest źle? Że to już szczyt możliwości zadawania cierpień? – Roześmiał się chrapliwie. – No to zobaczycie, co to karcer.

Shen chciała coś powiedzieć, ale nie zdążyła dobrze otworzyć ust, kiedy szturchnęła ją koleżanka. Po co mieć spuchniętą twarz przez kilka najbliższych dni? A strażnik bił dobrze, umiejętnie.

– Ja ci się popytam za co! – Mężczyzna domyślił się, o co chciała spytać. Groźba w głosie była jednak udawana. Najwyraźniej sam chciał im powiedzieć. – Wyjaśnię wam. – Nachylił się trochę. – Za to, za co siedzą tu wszyscy więźniowie.

Shen spojrzała zdziwiona, a on ryknął:

– Za niewinność!

Zaniósł się rechotem. Potem wyraźnie zadowolony chwycił obie za włosy i zaczął ciągnąć wzdłuż korytarza. Nie stawiały oporu. Nie były w stanie.

Droga na szczęście nie trwała długo. Karcer okazał się rozległym pomieszczeniem z systemem rur umocowanych jedna nad drugą. Każda z nich była trochę dłuższa niż człowiek, każda też wyposażona w klapy z obu stron. Drugi strażnik, który czekał w tym pomieszczeniu, otworzył jedną z klap.

– Właź! – Szarpnął Aie i ciągle obolałą od przykurczonych mięśni pchnął w stronę ciemnego otworu. – No jazda albo pochodnią dupę przypalę!

Mógł mieś jakieś szesnaście, siedemnaście lat. Należał do tych, którym maltretowanie kogokolwiek nie sprawiało przyjemności. On tylko postępował według instrukcji. Tak, żeby wszystko poszło sprawnie i bez żadnych kłopotów. W ogóle nie zastanawiał się nad losem więźniów, nad ich samopoczuciem. Nikt tego przecież nie wymagał. On miał jedynie wykonać rozkaz sprawnie, bez analizowania treści. Toteż nie analizował.

– No właź! – Popchnął ją raz jeszcze. A kiedy Aie oszołomiona i przestraszona zawahała się, zdjął ze ściany najbliższą pochodnię. Bez złości, bez zwracania uwagi na dziewczynę. „Trzecie wezwanie trzeba poprzeć bólem" – stało w instrukcji. Po prostu.

Przerażona do granic możliwości Aie wczołgała się do ciasnego, ciemnego wnętrza. Nie mogła słyszeć, co Shen do niej woła. Drgnęła, kiedy strażnik zatrzasnął pokrywę z tyłu. A jeśli coś poszło nie tak? Przecież więzienie nie było własnością Randa. Coś mogło nie wypalić. Karceru ich plan nie przewidywał. Zresztą nie miałoby to przecież sensu, bo czego się tu dowie sama od siebie. Igiełki paniki wbijały się w mózg Aie, ogarniała ją zgroza.

Ciało początkowo czuło wielką ulgę. Móc poleżeć nareszcie w pozycji wyprostowanej. W porównaniu z przeraźliwie ciasną celą – naprawdę wielka ulga. Można było przewrócić się na bok, jeden lub drugi, leżeć na wznak. Co kto woli. Jednak wizja spędzenia tu choćby dnia przerażała. W ciasnocie, gdzie nie można unieść głowy ani zgiąć kolan. W miejscu, gdzie z każdą chwilą robiło się coraz duszniej. W ciemnościach, bez jakiegokolwiek kontaktu z innym człowiekiem. Bez możliwości przesunięcia ręki. A co ich to obchodzi? Można się czochrać o rurę.

Ale jak w takim razie karmią? Tego akurat łatwo się do-myślić. Pewnie rura otwierana jest też z drugiej strony. Wstawiają ci miskę pod same usta i chłepcz sobie... Bo-gowie!

Panika, która ogarnęła jej umysł, była tak potworna, że Aie nie potrafiła określić nawet, ile czasu przeleżała w tym strasznym położeniu do chwili, kiedy z tyłu po-nownie otworzyła się klapa.

– Wychodź!

Ten sam szesnastoletni strażnik, który ją tu popychał, pomagał teraz wyjść. Kiedy znalazła się na zewnątrz, przytknął do ust palec na znak, żeby była cicho. Niepo-trzebnie. Przecież i tak nie mogła mówić. Odprowadził ją w stronę korytarza. Tam czekał inny strażnik, któ-ry przejął dziewczynę. Podał zwiniętą ciasno czerwoną szmatkę.

– Owiń sobie wokół twarzy – mówił powoli i wy-raźnie, żeby wyczytała z ruchu warg. – Pojedziesz wo-zem, który wywozi trupy. Jak wpadniesz do wody, zdej-mij szmatę i trzymaj ją uniesioną nad poziomem wody. Zrozumiałaś?

Zaczęła energicznie potakiwać. Mężczyzna pomógł jej zawiązać szmatę. Potem poprowadził gdzieś wąskimi korytarzami, w taki sposób, żeby nie znalazła się w za-sięgu wzroku jakichkolwiek innych więźniów.

Nie bała się trupów. Ale szmatka się przydała. Nie po-wstrzymywała smrodu w skrzyni wozu, dawała jednak ten niewielki, lecz istotny komfort, że się niczego twarzą nie dotykało. Przejażdżka trzęsącym się pojazdem nie trwała zbyt długo. Według obliczeń Aie nie dotarli nawet w pobliże granic miasta. Wóz zatrzymał się nagle, został odczepiony od koni. Potem usłyszała, jak koła toczą się po drewnianym pomoście, i nagle cała konstrukcja przechyliła się ostro w dół. Drewniana klapa otworzyła się sama i Aie wraz z towarzyszami podróży poleciała w dół.

Jej ciało uderzyło w wodę, zanurzyło się pod powierzchnię. Aie była zbyt doświadczonym pływakiem, żeby wykonywać gwałtowne ruchy. Pozwoliła, żeby sama woda wyniosła ją na powierzchnię. Potem zmieniła pozycję i otworzyła oczy. Świtało. Nad powierzchnią rzeczki unosił się gęsty opar. W dali majaczyły kontury jakichś budynków. Dziewczyna odwiązała szmatę z głowy i uniosła w wyciągniętej nad wodą ręce.

Po chwili zobaczyła drobniutkie fale tworzone przez zanurzane w wodzie wiosła.

Rozdział 4

Melithe wszyscy od razu polubili. Już na redzie zjednała marynarzy tym, że z nieprawdopodobną zręcznością wychyliła się przez dziób i pocałowała bukszpryt. Potem długo głaskała koło sterowe.

– Co, przepiękny jachcie? Polubiłeś mnie już troszkę? Nie zrobię ci krzywdy, jestem dobrym nawigatorem. Poprowadzę cię z dala od mielizn i skał, a na szerokim morzu ty pokażesz mi, jaki jesteś dzielny.

Tomaszewskiego ujęła inną wypowiedzią:

– Wiem, że jestem kobietą i najchętniej pogoniłbyś mnie do garów. Owszem, jeśli wasz kucharz jest do dupy, mogę czasem coś ugotować. Ale tylko dla siebie i innych oficerów. Bo jestem nawigatorem, a nie garkotłukiem.

Zaczął się śmiać. Tylko Kai spytała:

– A dla mnie?

– A ty jesteś czarownicą. – Melithe przyłożyła do uszu dłonie z rozcapierzonymi palcami i ryknęła:

„Ueeee!", naśladując jakieś straszydło. – Sama sobie wyczaruj kolację. Albo jedz to, co zrobi wasz kucharz nieudacznik.

– Skąd wiesz, że nieudacznik?

– A jakoś tak widzę po waszych minach, które skwaśniały w chwili, kiedy poruszyłam ten temat.

Kai nie mogła się pogodzić z tym, co usłyszała.

– Ale przecież ja nie umiem gotować. Jak mam wyczarować cokolwiek?

– Mówiąc „czary", miałam na myśli ich dosłowne zastosowanie. Lecz jeśli chcesz, to nauczę cię gotować.

Kiedy opuścili redę w Kyle, Melithe zaczęła uczyć się statku. Teoretycznych wyjaśnień dotyczących rewolucyjnego tutaj sposobu osadzenia i zastosowania żagli chyba nie zrozumiała. Udowodniła jednak, że jest prawdziwym dzieckiem morza, kiedy poprosiła o ster, żeby go poczuć. Pierwszy zwrot zrobiła absolutnie na wyczucie, w obecności sternika oczywiście, ale sama wydając komendy co do żagli. Drugi zwrot był perfekcyjny. Trzeci wykonała już nie przez sztag, lecz przez rufę.

– Ależ ty jesteś mocny i silny, mój przepiękny jachciku – szeptała. – Ale ty jesteś ostry! Nie ma ostrzejszego statku na żadnym ze znanych mi mórz! – Z szacunkiem ucałowała koło sterowe. – To zaszczyt móc cię prowadzić.

Gorzej było z konstrukcją jachtu.

– Jakie mamy zanurzenie? – zapytała. – Wolałabym, żebyście mi powiedzieli, bo nie chce mi się nurkować w zimnej wodzie.

Tomaszewski pokazał jej przekrój podłużny.

– Dotąd widać. – Dotknął rysunku palcem. – Tu jest linia zanurzenia.

– O Bogowie wszyscy razem wzięci do kupy! Przecież z tym nigdzie nie dobijemy! Co to za garb na dole?

– Kil.

– Co?

– Kil. Wysunięty pod dno statku balast w specjalnej osłonie. Dzięki temu jesteśmy praktycznie niewywracalni – wyjaśnił. – Kiedy zawieje trochę mocniej, sternik pokaże ci kilka zwrotów takich, że normalni ludzie wymiotują ze strachu. A my nic. Wracamy do pionu.

– He. W to akurat wierzę. Ale podpływając do brzegu, chyba musimy mieć z przodu łódź z sondą. I płynąć bardzo powoli.

– Nie jest to aż tak bardzo konieczne. Żeby nie zaryć w dno, mamy tu takie supernowoczesne urządzenie z łodzi podwodnych. Ono wysyła taki dźwięk „ping", a w odpowiedzi słychać „ping, ping, ping". Można odczytywać cyferki, które określają odległość od dna w metrach... tfu, w... w krokach, to zrozumiesz, miara prawie taka sama. Ale wtedy odczyt jest bardzo niedokładny.

– To jak się tym posługiwać?

– Doświadczeni operatorzy robią to na słuch. Jeśli słyszysz „ping", długa przerwa, „ping", to znaczy, że dno daleko. A jeśli: „ping, pipipipipi"... znaczy, że bardzo blisko.

– „Pipipipipi" znaczy, że już mamy dupę zarytą w mule – Siwecki domyślił się, o czym mówią, i dodał komentarz.

Tomaszewski przetłumaczył, a Melithe zaczęła się śmiać.

– No dobra – uspokoiła się po chwili. – Jak jesteśmy uzbrojeni? Znaczy przed kim mamy uciekać, a kogo możemy gonić?

Mężczyźni spojrzeli po sobie. Kai wzruszyła ramionami.

– No nie – powiedział Tomaszewski po polsku. – Jest naszym nawigatorem i ma prawo wiedzieć.

– Racja – mruknęła czarownica.

– Rób, jak chcesz – odparł Siwecki. – Ale może nie opowiadaj jej o wsparciu lotniczym, bo nie zaśnie ze strachu.

Tomaszewski zwrócił się do swojej nawigator:

– Przede wszystkim nie jesteśmy okrętem wojennym.

– Domyślam się. – Trudno było zaskoczyć Melithe. – Ale nasze statki handlowe również są uzbrojone. Choć w różnym stopniu.

– Armat nie mamy. Tylko kilka ręcznych granatników. – Tomaszewski otworzył szafę i wyjął z niej coś jakby strzelbę z potwornie grubą lufą.

– Z garłacza okrętowi nic nie zrobisz. – Melithe nie okazała zdziwienia na widok broni.

– To nie garłacz. Raczej ręczny moździerz, który strzela granatami.

To też zrozumiała.

– A na jaką odległość strzela?

– Tak, żeby w coś konkretnego trafić, to na jakieś pięćdziesiąt metrów... kroków.

– Dobra, możesz się posługiwać własnymi miarami. Już wiem, że metry to mniej więcej kroki.

Tomaszewski uśmiechnął się szeroko. Kobieta mu wyraźnie imponowała.

– W luku z przodu mamy jeszcze karabin wielkokalibrowy. Przekrój pocisku to dwanaście i siedem milimetra. O, tak mniej więcej jak kciuk. I takie coś wielkości kciuka leci sobie jedno za drugim, bo karabin jest maszynowy. Przeciwlotniczy.

– Takim czymś też okrętowi nie zaszkodzisz.

– Żebyś się nie zdziwiła – zaoponowała Kai. – Ja już przeżyłam ostrzał z tego świństwa.

– I?

– Cudem żyję. Przed tym nie ukryjesz się za deskami, burta cię nie ochroni. Pocisk przebija burtę, przebija ciebie, przebija kogoś jeszcze z tyłu, a potem przebija drugą burtę i leci sobie gdzieś, nie wiadomo gdzie.

– O kur...! O jasny szlag. A jaki ma zasięg?

– Trafisz w to, co widzisz. Obojętnie, jak daleko, wystarczy widzieć cel.

– A jeśli mimo to podpłyną do abordażu?

– Mamy jeszcze zwykły, uniwersalny karabin maszynowy i karabinki oraz pistolety maszynowe załogi. Jak widzisz, pancernikiem nie jesteśmy.

Melithe uśmiechnęła się, kręcąc głową. Nie wiedziała, co to pancernik, ale z takim uzbrojeniem ona, gdyby przystała do piratów, szybko zostałaby najbogatszym kapitanem na tym morzu.

Kiedy wpłynęli na bardziej uczęszczane wody, pokazała prawdziwą klasę. Prowadziła ich skrótami, przez cieśniny, płycizny, omijając wszelkie rafy i skały. Znała się na swoim fachu, no i dysponowała naprawdę niezłymi mapami ofiarowanymi przez księcia. Ale najważniejszy był chyba nos. W tym tempie do stolicy imperium powinni dopłynąć błyskawicznie. Mijali wszelkie statki, okręty, a nawet łodzie kurierskie, które posuwały się w tym samym kierunku. Często ich szyprowie zmieniali kurs i podpływali bliżej, żeby przyjrzeć się dziwadłu z niesamowitymi trójkątnymi żaglami ustawionymi wzdłuż osi statku. Czasami zaintrygowani podpływali tak blisko, żeby znaleźć się w zasięgu głosu.

– Hej, pani nawigator! – krzyczeli do Melithe. Łatwo ją było rozpoznać, bo nosiła chustę swojego cechu zawiązaną na głowie. – Wystawiła pani znak „daj wolną drogę". A można wiedzieć po co?

– Będę płynąć przez cieśninę Tajo. – Wskazała ręką dwie ledwie widoczne na horyzoncie wyspy. – A tam dwa statki obok siebie nie popłyną.

– A kto pani zagraża?

– No jak? Nie widzisz? – Znowu wyciągnęła rękę w kierunku maciupeńkiego w perspektywie stateczka, który też zmierzał w stronę cieśniny.

Szyper, który z nią rozmawiał, osłonił dłonią czoło.

– Hej... Dojdzie go pani?

– Dojdę, przed cieśniną.

– W to, że jest pani szybka, to może i uwierzę, widząc to dziwadło, na jakim pani płynie. Ale tam, przed wyspami, trzeba przecież wykonać zwrot i trochę płynąć pod wiatr. On – szyper znowu pokazał maleńki stateczek na horyzoncie – on pójdzie na wiosłach. A pani? Spuści się pani z rufy i bełtając morze nogami, będzie pchać tę krypę? Bo wioseł na niej nie widzę!

– Ha, ha, staraj się, staraj! – odkrzyknęła Melithe. – Jeśli się przyłożysz i przyspieszysz, to może uda ci się zobaczyć z bliska moje manewry!

– No to już zaczynamy stawiać zakłady w naszej załodze, pani nawigator! Dojdzie pani tamtego przed przesmykiem czy nie dojdzie!

– A stawiajcie, panie szyper, stawiajcie... Szczęścia życzę!

Tomaszewski i Siwecki śmiali się, słysząc tę wymianę zdań.

– Jakbyś nie dała rady, to możemy ci pomóc silnikiem.

– Silnikiem? Ach, to jest to, co warczy i śmierdzi. A za pomocą tego smrodu się płynie?

Siwecki zaczął rechotać, a Tomaszewski zmarszczył brwi. Skąd ona mogła znać silnik? Ten na jachcie nigdy nie był włączany. Używali w porcie małego silnika na pontonie, lecz nie w obecności Melithe. Od dawna, zanim dziewczyna się pojawiła, z nabrzeża na pokład odwoziły ich w razie potrzeby złocone łodzie księcia.

Innym razem siedziała skupiona w kubryku nad mapami i zaproponowała nagle:

– Zatrzymamy się w porcie Cam Ranh? Tak chyba będzie najlepiej.

– A po co?

– Weźmiemy zapasy świeżej wody pitnej.

– Mamy wodę. A jeśli się boisz, to mamy też fenol, smak straci, ale zdrowa będzie.

– Nie lepiej świeżej?

– Mamy nawet aparaturę do odsalania morskiej, choć mało wydajną. Zapas konserw. Jesteśmy samowystarczalni.

– No dobra, ale... Na jedną kolację zwolnicie mnie z gotowania i zjemy coś w mieście.

Tomaszewski podszedł bliżej. Nachylił się nad mapą.

– No to łatwiej nam będzie zawinąć do Mong Cai.

Ledwie dostrzegalnie przygryzła wargi. Przez króciutką chwilę roztrząsała w głowie jakiś problem.

– Tam nie ma stacji Imperialnego Ekspresu. No, rozumiesz... Propozycja księcia i błyskawiczna decyzja, żeby płynąć z wami, trochę pomieszała mi szyki. Muszę napisać kilka listów i odwołać parę spraw.

– Rozumiem. Płyń, gdzie chcesz.

Tomaszewski zastanawiał się tylko, dlaczego nie wysłała listów z Kyle. Wtedy nie miała niczego do napisania? Z całą pewnością morska stacja Imperialnego Ekspresu tam była, bo książę chwalił się tym cudem miejscowej komunikacji.

Najciekawsze zdarzenie jednak miało miejsce następnego dnia. Melithe droczyła się z Kai, mówiąc, żeby ta coś wyczarowała, albo wyskakiwała na nią z różnych miejsc i straszyła okrzykiem: „Uuu!". Tomaszewski zapytał, czy nawigator ma jakieś anse do czarownic.

– Przecież to darmozjady – odparła Melithe. – Niby to wszystko potrafią, a jak dojdzie co do czego, to dbają wyłącznie o własną dupę.

– Jak wszyscy.

– Ale wszyscy nie opowiadają, czym to oni nie są. Ja rozumiem, że jesteś rozsądnym dowódcą i wziąłeś sobie czarownicę na pokład. Własną. To się rzadko zdarza, wiesz, kosztowna zabawa, nie? Czasem księcia stać na takie cuda, podczas wyprawy wotywnej. Ale z reguły nikt ich nie wozi ze sobą. Za drogo i nie ma po co. Więc ja rozumiem, że masz swoją kobietę, bo komandorowi wypada mieć, wypada podkreślać na dworach swoją władzę, wagę państwa, które reprezentujesz. Naprawdę mało kogo stać na takie ekstrawagancje.

– Czekaj, bo nie do końca rozumiem, o czym mówisz.

– Proste. Nie wyglądasz na takiego, co potrzebuje pomocy czarownicy w czymkolwiek. Więc albo ją zabrałeś dla prestiżu, dla podkreślenia swojej wagi, albo to po prostu twoja kobieta, co zresztą widać, jak za tobą oczami wodzi.

– A co jeszcze mogłaby robić czarownica?

– No a po co ją wziąłeś?

– Przypadkiem. – Tomaszewski nie chciał tłumaczyć Melithe tragedii statku wotywnego spowodowanej przez ORP „Dragon". – Zna miejscowe zwyczaje.

– Żartujesz?

– Nie.

– Nie wiesz, co czarownica naprawdę mogłaby dla ciebie zrobić, czy żarty sobie stroisz z naiwnej nawigator?

– A co by mogła? Przecież to tytuł jakiś tylko... – Wzruszył ramionami. – Jak szaman albo kapłan. U nas na wielkich okrętach też są kapelani. Mają odprawiać gusła, modlić się i pocieszać marynarzy. Lecz nikt od nich nie oczekuje, że przed bitwą cud uczynią.

Melithe przysiadła na brzegu stołu z mapami. Milczała długo, roztrząsała coś w myślach.

– Tam, skąd pochodzisz, naprawdę nie ma czarownic? – spytała w końcu.

Znowu wzruszył ramionami.

– Nie wiem, o czym mówisz. Są kapłani, a wśród prymitywnych ludów szamani i czarownicy.

Spojrzała mu w oczy.

– Czy ktoś u was umie czarować? – spytała sucho.

Chciał powiedzieć, że tak, że większość kobiet potrafi, a wiele z nich nazywa się czarownicami z innych względów, ale zrezygnował z żartu. Melithe najwyraźniej pytała poważnie.

– Chyba będziemy się spierać co do samej definicji tego słowa.

– Nie będziemy. – Wstała z gracją i ruszyła w stronę wyjścia na pokład. – Pomyśl tylko o jednym, panie komandorze. – Zatrzymała się jeszcze. – Z twoich słów wynika, że nigdy u nas nie byłeś, a Kai znasz od bardzo niedawna. Jakim więc cudem ty mówisz płynnie i bez akcentu w naszym języku, a ona w twoim? Nauczyliście się wzajemnie tak szybko i tak perfekcyjnie? No to w takim razie dlaczego porucznik Siwecki zna tylko łamaną wersję naszej mowy i najprostsze zwroty, a wypowiada je w dodatku z tą waszą okropną, warczącą, szeleszczącą wymową? Co?

Aie podpłynęła do końca basenu, gdzie na brzegu zostawiła swoją tabliczkę do pisania.

Nigdy nie zmyję z siebie tego smrodu!

– Nie wygłupiaj się, dawno zmyłaś. – Rand nachylił się nad wodą. – Myli cię, woskowali, oliwili, ługowali, kremowali od samego rana...

Nakremiali – poprawiła go, ale sama nie wiedziała, czy poprawnie. *Nakremowywali?* – pisała szybko. *Smarowali różnymi kremami.*

Odbiła się mocno i popłynęła z powrotem na środek basenu. Oprócz odczucia smrodu miała też wrażenie, że nigdy już nie zdoła do końca rozprostować kości. Na samym środku wielkiego basenu znajdowała się maleńka fontanna. Wbrew pozorom nie tryskała z niej woda, lecz wino. A to pozwalało szybciej zapomnieć o wszystkich koszmarach.

Cesarskie łaźnie były cudowne. Szczególnie teraz, w środku nocy, kiedy wokół ani śladu człowieka. Główny basen mieścił się w sali tak ogromnej, że wewnątrz można by zbudować niejeden pałac. Cóż... W końcu byli w jednym z cudów świata. W nocy nie udawało się oczywiście nigdy oświetlić porządnie całej budowli, dlatego też ją zamykano. Nieliczne lampki i pochodnie wzdłuż brzegów, które wstawiono wyłącznie dla Randa, sprawiały wrażenie, że kąpie się w jeziorze, a nie w jakiejś sztucznej konstrukcji. Złudzenie obcowania z naturą byłoby kompletne, gdyby nie gigantyczna kopuła, tonąca w mroku gdzieś wysoko nad nimi, z powodu której nie można było zobaczyć gwiazd.

Rand niecierpliwił się coraz bardziej. Miał wiele ważnych kwestii do omówienia, a tu z prostego powodu, że Aie była głuchoniema, nie mógł jej nawet zawołać, żeby przypłynęła do brzegu. Zaczął krążyć w jedną stronę i drugą. Czuł, że nerwy opanowują go coraz bardziej. Nagły plusk przy brzegu zaskoczył mężczyznę. Odwrócił się gwałtownie, a Aie chlupnęła w niego wodą z dwóch dłoni.

– Ale dowcipne. – Szarpnął się i o mało nie przewrócił.

Co tam słychać na froncie walki?

– Możesz wyjść z wody?

Nie. Smród mnie zabije.

– Cudownie pachniesz.

No to wytłumacz to jeszcze mojej duszy.

Przykucnął tuż obok.

– O jaki front walki ci chodzi?

Zacznijmy od obcych, o których wspominałeś. Nie jestem na bieżąco.

– Płyną do nas. – Opisał Aie kilka szczegółów jachtu pełnomorskiego. – Będą tu bardzo szybko. To ich dziwadło pędzi na żaglach z szybkością sztormu.

Mamy tam kogoś?

Spojrzał na nagą, śliczną dziewczynę z urazą.

– No oczywiście! – wycedził, jakby spotkała go osobista zniewaga. Potem w kilku zdaniach streścił, jak umieścił na jachcie swojego nawigatora.

Aie śmiała się tylko.

Cały ty, wybacz...

Pisała tak szybko, że złamał jej się rysik. Natychmiast podał drugi.

Chlasnąć nożem jakiegoś żeglarza w obcym porcie to może i dobry pomysł, żeby wsadzić w to miejsce swojego. Ale widzę twoją kwaśną minę. Co poszło nie tak?

– Wszystko poszło nie tak. Prostytutka zwinęła tamtego prosto z portu, zaprowadziła do szynku, gdzie czekał nożownik, no i pech chciał, właśnie tam zabawiali się obcy marynarze z kurwami. I w ten sposób ich dowódca miał relację na temat zajścia z książęcym nawigatorem z pierwszej ręki.

Zareagował jakoś?

– Nie. Ale to był dla niego pierwszy sygnał. Potem okazało się, że ten ich jacht wali do przodu jak burza. Żeby nie był szybszy od Imperialnego Ekspresu, Melithe musi wymyślać powody, dla których trzeba robić postoje w pomniejszych portach.

I co? Ten ich dowódca już się domyśla?

– Idiotą nie jest.

Rand sięgnął do swojej torby i wyjął trzy wykonane węglem portrety.

– Masz, to on. – Pokazał Aie pierwszy rysunek. – Komandor podporucznik Krzysztof Tomaszewski, Polska Marynarka Wojenna.

Ma aż dwa stopnie wojskowe i dwa imiona?

Znowu złamał jej się rysik. Aie zgrabnie podciągnęła się na rękach i wyszła na brzeg basenu. Szybko owinęła się w ogromny ręcznik i wytarła dłonie. Wzięła portret od Randa.

No rzeczywiście. Na kretyna nie wygląda – trzeciego rysika nie było, więc pisała kawałkiem ołowiu. Trochę wolniej niż poprzednio.

– Tu masz wszystko, co o nim wiemy. Niestety, głównie z opowieści.

Aie wzięła do drugiej ręki plik kartek. Potrafiła błyskawicznie czytać. Nawet przy tym oświetleniu.

– A to jest lekarz, cudotwórca. Też ma stopień porucznika w ich marynarce wojennej. Leszek Siwecki.

Dlaczego ma dwa imiona, a tylko jeden stopień wojskowy?

Rand wzruszył ramionami.

– A to – pokazał jej trzeci portret – to jest czarownica Kai.

Młoda suka – napisała Aie, kiedy skończyła czytać wszystko, co udało się zebrać na ich temat. *I masz rację, to nie idioci. Kiedy tu będą?*

– Kazałem Melithe skierować ich do Negger Bank.

Słusznie. A co z siłami specjalnymi?

– No właśnie.

Zapadła męcząca cisza. Aie co prawda nie przejmowała się tym zupełnie – w jej świecie zawsze było cicho. Wiedziała też, że długość posępnej ciszy jest bardzo dokładnym wskaźnikiem tego, co dzieje się w duszy Randa. Spokojnie studiowała dostarczone jej portrety. Wbrew pozorom z twarzy można wiele wyczytać. Jeśli artysta rysownik jest dobry w swoim fachu, można nawet zajrzeć w głąb umysłu portretowanego.

A ten był dobry.

Przyglądała się dokładnie. Tomaszewskiego określiłaby słowami: „zimny sukinsyn o wnętrzu melancholijnego romantyka". Wydaje się to sprzeczne? Nie. Taki mężczyzna, gdy go dopadnie przygnębienie, gotów miasto spalić dla poprawy humoru. Z papierów wynika, że ma przydomek „Gaz". Ciekawe, co to znaczy?

Drugi, Siwecki, wyglądał na ideowego naiwniaka, z gatunku tych, co by chcieli nikogo nie skrzywdzić i żeby dobrze było wszystkim na świecie. Tacy ideowcy czasem stają się masowymi mordercami, częściej jednak kończą życie, srając pod siebie w przytułku dla pogodnych starców.

Najgorsza była jednak twarz Kai. I Aie rozumiała ją najlepiej. Młoda, śliczna suka wyróżniona z tłumu już samą mocą czarodziejską. Od dziecka czuła się lepsza od reszty ludu, a teraz jeszcze zasmakowała w obcej mocy, sile, potędze. Bogowie, najbardziej wybuchowa mieszanka na świecie. Imponowały jej wielkość, wszechmoc, które stawały się fundamentem jej własnej wybujałej wielkości. To wszystko właśnie się rodziło i w którą stronę pójdzie, nie sposób teraz powiedzieć.

– Siły specjalne zdobyły przewagę – odezwał się Rand.

Aie oszacowała w myślach długość jego milczenia. Uuu... bardzo źle.

– Podczas ostatniej wizyty cesarzowa chyba nawet usiłowała mnie ostrzec. Tak gwałtownie powstrzymała moją wypowiedź o speckurwach, że... – zawahał się, nie mogąc dobrać słów. – Odniosłem wrażenie, że specjalistki ostro się za nas zabrały.

Czym podpadliśmy?

– Włożeniem palców w sprawę Shen.

Zaraz. Skoro Shen jest taka cenna, po co umieścili ją w publicznym więzieniu?

– No właśnie. Długo nad tym myślałem. – Rand przeciągnął się, rozpościerając ramiona, żeby odegnać senność. – I zrozumiałem, że i oni mają przecież swoją administrację. Ktoś wydał rozkaz, kto inny podpisał i przekazał do realizacji, a pion wykonawczy zrobił to, co napisano. Po swojemu.

Głupi administracyjny błąd? To się zdarza.

– Jest jeszcze druga możliwość. Sama Shen nie jest dla nich ważna. Nagle zorientowali się, że jednak tak, że ktoś się nią interesuje, i nastąpiły dwie rzeczy. Nagle Shen awansowała w skali ważności, wędrując znacząco wyżej. No i... ten, kto się interesuje, ma swój cel, któremu natychmiast należy przeciwdziałać.

Widzisz, to, co mówisz, jest typowe dla administracji. Ale znaczyłoby coś jeszcze. Że oni NIE uwierzyli opowieści własnego kaprala!

Słowo „nie" Aie napisała wielkimi literami i podkreśliła trzy razy.

– Właśnie. Nie oddaliby jej karabinu zgodnie z regulaminem do depozytu, gdyby uważali, że Shen mówi prawdę.

Karabin to nieważny drobiazg. Jakim cudem mogli nie uwierzyć w jej opowieść, skoro mieli zaszyfrowany raport major Dain?

– Zaraz. Czy Shen sprawia wrażenie, jakby dostała pomieszania zmysłów?

Sprawia. Jej opowieści o jakimś chłopcu, który przychodzi do niej we śnie, o zatruwaniu powietrza tak, że wszyscy wokół natychmiast umierają, i inne takie kwiatki rzeczywiście robią z niej regularną wariatkę. Ale to nie wyjaśnia sprawy. Specjalistki miały jej opowieść, raport i karabin obcych.

Rand wzruszył ramionami.

– Karabin można zignorować. Wersja Magazyniera, a ten jednak trochę zna się na ludziach, brzmiała: broń została zrabowana jakiemuś bogatemu myśliwemu, który kazał ją sobie zrobić na zamówienie. Przecież żadnej armii nie stać na takie fanaberie. Dopiero wybitny fachowiec, Kadir, zorientował się, że to cud techniki i w dodatku produkowany masowo.

Aie machnęła ręką. Przyszła jej do głowy jedna myśl, ale bała się napisać ją na tabliczce. Coś musiało również zaświtać Randowi, ponieważ podparł głowę obiema rękami, zamknął oczy. Tym razem jednak cisza nie trwała długo.

– Pomyślałaś o tym samym?

Aie spojrzała na niego pytająco.

– A pomyślałaś o tym, że oni uwierzyli Shen, przeczytali raport i zrozumieli, że sama pani kapral i jej karabin są w świetle tego, co wiedzą, rzeczami absolutnie bez znaczenia?

Aie potwierdziła szybkim skinieniem.

– Zrozumieli, że świat ulegnie przewartościowaniu, zmieni się nie do poznania, nastąpi nowy układ. Są na tyle pragmatyczni, żeby wiedzieć, iż przeciwstawić się żelaznym okrętom jest niemożliwością. A z tego punktu widzenia jakiś tam karabinek i jego właścicielka są przecież rzeczami nieważnymi.

A dlaczego ją w takim razie ukarali?

– Ależ oni jej nie ukarali, moja piękna! Jako rzecz chwilowo do niczego niepotrzebną, a mogącą się kiedyś przydać, oddali Shen po prostu do magazynu. – Zaczął się śmiać. – A pan Magazynier miał sprawić, żeby nie latała po ulicach ani po koszarach i nie rozsiewała plotek. Nie przewidzieli jedynie, że Magazynier jest przekupny. A wkurzyło ich tylko i wyłącznie to, że ktoś się Shen zainteresował. Ktoś, kto chciałby pomieszać im szyki. A sama dziewczyna jest rzeczą bez znaczenia.

Aie, zaintrygowana coraz bardziej ciekawą dyskusją, pobiegła po wino. Długi dystans, zważywszy rozmiary budowli. No i ciemnawo, bo tak wielkiej kubatury nie sposób dobrze oświetlić. I nikt nie przewidywał takiej potrzeby. Aie jednak miała doskonały wzrok. Czasem śmiała się, że w ciemnościach widzi nawet lepiej niż w dzień. I rzeczywiście. Szybko odnalazła właściwe pomieszczenie przy łaźni parowej. Zabrała spory dzbanek, dwa kubki i ruszyła z powrotem. Miała czas, żeby zebrać myśli.

Kiedy wróciła do Randa, miała już wszystko poukładane w głowie.

– Grzeczna dziewczynka – pochwalił ją, biorąc kubek. – Co ja bym bez ciebie zrobił?

Chciała się odciąć, że nie miałby kogo wtrącać do najcięższych więzień, ale nie chciało jej się brudzić tabliczki bez sensu. Napisała za to:

Siły specjalne to elitarne oddziały, zorganizowana organizacja wywiadowcza, wtyki na ważnych stanowiskach. A my co możemy przeciwstawić? Mamy sieć plotkarek i informatorów w całym państwie, paru rozsądnych dowódców w stolicy i terenie, kontakty w świecie przestępczym i...? Coś jeszcze? O czymś zapomniałam?

– Potrafimy przeprowadzać dalekosiężne operacje na bardzo oddalonych terenach. W końcu nasze agentki zwabiły nawigatora do miejsca egzekucji, gdzie nasz agent...

Właśnie o tym mówię. Kurwy i nożownik! To nasz poziom operacyjny!

Żachnął się.

– Jesteś zbyt okrutna.

Kurwy i nożownik – napisała jeszcze raz. *I z tym na salony służb specjalnych? Przecież nas rozsmarują!*

– A mamy inne wyjście? Do tej pory nas zwyczajnie nie lubili. A teraz dosłownie zioną nienawiścią. Bo odważamy się mieszać w ich działce. – Rand zachłysnął się oddechem. – Tak zachowującej się cesarzowej jak podczas ostatniego spotkania nie widziałem nigdy. Myślę, że i jej pozycja jest zachwiana.

No to co zrobić? Nie ma większej siły w tym państwie niż służby specjalne. Jeśli one nam nie darują...

– Czekaj – przerwał Aie nagle. – Skąd wiesz, że nie ma innej siły? I skąd wiesz, że nam nie darują?

A znasz kogoś, kto darowałby komukolwiek cokolwiek?

– Widzisz. Sąd może ci darować. Cesarzowa może ci darować i ułaskawić. Nawet kapłani mogą za opłatą darować ci co nieco. Jest tylko jeden hegemon, który ci nigdy nie daruje i od którego wyroków nie ma odwołania.

Bogowie?

– Mówię o kimś, kto istnieje naprawdę.

Kto?

– Lud. Lud przecież! Tylko on nie zna litości. Tylko on ma pamięć, która nie zanika. Tylko jemu nie zadrży ręka w karaniu bezlitosnym.

Aha. Chcesz wyciągnąć Shen z więzienia, pokazać ludowi jako niewinną ofiarę ohydnych służb, opowiedzieć o tym, co jej biednej zrobiono, i... I co? Kogoś to przejmie, myślisz? A mało to zła i niesprawiedliwości wokół?

– Nie. – Rand podniecony potarł brodę. – Ale nie mając nic, co można przeciwstawić speckurwom, musimy się zwrócić do jedynej siły, nad którą nie mają do końca kontroli.

Pokazując ludowi, jakimi tamte są świniami?

– Nie, kochanie. – Uśmiechnął się szeroko. – Ja nie potrzebuję Shen jako biednej, skrzywdzonej istotki.

A kogo chcesz?

– Ja nie potrzebuję ofiary. Potrzebuję bohatera!

Ruch w miarę zbliżania się do Negger Bank rósł coraz bardziej. Morze nie przypominało już rozległej pustej przestrzeni, bardziej stosownym porównaniem byłoby w tym miejscu: zatłoczony bulwar. Melithe, wydając krótkie komendy sternikowi, zręcznie lawirowała w przesmykach między licznymi wyspami, opieprzając bez litości każdego, kto jej się nawinął.

– Jak to ty masz pierwszeństwo?! – krzyczała do szypra, który nie chciał ustąpić drogi. – Co ty mi tu gadasz o kierunku wiatru?! Nie widzisz, że mam inne żagle i mnie stare zwyczaje nie obowiązują?!

– To se płyń za mną, zarazo! A nie mi tu mordę wydzierać!

– O ty, chamie jeden! Jestem szybsza i won mi ze szlaku, śmierdzący wieprzu, a jak nie, to każę bosmanowi taki karabin na burcie ustawić, że ci tę twoją balię przestrzeli na wylot! Ma pocisk jak kciuk!

– A krzycz se, krzycz...

Melithe odwróciła się do sternika.

– Możemy udać, że chcemy go staranować?

Sternik nie rozumiał obcego języka, lecz domyślił się momentalnie. W ogóle dobrze się porozumiewał z nawigatorem za pomocą gestów.

– Mogę włączyć silnik. – Wskazał odpowiednią dźwignię.

Melithe również nie znała polskiego, ale doskonale wiedziała, co on ma na myśli.

– To coś, co warczy i śmierdzi? Dobra! Dawaj, dawaj!

Rosły mężczyzna przy sterze ustawił obie przepustnice i włączył starter. Ryk silnika wcale nie był taki duży, tłumiły go solidne burty. Ale szybkość, której im momentalnie dodał, sprawiła, że wszystko, co żyło na „wrogiej" łodzi, zamarło w bezbrzeżnym zdumieniu.

– Butelkę – wysyczała Melithe. – Dajcie mi pustą butelkę.

Zaintrygowana Kai, chcąc zobaczyć, co tamta zrobi, skoczyła do kabiny spełnić niecodzienną prośbę. Nawigator po chwili przytknęła do ust puste naczynie, udając, że pije. Mijali właśnie jednostkę chamowatego szypra w odległości kilkunastu metrów, ignorując jego rozszerzone do granic możliwości oczy. Kiedy zostawili ich z tyłu, Melithe ostentacyjnie wrzuciła butelkę do wody.

– Masz! Napij się, chamie, dla otarcia łez!

– Ale obelga! – Sternik aż westchnął z podziwu nad wyjątkowymi umiejętnościami obrażania wrednych świń. Marynarze zaczęli się śmiać. Wszyscy zrozumieli znaczenie gestu. Widocznie obyczaje ludzi morza były podobne pod każdą szerokością geograficzną.

Zaintrygowany hałasem Tomaszewski wyszedł na pokład. Zadziwił wszystkich, bo był bez munduru. Jego płócienne sportowe spodnie idealnie pasowały do wyciągniętego lekko żeglarskiego swetra.

– Hej, może byście zgasili ten silnik? – Rozłożył ręce z politowaniem, widząc manewry sternika i nawigatora. – Do tego portu mieliśmy płynąć bez budzenia powszechnej sensacji, bez audiencji, bez fanfar i powszechnych pielgrzymek do Siweckiego po poradę.

– Nic się nie bój. – Melithe, wyprzedziwszy chama na powolnej łodzi, była w zdecydowanie dobrym humorze. – Negger Bank to naprawdę nie zapadłe, prowincjonalne Kyle. Tu może ktoś się nami zainteresuje w obrębie jednego basenu portowego. Ale i to może nie, bo zamierzam przybić w specjalnym miejscu.

– Niby gdzie?

– Do pirsu. W basenie handlowym.

– Ożeż. W porcie jest nawet pirs i więcej niż jeden basen?

Melithe uśmiechnęła się kpiąco.

– Zaskoczy was Negger Bank. – Wydęła zabawnie wargi. – Swoim ogromem.

– Jesteś pewna, że będzie dość wody pod kilem?

Wzruszyła ramionami.

– Włączcie to coś, co robi „ping, pipipipi...". Port zaraz ukaże się waszym oczom, kiedy wypłyniemy zza tej małej wyspy.

Tomaszewski odruchowo odwrócił głowę. W przesmyku rzeczywiście ukazywał się stały ląd, odległy jeszcze, ale już z wyraźnie rozróżnialnymi zabudowaniami.

– No to uważaj – mruknął. – Jeśli echosonda zrobi „pipipi", będzie to oznaczać, że jesteśmy zaryci w dno.

– Nic się nie martw. Bardziej się boję tłoku na podejściu.

– Nie używaj silnika, jeśli nie musisz.

– Nie ma sprawy, nawet wolę bez. Ale muszę zrobić przynajmniej dwa zwroty. Wieje lekko na skos od sterburty, a ja muszę przepłynąć jakoś obok tych wszystkich, którzy będą iść na wiosłach.

Skinął głową. Potem odwrócił się i wszedł do kabiny, gdzie czekał Siwecki. Kai wolała zostać na pokładzie. Wejście do tak dużego portu w takim tłoku było dla niej fascynującym przeżyciem.

– No i wracając do przerwanej dyskusji... – podjął Siwecki, nalewając wrzątku do przygotowanych szklanek z herbatą. Zamiast jednak normalnych liści, czy choćby sieczki, teraz mieli te nowomodne papierowe woreczki na sznurkach. I kto to widział? Tyle zachodu: pakować ściśle odmierzoną ilość siekanych liści do papierka, owijać, zszywać, dołączyć sznureczek i kartkę z nazwą producenta? Flota schodziła na psy, skoro kupowała coś takiego. – Jak myślisz? Melithe ma rację i może istnieć coś takiego jak czary?

– No coś ty.

– Ale pomyślmy. Faktem jest, że oboje, ty i Kai, nauczyliście się perfekcyjnie swoich języków. A mnie, do cholery jasnej, zupełnie nie idzie. To przecież, te ich zwroty... to jest coś nie do wymówienia!

– Nie przesadzaj. Po prostu nie masz zdolności językowych i tyle.

– Dziękuję ci serdecznie. Nie wspominając o tym, że znam całkiem nieźle cztery języki. Na pewno na tyle, żeby się w nich płynnie dogadać.

– Języki narodów, które żyją po tamtej stronie gór, nie zapominaj.

– Ale ty znasz mniej. A teraz w ciągu kilku dni dosłownie gadasz po miejscowemu, jakbyś się tu urodził.

Tomaszewski odruchowo wsypał do szklanki dwie łyżeczki cukru i zaczął kląć w duchu. Cholera! Przecież miał już nie słodzić. Teraz modny był jakiś żółty erzac o kwaśnawym posmaku.

– Fakt. To mnie też dziwi.

– No to...?

– Co no to? Chcesz, żeby ten drobiazg był dowodem na istnienie czarów lub uroków?

– Zniszczy cię kiedyś to restrykcyjnie realistyczne podejście do życia. – Siwecki wyciągnął w stronę przyjaciela paczkę papierosów. – Przypomnij sobie. Może jednak widziałeś w zachowaniu Kai coś niezwykłego?

Tomaszewski przyjął papierosa, zapalił i zaciągnął się łapczywie.

– Było coś, co mnie od razu zastanowiło. Może jeszcze parę drobiazgów. A... – Zaciągnął się raz jeszcze, machnął ręką i wypuścił dym. – Drobiażdżków raczej.

– A ta pierwsza rzecz?

– Zastanawiające, pamiętasz przecież... Z rzeźni, jaką ORP „Dragon" uczynił na jej statku, ocalała tylko ona. Niby nic, przypadek przecież. Coś ją wyrzuciło za burtę, wypadła, wyskoczyła.

– Ciekawe, że nikt inny nie próbował wyskoczyć.

– Byli zaskoczeni. Pierwszy raz widzieli taką broń i zgłupieli.

– A Kai nie? Co jej kazało wyskoczyć?

Tomaszewski rozłożył ręce.

– Przypadek.

– Jej jednej się przydarzył?

– Oj, nie przesadzaj. Każdy uratowany z tłumu zadaje sobie pytanie: dlaczego akurat ja? Tak samo jak każdy, kto zachoruje na raka: dlaczego akurat ja?

Siwecki uśmiechnął się. Chwycił za jedną z rur zabezpieczających półki, bo jachtem po wyjściu z cieśniny zaczęło nagle kołysać.

– To co zaobserwowałeś?

Tomaszewski teraz dopiero uświadomił sobie, że zostawili tę sprawę odłogiem.

– Nie pamiętasz...? Podpłynęliśmy do niej pontonem. Od razu wiedziałem, że nie jest trupem unoszonym przez wodę.

– No tak, bo płynęła...

– Nie płynęła, była nieprzytomna. I nie tonęła.

– Trupy generalnie nie toną – zauważył Siwecki.

– Ale to wyglądało inaczej. Wyglądało... dosłownie tak, jakby miała na sobie kamizelkę ratunkową.

– Jaką kamizelkę?

– Niewidzialną!

Tomaszewski opadł na twardą ławę, opierając się plecami o przepierzenie. Znowu zaciągnął się papierosem, do samego pępka. Siwecki siedział ze zmarszczonymi brwiami.

Przerwał im śmiech Kai. I to dobiegający gdzieś z góry. Po chwili jej głowa ukazała się w drzwiach kabiny. Dziewczyna złapała uchwyty służące do przesuwania górnej klapy, przeważyła ciałem i po chwili, robiąc koziołka w powietrzu, znalazła się w środku. Obaj mężczyźni byli lekko skonfundowani, kiedy zdali sobie sprawę, że musiała słyszeć ich rozmowę.

– Słyszałam, słyszałam – upewniła ich Kai z uśmiechem. – A nie lepiej byłoby po prostu spytać?

– A nie lepiej byłoby po prostu powiedzieć? – przedrzeźniał ją Tomaszewski.

– Przecież mówiłam. – Kai usiadła obok niego i przytuliła się lekko. – A wy wszyscy jakbyście to puszczali obok uszu.

– E tam.

Dziewczyna przyglądała się z uwagą to jednemu, to drugiemu. Po chwili roześmiała się znowu.

– Wy tak naprawdę dalej nie wierzycie.

– W co mamy wierzyć? – Siwecki wzruszył ramionami. – Potrafisz rzucać uroki?

– Potrafię.

Mężczyźni westchnęli jak na komendę.

– W jakim sensie? Potrafisz zmusić innego człowieka, żeby zrobił coś, czego nie chce?

– No i od razu ze swoim racjonalizmem trafiłeś jak kulą w płot. Odpowiedź brzmi: i tak, i nie. Jeśli czegoś nie chcesz, to cię do niczego nie zmuszę. Jeśli jednak dopuszczasz taką możliwość, mogę sprawić, że zrobisz to na przykład teraz. Oczywiście, jeśli nie jesteś uprzedzony.

– Nie rozumiem – powiedział Tomaszewski.

– O Bogowie, to przecież proste! – jęknęła Kai. – Czarownice są zatrudniane przez wszystkie armie świata. W każdym większym oddziale jest przynajmniej jedna. Ale, do jasnej zarazy, nie po to, żeby zmusić obcego dowódcę do kapitulacji. Bo tego nie potrafią! Nie potrafią też kazać rzucić broni atakującym wrogim żołnierzom. Na polu bitwy giną jak każdy. No... prawie.

– Prawie? – Tomaszewski zmarszczył brwi. – Czyli to ma odniesienie do ciebie?

– Tak, oczywiście. Żyję, bo jestem czarownicą. Kiedy „Dragon" zaczął masakrę, mnie uratowały czary, choć wy to pewnie nazwiecie instynktem.

– Coś kierowało twoim ciałem, kiedy wyskakiwałaś za burtę?

– Coś? – powtórzyła Kai za Tomaszewskim. – Wyskoczyłam sama, lecz chroniły mnie czary.

– Eee... – Siwecki podniósł do ust swoją herbatę i pociągnął mały łyk. – W ten sposób do niczego nie dojdziemy.

– Umiesz latać? – spytał Tomaszewski.

– Jak mnie wsadzicie do jednej ze swoich latających maszyn, to tak. – Roześmiała się, jednak zaraz spoważniała. – O kurde... świetne pytanie. Pozwól, że je odwrócę. – Wycelowała w komandora palec. – Umiesz latać?

Zaskoczyła go.

– No...

– No właśnie! No właśnie. Nie potrafisz odpowiedzieć na tak proste pytanie. No co? Umiesz? No, nie uniesiesz się sam z siebie pod sufitem i nie zawiśniesz. Więc nie umiesz? E tam. Powiesz pilotowi, żeby cię zabrał, i polecisz z jednego miejsca w drugie. Więc umiesz. No i która odpowiedź jest właściwa?

– Inteligenta jesteś. Za to ty odpowiedz na proste pytanie. Czy bez pomocy jakichkolwiek urządzeń polecisz gdziekolwiek?

– Ja nie – tym razem odpowiedź brzmiała prosto i jasno, ale nie tak, jak się spodziewali. – Są za to mistrzowie, którzy to potrafią. Z tym że jest ich jedynie kilku na świecie.

– W ten sposób do niczego nie dojdziemy – powtórzył Siwecki.

Kai rozprostowała ramiona i ziewnęła nagle rozdzierająco.

– No dobrze, coś wam muszę pokazać. Mogę pogrzebać w twoim królestwie? – Zerknęła na lekarza, wskazując miejsce za szafą, gdzie przechowywał zapasy lekarstw.

– Jasne, ale może lepiej podam ci to, czego potrzebujesz.

– Nie bardzo umiem wyrazić to słowami. – Dziewczyna przeszła za przepierzenie.

– Może ogólnie, czego szukasz?

– Poznam po zapachu.

– Ale wszystko, co może pachnieć, jest w szklanych opakowaniach. Na zewnątrz nie pachnie.

Wyjrzała zza przepierzenia, uśmiechając się łobuzersko.

– Dla mnie to niewielki problem.

Schowała się znowu. Sądząc po odgłosach, mieszała coś w niewielkim naczyniu. Po chwili w kabinie rozszedł się ledwie wyczuwalny korzenny aromat. Tomaszewskiemu ta woń nic nie mówiła, Siwecki tylko się skrzywił i machnął ręką.

Po chwili Kai wróciła na swoje miejsce z małą zlewką w dłoni.

– Zmuszę się do błysku i jeśli mi się uda, powiem wam o jakimś drobiazgu z waszej najbliższej przyszłości.

Udawała, że nie widzi sceptycznej miny Tomaszewskiego.

– Błysk nie daje pojęcia o przyszłości, oczywiście. Pokazuje teoretycznie możliwości, coś, co może się zdarzyć, choć nie musi. Oś jednak jest zawsze podobna i czasem można dojrzeć cień przyszłych wydarzeń. Co prawda nie mam odpowiedniego specyfiku i może się wszystko nie udać...

– Jest bardziej uczciwa niż Cyganka, która wmawia, że wie wszystko na sto procent – powiedział Siwecki. – I chyba uczciwsza niż tak zwani jasnowidze. Chociaż oni też zawsze mówią, że może nastąpić wiele rzeczy, które uniemożliwią eksperyment.

Kai zerknęła na niego karcąco i wypiła zawartość zlewki. Długo nic się nie działo. Ona sama miała minę w rodzaju: „Co? Myśleliście, że zzielenieję?". A oni po prostu nie wiedzieli, czego się spodziewać. Po jakiejś minucie dziewczyna zaczęła się pocić. Ledwo zauważalnie, potem bardziej. Siedzieli w milczeniu. Jachtem kołysało coraz mocniej. Kai jednak nie zwracała na to uwagi. Siedziała ciągle skupiona, potem jakby odetchnęła głębiej, oparła się o burtę i zamknęła oczy. Nie trwało to przesadnie długo. Nie wpadała w letarg, nic nią nie wstrząsało, nie krzyczała, jak się spodziewali. Pociła się coraz bardziej, ale i ten objaw ustał po jakiejś minucie.

Potem Kai otworzyła oczy.

– I co? – nie wytrzymał Tomaszewski. – Widziałaś coś?

Siwecki zerknął na kolegę i smętnie pokiwał głową. Położył rękę na jego ramieniu.

– Może chcesz coś na uspokojenie?

– No co? Ciekawi mnie, czy coś widziała?

– Białe myszki? Piliście coś dzisiaj?

– Oj, przestań.

– Napij się wody sodowej, oddychaj głęboko. Spróbuj się zrelaksować.

Kai potrząsnęła głową.

– Przestańcie! – powstrzymała ich wzajemne dogadywania. – Co prawda ten środek to nie jest coś, czego potrzebuję, i...

– Tak, tak. – Siwecki kilkakrotnie przytaknął. – Każdy wizjoner tak mówi: środek nie ten, towarzystwo nie to, złe warunki i brak skupienia.

– Przeciwnie. – Spojrzała na niego z uśmiechem.

– Co? – dał się zaskoczyć.

– Nie mów tylko, że coś widziałaś z przyszłości – rzucił Tomaszewski. – Coś, co ma się zdarzyć.

– Tego nigdy nie widać. Ale błysk był wyjątkowo wyraźny.

– Powiesz cokolwiek czy nie? – indagował Siwecki.

Dziewczyna spojrzała na Tomaszewskiego.

– W porcie od razu znajdziesz coś, co bardzo chciałeś znaleźć – powiedziała spokojnie.

Zapadła cisza. Mężczyźni spojrzeli po sobie.

– Nie da rady bardziej enigmatycznie? – prowokował Siwecki.

– W porcie od razu znajdziesz coś, co bardzo chciałeś znaleźć – powtórzyła Kai. – Od razu!

Udało się tak przeorganizować zajęcia żołnierzy w forcie, że na strzelnicy pozostali zupełnie sami. Nie chodziło o żadną tajemnicę związaną z nową bronią, choć Aie była nią zachwycona, Rand i Kadir chcieli po prostu spokojnie porozmawiać. Z dala od jakichkolwiek uszu.

Rewelacja!

Aie umieściła ten napis na swojej tabliczce i nie chcąc po każdej udanej serii strzałów pisać jeszcze raz to samo, po prostu stukała w tabliczkę palcem. Kadir śmiał się niezmiennie.

– Czy wiesz, dziewczyno, ile jeden taki papierowy nabój kosztuje? – dogadywał strzelcowi amatorowi, który pastwił się na pięciostrzałowym, bębenkowym karabinem. – Raz dotkniesz spustu i pół prosiaka leci do tarczy. Dwa strzały to obiad dla dwóch osób. Pięć strzałów to nocleg i całodzienne wyżywienie w najlepszej gospodzie!

Aie nie zwracała na rusznikarza uwagi. Przymierzyła się i opróżniła cały bęben, posyłając w stronę tarczy dwa i pół prosiaka bez mrugnięcia okiem. Umiała już sama ładować tę broń, sama czyścić i oliwić. Potrafiła nawet odlewać ołowiane kule do ładowanego jeszcze klasycznie rewolweru. Była zachwycona tymi konstrukcjami.

– Może byś nareszcie odpoczął? – mruknął Rand. – Wyglądasz, jakbyś w ogóle nie spał.

– Bo prawie nie śpię! Konstruowanie to moja pasja, a te nowe idee nie pozwalają mi nawet myśleć o przyłożeniu głowy do poduszki. Uczniom też zabraniam spać. Teraz są szczęśliwi, bo dzięki twojej wizycie na chwilę chociaż się zdrzemną.

– Wykończysz się. A tak nawiasem mówiąc... – Rand zmienił temat. – Nie boisz się, że ci ktoś ukradnie te wynalazki?

– Zwariowałeś? – Kadir tylko machnął ręką. – Przecież nikt ich nie chce.

– Co? – Randa zatkało.

– No przecież ci mówię. Pokazywałem tę broń komisji wojskowej. A nawet przyprowadziłem ich tu, na strzelnicę, pokaz zrobiłem. Długo wyjaśniałem, jaką makabryczną przewagą ognia będzie dysponować na polu bitwy armia, która ma coś takiego.

– I co?

– Nie uwierzysz.

– Mów!

– Powiedzieli, że z takimi karabinami żołnierze wystrzelą za dużo pocisków. I zapytali, kto za to zapłaci. Armia i tak już w kryzysie finansowym nawet bez nowej broni.

Rand zaczął się śmiać.

– No tak. W jakimś sensie mają rację. – Dał znak, żeby przejść trochę dalej. Przy strzelającej raz za razem Aie trudno było się skupić. Kadir sprawdził tylko, czy dziewczyna ma wystarczający zapas amunicji do zabawy, i mogli ruszyć na spacer.

– Posłuchaj. Ile sztuk nowej broni możesz tu wytworzyć?

– Niewiele. Huta jest artyleryjska i korzystam z niej tylko na zasadzie uprzejmości. Nawet osprzęt muszę pożyczać, jeśli chcę użyć czegoś nowoczesnego. Tu jest tylko szkoła rusznikarska. Nic więcej.

– Ile potrzebujesz?

– Czego?

– Pieniędzy, czasu, ludzi... Nie mam pojęcia, czego możesz potrzebować.

– Pieniędzy zawsze. I to w tym przypadku naprawdę ogromnych. Ale najpierw musisz ty powiedzieć, czego ode mnie chcesz. Mam nadzieję, że nie zamierzasz wystawić armii, która ruszy na obcych, którzy przypłyną żelaznymi okrętami. – Wchodzili na niewielkie wzgórze, ale pozbawiony snu i odpoczynku Kadir stracił zupełnie kondycję, zasapał się i musieli przystanąć. – Nie damy rady im się przeciwstawić.

– I nie zamierzam. Chciałbym jednak dotrwać do przybycia tych obcych.

– Aż tak źle? Siły specjalne aż tak na ciebie nastają?

– Sądząc z zachowania cesarzowej ostatnimi czasy, tracę grunt pod nogami. Służby z jakichś przyczyn uznały mnie za zagrożenie, które prawdopodobnie na dniach będą usiłowały wyeliminować.

– Czyli źle – westchnął Kadir. Wyrównał już oddech i mogli ruszyć dalej. – Siły specjalne poza wywiadem, kontrwywiadem i paroma innymi specjalistycznymi komórkami mają jeszcze regularne oddziały wojskowe. A ty kogo chcesz uzbroić?

– Dobre pytanie. Wojsko za mną nie stanie, strażnicy miejscy również.

– No, jesteśmy we troje. Z czego strzelać umiemy tylko ja i, jak widać, ta twoja Aie. Wszystkie plotkarki, które zewsząd przynoszą ci informacje, za broń nie chwycą, prawda?

– Prawda – Rand był tego dnia wyjątkowo zgodliwy.

– Zatem kogo chcesz uzbroić?

Dotarli właśnie na szczyt wzgórza. Z niego rozciągał się widok na pobliskie targowisko. Mimo że dzień był powszedni, handel chyba zamierał. Tłum ludzi zgromadził się pod pręgierzem, najwyraźniej nie kupując ani nie sprzedając, a jedynie kłócąc się o coś. Bieda dawała się we znaki każdemu.

Rand rozpostarł ramiona i wrzasnął:

– Ludzie, jest wam źle? Bieda przygniata? Macie już dość? – Tłum nie mógł go oczywiście słyszeć z tej odległości. Była to po prostu gra dla przyjaciela. – Naprawdę macie już dość? No to może chcecie trochę karabinów?!

Kadir zrozumiał w lot.

– O Bogowie! – Zakrył twarz, żeby ukryć przerażoną minę. – O Bogowie. Zwariowałeś.

– Ja? A nie zwariowała przypadkiem cesarzowa?

Kadir nie podnosił oczu. Kiwał jedynie głową, smętnie i powoli, roztrząsając w myślach jakąś kwestię.

– Do czego ty chcesz doprowadzić ten kraj?

– A do czego chce doprowadzić cesarzowa, wyzbywając się mnie, czyli swojego drugiego źródła informacji o tym, co się dzieje? Teraz będzie dysponowała tylko tym, co zechce jej dać odpowiedni wydział służb specjalnych. Do czego to doprowadzi? Odda im ten kraj w pacht!

– Może nie jest w stanie im się przeciwstawić w twojej sprawie?

– To by znaczyło, że już w pacht oddała. I rządzą nami służby.

Kadir zacisnął wargi, nie wiedząc, co powiedzieć. Marzył o łyku wina, które, szczególnie ostatnio, trzymało go na nogach. Przez głowę przemknęło mu, czy przypadkiem nie doszedł do stanu, że bez słodkiego, mocnego napoju nie może już żyć.

– Bez znaczenia – szepnął odruchowo. Czy jest, czy nie jest alkoholikiem, nie było zbyt ważne wobec faktu, że jeśli powie przyjacielowi „tak", prawdopodobnie jego życie szybko się skończy. Jeśli zaś powie „nie", będzie zwykłą świnią, a wtedy naprawdę nieistotne, czy taplającą się w winie, czy stojącą w chlewie na trzeźwo.

– Co bez znaczenia? – spytał Rand.

Kadir machnął ręką.

– Mam nadzieję, że nie chcesz stworzyć jakichś nowych oddziałów partyzantów i doprowadzić państwa na skraj upadku?

– Nie.

– No to jak? Nie będziesz chyba rozdawał karabinów na targu.

– Oczywiście, że nie. Kluczową postacią jest tu przecież biedna Shen. Siły specjalne spanikowały, kiedy dowiedziały się, że mój człowiek wywąchał wszystko. Spo-

dziewają się, że zrobię z Shen ofiarę. Pokażę bestialstwo
służb.

Kadir znowu potrząsnął głową. Ale tym razem szybko i zdecydowanie.

– Są głupi, tak sądząc?

– Owszem. Bo ja nie potrzebuję żadnej ofiary. – Rand
uśmiechnął się perfidnie. – Za to desperacko potrzebuję bohatera.

Rusznikarz wzruszył ramionami.

– To, że Shen sama przedarła się przez las pełen potworów z rozkazem...

– A pieprzę jej przedzieranie się. – Rand zreflektował się, że mówi do bliskiej osoby, i natychmiast zmienił
ton: – Znaczy... to też oczywiście ważny element jej życiorysu. Ale, co ważniejsze, jest z ludu, a nie żadna tam oficer z bogatej rodziny. Kapral, ktoś z nas. A jednocześnie
ktoś, kto potrafi dowodzić, widział nowe taktyki obcych
na własne oczy, zna sposób zastosowania broni.

– No dobrze. Choć nadal nie rozumiem, co zamierzasz.

Rand wskazał kierunek i zaczęli schodzić po zboczu
wzgórza. Sądząc po ciszy poniżej, Aie skończyła się amunicja.

– Widzisz, speckurwy się przestraszyły. Nie tego, że
wyciągnę Shen, żywą czy martwą, ale że wyciągnę jej historię. Zamierzają przyznać się oficjalnie do zagłady korpusu. Na dniach ogłoszą żałobę narodową. Zrzucą całą
winę na armię i nie powiedzą ludowi, że armia nie miała wpływu na tajne operacje sił specjalnych, w wyniku
których podzielono wielki, zwarty oddział na dwie części
i pozwolono go zniszczyć bez problemu, bo jednej z nich
kazano ganiać po lesie za jakimś mirażem.

– Sądzisz, że to się ludowi nie spodoba? – Kadir przygryzł wargi. – Masz chyba rację. Przecież tam służyły ich córki, a ktoś je głupio... – Rusznikarz przeciągnął palcem po szyi.

– A widzisz. Ja się ostatnio przekonałem, że organizacja, która służy do zbierania plotek, idealnie nadaje się też do ich rozpuszczania.

Kadir znowu przystanął, nie mogąc złapać tchu. Niby w dół idzie się łatwiej, ale on naprawdę był wykończony całodobowym rytmem pracy, jaki sobie narzucił. Otarł pot z czoła.

– I co chcesz zrobić?

– Czekam na ogłoszenie straty i żałobę narodową. Czekam, aż speckurwy zagubią się w kłamstwach. A ja rozpowiem, że łżą. Potem pokażę dowód.

– A skąd go weźmiesz?

– Ludzie z żelaznych okrętów uratowali jednak sporo naszych żołnierzy. Jest też parę setek rannych, których wyleczyli. Przecież nie będą ich trzymać w nieskończoność. W końcu ich przywiozą i wszystko wyjdzie na jaw.

Kadir odzyskał już oddech na tyle, że mogli ruszyć dalej.

– No tak, tak... – Smętnie pokiwał głową. – A skąd pewność, że ludzie z żelaznych okrętów szybko przywiozą resztki korpusu?

– Ich zwiad już tu płynie.

Rand wyjął z podręcznej torby zawieszonej na ramieniu szkicowy portret Tomaszewskiego.

– Popatrz. To właśnie ten mężczyzna dowodzi jednostką zwiadowczą. Od razu widać, że nie wybrali pierwszego z brzegu. Ten człowiek zajmuje się tym, czym i ja.

– Czyli?

– Zbieraniem informacji. Popatrz jeszcze. – Rand wyjął drugi szkic. – To rysunek, niestety, z pamięci, insygniów tego pana. Widzisz? – Pokazał palcem szczegóły. – Powtarzają się kotwice i takie tam żeglarskie elementy. Pan, który do nas płynie, jest więc oficerem wywiadu obcej marynarki wojennej.

– I co zamierzasz?

– Spotkać się z nim jak z kolegą. Pogadać sobie szczerze jak szpieg ze szpiegiem.

Rand schylił się po kamyczek i kiedy już byli blisko, rzucił w Aie, żeby na niego spojrzała.

– I co? Podobają ci się zabawki?

Dziewczyna potwierdziła energicznymi przytaknięciami.

– A co chcesz zabrać?

Zatoczyła dłonią nad karabinami i rewolwerami. Wszystko. Kadir uśmiechnął się szeroko. Biedna Aie miała więcej rozumu niż komisja wojskowa. Po chwili odwrócił się do Randa.

– Podejmujesz decyzję, nie mając zielonego pojęcia o jej skutkach.

Ten wzruszył ramionami.

– Hołduję starej wojskowej maksymie. Nawet podjęcie złej decyzji jest lepsze niż niepodjęcie żadnej.

Okazało się, że obecność Melithe na pokładzie była czymś absolutnie nieocenionym. Nawigator znalazła odpowiednio głębokie miejsce i dobiła bezpośrednio do nabrzeża w tłoku takim, że zwykły sternik miałby tam problem w przejściu na silniku. A ona dokonała tego na szmatach. Ale jej prawdziwa przydatność została potwierdzona dopiero w porcie.

– To nie prowincjonalne Kyle – powiedziała. – Mistrz portu nie przyjdzie do nas osobiście. Trzeba samemu wszystko pozałatwiać.

Wzięła sakiewkę ze złotem, dokumenty i zniknęła. Załoga tymczasem stała ogarnięta niemym zachwytem. Port w Negger Bank przytłaczał swoim ogromem, ruchem i wspaniałością. Momentalnie otoczyła ich zgraja młodych ludzi pragnących zarobić na wykonywaniu różnych usług. Od nich dowiedzieli się, że cumują na nabrzeżu, do którego przybijał również legendarny konwój z prezentami dla Achai od jej narzeczonego, wielkiego księcia Oriona z Troy, a miało to miejsce jakieś tysiąc lat temu. Na pytanie, czy to ten sam książę kazał wybudować oryginalne kamienne dźwigi, które jak szereg obronnych wież ciągnęły się wzdłuż nabrzeża, usłyszeli, że nie. Dźwigi powstały jeszcze dawniej, jakieś dwa tysiące lat temu. Najstarsze są katakumby. Nikt nie wie, kiedy zostały wybudowane, ale były tu, zanim ktokolwiek myślał o budowie samego portu. Służą do dzisiaj, choć w zmienionej funkcji. Są tam garkuchnie, gdzie marynarze floty handlowej mogą zjeść bardzo tani, smaczny obiad.

Melithe wróciła po dobrej godzinie z okładem. Zmęczona i spocona, załatwiła wszystko. Wpis do rejestru, opłaty portowe, podpisanie umowy z kompanią handlową na dzierżawę fragmentu nabrzeża, żeby uniknąć kontroli celnej i opłat. Dogadała się też na okup z mafią portową i odtąd jachtu pilnowało dwóch drabów o smętnych, pokiereszowanych twarzach. Podobno byli bardziej skuteczni w odstraszaniu złodziei wszelkiej maści niż strażnicy portowi. Ale Melithe dogadała się też ze strażą. Po drugiej stronie stanął więc uzbrojony żołnierz, którego zadaniem było z kolei odstraszanie urzędników z różnych biur, którzy mogliby ich molestować i strasząc paragrafami, domagać się łapówek. Wszystko to kosztowało dużo, ale też wedle słów dziewczyny byli teraz całkowicie bezpieczni na terenie prawie że eksterytorialnym i nikt nie powinien mieć śmiałości wtykać tu nosa.

Dopiero teraz mogli zejść na ląd. Niewiele osób przyszło pogapić się na nowy system ożaglowania i w ogóle na dziwny statek w porcie. To rzeczywiście nie była prowincja. A poza tym cumowali przy nabrzeżu handlowym. Ludzie wokół byli zagonieni, biegali, załatwiając swoje sprawy, albo ładowali czy rozładowywali kolejne jednostki. Po tym, co działo się w Kyle, spotkała ich miła odmiana.

Nie mieli też na sobie mundurów. Sportowe ubrania też nie przyciągały wzroku tak jak stroje galowe. Zresztą w tym porcie dałoby się znaleźć lepszych dziwolągów.

– Coś wspaniałego! – Siwecki szamotał się ze swoją torbą fotograficzną. Miał w niej spory zapas filmów, a na szyi nie jeden, nie dwa, ale trzy aparaty. – Nie sądziłem, że antyk może być aż tak ruchliwy i zatłoczony.

– Tak. Rzeczywiście nie przypominają samotnych, zastygłych w bezruchu rzeźb w naszych muzeach – zakpił Tomaszewski.

– Co to jest antyk? – spytała Melithe.

– Nie zwracaj na nich uwagi – poradziła Kai. – Zaraz zaczną się zachwycać byle głupim freskiem. Jak dzieci, lepiej ich ignorować.

– Wiesz co? – Tomaszewski machnął ręką. – Mamy podstawowy problem. Ciągle niewiele wiemy o naszym własnym antyku, o prapoczątkach naszej cywilizacji. Zachowało się trochę rzeźb, mniej lub bardziej potrzaskanych, trochę architektury, nawet mozaiki, nieco literatury czy poezji. Praktycznie jednak nie zachowało się żadne malowidło. Więc... to trochę dla nas tak, jakbyśmy zaglądali we własną przeszłość. Mieli ją namacalnie przed sobą.

Kai była już przyzwyczajona, że na lądzie zajmują ich sprawy, na które zwykły człowiek nie zwróciłby uwagi.

– Idziemy nareszcie gdzieś czy będziemy tu tkwić? – spytała.

– Chodźmy na miasto. Rozerwiemy się.

– Na miasto! – roześmiała się Melithe z ironią. – Najpierw musimy opuścić port.

– To on jest aż taki wielki?

– Większy niż całe Kyle razem z okolicznymi wsiami – zakpiła. – Chodźcie, poprowadzę was skrótem przez stocznię remontową.

Ruszyli za swoją nawigator, oszołomieni wielkością kolejnych nabrzeży i ich instalacji. Coś, co na pierwszy rzut oka sprawiało wrażenie świątyni, okazało się również dźwigiem zbudowanym z kamienia, i to takim, który miał wysuwane, ogromne ramię. Długo stali zachwyceni, obserwując jego pracę. Kosze z towarem były przeciągane wysoko nad ich głowami na linach napędzanych kołowrotem, uruchamianym przez kilka chodzących w kółko mułów. Z braku miejsca nawet stołówki dla marynarzy i dokerów umieszczone zostały piętrowo, na specjalnych palach i ramach. Tłum pracowników zorganizowany był jednak wzorowo. Mało kto pałętał się pod nogami i mimo takiej liczby ludzi prawie nigdzie nie musieli się przepychać.

– Skąd ten zapach? – Tomaszewski zatrzymał się nagle.

Melithe pociągnęła nosem.

– Smoła? Właśnie dochodzimy do stoczni remontowej. Zaraz się przekonasz.

Zabudowania portu rzeczywiście ustąpiły miejsca pochylniom i warsztatom. Ogromne stolarnie graniczyły z przechowalniami żagli, szwalniami, zakładami obróbki drewna i uszczelniaczy. Stamtąd właśnie dochodziła intrygująca Tomaszewskiego woń. Podeszli bliżej. Siwecki wskazał jakiegoś starszego człowieka z drewnianą nogą, pochylonego nad dużą płachtą rysunku.

– Przepraszam, czy jest tu majster?

Tamten podniósł głowę. Osłonił ręką czoło, żeby nie raziło go słońce.

– Ja jestem majstrem.

Tomaszewski podszedł bliżej.

– Co tu robicie? – spytał z uśmiechem, nie chcąc go spłoszyć. – Jestem kupcem i...

– A, kupiec z dalekiego kraju. – Majster zrozumiał to po swojemu, taksując wzrokiem strój przybysza. – We wszystko nos chce włożyć, a potem u siebie takie samo wybudować, co? – W jego głosie nie było jednak niczego, co wskazywałoby, że uważa taki proceder za naganny. – A co chcecie wiedzieć?

– Co tu robicie?

– A smołę przygotowujemy. Ale robi się ją gdzie indziej. Dziegieć. Też przywożony spod miasta.

– A ten dziwny zapach? Taki ostry?

Majster wzruszył ramionami. Pokuśtykał do najbliższego zbiornika i przyniósł naczyńko wypełnione ciemną, gęstą i jakby tłustawą cieczą.

– To?

Tomaszwski nachylił się i powąchał.

– To.

– No, to jest olej.

– Widzę. Ale przecież nie z oliwek.

Majster zaczął się śmiać.

– Z oliwek to jest oliwa, ha, ha, ha... A to jest olej skalny.

– Też się pali?

– A pali, pali, jak go podpalić. Ale płonący do niczego się nie nada. Parafiny z niego wyciągamy. A co zostanie, medycy biorą na lekarstwa.

– Jakie lekarstwa?

– Ano do skóry. Smarować można. Można i wypić, ale... Tylko medyk powie ile. Jak się tak samemu wyżłopie, to i umrzeć można. Różne tam... I wszawicę można wyleczyć, i żołądek.

– Aha. A skąd ten olej bierzecie?

Majster podrapał się w brodę.

– Jest tego w zarazę i trochę. Ze skał wycieka na pustyni zwanej Złe Ziemie. I słuszna to nazwa. Tam ani człowiek, ani zwierzę nie przeżyje. Wszystko jest tym zatrute. Tam jeziora czarne, powietrze śmierdzi, a wokół leżą trupy ptaków, co przelecieć górą nie zdołały. Tam smród, wyziewy, wszystko brudne i się lepi...

– Gdzie to jest? – przerwał mu Tomaszewski.

– Ja wiem, gdzie są Złe Ziemie – wtrąciła się Kai.

– I jest tam tak, jak opisuje ten człowiek?

– Tego nie wiem, nigdy tam nie byłam. – Wzruszyła ramionami. – Ale mówią, że tak. Słyszałam nawet gorsze historie. O zapalającym się powietrzu, duchach martwych kupców z karawan, które nawiedzają w nocy, i takie tam bzdury.

– Daleko to?

– Nie. – Dziewczyna zorientowała się nagle: – Chcesz jechać? No ale przecież tam nic nie ma. Pustynia sama.

– Dziękuję! – Tomaszewski ukłonił się i wręczył majstrowi złotą monetę, która została przyjęta z zaskoczeniem, a chwilę później z głęboką wdzięcznością. – Wracamy! – zakomenderował.

Ruszył przodem, ciągnąc za sobą grupę.

– Jak to wracamy? Przecież dopiero co wyruszyliśmy.

– Kai, przestań marudzić!

– Dlaczego wracamy? Przestraszyłeś się tej mętnej, śmierdzącej kupy?

Melithe zorientowała się, że coś jest nie tak. Wysunęła się na czoło grupy i zaczęła prowadzić, wyszukując mniej ludne miejsca. Miała smykałkę do lawirowania po portowych nabrzeżach. Prawie biegli, kiedy dotarli do zacumowanego jachtu.

– Co się stało, panie komandorze? – zaniepokojony Mielczarek wyjrzał z kabiny.

– Gdzie radiooperator?

– U siebie. Komunikatów słucha.

Tomaszewski z dużą energią przeskoczył burtę. Odsunął bosmana i wpadł do kajuty radiooperatora.

– Wyślij mi depeszę do admirała! – krzyknął.

Spocony marynarz wychylił się zza przepierzenia.

– Do admirała bezpośrednio nie da rady. Linia jest tak przeciążona, że głowę mi urwą za zakłócanie.

– Do admirała bezpośrednio na stół.

– Ale to niemożliwe, panie komandorze! Drogą służbową możemy, przez oficerów dyżurnych.

– Drogą służbową to będzie iść parę dni. Albo w ogóle nie dotrze. Do szefa bezpośrednio.

Radiooperator wił się, nie wiedząc, co robić. Od Tomaszewskiego dzieliła go spora różnica stopni służbowych.

– Ale, panie komandorze, to wbrew regulaminowi i procedurom. Ja nie mogę!

– Dobra, dobra, uspokójmy się. – Tomaszewski podniósł ręce w obronnym geście. – Idźmy na układ. Wyślesz depeszę bezpośrednio do admirała, do rąk własnych.

– Ale procedury...

– Do rąk własnych z klauzulą priorytetu. Depesza będzie zawierała tylko dwa słowa.

– Ale ja nie mogę.

– Tylko dwa słowa.

Marynarz był między młotem a kowadłem. Z westchnieniem usiadł przed radiostacją i wziął do ręki ołówek.

– Jakie to słowa, panie komandorze?

– Ropa naftowa.

Marynarza zapowietrzyło. Ołówek wypadł mu z dłoni. Ale też niespecjalnie go potrzebował. Drżącą ręką dotknął klucza radiostacji.

Tomaszewski wyszedł na pokład, gdzie oczekiwali pozostali członkowie grupy.

– I co? – spytał Siwecki.

– Wyśle.

Sięgnął do kieszeni, ale paczka papierosów była strasznie pomięta. Bosman poczęstował go z papierośnicy i podał ogień. Tomaszewski zaciągnął się głęboko. Nagle, zupełnie irracjonalnie, przypomniał sobie przepowiednię Kai: „W porcie od razu znajdziesz to, czego szukasz". Poczuł dreszcze.

– Co to jest ropa naftowa? – zapytała Melithe.

Mężczyźni na pokładzie zaczęli się śmiać. Nikt nie zdążył odpowiedzieć, bo z kabiny wyskoczył radiooperator.

– Panie komandorze! Admirał do pana! Rozmowa bezpośrednia.

Rozdział 5

Melithe poza tym, że była dobrym nawigatorem, łatwo nawiązywała kontakty z ludźmi. Jednak agentem wywiadu była w takim samym stopniu co ślepiec malarzem miniatur. Idąc na umówione spotkanie, obejrzała się za siebie aż kilkanaście razy. Raz nawet, patrząc za własne plecy, wpadła na przekupnia z koszem cebuli, wywołując tym głośną awanturę i zbiegowisko. A szlag! Znała się na prowadzeniu statków, nie na szpiegowaniu.

Teoretycznie mogła się tego nie podejmować. Tak, tak, zawsze jest jakieś ale dla usprawiedliwienia donosicielstwa. Po rozstaniu z mężem Melithe odziedziczyła wyłącznie długi. Niemałe. Miała kilkuletnią córkę, dla której rozpaczliwie chciała edukacji, jakiejś szkoły. Czegokolwiek, co człowiek może przeciwstawić naturalnemu, boskiemu porządkowi rzeczy, w wyniku którego każdy stawał się śmieciem. Jej córka nie będzie dysponować żadnym majątkiem. I jedyną obroną przed tym, żeby się nie stoczyć, było wykształcenie. Niestety. Jedyną firmą, która sama się zgłosiła, proponując, że zapewni córce edukację, a wstrzyma windykację, dając czas na zebranie gotówki, okazała się Organizacja Randa. I w związku z tym Melithe biegła teraz na tajne spotkanie, czując, że ze wstydu z powodu tego, co robi, palą ją policzki. Szpiegowanie i donoszenie było dramatycznie sprzeczne ze zwyczajami ludzi morza. Ale była też matką, która musiała zadbać o przyszłość córki. Miała tylko nadzieję, że karę, którą ześlą na nią za te niechlubne czyny Bogowie, da się jakoś wytrzymać.

– Uważaj! – Ktoś chwycił ją za ramię i pociągnął na bok.

Przestraszona zerknęła na młodego mężczyznę. Nie uśmiechał się, niczego więcej nie powiedział. Zrozumiała, że to właśnie z nim miała się spotkać. Przyjrzała mu się dokładniej. Nie wzbudzał zaufania, wyglądał na łobuza. Na kogoś zbyt pewnego siebie, traktującego ludzi, a przede wszystkim kobiety zawsze z góry. Dziwne. Bo jednocześnie tkwiło w nim coś pociągającego. Taki uroczy łobuz, zły chłopczyk, którym trzeba się zaopiekować i sprowadzić na dobrą drogę.

Dopiero teraz zauważyła, że ktoś ich obserwuje. Kilka kroków dalej stała prześliczna dziewczyna z jasnymi włosami. Miała wielkie oczy i twarz ufnego dziecka, którym tak jak młodzieńcem natychmiast trzeba się zaopiekować. W przeciwieństwie jednak do chłopaka dziewczyna wzbudzała zaufanie na pierwszy rzut oka.

Była przedziwnie ubrana. Na zwykłą letnią sukienkę miała narzuconą szeroką, grubą i wielką chustę z otworem na głowę, której fałdy kryły szczegóły ciała. A przecież ten dzień był zdecydowanie zbyt upalny na taki strój. Dodatkowym niepasującym elementem była ogromna tuba przewieszona przez ramię, taka sama jak te, w których oficerowie kartograficzni floty noszą zwinięte mapy. Cudaczne towarzystwo.

– Chodźmy. – Chłopak ruszył w stronę długiego przejścia, którym pierwsza zmiana robotników portowych właśnie wracała z pracy do miasta. Tłum nie był zbity, majstrowie pilnowali, żeby nie wypuszczać wielu ludzi naraz. A oni szli pod prąd. Doskonałe miejsce, żeby porozmawiać. Niby jest się widocznym, każdy z przechodzących może zobaczyć, kto z kim rozmawia, ale podsłuchać? Nie ma mowy. Podczas mijania można usłyszeć najwyżej dwa, trzy słowa. Ilu agentów musiałby mieć przeciwnik, żeby poskładać całą treść do kupy?

– I jak tam? – zapytał chłopak. – Co nowego?

– Zmiana planów, panie. Zostają w Negger Bank, ale komandor mówił też o wyprawie na jakąś odludną wyspę. Na chwilę przynajmniej.

– Na odludną wyspę? Na chwilę?

– Tak, panie. Proszę pamiętać, że nie rozumiem niczego z tego, o czym mówią między sobą w tym dziwnym języku.

– Czemu dziwnym?

– Mówią tak, jakby wilki warczały na siebie. Jakby piach w otchłani potępienia szeleścił w podmuchach wiatru.

Chłopak spojrzał na nią z pewnym zdziwieniem.

– Idiotka – powiedział cicho.

– Tak, panie – zgodziła się. – Jak uważasz, panie. Ale oni naprawdę warczą i szeleszczą.

– Dobra. Na zarazę im ta bezludna wyspa?

– Nie wiem. Komandor pytał mnie tylko, czy jest taka w pobliżu.

– I co powiedziałaś?

– Zgodnie z prawdą, że bezludnej to nie ma. Chyba że goła skała wystająca z wody. Ale takiej nie chciał.

– I co?

– Pytał, czy znalazłoby się tu gdzieś oddalone od ludzi miejsce. Tak, żeby nikt tam nie zajrzał przez całą noc. Ale nie może to być las ani nic, najlepiej jedynie duża polana.

Chłopak patrzył na Melithe z rosnącym zdumieniem. Na co komu łysa polana? Nie mówiąc już o bezludnej wyspie.

– No dobrze. A pozostali z załogi jakoś to komentowali?

– Ja naprawdę nie znam ich języka. Poza takimi określeniami, jak „metr", to znaczy krok, oraz „godzina, minuta", które to słowa oznaczają miarę czasu zamiast podawania liczby modlitw. Znam też po ichniemu „wschód, zachód, północ, południe, sterburta i bakburta", no ale to banalne. No i jeszcze parę słów i zwrotów.

– Na przykład?

– „Witam serdecznie, panie komandorze Tomaszewski" – powiedziała po polsku, sprawiając, że przechodnie, których właśnie mijali, odwrócili głowy z zaciekawieniem.

– Co to znaczy?

Przetłumaczyła mu i wyjaśniła, że bosman ją tego nauczył i gdy to powiedziała któregoś poranka po raz pierwszy, wszyscy dosłownie tarzali się ze śmiechu na widok miny dowódcy.

– No dobrze, a poza wyspą stało się coś dziwnego?

– Tak. Mam w raporcie ze szczegółami.

– Raport mi podasz, dopiero gdy skręcimy, tam, przy samym nabrzeżu. Kolejne ich charakterystyki masz?

Skinęła głową.

– No dobrze, to w trzech słowach, co się stało dziwnego?

– W pierwszy dzień, tuż po zacumowaniu, poszliśmy w stronę miasta. Nie zdążyliśmy opuścić portu, kiedy dowódca poczuł dziwny zapach.

– Jaki?

– Byliśmy przy smolarni, ale jemu chodziło o olej skalny.

– A co to jest?

– Oleista ciecz, z której się wytwarza parafinę i różne lekarstwa. Komandor strasznie się zdenerwował, kiedy to zobaczył...

– On? Zdenerwował? – Chłopak miał prawdopodobnie w pamięci całe dossier Tomaszewskiego, które mu dostarczano w porcjach tak, jak było przysyłane.

– Może źle się wyraziłam, panie. On się... – urwała, kiedy weszli w większą grupę robotników wracających z pracy i trzeba było lawirować. – On – podjęła po chwili – wyglądał jak lichwiarz, który nagle zobaczył leżący na ulicy bezpański worek złota.

Chłopak z wrażenia przystanął i przechodzący w przeciwnym kierunku ludzie omal ich nie rozdzielili.

– Z powodu oleju skalnego? – Podskoczył do Melithe i znowu ruszyli do przodu.

– Tak. To coś zrobiło na nim piorunujące wrażenie.

– A czarownica?

– Zachowała się jak ty, panie. Nawet nie za bardzo wiedziała, co to jest olej skalny. Na wyraźne żądanie potwierdziła jednak, że zna drogę na Złe Ziemie, gdzie tego oleju jest podobno dużo. No i dowódca chciał, żeby jeszcze potwierdziła opowieść majstra smolarskiego, a ona to uczyniła.

– Znowu zrobiło to na nim wrażenie? – domyślał się chłopak.

– Tak. Kazał nam natychmiast wracać na jacht.

Chłopak znowu przystanął zamyślony. Po chwili ruszył, żeby ją dogonić.

– Nie mogę sobie wyobrazić, po co kazał wracać, skoro nie wydał rozkazu wypłynięcia.

Spojrzała na niego po raz pierwszy jakby z odcieniem wyższości.

– Ja wiem po co, panie – powiedziała.

– No?

– Początkowo też nie miałam pojęcia. Ale widziałam na własne oczy, potem spytałam czarownicy, co się stało. A oni jakby nie mieli tajemnic. Kai powiedziała wszystko i potwierdziła to, czego byłam naocznym świadkiem.

– To znaczy co?

– Komandor Tomaszewski natychmiast pobiegł zameldować o odkryciu swojemu najwyższemu dowódcy!

Chłopak o mało się nie potknął, potem zaczął się śmiać, na koniec spoważniał i spojrzał na Melithe wściekły do granic możliwości.

– Tylko mi nie mów, że oni wożą swojego najwyższego dowódcę na jachcie, i to ukrytego w zęzie tak, że nawet ty go ani razu nie zobaczyłaś, płynąc z nimi tak długo.

– Nie powiem, panie. Bo oni go nie wożą w zęzie.

– A gdzie?

– Nigdzie. Tomaszewski najpierw połączył się z dowódcą, który przez cały czas był na swoim żelaznym okręcie daleko stąd. A potem dowódca połączył się z nim i długo rozmawiali. Nie wiem o czym.

– Jak to rozmawiali? Komandor gadał do niewidzialnego człowieka?

– Nie. – Melithe spięta i zdenerwowana z trudem opanowała drżenie głosu. Nie chciała, żeby przez to, że coś zawali albo źle powie, jej córka straciła jakiekolwiek widoki na przyszłość. – Oni potrafią wysyłać sam głos na niewyobrażalne odległości. Oni potrafią rozmawiać z kimś, kto jest daleko.

Chłopaka zamurowało.

– O! – Wytarł nagle pot z czoła. Zrobił krok na bok, żeby robotnicy go nie stratowali, i oparł się ręką o mur. – O Bogowie – wyszeptał.

– Coś się dzieje na nabrzeżu! – Kai wskoczyła do kabiny prosto z dachu, wykonując w powietrzu fikołka. Trzymała się co prawda poprzeczki zabezpieczającej górną część wyjścia, ale tylko jedną ręką. Dodatkowo nie wiedziała przecież, czy miejsce lądowania jest wolne. A nikt nie chciałby przeżyć lądowania na własnej głowie. Tomaszewski więc już z góry wyznaczył dziewczynie karę w kambuzie, jeśli taki wypadek będzie miał miejsce. Ona jednak nie zwracała uwagi na takie drobiazgi. – Ktoś zwołuje ludzi. Chyba.

– No to zwołuje czy nie? – Siwecki oderwał oczy od mapy.

– Chyba tak. Na razie widziałam to w innym basenie, kiedy się wdrapałam do połowy masztu. Ale pewnie zaraz przyjdą do nas.

– Kto taki? – Tomaszewski również podniósł głowę.

– Chyba herold – rzuciła dziewczyna. – Ale z bębniarzem i jeszcze z kimś.

– Za dużo tych „chyba". – Tomaszewski wrócił do studiowania mapy. – Słuchaj – zwrócił się do Siweckiego. – Pozostaje nam jedynie wodowanie.

– Nie żartuj. Inżynier geolog z ekipą to nie komandosi spadochroniarze. Nie wskoczą z wiatrakowca do wody.

– Bez przesady. Każdy zdrowy mężczyzna jest w stanie to zrobić, mając kamizelkę ratunkową. A my ich szybko wyciągniemy z wody.

– A sprzęt?

– W wodoszczelnych pakach. Z pływakami.

– Niemożliwe. Musielibyśmy odpłynąć gdzieś w cholerę daleko, żeby nikt nie widział. Zrzut skoczków bezpośrednio do wody, bez spadochronów, i to o zmroku albo przed świtem. Myślę, że mało który inżynier to przeżyje.

– Przesadzasz. Zresztą sam mówiłeś, że nie zdołamy przygotować lądowiska dla wiatrakowca z dala od cudzych oczu. Nie ma odpowiednich wysp w pobliżu, nie znajdziemy też nieodwiedzanej przez nikogo polany w okolicy Negger Bank.

– Na wodowanie cywilów w obcym terenie bez jednostek ratunkowych na miejscu nikt się nie zgodzi.

– To co nam pozostaje? Oficjalnie zgrabny niszczyciel z delegacją państwową i posłem na pokładzie... Albo się dogadamy, albo salwa burtowa na dobry początek.

Tomaszewski odchylił się na ławie pod ścianą i zapalił papierosa. Obserwował smużki dymu wypuszczane nosem.

– Masz rację – powiedział po chwili. – Oficjalne ogłoszenie naszego przybycia jest w tej sytuacji jedynym rozsądnym wyjściem.

– Mam wrażenie, że dowództwo na lotniskowcu też traktuję tę opcję poważnie. – Siwecki wskazał na stos depesz. – Tak coś między wierszami...

– Idą! – krzyknęła Kai wychylona do połowy przez klapę. – Idą do nas!

– Kto?

– No herold, bębniarz i ktoś tam jeszcze. Idą do naszego basenu.

Rzeczywiście, dotarł do nich odgłos werbla. Siwecki wyjrzał przez bulaj, a potem ruszył na zewnątrz. Tomaszewski wydostał się na pokład tuż za nim. Kai, jak zwykle, wyskoczyła górą.

Ludzie przerywali pracę i zaczynali gromadzić się na jedynym wolnym placu przy nabrzeżu – terenie manewrowym dla transportowych zaprzęgów konnych. Człowiek z werblem wspinał się właśnie na rusztowanie obok pochylni, a herold z pomocnikami i jakaś wychudzona dziewczyna w resztkach wojskowej tuniki zajęli podwyższenie przeznaczone dla liczmana.

– Ludzie, słuchajcie! – wrzeszczał herold.

Z wysokości rusztowania rozległy się dźwięki werbla.

– Ogłoszenie z pałacu cesarskiego! Słuchajcie, ludzie!

Tłum gęstniał. Ponieważ zebrani zajmowali każdy skrawek powierzchni na placu, załoga jachtu, żeby coś widzieć, musiała się wspinać. Najpierw na dach kokpitu, potem gdzie się udało wyżej, na bom, choć chybotliwie, na kolumnę. Kai wspięła się aż na saling i siedziała na nim dumnie, trzymając się stengi.

– Ogłoszenie pałacu cesarskiego!...

– Sprytne – mruknął Tomaszewski. – „Ogłoszenie pałacu". Czyli w razie czego nie jest winna ani cesarzowa, ani nikt konkretny.

– Po prostu administracja zawiniła jak zwykle albo praktykant – śmiał się Siwecki.

Obaj jednak się mylili, bo herold zaczął:

– My, cesarz...

Obecni musieli cierpliwie wysłuchać wszystkich tytułów władczyni, łącznie z sążnistym wyliczaniem najmniejszych nawet, niezmiernie odległych księstw, o których istnieniu, gdyby nie wyliczanka, nikt nie miałby pojęcia.

– Długo tak jeszcze? – Tomaszewski zerknął na Melithe. Kai siedziała za wysoko, żeby móc porozumieć się z nią szeptem.

Nawigator odpowiedziała cicho:

– Już kończy. Musi mieć naprawdę ważny komunikat. Podaje skróconą listę.

– ...ogłaszam, co następuje: z dniem jutrzejszym zaczyna się żałoba narodowa!

Tłum na nabrzeżu zafalował. Głosy wokół wybuchły, powodując, że od razu pojawiły się nawoływania do zachowania ciszy. Warkot werbla przedarł się ponad wszystko.

– Korpus ekspedycyjny cesarstwa nie istnieje! – Herold zrobił dramatyczną pauzę.

Cisza, która nagle zapadła, zdawała się gęstnieć.

– W wyniku działań zdrajców, tchórzostwa i nikczemności naszych wrogów korpus zakończył swe istnienie na polu chwały.

– I stał się pierwszym w historii korpusem, który samozlikwidował się w wyniku cudzego tchórzostwa – syczała Melithe.

Nie ona jedna. Ludziom na brzegu też nie podobało się to, co usłyszeli. Jedynie werbel nagłymi uderzeniami zdawał się zapobiegać wybuchowi wrzawy.

– W wyniku bezprzykładnego bohaterstwa nasi żołnierze zrealizowali wszystkie stawiane im przez dowódców cele!

– No to, kurwa, trzeba im było kazać wrócić cało! – warknęła już zupełnie otwarcie Melithe. Znowu nie była sama. Tłum zdawał się gotować pod powierzchnią.

– Nasi żołnierze zdobyli szereg miejsc o znaczeniu strategicznym! Zniszczyli i spalili siedziby potworów z lasu...

– Co?! – wyrwało się Tomaszewskiemu.

– Nasi bohaterscy żołnierze uwolnili naszych biednych jeńców przetrzymywanych w nieludzkich warunkach przez potwory z lasu...

– Co? – powtórzył Tomaszewski.

– Co, psiamać? – zawtórowała mu głośno Kai. Szarpnęła się tak, że o mało nie spadła z salingu.

– Obecna tu sierżant Huai opowie wam, jak torturowano naszych jeńców. Opowie, jak dziesiątkami potwory wbijały je na pal, dzień po dniu...

– O czym on mówi? – Kai znowu szarpnęła się niebezpiecznie.

– To klasyczny zabieg kierowania złości ludu na odległego wroga – wyjaśnił Tomaszewski. – To tamci są źli, a nie my. To tamtych trzeba nienawidzić, a nie nas, którzy to sprowokowaliśmy.

– Przecież nikt nie uwierzy!

– Żebyś się nie zdziwiła...

Herold nie zwracał uwagi na narastające w tłumie zebranym wokół niego szepty. Robił swoje bardzo umiejętnie.

– Niestety, przez zdradę ludzi takich jak kapral Shen, która powiadomiła wroga o naszych planach, wojska potworów...

– Znam Shen! – Kai szarpnęła się naprawdę za mocno. Zawisła na jednej ręce i dłuższą chwilę zajął jej powrót do poprzedniej pozycji. – Nie była zdrajczynią!

– Z całego korpusu nikt nie uszedł z życiem! Widziano całe pola usłane trupami naszych biednych, zdradzonych żołnierzy!

– A nie zwróciłaś uwagi na drobny szczegół? – Tomaszewski zwrócił się do Kai. – Skoro nikt nie uszedł z życiem, to kto widział owe pola usłane trupami?

– Ale to wszystko jest kłamstwem! – zaperzyła się dziewczyna. – Przecież mnóstwo żołnierzy korpusu przeżyło. Uratowani są u was i mogą pojawić się tutaj w każdej chwili.

– Masz szczęście, że to powiedziałaś po polsku – zawołał Tomaszewski. – I widząc, co się dzieje, to od tej pory uważaj na to, co mówisz.

– Nikt im nie uwierzy – dziewczyna trwała w uporze. – Ludzie nie są tacy głupi.

– Nie wiem, czy uwierzy, czy nie, natomiast zaraz zobaczysz masowe poparcie dla cesarzowej i równie masowe potępienie odległego wroga, który jest winny wszystkim nieszczęściom.

– Skąd wiesz? – dała się zaskoczyć.

– Trochę wiem na temat propagandy. I jak widzę, jej prawidła są wszędzie takie same.

Sierżant Huai, „były jeniec", miała niespożyty talent narracji, a poza tym doniosły, szkolony do publicznych występów głos. Opisywała właśnie tortury, jakimi potwory poddawały bezbronnych jeńców. Jak w każdym wystąpieniu propagandowym, nie mogły padać suche słowa: „żołnierze" albo „wrogowie". Żołnierze byli zawsze „nasi, biedni, zdradzeni, niewinni, bohaterscy", a wrogowie „okrutni, mściwi, przewrotni, kłamliwi, zezwierzęceni". Widowisko toczyło się według jasnego i prostego scenariusza. Kiedy wśród zebranych rozległy się ustalone wcześniej pomruki niezadowolenia, do herolda podskoczył ktoś z tłumu. Był nazbyt wymowny, jak na robotnika portowego, jaką to profesję sugerował jego strój. Miał też za sobą ewidentnie szkołę aktorską i szkolony głos, albowiem wszyscy wyraźnie słyszeli, jak nawoływał do „jeszcze jednego wysiłku, jeszcze trochę wyrzeczeń", żeby można było zemścić się na potworach. Odwołał się do cesarzowej. Wtedy w tłumie klakierzy podjęli okrzyki czci i uwielbienia dla władczyni, a potem wzniecili ogólny aplauz.

Kai zsunęła się z masztu.

– Skąd wiedziałeś, że tak będzie? – spytała Tomaszewskiego.

Wzruszył ramionami.

– Gdzieś prawdopodobnie wybuchły już zamieszki. Gdzieś się gotuje, a niezadowolenie ludu wylewa się na bruk. Wtedy właśnie propaganda przechodzi na taki ton. Schemat jest prosty. Wskazać wroga, który jest odpowiedzialny za całą biedę i całe zło, i wytłumaczyć nim wszelkie niedociągnięcia. Następnie trzeba skierować gniew ludu gdzieś daleko, daleko i gotowe.

– Tak. – Siwecki skinął głową. – No ale teraz będziemy mieli spory ból.

– Jaki?

– Jeśli zwrócimy się do imperium oficjalnie, przez posłów i delegacje, to przecież będziemy musieli przywieźć resztki korpusu i pokazać, że nie dość, że nic złego im nie zrobiliśmy, to jeszcze, jakże pięknie, wybawiliśmy ich z opresji.

– No. – Tomaszewski potwierdził energicznym ruchem głowy.

– A uratowani przez nas żołnierze będą ŻYWYM dowodem no to, że ci tutaj łżą jak psy.

– Że łże sam pałac – dodała Kai.

– No – powtórzył Tomaszewski, tym razem wątpiąco. – Coś mi mówi, że nasza wakacyjna wycieczka właśnie dobiegła końca.

Znalezienie miejsca w Negger Bank, w którym żadna rozmowa nie może być podsłuchana, jest z pozoru bardzo proste. Należy albo wbić się w tłum, pod warunkiem, że jest ruchomy, albo przeciwnie, unikać tłumu jak ognia i mieć w zasięgu wzroku całe otoczenie. Ale jak znaleźć takie miejsce w gwarnym mieście? To również nie problem. Rand bez kłopotu znalazł trakt, którym w sezonie spędzano bydło. Nie miał pojęcia, czy z portu, czy do portu, to było dla niego nieistotne. Ważne, że trakt po obu stronach ograniczały wysokie mury i prowadził prosto jak strzelił. W każdej chwili można było omieść go wzrokiem od krańca do krańca. No i nie sposób się zagubić. Zmierzającego ku nim kuriera widzieli z daleka.

– Witaj, panie. – Rosły młodzieniec wykonał przepisowy ukłon, kiedy znalazł się w zasięgu głosu.

– Co masz?

Centrala Organizacji Randa nalegała na bezpośredni i pilny kontakt. Musiało to być coś ważnego.

– Zarządzono częściowe rozśrodkowanie w stolicy, panie.

Rand zerknął na Aie, usiłując nie zagryzać warg. „Częściowe rozśrodkowanie”. Ktoś infiltruje centralę organizacji albo uniemożliwia jej działanie. Rand, znając wszystkie słabości zorganizowanej przez siebie służby, przewidział taką możliwość, że pewnego dnia służby specjalne wsiądą im na karki, wykorzystując po prostu swoją przewagę i brutalną siłę. Organizację Randa dawało więc radę rozśrodkować. Centrala traciła znaczenie, dowodzić można było z każdego miejsca na świecie, gdzie był kontakt z jakąkolwiek prowincjonalną placówką. Jednak nie przeprowadził nigdy ćwiczeń praktycznych. Nikt nie miał pojęcia, jak długo taki stan rzeczy mógł trwać, bo wiadomo, że nie przez wieki. Coś musiało się stać albo też ktoś z jego zastępców przewidywał rychłą katastrofę.

– Rozumiem.

Organizacja Randa schodziła właśnie do podziemia. Hm... Ciekawe, czy ta nieprzećwiczona nigdy procedura okaże się majstersztykiem organizacji, czy po prostu zerwie się łączność i już. Przestanie istnieć na własne życzenie.

– Coś jeszcze? – Rand nie dopytywał o przyczyny rozśrodkowania. Prostemu kurierowi nikt nie powierzyłby takich tajemnic. – Czy któraś z naszych dowódców ma pojęcie, dlaczego specjalistki tak przyspieszyły?

– Słyszałem, że powoli, powoli dobieramy się do tajemnic specsłużb. I naprawdę pojawiają się pewne plotki...

– Jakie?

– Podobno jedną z rzeczy pilnie poszukiwanych przez służby specjalne jest... – posłaniec na moment zawiesił głos – pomnik cesarzowej Achai.

Aie nagle szarpnęła Randa za ramię. Wskazała mu ruchem głowy, że ktoś zamknął znajdującą się za nimi bramę prowadzącą na tę ulicę. Niby żaden problem. Brama została zbita ze zwykłych desek z ogromnymi prześwitami pomiędzy jedną a drugą. Ale żeby ją otworzyć, potrzebowaliby choć trochę czasu. A tego czasu mogli im nie dać ludzie zbliżający się z drugiej strony. Było ich kilkunastu, mieli pistolety i krótkie miecze u boku. Szli zdecydowanym krokiem w stronę Randa, Aie i kuriera.

Rand rozejrzał się wokół. Mur po lewej i mur po prawej nie dawały żadnej możliwości ucieczki. Pozostawała brama z tyłu, stosunkowo łatwa do sforsowania, ale bez obecności wrogów za plecami. Pierwszy zareagował kurier, wyszarpując zza pasa pistolet. Nic innego nie mogli już zrobić.

Rand położył dłoń na rękojeści swojego rewolweru. Nigdy w życiu do nikogo nie strzelał, lecz nie to go stopowało. Pętała go cecha, która sprawiała, że prawie zawsze inteligent przegrywał z prymitywem w każdej bezpośredniej walce. No bo jak to? Tak po prostu wyjąć broń i strzelić? Co do zamiarów intruzów nie miał co prawda wątpliwości, ale tak strzelić bez powodu? Rand wiedział, że czekanie, aż tamci zaczną, to przy ich przewadze totalna głupota, no ale... tak strzelić do kogoś i zabić? Może chcą przekazać jakąś wiadomość? A może chcą tylko złapać Randa i odstawić na przesłuchanie? To co prawda jeszcze gorsze, no ale...

Zbliżający się ludzie rzeczywiście nie byli wyrafinowanymi intelektualistami. Mieli jeden cel i jedno zadanie. Na razie bez pośpiechu wybierali potencjalnie najgroźniejszego przeciwnika. W ich mniemaniu był nim kurier. Rosły, silny, z pistoletem w dłoni. Jedyny, który mógł się liczyć, bo przecież nie ten zniewieściały paniczyk ze zdziwionym wyrazem twarzy, ani tym bardziej ta mikra dziewczyna o twarzy rozkosznego dziecka. Ta by się ewentualnie nadała do czegoś innego, niestety, zleceniodawcy nie przewidzieli tego rodzaju zapłaty.

Odległość malała z każdym krokiem. Kurier odciągnął kurek pistoletu z głośnym trzaskiem. On również nie wiedział, czy strzelać jako pierwszy. Nie miał pojęcia, jakie są zamiary szefa, i czekał na komendę. Napastnicy także odciągnęli kurki.

Jedynie Aie nie miała żadnych wątpliwości. Wyszarpnęła oba swoje rewolwery ze specjalnych olstrów pod chustą i zaczęła strzelać, niezbyt mierząc, za to z odległości tylko kilku kroków. Raz za razem. Postawiła ścianę ognia, której nikt się nie spodziewał. Płatni zabójcy dostali morderczy ogień prosto w twarz i z zaskoczenia. Kilku wystrzeliło nawet, ale do wcześniej wybranego celu, do kuriera. Dwóch napastników upadło na ziemię wyeliminowanych, a co najmniej kilku odniosło rany. Po czymś takim nawet oni się cofnęli. Nikt właściwie nie zdawał sobie sprawy, co się stało. W gęstym dymie widać było dwa trupy i kilku rannych, krwawiących coraz bardziej. Wszyscy w szoku, zdezorientowani, niewiedzący, co robić.

Aie po oddaniu dwunastu strzałów odrzuciła rewolwery. Z tuby, którą dźwigała przewieszoną przez ramię, wyjęła karabin z bębenkowym magazynkiem. Odciągnęła kurek, wymierzyła dokładnie i wystrzeliła do najbliższego najemnika z odległości dwóch kroków. Ołowiany pocisk o wielkiej średnicy wbił się w jego ciało. To już nie był rewolwer. To był prawdziwy karabin strzelający z całą mocą ogromnego naboju. Huk targnął powietrzem w wąskiej uliczce. Zdeformowany uderzeniem pocisk wyleciał z ciała mężczyzny, wyrywając kawał mięsa wielkości dwóch męskich dłoni z rozcapierzonymi palcami. Nikt by nie był w stanie utrzymać się na nogach po takim strzale. Mężczyzna poleciał w tył niczym uderzony przez furgon, ciągle ze zdziwionym wyrazem twarzy.

Aie spokojnie odwiodła powtórnie kurek i strzeliła do następnego człowieka. To był ogień celowany, z karabinu, z odległości kilku kroków. Kolejny napastnik poleciał w tył. Aie za to ruszyła przed siebie. Trzask kurka, spust i znowu strzał z odległości kroku. Z czegoś, co było odpowiednikiem małej armatki!

Trzask kurka, spust, cel na wysokości klatki piersiowej, odległość na krok. Upiorne drgnięcie powietrza wokół, bolące od huku bębenki w uszach. Następne ciało, jak od uderzenia pioruna, gwałtownie leciało w tył.

Trzask kurka...

Zabójcy zaczęli uciekać. A przynajmniej ci, którzy mogli jeszcze się poruszać. Bezsensowna taktyka, ale za odruchy przecież nie można odpowiadać. Aie przyklękła i zmieniła bęben w karabinie. Napastnicy w szoku biegli powoli, a w tej uliczce do przepędzania bydła nie było gdzie skręcić ani gdzie się schować. Dziewczyna zaczęła strzelać, powoli, mierząc precyzyjnie, przepisowo wstrzymując oddech.

Kiedy podniosła się z kolan, nie było już przed nią nikogo żywego. Rand podszedł do kuriera. Właściwie do ciała kuriera, jak ocenił po chwili. Kręciło mu się w głowie, dzwoniło w uszach, coś bardzo miękkiego, za to dużego blokowało gardło. Chwiał się na nogach. Dziewczyna zajęta ładowaniem swojej broni pokazała Randowi gestami, żeby dobił jedynego oprycha, który jęczał w agonii. Spojrzał na nią nieprzytomnie. Potem na ofiarę przytuloną do bruku. A właściwie dlaczego nie? Przynajmniej pozna, co się czuje, strzelając do człowieka. Odchrząknął głośno, odciągając kurek swojego rewolweru. No? Usiłował wycelować, ale lufa strasznie mu się trzęsła w dłoni. W końcu pociągnął za spust. Co się czuje, strzelając do człowieka? Nic! Tyle tylko, że krew tamtego bryznęła na twarz. Czym ją wytrzeć? Co się czuje, strzelając do człowieka? Nic.

Rand zwymiotował pod ścianą.

– A dlaczego idziemy tu sami? – Kai z trudem dopasowywała długość swoich kroków do rozmiarów stopni

ogromnych schodów prowadzących do biblioteki publicznej Negger Bank.

– Jeszcze nie widać w mieście objawów niezadowolenia – odparł Tomaszewski. – Ale władza, która tak się zachowuje jak podczas wiecu w porcie – miał na myśli ostatnie wydarzenia związane z ogłoszeniem żałoby narodowej, z klakierami i wynajętymi aktorami – najwyraźniej spodziewa się czegoś, co nie będzie po jej myśli. Widziałem takie rzeczy kilka razy. Coś się będzie działo.

– Obawiasz się zamieszek?

– Nie wiem, nie mnie sądzić. Nie uważasz jednak, że w tej sytuacji pozostawienie na pokładzie oficera, który może dowodzić, wydaje się rozsądne?

– Niby tak. – Nie podzielała jego obaw. A może po prostu była złym obserwatorem, a może nie była wyczulona na to, co on? – O Bogowie! – Potknęła się kolejny raz. Tomaszewski też z trudem radził sobie z długością stopni. Ani na jeden krok, ani na dwa. A drobiąc dwa krótkie, jeden długi albo krótki-długi, z boku chyba wyglądało się śmiesznie. Był jednak pod wrażeniem gigantycznej budowli.

– Wiesz? – Przystanął, żeby odsapnąć. – Takie budynki, takie monstrualne biblioteki, są i u nas. Ale pojawiły się dopiero co, licząc w skali dziejów. I są uważane za najwyższy przejaw kultury. A ty mi mówisz, że u was to tak już od tysięcy lat.

– I co w niej takiego ujmującego poza architekturą?

– To, że jest publiczna. Dla wszystkich.

– Wiesz...? – nieświadomie sparodiowała głos Krzysztofa. – Można to też zrobić tak, że biblioteka jest dla wszystkich, owszem, ale ludem rządzić tak, żeby nie chciał z biblioteki skorzystać.

Roześmiał się.

– Ech, dużo zapamiętałaś z naszych rozmów o polityce. Chcesz zostać władcą pewnie.

Trafił w jej czuły punkt. Władcą? Niekoniecznie. Ale mieć władzę? To zupełnie co innego. Przełknęła ślinę, kiedy dotarli do monumentalnej kolumnady podtrzymującej sklepienie. Przypomniała sobie opowieści sprzed tysiąca lat, kiedy Zaan, planując podbój świata, również przekraczał progi podobnej biblioteki w stolicy Troy. O Królestwie Troy mało kto już pamięta, a imię Zaana zna każdy.

Wnętrze powitało ich spokojem i miłym chłodem. Tu nareszcie mogli odetchnąć po pokonaniu strasznych schodów.

– I co teraz? – spytał Tomaszewski.

– Najlepiej wynająć prywatny pokój i własnego skrybę, który przyniesie nam wszystkie interesujące książki.

– A jak to zrobić?

– Oj, po prostu wyjmij złotą monetę i trzymaj w dłoni.

Tomaszewski zrobił, jak radziła. Nie sądził jednak, żeby wzniosły świat bibliotekarzy i literaturoznawców był tak łasy na pieniądze. Bardziej spodziewał się, że kogoś może obrazić tym gestem. Mylił się. Świat bibliotekarzy w osobie czcigodnego, siwiuteńkiego starca z długą brodą zjawił się natychmiast i skwapliwie wyciągnął rękę po zapłatę.

– Czcigodni przybysze, pozwólcie za mną. – Ruszył w stronę korytarza takiej szerokości, że spokojnie dałoby radę ćwiczyć na nim musztrę w wykonaniu kompanii wojska. – Tu mamy gabinet dla specjalnych gości.

Wprowadził ich do sali, sądząc po wystroju, nie dla specjalnych gości, lecz dla bardzo bogatych. Oczywiście jakieś tam książki zostały umieszczone na stojakach, trójnogach, a nawet półkach wokół. Większość wyposażenia stanowiły ciężkie draperie, meble, sądząc po tym, jak lśniły, wykonane przez najlepszych rzemieślników, oraz dyskretne oświetlenie.

Kiedy zajęli miejsca na wyściełanych glancowaną skórą sofach, siwy starzec ukłonił się uprzejmie.

– Szanowni goście, jakie skarby wiedzy spodziewacie się tu zobaczyć?

– Coś o Złych Ziemiach – powiedział Tomaszewski. – Opisy geograficzne, mapy, relacje podróżników, nawet legendy, jeśli są takie.

Bibliotekarz znowu skłonił się z szacunkiem i klasnął w dłonie. Młody skryba, który pojawił się natychmiast, przyjął zlecenie.

– Czemu cię tak interesują Złe Ziemie? – spytała Kai.

– Mówmy po polsku – upomniał ją Tomaszewski. – Nie chciałbym, żeby ktokolwiek orientował się w naszych planach.

– Dobrze. – Kai skinęła głową i powtórzyła pytanie.

– To bardzo proste do wyjaśnienia. Wiesz, dlaczego lotniskowiec może pływać bez żagli?

– Bo ma silnik. Widziałam go nawet.

– No a silnik wprawia w ruch olej napędowy. Robi się go z ropy naftowej. A skoro widziałaś silnik na lotniskowcu, to możesz sobie wyobrazić, ile oleju potrzebuje. A do tego inne okręty, samoloty, ciężarówki, czy choćby ten czołg, który uratował nam tyłki podczas napaści dzikusów z lasu.

Przytaknęła. Od dawna wiedziała przecież, dlaczego w każdej siedzibie ludzi zza Gór Bogów tak strasznie śmierdzi. To właśnie te ich benzyny, oleje, których potrzebują dosłownie do wszystkiego. Nawet po to, żeby zapalić sobie głupie lampki!

– No właśnie. A wszystko trzeba przywozić zza Gór Pierścienia tankowcami. Nawet sobie nie wyobrażasz koszmarnej ceny tego eksperymentu. A tu? Na Złych Ziemiach prawdopodobnie jest ropa gotowa do wypompowania.

– I dowiesz się tego z książek?

– Nie. Potrzebni są geologowie, chemicy, inżynierowie. Ale muszę ich tam dostarczyć. Dlatego też lepiej, żebym wiedział jak najwięcej o okolicy.

– Znając was i wasz sposób załatwiania spraw, to ta okolica stanie się niedługo sprawą priorytetową. I chyba zachwieje się wszystko wokół.

Uśmiechnął się w podziwie dla przenikliwości Kai.

– Ropa to władza. Niejedna cywilizacja zachwiała się już przez nią.

Starzec, który choć nie rozumiał ani słowa, przysłuchiwał im się z niesłabnącą uwagą. Nalał gościom wina do małych kubków, potem, nie spuszczając z nich oczu, zaczął głaskać siwą brodę.

– Szanowni przybysze – postanowił im wreszcie przerwać – a czy wiecie, że ja już słyszałem ten język?

Tak zaskoczył Tomaszewskiego, że ten aż drgnął, o mało nie wylewając na siebie wina.

– Kiedy?

– Oj, bardzo, bardzo dawno temu. Byłem wtedy jeszcze młodym skrybą.

– A gdzie go słyszałeś?

– Tu, w tym samym gabinecie. Mężczyzna siedział dokładnie na tej samej sofie, na której ty siedzisz, panie. I on również przybył z młodą damą. – Bibliotekarz skłonił się przed Kai. – Mówili właśnie tym językiem. Warczącym, szeleszczącym, dzikim i ostrym. Oboje jednak byli bardzo dystyngowani.

Kai dopiero teraz zamknęła usta, które otworzyła, słysząc tę rewelację.

– O kim on mówi?

– Prawdopodobnie o stratosferycznym księciu Osiatyńskim – mruknął Tomaszewski. – Przecież widziałaś elementy jego ekwipunku i wyposażenia balonu.

– Tak. Shen je zdobyła w świątyni potworów.

– Nieprawdopodobne!

Starzec najwyraźniej ucieszył się, widząc ich szok i konfuzję. Ciągnął bowiem dalej:

– To byli bardzo wielcy państwo. Szczególnie on był nawykły do wydawania rozkazów i do tego, że ktoś je natychmiast wykonuje. Wielki pan. Wielki.

– A towarzysząca mu dama? – spytała Kai. – Czy była czarownicą jak ja?

– Nie, pani. Ona też przybyła z bardzo daleka, miała delikatną, jasną skórę, kapelusz z wielkim rondem i takie śmieszne coś... – Starzec nie mógł powstrzymać uśmiechu na swoje wspomnienia. – Taki patyk z owiniętą tkaniną. Wystarczył jeden ruch i na górze wyrastała niby tarcza. I wielka dama osłaniała się tą tarczą, ale od strony nieba.

– To parasolka przeciwsłoneczna – wyjaśnił Tomaszewski. Sam był pod wrażeniem, że można zabrać ze sobą taki drobiazg na wyprawę do stratosfery.

Kai przygryzła wargi. Dlaczego marynarze zza gór jej nie dali takiej parasolki?

– A potem ten wielki pan rozstawił specjalny trójnóg, przymocował z góry duże drewniane pudło i wziął do ręki przedmiot na sznurku. Kazał nam wszystkim ustawić się pod ścianą, mówiąc, że zrobi nam portrety. Choć tylko żartował, bo niczego nie namalował, tylko z tego, co miał w ręku, zrobił się błysk i dym poszedł na całą salę.

– Zrobił wam fotografię. Jesteś więc gdzieś uwieczniony.

– Ja tam to się tylko bałem, jak dym leciał znienacka.

– No dobrze. A czego szukał Osiatyński? Również informacji o Złych Ziemiach?

– Ależ skąd. To wielki badacz i odkrywca. – Starzec znowu uśmiechnął się do własnych wspomnień. – A szukał informacji, gdzie jest pomnik cesarzowej Achai.

Tomaszewski o mało nie zakrztusił się śliną. Razem z Kai spojrzeli na siebie. Pomnik cesarzowej Achai! Tego samego zdawali się szukać Węgrzyn i Wasilewska. Dziwni inżynierowie floty.

– Wyjaśniliśmy mu, że pomników Achai u nas mnóstwo. Na każdym większym placu zobaczy posągi Tyranobójców. Wśród nich i Achaję. A na placach przed budynkami państwowymi to będzie miał same Achaje. Wszystkie rzeźby wspaniałe i wielkie.

Tomaszewski uśmiechnął się lekko.

– Chyba nie tego szukał, prawda?

– Prawda, panie. Powiedział, że prawdziwy posąg Achai jest naturalnej wielkości.

Kai czuła ciarki na plecach. To samo mówił inżynier Węgrzyn, zanim zginął rozszarpany przez obcą czarownicę. Prawdziwy pomnik Achai jest naturalnej wielkości.

– I co? – dopytywał Tomaszewski. – Znalazł jakieś informacje tutaj?

– Tego nie wiem, panie. Byłem wtedy młodym skrybą na posyłki. Jego obsługiwał mistrz. Dawno już nie żyje.

– No dobrze. Skoro jednak byłeś na posyłki, to co kazali ci przynosić?

Starzec przytaknął. To pamiętał.

– Przynosiłem wszystko, co zostało uwiecznione w papierach na temat pogrzebu cesarzowej Achai. Wszystko, nawet legendy. Cały dzień biegałem z papierami, a wielkiej damie w gabinecie to inni musieli nawet biec po przekąski.

– Nie wiesz, czy poszukiwania księcia zakończyły się sukcesem?

– Nie wiem, panie. Ja tylko nosiłem. Choć sądząc po jego minie pod koniec dnia, czegoś się musiał dowiedzieć. Coś znaleźć. Nie wszystko, jak myślę, ale... – starzec zamilkł na chwilę, nie przestając głaskać swojej brody. – Cesarzowa Achaja – westchnął. – Mówiono, że jej ciało zatopiono w żywicy i zamurowano w jednej z bram Syrinx. Hm. Dziś już nie bardzo wiadomo, czy te bramy przetrwały i czy mury jeszcze stoją.

– A co to było za miasto?

– Stolica Luan, panie. Być może nawet odnajdziecie jej ruiny. Bo Złe Ziemie niedaleko.

Mała, straszna w swojej biedzie i upadku gospoda znajdowała się daleko na peryferiach jednego z targów rybnych. Właśnie takie paskudne, okropne i cuchnące miejsce zostało przewidziane na kryjówkę w Negger Bank, w razie gdyby coś poszło nie tak. Można było co prawda zrozumieć wybór miejsca pod względem lokalizacji. Mnóstwo ludzi zawsze wokół i bieda, połączona z obecnością szumowin, skutecznie zniechęcały normalnych ludzi do prowadzenia tu jakichkolwiek poszukiwań. Może.

Rand siedział w klitce na piętrze otoczony przez karaluchy i złe myśli. Wtulony w najbardziej oddalony od drzwi kąt tkwił z rewolwerem w dłoni. Nie wiedział, czy jeśli ktoś wejdzie, to strzeli do intruza, czy do siebie. Czuł się zaszczuty, śledzony przez wszystkich, otoczony przez wrogów, zdradzony, a jednocześnie zapomniany, porzucony, wypluty. Jego skołatany umysł zdawał się nie dostrzegać sprzeczności w stanach, których doświadczał.

Rand nie mógł dojść do siebie. Wszystko runęło nagle. Siły specjalne uderzyły znienacka, burząc misterną grę i układy, które mogły stwarzać przynajmniej pozory normalnego postępowania. Wzruszył w myślach ramionami. To nie żadna gra. To krwawe mordobicie!

Nie mógł też otrząsnąć się po tym, czego był świadkiem. Unikał myśli o wczorajszych wypadkach, ale ilekroć ze zmęczenia zamknął oczy, jego roztrzęsiony umysł powracał do obrazów rzeźni na trakcie do przepędzania bydła. I choć zapamiętane obrazy napełniały go potwornym strachem, tak naprawdę nie mógł się zdecydować, co czuje. No dobrze, już nie prowadzimy dworskich gierek, nie planujemy intryg ani nie układamy długofalowej strategii. Teraz młotkiem w mordę, aż zrobi się krwawa miazga. No ale w tej sytuacji nie sposób przewidywać, co się stanie. Jakie będą konsekwencje działań. Dlatego też... bał się tego sformułowania...

Dlatego też teraz nie należy mnożyć scenariuszy zdarzeń. Trzeba postąpić równie zdecydowanie jak oni, nie wiedząc, co z tego wyniknie. Puszczenie wszystkiego na żywioł skutkowało jednak tym, że może wygrać nie ten, który silniejszy, ale ten, który dłużej będzie umiał zachowywać się elastycznie. Pamiętał jedną z frontowych opowieści Kadira. Partyzanci utrzymywali się w jakimś mieście i nic, żadne ostrzeliwanie artylerii, żadne frontalne ataki piechoty nie mogły wyrządzić im krzywdy. Sami jednak przenikali piwnicami w małych, czteroosobowych grupkach, podpalali składy, mordowali oficerów, wprowadzali bałagan i zamieszanie daleko za liniami frontu. Wezwano jednego z najlepszych oficerów frontowych. On zapoznał się z sytuacją i wydał opinię. „Jesteśmy za mało elastyczni, a sytuacja zmienia się z dnia na dzień. Musimy zrezygnować z tego, co nas krępuje. Skoro nie radzimy sobie jako armia, musimy doprowadzić do walki jeden na jednego". Jak to zrobić? Trzeba było doprowadzić do sytuacji w wojsku niesłychanej: zrezygnować z artylerii, przewagi liczebnej i taktyki. Żołnierzom odebrano karabiny i podzielono na czteroosobowe grupki. Uzbrojonych w pistolety, noże i granaty wpuszczono do piwnic. Rozpoczęła się walka twarzą w twarz, bez planu, bez strategii, jeden na jednego. Tam, na miejscu, na polu bitwy, dowódca najniższej rangi, w stopniu choćby kaprala, decydował, jak zareagować na zmienną sytuację. Elastycznie. Po kilkunastu dniach miasto zostało zdobyte.

Rand pamiętał swoje wahania na trakcie dla bydła. Do ostatniej chwili nie mógł zdecydować, czy wystrzelić, czy nie. Za dużo myśli, za dużo wątpliwości. Aie nie miała żadnych. Kiedy poczuła zagrożenie, nie analizowała, czy oni naprawdę zaatakują, co będzie później, czy oni mają jakieś odwody, czy straż miejska wkroczy do akcji i gdzie się potem ukryć. Nie! Tu i teraz! Twarzą w twarz. Przeprowadziła bezwzględny atak wyłącznie dla fizycznej eliminacji przeciwnika, nie zawracając sobie głowy, co później. Jak rozwinie się sytuacja.

Nagle Rand odłożył rewolwer i otarł pot z czoła. Już wiedział, co ma zrobić. Nie myśleć o przyszłości! Tak, to najważniejsze. Nie mnożyć przeszkód przed sobą, jak robi to każdy inteligent i intelektualista. Nie krępować się przeciwnościami, które mogą nastąpić. Zaatakować jak Aie. Bezmyślnie, bezwzględnie, z całą chamską siłą, nie patrząc, co z tego wyniknie.

Wziął ze stołu kartkę papieru z jakimś raportem, zmiął w małą kulkę i rzucił w Aie, żeby zwrócić na siebie uwagę. Dziewczyna ocknęła się z drzemki na krześle, odruchowo unosząc karabin. Spojrzała na niego.

– Atakujemy!

Powoli odłożyła broń i przysunęła się trochę z krzesłem, żeby mógł widzieć, co pisze na swojej tabliczce.

W jaki sposób?

– Rozpoczniemy od uwolnienia Shen.

I co dalej? Nic nie jest przygotowane.

– Nie wiem, co dalej – powiedział szczerze.

A my?

Wzruszył ramionami. Nie miał przemyślanych mnóstwa kwestii. Ale też i chyba nie było potrzeby.

– Bunt nie jest czymś, co da się prowadzić jak kompanię wojska do ataku. Zobaczymy, co z tego wyniknie.

Chcesz wywołać chaos?

Skinął głową.

– Chaos... – powtórzył jak echo. – Ale trochę większy, niż można byłoby się spodziewać.

Bo?

– Lud naprawdę mógłby się już zdenerwować.

Uśmiechnęła się od ucha do ucha.

Chcesz rozwalić cesarstwo, Rand?

Miał przedziwne wrażenie, że ktoś kiedyś już wypowiedział to zdanie, choć bez wątpienia w innym kontekście. Nie był czarownikiem i nie miał błysków. Ale miał za to wrażenie, że słyszy królową Arkach mówiącą to samo do Biafry. Tysiąc lat temu.

Chcesz rozwalić cesarstwo, Rand? – Aie podetknęła mu pod oczy swoją tabliczkę jeszcze raz.

Wrogowie wewnętrzni i zewnętrzni aż dyszący, żeby coś uszczknąć, w chwili kiedy imperium chwiało się na nogach. Bieda, wyzysk, bezhołowie, resztki instytucji traciły na znaczeniu – z powodu nędzy już nie przyjmowało się na stanowiska najlepszych, a jedynie krewnych i znajomych tych, którzy załapali się wcześniej. Wszystko schodziło na psy.

– Nie dość na tym – odpowiedział. – Spróbuję jeszcze napuścić siły specjalne na ludzi z żelaznych okrętów.

Aie drgnęła nieprzygotowana na to, że taką opcję można w ogóle brać pod uwagę. Długo patrzyła w okno. Zdawałoby się, bezmyślnie. Ale nie. Po jakichś dwóch, trzech modlitwach starła z tabliczki widniejący tam wcześniej napis. Zastąpiła go innym. Starym wojskowym powiedzeniem, które tysiąc lat temu znajdowało się nawet w regulaminie.

Czy atakujemy dzisiaj jeszcze raz, panie oficerze?

Mistrz ceremonii potwierdził, że kanały, które upiększały Pałac Audiencji, należało właśnie oczyścić. A że poniżej znajdowała się Podziemna Twierdza, w racjonalny sposób wykorzysta się wodę z kanałów, która wypełni kazamaty po sufit, a potem wypłynie do miejskiego kanału ściekowego. Idealne rozwiązanie, umożliwiające czyszczenie kanałów i sprzątanie więzienia jednym kosztem. Niestety, pewna liczba osadzonych, zamkniętych w swoich klatkach, po prostu utonie podczas tej operacji – woda przecież opada powoli. Ale to też w zasadzie nie wada, a raczej zaleta. Po co trzymać najsłabszych? Umrą i tak, prędzej czy później, a w ten sposób zaoszczędzi się przynajmniej na kosztach ich żywienia. Same korzyści.

Nie określano nigdy terminu czyszczenia kanałów. Słudzy z odpowiednimi narzędziami zawsze czekali w pogotowiu. A konkretną datę wyznaczał mistrz ceremonii w zależności od tego, czy stojąca woda nie śmierdzi za bardzo. Oczywiście wymagana była również nieobecność cesarzowej w pałacu. Jeśli te dwa warunki zostały spełnione, wydawano rozkaz rozpoczęcia operacji i ostrzegano wszystkie służby, zarówno te obecne na górze, jak i te na dole.

Mistrz ceremonii oczywiście ani nie sprawdzał stanu wody w kanałach codziennie, ani też nie przejmował się tym problemem szczególnie. Bardziej zależało to od przypadku, nieprzyjemnej woni, którą poczuł podczas spaceru, ewentualnie od natrętnych dam dworu, które bardziej czułe niż on, narzekały, nie dając mu spokoju. Tak też było i tym razem. Na powierzchni wody pojawiła się rzęsa wodna, i to w takiej ilości, że nie sposób nastroić się romantycznie przed wieczornymi spotkaniami! Po prostu zamiast na lśniącą w świetle gwiazd powierzchnię patrzyło się na okropny zgniłozielony kożuch!

Mistrz pojął grozę sytuacji. Trochę co prawda obawiał się, co zrobi Magazynier, kiedy zamiast porządnego mycia jego więzienia wszystko pokryje się zieloną rzęsą, ale po chwili zastanowienia przestał się martwić. Słyszał przecież o warunkach panujących w Podziemnej Twierdzy i zrozumiał, że całą rzęsę więźniowie błyskawicznie zjedzą. I nawet pożytek będzie.

Nie wnikając w plotki, że rozhisteryzowane damy same wrzucały coś do kanałów poprzedniej nocy, nakazał generalne sprzątanie. Cesarzowej nie było. Zajmowała się tuszowaniem wyczynów swojej dalekiej krewnej, księżnej Rine, która pracowicie sprawdzała skuteczność nowego środka przeciwko ciąży.

Wpuszczenie wody do podziemnego więzienia jest zabiegiem śmiałym, ale też i niezwykle ryzykownym. Pomijając utopionych więźniów, następuje przecież moment, kiedy „bramy" więzienia zostają otwarte. Strażnicy muszą się wycofać na bezpieczne dla siebie pozycje i przychodzi chwila, w której wszystkie cele są pozbawione kontroli. Nikt nie pilnuje też korytarzy. Cała operacja wymaga więc niezwykłej staranności zarówno w planowaniu, jak i w wykonaniu najdrobniejszych szczegółów.

Strażnicy zaczęli od rewizji więźniów. Nikt co prawda nie miał szans przemycić czegokolwiek do środka, ale Bogowie jedni wiedzą co więźniowie potrafią wyprodukować sami i z czego. Rewizja sama w sobie była wyzwaniem, liczbę strażników należało podwoić, żeby nie dopuścić do możliwości przekazywania wynalazków własnej konstrukcji z celi do celi podczas kontroli. Potem należało sprawdzić wszystkie zamki. Więzień zasadniczo nie miał dostępu do zamka własnej celi, ale... Strażnicy nie przepuszczali żadnej możliwości.

Potem zaczynało się najgorsze. Oczekiwanie. Starzy więźniowie wiedzieli, co nastąpi, nowi właśnie się dowiadywali. Służba więzienna już się wycofywała, zabierając ze sobą wszystkie źródła światła. Trzeba było czekać w absolutnych ciemnościach, w narastającej duchocie, bo zabito przecież wszystkie otwory wentylacyjne. Nikt nie wiedział, jak długo. Ile czasu zajmie wykonanie niezbędnych czynności obsłudze kanałów tam, na górze, w parku przy Pałacu Audiencji.

Shen trwała w pół letargu, pół malignie w rurze zwanej karcerem. Tu się nie dało żyć. Najlepiej byłoby zwariować, ale to nie takie proste – stwierdziła po kilku nieudanych próbach. Zabicie się również nie było łatwe. Najczęściej stosowana przez więźniów na całym świecie forma – powieszenie – tutaj nie miała racji bytu, nawet gdyby z resztek ubrania zdołała jakoś skręcić linę. Ćwiczyła pompki oraz szybkie podginanie obu nóg. Tylko po to, żeby nie wyć całymi dniami. Sąsiedzi w rurach obok, nad i pod wybierali wycie. Ona sama z radością powitałaby każdy koszmar, który śnił jej się w dzieciństwie, zamiast tego, co ją otaczało. Gdyby oczywiście miała jakikolwiek wybór.

Kiedy usłyszała szczęk zamka, sądziła, że to kolejne karmienie. Nagle zdała sobie sprawę, że na zewnątrz też jest ciemno. Ktoś położył tuż obok jej twarzy coś metalowego. Usłyszała też cichy głos:

– Masz jeszcze jakieś trzy, cztery modlitwy. Przygotuj się.

I znowu trzask zamka. Tym razem jakoś dziwnie zgłuszony. Z trudem przesunęła rękę powyżej głowy. Namacała jakąś szmatę. Bogowie! Zamek nie zatrzasnął się do końca! Zaczęła macać tuż przy twarzy. Przedmiot wsunięty przez obcego okazał się skomplikowaną metalową dźwignią.

Usiłowała się opanować. Trzy, cztery modlitwy. Ile to jest? Odwykła od mierzenia czasu tak małymi jednostkami. Więźniowie wokół w coraz większej liczbie krzyczeli ze strachu w oczekiwaniu na potop. Ona nie. Po raz pierwszy od wtrącenia jej do karceru poczuła coś poza rezygnacją. Emocje tak silne, że ledwie nad nimi panowała. Ale nie był to strach. Wody się nie bała. Była córką rybaka, urodzoną nad ogromnym jeziorem i akurat ten żywioł znała, rozumiała, nic w nim nie potrafiło jej zaskoczyć.

Czekała cierpliwie. Cóż to jest kilka modlitw w porównaniu z bezmiarem czasu w więzieniu? Drżała lekko, ale i to ustało, kiedy usłyszała szum wody. Szarpnęła zamek. Poddał się nadspodziewanie łatwo. Wystarczyło właściwie wypchnąć klapę. Droga na zewnątrz stała otworem. Szum wody narastał powoli. Więźniowie wrzeszczeli, teraz już wszyscy bez wyjątku. Shen ciągle tkwiła w swojej rurze. Nie wiedziała, czego ma się spodziewać. Czekała więc spokojnie w miejscu, gdzie nic nie mogło jej porwać i rzucić w jakiekolwiek niebezpieczne rejony.

Szum przeszedł nagle w huk. Wycia więźniów nie było już słychać. Do pomieszczenia woda wtargnęła z taką siłą, że tylko solidnej konstrukcji karceru Shen zawdzięczała swoje życie. Potop zalał ją błyskawicznie. Dziewczyna cierpliwie czekała, aż żywioł się uspokoi. Już po chwili w idealnie przewodzącym dźwięk środowisku usłyszała rzężenie tych, którzy się zachłysnęli. Ona sama jednak delikatnie wysunęła się z rury. Usiłowała poruszać się powoli, unikając gwałtownych ruchów i za wszelką cenę nie wypuszczając z dłoni metalowej dźwigni.

Uderzyła głową w sufit. Aha, poduszki powietrznej na górze nie było. No nic. Czekała cierpliwie, wiedząc, że z całą pewnością proces czyszczenia Podziemnej Twierdzy nie jest przecież eksterminacją wszystkich więźniów. Błogosławiła los, który pozwolił jej urodzić się w rybackiej rodzinie. Przecież umiała już pływać i nurkować, zanim jeszcze nauczyła się mówić!

Poczuła na ciele jakiś zimny prąd. No tak, to znaczy, że całe kanały zostały już opróżnione i dociera tu prąd rzeczki, która ma je napełnić ponownie. Całe widowisko zmierzało zatem ku końcowi. Znowu podpłynęła do sufitu. Warstewka powietrza u samej powały już była, poziom wody opadał zdecydowanie. Po chwili, jeśli umiało się odpowiednio oddychać, można było ostrożnie zaczerpnąć oddechu. Zero paniki, powtarzała sobie Shen. Zero paniki, wszystko spokojnie. Z ulgą rozprostowywała kończyny. Zastanawiała się, co powinna teraz zrobić. Jedyna droga ucieczki to otwory, którymi wpuszczano tu wodę. Sądząc po gwałtowności potopu, musiały być olbrzymie, a więc zamykało się je bardzo długo. Przecież płynęła nimi rzeczka, która zasilała kanały. Czuła wyraźny prąd. Uuu... Długie machanie ramionami wielu korb, żeby unieść zapadnie. No ale...

Jak pokonać ludzi, którzy obsługiwali te mechanizmy?
Przecież sama, osłabiona, nie będzie mogła nawet szybko biec, żeby móc uciec. Jak więc sprawę wymyślił nieznany wybawca? Podniosła do oczu trzymaną w ręku metalową dźwignię. Teraz zaczęła rozumieć. To przecież przyrząd do otwierania zasuw w poszczególnych celach! Miała wypuścić więźniów! Najlepiej wszystkich. W masie ucieczka może się udać. Ale w takim razie trzeba zablokować bramę wejściową od wewnątrz. Żeby strażnicy nie mogli dostać się nią do środka.

Zanurkowała i po omacku przyłożyła się do pierwszej zasuwy. Odpowiednie bolce w odpowiednie otwory i... trach! Zasuwa odskoczyła lekko, a wraz z nią krata. Przysunęła się jeszcze trochę. Trach! Z następną kratą poszło równie lekko. Odciągnęła ją, włożyła rękę do środka i dotknęła czyjegoś ramienia. I zaraz prędko odpłynęła. Wiedziała dobrze, że podtopiony, spanikowany człowiek gorszy w wodzie niż legendarny krokodyl.

Na głównym korytarzu nagle uderzyła stopą w podłogę. Szlag! Woda naprawdę opadała szybko. Przekręciła się do pionu, poziom wody sięgał na wysokości jej piersi. Jak najszybciej otwierała te wyżej położone cele. Większość więźniów łapczywie łapała powietrze. Na razie nie wychodzili jeszcze. Musiał minąć pierwszy szok.

– Jazda! – krzyczała jak mogła najgłośniej. Kątem oka zauważyła światło przebijające się przez zasłony mroku. Strażnicy z pochodniami! To była jej pierwsza myśl. Nie! To światło dzienne. Otwory, którymi wpływała tu woda, musiały być ogromne. – Jazda na zewnątrz! Droga wolna!

– Co? Co ty mówisz? Dziewczyno... – ktoś jednak pozostał w miarę przytomny.

– Bunt! Wielka ucieczka! Kto nie chce tu zdychać, może wyłazić na zewnątrz.

Dzienne światło sprawiało, że mrok powoli zamieniał się w półmrok. Promienie słońca odbijały się od wyłaniających się spod wody, mokrych powierzchni.

– Szybciej – krzyczała, otwierając celę za celą. – Musimy zablokować drzwi wejściowe, żeby strażnicy nie mogli wejść!

Większość więźniów gramoliła się niezdarnie na korytarze. Mało kto mógł choć trochę rozprostować kości po tak długim czasie w ciasnych klatkach.

– Ja zostanę! – łkała jakaś staruszka, patrząc na Shen. – Ja tu zostanę. Ja już się nie wyprostuję... Boję się...

– Rób, co chcesz. – Dziewczyna przyłożyła dłonie do ust. – Potrzebuję byłych żołnierzy. Trzeba zablokować drzwi.

– Ja się tym zajmę. – Inna kobieta, sycząc z bólu, ni to kuśtykała, podpierając się dłońmi, ni to posuwała się na czworakach w stronę wejścia. – Tam trzeba tylko wbić coś w mechanizm. Cokolwiek.

Ktoś inny krzyczał, żeby iść w stronę, skąd pada światło.

– Potrzebuję byłych żołnierzy!

– Jestem – tuż obok odezwała się jakaś dziewczyna. – Muszę tylko wygrzebać się spod trupa koleżanki.

Shen pomogła jej wydostać się z celi. Razem z pewnym trudem dostały się do drzwi wejściowych. Panował tu większy mrok niż z tyłu, ale dostrzegły, że mechanizm zębatkowy został już zablokowany metalowym stojakiem pod pochodnie. Kobieta, która to uczyniła, zdołała się już nawet podnieść z czworaków. Zasalutowała niezdarnie.

– Imperialni saperzy, do usług.

– Bosko! – Shen po raz pierwszy od bardzo dawna uśmiechnęła się szeroko. – No to do tyłu, baby, i spuśćmy im wpierdol!

Wszystkie trzy ruszyły z powrotem. Dźwignia Shen, przekazywana z rąk do rąk, sprawiała cuda. Na korytarzach zrobiło się tłoczno. Kuśtykający tłum oprócz wad miał jednak swoje zalety. A jeśli na górze czekają salwy z karabinów? Lepiej być w takiej kupie.

Tłum niezadowolonych przed Pałacem Audiencji gęstniał, mimo że, jak głosiła wieść, cesarzowej w pałacu nie ma. Ale kto by tam wierzył urzędowym ogłoszeniom. Z plotek można było dowiedzieć się znacznie więcej. A ci, którzy je rozsiewali, tego dnia mieli dodatkowy, konkretny plan. Oprócz zwyczajnych plotek, rzekomo z pierwszej ręki, „od brata, który pracuje w kancelarii poborczej i wszystko słyszał", a dotyczących planowanych podwyżek na mąkę, doszły nowe. Podobno w Podziemnej Twierdzy obcięto racje dla więźniów i jest głód. Mąki nie ma, więźniowie umierają i podnieśli bunt. Dowództwo sił specjalnych postanowiło więc zabić dzisiaj wszystkich więźniów.

Teoretycznie w możliwość aż tak drastycznego rozwiązania nikt nie wierzył. No ale przecież tam siedzieli członkowie ich rodzin. I posadzono ich za biedę! No... Przynajmniej ładnie to brzmiało, bo żeby dostać się do takiego więzienia, trzeba było w rzeczywistości nieźle nawywijać i na pewno nie chodziło o kradzież kilku suchych placków. Generalnie więzienie było polityczne i siedzieli tu wichrzyciele. Ważniejsi.

Rozsiewacze plotek naprawdę tego dnia nie próżnowali. Sączyły się zewsząd. „Patrzcie na pałac, tam na jednej tacy, co leży i się marnuje, jest więcej jedzenia, niż twoja rodzina widziała w ciągu roku!" „Lubi mieć władczyni swój lud pod stopami. Więzienie sobie wybudowała pod pałacem. Gdy sra, to słyszy jęki!" To nie było prawdą, więzienie i pałac zostały wybudowane prawdopodobnie za czasów Cesarstwa Luan. A jak dyskutować z kwestią: „Wiesz, co oni tam robią? Żrą cały dzień i liczą złoto. A więźniów każą dzisiaj zabić, bo nie ma dla nich mąki!"? Zgromadzony lud miał więc do wyboru kilka rodzajów emocji. Współczucie i zazdrość połączone z gniewem. Większość, naprawdę głodna, skłaniała się ku pierwszemu.

„Dzisiaj zabiją więźniów..."

Kiedy grunt zatrząsł się lekko, zaskoczeni byli wszyscy. Gorączkowe szepty rozlegały się wszędzie tam, skąd dawało się dostrzec powierzchnię najbliższego kanału. Poziom wody gwałtownie się obniżał. Ktoś odważniejszy, nie bacząc na żołnierzy kompanii piechoty chroniącej pałac, podbiegł do drugiego kanału, pod płotem z żeliwnymi prętami.

– Woda znika! – rozległ się krzyk.

– Bogowie. Oni zabijają więźniów!

– Ludzie... Ludzie! Oni topią naszych braci!

Tłum zafalował gwałtownie. Odwody kompanii piechoty właśnie wyłaniały się z budynku odwachu. Któraś z podoficerów zorientowała się najprawdopodobniej, że sytuacja staje się niebezpieczna. Żołnierze również rozglądały się wokół niepewnie. To była prawdziwa piechota, z pola walki, bo ktoś sobie wymyślił, że weteranki nie

stracą nerwów, gdy dojdzie do ruchawek, w przeciwieństwie do garnizonowych specjalistów od równej musztry.
Może i tak, ale żołnierze przeniesione wprost z pola nie
miały pojęcia o systemie czyszczenia podziemnego więzienia. Tak jak i ludzie z tłumu zerkały bezradnie wokoło
w przekonaniu, że ktoś morduje więźniów.

Kapitan jednak nie straciła nerwów. Spokojnie wyszła
przed szereg swoich ludzi.

– Formuj szyk! – wydała komendę bezpośrednio, rezygnując ze swoich podoficerów. – Podwójna linia!

Żołnierze formowały szyk, a tłum gęstniał tuż przed
nimi. Ci, którzy dotąd stali z tyłu, chcieli się dopchać bliżej i też zobaczyć znikającą wodę.

– Równaj linie! Pierwszy szereg klęka!

– Mordują naszych! – rozlegało się nieustannie od
strony tłumu.

– Ładuj! Cel!

Żołnierze wycelowały karabiny. W tłumie ci z tyłu
zaczęli napierać na ludzi stojących z przodu. I jak zwykle
w takich przypadkach cała kupa, choć bez żadnej woli
albo intencji, ruszyła powoli do przodu.

Nie wiadomo, czy była to prowokacja, czy ktoś po
prostu stracił nerwy. Dosłownie naraz, w jednej chwili,
rozległy się dwa okrzyki. Tak jakby padł jeden.

– Na nich!

– Ognia!

Z całej kompanii do bezbronnych ludzi zdecydowa-
ło się wystrzelić jedynie cztery piąte żołnierzy. Niewielka część z nich nie zastosowała się do rozkazu i uniosła
lufy karabinów, tak by kule poszły górą. Reszta strzelała
według regulaminu.

Kiedy z trafionych ciał trysnęła krew, tłum ogarnęła panika. Nie było jednak gdzie uciekać. Jedyną drogę w tył blokowali ludzie, którzy nawet nie wiedzieli, co stało się u czoła. Gremialnie przepychali się w kierunku pałacu, żeby zobaczyć, kto strzelał. Przód tłoczył się, powodując zamieszanie w ścisku, które zaraz ustabilizowało kolumnę, nie pozwalając się ruszyć w żadnym kierunku.

Teoretycznie dowódca obrony powinna teraz kazać żołnierzom założyć bagnety na broń i ruszyć do ataku, który rozproszyłby ludzi i zmusił do ucieczki. Dowódca jednak nie była pewna swoich ludzi.

– Ja cię pierdolę! – wrzasnęła jedna z szeregowych, rzucając swój karabin na bruk. – Co ja zrobiłam?! O kurwa!

Zakryła usta dłońmi. Oczami pełnymi łez patrzyła na kłębowisko ciał kilkadziesiąt kroków przed nią.

– Bogowie. Bogowie święci. Bogowie, ja... błagam o przebaczenie, ja... – łkała inna.

– To jest piechota, kurwa, a nie oddziały specjalne! – porucznik też nie wytrzymała, podchodząc do pani kapitan. – To jest liniowa piechota, a nie egzekutorzy!

W tłumie znalazło się kilka osób, które nie poddały się panice i usiłowały pomóc rannym, a przynajmniej wynieść ich gdzieś, żeby uniknąć stratowania. Dwóch mężczyzn wzięło pod pachy trafioną w brzuch kobietę i zaczęło rozglądać się rozpaczliwie.

– Zabili nas! Zabili – krzyczał ktoś tuż obok.

– Zabili! – tłum podjął okrzyk w różnych tonacjach.

Mężczyźni usiłowali ściągnąć ranną na bok. Z ulicy nie można było zejść. Oba boki flankowały wysokie żeliwne parkany. Jedyna wolna droga prowadziła w przód.

– Zabili! Zabili! – krzyczeli ludzie wokół.

Mężczyźni zrozumieli, że jedyną szansą wydostania się z zabójczego tłoku jest ruszenie wprost na czekający kordon wojska. Zaczęli nieść ranną w tamtą stronę.

Czeladnik piekarski wyjął z zawiasów furtę zamykającą drogę do ogrodów. Zanim tłum rzucił się, widząc nową drogę ucieczki, i zatkał przejście momentalnie, czeladnik uskoczył w bok. Razem z trzema przypadkowymi ludźmi ułożyli na żeliwnej kracie chłopaka, który dostał aż dwie kule i strasznie cierpiał. I tak jak mężczyźni z ranną kobietą ruszyli jedyną wolną drogą, w przód.

Na widok wyłaniających się z rozhisteryzowanego tłumu ludzi niosących rannych, zakrwawionych cywilów morale żołnierzy kompanii piechoty właściwie znikło.

– Ładuj broń! – krzyczała kapitan.

Nikt nawet nie drgnął, nie ruszył się, żeby spełnić rozkaz.

– Ładuj broń! – Kapitan zawahała się nagle, patrząc na swoich żołnierzy.

Stojąca obok porucznik zrozumiała, że już za późno.

– Bagnet na broń! – wprowadziła korektę. – Bagnet na broń!

Do mężczyzn niosących rannych ni stąd, ni zowąd zaczęły dołączać inne osoby. Liczba ludzi idących w stronę kompanii piechoty rosła.

Dokładnie w tym momencie z tyłu, za linią obrony, pojawili się pierwsi więźniowie, którym udało się wdrapać po pochylniach spuszczających wodę z kanałów.

Żołnierze rozglądały się bezradnie. A kiedy więźniowie podeszli bliżej, widząc ich stan, wojsko zaczęło się wahać. Morale kompanii od dawna nie istniało.

– Bagnet na broń! – wrzeszczała porucznik.

Sama jednak nie mogła oprzeć się wrażeniu, że są otoczone. I, co gorsze, otoczone przez koszmary.

– Pani kapitan – zwróciła się do dowódcy – musimy się wycofać.

Kapitan właśnie zrozumiała, że zapędziła się w matnię. To nie bitwa w polu z uzbrojonym wrogiem. Nie mogła jednak wydać rozkazu do odwrotu. Byłby to koniec jej kariery.

– Przegrupować się! – zawołała. – Zająć pozycje powstrzymujące.

– Którędy się wydostaniemy?

– Tam. – Kapitan wskazała parkan z boku. – Do ogrodu!

Porucznik posłała dwie drużyny do rozmontowania płotu. Żołnierze nie bawiły się w drobiazgi. Wyrwały jedną sekcję żeliwnych sztachet pomiędzy dwoma kamiennymi cokołami.

– Kompaniaaa... Do przegrupowania...

Żołnierze przeskakiwały niski kamienny murek, który został po wyrwaniu sztachet. Nikt nie zamierzał się tu przegrupowywać. Wojsko biegło dalej.

Ludzie na ulicy również ruszyli przed siebie. Ci, którzy naprawdę mieli krewnych wśród więźniów, chcieli ich odszukać. Reszta biegła w innym celu. Nagle przecież zrozumieli, że trochę dalej jest jeszcze inny ciekawy obiekt. Wielki, wspaniały, wypełniony cudami do zrabowania Pałac Audiencji.

Shen z najwyższym trudem wydostała się na górę. Na szczęście rampa będąca na co dzień dnem kanału była porośnięta jakimiś ozdobnymi wodorostami. Co prawda śliskimi jak zaraza, ale dało radę chwycić cały pęk i mieć przynajmniej uchwyt dla dłoni. Na zewnątrz opadła na trawę, całkowicie wyzuta z sił. Z trudem otworzywszy bolące od nawały światła oczy, niepewnie rozglądała się dookoła.

Jej podstawowa obawa, to znaczy co zrobić tuż po wyjściu z więzienia, przecież od razu ją złapią, okazała się płonna. Ktoś to dobrze wymyślił – zrozumiała na widok setek osób biegających wokół. Jedni rabowali pałac, inni usiłowali pomóc więźniom, szukali swoich, dopytując o imiona, opatrywali rannych i potrzebujących. Większość jednak podniecona szamotała się bez celu.

Shen oparła głowę na zgiętych ramionach. Ciągle nie mogła się podnieść. Zastanawiała się, co ma zrobić dalej. Biec gdzieś przed siebie w możliwie najliczniejszej grupie więźniów? Ciekawe, czy ludzie im pomogą? Sami nie mieli wielkich szans. Szlag. Nikogo nie znała w stolicy. Nie miała zielonego pojęcia, co mogłaby zrobić.

Na szczęście tajemniczy oswobodziciel, który nie domknął klapy jej karceru i podał dźwignię do otwierania cel, przewidział i to.

– Sierżant Wae! Sierżant Wae! – Dwóch ludzi rozglądało się po ogrodach, wołając trupa.

Sprytne, pomyślała. Sierżant Wae zginęła podczas walk korpusu w lesie potworów. To imię nie było niczym szczególnym, nie powinno zwrócić uwagi, bo nikt go nie znał i nie należało do kogoś ważnego albo istotnego w tej sprawie. W tym miejscu mogła znać je tylko Shen, a wołając w ten sposób, dwaj poszukiwacze unikali wykrzykiwania jej własnego imienia. Bo to już by mogło zwrócić czyjąś uwagę, a raczej naprowadzić kogoś później na konkretny ślad.

– Tu jestem! – Podniosła rękę jak mogła najwyżej.

– Sierżant Wae...

– Tu jestem! – Zaczęła machać dłonią. – Tutaj!

Mężczyźni podeszli do niej szybko.

– Kto był dowódcą twojego plutonu? – padło kontrolne pytanie.

– Porucznik Idri.

– Zgadza się. – Ujęli Shen za ramiona i postawili na nogi. – To my.

– Jacy my? Kim jesteście?

– Później, później... – Zaczęli wlec dziewczynę w stronę ulicy. – Najpierw ewakuacja, bo tam, z tyłu, już idą dwie kompanie piechoty morskiej. Pierdolona elita.

– Ta... – dorzucił drugi. – W przeciwieństwie do liniowej piechoty one nie zawahają się strzelać do ludzi.

– Nie gadajmy! Szybciej!

Po kilkudziesięciu krokach ktoś z boku podbiegł do nich i zarzucił na Shen ogromny koc, przykrywając ją razem z głową. Czuła, że skręcili kilka razy. Potem rozległo się skrzypienie zawiasów, poczuła zapach świeżych desek. Wrzucono ją gdzieś, do jakiegoś wozu, który ruszył w nieznanym kierunku.

Rozdział 6

Jacht był wielki. Jak na standardy imperialnego szkutnictwa – nawet olbrzymi. Widząc go przy nabrzeżu, Rand zrozumiał, że Melithe nie kłamała. Jeśli kogoś stać na taką jednostkę i wysłanie jej na pierwszy zwiad, na co stać go będzie w przypadku wojny? Bogowie. Po raz pierwszy poczuł lekkie igiełki strachu na myśl o żelaznych okrętach.

Jednostka zacumowana w porcie Negger Bank była lśniąco biała. Miała dwa maszty, srebrne okucia, przedziwne liny, na których nie dawało się dostrzec poszczególnych włókien. Nie mógł uwierzyć, że ktoś był na tyle bogaty, żeby głupie okucia wykonywać ze srebra. Nie, to niemożliwe! To musiała być jakaś podróbka. Ale jaka? Metal lśnił przecież nawet bardziej niż polerowane srebro. Tam nie tylko metal, tam wszystko lśniło. Choć akurat to nie dziwiło Randa. Mając taką jednostkę, sam kazałby ludziom pucować ją od rana do nocy, a później jeszcze trochę przy świetle lamp. Zresztą przybysze do prac porządkowych nie używali własnych ludzi. Zauważył, że portowi chłopcy czyścili na brzegu dziwne maty. Sądząc po tym, jak przykładali się do pracy, płacono im znakomicie.

– No dobra – mruknął do siebie i podszedł do burty. Pokładu pilnował znudzony marynarz. Nie zwrócił uwagi na obcego, widocznie gapie stanowili tu zwykły obraz. Rand zastukał knykciem w burtę. Marynarz, zwalisty chłop o przeraźliwie jasnej cerze, zerknął nareszcie. Gestami pokazał, żeby czekać, i otworzył drzwi prowadzące do kabiny. Najprawdopodobniej wziął Randa za kolejnego portowego urzędnika.

Natomiast mężczyzna, który po jakimś czasie pojawił się na pokładzie, wyglądał już znajomo. Przynajmniej znajoma była jego twarz – z portretu wykonanego przez odpowiednich ludzi dużo wcześniej.

– Dzień dobry, panie komandorze Tomaszewski – powiedział Rand po polsku.

Wielu rzeczy się spodziewał. Wyrazu zdziwienia, może szoku, a już na pewno brwi wędrujących do góry.

– Witam serdecznie. – Tomaszewski zeskoczył na nabrzeże i podał Randowi rękę. Jedyną reakcją widoczną na twarzy był uśmiech. Chyba kpiący.

– Możemy sobie porozmawiać tak po prostu? – zapytał, żeby ukryć własne zdziwienie opanowaniem komandora.

– Jasne. Chyba się domyślam o czym.

Mierzyli się wzrokiem, ale nie nachalnie. Tak niby przypadkiem. Jakiż on wysoki, pomyślał Rand. Musiałby unieść głowę, kiedy stanął blisko, co od razu stawiałoby go w sytuacji petenta. Rand zatem wybrnął z tego w ten sposób, że przekrzywił głowę i patrzył spod oka. Teraz jednak przypominał trochę portowego cwaniaka. Nieważne. Można to wziąć za dobrą monetę. Uśmiechnął się.

– O czym?

– Takie mam wrażenie, że jesteśmy kolegami po fachu. Mylę się?

Rand zaprzeczył.

– To co prawda nie jest najlepsze miejsce do prowadzenia rozmów – demonstracyjnie rozejrzał się wokół – ale chyba warto, żebyśmy wymienili się swoimi uwagami.

– Na jaki temat?

– Wzajemnych potrzeb i ewentualnej współpracy. W granicach rozsądku, oczywiście.

Tomaszewski przytaknął.

– Bardzo rozsądna propozycja. Czego miałaby dotyczyć współpraca?

– Ooo... – Tym razem to Rand uśmiechnął się kpiąco. – Znam wiele ciekawostek dotyczących oleju skalnego.

– Brzmi interesująco. – Tomaszewski wykonał gest w stronę kabiny jachtu. – Wejdziemy? Zapraszam na dobre wino.

– Dziękuję, niestety, muszę odmówić. Jesteśmy obserwowani przez niezbyt sprzyjających nam ludzi.

– Tylko nie mów, że przez portowych złodziei.

– Niekoniecznie. A u was jak jest pod tym względem? – zainteresował się Rand. – Też różne służby robią sobie nawzajem różne brzydkie rzeczy?

Tomaszewski przypomniał sobie pewnego majora wywiadu lotnictwa, z którym kiedyś musiał prowadzić wspólną sprawę. Odruchowo skrzywił się do własnych wspomnień.

– Wiem, o czym mówisz – mruknął. – Doskonale cię rozumiem.

– Sam widzisz. – Rand wzruszył ramionami. – A tu macie do czynienia ze szczególnie wrednym elementem, który, mam wrażenie, właśnie sięga po pełnię władzy nad krajem.

Tomaszewski zerknął na niego badawczo.

– Czemu mi o tym mówisz? Liczysz na pomoc w tej sprawie?

– Widzisz, to nie takie proste. Z nimi poradzę sobie sam, ale... ponieważ liczę na ciebie w innej sprawie, uznałem więc, że dobrze byłoby cię ostrzec. Ktoś, kto brnie do władzy, jest nieobliczalny.

Tomaszewski skinął głową. Na razie nie domyślał się, czemu ma służyć to dziwne ostrzeżenie. I wiedział, że wyjaśnienia nie usłyszy. Prędzej czy później samo się okaże, o co tamtemu chodzi.

– Mówiąc o ewentualnej współpracy, miałem na myśli coś bardziej konkretnego – ciągnął Rand. – Co zainteresuje i ciebie, i mnie. I gdyby nam się udało do czegoś dojść, to rozwiązanie mogłoby ucieszyć nas obu.

Dopiero teraz tak naprawdę zainteresował Tomaszewskiego. Bo takiej wizyty jak ta spodziewał się od dawna.

– A co to takiego? – spytał.

Rand uśmiechnął się tajemniczo. Podniósł rękę, dotykając powieki i niby to usuwając stamtąd jakiś niewidzialny pyłek.

– Nie wydaje ci się, że w twoim otoczeniu dzieje się coś niepokojącego, co ma związek z... – niczym doświadczony aktor budujący napięcie zawiesił głos.

– Z czym?

– Z pomnikiem cesarzowej Achai.

Strzelił i trafił. Rand teraz zobaczył to z całkowitą pewnością. Dobry plan, dobra realizacja, jest rezultat. Trafił w sam środek tarczy.

– No? – ciągnął przedstawienie. – Ktoś u was szuka tego pomnika, prawda? A i ty jesteś zainteresowany. Ale... – Rand zbiłby majątek w amfiteatrze. Był mistrzem w stopniowaniu napięcia. – Nie za bardzo wiesz, o co chodzi, prawda? Ktoś u ciebie interesuje się Wielkim Lasem, w którym żyją potwory. Nie wiesz po co. Nie masz pojęcia, czego tam szuka, i interesuje cię to coraz bardziej, prawda?

Tomaszewski ponownie przytaknął. Tym razem jego twarz pozostała poważna.

– No to przyjmij do wiadomości, że czujemy to samo – wypalił Rand nareszcie. – U mnie też ktoś interesuje się Lasem i potworami. Do tego stopnia, że poświęcił cały korpus, żeby się czegoś dowiedzieć. A na końcu, gdzieś w tle, zawsze pojawia się pomnik cesarzowej Achai. Jak już wiesz... – Rand uśmiechnął się kpiąco – naturalnej wielkości.

Tomaszewski wyjął z kieszeni paczkę i zapalił papierosa.

– Przekonałeś mnie – powiedział, wydmuchując dym tak, żeby nie chuchnąć tamtemu w twarz. – Kiedy i gdzie chcesz się spotkać?

– Przygotujmy sobie listy spraw na spokojnie. Muszę teraz jechać do stolicy, więc spotkajmy się za trzy... Nie, za cztery dni. Obok biblioteki, którą odwiedziłeś, stoi jakaś taka śmieszna knajpka dla ubogich. „Pod Wesołym

Skrybą"? – zabrzmiało to jak pytanie. – Łatwo znaleźć, bogaci piją gdzie indziej.

Tomaszewski skinął głową.

– A jeśli coś pójdzie nie tak?

Rand wzruszył ramionami.

– Zawsze możesz zostawić wiadomość w bibliotece, u tego mistrza, z którym rozmawiałeś.

– To twój człowiek?

– Od chwili, w której stamtąd wyszedłeś, już mój.

Uśmiechnęli się obaj. Byli zawodowcami. Podali sobie ręce i rozstali się bez słów, bo nic więcej nie było do powiedzenia. Tomaszewski przeskoczył reling, wracając na pokład, a Rand po prostu odwrócił się i poszedł w swoją stronę.

Skręcił dopiero po kilkudziesięciu krokach, pomiędzy ściany magazynów, gdzie czekała Aie.

I jak poszło? – napisała na tabliczce przymocowanej do przedramienia.

Ruszyli w stronę wyjścia do miasta.

– Jest wyraźnie zainteresowany współpracą w sprawie, o której ci mówiłem.

A on? Jaki?

– Pragmatyk. Trzeźwy. Konkretny. – Rand nagle prychnął śmiechem. – Zresztą innych w wywiadzie się nie zatrudnia.

Myślisz, że wszystko widzieli szpiedzy sił specjalnych?

– Po to, między innymi, tu przyszedłem. Taka zwiadowcza prowokacja. – Znowu uśmiechnął się do własnych myśli, szukając odpowiedniego słowa. – Takie rozpoznanie bojem. Nie wiem, jak to nazwać, ale włożyliśmy kij w mrowisko. Agenci sił specjalnych wokół nas właśnie piszą raporty.

Długo szli w milczeniu. Aie analizowała sytuację.
Wiedziała, że najgorsze jest czekanie i nierobienie niczego. To po prostu oddanie inicjatywy przeciwnikowi
na własne życzenie. Rodzaj poddania sprawy. Z tym że
teraz nie wiedzieli, co zrobić. Zastanawiała się, na ile ich
prowokacja okaże się skuteczna. Czy rzeczywiście roz-
pocznie jakiś proces? No... najprawdopodobniej tak. Jaki
będzie? Nie wiedzieli. Ale skoro speckurwy będą musiały coś zrobić albo zmodyfikować wcześniejszy plan,
to zrobią to pod wpływem chwili. Może popełnią jakiś
błąd.

Skrzywiła się. To jednak dobra nazwa: „rozpoznanie
bojem". Atak, w którym atakujący nie ma pojęcia, czego
się spodziewać. Tkwić w okopach jednak zawsze będzie
gorszym rozwiązaniem. „Podjęcie nawet złej decyzji jest
lepsze niż niepodjęcie żadnej".

Przyszła jej do głowy inna myśl:

*Skoro tu wokół pełno agentów, nie boisz się, że cię za-
biją? Przecież wysłali już morderców.*

Zerknął na jej tabliczkę i potrząsnął głową.

– Widzisz, agent obserwator to najniższy stopień
w organizacji. Stoi, ślepi, marznie albo mu gorąco, po
prostu dno. Odpowiednik skryby w bibliotece. No niby
pisać umie, ale raczej przydziela mu się funkcję „przynieś, podaj, pozamiataj". I teraz wyobraź sobie, że do takiego skryby przychodzi rozkaz od głównego bibliotekarza: gdy przyjdzie Rand, zabij go! Tylko uwaga: może być
z nim kobieta, która ostatnio zamordowała kilkunastu
zabójców zawodowców. – Rand zaczął chichotać. – I co
zrobi skryba, kiedy mnie zobaczy w bibliotece? Rzuci się
ze swoim piórem, żeby mi wydłubać oczy? Nie, kocha-

nie, raczej zesra się ze strachu. I tak samo jest z agentami od obserwacji.

Rand śmiał się coraz głośniej. Podszedł do robotnika porządkującego paczki z wełną. Lekko uderzył go w policzek.

– Jesteś agentem sił specjalnych?

Tamten usiłował nawet nie podnosić głowy. Po co mieszać się w sprawy wielkich panów? Z tego same nieszczęścia.

Rand podszedł do następnego. Jego szturchnął już mocniej.

– Jesteś agentem sił specjalnych?

Następnego popchnął z całej siły, aż ten zatoczył się i upadł na paczki z wełną.

– No co jest? Nazywam się Rand i jeśli macie na mnie nakaz, to proszę się nie krępować.

Aie chwyciła mężczyznę za rękę i odciągnęła daleko od coraz bardziej złowrogich spojrzeń. No ale z drugiej strony... To jednak on miał rację.

Rand jeszcze się odwrócił, krzycząc na odchodne:

– Przeliteruję wam, żebyście błędnie nazwiska w swoich raportach nie zapisali! R. A. N. D.

Shen siedziała w ciasnej piwnicy wypełnionej po sufit półkami, na których ktoś poustawiał amfory. Naczynia były kiepskiej jakości, łatwo dało się zauważyć, że garncarze ledwie znali się na swojej robocie, materiał wykorzystywali pośledniej jakości i śpieszyli się podczas pracy. Niektóre z niestarannie wykonanych amfor nawet niezbyt pasowały do otworów w półkach, grożąc przy każdym nieostrożnym ruchu zawaleniem całości. Dodatkowo ktoś w każde wolne miejsce poutykał sadzonki winorośli, przesezonowane, niestety, i intensywny zapach zgnilizny wypełniał całe pomieszczenie. Jednak jakkolwiek ciasna byłaby ta piwnica i jakikolwiek wypełniałby ją smród, w niczym, ale to absolutnie w niczym nie dawało się jej porównać z warunkami, które panowały w Podziemnej Twierdzy.

Shen jednak siedziała skulona w najciaśniejszym kącie, z twarzą schowaną w ramionach. Nie mogła się otrząsnąć. Gdzieś we wnętrzu jej głowy kołatała bez przerwy tylko jedna powtarzająca się w kółko myśl: „Jak mogłam zapomnieć? Jak mogłam zapomnieć?".

Ktoś ostrożnie otworzył drzwi, wpuszczając do środka trochę światła. Sztucznego światła. Gdzieś z tyłu, za ciemnym zarysem postaci, musiał palić się kaganek.

– Jesteś tu? – rozległ się szept.

Mimo przygnębienia Shen o mało nie parsknęła śmiechem. A gdzie miałaby pójść?

– Jestem.

– Chodź, noc zapadła i możesz się umyć.

Mówiącym okazał się mężczyzna. Młody i silny, co stwierdziła, kiedy pomagał jej wstać. Z trudem udało im się wyjść z ciasnego pomieszczenia. Shen była jeszcze bardzo słaba, wciąż należało ją podtrzymywać.

Nieznajomy powoli prowadził dziewczynę przez tonące w półmroku pomieszczenia. Niewiele udało się zobaczyć. Jedyne, co zwróciło uwagę Shen, to fakt, że w ciasnych wnętrzach nie stało zbyt wiele mebli i sprzętów. Mężczyzna wyprowadził ją na zewnątrz. Lekki wiaterek niosący ze sobą zapach rozgrzanej za dnia ziemi dosłownie odurzał. Zachwiała się i o mało nie upadła, lecz opiekun trzymał ją mocno. Prowadził wprost do przestronnej stodoły, w której drzwiach, o ile mogła zauważyć, czekały już dwie kobiety. Ciemności rozświetlało jedynie światło gwiazd, a jednak Shen wydało się, że postępują niezbyt rozsądnie, przechodząc tak wprost, przez środek podwórka.

– Nie boisz się, że ktoś nas zauważy? – szepnęła.

– Kto niby? Dookoła sami nasi. Bieda znaczy.

Shen uśmiechnęła się smutno do swoich wspomnień. Ludzie donosili chętnie, nawet gdy byli „nasi", czego doświadczyła już w oddziałach specjalnych. A ten tutaj prawdziwek to co? Nie zdawał sobie z tego sprawy?

– A służby, które interesują się wszystkim? – zadała szeptem następne pytanie.

– Speckurwy za wielkie są, żeby się nami interesować. One są zajęte sprawami światowymi.

Dziewczyna dużo się nauczyła, będąc w wojsku. Zbyt wiele w różnych kwestiach miała do powiedzenia Nuk, a potem nawet Sharri.

– Są inne służby, które zbierają informacje. Także wśród ludu, o nastrojach i nie tylko.

Mężczyzna roześmiał się cicho.

– A są, są. Organizacja Randa na przykład. Ale oni nam wielkiej krzywdy nie zrobią. – Zaczął się śmiać, lecz nagle żachnął się, jakby powiedział coś, czego powiedzieć nie powinien, i dodał: – Tu się nikt nie zapuszcza. Tu spokojne przedmieścia. Bida z nędzą aż piszczą pospołu.

Wprowadził Shen do wnętrza podupadającej stodoły i przekazał w ręce dwóch starszych kobiet. Te były bardziej delikatne. Rozebrały dziewczynę szybko ze śmierdzących ciuchów, które dały mężczyźnie do spalenia. Potem ostrożnie pomogły jej wejść do wielkiej balii pośrodku. Nacierały skórę jakąś pastą, aż w końcu zaczęły szorować.

– Czemu jesteś taka smutna? – odezwała się jedna z nich. – Już na wolności jesteś. Swobodna.

– A my cię ukryjemy. Nie bój nic – dodała druga.

Shen podniosła głowę.

– To z powodu mojej żenującej głupoty.

– Co?

– Wiecie, ludzie czasem o czymś zapominają. Jedni o rzeczach nieistotnych. Inni o ważniejszych. Ale tylko tacy idioci jak ja, uciekając z więzienia, zapominają o najbliższej koleżance.

Nie mogła dostrzec wyrazu twarzy żadnej z kobiet. Myto ją w zupełnych ciemnościach.

– Zamieszanie było... – jedna wreszcie przerwała milczenie. – Słyszałyśmy, że woda wszystko zalała.

– To mnie nie usprawiedliwia. W tym całym chaosie ani razu o niej nie pomyślałam. Ani razu!

– A może tamta twoja koleżanka się uratowała?

– Wątpię. Zamknięto ją w karcerze, a ja otwierałam tylko kraty do cel.

– Tam wielu więźniów zostało. Nie sposób uwolnić wszystkich. Nie sposób brać za nich odpowiedzialności.

Shen skinęła głową.

– Owszem. I wcale sobie tego nie wyrzucam – westchnęła. – Nie mogę się pogodzić tylko z tym, że nie pomyślałam o Aie.

Nie mogła widzieć, jak kobiety wymieniły się spojrzeniami. Żadna z nich nie powiedziała już niczego. Starając się postępować ostrożnie z powodu podrażnionej skóry Shen, delikatnie osuszyły ją wielkimi ręcznikami, a kiedy wyszła z balii, natarły oliwą. Potem jedna z nich pomogła Shen włożyć poszarpany mundur pustynnego strzelca, z wielkim zawojem zasłaniającym włosy.

W tym przebraniu wyprowadziły dziewczynę na ulicę. Szła pomiędzy nimi, opierając się o ramiona, nie bacząc, że plączą jej się nogi. W końcu miała udawać pijaną. Na szczęście droga nie okazała się długa. Kobiety zostawiły ją pod wejściem do większego niż inne domu, zapukały i oddaliły się szybko bez słowa pożegnania. Kiedy otworzyły się drzwi, po raz pierwszy poraziło ją światło. Dość spore pomieszczenie było oświetlone rzęsiście kilkunastoma lampkami. W środku czekał cyrulik ze swoimi narzędziami. On też się nie odzywał. Posadził Shen na środku, zdjął jej z głowy zawój i energicznie, z wprawą zaczął obcinać włosy. Porządna, choć prosta fryzura powstała w czasie krótszym niż dwie modlitwy. No i znowu musiała się przebrać. Tym razem dostała już normalną, kobiecą tunikę.

Cyrulik nadal bez słowa wyprowadził Shen tylnym wyjściem. Znowu ogarnął ją mrok. Musiała wspiąć się na pakę jakiegoś wozu, położyć. Ktoś przykrył ją grubą plandeką z szorstkiego płótna, która pachniała silnie korzennymi przyprawami.

Nie miała pojęcia, jak długo jedzie. Na pewno zmierzali do centrum miasta. Ich wóz musiał się kilka razy zatrzymać, kogoś przepuszczać, a wokół narastał coraz bardziej donośny turkot wielu kół na kamiennym podłożu. Idealna pora, idealne miejsce. Przecież od zarania wozy kupców, dostawców, spedytorów mogły poruszać się w miastach wyłącznie nocą. W dzień byłoby to niemożliwe, ponieważ zatamowałyby wszelki ruch. A w nocy? Nikomu nie przeszkadzały przecież. No... Wielcy państwo narzekali co prawda, ale niezbyt mocno. Ich wille budowano na coraz dalszych przedmieściach. Inni kryli się w pałacach w centrum, odseparowanych od reszty wysokimi murami. A czy hałas przeszkadzał biedocie? Nie wiadomo, ponieważ nikt ich nie pytał.

Wóz skręcił nagle i zatrzymał się gdzieś wśród gwaru i nawoływań. Woźnica sprawnie zerwał plandekę i pomógł Shen wysiąść. Dopiero teraz go zobaczyła, w świetle wielu pochodni na placu przeładunkowym. Okazał się młody, nie miał miny konspiratora, nie denerwował się. Nie było czym się denerwować. Niezbyt duży plac był dosłownie wypchany stosami towarów, wozów, stanowisk przepakowawczych i konfekcjonerskich. Ludzie biegali wokół w ścisku, harmidrze, pokrzykując do siebie i nawołując. Zdawało się, że nikt nie panuje nad rozgardiaszem. Dopiero po chwili udawało się dostrzec kilku kupców i spekulantów usiłujących wprowadzić choć jaki taki ład w skomplikowane handlowe operacje, które przecież, jak wiadomo, od zawsze musiały się odbywać w biegu, wrzasku i gorączce.

Woźnica zaczął prowadzić dziewczynę przez tłum. Shen poczuła się bezpieczna. W tym tłoku nawet gdyby jakiś konfident ją rozpoznał, to mógł co najwyżej z daleka pomachać ręką. Budynek, do którego weszli, nie wyróżniał się niczym szczególnym. Może... był trochę niższy od otaczających go składów. Dotychczasowy opiekun i przewodnik przekazał Shen w drzwiach kobiecie z twarzą zawiniętą w chustę typową dla robotnic pracujących przy mące. Ta zaprowadziła dziewczynę na piętro, do sporej hali wypełnionej po brzegi pękatymi workami. Wskazała kąt z dala od okna, gdzie można było się ukryć.

– Siedź spokojnie – powiedziała. – Tu za dnia nikt nie przyjdzie. A gdybyś słyszała na dole jakieś hałasy, to się nie przejmuj. Robotnicy, co detal obsługują, tutaj nie wejdą.

– Rozumiem.

– Masz trochę picia. – Tamta podała niewielki dzbanek. – Sama nigdzie nie wychodź. Nawet za potrzebą. Siedź i się nie ruszaj.

– Rozumiem – powtórzyła Shen.

– Jutro po ciebie ktoś przyjdzie. Będzie to wielki pan, poznasz po stroju. I podejdzie od razu do ciebie bez szukania. Łatwo poznasz, że to ten, co trzeba.

– I z nim mam iść dalej?

– Co będzie dalej, to ja nie wiem. Swoje zrobiłam i mam o tym szybko zapomnieć.

Kobieta odwróciła się, zamierzając odejść. Coś ją jednak zatrzymało. Przez otwór w chuście spojrzała na Shen raz jeszcze.

– Czemuś taka zmartwiona? – zapytała. – Boisz się, że cię tu znajdą? – I nie czekając na odpowiedź, dodała: – Nie bój się, dziecko. Nikt cię tu nie znajdzie. Nie martw się, że z powrotem do centrum miasta cię wieziono. Tu nikt cię nie znajdzie.

Shen uśmiechnęła się wymuszenie. Nie było sensu tłumaczyć obcej, co działo się w jej środku. Strażnikami, pogonią i konfidentami martwiła się bowiem w najmniejszym stopniu.

– Dziękuję – szepnęła.

Kobieta dotknęła jej ramienia i odeszła. Shen przygryzła wargi. Nie mogła poradzić sobie z własnymi myślami. Ale nie było też po co tak sterczeć. Usiadła w swoim kącie, za wielkimi workami wypełnionymi mąką.

Marynarz stojący na wachcie zasalutował sprężyście, kiedy Tomaszewski ukazał się w drzwiach kabiny jachtu.

– Starszy mat Maru...

– Cicho! – komandor błyskawicznie zgasił jego meldunek. – Ludzi pobudzisz.

– Nie śpię! – dobiegł ich stłumiony okrzyk Kai. –
Wcale nie śpię i w ogóle nie spałam, bo pan doktor chra-
pie tak, że całym jachtem trzęsie.

– Wszystko w porządku? – Tomaszewski wyszedł nareszcie na pokład.

– Nie do końca, panie komandorze – zaraportował
wartownik. – Nikt nie usiłował się do nas zbliżyć, noc
spokojna. Ale... – chłopak zawahał się – niech pan komandor spojrzy tam. – Wskazał nabrzeże, do którego
byli zacumowani.

Rzeczywiście, wydarzyło się coś dziwnego. Jeszcze
wczoraj i przed nimi, i za nimi stało tu mnóstwo statków. Teraz najbliższy znajdował się jakieś dwieście metrów dalej, a od rufy w stronę wyjścia z portu nie było
chyba żadnej jednostki.

– Co za cholera?

Melithe musiała słyszeć rozmowę, bo wysunęła głowę przez właz.

– O Bogowie!

Podciągnęła się na rękach i jednym szybkim ruchem wyskoczyła z kajuty.

– Jasna zaraza. Przygotowują się do czegoś.

– Kto? – Tomaszewski o mało nie został stratowany przez Siweckiego, który też gramolił się na zewnątrz. A kiedy udało się uniknąć kolizji z doktorem, w sekundę później wpadła na niego owinięta w koc Kai.

– Co się stało?

– Pusto dookoła. – Tomaszewski masował sobie łokieć, którym uderzył o reling. Ze skrytki przy sterze wyjął lornetkę, wspiął się na osłonę burty i zaczął lustrować dalsze otoczenie. – W porcie jakby normalnie.

– Czyszczą teren wokół.

Melithe stanęła obok Krzysztofa, osłaniając oczy dłonią.

– O tam, patrz! – Wskazała wyjście z portu. – Widzisz te dwie jednostki?

Jedynymi statkami, które tam zauważył, były dwie łodzie wiosłowe. Smukłe, lekkie i, zdawałoby się, bardzo szybkie.

– To ścigacze – wyjaśniła nawigator. – Mają nas albo zatrzymać w porcie, albo jeśli uda się przebić, popłynąć za nami i dokonać abordażu.

– Zapadła decyzja, żeby nas zaatakować?

Dziewczyna cofnęła się o krok.

– Błagam, nie patrz na mnie jak na cesarzową. Nie mam zielonego pojęcia.

Tomaszewski skinął głową i uśmiechnął się ciepło.

– A powiedz w takim razie, dla kogo pracujesz, Melithe.

Zapadła cisza tak idealna, że słychać było nawet nawoływania dokerów z przeciwległego brzegu. Policzki nawigator poczerwieniały tak, że najwspanialsza cesarska purpura mogła się wydać przy nich spłowiałym wojskowym kocem. Speszona zakryła twarz dłońmi.

Kai zrobiło się głupio. Podeszła bliżej i objęła Melithe ramieniem.

– Jesteś pewien? – Zerknęła na Tomaszewskiego.

Ten przytaknął.

– A od jak dawna wiesz?

– Od samego początku. Widać, że kobieta z łapanki, a nie wyszkolony agent. Błąd za błędem. Pewnie nawet nie wie, że po to, aby móc umieścić ją w załodze, zasztyletowano w Kyle innego, nikomu nic niewinnego nawigatora.

Melithe gwałtownie poderwała głowę.

– A co ty myślisz? – Tomaszewski pokazał nagle swoje drugie ja. – Że to jest gra w salonowego kontredansa? Tu ludzie giną, ot tak! – Pstryknął palcami. – A pragnę zauważyć, że nic jeszcze się nie zaczęło. Jeszcze wszyscy postępujemy wzorcowo wręcz kulturalnie. Ot, rozstrzelano załogę statku Kai, ojojoj, zagazowano hordy jakichś dzikusów, resztę przypalono napalmem, ktoś wytracił cały korpus, zaciukano nożem nawigatora, ktoś prowokuje zamieszki i jatki na ulicach. Jeszcze nic się nie dzieje. Jeszcze wszystko odbywa się bardzo kulturalnie i na poziomie.

– Nie kpij – usiłowała mu przerwać Kai.

– Ale teraz pozory kultury pójdą precz – kontynuował niezrażony. – Padło słowo „ropa naftowa". A słysząc ten zew, salonowe towarzystwo chwyta zazwyczaj nóż w zęby i idzie rżnąć.

– Przestań naprawdę! – Kai potrząsnęła głową.

– Nie. Ona wygląda na rozsądną kobietę i chciałbym jej coś wyjaśnić.

– Nie rozstrzelasz jej jako zdrajcy? – upewniała się czarownica.

– Ależ nie jest żadnym zdrajcą – zaperzył się. – To zwykły agent wroga. I to taki, który ma niebywałe szczęście.

– Bo? – Kai nie do końca ufała Tomaszewskiemu.

– Bo znam jej szefa. Być może będziemy współpracować.

Siwecki patrzył na twarze osób wokół i zdawał się jedynym człowiekiem, który niczego nie rozumie. Pchnął nawet marynarza, żeby ten zrobił wszystkim kawę.

– Co chcesz wyjaśnić naszej nawigator? – indagowała Kai.

– Sytuację – uśmiechnął się znowu Tomaszewski. Tym razem szczerze. – I spytać o zdanie.

Melithe zerknęła na niego z bardzo niewielką dozą nadziei. Policzki paliły ją w dalszym ciągu. W oczach pojawiły się łzy.

– Usiądź i przestań się mazać. – Tomaszewski uspokajająco machnął ręką. – I odpowiedz mi na proste pytanie.

– Co mam teraz zrobić?

– Podjąć decyzję. Naprawdę żarty właśnie się skończyły, a ty musisz określić, czy jesteś z nami.

Kai zerknęła na Krzysztofa zaintrygowana. Zaskoczył ją takim postawieniem sprawy i rozegraniem sytuacji z własnym nawigatorem. Zerknęła też na Melithe. I, o dziwo, zauważyła, że kobieta, zamiast histeryzować, skupiła się i zaczęła myśleć.

Melithe miała jeden podstawowy problem ze sobą. Chodziło o tożsamość. Sam fakt bycia szpiegiem przekraczał jej zdolności analityczne. Prawie została do tego zmuszona, usprawiedliwienie oczywiście żadne, ale żaden też wpływ na rozwój wypadków. Nie jej rozstrzygać, co dobre, a co złe. Była dość prostą kobietą, niestety, wrażliwą.

Co więc dalej? Przecież była obywatelką imperium. To, że jej kraj zmuszał ją do różnych dziwnych rzeczy... Zaraz, zganiła się w myślach. Jak to zmuszał? Nikt jej nie zmusił do wzięcia udziału w tej wyprawie, sama chciała, żeby zapewnić córce byt i edukację. Sama chciała, a więc pretensje można mieć wyłącznie do własnego odbicia w lustrze. A że ją wystawili, że kazali amatorowi szpiegować akurat oficera kontrwywiadu, profesjonalistę, to już inna sprawa. Po prostu poświęcili pionka. A i to jedynie teoretycznie, bo widząc rozwój sprawy, teraz groziło jej co najwyżej zejście na ląd. Albo zostanie z nimi.

Jeśli zostanie, to czy zwróci się przeciwko swojemu krajowi? Tak, to był problem, który musiała rozstrzygnąć. Byłaby dla obcych wielką pomocą, temu nie sposób zaprzeczyć. Ale czy to znaczy, że wypowie posłuszeństwo własnej ojczyźnie? A co to jest ojczyzna? Jej szef, jak wynika ze słów komandora, chce z obcymi współpracować. No to w czym problem? Nie ma go w takim razie. Istniał jedynie w wyobraźni.

Melithe podniosła głowę.

– Podpisałam z wami kontrakt – powiedziała. – Jestem więc waszym oficerem nawigacyjnym, dopóki mnie nie zwolnicie z umowy.

Tomaszewski skinął głową. Nawet uśmiechnął się ledwie dostrzegalnie. Błyskawicznie jednak przeszedł do sprawy.

– Uważasz, że powinniśmy wypłynąć?

Spojrzała na niego zdziwiona, odrywając od twarzy dłonie, którymi sprawdzała, czy jeszcze ma wypieki.

– Spieprzać natychmiast – odparła bez namysłu.

– No i słusznie. – Tomaszewski cofnął się do kabiny. Po chwili dobiegł ich stamtąd odgłos zrzucanych z półki ciężkich przedmiotów.

– Ale dlaczego? – Siwecki, któremu Kai na bieżąco wszystko tłumaczyła, najwyraźniej był zaskoczony tą reakcją. – Przecież nie znamy ich intencji.

– I lepiej nie poznawać – ucięła Melithe. – A na pewno lepiej nie poznawać ich zamiarów, będąc w ich rękach. To gwarantuję.

– To co proponujesz? – to pytanie Siwecki zadał już sam, nie korzystając z pomocy czarownicy. Niestety, jego akcent sprawił, że Melithe strawiła dobrą chwilę, żeby zrozumieć, co powiedział. Porucznik lekarz nie miał talentu do śpiewnych języków.

– Odpłynąć i dopiero wtedy pomyśleć, czego mogliby chcieć.

– A jeśli nie będą chcieli nas puścić?

– To odpłynąć, nie zwracając uwagi na ich zachcianki.

Kai zerknęła do kabiny, co robi tam Tomaszewski. Z pewnym zdziwieniem zobaczyła, że komandor ma w ręku plecak, do którego ładuje najpotrzebniejsze rzeczy. Odwrócił się, czując jej wzrok na plecach.

– Powiedz Siweckiemu, że przejmuje dowodzenie.

– Co?! – Porucznik na pokładzie najwyraźniej sam usłyszał, bo nachylił się w stronę kajuty. – A ty gdzie się wybierasz?

– Jeśli odpłynę w tej chwili, to nie wykonam rozkazu, prawda? Mam przygotować teren desantu i lądowania wiatrakowca.

– Co ty bredzisz?

– No jak to zrobię, wypływając z portu? A poza tym jestem umówiony z panem Randem. Nie chcę po chamsku nie przyjść na umówione spotkanie bez uprzedzenia. Coś mi mówi, że znajomość z tym zniewieściałym paniczykiem dla kontrwywiadu jest w tej chwili bardzo ważna.

Siweckiego zatkało, a Kai nagle podjęła jakąś decyzję, bo rzuciła się za przepierzenie. Jak się po chwili okazało, szukała własnego plecaka.

– Hej! – Lekarz miał inny problem niż czyjkolwiek plecak. – Nie mogę dowodzić. Nie poradzę sobie z Melithe!

– Ty? Taki duży mężczyzna z taką filigranową kobietką?

– Bez jaj! Nie dogadamy się. Nie znam jej języka.

– Toteż nie liczę na ciebie, tylko na nią. Baba robi takie postępy, że łatwiej wam będzie w jej łamanej polszczyźnie.

Porucznik nie dawał się przekonać.

– Ale to są skomplikowane sprawy nawigacyjne!

– W tej kwestii ona będzie się dogadywać ze sternikiem. Choćby na migi czy palcem po mapie.

Melithe przysunęła się do drzwi kabiny i momentalnie rozstrzygnęła dyskusję.

– Dam radę – powiedziała po polsku.

Siwecki skamieniał, a Tomaszewski krzyknął na Kai:

– Co ty właściwie robisz?

– Pakuję się. – Czarownica z uśmiechem wyjrzała zza przepierzenia. – Prawie wszystko już mam.

– Zwariowałaś. Nigdzie nie idziesz.

– Akurat. Sądzisz, że sobie tutaj sam poradzisz? Bez czarownicy?

– Nigdzie nie idziesz! Pomożesz Siweckiemu.

– Nasza nawigator naprawdę da sobie radę sama. W przeciwieństwie do ciebie, panie Gaz-Komandorze.

Zmełł w ustach przekleństwo. Odwrócił się do Siweckiego.

– Ruszajcie! Oni w każdej chwili mogą coś zrobić. – Wskazał ręką kierunek mniej więcej, gdzie czekały łodzie pościgowe. – Swoją drogą, ciekawe, dlaczego nie zablokowali całego portu?

Melithe uśmiechnęła się kpiąco.

– Nawet siły specjalne nie są aż tak władne, żeby bez rozkazu od samej góry zamknąć port i odciąć pół kraju od zaopatrzenia.

Tomaszewski skinął głową.

– To świetnie. – Przeniósł wzrok na Siweckiego. – A ty na co czekasz? Każ ruszać. Odbijamy!

Kai szarpała się ze swoim plecakiem. Najwyraźniej miała problemy, żeby go jedną ręką przenieść na pokład. Druga ręka była zajęta. Czarownica trzymała w niej pistolet maszynowy. Tomaszewski, chcąc pomóc, wziął od niej plecak i mało się nie przewrócił, nie spodziewając się aż takiego ciężaru.

– Co ty tam masz? Kamienie?

– Złoto i amunicję – wyjaśniła niespeszona. – Za złoto kupimy tu wszystko oprócz waszej amunicji. Stąd i taki zestaw.

– Jak to mam odbijać? – gorączkował się Siwecki. – I gdzie płynąć?

– No rusz się po prostu – wyjaśnił Tomaszewski. – Melithe! Płyń na silniku tuż przy nabrzeżu, żebym mógł wyskoczyć, bo muszę wziąć jeszcze parę rzeczy.

– Tak jest, panie komandorze! – Nawigator nie mnożyła problemów. Umiała za to wykonywać rozkazy. Słysząc jej wrzaski w mieszaninie dwóch języków, załoga co prawda nie zrozumiała do końca wszystkiego, ale z poświęceniem runęła do swoich zadań.

– Gdzie mam płynąć? – nie ustępował Siwecki. – Jakie mam rozkazy?

– Kiedy opuścisz port, zorientuj się przez radio, gdzie jest najbliższy ORP. I płyń do niego. Gdyby było bardzo źle, zawiadom go, żeby też ruszył w twoim kierunku.

– A nie lepiej zostać i w razie czego udzielić ci wsparcia? – Do Siweckiego dopiero teraz zaczęło docierać, że jego kolega mówi przez cały czas poważnie.

– Jakiego wsparcia? Czym? – Tomaszewski nachylił się nad mapą. – Ostatnio najbliżej był niszczyciel... – jego palec przesuwał się po naniesionych ołówkiem pozycjach – ORP A210. Robili jakieś pomiary prądów morskich. Płyń do niego. Ale wcześniej potwierdź, może mamy coś bliżej.

– A wsparcie lotnicze?

– Kurde balans! Jakie wsparcie lotnicze?

Tomaszewski z plecakiem w ręku wydostał się na pokład.

– Jakie wsparcie lotnicze? – powtórzył. – Samoloty będą tu lecieć jakieś pięć godzin. Będą działać na absolutnej granicy zasięgu, więc w grę wchodzi jakieś szybkie bombardowanie portu bez rozpoznania i spadówa! Tego chcesz? Żebyśmy zbombardowali tu, co się da, na oślep i chodu?

– Pójdziesz więc w ogóle bez wsparcia?

– Nie przesadzaj. Ale wolę niszczyciel gotowy do użycia w każdej chwili niż samoloty, którym przeszkadza wszystko: noc, mgła, wiatr i złe samopoczucie pilota. – Tomaszewski odwrócił głowę. – Melithe, przygotuj się! Zaraz schodzimy!

– Tak jest, panie komandorze.

Silnik odezwał się z większą siłą. Jacht ruszył powoli tuż przy nabrzeżu, które zaczęło się przesuwać w odległości może metra, może półtora od burty.

– A jak łączność z tobą?

– Wziąłem przenośną radiostację.

– Więc tylko kreski i kropki?

– Ale można napędzić dynamem. Posadź chorążego od łączności na ciągłym nasłuchu. Nie ma teraz czasu uzgadniać procedur.

– Szlag by cię trafił.

– Bosman! – Tomaszewski sprawdził, czy oba plecaki są gotowe do wyrzucenia za burtę.

– Tak jest! – Mielczarek przewidział rozwój wypadków i razem z rosłym marynarzem wynosili właśnie na pokład drewnianą skrzynkę.

– Musisz umożliwić mi zejście na ląd. Leć na dziób. Melithe!

– Tak jest.

– Przyspiesz, a kiedy ogarnie nas dym, zwolnij. Potem odbijaj.

– Tak jest!

Tomaszewski zerknął na Kai. Zamiast spodziewanego wahania, strachu czy choćby niepokoju widział jedynie coraz większe podniecenie. Wręcz śmiała się, kiedy złowiła jego spojrzenie.

– Jesteś pewna, że chcesz się wystawić na takie ryzyko?

Spojrzała na przesuwający się tuż obok brzeg. Potem posłała mu pocałunek ustami.

– Ktoś musi się zaopiekować chłopczykiem z dzikich stron, żeby się nie zagubił w naprawdę wielkim mieście – zakpiła.

– No to już. – Podchwycił jej uśmiech. – Mielczarek, dawaj!

Bosman z marynarzem zaczęli strzelać dymnymi granatami. Celowali i w nabrzeże, i w wodę przed nimi. Po kilkudziesięciu sekundach jacht wpłynął w szary tuman.

Tomaszewski wyrzucił swój plecak na nabrzeże, a potem z wielkim trudem posłał tam bagaż Kai. Oboje stanęli na burcie.

– Już! – Skoczyli razem, zachowując odpowiedni dystans pomiędzy sobą. Nikt się nie potknął. Błyskawicznie mogli więc dopaść swoich rzeczy.

Kiedy jacht wykonał zwrot, odpływając od nabrzeża, oboje w kłębach gęstniejącego dymu biegli już w stronę portowych zabudowań. Teraz najważniejsza była szybkość. Ci, którzy obserwowali jacht, musieli też przygotować się na to, że ktoś z niego zejdzie. Ale na pewno zmyliło ich to, że nikt nie opuszczał pokładu w miejscu cumowania. Jacht ruszył; gdzie skoczyli, można się było jedynie domyślać po dymie, a doki stały tu gęsto zabudowane i wypełnione pracownikami. Jeśli więc oboje będą odpowiednio szybcy, powinno się udać.

Kai jednak nie miała nawet takich wątpliwości. Szeptała coś i z boku wyglądało to, jakby chwytała słowa ręką. W każdym razie palce zaczynały jej drżeć. Wyraźnie zadowolona dopadła ściany jakiegoś magazynu i otworzyła drzwi. Wkradli się, usiłując nie wychodzić z rozpędu na środek. Hala przeładunkowa wydawała się wypełniona ludźmi po brzegi. Nikt jednak nie ruszał się w tej chwili. Wszyscy w zdumieniu obserwowali dziwny dym, który wlewał się do ogromnego pomieszczenia przez wykroje ładunkowe.

– Psiakrew! – Tomaszewski usiłował się ukryć w cieniu pod rampą transportową. – Czemu oni tak bezmyślnie stoją?

– Zaraz przestaną – uśmiechnęła się Kai. Schowała się za słupem podtrzymującym sklepienie i wrzasnęła ze wszystkich sił: – Pożar!

Pozory spokoju pękły momentalnie. Ogień w magazynach to koszmar – zawsze rozprzestrzeniał się błyskawicznie, groził śmiercią, obrażeniami, a na pewno utratą pracy. Ludzie rzucili się do wiader.

– Pożar! Pożar! – Bałagan rósł z każdą chwilą.

Nikt nie zwracał uwagi na dwoje obcych przemykających pod ścianą. Zresztą dziwnie ubrani ludzie szybko znikli na szerokim podjeździe dla ciężkich wozów. Manewrowali między słupami podtrzymującymi ogromną wiatę chroniącą worki z mąką przed zmoczeniem, a potem wbiegli do zaułka prowadzącego na plac wagowy. Kai znowu przyłożyła dłoń do ust, jakby bawiąc się szeptanymi słowami. Dwóch spekulantów rozmawiających dotąd pod drzwiami składu celnego zdawało się zasypiać właśnie na stojąco. Czarownica podbiegła i zerwała im z ramion dwie peleryny z grubego płótna. Jedną rzuciła Tomaszewskiemu.

– Przestaniemy rzucać się w oczy.

Na nią samą zrabowany płaszcz okazał się o wiele za duży. Trudno. Podtrzymywała rękami zsuwający się ciągle materiał, bo jego fałdy doskonale ukrywały zawieszony na szyi automat.

Melithe sterowała tak, żeby nie wypływać na środek basenu portowego. Trzymała się też z dala od manewrujących tu jednostek. Zaraza jedna wiedziała, które są podstawione.

– Uzbroić okręt! – nakazała. – Załodze wydać hełmy i broń!

– Co? – mruknął Siwecki.

Melithe przeszła na język polski:

– Garnek na głowa, każdy, dać im te, no... noże i co tam! Duża pifpafka, kurwa, na dziób!

Siwecki mimo niesprzyjającej sytuacji zaniósł się śmiechem.

– Uzbroić okręt, uzbroić załogę! – ryknął. – Tfu! Nie okręt, tylko statek... nie. Jacht. – Nigdy nie był dowódcą liniowym. Nawet jego własna nawigator to czuła. I wiedziała, że musi zacząć tu dowodzić.

Z pewnym zdziwieniem stwierdziła, że hełm nie przylega wcale blachą do czaszki, jak sądziła dotąd. Ma w środku plecionkę, która amortyzowała wszelkie uderzenia. Ciekawostka, ale jeszcze lepsza okazała się zbroja, którą jej przydzielono, a którą nazywano tutaj kamizelką kuloodporną. Była lekka i miękka. Broni żadnej nie brała, bo nie zamierzała się z nikim tłuc, tylko dowodzić.

Siwecki doglądał montowania wielkokalibrowego karabinu maszynowego na dziobie. Marynarze z trudem radzili sobie ze skrzynkami zawierającymi ciężką amunicję. Trudno się dziwić. Na głowach mieli baniaste czarne hełmy marynarki wojennej, a na kamizelkach kuloodpornych jeszcze dodatkowo kamizelki ratunkowe. Wyglądali jak gigantyczne muchy – z każdej strony coś sterczało: ładownice, olstra z granatami, uchwyty rac i peemy. Nie był to strój marzeń, jeśli chodzi o prace pokładowe. Niemniej montaż broni odbył się stosunkowo sprawnie.

Melithe spojrzała na Siweckiego.

– Wychodzimy!

– Dobrze, i spróbuj nas wyprowadzić w jednym kawałku.

Nie zrozumiała. Przekazała stanowisko na rufie sternikowi, z którym najłatwiej jej było się porozumiewać. Pokazała, że ma patrzeć na jej gesty na dziobie i wykonywać komendy na czuja. Według własnej oceny możliwości. Sternik w przeciwieństwie do Siweckiego zrozumiał. Zdążył już się zgrać z panią nawigator.

Melithe przeszła na dziób do stanowiska wukaemu.

– Jak to robić? – spytała najbliżej stojącego marynarza.

– Ręce tu. – Ułożył dłonie kobiety na potężnych rękojeściach. – Tę dźwignię, chwytając od dołu, pociągnąć do siebie. Nie tak! Szarpnąć do siebie. O tak. Dwa razy! No. A tu są spusty. To znaczy jeden to bezpiecznik, a drugi spust właściwy. Muszą być przyciśnięte oba naraz, żeby sprzęt strzelał. O! Na razie na sucho. Osobno jeden, osobno drugi. Ale w walce muszą być wciśnięte dwa naraz. No. O, właśnie.

Bardziej czuła i domyślała się, niż rozumiała jego słowa. Instrukcja jednak była prosta. Poruszyła rękojeściami olbrzymiej broni. Mimo ogromnego ciężaru systemy hydrauliczne sprawiały, że manewrowało się tym lekko.

– Teraz tu, celownik – ciągnął marynarz. – O, małe kółko i duże kółko z podziałką. Małe kółko musi być w środku dużego kółka przy strzelaniu na wprost. A jak przez te dwie dziurki coś widać, a broń strzela, to to coś już nie istnieje.

Jacht płynął na skos basenu portowego, mierząc dokładnie w wolną przestrzeń pomiędzy ścigaczami imperium. Nie było przecież czego ukrywać. Chcieli opuścić port, a tego nie trzeba nikomu zgłaszać. Długo nic się nie działo. Potem jedna z szybkich łodzi ruszyła powoli do przodu.

Melithe skierowała na nią lufę wukaemu, ćwicząc zgrywanie celownika: „małe kółko w środku dużego kółka". Aha, przypomniała sobie, w środku zgranych kółek ma być widać cel. Poruszyła gwałtownie rękami, bo lufa zjeżdżała jej w lewo. Nagła eksplozja sprawiła, że odskoczyła w tył. Huk był tak wielki, że targnęło takielunkiem, wydawało się, jakby sami Bogowie zstąpili z niebios i przemówili głosem gromu. Co?!... Zrozumiała, że przesuwając broń, odruchowo zacisnęła ręce na rękojeściach. O Bogowie! Wysunęła głowę znad osłony wukaemu, usiłując dostrzec, w co trafiła.

– Co to było? – Siwecki potrząsał głowę, usiłując się pozbyć uporczywego dzwonienia. – Strzał ostrzegawczy?

Łódź pościgowa zasadniczo nie ma pokładu, jeśli nie liczyć dwóch wąskich pomostów po obu stronach służących do abordażu. Wioślarze siedzieli niżej, a żołnierze kryli się za specjalnymi występami na burtach. Poniżej był greting, rodzaj kratownicowej podłogi służącej wioślarzom do nałożenia bojowego ekwipunku w razie potrzeby. Miejsce to służyło też jako składowisko broni, zapasów i wszystkiego, co było potrzebne podczas misji. Sternik, stojący na górze przy rumplu, mógł więc jednym spojrzeniem ogarnąć cały dół, nie opuszczając posterunku. I właśnie tam patrzył, bo zdawało mu się, że dobiegł go dziwny głośny trzask.

– Co się stało? – zainteresował się kapitan. Musiał też coś usłyszeć.

– Nie wiem.

Nagle obaj odkryli, że dwie z leżących na gretingu amfor są przedziurawione na wylot i leje się z nich wino.

– Tu jest dziura – zaraportował ktoś z dziobu, wskazując potrzaskaną deskę poszycia. Otwór nie był wielki. Przy odrobinie wysiłku dałoby radę włożyć tam co najwyżej pięść.

– Na rufie wlewa się woda. – Wioślarz siedzący z tyłu wskazał dziurę w burcie, również nie większą niż pięść, poniżej linii wodnej. Otwór nie był groźny, no ale należało go zatkać.

Obaj, i kapitan, i sternik, spojrzeli na siebie ogłupiali.

– Co to było? – kapitan odezwał się pierwszy.

– Coś przez nas przeleciało!

– No coś ty?

Obaj oczywiście słyszeli huk dochodzący być może i z obcej jednostki, lecz przecież nie mógł to być wystrzał z armaty, bo nie widać było żadnego dymu wydobywającego się z lufy. A poza tym tamci płynęli za daleko!

– No mówię ci – upierał się sternik. – Coś przez nas przeleciało!

– Niby co? I jakim cudem?

– Trzeba zatkać tę dziurę z tyłu.

Obaj znowu naraz spojrzeli w kierunku obcej jednostki. I nagle coś się zmieniło w ich nastawieniu do wypełnianego zadania.

– Odpuść trochę z kursu. – Kapitan skrzywił się i pomasował dolną szczękę. – I w ogóle odpuść trochę w tej akcji, zanim się nie zorientujemy. Niech tamten drugi ścigacz płynie pierwszy.

Melithe usiłowała znowu zgrać przyrządy celownicze swojej nowej, wspaniałej zabawki. Siwecki położył jej dłoń na ramieniu.

– Poskutkowało – powiedział lekko zaskoczony. – Patrz, oni zmieniają kurs.

Wychyliła się znad osłony i spojrzała we wskazanym kierunku. Imperialny ścigacz rzeczywiście chyba dawał za wygraną. Albo realizował jakiś wcześniej umówiony manewr, bo druga łódź pościgowa ruszyła nagle i wykonała zwrot, obierając kurs tak, żeby przeciąć im drogę. Nawet Siwecki zrozumiał ich intencję, nachylił się nad Melithe i zapytał:

– Strzelamy jeszcze raz czy zrobisz zwrot?

Szlag! Nawigator zacisnęła zęby. To on przecież powinien zadecydować i wydać rozkaz. Czy być może wywołujemy wojnę, czy tylko udajemy, że pytamy o drogę, robiąc głupią minę? To należy do kapitana! Westchnęła ciężko. Czego mogła się spodziewać po lekarzu? Z całą bezwzględnością zrozumiała nagle, że dowodzenie tą przedziwną polską jednostką spadło właśnie wyłącznie na nią. Westchnęła jeszcze raz. Nie chciała tego brzemienia. W jednej chwili przesunęło jej się przed oczami całe życie. Mąż, który ją rzucił, desperacka walka o zapewnienie przyszłości córce, dramatyczne decyzje i choćby to, że dziś właśnie dowiedziała się, iż zabito niewinnego człowieka, żeby ją wkręcić do załogi. Przez chwilę zastanawiała się, czy kiedykolwiek w życiu miała jakiś prawdziwy wybór? Miała, nie miała... I tak, i nie, nigdy chyba w kwestiach zasadniczych. Jeśli miała wybór, to głównie w sprawach, których konsekwencji nie mogła przewidzieć, więc i tak było to działanie na ślepo. Teraz jednak było inaczej. Doskonale wiedziała, co może się zdarzyć, jeśli wystąpi przeciwko imperialnym siłom specjalnym.

Melithe nagle podjęła decyzję.

– Płyniemy. – Wskazała ręką kierunek.

Nie było sensu tłumaczyć lekarzowi sytuacji. Zresztą ona sama nie potrafiła odgadnąć intencji tamtych. Chcieli zaatakować? Chyba nie przy świadkach, skoro zamiast

zdecydować się na nocny szturm, oczyścili sobie nabrzeże w obie strony. Z tego wniosek, że w porcie również nie
zdecydują się na otwartą akcję. Tak naprawdę więc nie
była to akcja mająca na celu zatrzymanie ich w porcie, ale
przeciwnie, zmuszenie do wypłynięcia. Cokolwiek miało
się stać, stanie się na morzu. Jeśli zatem dobrze kalkulo-
wała, załoga ścigacza nie zbliży się na minimalną odległość, a załoga nie odda salwy prosto w nich. Nie w basenie portowym. Uspokojona odwróciła się do sternika.

– Zwrot, wypływamy i na żagle!

Skinął głową, że rozumie.

A ona miała rację. Nie napotkali przeszkód przy wy-
pływaniu z portu. Jeden ze ścigaczy również zrobił zwrot
i kiedy go minęli w przyzwoitej odległości, zaczął im towarzyszyć raczej jako eskorta tylna. Druga łódź trzymała
się w większej odległości.

Na morzu, kiedy minęli manewrowisko na redzie
i rozwinęli żagle, stało się jasne, że miała rację i w drugiej kwestii. Naliczyła co najmniej kilkanaście uzbrojonych statków w otoczeniu licznych łodzi pościgowych,
które zakotwiczone po łuku usiłowały uniemożliwić im
dalszą drogę. Byli ustawieni tak, że chcąc ominąć ich jednostki bez żadnego kontaktu, musieliby wpłynąć na
mielizny przy najbliższych wyspach. Nieźle.

Siwecki też to zauważył.

– Wyraźnie chcą zmusić nas do walki.

– Nie. – Potrząsnęła głową. – Patrz.

Nad największą jednostką imperium pojawił się znak
złożony z kolorowych proporców.

– „Natychmiast się zatrzymaj” – przetłumaczyła.

– I co zrobimy?

Niesamowite. Kapitan pytał o decyzję swojego nawigatora. Ale Melithe już przyzwyczaiła się do myśli, że lekarz powierzył jej dowodzenie tą jednostką.

– Odpowiemy im.

– Jak?

Nie umiała wytłumaczyć Siweckiemu, że z powodu braku na jachcie proporców sygnałowych imperium nie uda się odpowiedzieć „nie chce mi się", wciągając na maszt odpowiednie kolory. Trzeba będzie wyrazić intencję inaczej.

– Kurs na ich okręt sygnałowy!

Sternik na szczęście zrozumiał gesty. Melithe znowu zajęła stanowisko przy wukaemie. Byle tylko nie dopuścić do zbliżenia takiego, żeby tamtym opłacało się odpalić salwę.

– Cała naprzód!

Silnik pod pokładem zaczął ryczeć. Skoczyli do przodu jak smagnięci niewidzialnym batem. Ciekawe, co na widok takiego manewru myśleli teraz dowódcy obcych okrętów. Ich stan chyba ciężko było nazwać wesołością. A jednak jednostki najbliższe okrętowi, który wywiesił sygnał, ruszyły w stronę lidera. Na jego pokładzie żołnierze szykowali broń do oddania salwy, która miała zmasakrować wszystko, co znajdowało się na pokładzie jachtu. Melithe jednak nie zamierzała się wystawiać. Kiedy tamci zaczęli ustawiać się do nich burtą, krzyknęła:

– Cała wstecz!

Silnik ryknął ze zdwojoną mocą. Jacht, zdawało się, zarył nagle w szumie i pianie wzbudzonych fal. Imperialny flagowiec nie mógł powtórzyć tak fantastycznego manewru i wyprysnął w przód.

– Zwrot na bakburtę! – ryczała Melithe. – Cała na-przód!

Jachtem zakołysało gwałtownie. Zwrot jednak wy-szedł zgrabnie, wyprowadzając ich na rufę tamtych. Kla-syczna litera T. Jacht był teraz ustawiony burtą do rufy tamtego. Koniec.

Melithe spokojnie zgrywała układ celowniczy, a po-tem zacisnęła dłonie na dźwigniach bezpiecznika i spu-stu. Huk był taki, że w pierwszej chwili zamknęła oczy. Odrzut szarpał bronią, ale układy hydrauliczne skutecz-nie go hamowały i pozwalały na utrzymanie broni na celu. Zresztą nie trzeba było długiej serii. Pociski ka-libru dwanaście i siedem milimetra zmasakrowały ster i wszystkie mechanizmy rufowe, nie pozostawiając ni-czego, co trzymałoby się w całości.

– Obezwładniony – nie słyszała własnego głosu.

Błyskawicznie oddalali się od dryfującego okrętu im-perium. Zaczęli mijać go łukiem, teoretycznie umożli-wiając tamtym oddanie desperackiej salwy, ale na po-kładzie chyba nie pozostał już nikt, w kim zachowałyby się resztki bojowego ducha.

Pozostałe jednostki przeciwnie. Ruszyły w pościg, choć większość nie miała szans. Tylko ścigacze wyda-wały się bardzo szybkie. Marynarze robili zakłady. Py-tanie brzmiało: jak długo tamtym uda się utrzymać taką wspaniałą szybkość. Różnica była bowiem zasadnicza. Wioślarze się męczyli, a ich silnik nie. Mógł utrzymy-wać zadaną prędkość aż do wyczerpania się paliwa. Nie-mniej pościg wyglądał bardzo widowiskowo. Maryna-rze, którzy nie mieli żadnych zdań, zgromadzili się na burtach.

Wątpliwości co do efektu wszelkich działań rozwiał chorąży radiotelegrafista, który ukazał się w drzwiach kajuty.

– Panie poruczniku – zwrócił się do Siweckiego – ORP A210 jest rzeczywiście najbliżej. Niszczyciel zrobił zwrot i płynie w naszym kierunku.

– Mhm... – Doktor odwrócił wzrok i spojrzał w stronę rozpędzonych ścigaczy. – Na waszym miejscu tak bardzo bym się nie spieszył – mruknął. – Chyba że chcecie zobaczyć naprawdę duży okręt, i to w dodatku cały z żelaza.

Człowiek, który przyszedł do Shen tkwiącej w kryjówce pomiędzy workami z mąką, nie był już zwykłym posłańcem, gońcem, człowiekiem wykonującym rozkazy. Miał inteligentną twarz, łagodne rysy i w ogóle od razu budził sympatię. Od samego początku jednak wiedziała, że to ktoś, kto nie przyszedł tylko porozmawiać. Miał ją zobaczyć, ocenić i... podjąć decyzję. Jaką? Nie miała pojęcia.

– Jestem Kadir – przedstawił się, łamiąc wszystkie reguły konspiracji.

Nie odpowiedziała mu tym samym. Przecież wiedział, do kogo przyszedł. W przeciwieństwie do niej jednak wiedział też po co.

– Najpierw – usiadł na jednym z worków przy Shen, rozścielając sobie lnianą szmatkę, żeby się nie pobrudzić – chcę cię uspokoić, drogie dziecko.

„Drogie dziecko". Nikt od dawna tak się do niej nie zwracał. A może nigdy nikt tak nie powiedział?

– Uspokoić?

– Martwisz się o swoją koleżankę. O Aie.

Aż podskoczyła.

– Co z nią? Żyje?

Kadir powoli przytaknął.

– Żyje, żyje. I ma się dobrze.

Nie mogła uwierzyć. A kiedy uwierzyła, bo przecież po co ten miły mężczyzna miałby kłamać, nie mogła uwierzyć w swoje szczęście.

– Jakim cudem przeżyła?

– A jakim cudem ty przeżyłaś? – odpowiedział pytaniem. – To Aie sprawiła, że przed zalaniem więzienia ktoś otworzył klapę karceru i wsunął ci do ręki dźwignię do otwierania krat.

Shen zakryła twarz rękami. Długo siedziała w takiej pozycji, nie mogąc się uspokoić.

– Gdzie ona teraz jest?

– Uczymy ją pisać i czytać. Dobrze mieć jakiś kontakt z głuchoniemą.

Shen podniosła wzrok.

– A kim wy jesteście?

Kadir patrzył na nią taksująco. Milczał jakiś czas, zanim podjął decyzję.

– Nie zdziwiło cię, że Aie jest brana na przesłuchania dzień po dniu? Każdego dnia?

Nie rozumiała jeszcze.

– Ona nie jest zwykłym podpalaczem – wyjaśnił. – Ona nie skrzyknęła kilku biedaków, żeby odpłacić jakiemuś skurwysynowi. Ona... pociągnęła za sobą wielu ludzi. Bardzo wielu.

– Głuchoniema? – wyrwało się Shen.

– Popatrz na jedno, drogie dziecko. – Znowu się uśmiechnął. – Ja jestem wymowny, ona siłą rzeczy nie. A jednak to nie ja, wygadany, wymowny, znający świat i ludzi, pociągnąłem za sobą tłum. A za Aie, głuchoniemą, sierotą durną, nieznającą światowych spraw, poszły tłumy. – Nachylił się i położył Shen rękę na ramieniu. – Pamiętaj o starym wojskowym powiedzeniu, pani kapral. To nie najwspanialszy na świecie karabin jest najlepszą bronią żołnierza.

– Wiem. – Strząsnęła jego rękę. – Najlepszą bronią żołnierza jest jego morale.

– Otóż to właśnie.

– Wtłaczano mi to do głowy codziennie na wyspie Tarpy. Ale ciągle nie mogę zrozumieć, jak głuchoniema może pociągnąć kogoś za sobą.

– A czy nie jesteś najlepszą odpowiedzią na to pytanie i najlepszym przykładem?

Wstrząsnęło nią to, co powiedział Kadir. Miał dar przekonywania.

– Aie jest częścią coraz większego ruchu. Ruchu ludzi, którzy mają już dość. Buntowników, którzy nie boją się podnieść czoła!

Mimo że wiele rzeczy naraz działo się w głowie Shen, potrafiła się opanować i spytać trzeźwo:

– Czego potrzebujecie?

Chciał odpowiedzieć, że niczego, ale zmienił zdanie i wypuścił powietrze z płuc bez słowa. Minęło sporo czasu, zanim zebrał myśli.

– Potrzebujemy symbolu?

– Bogowie, symbolu czego?

Wzruszył ramionami.

– Mówiąc prościej: potrzebujemy bohatera. Kogoś z ludu, kogoś niesłusznie skrzywdzonego. Kogoś takiego jak oni. – Wskazał palcem ścianę, za którą znajdował się mały ryneczek wypełniony tragarzami, robotnikami zajmującymi się przeładunkiem, całą tą nędzą wielkiego i wspaniałego skądinąd miasta. – Każdy z nich sądzi, że jest niesłusznie skrzywdzony. Haruje od świtu do nocy albo co gorzej, nawet w nocy i co? Co z tego ma? Wzgardę i biedę, która aż trzeszczy.

– I mityczny bohater to naprawi?

– Nie mityczny! – Kadir aż się poderwał. – Właśnie nie mityczny heros. Jeden z nich.

– I to ja mam być tym bohaterem?

– A znasz kogoś innego, kto sam jeden przeszedł las pełen potworów, które zgładziły przecież cały korpus, tylko po to, żeby wypełnić rozkaz? Znasz kogoś takiego?

Nie oczekiwał odpowiedzi, więc mu jej nie udzieliła. Zagryzła tylko wargi, roztrząsając coś w sobie.

– I co cię za to spotkało? – dopytywał. – No co? Najcięższe więzienie w mieście, prawda? Za co? Nikt nie wie. A za co tych tam – znowu wskazał ścianę – za co ich spotyka kara? Co oni zrobili, żeby tak cierpieć?

– Taki jest porządek świata – mruknęła.

Kadir wyglądał na rozczarowanego.

– I ty to mówisz? – westchnął. – A skoro taki jest porządek świata, to co sprawiło, że zamiast siedzieć w bezpiecznym obozie, poruszyłaś niebo i ziemię, dokonałaś niemożliwego, żeby wykonać rozkaz?

Trafił w czułe miejsce. Rozdrapał ranę, zdawałoby się, dawno przyschniętą w potwornym więzieniu.

– I co? – Poderwała gwałtownie głowę. – Mam poprowadzić lud na barykady?

Znowu wzruszył ramionami.

– Masz się stać symbolem. Symbolem niezasłużonej krzywdy, a także mimo to symbolem cichego, niedocenionego bohaterstwa.

– I lud naiwny uwierzy? – Zaczęła się śmiać. – Uwierzy w wasze bajeczki o mnie, a nie da wiary temu, co twierdzi pałac i służby specjalne, tak?

Nachylił się do Shen i również zaczął się śmiać.

– Tak. Bo my mamy dowód, że ty mówisz prawdę, a oni kłamią. I zrobimy wszystko, żeby ten dowód wszem wobec okazać!

Szlag! No miał rację. Imperium mogło pogubić się we własnych kłamstwach, ale wiedziała, że ludzie z żelaznych okrętów nie zamierzają trzymać żołnierzy korpusu w nieskończoność. Prędzej czy później muszą ich przywieźć, a wtedy stanie się jasne, kto kłamie, a kto mówi prawdę. Ale czy Kadir nie przeceniał znaczenia jej losu?

– Z tego, co mówisz, wynika, że ludzie już się buntują, już nie mogą wytrzymać. Co zmienią moje losy, o których zamierzasz opowiedzieć?

Tym razem ona trafiła go celnie, bo długo nie wiedział, co odpowiedzieć.

– Możemy też siedzieć i nic nie robić – mruknął w końcu.

– A Aie?

– Co?

– Jej się coś udało.

– Tak. – Machnął ręką. – I wylądowała w celi obok ciebie. Z najwyższym trudem ją uratowaliśmy. Z jeszcze większym wyciągnęliśmy ciebie. Lud jednak w dalszym ciągu pokrzyczy, pokrzyczy, powygraża, a kiedy pojawi się wojsko, to spieprzy. Gdzieś się coś uda na lokalną skalę, ale zaraz siły specjalne pacyfikują malutkie bunciki. Udało się rozwalić Podziemną Twierdzę, tak? I co dalej? Uciekinierów w większości wyłapano. Albo wręcz zabito tam, gdzie się ukrywali. Z rodzinami na pokaz i co?

– A co się miało stać?

– Wszędzie w wielkim garze coś pyrkocze pod pokrywą. Ale kiedy gotuje się za bardzo, to speckurwy leją zimną wodę i robią spokój.

– Gar nie chce wybuchnąć?

– One mają donosicieli wszędzie, szpiclów wszędzie. Są ostrzegane jako pierwsze i mają pod ręką wystarczające siły, żeby pacyfikować każdą ruchawkę. Nie mamy jak im się przeciwstawić. Każde działanie jest nieskuteczne. Jeśli myślisz, że rozróba pod więzieniem doprowadziła do czegokolwiek, to się mylisz. Ci, którzy rabowali pałac, zostali powieszeni w publicznych miejscach. Większość zresztą wydano władzom na podstawie donosów złożonych przez sąsiadów. Resztę wichrzycieli do ukarania wybrano losowo. Myślisz, że ktoś protestował? A żołnierzy, które nie chciały strzelać do tłumu i rzuciły broń, przykładnie rozstrzelano przed frontem jednostki. Myślisz, że ktoś zaprotestował?

Shen westchnęła. Jak Kadir nie znał prostych ludzi...

– I powiem ci jeszcze więcej. Lud się burzy, lecz nie zamierza niczego zrobić. Terror tężeje i nabiera mocy z każdą chwilą, a prób buntu coraz mniej. Nawet rozważaliśmy taką koncepcję, żeby uderzyć na składy ziarna. Jeśli je podpalimy, zrobi się taki głód, że lud będzie musiał coś zrobić.

Położyła mu dłonie na kolanach. Zaskoczony urwał w pół słowa.

– Pochodzisz z dobrego domu, a ja z rybackiej wioski. Ty jesteś wspaniale wykształcony, ja głupia wiejska dziewucha, która liznęła cokolwiek dopiero w wojsku. Ale muszę ci powiedzieć jedno. Ty nie rozumiesz tego, co dla mnie jest jasne jak słońce.

– To znaczy czego?

– Nie rozumiesz ludu.

Kadir przełknął ślinę.

– Bo?

Uśmiechnęła się.

– To jasne, że sąsiad wyda sąsiada. Przyjaciel przyjaciela. A kochanek kochankę. I mogę tak wymieniać do rana. – Śmiała się, kręcąc głową. – Pamiętaj, lud nie ugryzie ręki, która go bije po pysku. Nigdy.

– Jak to?

– Zamiast palić ziarno, gdybyś miał odpowiednie wpływy, kazałbyś je rozdawać. Zamiast robić wszystko, żeby terror się nasilał, sam powinieneś uspokajać wrzenie, żeby ruchawki się zmniejszyły.

– Jak to?

– Pamiętaj, lud nie ugryzie ręki z batem, która go okłada. Ale podaj ludowi palec na zgodę, a wtedy, chcąc całej dłoni, lud rozszarpie rękę! – Przytrząsnęła głową. – Pamiętam z wiejskich opowieści. Chłopi nie wtedy się buntowali, kiedy terror narastał. Podnosili głowy i szli palić wtedy, kiedy przyznawano im jakieś ulgi.

Rozdział 7

Rand, wściekły do granic, stał w poczekalni miejskiej rezydencji cesarskiej w Negger Bank. Najpierw popędził do stolicy, tam nie zdążył załatwić żadnych spraw, nie udało mu się sprawdzić, jak działa siatka jego organizacji po rozśrodkowaniu, nawet arcyważne spotkanie z Shen zlecił Kadirowi.

Musiał wracać. Czekało go oficjalne wezwanie wydane przez cesarzową, a tego dokumentu nie sposób lekceważyć w żadnym razie. Przez całą drogę rozważali z Aie, czy to prowokacja sił specjalnych. Nie udało się go zlikwidować w zamachu na ulicy, to teraz sam przyjedzie do pałacu, a po wyjściu... wiadomo. Doszli jednak do wniosku, że nie. Oczywiście jakakolwiek próba zabicia Randa na dworze w ogóle nie wchodziła w grę, chyba że od razu w ramach zamachu stanu. Ale to było raczej nie do pomyślenia. No to mogli na niego czyhać po wyjściu, już na ulicy. Hm. Mało prawdopodobne. Akurat w Negger Bank można było opuścić rezydencję na sto różnych sposobów, w stu różnych kierunkach i musiano by obstawić całe miasto bez mała, żeby odnieść sukces. W dodatku na ulicy Rand będzie miał już ochronę i zamach na niego szybko może się przerodzić po prostu w walki uliczne. Nie, wszystko wskazywało na to, że audiencja była własną inicjatywą cesarzowej.

Rand jednak nie mógł się doczekać, kiedy służący otworzy nareszcie drzwi łączące poczekalnię z pokojem przyjęć. Opanowywał się z trudem, żeby nie przestępować z nogi na nogę. Po ostatnich wypadkach źle się czuł w pałacach wypełnionych oficerami służb specjalnych. No niby oficer nie będzie przecież osobiście śledził, niuchał i szpiegował, ale... Otarł pot z czoła. Najgorsze w całej rozgrywce było to, że nie miał pojęcia, kto w służbach specjalnych zajmuje się sprawami jego organizacji, a co za tym idzie – jego sprawami. Wielka machina biurokratyczna była wyspecjalizowana w puszczaniu „dyplomatycznego dymu", sprawiającego, że wszyscy, którzy wtykali tam nos, szybko tracili orientację. Jedną sprawą mogło się zajmować kilka pionów, całkowicie od siebie niezależnych. Trudno... Miało to jednak dla służb wielki minus. Sądząc po chaotyczności ich działań i niskim stopniu koordynacji, poszczególne wydziały miały po prostu problem z komunikacją wewnętrzną. Pocieszał się, że choć wywiad często wiedział o grożących imperium wojnach, napaściach, spiskach wewnętrznych dużo wcześniej, niż miały one miejsce w rzeczywistości, to stosunkowo rzadko udawało się skutecznie przeciwdziałać. Powodem prawie zawsze był po prostu brak współpracy. Zawsze jakaś iskierka jeśli nie nadziei już, to przynajmniej pocieszenia.

– Panie.

Rand drgnął, kiedy służący dotknął jego ramienia.

– Proszę łaskawie udać się za mną.

Ruszyli, ale wcale nie w stronę pokoju przyjęć. Rand odgadł po chwili. Służący prowadził go w stronę sypialni cesarzowej. Ciekawe. Z przyjęciem w sypialni nie łączyły się oczywiście żadne podteksty. Według rządzącej wszystkim etykiety takie miejsce oznaczało jedynie, że audiencja będzie miała charakter ściśle prywatny i odbędzie się w atmosferze sprzyjającej petentowi. Tylko tyle. Ale też była to znacząca odmiana po prawie że wrogiej atmosferze ostatniego spotkania w stolicy.

– Władczyni zaprasza. – Służący otworzył drzwi i zgiął się w ukłonie.

Cesarzowa stała przy oknie, patrząc gdzieś w dal, ponad dachami wspaniałych budowli publicznych. Kiedy wszedł, odwróciła się szybko.

– Dawno cię nie widziałam.

– Pani... – Wykonał przewidziany przez etykietę uproszczony ukłon.

– No chodź, chodź – powiedziała tonem bardziej łagodnym. – Nie bocz się już na mnie i nie bądź taki oficjalny.

Mógł więc podejść bliżej, przyklęknąć i pocałować dłoń władczyni. Kiedy wstał, położyła mu rękę na ramieniu i poprowadziła na taras. Był pod wrażeniem zmiany nastroju od czasu ostatniej wizyty.

– Mówiłeś o ludziach na żelaznych okrętach. – Cesarzowa podeszła do wspaniałej marmurowej barierki i spojrzała w dół, na imperialne ogrody, gdzie dziesiątki ogrodników zmieniało właśnie wygląd porośniętego krzewami ogródka. – Podobno wylądowali w dolinie Sait.

– Tak, pani.

– A co mi o nich powiesz dzisiaj? Czy ktoś już nawiązał z nimi kontakt? Widział ich chociaż?

– Różnie mówią o tym, pani.

Żachnęła się.

– Jak to różnie mówią? Widział ktoś port, który zajęli, czy nie?

– Ach, portu nikt nie widział. A ich samych... – Uśmiechnął się jak mógł z największą dozą sympatii. – Na szczęście jestem po to, pani, żeby przynosić ci plotki. I dlatego mnie akurat powtarzanie plotek nie przynosi ujmy.

– Mów zatem.

– Podobno ich wyprawa zwiadowcza dotarła aż tutaj. Do Negger Bank.

Uważnie obserwował twarz cesarzowej w oczekiwaniu na reakcję. Władczyni jednak, choć młoda, panowanie nad mięśniami miała wyćwiczone perfekcyjnie.

– I skąd o tym wiesz?

– Z plotek, pani. Z plotek.

– A nie widziano cię przypadkiem przy ich statku? – Teraz ona spojrzała na Randa badawczo i w pełnym skupieniu.

Dała się złapać! Triumfował w duchu. Dała się złapać! Przyznała, że wie coś na ten temat od służb specjalnych.

– Poszedłem sprawdzić plotki, oczywiście. A tak naprawdę to zobaczyć, czy mają żelazny okręt. – Zrobił dramatyczną pauzę. – Nie mają.

– I nie byłeś na pokładzie?

– Nie dałem rady. Na mój widok zeskoczył jeden z obcych i zaczął wypytywać, co tu robię. No, dziwny to on był, dziwnie ubrany. Ale mówił z akcentem człowieka wykształconego. A sądzić po stroju... – Rand zawiesił głos. – Mam wrażenie, że przy tylu przybyszach z różnych stron, którzy odwiedzają miasto, można ubrać worek jutowy na głowę i spokojnie przejść przez forum, nie wzbudzając niczyjego zdziwienia.

Uśmiechnęła się.

– A ich statek?

– Pani, on budzi nie tylko zdziwienie, ale wręcz osłupienie. Choć nie jest z żelaza, jak mówiłem. Szok budzą ich lekarstwa, które pokazywali w Kyle. Ich wiedza, ich sztuka nawigacji.

– Czego chcą? A jeśli tu przypłynęli, dlaczego nie pojawili się na dworze?

– Pani, to zwiadowcy. Nie szpiedzy, nie posłowie, to zwiadowcy. Oni tu nie przybyli podglądać ani rabować. Przypłynęli wyrobić sobie zdanie.

Teraz dopiero drgnęła zaskoczona. Ciekawe, jakie straszliwe wizje roztoczył przed nią odpowiedni pion służb specjalnych.

– Jak to wyrobić sobie zdanie? – nie mogła pojąć. – W sensie: wyrobić pogląd? Na co?

Rand ukłonił się z szacunkiem. Nie do końca wiedział, jak ona to przyjmie.

– Pani, ludzie z żelaznych okrętów staną się hegemonem tego świata.

– Co? Podbiją nas?

– Z tego, co wiem, nie planują żadnej wojny, nie mają projektów przyszłych kampanii. Są bezczelnie pewni, że ich sile nie przeciwstawi się nikt na świecie.

Znowu zmierzyła Randa badawczym wzrokiem.

– Skąd się wzięli? Nie mogę uwierzyć, że nagle jakaś monstrualna potęga objawia się po prostu znikąd. Bo nikt nie ma pojęcia, skąd oni są.

Aha, więc siły specjalne nie mają pojęcia? Dobre. Rand w przeciwieństwie do nich miał pewne pojęcie, ale po pierwsze nie zamierzał się przyznawać, że ma swojego człowieka w załodze obcych, bo nie cierpiał narażania swoich ludzi. A po drugie nienawidził mielić ozorem, jeśli nie przynosiło mu to żadnej korzyści. Coś jednak musiał powiedzieć. Coś, co pokaże jego przewagę nad przeciwnikiem w zakresie zdobywania informacji.

– Oni szukają sojusznika, pani.

Melithe nie znała języka tak dobrze, żeby podsłuchiwać. Została jednak szybko koleżanką Kai i dowiedziała się sporo. A już jego zadaniem było składanie drobnych okruszków w spójną całość.

– Skąd wiesz?

O nie. Nie ma tak dobrze.

– Z Kyle, pani. Tam prostytutki zajęły się ich marynarzami i pewne drobiazgi wpadły mi w uszy.

Wywiad, jeśli tylko mógł, nigdy nie wsypywał własnych ludzi. Rand też znał stare wojskowe powiedzenie, że najważniejszą bronią żołnierza jest jego morale. I dlatego dbał, żeby organizacja stworzona przecież do intryg i zdrad nigdy jednak nie zdradzała swoich, jeśli to tylko możliwe. Dlatego też imię Melithe nie istniało na żadnym dokumencie, w żadnej kartotece, nie było po nim śladu w pamięci mogących się zorientować osób. Gdyby ktoś zabił Randa i Aie, imię agentki imperium zginęłoby w pomroce dziejów bez śladu. A istnienie tej agentki było jednym z bardzo nielicznych czynników, które przesunęły wskaźnik równowagi sił w jego stronę.

– Sojusznika w jakim sensie? – zapytała władczyni.

– Nie wiem do końca. Na pewno potrzebują tu obsługi swoich baz. Nie chcą zdobywać niczego i pilnować później przed zakusami. Chcą sobie kupić usługi – westchnął. – Ich władca jest chyba pierwszym w historii świata, który zrozumiał, że wojna jest o całe nieba droższa od dogadania się i po prostu kupienia sobie tego, co potrzebne.

Władczyni długo stała w milczeniu, przenosząc wzrok z ogrodników kształtujących rośliny na wzgórzu na starożytne pomniki widocznego w oddali forum.

– Czego oni chcą tak naprawdę? – spytała nagle.

Znowu strzał w pustkę. Zupełnie niepotrzebny. Przecież nie powie cesarzowej o oleju skalnym, bo to tuz w jego talii, najważniejsza z kart. A o co obcym chodzi jeszcze, Rand, tak jak i ona, nie miał pojęcia. Chociaż... Przygryzł wargi, kiedy przyszła mu do głowy myśl o pomniku cesarzowej Achai.

– Chcą mieć bazy. Własne, ale obsługiwane, zaopatrywane i pilnowane przez sojusznika. Wszystko jak najtaniej. Zapłacą oczywiście za wszystko, bo dla nich to grosze, a sojusznika przywiążą do siebie, dając swój protektorat, broń, doradców i ogólne poczucie, że ktoś możny i władny zawsze stoi za plecami. Skądś to znamy, prawda? Imperium też tak postępowało wobec mało ważnych watażków na swoich obrzeżach.

– Chcą mieć po prostu swojego nadzorcę niewolników, tak?

Ukłonił się z podziwem dla przenikliwości cesarzowej.

– Ujęłaś samo sedno sprawy, pani. Tak. Chcą, żeby bat w ich imieniu trzymał kto inny. A oni... – Uniósł dłonie i zaczął nimi obracać w powietrzu. – A oni: czyste rączki, cokolwiek by się działo.

Teraz cesarzowa przygryzła wargi. Nie była piękną kobietą, nie była wytrawną, doświadczoną władczynią, ale sprawne oko z całą pewnością dostrzegało w niej żywą, skrzącą się inteligencję. Rand zawsze zadawał sobie pytanie: większą czy mniejszą niż jego własna?

– Kogo wybiorą na sojusznika, jak sądzisz? Czy imperium nie wydaje się naturalnym kandydatem?

– Nie. To odpowiedź na drugie pytanie. Odpowiedzi na pierwsze nie znam. Ale wiem o czymś dziwnym, na czym im zależy, a to daje nam szansę.

– Co to takiego?

– Edukacja.

– Co?!

Oboje stali, patrząc na siebie, tak jakby usiłowali odczytać odpowiedź na twarzy rozmówcy. Ta kwestia dla obojga była niezrozumiała w tym kontekście.

– Nie posyła się przecież niewolnika do szkół – wyszeptała władczyni niepewnie.

– Właśnie. Nawet nadzorcy.

Była wyraźnie zaintrygowana. Zaskoczył ją tą informacją chyba bardziej od wszystkich rzeczy, których prawdopodobnie dostarczały jej służby specjalne.

– Oni są bardzo dziwni – ciągnął więc Rand, kując żelazo, póki gorące. – Bardzo ciężko przeniknąć ich sposób myślenia. Robią to inaczej niż my.

– No zaraz, przed chwilą mówiłeś, że postąpią w kwestii sojusznika jak my wobec jakichś malutkich księstw na obrzeżach imperium.

– Pewne kwestie w polityce są trwałe. Pewne zwyczaje również. Ale zapewniam cię, pani, że ich sposób myślenia jest inny niż nasz. Gdzie indziej leży punkt ciężkości, jeśli chodzi o wartości. Ale o co chodzi z tą edukacją, nie mogę rozstrzygnąć.

– O naukę czytania i pisania? A po co im piśmienny lud u sojusznika? Przecież i tak wszystko zależy od władcy.

Cesarzowa nie zdawała sobie sprawy, że dzięki jej słowom Rand nagle doznał olśnienia. Stał, starając się oddychać normalnie, żeby nie dać po sobie poznać. Naród piśmienny! Tak, to jest rozwiązanie. Naród piśmienny. Wszystko zależy od władcy? A jeśli władcę ktoś sztyletem pomaca w korytarzu? To od kogo? A narodu nie zabijesz tak łatwo. Żaden sztylet tu się nie przyda. Ale naród jest ciemny i zabobonny. Naród może nie wiedzieć, co dla niego dobre, a co złe. A także nie mieć pojęcia, co należy zrobić. Ale... naród piśmienny? Rand przygryzł wargi.

– Czemu zamilkłeś? – spytała cesarzowa.

– Kiedy zeszliśmy na sprawy ludu, przypomniały mi się bunty.

– Nie pierwszy raz się buntują. Wszystko jest do spacyfikowania.

– To ciągłe gaszenie pożarów. A nawet mając dobrą straż pożarną, nikt nie da gwarancji, że kiedyś płomień nie wymknie się spod kontroli.

Spojrzała na Randa zdziwiona.

– Czyżbyś miał jakieś remedium?

Wzruszył ramionami.

– Dzięki plotkom wiem, co się dzieje u prostych ludzi. Mają się coraz gorzej i gorzej. Są coraz biedniejsi, a mają coraz więcej zakazów, więcej podatków.

– Każde państwo tak stoi.

Przyznał władczyni rację, kiwając głową.

– Pomyślałem więc sobie, a może by im trochę poluźnić?

Nie miała wątpliwości, zerkając na niego z boku.

– Ty zupełnie zwariowałeś czy tylko trochę?

– Przecież to nas nic nie kosztuje. Można rozdać trochę mąki, zupełnie za darmo. Dla najbardziej potrzebujących. – Rand widział już w głowie to, co się stanie, jeśli jeden sąsiad zobaczy, że drugi coś dostaje, a on nie. – No i przyznać im jakieś prawo.

– Jakie? – to właściwie nie było pytanie. Zabrzmiało jak warknięcie.

– Na przykład prawo do zgromadzeń, jeśli tylko uzyskają na nie pozwolenie od prefekta.

– Oszalałeś!

– Ależ my nic tak naprawdę nie dajemy, pani – usiłował ją uspokoić. – Toż gromadzą się i tak, kiedy chcą i gdzie chcą. A teraz będą musieli wystąpić o pozwolenie do prefekta. A tym samym powiedzą nam, kiedy i gdzie się zgromadzą. Uprzedzą nas dobrowolnie.

Patrzyła na niego jak na wariata. A Rand kontynuował:

– Każde nielegalne zgromadzenie brutalnie rozpędzamy. I to postępując legalnie, mając usprawiedliwienie...

– A przed kim ty się chcesz usprawiedliwiać?!

– Przed własnymi żołnierzami! Doszło do ciebie przecież, co się stało podczas szturmu na Pałac Audiencji, prawda? Kiedy piechociarki rzucały karabiny na bruk, nie chcąc strzelać do stłoczonych ludzi.

To prawda. Władczyni machnęła lekceważąco ręką na myśl o piechocie i karności w tych oddziałach, ale delikatna zmarszczka pojawiła się jednak na jej czole.

– Manifestacje bez pozwolenia prefekta pacyfikujemy brutalnie, mając za sobą prawo, pani.

– A legalne?

– W legalnych zgromadzeniach wśród tłumu będzie więcej naszych przebranych ludzi niż wrzeszczących biedaków. I nasi będą krzyczeć głośniej. A potem poprowadzą tłum. Ale tam, gdzie my chcemy. Na wygwizdów albo do parku. Tam pokrzyczą, pośpiewają i pójdą do domów, kiedy noc zapadnie.

Władczyni podeszła do jednego ze stojaków z blatami umieszczonymi na takiej wysokości, żeby stojący człowiek mógł coś szybko zanotować. Papier i węglowe rysiki czekały przygotowane. Cesarzowa zapisała jakąś swoją myśl i zamyślona ruszyła w obchód sypialni. Nie zaprzątała sobie uwagi zapisaną kartką. Po każdej rozmowie służba sprawdzała wszystkie stojaki.

– To idiotyzm – powiedziała – ale przekażę twoje uwagi rządcy. Może mu się ten twój pomysł do czegoś przyda.

Rand ruszył za nią, licząc, że przejdą na następny taras, gdzie będą kontynuować rozmowę. Przeliczył się. Cesarzowa prowadziła gościa w stronę drzwi. Nie mógł zrozumieć, czemu więc miała służyć ta audiencja. Nie rozmawiali o niczym szczególnie poważnym, ona niczego konkretnego nie chciała, szlag! Stęskniła się czy co? A może chciała się przekonać, czy zamach speckurew na niego się udał?

Nie rozstrzygnie tego tutaj. Tym razem wykonał pełny pałacowy ukłon, kiedy kończąc audiencję, podała mu dłoń do pocałowania.

L-O-T-P-R-Z-E-B-I-E-G-A-B-E-Z-Z-A-K-L-O-C-E-N-K-R-O-
-P-K-A-L-A-D-O-W-A-N-I-E-B-E-Z-Z-M-I-A-N

Radiostacja krótkofalowa była napędzana prostym dynamem. Operator nadawał kreski i kropki składające się na alfabet, a jego pomocnik musiał zawzięcie kręcić korbką. Z racji umiejętności, stopnia i samego faktu bycia dowódcą rola operatora powinna przypaść Tomaszewskiemu. Niestety. Kai za żadne skarby nie chciała kręcić korbką. Stwierdziła, że to nie jest zadanie dla kobiety i nie będzie niczyim pomocnikiem, szczególnie przy pracy, którą może wykonać zwykły chłop. Zobowiązała się nawet sprowadzić kogoś do wykonania tego zadania. Siłą rzeczy nie było takiej możliwości. Dla Tomaszewskiego była to tajna akcja przeprowadzana na obcym terytorium. Argument, że Kai nie zna alfabetu złożonego z samych kropek i kresek, nie trafiał dziewczynie do przekonania – odparła, że nauczy się w pięć minut. I rzeczywiście, jego prywatna czarownica błyskawicznie opanowała sztukę, nad której doskonaleniem radiotelegrafiści biedzili się w swoich szkołach miesiącami.

Teraz to ona siedziała ze słuchawkami na uszach, a Tomaszewski pocił się przy korbce.

T-E-R-E-N-P-R-Z-Y-G-O-T-O-W-A-N-Y-K-R-O-P-K-A-
-J-E-S-T-Z-E-Z-W-O-L-E-N-I-E-N-A-L-A-D-O-W-A-N-I-E –
palce Kai dokonywały cudów na specjalnym kluczu, jakby została do tego stworzona.

Rzeczywiście, udało im się znaleźć teren niezbyt odległy od Negger Bank, a oddalony od okolicznych wsi
na tyle, że można było zaryzykować nocne lądowanie
spadochroniarzy. Dowództwo podzieliło akcję na dwa
etapy. Najpierw ma lądować desant, zakonspirować się
w obcym środowisku, a jeśli ocena sytuacji wypadnie
pozytywnie, dowódca przygotuje lądowisko dla wiatrakowca z inżynierami, a komandosi będą stanowić osłonę naziemną. I wszystko byłoby dobrze, gdyby nie to, że
drogą w pobliżu ktoś jednak po nocy jeździł. Kai twier-
dziła, żeby chłopami się nie przejmować.

Z-B-L-I-Z-A-M-Y-S-I-E-D-O-R-E-J-O-N-U-Z-R-Z-U-T-
-U-K-R-O-P-K-A-W-L-A-C-Z-C-I-E-S-W-I-A-T-L-A-L-A-D-
-O-W-A-N-I-A

Kai przekazała to Tomaszewskiemu, a potem sama
położyła rękę na kluczu.

Z-R-O-Z-U-M-I-A-L-A-M-K-R-O-P-K-A-W-Y-K-O-N-U-J-
-E-K-R-O-P-K-A-B-U-Z-I-A-K-I-K-R-O-P-K-A-P-A-P-A-P-A

– No nie! – nie wytrzymał Tomaszewski. – Są przecież procedury!

– To przecież nadałam „zrozumiałam, wykonuję".

– A co to za „pa, pa, pa", że o buziakach nie wspo-
mnę?

– Aj tam! – Czarownica podniosła się i podeszła do
plecaka z flarami. – Gdzie je umieścimy?

Tomaszewski zerknął na naszkicowany wcześniej
plan. Teraz, w ciemnościach, będzie trochę trudniej

odnaleźć charakterystyczne punkty. Posłał dziewczynę, żeby oznaczyła narożniki, a sam zabrał się do linii określającej kierunek wiatru. Flary zapalały się błyskawicznie i nie było z nimi problemu. Gorzej poszło z ogniskiem, które z małego, nierzucającego się w oczy należało szybko powiększyć do rozmiarów widocznych z lotu ptaka. Na szczęście mieli przygotowane naręcza suchego drewna.

– Bogowie! A cóż to za światła? – głos, który rozległ się niespodziewanie, należał do kobiety, sądząc po brzmieniu, nie najmłodszej.

Tomaszewski oślepiony przez ognisko odskoczył kilka kroków dalej, przeładowując swój pistolet maszynowy. Trochę gorszym refleksem wykazała się Kai, która wracała właśnie od strony najbliższego narożnika pola lądowania. Odruchowo, chcąc zobaczyć, kto jest intruzem, weszła w krąg chybotliwego światła. Błąd. Na szczęście głos nie należał do groźnego napastnika.

– Bogowie! – Stara chłopka również zrobiła kilka kroków w stronę światła. Wyraźnie uspokoiła się na widok czarownicy. – Pani, a cóż to za upiorne światło? – Wskazała magnezjowe flary. – Myślałam, że demon jakiś.

Kai, widząc teraz wyraźnie „napastnika", trzeźwo oceniła go w myślach. Wiejska wariatka tułająca się po nocy albo bez celu, albo w poszukiwaniu rzekomo magicznych ziół, które należy zbierać tylko przy świetle gwiazd.

– To specjalna ofiara dla Bogów – wyjaśniła, wymyślając wersję łatwą do zaakceptowania przez wieśniaczkę. – Przyzywamy ich przychylność.

– Aha, przyzywacie. – Stara przytakiwała.

Tomaszewski, trzymając się cienia, obszedł ognisko dookoła. Innych intruzów w pobliżu nie było. Dopiero potem wrócił do ognia i zaczął składać antenę radiostacji. Gdzieś w górze narastał powoli huk silników. Wieśniaczka, przejęta nieznanym jej rytuałem, podniosła głowę.

– Czy to Bogowie udzielają odpowiedzi? – spytała trwożliwie.

– Niewątpliwie – odparł Tomaszewski. Złożył już wszystkie elementy radiostacji i zapakował pudło do plecaka. Po lądowaniu należało się stąd jak najszybciej ulotnić.

Kai przyłożyła do oczu lornetkę, żeby obserwować nieboskłon.

– Jest! – powiedziała po chwili. – Zapalił światła.

– Znak, że właśnie skaczą.

Towarzysząca im wieśniaczka również patrzyła w gwiazdy. I tak jak oni zobaczyła przesuwające się na niebie światła.

– Bogowie! Bogowie dali znak! – szeptała z przejęciem.

Zupełnie nagle światła zgasły.

– Już wyskoczyli – powiedział Tomaszewski. – Stańmy bliżej ogniska, żeby po ciemku nie wylądowali na kimś z nas.

Zbliżyli się do ognia. Warkot silników cichł szybko. Nie było sensu patrzeć do góry. W nocy lotnictwo używało czarnych spadochronów. Poza trzaskiem bierwion słyszeli tylko głośny szept staruchy modlącej się żarliwie.

Pierwszy dotarł do nich łomot lądującego kitbagu, prawie że tuż obok. Sekundę później kilka metrów od swojego bagażu wylądował pierwszy komandos. Dopiero teraz, kiedy zostali ostrzeżeni, mogli dostrzec kolejne sylwetki, które wlatywały w krąg światła. Kitbag, skoczek, po chwili czasza spadochronu. Wydawało się, że są ich dziesiątki. Ale to tylko złudzenie. Komandosów było ośmiu.

– Bogowie zstąpili! – darła się staruszka, klękając najpierw, by po chwili upaść na twarz. – Bogowie zstąpili na ziemię! Chwała! Chwała niech będzie...

Najbliższy ze skoczków usiłował zwinąć czarną czaszę, zanim ta wpadnie do ognia. Wieśniaczka jednak inaczej zinterpretowała ten widok.

– Czarne całuny zostały przysłane z niebios! Biada! – krzyczała, zmieniając najwyraźniej zdanie i rezygnując z poprzedniego „chwała". – Biada! Zło ludzkie zmyte zostanie przez śmierć!

Żołnierz, dokonując cudów zręczności, wyjął z kieszeni na udzie malutką książeczkę. Zerknął na pierwszą stronę i powiedział nawet w miarę zrozumiale w miejscowym języku:

– Proszę się mnie nie bać. Niczego złego nie zrobię.

– Biada! Biada! Niczego złego już nie będzie! – stara zinterpretowała wypowiedź po swojemu. – Wszyscy źli ludzie umrą rychło!

– Proszę się mnie nie bać – powtórzył żołnierz.

Tomaszewski podskoczył, żeby mu pomóc z czaszą spadochronu. Z boku podszedł oficer.

– Pan komandor Tomaszewski?

– Tak, to ja.

– Porucznik Janusz Walczewski, Czternasta Samodzielna Kompania Spadochronowa Wojsk Lotniczych. – Oficer zasalutował dziarsko.

Tomaszewski nie miał czapki, więc odpowiedział na salut skinięciem głowy. Cholera jasna. Lotnictwo pod dowództwem marynarki. Jasny szlag! Brakuje jeszcze piechoty morskiej, artylerii i wojsk pancernych. Wtedy kłótnie kompetencyjne między rodzajami wojsk sparaliżowałyby wszelkie działanie.

– Świetne lądowanie, poruczniku – powiedział jednak, siląc się na uprzejmość. – Tu obok, przy naszych bagażach, są przygotowane płaszcze dla was. Są tak obszerne, że można pod nimi ukryć wyposażenie.

Wskazał stos ubrań przygotowany dla desantu. Były to słynne płaszcze pielgrzymów, rzeczywiście obszerne, bo przygotowane, żeby ukryć pod nimi niesiony bagaż podczas ulewy. Takich płaszczy używali kusznicy przygotowujący zamach na księcia Siriusa w stolicy Troy bez mała tysiąc lat temu. Kryły ich przygotowaną do strzału broń. Takich płaszczy używano przy wielu zamachach, przewrotach, próbach przeniknięcia do strzeżonych twierdz. Niestety, w związku z tym, o czym Tomaszewski mógł nie wiedzieć, często budziły one od razu podejrzenia wśród strażników i różnych służb powołanych do ochrony.

Kai podeszła do tego żołnierza, który wylądował pierwszy.

– Fajny skok. – Uśmiechnęła się do niego, nie bardzo wiedząc, jak nawiązać rozmowę.

Uśmiechnął się do niej w odpowiedzi. Nie musiała niczego nawiązywać, była śliczną, młodą kobietą, która wyglądała na miejscową, a jednak posługiwała się perfekcyjną polszczyzną. Wystarczyło w zupełności. Chłopak w mundurze zrobiłby dla niej prawie wszystko.

– Co to za książeczka, którą wyjął pan z kieszeni? – zapytała zaciekawiona.

– Rozmówki żołnierskie. Zawsze dają takie, gdy jest akcja na obcym terytorium.

– I do czego to służy?

– Wojska powietrznodesantowe zawsze lądują za liniami wroga. Działają w odosobnieniu, wśród miejscowej ludności, a takie rozmówki pozwalają się porozumieć w najprostszych sprawach.

– Świetne. A mogę zobaczyć?

– Jasne.

Podał jej oprawną w płótno książeczkę wydrukowaną na śliskim, jakby nawoskowanym papierze. Kai przewracała powoli strony.

„Dzień dobry" – brzmiał pierwszy napis. Najpierw po polsku, potem w języku miejscowym, a potem w zapisie fonetycznym. „Proszę się mnie nie bać".

– Doskonałe.

„Nie zrobię ci nic złego. Możesz mi zaufać".

– To rzeczywiście może się przydać. – Była zaskoczona, że jacyś dowódcy wpadli na tak prosty, a niezwykle skuteczny pomysł.

„Ręce do góry!"

Aha, to chyba okrzyk dla wrogów. No zaraz, przemknęło jej przez głowę. A kto tutaj jest wrogiem?

„Wszyscy mają wyjść z chaty i stanąć pod ścianą! Kobiety też!"

„Wszyscy podnieść ręce do góry! Jeśli ktoś opuści, zastrzelę!"

„Gdzie ukrywają się żołnierze? Pokaż ręką! Jeśli nie powiesz, spalimy całą wieś!"

– O kur... – wymknęło się Kai.

„Gdzie ukryłeś jedzenie? Jeśli nie powiesz, zabiję twoją rodzinę!"

– Ożeż...

Stojący obok Tomaszewski, widząc zmiany na twarzy czarownicy, zainteresował się jej lekturą. Sprawnie wyjął broszurę z ręki Kai.

– Czym ty się przejmujesz? – Sam wzruszył ramionami. – To przecież zwykłe bezmyślne tłumaczenie takich samych broszur, jakie rozdaje się wszystkim żołnierzom po tamtej stronie gór.

– To tak tam sobie po sąsiedzku żyjecie? – zakpiła. – „Wszyscy won z chaty i stanąć pod ścianą"?

– Oj, przestań. Jakiś bezmózg kazał przetłumaczyć dosłownie.

Kai wbrew pozorom bawiła się w najlepsze. Kpiła dalej:

– Bo gdyby tłumaczył ktoś z głową, to wersja dla nas brzmiałaby: „Proszę łaskawie wyjść z domu. Egzekucja odbędzie się na zewnątrz"?

Tomaszewski uśmiechnął się, ale po chwili machnął ręką.

– Nie bierz tego do siebie ani w ogóle zbyt poważnie, dobrze? – Odwrócił się i zaczął wydawać komendy komandosom. Musieli zebrać sprzęt i wyposażenie. Po odskoku gdzieś dalej musieli jeszcze tej nocy wykopać dół i ukryć spadochrony.

Kai odwróciła się i popatrzyła na wieśniaczkę u swoich stóp. Stara ciągle modliła się szeptem. Czarownica poczuła się bardzo dziwnie. Coś gorącego rozlewało jej się w środku. „Wszyscy wyjść z chaty i stanąć pod ścianą!" Dotknęła stopą ramienia staruszki. Jej dłoń, jakby szukając ochłody, przesunęła się powoli po zimnej pokrywie zamka pistoletu maszynowego, który wisiał na jej ramieniu.

Kai nagle szarpnęła nogą, przewracając modlącą się kobietę. Popatrzyła w górę, na gwiazdy, usiłując się uspokoić.

Melithe chwyciła się wanty i wychyliła za burtę. Zobaczyła go w całej okazałości.

– O zaraza jasna.

Płynący w ich kierunku okręt był w całości zbudowany z metalu. Bogowie! Płynął ku nim okręt z żelaza!

– Robi wrażenie? – Stojący obok Siwecki uśmiechnął się lekko. – A ten raczej nie należy do największych.

Spojrzała na niego gwałtownie, usiłując dostrzec wyraz twarzy i odgadnąć, czy kpi z niej, czy mówi prawdę. Ten okręt nie był wielki? Toż ogromny jak żelazna góra.

Sternik ustawiał ich pod wiatr. Od dawna mieli zrzucone żagle, szli na samym motorze. Po kilkunastu minutach udało im się ustawić w pozycji do przekazania ludzi. Morze było w miarę łagodne, ale i tak kapitan niszczyciela nie chciał ryzykować, spuszczając im trap dla motorówki. Jacht był za duży. Spuszczono zwykłą sieć desantową, z czym było dużo zachodu, bo załoga musiała podciągać ją bosakami.

– Oficerowie, ze mną – zakomenderował Siwecki.

O młodego chorążego się nie bał. Chłopak musiał ćwiczyć wchodzenie po siatce w szkole morskiej. Bardziej bał się o swoją nawigator. Niepotrzebnie. Melithe wspinała się z nie przymierzając małpią zręcznością. Na pokładzie była pierwsza, Siwecki ostatni.

Kapitan ORP A210 wraz z pierwszym oficerem paleni ciekawością czekali na nich przed mostkiem.

– Witam, witam odkrywców nowych lądów. – Nawzajem oddali sobie saluty i przedstawili się zgodnie z regulaminem. Jedynym odstępstwem był meldunek Siweckiego.

– To jest pani Melithe, mój oficer nawigacyjny.

Kobieta zasalutowała na modłę imperium, unosząc pięść do swojej chusty nawigatora, mężczyźni oddali jej salut, przykładając palce do daszków czapek.

– Po tych nudnych patrolach jesteśmy bardzo ciekawi podróżniczych opowieści. – Kapitan gestem zaprosił ich na mostek.

Melithe z ciekawością rozglądała się wokół. Sprawdzała ukradkiem, czy okręt naprawdę jest wykonany z żelaza. Potem zaczęła studiować przedziwne przyrządy na mostku. Nie interesowała jej kurtuazyjna rozmowa prowadzona przez oficerów, niewiele z niej rozumiała.

– Mamy, niestety, pewien problem. – Kapitan przygryzł wargi. – Otrzymaliśmy rozkaz trzymania się blisko brzegu. Mamy być jakimś mniej lub bardziej urojonym wsparciem dla desantu, który dzisiejszej nocy wylądował na brzegu.

– Albo będziemy zabezpieczać ich ewakuację – dodał pierwszy oficer. – Tak czy tak, to prawie misja samobójcza, w sensie rozbicia okrętu. Przy brzegu, na płytkich wodach, bez map.

Siwecki uśmiechnął się do nich.

– Mój oficer nawigacyjny świetnie zna te wody.

Kapitan i jego pierwszy oficer spojrzeli na Melithe z powątpiewaniem. Kurtuazja kurtuazją, ale powierzyć nowoczesny niszczyciel jakiejś dzikusce? Siwecki chyba nie dostrzegł ich spojrzeń. Podszedł do miedzianej płyty z wygrawerowanym przekrojem okrętu.

– Melithe, dasz radę poprowadzić tę jednostkę dość blisko brzegu?

– A jakie jest...? – zabrakło jej słowa. Pokazała palcem na powierzchnię wody.

– Zanurzenie? – domyślił się Siwecki. – Zerknij na ten rysunek. To okręt widziany z boku. Linia wody jest tu.

Melithe oceniała skalę rysunku, usiłując ją przypasować do rzeczywistych wymiarów, które widziała gołym okiem. Była świetnym nawigatorem.

– Zanurzenie jakieś cztery metry.

Dla niej wartość niesłychana, dla tych tutaj pewnie nawet nie za wielka. Niemniej doprowadziła do tego, że obaj oficerowie zerknęli na nią z podziwem.

– Dam radę – powiedziała, energicznie potrząsając głową. – Poprowadzę ten żelazny okręt. Dam radę.

Jej kategoryczne stwierdzenie u obu oficerów z niszczyciela spowodowało stan bliski osłupieniu.

Karczma dla skrybów w pobliżu biblioteki publicznej okazała się rzeczywiście biedna, zaniedbana i byle jaka. Okazała się też jednak przestronna, składała się z kilku sal oraz pomieszczeń na piętrze, które można było wynająć na bardziej kameralne spotkania. A co najważniejsze, wszystkie sale na dole wypełniał po brzegi tłum podpitych w mniejszym lub częściej w większym stopniu ludzi. Idealne miejsce na tajne schadzki – beznadziejne, jeśli chodzi o możliwość podsłuchania czyjejś rozmowy, cudowne, jeśli ktoś chciał się niepostrzeżenie ulotnić. Tomaszewski razem z Kai przepychali się przez tłum, szukając wolnego miejsca. Nie było to łatwe, ale też nie trwało długo. Pierwszy zauważył ich jeden z pomocników karczmarza.

– Tędy, tędy. – Przepchał się bliżej i ręką wskazywał kierunek. – Tędy, proszę.

Zaczęli przeciskać się w stronę schodów. To był teren Randa i siłą rzeczy należało zdać się na niego w organizowaniu spotkań. Na razie wszystko wyglądało dobrze, chociaż to nic nie znaczyło, bo zawsze i wszędzie każda pułapka też na początku wygląda dobrze. A tu nie było nawet gdzie umieścić ośmiu żołnierzy ubezpieczenia. Czekali zatem w pobliżu, ale w razie czego ich pomoc byłaby czysto iluzoryczna, bo nie mieli z nimi łączności. W razie więc gdyby się coś zdarzyło, powinni po prostu biec w kierunku ich kryjówki. Jeśli oczywiście nadarzy się taka możliwość.

– Tędy. – Pomocnik karczmarza poprowadził Kai i Tomaszewskiego na schody, równie zatłoczone jak sala poniżej. Tu pito na stojąco, bywalcy byli zdecydowanie w młodszym wieku niż na parterze i rozmawiali o wiele tonów głośniej. – O, tutaj. – Pomocnik wyprowadził ich na prawie pusty z powodu braku oświetlenia korytarz. – Ostatnie drzwi.

Tomaszewski przystanął, dając czas oczom, żeby przyzwyczaiły się do półmroku. Potem ruszył dalej. Posuwająca się za nim Kai rozchyliła poły płaszcza i położyła dłonie na swoim automacie. Ostatnie drzwi zastali lekko uchylone. Tomaszewski zapukał energicznie we framugę i pchnął skrzydło. Celowo nie wszedł od razu do środka, żeby nie zostać oślepiony nawałą światła.

Rand siedzący na krześle przy oknie leniwie podniósł głowę. Tomaszewski zrobił krok do przodu. Pomieszczenie było puste, niewielkie, z kilkoma meblami zaledwie. Mogło być jeszcze coś z tyłu, wnęka na łóżko czy coś podobnego, fragment pokoju był bowiem przedzielony drewnianym przepierzeniem.

– Miło cię widzieć, przyjacielu. – Rand podniósł się i wyciągnął rękę z szerokim uśmiechem. – Zapraszam.

Tomaszewski pewnie niczego by nie zauważył, ale Kai była przecież czarownicą. Wyszarpnęła spod płaszcza pistolet maszynowy, przeładowała jednym szarpnięciem i wycelowała w drewniane przepierzenie.

– Hej, ty! – krzyknęła. – Wyłaź z podniesionymi rękami albo zamienię cię w sito!

– Spokojnie... – usiłował włączyć się Rand, ale Kai nie dała mu szansy.

– Wyłaź, szmato, i opuść broń! Moje pociski przebiją te dechy, a jak ci poślę serię, to będzie bez znaczenia, w który kąt się wciśniesz!

Na razie to Rand podniósł ręce.

– Spokojnie – powtórzył. – Ona jest głuchoniema.

Tomaszewski przygryzł wargi i z pewnym podziwem spojrzał na Kai. Ta oczywiście pochwyciła to spojrzenie. Uśmiechnęła się słodko.

– Każ jej wyjść – rzuciła Randowi.

Ten cofnął się kilka kroków tak, żeby być widocznym zza przepierzenia. Wykonał ostrożny ruch ręką. Po chwili ich oczom ukazała się Aie z karabinem w dłoni. Tomaszewski drgnął zdziwiony, że czyimś ochroniarzem może zostać tak ładna, wręcz śliczna, filigranowa dziewczynka o twarzy niewiniątka. Rand patrzył z zaskoczeniem na Kai. Ci cudzoziemcy naprawdę mieli dobrze poukładane w głowach, skoro brali sobie na ochroniarzy czarownice! Od razu wyniuchała, że za przepierzeniem, przy szparze między deskami, jest ktoś, kto czuwa nad rozwojem wypadków.

A pomiędzy dziewczynami coś zaiskrzyło. To nie był nawet błysk. Coś wstrząsnęło Kai i nagle na granicy świadomości ujrzała masakrę na ulicy do przepędzania bydła. Ujrzała akcję bezwzględną, agresywną, krwawą. A potem zobaczyła jej przyczynę. Coś z przeszłości głuchoniemej dziewczyny, zarys jej smutnej historii. Przełknęła ślinę i opuściła broń. Poczuła jakąś przedziwną więź, irracjonalną sympatię do głuchoniemej.

Aie nie była czarownicą. Nie miała błysków ani niczego, co mogłoby je chociażby przypominać. Wbrew pozorom jednak miała w sobie ogromne zasoby empatii, coś, co pomagało jej zjednywać sobie ludzi według potrzeb, coś, co pozwoliło na błyskawiczne zaprzyjaźnienie się z Shen i zdobycie jej zaufania, coś, co tak naprawdę nigdy nie zostało porządnie wykorzystane. Dziewczyna po prostu zrozumiała, poczuła, co się dzieje w duszy Kai. Poczuła jej zagubienie, jej nieśmiałą ciekawość świata i tę moc, która fascynowała i pociągała coraz bardziej. Sama czuła podobnie.

Obie uśmiechnęły się do siebie.

– Porozmawiajmy – zaproponował Rand, wskazując krzesła. – Może jako gospodarz ja pierwszy przedstawię ofertę.

Tomaszewski z uśmiechem zajął miejsce naprzeciw. Doskonale tamtego rozumiał i dość podobał mu się proponowany układ, którego kształtu się domyślał. Skinął głową.

– Dochodzi właśnie do spotkania dwóch potęg – zaczął Rand. – Imperium to siła z tego świata, a wy, ludzie z żelaznych okrętów...

– Jeśli o mnie chodzi, możesz mówić mniej poetycko – uśmiechnął się ponownie Tomaszewski. – Ale masz rację. Dwie potęgi właśnie się spotykają, a my nie mamy na to wpływu. Powiedz więc, gdzie widzisz nasze wspólne interesy?

Rand doceniał pragmatyzm przeciwnika.

– To jasne, do żadnych zdrad interesów naszych krajów nie powinno dojść na naszym szczeblu – kontynuował komandor. – Ale możemy porozumieć się w niewielkim zakresie wspólnych spraw. Jak widzisz taką współpracę?

– Mogę cię zaprowadzić bezpiecznie na Złe Ziemie. Dla nas to bezludna kraina bez żadnego znaczenia. Możesz sobie badać olej skalny i czerpać go do woli.

– Z tym czerpaniem to sprawa na potem, ale co do badań... Możesz mi osłonić lądowanie kilku cywilów tak, żeby ich nikt nie zwinął? I to z udziałem makabrycznie głośnej, nieruchawej maszyny zwracającej powszechną uwagę?

– Mogę. Palcem nikt was nie tknie ani podczas lądowania, ani w drodze na Złe Ziemie. Pobyt na miejscu i powrót też zapewniony.

Tomaszewski, choć siedział, wykonał głęboki ukłon.

– Tak miło rozmawia się z profesjonalistą – mruknął. – A co chcesz w zamian?

– Resztek żołnierzy korpusu tu, na miejscu. Jak najszybciej.

Tomaszewski zamyślił się. Żołnierzy imperium, którzy siedzieli w obozie w dolinie Sait, nikt przecież nie zamierzał przetrzymywać. Oczywiście, że mieli być zwróceni, czy raczej przywróceni macierzy. Jednak miało to nastąpić po nawiązaniu stosunków dyplomatycznych, albo przynajmniej w trakcie, jako gest dobrej woli. Teraz priorytetem było zbadanie zasobów ropy naftowej. Od ich wielkości zależeć miał rodzaj stosunków, które RP zaproponuje. Z drugiej strony gest miał niewielkie znaczenie. Mógł być wykonany w każdej chwili. Zastanawiał się tylko, czy on sam zdoła przekonać dowództwo do przyspieszenia akcji. Komandor Rosenblum na pewno go poprze, ale może być za małą figurą, choć przecież ktoś powinien słuchać wskazań wywiadu. Zostaje więc oberwujek, admirał Wentzel.

– Dobrze – powiedział głośno. – Przybędą najszybciej jak to możliwe.

Rand patrzył na przeciwnika uważnie.

– Nie zadałeś pytania, dlaczego chcę tych żołnierzy z powrotem jak najszybciej.

– Nie zadałem, bo znam odpowiedź. – Tomaszewski uśmiechnął się bezczelnie. – Kiedy byłem w porcie, słyszałem, jak heroldzi imperialni ogłaszają całkowitą zagładę korpusu. Powrót jego żołnierzy da świadectwo kłamstwu władz. Nieprawdaż?

– I jest ci na rękę poprzeć, hm... nazwijmy to... siły opozycyjne wobec władzy?

– A kto ci powiedział, że Polska chciałaby tu mieć silnego sojusznika, z którego zdaniem trzeba by się bez przerwy liczyć? Lepszy taki, co ma chwiejną władzę, nękaną przez różne siły odśrodkowe. Będzie nas bardziej potrzebował.

– No i taki szybko nie podskoczy? – roześmiał się Rand. – Podoba mi się twój styl wyrażania myśli nieubranych w żadne retoryczne ozdobniki. Gdybyś był poetą, twój styl pisania wierszy nazwano by „prostozmostyzm".

– A po co puszczać dym w oczy? Jesteś za bardzo pragmatyczny, żeby się załzawić.

Uśmiechnęli się do siebie.

– No to wzbogaćmy naszą umowę o jeszcze jeden element. I to taki, na którym ci bardziej zależy.

Tomaszewski zachował pokerową twarz.

– Jaki? – udał zdziwienie.

Rand nie dał się nabrać na tę sztuczkę.

– Po twoim zainteresowaniu widzę, że i u was są ludzie poszukujący pomnika cesarzowej Achai. Tego właściwego. Naturalnej wielkości.

Zapadła cisza. Z najbliższej pajęczyny spadł na stół niewielki pajączek. Przez chwilę gramolił się, przebierając w powietrzu nogami. Potem gibnął się, złapał równowagę i stanął pewnie. Po chwili bezruchu ruszył dziarsko w stronę okna. Obaj mężczyźni siedzący przy stole obserwowali jego ruchy z niesłabnącym zainteresowaniem.

– Celna uwaga – powiedział wreszcie Tomaszewski. Pajączek dotarł właśnie pod parapet i szukał możliwości dalszej drogi. – Czyżbyś i ty miał takich na głowie?

Rand rozłożył ręce.

– Dysponujecie teraz terenami, na których operował korpus imperialny cesarstwa. Moglibyście się przecież dowiedzieć, o co im tak naprawdę chodziło.

Tomaszewski przytaknął.

– Moglibyśmy. Ale obawiam się, że interesujący mnie ludzie już to robią.

– Mógłbym więc zaryzykować hipotezę, że i u was, i u nas są ludzie, którzy lepiej się orientują, o co tam chodziło?

Komandor znowu przytaknął, bardzo ostrożnie.

– Myślę, że moglibyśmy więc trochę sobie nawzajem pomóc. – Rand też był bardzo ostrożny. – A gdybym ci powiedział, że misja korpusu zakończyła się prawdopodobnie sukcesem? Że ktoś zdążył wysłać do centrali raport zawierający prawdopodobnie rozwiązanie całej zagadki?

– A gdybym ci powiedział, że mam kopię tego raportu?

Przy omawianiu tak ważnych spraw nie sposób było patrzeć rozmówcy w oczy, żeby się z czymś nie zdradzić. Nagłym błyskiem, grymasem, drgnięciem, czymkolwiek. Mały pajączek w kłopotach znowu skupił na sobie spojrzenia siedzących przy stole. Wędrował właśnie wzdłuż krawędzi stołu, usiłując znaleźć miejsce, z którego będzie mógł przedostać się na parapet. Latać, niestety, nie umiał, a sam stół od okna dzieliła szpara o szerokości dłoni mniej więcej. Dla niego bezdenna przepaść.

– Zaszyfrowany?

– Tak.

Pajączek, który skupiał całą uwagę, zatrzymał się. Dotarł do końca krawędzi stołu i chyba nie wiedział, co dalej. Kai nie wytrzymała. Wstała, nachyliła się i podała mu palec.

– Właź, zarazo. – Posunęła go kciukiem. Podniosła rękę i przyłożyła do ściany tuż przy powale. Delikatnie zsunęła pająka. – Tu gdzieś jest twoja pajęczyna. Szukaj sobie.

Mężczyźni zaczęli się śmiać. Czarownica nieświadomie rozładowała całe napięcie.

– Dobrze – powiedział Rand. – Myślę, że mógłbym zdobyć wskazówki pomocne do rozszyfrowania dokumentów. Trzeba tylko wymyślić jakieś rozsądne warunki do przeprowadzenia całej akcji.

Dla obu stało się jasne, że nikt nikomu nie przekaże papierów. Nikt też nie przekaże klucza do szyfru. Ani wskazówek, nawet jeśli Rand szybko by je zdobył. Całą współpracę należało przemyśleć i zaplanować w najdrobniejszych szczegółach, zanim wkradną się jakiekolwiek podejrzenia, że ktokolwiek nie gra czysto. Takich podejrzeń lepiej w ogóle uniknąć.

– Powróćmy więc do rozmowy, kiedy nabierzemy do siebie zaufania.

– Mhm. Czyli najpierw załatwiam ci bezpieczne lądowanie twoich cywilów?

– Tak. Będzie tam trochę sprzętu do przewiezienia.

Rand skinął głową.

– Osłona w drodze na Złe Ziemie i osłona na miejscu? Na jak rozległym terenie?

– Nie mam pojęcia, ale dużym. Będzie sporo zwracających uwagę wybuchów, rozstawione sejsmografy. Każdy w pobliżu zwróci uwagę.

– Na szczęście w pobliżu nie ma nikogo. To naprawdę złe ziemie.

– No to jesteśmy dogadani. Ja ze swej strony przyspieszam transfer żołnierzy imperium i dopilnuję, żeby wysadzono ich na ląd w jakimś wypełnionym tłumami miejscu.

Na tym etapie współpraca nie niosła żadnego niebezpieczeństwa. Banda obcych cywilów nie stanowiła żadnej karty przetargowej, gdyby ktoś usiłował ich złapać
i wykorzystać jako zakładników. Tak samo pokonane
wojska imperium – można było je wysadzać lub nie wysadzać w tym czy innym miejscu – dla RP nie stanowiło
to żadnej różnicy. Nikt niczego nie ryzykował, a korzyści mogły być spore.

Tomaszewski wstał, zmuszając Randa do tego samego. Podali sobie ręce.

– No to pozostało nam ustalić termin następnego
spotkania, żeby dograć szczegóły.

Nieznajomy mężczyzna przyszedł o zmroku, kiedy Shen,
zanudzoną na śmierć czekaniem pomiędzy workami mąki,
morzył już sen. Na jego widok wytrzeźwiała jednak momentalnie. Tamten nie musiał się przedstawiać ani niczego wyjaśniać. Skoro znał lokalizację kryjówki, znaczy, że
przyszedł w konkretnym celu; skoro przyszedł sam, znaczy nie był strażnikiem poszukującym zbiegłego więźnia.

– Chodź. – Skinął ręką.

Podniosła się nie bez trudu. Bez słowa zeszli na parter,
w tej chwili jeszcze pusty. Wozy z zaopatrzeniem i robotnicy przeładunkowi pojawią się tu dopiero w nocy. Mężczyzna był niski, krępy, ale dobrze zbudowany. Szybko
prowadził Shen podcieniami tak, żeby ani razu nie padł
na nich promień zachodzącego słońca. Był tak skrupu-
latny, że przez moment przemknęła jej irracjonalna myśl
o demonach bojących się światła.

– Tędy.

Skręcili w szerszą ulicę, gdzie było już trochę przechodniów. Mężczyzna zbliżył się do niej, objął ramieniem.

– Połóż mi przynajmniej rękę na ramieniu. To dzielnica swatów.

Spojrzała na niego nierozumiejącym wzrokiem.

– Nigdy nie byłaś w stolicy? – Teraz on wyglądał na zaskoczonego. – To znaczy poza więzieniem?

– Nie. Nie byłam.

Westchnął cicho.

– Tu jest cała dzielnica, gdzie można zawrzeć łatwo związek małżeński, podpisać kontrakt ślubny lub wystawić swoje wdzięki, licząc, że znajdzie się szybko narzeczonego.

– I dużo kobiet się decyduje?

– Nawet nie masz pojęcia. A gdzie lepiej niż tutaj wyjść za mąż? Tu możesz nawet wynająć ludzi, żeby sprawdzili, jaki jest rzeczywisty stan majątku przyszłego męża. Albo takich, co sprawdzą, czy przyszła żona prowadziła się dobrze i czy na weselu ze dwudziestu mężczyzn nie zacznie mówić do pana młodego per „szwagrze". – Roześmiał się chrapliwie. – Ale to dotyczy średnich sfer. Mieszczan, kupców, rzemieślników.

– A ci biedniejsi?

– Tych tu najwięcej. Matki wystawiają swoje córki dosłownie na sprzedaż, jak na targu niewolników nie przymierzając. Nie ma posagu, trzeba handlować tym, co jest. A nuż trafi się okazja.

– Niewolnictwa przecież nie ma. Nie wolno handlować ludźmi.

Parsknął śmiechem.

– Nie ma, oczywiście, że nie ma – zapewnił i zaraz dodał: – Chcesz zobaczyć? Chcesz widzieć na własne oczy? Zaraz jednak zmienił zdanie. Przecież prowadził poszukiwanego zbiega.

– Ale nie tylko złe rzeczy tu się dzieją – powiedział. – Jak to u ludzi bywa. Zło i dobro zawsze w jednym, zawsze obok siebie. Nie rozpoznasz, które na wierzch wypłynie.

– I co w tym, co mówisz, dobrego?

– Różnie. – Cmoknął. – Jak jakaś panna bez posagu, ale na ten przykład nieułomna, to co? Tu jest jej ostatnia szansa. Matka przyprowadzi, wystawi na pokaz, a nuż się znajdzie jakiś kawaler, co na posag nie patrzy. Szpetny jakiś na przykład albo chromy czy stary. Dla dziewczyny to jedyna szansa, żeby na żebry nie pójść.

Shen zadyszała się lekko. Nie przywykła do długich spacerów ostatnio. Mężczyzna zauważył to i przystanął, dając jej odsapnąć.

– Spokojnie, denerwować się nie ma co. – Rozejrzał się wokół. – Mała szansa, że cię tu złapią. O tej porze dziewuch tu różnorakich zatrzęsienie.

– A co z innymi więźniami? – wysapała.

Popatrzył na Shen uważnie. Nie wiedział, czy ona chce wiedzieć naprawdę, czy tylko tak pyta, dla spokoju sumienia.

– Większość wyłapano albo zabito podczas obławy.

Zacisnęła wargi.

– A niektórych ukarali bardziej niż przykładnie. Na oczach świadków. Poddawano ich torturom, nawet mistrzów umierania sprowadzali, żeby to i dwa dni trwało. – Dopiero teraz opuścił oczy. – Ku uciesze gawiedzi.

– Jak to? Ludzie najpierw buntowali się, wystawali przed więzieniem, a potem patrzyli na męki?

Wzruszył ramionami.

– Ano tak już lud boży ma. – Uśmiechnął się kpiąco. – Czasem współczucie ma. A czasem przeważa ciąg do rozrywki. Tak jak mówiłem: zło i dobro w człowieku zawsze razem. Zawsze jedno obok drugiego.

– Ale komuś się udało?

Znowu wzruszył ramionami.

– Komuś. – Skinął głową, a potem nagle popatrzył Shen prosto w oczy. – Plan, co dalej po wyjściu z kazamatów, dotyczył tylko ciebie.

Wstrząsnęła się lekko, kiedy przypomniała sobie te dwie dziewczyny, byłych żołnierzy, które pomagały innym przy wyjściu na górę.

– Ale...

– Odzyskałaś oddech? – przerwał jej w pół słowa. – To chodźmy. Bo jak ciebie złapią, to sprowadzą mistrza umierania nawet z zagranicy. Najlepszego z najlepszych!

– Na mnie?

– Nie powiedzieli ci? – Mężczyzna znowu objął ją ramieniem, niczym przyszły narzeczony swą wybrankę na pierwszej schadzce. – Otóż imperium oficjalnie ogłosiło, że przez twoją zdradę cały korpus spotkała zagłada.

Shen zatrzymała się gwałtownie. A mężczyzna wykorzystał sytuację. Widząc nadchodzący patrol, przyssał się do warg dziewczyny i zaczął namiętnie całować. Na szczęście kapral nauczono w wojsku panować nad nerwami. Prawie odruchowo zaczęła oddawać pocałunki i dla wszystkich wokół przypominali jeszcze jedną planującą małżeństwo parę.

– Jak to? – Oderwała się od ust mężczyzny, kiedy tylko patrol ich minął.

– Tu nie czas i miejsce dyskutować – szepnął w odpowiedzi. – Już niedaleko.

Prowadził ją podcieniami, aż skręcili w któryś z zaułków. Skręcili raz jeszcze, ściany w tym przejściu stały w odległości od siebie może o łokieć, musieli iść jedno za drugim. Na szczęście nie było daleko. Wyszli na maleńki placyk między budynkami stanowiącymi chyba zaplecze karczm. Z jednej strony prowadziło nań wąskie przejście, którym przyszli, z drugiej tunel pod budynkiem, którym przywożono zaopatrzenie. Mężczyzna zapukał do najbliższych drzwi.

– Tu się nawet ukrywać nie za bardzo trzeba – wyjaśnił. – Straże nie przychodzą w takie miejsca.

– Boją się czy co?

Mężczyzna wzruszył ramionami.

– W dzień nie ma czego tu zwiedzać. Wszyscy śpią w swoich domach daleko stąd. A w nocy łatwiej tu nożem zarobić, niż kogokolwiek o cokolwiek zapytać. Miecz ci się w tych wąskich przejściach nie przyda.

Otworzyła im kobieta w sile wieku. Miała narzucony na tunikę obszerny fartuch.

– Chodź. – Wyciągnęła rękę po Shen, nie obdarzając mężczyzny ani spojrzeniem. On zresztą nie zamierzał nawet się pożegnać. Odszedł, zanim kobieta zamknęła drzwi.

– Tu jest zupełnie bezpiecznie. – Przewodniczka prowadziła schodami na poddasze. – To znaczy jeśli chodzi o strażników. Jesteśmy na zapleczu czterech karczm, w których przygotowuje się przyjęcia weselne. Praca od wieczora do rana, w dzień się nic nie dzieje.

– I tu mam pracować?

– Eee tam, zaraz pracować. Coś tam poudawać możesz, ale... – Kobieta z lekceważeniem machnęła ręką. Z półek przymocowanych do ściany u wylotu schodów wzięła taki sam fartuch, jaki miała na sobie, i pomogła założyć Shen. – Nikt od ciebie pracy nie wymaga. Pamiętaj o jednym. Od tamtej strony – wskazała chyba kierunek, gdzie znajdowały się normalne place i ulice – są karczmy, wesela i kulturalne zasady. Tu natomiast – wskazała labirynt wąskich zaułków – jest zaplecze. Teoretycznie do obsługi karczm. Ale pamiętaj: tutaj przychodzą różni ludzie. Różni też będą spać obok ciebie. Zasada jest jedna: cokolwiek dziwnego by robili, nie wtykasz nosa w ich sprawy. Za to oni nie będą się interesować tobą. Pamiętaj, bo to bardzo ważne, żebyś ze strachu nie narobiła pod siebie, gdy zobaczysz kogoś, kto wygląda na ten przykład na mordercę.

– Nie boję się.

– I dobrze. Ale zaklinam cię: pamiętaj o tym, żeby nie interesować się innymi. Ale też gwarantuję, że jeśli spełnisz ten warunek, nikt nie zainteresuje się tobą. Zrozumiałaś?

– Tak. – Shen potwierdziła ruchem głowy. – Powiedz mi tylko, czy zobaczę Aie?

– Nie wiem, kto to jest, nie chcę wiedzieć i nie mam pojęcia, co się stanie. – Kobieta ucięła w ten sposób wszystkie dalsze pytania. – Im mniej wiesz, tym mniej powiesz, jak cię złapią.

Kobieta poprowadziła dziewczynę korytarzem do sporego pomieszczenia z kilkoma łóżkami, w różnym stopniu uporządkowania pościeli, delikatnie mówiąc.

– Wybierz sobie najmniej rozgrzebane – powiedziała. – Tu będziesz mieszkać.

Podczas kiedy Shen wybierała miejsce do snu, kobieta wyjęła z przepastnej szafy kilka najpotrzebniejszych dziewczynie rzeczy. Tunikę na zmianę wybrała z zapasów zgromadzonych w skrzyni przy wejściu.

– I jak? – Uśmiechnęła się po raz pierwszy.

– Świetnie. – Shen odpowiedziała uśmiechem. Wybrała sobie łóżko położone w najdalszym kącie. – Długo tu będę?

Tamta rozłożyła ramiona.

– Ja jestem buntownikiem niskiego stopnia – zażartowała. – Pracuję dla właściciela karczmy specjalizującej się w weselach. I pewnie nie przystąpiłabym do naszych, gdybym dalej mogła za pracę tutaj utrzymać dom i rodzinę.

Shen nie śmiała spytać, co się stało, ale ciekawość musiała mieć wypisaną na twarzy, bo tamta zaczęła opowiadać.

– Bieda po prostu. Żeby dwie osoby, co pracują, chałupy nie mogły utrzymać. Dom po rodzicach nam zlicytowali, mąż poszedł siedzieć za długi. Do kopalni go posłali, na roboty. Nie wiem, czy żyje jeszcze. Córkę do wojska wzięli. Popłynęła gdzieś za morze. Niepiśmienna jest, listów nie dostaję. Raz na rok przyjdzie sierżant z garnizonu i powie, że córcia żyje. Ale ostatnio coś długo nie był... Synowie na statki kupieckie. Ale tylko jeden szczęście miał. Drugi utonął. I co ja mam robić? Tak sobie siedzę wieczorami i myślę. Zaraz będę stara, nikomu niepotrzebna. Bez dzieci, bez męża, bez kogokolwiek bliskiego.

Shen usiadła na skraju łóżka. Pomocnica karczmarza wyjęła ze skrytki na naczynia dzbanek wina i kilka słoiczków z ziołami. Usiadła obok dziewczyny, nalała jej wina i zaczęła dodawać ziół, mieszając je sprawnie drewnianą szpatułką.

– I co dalej? – Shen nie mogła powstrzymać ciekawości.

– Zioła dobre na sen i na uspokojenie głowy. – Kobieta westchnęła ciężko. – A dalej? Nic. Komu ja potrzebna? Co ja mogę zmienić? No ale przyszli nasi, powiedzieli, że właśnie ja, że moje miejsce pracy się przyda.

– Kto to są „nasi"?

– Oj, nie pytaj, dziecko. Sama się dowiesz. – Kobieta potrząsnęła głową. – Ale to, co robię, bardzo im się spodobało. Pluton wojska można tu ukryć, mówili. No i tak zaczęłam. Nic nie wiem, w niczym się nie orientuję, ja tylko przyjmuję tych, co przychodzą, odchodzą, załatwiają swoje sprawy. Imion nawet nie znam.

– I ciągle sama?

Kobieta zaczęła łkać.

– Nie mam wieści od córki. Sierżant już długo nie przychodzi. Nie wiem, co z synem, czy w dalekich krajach, czy w upale, czy w zimnie haruje. Do kopalni też kobiet nie wpuszczą, męża już nie zobaczę. Nie wiem, czy żyje...

Zanosiła się cichym płaczem, drżały jej ramiona. Shen zauważyła jednak, że ani jedno źdźbło z idealnie dodawanych w proporcjach ziół nie upadło na podłogę. Ani razu drewniane mieszadełko nie uderzyło w brzeg naczynia. Uśmiechnęła się w duchu. Najwyraźniej ręce tamtej nie drżały. Ciekawostka.

Lądowisko było sto razy lepiej przygotowane niż poprzednim razem. Wiatrakowiec co prawda potrzebował bardzo krótkiego pasa startowego, ale jednak. To zupełnie nie to samo co zrzut spadochroniarzy. Pole na odludziu zostało oświetlone znakomicie. Nie tylko obrzeża i oś pasa. Z góry widać było odpowiednie świetlne sygnały dotyczące szybkości i kierunku wiatru oraz oznaczenia wszystkich przeszkód. Nocne lądowanie w nieznanym terenie nie sprawiało więc pilotom szczególnych trudności.

Pierwszy wiatrakowiec był załadowany wyłącznie sprzętem i zapasami. Wylądował za pierwszym podejściem bez żadnego problemu. Drugi, z ludźmi na pokładzie, wykonał najpierw próbne podejście. Kiedy obie maszyny znalazły się na ziemi, Tomaszewski, Kai i ludzie Randa podeszli bliżej. Z drugiego wiatrakowca wychodzili właśnie pasażerowie: geologowie oraz trzech inżynierów mających stanowić dowództwo wyprawy.

– O zaraza! – Kai chwyciła Tomaszewskiego za rękę. – Patrz.

– No szlag! – zawtórował czarownicy na widok Wyszyńskiej. – Co ona tu robi?

Nie mógł zrozumieć. Pani inżynier Wyszyńska była głównym specjalistą stoczni. Znała się na okrętach podwodnych, dziwnych maszynach z lampami elektronowymi, jak krokomierze, i tego typu sprawach. Nie była przecież geologiem.

Oboje podeszli bliżej.

– Pani tutaj? – Tomaszewski wyciągnął rękę na powitanie.

Wyszyńska zdjęła nareszcie hełm, którego pasek zaplątał się w jej włosy, uśmiechnęła się miło i uścisnęła jego dłoń.

– Cieszę się, że was widzę.

Zdjęła jaskrawą kamizelkę ratunkową. Potem bez skrępowania zaczęła ściągać drelichowy lotniczy kombinezon.

– Czy dobrze się domyślam, że została pani szefem wyprawy? – spytał Tomaszewski.

– Nie tak do końca. – Uśmiechnęła się znowu. – Ale rzeczywiście, mam mieć pieczę nad różnymi sprawami.

– Sądziłem, że jest pani głównym specjalistą stoczni.

– Istotnie, ale chyba nie ma żadnej stoczni w pobliżu, gdzie doceniono by moje umiejętności. A na drugą półkulę z powodu tajemnicy, tak jak pan, nie mogę wrócić.

No fakt, miała rację. Tomaszewskiego jednak niepokoiła inna rzecz. W porządku, nie ma dla niej roboty w bazie – z tym mógł się zgodzić. Ale wysyłać ją na wyprawę rozpoznania geologicznego? Po pierwsze po co? Po drugie dlaczego właśnie ją? Nie dość, że kobietę, to jeszcze specjalistę od lamp elektronowych?

Ludzie Randa przenosili właśnie ciężki sprzęt na przygotowane wcześniej wozy. Geologowie nadzorowali przeładunek, szczególnie w przypadku skrzyń z materiałami wybuchowymi i precyzyjną aparaturą. Dwóch ludzi jednak nie brało udziału w całej operacji. Wyszyńska przywołała ich ruchem ręki.

– Pozwolą państwo, że dokonam wzajemnej prezentacji – zaczęła z uśmiechem. – Naszego asa wywiadu znacie na pewno z opowieści, a to jest najwspanialsza z czarownic.

Kai dygnęła z gracją, obaj mężczyźni ukłonili się szarmancko. Ręka Wyszyńskiej skierowała się w drugą stronę.

– Pan inżynier Sakowicz, pan inżynier Załuski.

Obaj znowu się ukłonili. Zaczęła się rytualna rozmowa nowo poznanych: „Jak lot?", „Czy zmieni się pogoda?", „Jak państwo oceniają rozwój sytuacji?"... I takie tam zwyczajowe ble, ble, ble. Po dwóch minutach Tomaszewski już wiedział, że Sakowicz i Załuski należą do „plemienia" Wyszyńskiej. Było najzupełniej jasne, że dla obu język polski jest językiem naturalnym, takim, w którym zostali wychowani, ale obaj też mówili z przedziwnym, niespotykanym nigdzie indziej akcentem. Takim samym, jaki mieli Wyszyńska, zabity Węgrzyn i cała reszta naukowców, którzy pojawiali się w Polsce i awansowali szybko dzięki silnemu poparciu farmaceutycznego giganta „Kocyan i wspólnicy". Dziwni inżynierowie nie wiadomo skąd. No i proszę. Wyprawa być może decydująca o losach tego świata, a na jej czele... właśnie oni.

Po chwili rozmowy o niczym Wyszyńska odprowadziła Tomaszewskiego na bok, w stronę zaparkowanych wiatrakowców. Ze schowka w kabinie najbliższego wyjęła spory pakunek i podała komandorowi.

– To dla pana. Przesyłka dyplomatyczna.

– Dla mnie? – Zważył paczkę w rękach. Była duża, ale bardzo lekka.

– To będzie głupie pytanie – powiedziała, nie dopuszczając komandora do głosu, kiedy chciał się dowiedzieć więcej. – Czy możemy im ufać? – Zerknęła na ludzi Randa ładujących ciężkie skrzynie do wozu.

– Wie pani, zaufanie to kwestia bardzo umowna. Liczę na korzyści, które ich szef odniesie dzięki nam.

– Rozumiem. Sądzi pan, że to ich powstrzyma od rabowania mało wartościowych sejsmografów i dynamitu?

– Tak.

– Sprytny układ. – Skinęła głową z uznaniem. – On dzięki wiadomościom i przysługom od pana będzie awansował na dworze.

– On?

– Człowiek, który jest pańskim odpowiednikiem tutaj. – Mrugnęła do Tomaszewskiego porozumiewawczo. – A pan dzięki jego przysługom i informacjom będzie awansował u nas – dokończyła poprzednią kwestię.

Sprytna baba, pomyślał.

– Zapomina pani jednak o drobnym fakcie, że wywiad zasadniczo służy do wprowadzania obcych w maliny.

– No... – przytaknęła. – Na baczności trzeba się mieć. Ale musi to być dla pana ważne, skoro tak bardzo zabiegał pan o przyspieszenie transportu resztek rozbitego korpusu tutaj.

Cholernica wiedziała nawet o tym! Szlag! Tomaszewski długo patrzył za panią inżynier, kiedy odchodziła, żeby zerknąć, czy ich klamoty są już gotowe do transportu.

Rozdział 8

Na dany przez radio sygnał Tomaszewski rozpakował paczkę, którą dostał od Wyszyńskiej w dniu lądowania. Przesyłka dyplomatyczna zawierała jego wyjściowy galowy mundur oraz odpowiedni, bardzo kobiecy strój dla Kai. Ciekawe, czy któryś z krawców okrętowych wziął z niej miarę na oko i zlecił odpowiednie zakupy po tamtej stronie gór, czy też kwatermistrzowie wykonali odzież na miejscu. Sądząc jednak po firmowych naszywkach, które odkrył po pierwszych oględzinach, wszystko musiało być kupione w najlepszych sklepach na drugiej półkuli.

– Przenosimy się! – krzyknął na Kai, która zatopiona w lekturze książek z biblioteki na temat prób eksploracji Wielkiego Lasu nie odróżniała chwilowo poszczególnych pór dnia.

– Fascynujące. – Ledwie podniosła głowę. – Co mówiłeś?

– Przenosimy się do lepszej karczmy.

– A po co?

– Przestajemy się ukrywać. Dostałem pocztą dyplomatyczną nowe rozkazy.

– O? – Powróciła do lektury. – A mogę to dokończyć?

– Później, później. Zbieraj się.

– Ale właśnie doszłam do najciekawszego. – Opierała się jak mogła. – Później ci opowiem, ale teraz muszę...

– Musimy się przebrać w wyjściowe stroje – wpadł jej w słowo. – Przysłali dla ciebie damski komplet kupiony w najbardziej wykwintnym domu mody.

– A! – Kai zerwała się z łóżka, odrzucając książkę. – Pokaż.

– Nie teraz, nie teraz, musimy wystartować z lepszej karczmy. W tej dzielnicy prędzej ukradną nam koła od powozu, który zamówimy. – Urwał nagle. – Zresztą nie wypada się tu pokazywać w reprezentacyjnych strojach. Na sam widok gawiedź runie rabować.

Z tym akurat mogła się zgodzić. Zresztą od czasu, kiedy wyprawa geologiczna, osłaniana przez ośmiu komandosów i ludzi Randa, ruszyła na Złe Ziemie, nie mieli praktycznie nic do roboty. Nudzili się, zmieniając różne zaplute kryjówki na inne tylko po to, żeby być w ruchu.

Teraz jednak nadszedł czas działania. Wynieść się stąd było łatwo. Odnaleźć najlepszy zajazd w innej dzielnicy równie łatwo. Gorzej było do niego wejść. Obszarpańców nie wpuszczali, ludzi kryjących się pod długimi, obszernymi płaszczami również nie. A w dodatku nie takich, którzy sami dźwigali swoje bagaże. Dopiero pokaźna ilość złota przekonała sługi właściciela, żeby dopuścić obcych przed oblicze pana. I potem już poszło z kopyta. Na widok kruszcu szef interesu zadawał tylko konkretne pytania: „Podstawić powóz? Jaki? Ilu ma być służących? Jak ubranych? Na kiedy?". I tyle. Osobiście odprowadził ich do najlepszych pokoi w zajeździe.

Kai nie mogła się powstrzymać.

– No pokażesz mi wreszcie?

Podał jej zawinięte w specjalny papier ubranie.

– O jasna zaraza... – Zaczęła rozwijać i przykładać do siebie. – Gdzie w tym pójdziemy?

– Do pani cesarz. Musimy załatwić wizytę posła.

– Będziemy posłami?!

– No coś ty? Za maleńcy jesteśmy. – Zaczął się śmiać. – My mamy tylko zapytać, czy władczyni przyjmie posła i da się zapewnić o naszym ogromnym szacunku dla jej ble, ble, ble majestatu.

Nie dokończył, bo Kai wrzasnęła nagle:

– O Bogowie!

Zerknął za siebie. Czarownica ostrożnie trzymała w rękach parasolkę przeciwsłoneczną. Ciekawe, skąd dowództwo mogło poznać opowieść o stratosferycznym księciu i jego towarzyszce, która miała ten kobiecy drobiazg. Skąd wiedzieli? Opowieść bibliotekarza znał oczywiście Siwecki i mógł rozpowiadać dalej. A kto dołożył starania? Tu odpowiedź zdawała się oczywista: Rosenblum.

Pokazał dziewczynie, jak się składa i rozkłada parasolkę. Musiał też trochę jej pomóc przy wykwintnym stroju. Cieniutkie pończochy, elegancka spódnica, bluzka, żakiet. Z minuty na minutę zamieniała się w wielką damę, nabierając odpowiednich cech i form zachowań. Tomaszewski z trudem powstrzymywał śmiech. Niepotrzebnie. Kiedy właściciel karczmy przyszedł zawiadomić ich, że powóz już czeka, dosłownie zamarł w drzwiach z wrażenia. Długo nie mógł się otrząsnąć. Dopiero potem, gnąc się w ukłonach, odprowadził ich na dół.

Powóz wart był swojej ceny. Otwarty, wygodny, zewsząd było widać wspaniale ubraną parę oraz fakt, że wielka dama ma parasolkę. Ten nieznany tu przedmiot wzbudzał największy zachwyt u przechodniów. Co za dystynkcja. Służący z pochodniami, choć był środek dnia, biegnący obok też byli dobrym pomysłem. Takie pochodnie okazały się sto razy lepszym narzędziem do torowania drogi w tłumie niż jakieś tam halabardy.

Ruszyli w stronę pałacu letniego bez żadnych problemów. Kai doskonale rozumiała wagę misji, wielokrotnie była przecież pytana o tutejsze zwyczaje w tej kwestii. Dawno minęły czasy, kiedy obcy poseł zupełnie bez zapowiedzi przybywał do miasta z ogromnym orszakiem. Po bogactwie strojów, liczbie służących oraz towarzyszącego posłowi wojska poznawało się dostojność władcy, którego reprezentował, i dopuszczało przed oblicze cesarzowej. Tak było dawniej. Teraz jednak wielu nowobogackich stać już było na najwspanialsze nawet orszaki, a wielu ze starej arystokracji, dyplomatów z dziada pradziada już nie. Cesarzowa nie mogła przyjmować każdego, kto pojawił się w mieście „na bogato, w otoczeniu licznych sług". Powstało więc biuro mistrza ceremonii. Tam należało posła zapowiedzieć oraz umożliwić podstawową weryfikację. I to właśnie było ich zadanie na dzisiaj.

Powóz zatrzymał się najpierw przed bramą pałacowych ogrodów, a kiedy okazało się, że z wjazdem tak znacznych osób jak zapowiadający posła nie ma żadnego problemu, ruszył dalej i zatrzymał się pod wejściem do bocznego pawilonu. Tu okazało się, że nikogo nie zdziwili, nikogo nie zaskoczyli na nieprzygotowaniu. Tradycja kazała, żeby biuro mistrza ceremonii było czynne i gotowe w każdej chwili. Jakiś ważniejszy służący wprowadził ich do rozświetlonej słońcem sali przyjęć ze wspaniałym widokiem na port i majaczące na horyzoncie wyspy. Młody, lekko znudzony arystokrata, który tu urzędował, podniósł się jednak błyskawicznie.

– Witam wielkich państwa. Kogo będę miał zaszczyt zapowiedzieć?

– Komandor Krzysztof Tomaszewski, Marynarka Wojenna Rzeczypospolitej Polskiej, i czarownica Kai. – Dyskretnie podsunął służącemu karteczkę z nazwiskami i tytułami, żeby tamten się nie pomylił, a oficjalnie podał młodzieńcowi listy uwierzytelniające. Wszystko było od dawien dawna ustalone przez etykietę i nie chodziło o załatwienie jakichkolwiek formalności, lecz o zrobienie odpowiedniego wrażenia. Przecież listy były napisane po polsku. Nikt nie będzie ich czytał, ale niech sobie popatrzą na jakość papieru, nieznanego tu druku i wielkich pieczęci.

– Czego się państwo napiją?

– Najchętniej kawy. – Tomaszewski miał przygotowane opakowanie już zmielonej, które podał arystokracie. – Przywykłem do tego gatunku.

Urzędnika zapowietrzyło. Kawa była napojem rzadkim, prawie niemożliwym do zdobycia i koszmarnie drogim. A tu cały wór!

E tam, wór, uśmiechnął się w myślach Tomaszewski. Standardowe opakowanie dwieście pięćdziesiąt gramów.

Na głos wyjaśnił, że kawa nie pachnie, bo została próżniowo zapakowana i trzeba użyć noża, żeby otworzyć. Młodzieniec wezwał służącego z odpowiednimi przyrządami do parzenia.

– I jeszcze drobiazg dla pana. – Tomaszewski wręczył niewielki sztylet. – Wydaje się prosty i bez zdobień. Ale jest wykonany z tytanu. Ostrze nie złamie się na kolczudze i można nim ciąć żelazo!

Urzędnika zapowietrzyło po raz drugi.

– To... to królewskie dary!

– Nie, nie, to drobne upominki dla pana. Królewskie dary przywiózł ze sobą poseł i zamierza podczas audiencji wręczyć je cesarzowej.

Arystokrata zawezwał służących poprzez klaśnięcie w dłonie. Z boku otworzyły się drzwi, przepuszczając dosłownie ich tłum. Musieli mieć odpowiedni system klaśnięć. Najwyraźniej samym rodzajem dźwięku określali wagę sprawy: od takiej sobie po pilną, bardzo pilną, priorytetową i wagi państwowej. Nikt bowiem nie podszedł do urzędnika i o niczym go nie poinformował, a ten już oświadczył, że mistrz ceremonii właśnie do nich idzie. Widać ich sprawa trafiła od razu na najwyższą półkę.

Otoczeni przez ludzi usiłujących im usłużyć na wszelkie możliwe sposoby przeszli na werandę ocienioną pnącą się na drewnianych rusztowaniach winoroślą. Kai była w swoim żywiole. Choć słońce nie padało na nią bezpośrednio, rozłożyła swoją parasolkę i przybierała tak wspaniałe wielkopańskie miny, że służący, wdrożeni do etykiety, płaszczyli się przed nią niczym żaby słuchające grzmotu.

Nie musieli długo czekać. Mistrz ceremonii pojawił się szybko, skromnie ubrany, stary, doświadczony. Widać było, że zjadł zęby na pałacowej dyplomacji i doszedł w tej mierze do mistrzostwa – jak zresztą wskazywał tytuł – któremu niewiele mogło się równać.

A jednak chłopcy z wywiadu dali z siebie wszystko. Tomaszewski po prezentacji i wymianie uprzejmości wręczył mu przygotowane przez wydział prezenty.

– To jest zegarek na rękę, przeskalowany na pomiar czasu w modlitwach. Trzeba codziennie nakręcać, za to wskazuje pory dnia, ma budzik i alarm. A to jest zdobiony przez jubilerów barometr. Wskazuje z wyprzedzeniem, jaka będzie pogoda, ostrzega o reumatycznych bólach w kościach, na podstawie jego wskazań wiadomo, jak się ubrać danego dnia.

– To ludzie wymyślili aż takie cuda? – Nawet stary wyjadacz był szczerze ujęty otrzymanymi drobiazgami. – To coś powie mi, czy będzie mnie dziś boleć w kościach?

– Tak. Dołączyliśmy instrukcję, jak go odczytywać.

Praca wywiadu nie poszła na marne. Udało się wyrwać mistrza ceremonii z codziennej rutyny. Stał się przeuroczy, komplementował bez przerwy Kai, czyniąc tym dziewczynie największą przyjemność, błyskawicznie dogadywał się z Tomaszewskim. Sprawy protokołu omówią w trybie roboczym urzędnicy obu stron, doraźnie ustali się, w jaki sposób. Tak, cesarzowa przyjmie tak ważnego posła osobiście i wyda bal z tej okazji. Zakres poruszanych publicznie spraw ustalą urzędnicy obu stron. Zakres spraw poruszanych na prywatnej audiencji zostanie przedyskutowany przez oficerów łącznikowych, których akredytuje się w trybie roboczym. No i sprawa najważniejsza. W jaki sposób poseł zamierza przybyć do stolicy? I tu mały problem. Poseł musi przybyć drogą morską, a stolica nie ma połączenia z morzem. Nie ma problemu. Może być Negger Bank i letnia rezydencja władczyni. Jest odpowiednio reprezentacyjna.

– Który basen portowy przygotować? – zapytał na koniec mistrz ceremonii. – Jak poseł zamierza wpłynąć do portu?

– Port jest za płytki – odparł Tomaszewski. – Poseł przybędzie na wielkim okręcie z żelaza.

Dyplomata przełknął jakoś tę informację.

– Nie mnóżmy trudności, przesiądzie się na redzie na mniejszą jednostkę. – Tomaszewski uśmiechnął się oficjalnie, ale zaraz spoważniał. Musiał mu teraz sprzedać naprawdę gorzką pigułkę. – Mamy jednak inny, bardziej poważny problem.

– Tak? W czym rzecz?

– Otóż podczas działań militarnych, które Rzeczpospolita prowadziła w dolinie Sait, doszło do niczym niesprowokowanej agresji wobec naszych wojsk.

Oczy mistrza ceremonii powędrowały do góry.

– Czyżby zaatakował was nasz korpus?

– Ależ wprost przeciwnie, to jakieś dzikusy, zwane przez was potworami. Widząc jednak tragiczne położenie sił imperium, udzieliliśmy korpusowi bezpośredniej pomocy na polu bitwy.

Wszyscy wokół zamarli nagle w bezruchu.

– Słucham?

– Ci uratowani żołnierze są teraz naszymi gośćmi, udzielono im pomocy medycznej i wszelkiej innej, ale... Cóż, oni muszą wrócić przecież do was, do domu. I życzeniem posła jest, żeby przywieźć resztki korpusu ze sobą. Niech ci biedni żołnierze połączą się nareszcie ze swoimi rodzinami.

Jakby piorun trzasnął w sam środek pomieszczenia.

Ciężkie wozy posuwały się jeden za drugim drogą imperialną nazwaną wieki temu „Szlakiem upamiętniającym masakrę pod Negger Bank". Była to próba upamiętnienia bitwy, która pozwoliła siłom Królestwa Arkach zająć wielkie i ważne portowe miasto, kluczowe dla handlu Cesarstwa Luan. Gdzieś właśnie w tej okolicy wojska dowodzone przez Mohra zeszły z brukowanej drogi i przez gaj oliwny skierowały się na pole bitwy. Niestety, trafiły wprost pod lufy baterii armat Chorych Ludzi wraz z flankującym je batalionem piechoty. Rzeź wtedy dokonana na szturmowcach cesarstwa dała asumpt historycznej nazwie, która jednak nie przyjęła się wśród prostych ludzi. Drogę nazywano po prostu „Masakra", lecz nikt nie wiązał tego z wydarzeniami sprzed tysiąca lat – ta nazwa kojarzona była raczej ze stanem nawierzchni.

– Zatrzymują ich. – Rand ukryty za resztkami kamiennego muru biegnącego przez pole schował głowę. – Kontrola wojskowa w tym miejscu?

Aie wzruszyła ramionami.

Zawsze był tu punkt cywilny – nabazgrała na tabliczce. *Myta, cła, strażnicy poszukujący przestępców.*

– Właśnie. A cywile stoją obok, ograniczając się do poboru opłat. Wozy kontroluje wojsko.

Albo cesarzowa już w ogóle straciła zaufanie do służb cywilnych, albo siły specjalne jej to wmawiają, doprowa-

dzając do tego, by stać się jedyną służbą, na której będzie mogła się oprzeć.

Rand wzruszył ramionami.

– Możesz zobaczyć, o czym mówią?

Mogę.

Aie położyła przed sobą dodatkową tabliczkę do pisania, żeby mieć jedną wolną rękę. Podniosła do oczu lunetę, opierając ramię wygodnie o fragment muru.

Kadir: przecież sami widzicie. Zresztą co ja tutaj wiozę...?

Dowódca patrolu: Przecież widzę. A wwożenie broni do miasta jest zabronione!

K: A gdzie tu jest broń?

DP: A te rzeczy na lawetach armatnich?

K: Bogowie! Przecież to nie armaty!

DP: No widzę, ale co to jest?

K: Urządzenie sygnałowe... Zaraza! Odwrócił głowę. Nie widzę jego ust.

– A co mówi ten żołnierz? – spytał Rand.

Upiera się, że to broń. Zgadza się, że jeszcze takiej nie widział. Znowu upiera się, że broń może wwieźć do miasta jedynie regularny oddział wojskowy. Kadir daje mu jakiś papier. Tamten twierdzi, że obsada huty artylerii polowej nie jest regularnym oddziałem wojskowym i nic go nie obchodzą eksperymentalne urządzenia sygnałowe.

– Co ten Kadir wyrabia? – zniecierpliwił się Rand. – Chce zaoszczędzić na gotówce?

Nie, właśnie usiłuje zaprowadzić tamtego za wozy, tak żeby reszta patrolu nie widziała dowódcy.

– Aha. I co? Dał już łapówkę?

Znikli mi za wozami.

Rand usiadł wprost na ziemi, opierając plecy o kamienny mur. Wypił resztę wina z wojskowego bukłaka. Potem zaklął głośno.

Co? – Aie, żeby rozmawiać, musiała mu teraz podtykać tabliczkę na przedramieniu pod same oczy. Ale przez to nie mogła już trzymać lunety.

– Za długo to trwa. Kadir aż się prosi o jakieś nieszczęście.

A co może się stać?

– Na przykład może przyjść oficer wyższy rangą. Jakiś pierdolony służbista!

Kadir ma wystarczająco dużo pieniędzy nawet i na oficera.

– Tak, do czasu, aż odnajdą zbiegłego więźnia na jednym z wozów.

Aie również zsunęła się na dół i usiadła obok Randa. *Tomaszewski dotrzymuje umowy* – teraz było jej wygodniej i mogła pisać bardzo szybko. *My też dotrzymamy?*

– Jasne. – Uśmiechnął się szeroko na myśl o jedynym jasnym punkcie w całej tej sprawie. Współpraca z wywiadem ludzi z żelaznych okrętów była jego najlepszym pomysłem. – Ich wyprawa dotarła do Złych Ziem. I niech tam sobie robią, co chcą, wezmą sobie, co chcą, i w ogóle się rozgoszczą. Ja im tylko poduszki z puchem będę pod dupy podkładał.

Nie sądziłam, że mu tak łatwo pójdzie. A może inaczej: że cesarzowa okaże się w tej sprawie sterowalna.

– Wiesz co? Nasze interesy są do pewnego momentu wspólne. Nawiązanie stosunków i pozbycie się resztek korpusu i tak jest im na rękę. A Tomaszewski rozegrał to idealnie po naszej myśli. Cesarzowa, przerażona kanałem, w jaki wpuściły ją siły specjalne, chce z góry udobruchać lud.

I posłuchała twojej rady?

– Żeby wprowadzić rozdawnictwo ziarna? – Uśmiechnął się. – A miała inne wyjście?

A wolność zebrań?

– Spokojnie. Na każde trzeba mieć zgodę. A to tylko pozornie ułatwia sprawę służbom. Ciekawe, czy Kadir dobrze przewidział, że poluźnienie systemu opresji spowoduje bunt.

Tę myśl podsunęła mu Shen.

– O, właśnie. – Rand podniósł się z trudem. – Zerknij, jak im idzie.

Aie podniosła się zdecydowanie szybciej. Nie była specjalnie od Randa młodsza, ale po pierwsze nie piła tyle wina, a po drugie regularnie pływała w łaźniach. Nie miała żadnych problemów ze stawami. No i nie drżały jej ręce. Dlatego też luneta w jej dłoni nie poruszała się niepotrzebnie.

Żegnają się właśnie – napisała na tabliczce leżącej na kamiennym uskoku muru. *Łapówka musiała być potężna. Patrz. Tamten prawie się mu kłania.*

– No to mamy z głowy. – Randowi nie chciało się oglądać tej sceny w powiększeniu. – A to już ostatni punkt kontrolny przed wjazdem do miasta.

Kiedy wóz ruszył, Shen poczuła ulgę. Droga ze stolicy trwała długo, a ona musiała ją przebyć w ciasnej skrytce pod drewnianą podłogą. Miała wrażenie, że jest cała oblepiona kurzem i pyłem. Ale w jej przypadku trudno było narzekać. Każde wspomnienie o Podziemnej Twierdzy sprawiało, że warunki, jakie miała w skrytce, mogła uznać za prawie komfortowe. Zresztą wóz zatrzymał się kilkaset kroków dalej, za wzgórzem.

– Hej, dziewczyno. – Ktoś z trudem odsuwał fałszywą ścianę będącą wejściem do skrytki. – To już przedmieścia. Więcej kontroli nie będzie.

Zaczęła się gramolić powoli. Kadir podał jej rękę, ale prawdę powiedziawszy, jego siła nie wystarczała do udzielenia pomocy. Shen po dłuższej chwili sama zsunęła się na bruk, a potem przetoczyła między kołami. Teraz mogła skorzystać z jego ramienia. Podniosła się i stanęła niepewnie na zdrętwiałych nogach.

– Tu nikogo nie ma. – Kadir wskazał ruiny spalonej kiedyś karczmy przy drodze. – Przebierz się, żebyś nie wyglądała jak ktoś wytarzany w piasku.

Poprowadził dziewczynę do śmierdzącego wnętrza pod rumowiskiem. Jakieś męty musiały tu mieć swoje schronienie, dostrzegła jeszcze resztki lichych legowisk. Teraz jednak byli sami.

Shen wytarła się wilgotną chustą podaną przez Kadira. Nie było to mycie, o jakim marzyła, ale zawsze coś. Bez skrępowania zrzuciła brudną tunikę i zaczęła przebierać się w mundur strzelca pustyni. Sądząc po zapachu – używany. Wiedziała, dlaczego wybrano mundur tej formacji. Ilość chust i zawojów, które trzeba nałożyć na głowę, była taka, że z twarzy pozostawały widoczne tylko oczy. Dostała też przepustkę, rozkaz zakwaterowania i kartę ewidencyjną dla garnizonu w Negger Bank. Podobno wszystkie dokumenty były autentyczne. Wolała jednak, aby nie nadeszła chwila, żeby to sprawdzić. Jako żołnierzowi na przepustce nie przysługiwał jej służbowy karabin. Kadir dał jej więc rewolwer wraz z instrukcją obsługi.

– Odciągasz kurek, mierzysz, naciskasz spust. Odciągasz kurek, mierzysz, naciskasz spust. I tak możesz sześć razy.

– A potem? – Zdumiona oglądała nieznaną jej broń.

– A potem to w zależności od sytuacji. Jeśli ich będzie więcej, to zacznij się modlić albo przewidująco zachowaj ostatnią kulę dla siebie. Jeśli nas więcej, krzycz głośno: na wroga!

Uśmiechnęła się nieśmiało. Nie miała mu za złe, że kiedy się przebierała, to co prawda niby odwrócił głowę, ale tak, żeby wszystko móc widzieć z ukosa.

– Schowaj to i chodź. – Pierwszy wyszedł na zewnątrz i wskazał Shen miejsce na koźle. Obok siebie.

– Gdzie jedziemy?

– Miejsce ukrycia tych gratów – kiwnął na paki ciężkich wozów – nic ci nie powie. Generalnie – wskazał miasto przed nimi – to Negger Bank. Ale domyślam się, że pytanie trzeba rozumieć szerzej.

Znowu się uśmiechnęła i skinęła głową.

– Otóż jesteśmy gniewem ludu, który postanowił właśnie wybuchnąć. Ludzie nie chcą już więcej znosić ani biedy, ani upokorzeń, ani tego pomiatania nimi jak śmieciami na podwórku.

– Aha.

Shen wskoczyła na kozioł i spojrzała do tyłu.

– Aha – powtórzyła już ciszej.

Jak na pomiatany lud, obsługa wozów była zbyt dobrze wyszkolona, zorganizowana i ewidentnie dowodzona przez fachowca. Ciekawe też, skąd „lud" zorganizował sobie tak wiele skrzyń z karabinami i amunicją. Kiedy tkwiła w skrytce pod wozem, dotarły do niej strzępki rozmowy z dowódcą punktu kontrolnego. W związku z tym mniej więcej orientowała się, jaki ładunek przewożą. Zmarszczyła lekko brwi.

– A co mamy na lawetach, co nie jest armatą? – zapytała szczerze zaciekawiona.

– Karabiny Kadira – odparł rusznikarz, gramoląc się na wóz.

– Jak z tego wybrną? – zastanawiała się Kai, stojąc w tłumie oficjeli na nabrzeżu portowym przeznaczonym do wyładunku powracających wojsk. Specjalna trybuna została wzmocniona w dwojakim sensie. Zastosowano specjalne wręgi z klejonych desek dębowych oraz również podwójny kordon wojsk ochrony, który miał chronić wielmoży przed gapiami. A niebezpieczeństwo było spore. Dzięki ludziom, którzy rozsiewali plotki, powrotu resztek imperialnego korpusu nie dało się ukryć. Gorzej, trzeba było na to jakoś zareagować i przygotować oficjalną uroczystość. Na szczęście dało to asumpt do umieszczenia kilku kompanii sił specjalnych oraz żołnierzy piechoty rzekomo po to, żeby koleżanki mogły powitać koleżanki. Tak naprawdę wojska czekały w pogotowiu, „w razie gdyby coś się zaczęło".

– Jak zwykle – mruknął Tomaszewski. Rozmawiali po polsku, żeby nikt z oficjeli wokół ich nie rozumiał.

– Co?

– Pytałaś, jak z tego wybrną. No to powiedziałem: jak zwykle.

Kai w dalszym ciągu nie rozumiała.

– Widziałeś już coś takiego? Najpierw ogłaszają żałobę narodową z powodu całkowitej zagłady korpusu, podają jej przyczyny, a zaraz potem okazuje się, że wojska wcale nie przepadły całkiem, co gorzej, wracają i prawda zostanie okazana.

Tomaszewski uśmiechnął się lekko.

– Widziałem nie raz, czytałem o tym też nie raz. Zawsze w państwie rządzonym autokratycznie przez jednego władcę on musi się okazać tym dobrym. Jeśli więc władca zmienia zdanie, to nie dlatego, że poprzednio się mylił. To źli ludzie z jego otoczenia, kłamcy, zawistnicy, spiskowcy go oszukiwali. Władca, gdyby wiedział, że źle się dzieje, nigdy by do tego nie dopuścił.

– Aha. I nigdy nie poznamy nazwisk tych „spiskowców"?

– Ależ wprost przeciwnie, poznamy. Zaraz ich osądzą i powieszą, publicznie ogłaszając imiona. A jeśli system jest sprawny w tej mierze, przed śmiercią spiskowcy albo będą publicznie oskarżać się wzajemnie, albo wręcz składać samokrytykę, przyznawać się do wszystkiego i błagać o litość.

Musieli przerwać. Tłum zafalował i na dole rozległy się jakieś okrzyki. Prawdopodobnie ci, którzy stali bliżej wejścia do portu, już coś zauważyli. Nie było możliwe, żeby parowiec, który transportował wojsko, mógł wpłynąć do płytkiego basenu. Żołnierzy musiano przewozić do miasta mniejszymi kutrami.

Kai niecierpliwiła się coraz bardziej. Upał rósł z każdą chwilą. Co prawda dawało to możliwość popisywania się parasolką i budzenia zazdrości u dam dworu. Ale z kolei polskie ubranie, czyli spódnica i bluzka, okazały się zbyt ciepłe, jak na tę porę roku. Miejscowe krótkie i przewiewne tuniki były zdecydowanie lepszym rozwiązaniem.

– Są! – krzyknął ktoś. – Są!

Tłum znowu zafalował gwałtownie. Ale i na trybunie dało się już zauważyć wyłaniające się zza osłony falochronu, wyładowane wojskiem kutry. Ludzie na nabrzeżu zaczęli cichnąć. Na pewno szok powodowały same niewielkie okręty poruszające się bez pomocy wioseł i żagli. Na pewno. Ale była jeszcze jedna przyczyna. Wojsko na pokładach wyglądało dziwnie. Dziwnie i groźnie zarazem. Stojąca obok Tomaszewskiego oficer gwardii pałacowej gwałtownie przełknęła ślinę, bo zdała sobie sprawę, że być może to wszystko to jedynie podstęp Polaków chcących w ten sposób wysadzić desant w środku miasta. Niepotrzebne nerwy. Sytuację dało się łatwo wyjaśnić.

Otóż przy ekspedycji wojsk imperium z doliny Sait kwatermistrzowie na okrętach dostali duży problem w prezencie od dowództwa. Przecież wysyłani do domu żołnierze nie mogli przypominać łachmaniarzy. Jak by to zostało odebrane? A skąd w takim razie wziąć mundury imperialne? Żołnierze miały na sobie zdekompletowane, nędzne resztki. Rannym z reguły mundury w ogóle pocięto, żeby je zdjąć przed zabiegami. Skąd więc wziąć nowe? Odtworzyć od zera? A z czego? Jak na przykład zrobić regulaminowy pasek parciany z włókien splatanych ręcznie? Żaden z kwatermistrzów nie potrafił czegoś takiego wykonać. Zresztą to bezsensowny pomysł. A jednak nie można było wracających do domu wysłać jak łachmaniarek – bo świadczyłoby to, że są głodzone w niewoli i trzymane w jakichś tragicznych warunkach.

Rozwiązanie okazało się proste, lecz, niestety, niosło ze sobą liczne implikacje. Padł pomysł, żeby ubrać obcych żołnierzy w mundury polskie, których pod ręką można znaleźć przecież dowolne ilości. Bez insygniów oczywiście, a może inaczej: z insygniami, ale imperium, przyszytymi na rękawach. To dałoby się zrobić. Problem pojawiał się jednak następujący. Jak to? Własne wojsko wraca w obcych mundurach, bez broni, bez sztandarów? To zwykli jeńcy w takim razie, oddani nam z łaski na mocy jakiegoś traktatu! Nie można dopuścić do powstania wśród witających takiego wrażenia. Co więc zrobić? Dać żołnierzom broń. I tu się zaczynały schody: jaką broń? Skałkowych karabinów wyniesiono z bitwy niewiele, dosłownie śladowe ilości. Zbierać po lasach po upływie dłuższego czasu zardzewiałego szmelcu też nie było sensu. Zatem co? Ktoś wpadł na pomysł, żeby w takim razie dać im broń polską. Również przecież dostępną w nadmiarze. Z nabojami? A czemu nie? Zresztą jak by to wyglądało bez – niech każda weźmie regulaminowy przydział. No a prywatne rzeczy dziewczyn? Przecież po długim okresie „przyjaźni" z polskimi żołnierzami dziewczyny miały pokaźne zbiory rozmaitych pamiątek i innych przydatnych klamotów. Trudno, każda dostała więc pełne regulaminowe wyposażenie do podróży.

Kiedy kutry podpłynęły bliżej, każdy z ludzi czekających na nabrzeżu mógł zobaczyć, jak wygląda powracające, niby rozbite wojsko imperium. Dziewczyny miały na sobie skórzane, sznurowane nad kostkę buty, w które wpuściły nogawki szerokich spodni z kieszeniami na udach. Do tego bluzy z insygniami cesarstwa na rękawach, maskujące chusty na szyjach, a na głowach rogatywki z długimi daszkami i okulary przeciwsłoneczne. Każda miała przedziwny karabin, plecak bojowy, chlebak, ładownice, hełm, bagnet, saperkę, manierkę i menażkę, pojemnik maski przeciwgazowej (ktoś się zagalopował z regulaminem) i wielką płócienną torbę do transportu rzeczy prywatnych.

W dodatku na kutrach obowiązywał regulamin polski, a nie imperialny. Żołnierze nie musiały stać na baczność ani siedzieć wszystkie twarzami w jednym kierunku. Rozsiadły się więc gdziekolwiek, każda oparta na swoim karabinie, czasem dla wygody z nogami na zewnątrz, za burtą, i paradoksalnie chyba to sprawiło, że wyglądały cholernie bojowo. Jak wracające z prawdziwej akcji.

Rozległy się pojedyncze wiwaty. A potem nagle cały tłum zaczął krzykiem witać te istoty z innego świata. Nie cały dwór był przeżarty intrygami i tylko myślami o karierze. Kai zauważyła prawdziwe łzy w oczach wielu dam dworu. A kiedy zawarczały werble i rozległy się dudy, pamiątka po górskim rodowodzie Arkach, wielu oficerów nie mogło ukryć wzruszenia.

Pierwszy kuter dobił tuż przed frontem kompanii honorowej. Rzucono trap i żołnierze zaczęły schodzić na ląd. Najpierw sztandar, poczet, a potem kolejno pododdziały w regulaminowym szyku. Dziewczyny z obu kompanii, tej, która witała, i tej, która była witana, patrzyły na siebie z uwagą. Te pierwsze z ciekawością i zazdrością na zupełnie inne, nowoczesne wyposażenie, te drugie po prostu z dławiącym wzruszeniem. Tłum szalał, wiwatując, żołnierze z zabezpieczenia miały coraz większe trudności z powstrzymaniem ciekawskich. Harmider rósł z każdą chwilą, kiedy ojcowie i matki córek służących w korpusie chcieli się dowiedzieć czegoś o losie swoich dzieci. Po chwili wykrzykiwane ze wszystkich sił imiona i pytania stały się głośniejsze od wiwatów.

Dwie osoby osiągały właśnie to, co chciały osiągnąć. Tomaszewski wiedział, że to, co się dzieje na oczach ludzi, dobitnie pokaże im potęgę potencjalnego sojusznika. Lud już będzie wiedział, że lepiej mieć RP po swojej stronie, i żadne imperialne nastawienia nie będą mogły już zaszkodzić politycznym planom. Rand, którego nie było oczywiście na tej uroczystości, też z zadowoleniem słuchał nadchodzących wieści. Udowodnił przed ludem kłamstwo pałacowi. Resztę zrobią roznosiciele plotek.

Następne kutry ukazały się przy wejściu do portu, a te, które pozbyły się już swojego ładunku, zawracały na parowiec po następną porcję. Okazało się, że po rekonwalescencji wszystkich rannych powracającego wojska było całkiem dużo. Teraz po siłach specjalnych lądowały właśnie oddziały piechoty. Zamieszanie na brzegu rosło. A kiedy dwa kutry dobiły do brzegu, powstał nawet zator.

Do Kai i Tomaszewskiego podbiegł jakiś niski rangą dworzanin.

– Dostojni państwo – giął się w ukłonach – dostojni państwo, czy bylibyście tak uprzejmi i wyświadczyli nam niewielką przysługę?

– Ależ oczywiście. – Tomaszewski skinął głową. –
O co chodzi?

– Nie możemy się porozumieć z załogami polskich
okrętów. – Wskazał za siebie, na nabrzeże. – Chyba chodzi o jakiś drobiazg.

– Z przyjemnością. – Kai złożyła swoją parasolkę. –
Zaraz przetłumaczymy, co będzie trzeba.

Prawdę powiedziawszy, oboje z ulgą opuścili trybunę
dla ważnych osób. Tu, na dole, będą mogli dopiero zobaczyć kilka szczegółów. Pomocnicy dworzanina mieli
duże trudności, żeby przepchnąć się na nabrzeże. Dopiero dzięki interwencji gwardzistów udało się stworzyć
coś w rodzaju wąziutkiego, ciasnego korytarza. Z ulgą
wydostali się na wolną przestrzeń.

– Tędy. – Dworzanin pokazywał drogę do najbliższego kutra. – Tędy.

Na ich widok młody porucznik marynarki wojennej zasalutował i przedstawił się zgodnie z regulaminem.

– Co się dzieje? – Tomaszewski machnął krótko ręką
w odpowiedzi.

– Ja nie jestem w to zamieszany, panie komandorze. Dostałem rozkaz przewiezienia na ląd, to wożę. Ale
wynosić ich na brzeg na własnych rękach już nie będę. –
Wskazał grupę żołnierzy imperium na pokładzie.

– Co się stało?

– Nie chcą zejść – powiedział tamten.

Tomaszewski aż syknął, kiedy zdał sobie sprawę, jaki
błąd popełnili.

– O szlag!

– O co chodzi? – Kai jeszcze nie rozumiała.

– Widzisz, te pierwsze zeszły na ląd bez problemu, bo to oddziały elitarne. Zawsze wywyższane, zawsze miały lepiej. A te tutaj to zwykła piechota – wyjaśnił.

– No i co z tego? Przecież wróciły do domu.

– No właśnie – westchnął. – Póki siedziały w obozie w dolinie Sait, gdzie nuda, to wiesz: tęsknota za domem się odzywała, za rodziną, nostalgia. Ale poznały tam inne życie, inny rodzaj wojska. Teraz wróciły i na widok koleżanek stąd przypomniały sobie, co się tu kiedyś z nimi wyrabiało. I nie chcą zejść. One nie chcą po prostu wracać.

Kai zerknęła na miny piechociarek. Jasna zaraza. Krzysiek miał rację. Było dokładnie, jak mówił. Dziewczyny zobaczyły już inny styl życia, widziały inną armię, gdzie też przecież żołnierze, jak one, podpisywali kontrakty. Po wstąpieniu w szeregi musieli wykonywać rozkazy. Ale nie przestawali być wolnymi ludźmi. Takiemu żołnierzowi stamtąd nie można było zrobić niczego, co nie byłoby zapisane w regulaminie. On oprócz obowiązków miał swoje prawa! Które egzekwował z całą skrupulatnością precyzyjnych zapisów. A teraz gnane dotąd nostalgią dziewczyny zobaczyły swoje koleżanki i przypomniały sobie wszystko, co się z nimi wyrabiało w imperialnej armii. Każdy rodzaj zezwierzęcenia. I nie chciały po prostu rezygnować z cywilizowanych form współistnienia i wracać do niewolnictwa.

– Dobrze, zachowajmy spokój. – Tomaszewski podszedł do burty kutra. – Drogie panie, dlaczego nie chcecie zejść na ląd?

– Bez jaj, panie komandorze – krzyknęła któraś z tyłu, dobrze ukryta za plecami koleżanek. – Bez jaj!

Tomaszewski postanowił ją wyróżnić. Po pierwsze dobrze mówiła po polsku, po drugie była odważna, a po trzecie sam głos sugerował, że była też inteligentna.

– Hej, ty. No ta, która krzyczała, chodź tu. Nic ci nie zrobię.

– Słowo oficera? – rozległo się z tyłu, ciągle jeszcze zza pleców innych.

– Słowo. Chodź.

Ktoś zaczął się przepychać w tłumie żołnierzy zgromadzonych na pokładzie. Po chwili do trapu przecisnęła się wysoka, gibka dziewczyna. Szybko zbiegła na dół, przyjęła pozycję na baczność i stuknęła regulaminowo obcasami.

– Szeregowa Maii melduje się na rozkaz, panie komandorze.

Tomaszewski odwrócił się do pozostałych na pokładzie dziewczyn.

– No i widzicie, jedna odważna się znalazła. Może i wy zejdziecie?

Odpowiedziała mu ponura cisza. Jedynie Maii odważyła się ją przerwać.

– One tak łatwo nie zejdą – powiedziała. – To tylko ja jestem taka sprytna.

– Dlaczego?

– Z całym szacunkiem, panie komandorze, i z góry przepraszam za słowa. – Maii uśmiechnęła się szeroko. – Ale ja mam wszystko w dupie i nie boję się, że te tutaj – wskazała miejscowych żołnierzy – cokolwiek mi zrobią.

– Dlaczego? – powtórzył Tomaszewski.

Dziewczyna rozpięła kieszeń na piersi, wyjęła z niej złożoną na czworo kartę, rozprostowała i pokazała oficerowi.

– Bo jestem żoną polskiego szeregowego. Wszystkie formalności zostały dopełnione, mam pisemną zgodę ze sztabu, akt małżeństwa zawartego na terytorium Rzeczypospolitej Polskiej.

– Jakim cudem?

– Wzięliśmy ślub w kaplicy na lotniskowcu. Jestem więc Polką i nasze wspólne państwo musi mnie chronić. – Maii nie mogła się już powstrzymać i ryknęła śmiechem. – W sztabie powiedzieli, że mąż może mnie wykupić z kontraktu tutaj. Po prostu zapłaci za pozostałe lata mojej służby. Oni załatwią wszystkie formalności. I w związku z tym ja tu przypłynęłam tylko podpisać papiery, załatwić sprawę i wracam!

– Aleś ty sprytna – mruknęła Kai.

– Jest tak, jak pani mówi. – Maii skłoniła głowę przed czarownicą. – Matka zawsze powtarzała: skoro już nie jesteś piękna, to musisz być sprytna. Jeśli ludzie nie docenią pięknej twarzy, muszą docenić to, co masz w głowie. – Cmoknęła głośno. – No to się staram. Uczę się języka najpilniej jak mogę. Bo wiem, że miejscowy zwiadowca znający język będzie przez najbliższe lata dla każdego oddziału Tatarów na wagę złota.

– To ty i tatarski znasz?!

– Uczę się. Będę bezcenna.

– No fakt. – Tomaszewski był pod wrażeniem.

– No i teraz znam swoje prawa.

– A nie boisz się, że coś tu pójdzie nie tak? Nie mamy władzy nad cesarstwem.

– Nie boję się. Mam paszport, jestem Polką, jestem nietykalna. A ci tutaj nie podskoczą na widok lotniskow-

ca, no i nikt się nie wpakuje w zadrażnienia dyploma-
tyczne z tak błahego powodu jak ja.

Tym razem Tomaszewski roześmiał się na głos. Kai
kręciła tylko głową.

– Ona jest naprawdę sprytna – powiedziała po
chwili. – W życiu nie widziałam takiej zaradności.

– To właśnie nazywają wzięciem spraw we własne
ręce. Dobrze ci będzie w życiu, Maii, radzisz sobie.

– Tak jest, panie komandorze!

– No to teraz pomóż nam wyładować na brzeg koleżanki.

– Ciężko będzie, panie komandorze. Niech pan zresztą sam zobaczy. – Podeszła do burty i krzyknęła do jednej z najbliżej stojących dziewczyn: – Powiedz panu oficerowi, dlaczego nie chcesz na ląd.

Tamta wzruszyła ramionami.

– No przecież mnie rozstrzelają na miejscu.

Tomaszewski uniósł brwi. Maii indagowała dalej:

– Dlaczego mieliby cię rozstrzelać?

– Bo nie mam swojego karabinu, kurwa mać! Byłam
ranna w ostatniej bitwie, Tatarzy mnie wyciągnęli z krainy śmierci, na własnych plecach wynieśli do pancernej maszyny. No i nie mam swojego karabinu, nie mam plecaka,
nie mam nic, w co wyposażyła mnie moja armia. Pod mur
mnie postawią, zanim zdążę powiedzieć „dzień dobry"!

– Ale to były warunki ekstremalne – usiłował zaopo-
nować Tomaszewski. – W takiej bitwie, kiedy się jest rannym, to nawet utrata karabinu nie jest...

– W czwartym forcie rozstrzeliwano za brak chleba-
ka. – Dziewczyna musiała być zdesperowana, skoro od-

ważyła się przerwać oficerowi. – A bitwa nie jest niczym ważnym dla sądu wojskowego.

– Jak to nie jest ważna? – Tomaszewski nie włożył w swój głos tyle pewności, ile chciał, żeby tam było. Marynarka to zupełnie co innego, ale pamiętał różne kwiatki z lektur o kampaniach prowadzonych przez siły lądowe. Oczywiście zgubienie czy też porzucenie części wyposażenia było problemem, i to dużym. Może i nie groziło za to rozstrzelanie, ale karna kompania mogła się zdarzyć, w zależności od tego, o co toczyła się sprawa. W każdym razie jednak nie dotyczyło to rannych.

– Niech pan komandor spyta speckurew, co się działo na przedpolu pierwszego fortu. Te, co wracały z bitwy, to na lewo albo na prawo. Większość rozstrzelano. Ale dla przykładu przed resztą wojska.

– Braki wyposażenia nie dotyczą rannych.

– Ja nie byłam ranna – wtrąciła inna dziewczyna. – A też nie mam karabinu.

– Nasz sztab na pewno załatwi sprawę karabinów. A poza tym macie nowe.

– Akurat nasi się będą przejmować jakimś sztabem.

– To jest jakaś nieważna przeszkoda. Usuniemy ją w ramach działań dyplomatycznych w ciągu paru dni. Dostaniecie gwarancje.

Do relingu dopchała się dziewczyna ze swoim prześwietleniem w ręku. Podetknęła je komandorowi pod nos.

– A ja mam w brzuchu kilka klamer! I parę gwoździ w kościach. Nie nadaję się do wojska już. A przede mną jeszcze osiem lat służby. Umrę, zanim skończę. A co mam powiedzieć tym tutaj? Zdjęcie pokazać? One nie wiedzą, co to promienie X! Nie uwierzą, że ktoś komuś nogę gwoździami zbijał do kupy! Nie uwierzą, że ktoś otwarty brzuch klamrami i nićmi cerował, bo każdy, komu się grzebie w brzuchu, umiera! Więc będę kłamcą godnym pogardy i powieszenia za szyję, bo na rozstrzelanie trzeba jednak zasłużyć!

– Ja też nie byłam ranna! – krzyczała inna dziewczyna skądś z boku. – I nawet mam papier, że z karabinem doszłam do waszego obozu. Ale mi też zostało osiem lat służby. A ja już widziałam, jak można bezmyślnie cały korpus na pewną śmierć wysłać. Tu byle kto może każdą z nas na śmierć wysłać po nic! Po nic!

– A ja nie chcę znowu żreć brukwi i popijać wodą z kałuży – powiedziała bardzo spokojnie szeregowa, która stała tuż obok. – Ja chcę stołówkę.

Tomaszewski zwątpił teraz już totalnie. Do brzegu dopływały właśnie następne kutry i nie bardzo miały gdzie przybić. Nikt nie spodziewał się takiego przestoju i takich komplikacji.

– Dobrze. – Tomaszewski wyraźnie się zdenerwował. – Porozmawiam z jakimś miejscowym oficerem i uzyskam od niego słowo honoru, że nikt nie zostanie rozstrzelany.

Tu znowu włączyła się Maii:

– Panie komandorze, z całym szacunkiem. Słowo jakiegoś tam oficera tutaj nic nie znaczy. Może powiedzieć, co chce, a jeśli przełożony ma inne zdanie, to i tak mówił na wiatr.

– A czyje zdanie się liczy?

– Cesarzowej. Ale ona przecież tu nie przyjdzie i nie będzie się takim drobiazgiem w ogóle zajmować. – Maii wzruszyła ramionami. – Dla tych dziewczyn liczyłoby się tylko pańskie słowo. Ale one głupie nie są. Pańskie słowo jest wiążące na pokładach polskich okrętów. Tu już nie. I dlatego nie zejdą. Nie chcą być rozstrzelane dla przykładu albo dla czyjegoś kaprysu.

Tomaszewski zerknął na Kai jakby w poszukiwaniu pomocy. Bardzo zaimponowało to czarownicy. Dyskretnie odciągnęła go na bok, żeby się naradzić.

– Zauważyłeś, że w tłumie pojawia się coraz więcej matek wykrzykujących imiona swoich córek? Niby to chcąc się dowiedzieć, czy przeżyły.

– Myślisz, że to celowe?

– Rand głupi nie jest. Myślę, że to jego prowokatorzy. Tłum już osiągnął wrzenie. Ich właśni żołnierze nie chcą wysiadać w domu. Wolą obcych.

– No fakt – przytaknął Tomaszewski. – Coraz bardziej lubię tego zniewieściałego paniczyka. Geniusz cholerny.

Kai miała inne zdanie.

– No ale to można podciągnąć pod niewywiązanie się z umowy. Tłum zaraz wybuchnie.

– Nie przeciwko nam, to po pierwsze. Po drugie naszym się to też spodoba. Wkraczamy w chwale zbawców żołnierzy imperium, pogromców potworów, a także, napisane drobnym druczkiem, jesteśmy tak wspaniali, że nawet wasi żołnierze, widząc, jak żyjemy, nie chcą wracać. Sprytne, prawda?

Słowa Tomaszewskiego znalazły nieoczekiwane potwierdzenie. Z boku podszedł porucznik dowodzący kutrem i podał mu radiogram.

– To do pana.

Tomaszewski przebiegł wzrokiem kilka linijek tekstu, prychnął, uśmiechając się z podziwem, i podał kartkę Kai.

Panie komandorze. Poinformowaliśmy ambasadora, co się dzieje na brzegu. Jest bardzo zadowolony. Gratuluje panu wywołanego incydentu i mówi, że dodał pan kolejnego asa do jego talii w nadchodzącej rozgrywce. Sam incydent proponuje rozwiązać tak: niech żołnierzy przetrzymają trochę w jakichś koszarach, gwarantem nietykalności będzie także strona polska. Potem wynegocjujemy zatrudnienie tych żołnierzy do ochrony naszego portu, jako obytych już z językiem i naszymi regulaminami.

Ja ze swej strony również gratuluję.

Rosenblum.

– No i widzisz, jak trzeba dobierać sojuszników? – Tomaszewski lekko ukłonił się jakiemuś wyimaginowanemu cieniowi. – Rand zadbał również, żeby i nas pochwalono.

Kai rozłożyła ręce w geście podziwu. Razem podeszli do pułkownik sił specjalnych, która z wyraźnie wyczuwalnym napięciem obserwowała coraz bardziej buntujący się tłum. Oficer doskonale zdawała sobie sprawę z powagi sytuacji. Otwarty bunt albo zamieszki mogły wybuchnąć w każdej chwili. Powiedziała, że dowództwo oddziałów specjalnych jest w stanie opróżnić dobre koszary w mieście i dać gwarancje nietykalności żołnierzy do czasu rozpoczęcia negocjacji na dworze. Wie, co trzeba zrobić, wie, jak to załatwić, no i jest świadoma, że gdyby coś poszło nie tak, znajdą się w konflikcie dyplomatycznym ze stroną polską. A poza tym pani pułkownik naprawdę zrozumiała, że ta propozycja jest w tej chwili najlepszym rozwiązaniem.

Tomaszewski uspokojony wrócił do kutra.

– W porządku. – Podniósł trzymany w ręku radiogram. – Macie polskie gwarancje!

– No, baby! – krzyknęła Maii. – Schodzimy na ląd! Tylko w szyku! Oficerów nam zabili, ale pokażmy, że same potrafimy! Po zejściu ustawiać się w szeregu.

Dziewczyny na pokładzie zaczęły się ustawiać. I bez oficerów poszło to sprawniej niż zwykle. Mimo że były obciążone sprzętem, bez problemu pokonywały trap.

Stojący obok Tomaszewski szepnął tylko:

– Jakikolwiek by był... witajcie w domu, żołnierze. To była długa podróż.

Shen ledwie podniosła się z łóżka. Sen był tak męczący, że długo nie mogła dojść do siebie. Zwlokła się jakoś, zabrała swój mundur pustynnego strzelca, owinęła w prześcieradło i wyszła na zewnątrz. Dziedziniec niewielkiego folwarku był wypełniony ludźmi. Czyścili broń, kończyli poranny posiłek albo grali w karty z zaciekłością starych hazardzistów. Porozsiadali się wszędzie. Nie przeszkadzało jej, że byli to przede wszystkim mężczyźni. W lewej ręce pod zwiniętym ubraniem trzymała rewolwer i nie obchodziło jej, że większość ludzi wokół gapi się na jej pośladki.

Przygotowana balia stała przy ścianie stodoły. Shen zostawiła klamoty tak, żeby leżały w zasięgu ręki, i zgrabnie wskoczyła do środka. Nie miała żadnej szczotki, skrobaczki ani nawet piasku, nie mówiąc już o oliwie. Trudno. Była nauczona radzić sobie tym, co jest pod ręką. Szorowała skórę zwiniętym wiechciem siana.

Usłyszawszy skrzypienie otwieranych drzwi, błyskawicznie sięgnęła po rewolwer, odciągnęła kurek i wycelowała w zarys postaci ciemniejącej w jasnym prostokącie.

– Spokojnie! Spokojnie, to ja! – Człowiek podniósł ręce.

Poznała ten głos. Powoli odłożyła broń.

– Mogę podejść?

– Jasne.

– Ale jesteś goła w tej balii.

– A podchodź sobie. To ja powinnam być skrępowana, a uwierz mi, nie jestem.

Kadir zrobił kilka kroków i odpowiedział uśmiechem na jej uśmiech. Postawił obok mały dzbanek z oliwą, poprosił tylko, żeby nasmarowała się dopiero po wyjściu z kąpieli. Tę wodę będą piły zwierzęta.

– Powiedz mi. – Shen spojrzała mu prosto w oczy. – Kim są ci ludzie?

Kadir zerknął na folwarczny dziedziniec.

– To gniew ludu.

Parsknęła śmiechem.

– Toż to regularni bandyci. Wystarczy na ich zakazane mordy zerknąć.

– A kogo miałem wziąć? – zaperzył się nagle. – Regularny oddział wojska?

– To zależy, do czego zamierzasz ich wykorzystać.

– Do pomocy biednym ludziom, gdy już się zbuntują.

Machnęła ręką. Gdzieś tam obiło jej się o uszy, że istnieje coś takiego jak przewroty pałacowe. Słyszała też, że często pomocne są właśnie tłumy niezadowolonych. Nigdy jednak nie zaprzątała sobie tym głowy. Władza była wysoko i daleko. Nigdy nie zaglądała do jej malutkiej wioseczki, ani nawet do jej oddziału wojskowego, kiedy ginął pod strzałami potworów. Władza? A tak naprawdę to co to jest? Cesarzowa? A co cesarzowa wie o pracy rybaków i w jaki sposób chce nią rządzić? A może coś wie na temat drogi gminnej ze wsi do wsi? Toż wójt wie lepiej, jak ją poprowadzić. Co to jest władza? Jakiś daleki aparat opresji, który wysyła ludzi na śmierć, wcielając do wojska. Prowadzi jakieś rujnujące wojny nie wiadomo po co. Głodzi i dusi lud podatkami, chcąc sobie zbudować wspanialsze pałace, albo na ten przykład flotę wojenną. Na chuj komu flota wojenna? Przed czym i przed kim nas broni? Przed nikim i niczym. Gdy szyper boi się piratów, sam się musi uzbroić. Czy słyszał ktoś o jakimkolwiek okręcie wojennym, który ochronił kupców przed piratami? Albo na przykład uprawa roli. Czy cesarzowa wie, co posadzić na polu, żeby w przyszłym roku były lepsze plony? Nie wie. Nie ma nawet pojęcia o istnieniu małej wioseczki. A miejscowy agronom wie. I dzięki jego radom może chociaż trochę głód będzie mniejszy.

E tam. Zastanawianie się nad władzą nie miało żadnego sensu. Tak było od zarania, tak jest i tak będzie.

– Przecież oni nie są wyszkoleni – powiedziała na głos. – Nigdy nie mieli nawet ćwiczeń we współdziałaniu jako zwarta grupa – odezwał się w niej kapral. – Są bezwartościowi jako oddział, bo nie da się nim dowodzić.

Kadir przytaknął.

– Ale w przeciwieństwie do żołnierzy oni nie zawahają się strzelać do każdego celu. Każdego – powtórzył i podkreślił.

– Co fakt, to fakt – zgodziła się natychmiast. – Ale powiedz mi – zmieniła temat – jaką rolę tu pełni Aie?

– Żadną na razie. Wybieramy ludzi, którzy cieszą się mirem wśród otoczenia, którzy potrafią poprowadzić innych.

– I ja też tak jestem wybrana? – wpadła mu w słowo.

– Nie.

Rozejrzał się w poszukiwaniu czegoś odpowiedniego, a potem przyniósł spod ściany mały stołek służący chyba karbowemu, kiedy liczył dzienną zwózkę. Usiadł na nim, opierając się o jeden ze słupów podtrzymujących więźbę dachową.

– Nie, ty nie zostałaś wybrana – powiedział cicho. – Ciebie los ustawił po właściwej stronie.

Shen drgnęła nagle. Przypomniała sobie dzisiejszy męczący sen i chłopca z tobołkiem, który mówił: „Droga, którą kroczysz, to droga tylko w jedną stronę. Nie możesz zawrócić, nie możesz pójść w bok"...

– Widzisz – kontynuował Kadir. – Lud czasem, a nawet częściej niż czasem, buntuje się i niekiedy występuje zbrojnie przeciwko uciskowi.

– No i wszystko jest krwawo tłumione.

– Mówisz o powstaniach chłopskich. Tak.

– A były jakieś inne bunty?

Westchnął, nie mogąc się pogodzić z jej ignorancją.

– Były. Chyba już w każdym mieście. W stolicy na przykład strzelano do ludzi pod Pałacem Audiencji, czego byłaś przecież świadkiem.

– Ale był ktoś, komu się powiodło?

– Jak mogłaś nie słyszeć? A partyzanci?

Palnęła się ręką w czoło, rozpryskując wodę. Partyzanci! To dzięki akcji przeciwko nim awansowała porucznik Idri. I rzeczywiście, regularna armia w walkach z nimi ponosiła klęskę za klęską. Zwycięstwo nastąpiło dopiero, jak powiedziała obrazowo pewna piechociarka, kiedy jeden ich batalion przypadał na jednego partyzanta. Wtedy po prostu nakryli ich czapkami. No ale... To nie byli chłopi, tylko osadnicy. Przyzwyczajeni do trudów zagospodarowywania nowych ziem, uzbrojeni, bo przecież musieli polować, twardzi i zahartowani. No ale faktem jest, że również nie byli szkoleni jako jednolite, zwarte oddziały frontowe. A jednak potrafili odnieść sukces.

Shen po raz pierwszy podniosła głowę z zainteresowaniem.

– A czy lud tym razem chce się zorganizować?

– Właśnie po to jesteśmy my, żeby mu to ułatwić.

– Źle się więc wyraziłam. Czy lud jest wystarczająco zdesperowany, żeby podnieść rękę na światłość światłości? – zakpiła.

Kadir uśmiechnął się.

– Dawno cię nie było w kraju – westchnął. – Ale pamiętasz sytuację, jaka była w chwili, kiedy odpływałaś na wyspę Tarpy, prawda?

– Tak.

– Jak byś ją obrazowo określiła?

– Było tak, jakbyśmy leżeli na dnie rzeki gówna.

– No to teraz jeszcze wzięliśmy głęboki wdech – powiedział dobitnie. – Pojawili się ludzie z żelaznych okrętów. Czego doświadczyłaś jako jedna z pierwszych. To duża szansa dla cesarstwa. Ogromna. Być może ostatnia, jaka może nam się zdarzyć.

– A co przeszkadza w wykorzystaniu tej szansy?

– Służby specjalne.

– Czego one chcą?

Kadir przygryzł wargi i rozmasował szczękę, jakby w ten sposób chciał bardziej się skoncentrować. W końcu wyznał:

– Problem w tym, że nie wiemy.

– No tak.

Shen zgrabnie wyskoczyła z balii. Mimo że niezbyt ją interesowało, czy mężczyzna siedzący na stołeczku patrzy na nią, czy nie, odruchowo jednak stanęła do niego tyłem. Szybko i delikatnie wytarła się prześcieradłem. Potem schyliła się po niewielki dzbanek i zaczęła nacierać oliwą.

– Zrobili z ciebie zdrajczynię winną zagłady korpusu. No dobrze. Dlaczego więc nie poddano cię publicznie egzekucji? Dlaczego wobec ludzi nie przyznawałaś się do winy i nie błagałaś o litość?

– Bo wcześniej mnie uwolniliście – odparła rezolutnie.

– Może. Ale jakoś nie wierzę w akcje, które są zbyt łatwo wykonywalne. – Machnął ręką. – Mniejsza z tym. Zrobili z ciebie zdrajczynię, a my pokazaliśmy im, że kłamią. Ludzie z żelaznych okrętów przywieźli resztki korpusu do Negger Bank.

Odwróciła się tak gwałtownie, że z dzbanka poleciały wokół krople oliwy.

– Przywieźli je?

– Tak.

– Moje koleżanki są w Negger Bank?

– Jeśli wcześniej nie uciekły. Bo widzisz, nastąpiło coś, co nie miało prawa się zdarzyć, gdyby wszystko miało iść po myśli pałacu.

– Co takiego?

– Doszło do gorszących scen. – Zrobił minę wyrażającą ubolewanie, ale ta mina była ewidentnie fałszywa i źle udawana. – Żołnierze w porcie nie chciały opuścić pokładów kutrów, które je przywiozły.

– Co?!

– A jak myślisz? Poznały już obcy obyczaj, poznały obce prawa i wszystkie ich wspaniałości. Zobaczyły, jak można żyć. Przypomniały sobie, co się wyrabia tutaj. I co? Każdy normalny człowiek zawaha się sto razy, zanim zdecyduje, czy wystawić własny tyłek na razy batoga. Nie chciały wysiadać.

Kiedy wspomniał o tyłku, Shen zdała sobie sprawę, że stoi przed nim naga. Mimo że jeszcze nie skończyła namaszczać skóry, okryła się prześcieradłem.

– Szumi w całym mieście – kontynuował Kadir. – Taki skandal! Ale to jeszcze mniejsza. Lud zaczyna trawić to, co zobaczył. Zaczyna się uczyć rozumieć, co to znaczy, że ich córki po długiej rozłące, po zobaczeniu innego świata... NIE chcą wracać! Zobaczyły, co u obcych, i już nie chcą z powrotem. Ale numer, prawda?

– Numer zupełnie nieprawdopodobny – przyznała. – Ale żebyś się nie zdziwił, jak lud pojmie tę naukę.

Podniósł ręce w uspokajającym geście.

– Już ty się nic nie bój. Są tacy, co pomagają ludowi zrozumieć wszystko właściwie.

– Aha, a ja muszę zadecydować...

– Ty nie musisz o niczym decydować – przerwał jej brutalnie w pół słowa. – Więksi od ciebie zadecydowali za ciebie. Nieświadomie weszłaś między siły, które zetrą cię w proch.

– Choć wy oczywiście jesteście w stanie zapanować nawet nad największymi siłami – zakpiła, dowodząc tego, że ma refleks. – Przed losem, przeznaczeniem i wpływem gwiazd uchroni mnie organizacja Gniew Ludu.

Zaczął się śmiać.

– Jeśli ci się nie podoba, weź sprawy w swoje ręce. Z nami najlepiej. By my chcemy, żebyś stanęła na czele.

– Czele czego?

Nachylił się do Shen, opierając dłonie na kolanach. Milczał długą chwilę, a potem rzekł:

– Tego, co stworzysz, dziewczyno. Pamiętaj tylko o jednym: zrób to dobrze, bo już się nie cofniesz.

Przygryzła wargi. Znowu przypomniała sobie chłopca ze snu. „Z drogi, którą kroczysz, powrotu już nie ma. Siły, których nawet sobie nie wyobrażasz, zadecydowały o twoim losie. Ale skoro nie możesz iść w tył, możesz ruszyć do przodu. Sama wybierz gdzie".

Koszary, do których przywieziono żołnierzy korpusu wracających na żelaznych okrętach, były więcej niż przyzwoite. Przestronne sale wysprzątano z niezwykłą starannością. Korytarze, sale do zajęć wspólnych czy stołówki aż lśniły w promieniach wpadającego przez wielkie okna słońca. Nikt nie zabrał żołnierzom broni. Nowoczesne karabiny stały w szafach na korytarzach tuż przy sypialniach, niby tam i zamknięte na skobel oraz zatyczkę. Ale wystarczyłoby potraktować szafy z kopa, żeby błyskawicznie dobrać się do zawartości. Podoficerowie, którym przysługiwała broń boczna, mieli ją stale przy pasie.

Najdziwniejsza okazała się obsługa koszar. Zamiast starych wyjadaczy garnizonowych z wielkiego miasta, jakim było Negger Bank, w ostatniej chwili ktoś sprowadził nowe szeregowe, nie wiadomo skąd, lecz na pewno z głębokiej prowincji. Wiejskie dziewczyny zajmujące się dotychczas stołówką były przerażone, zahukane, a co gorsze, nie dało się z nimi pogadać, bo w ogóle nie orientowały się w sprawach toczących się wokół. I chyba zasadniczo o to chodziło. Weteranki siedziały więc w zamknięciu, jedynie patrząc przez okna na świat za murem. Po długiej rozłące, tułaczce, kampanii w dolinie Sait, a potem pobycie w polskiej bazie nie znalazł się nikt, kto nie chciałby wyjść na ulicę, zobaczyć i dotknąć swojego kawałka ojczyzny, pogadać z ludźmi, upić się w szynku... Niestety. Układ był klarowny i jasny. Tu, w zamknięciu, mają polskie gwarancje bezpieczeństwa do czasu podpisania układu między państwami. Jeśli wyjdą za mur, będą podlegały miejscowemu prawu i nie wiadomo, co może się zdarzyć.

Nuk i Sharri grały w kości, trzymając nogi na pryczach, ponieważ przydzielona do obsługi wieśniaczka w mundurze szeregowego szorowała właśnie podłogę w ich sali. Nuciła jakąś rzewną ludową piosenkę i przez to nostalgia wracała z coraz większą siłą. Sierżant nie wytrzymała pierwsza.

– Hej, ty! – huknęła. – Przestań śpiewać, do jasnej zarazy! Bo cię zamorduję za moment!

Szeregowa urwała natychmiast. Przerażona skurczyła się, usiłując dosłownie zniknąć. Sharri zrobiło jej się żal.

– Przestań się wygłupiać – mruknęła do Nuk. – Co? Lepiej ci, że ją zbeształaś?

Sierżant wyraźnie się zmieszała. Durne przyzwyczajenia z imperialnej armii, z wyspy Tarpy, z całego przebiegu jej służby.

– Ty, chodź tu – powiedziała przyciszonym już głosem. Z kieszeni na udach wyjęła malutką ustną harmonijkę. – Masz, to dla ciebie. Zagraj nam coś.

Szeregowa patrzyła tylko podejrzliwie. Bała się drgnąć.

– No chodź, chodź, nie bój się. Z tym mordowaniem to tylko pic na wodę.

Wieśniaczka poruszyła się niespokojnie. Przerzucała spojrzenie z jednej weteranki na drugą.

– Dziwnie mówicie – szepnęła nagle. – Jakiś cudaczny jest wasz język.

– Nie pękaj – uśmiechnęła się Sharri. – To taka mieszanka języka naszego i obcych.

Tamta podniosła lekko głowę.

– A co to znaczy „pic na wodę"? – spytała nieśmiało. Nuk otworzyła usta, lecz Sharri ją uprzedziła:

– Już tłumaczę. Niebawem na ulicach tego miasta będzie trochę obcych. A oni mogą cię zaczepiać. Podejdzie na przykład bliżej postawny, wysoki mężczyzna i zacznie miłym głosem mówić jakieś niezrozumiałe słowa. A ty wtedy musisz mu odpowiedzieć w jego języku. W ten sposób: „Proszę pana, i tak wiem, że to pic na wodę, bo tak naprawdę chodzi panu o dupę".

Nuk ryknęła śmiechem. Razem z Sharri chichotały długą chwilę, zanim zdołały się opanować.

– No dobra, dobra. – Sierżant wyciągnęła rękę z harmonijką. – Weź to.

Robiąc śmieszne miny, jakoś ośmieliła żołnierz ze wsi, u której ciekawość walczyła ze strachem. W końcu jednak przyłożyła instrument do ust.

– A teraz dmuchaj. O, widzisz? A teraz dmuchaj, ruszając ręką w prawo i w lewo. O.

– Ma talent zaraza – mruknęła Sharri, kiedy szeregowej udało się wydobyć nagle kilka taktów jakiejś piosenki. – Jak będzie sprytna, zarobi na tym trochę grosza.

– No. Tylko niech nie daje takich smętnych kawałków. Zagraj coś z życiem, mała.

Wieśniaczka opuściła oczy.

– Ale... Ja nie mogę tego wziąć.

– Możesz. To u obcych instrument prawie bez wartości.

Widać było, że tamtą pali ciekawość, lecz boi się zadać pytanie.

– A... – odważyła się wreszcie. – Czy oni są bardzo bogaci?

Nuk znowu się uśmiechnęła.

– Są obleśnie bogaci, mała. Tam często zwykły człowiek ma takie rzeczy, o których u nas książę nie śni. Ale nie o to chodzi, mała. Nie o to.

– A o co, pani sierżant? – Biedna, żądna wiedzy dziewczyna wspinała się właśnie na absolutne szczyty odwagi cywilnej. – Co sprawiło, że wy, weteranki, nie chcecie normalnie zejść na ląd i powrócić do przypisanych wam obowiązków? Dlaczego wolicie opiekę obcych? Cudzoziemców. Ludzi nie stąd. To u swojaków gorzej?

– Oj, ciężko to wytłumaczyć.

Dziewczyna jednak miała swój wiejski, nieśmiały może, ale twardy upór.

– Co jest w tych obcych? Czy widziały panie ich przepiękne pałace? Ich bogate miasta, cudowne ogrody. Ich niezmierzone kopalnie, przepych i...

– Nie, mała – przerwała jej Nuk. – Nic takiego nie widziałyśmy.

– Oni się nawet śmieją, że u nas drogi lepsze – dodała Sharri. – Że oni takich u siebie nie budują.

– Mówią, że i budynki u nas lepsze, przynajmniej publiczne. Że solidne, że nie wymagają remontów co chwila.

– No i ich faceci mówią, że u nas dziewczyny fajniejsze. – Niedoszła kapłanka uśmiechnęła się do swoich wspomnień.

– No to czemu wolicie ich, a nie...

Nuk znowu jej przerwała:

– Dziecko, musisz zrozumieć jedną rzecz. To zupełnie inna cywilizacja. Oni mogą wybierać władcę.

– No przestań – Sharri wpadła sierżant w słowo. – Akurat coś z tego zrozumie... – Rozłożyła ręce w niemym podziwie nad naiwnością koleżanki. – Wyjaśnię ci prosto. U nas przychodzi książę i mówi: na twarz przede mną, ścierwo. Co zrobisz, jeśli to się stanie?

– Jak każe, to upadnę.

– Widzisz. A obcego taka uwaga by tylko rozwścieczyła. Oni prawa mają. Każdy ma. I wszyscy do wszystkich mówią „pan" albo „pani". Nie można „ty ścierwo". Prawa mają wszyscy.

– I to działa? – Wieśniaczka nie mogła uwierzyć.

– Nie. Ideałem to na pewno nie jest. Ale jest czymś, o czym u nas nawet marzyć nie można.

Przerwało im wejście Nanti obciążonej dwoma ogromnymi bukłakami.

– Ożeż kurde! – Sierżant piechoty rzuciła cały ciężar na swoją pryczę. – Leć, mała, po jakieś kubki dla nas. Na jednej nodze.

Szeregowa pobiegła pędem i bez dyskusji, a Nuk i Sharri śmiały się, bo przecież chwilę przedtem zrobiły wieśniaczce wykład o prawach obywatelskich.

– Co tam masz? – Niedoszła kapłanka wskazała bukłaki.

– Wino. Miejscowe. Najlepsze.

– A skąd?

– Skąd, skąd, skąd? – Nanti klęła przez dłuższą chwilę na obsługę koszar, według niej niekumatą, głupią i tchórzliwą generalnie. – No przecież każda ma w plecaku tak dużo pamiątek stamtąd, że same wiecie. Kazałam przynieść najlepsze i najdroższe.

Nuk nie wytrzymała. Nie czekając na kubki, wyjęła zatyczkę z pierwszego bukłaka i dokonując cudów zręczności w manewrowaniu ciężkim przedmiotem w powietrzu, upiła kilka łyków.

– Ale doskonałe.

– No! Ci Polacy to może wiedzą coś tam o gorzałce – mruknęła Sharri – ale to ich wino to bycze siki, normalnie, no.

– Święte słowa, kapłanko nasza. – Nanti postanowiła lepiej czekać na kubki, niż ryzykować oblanie nowego munduru. – Święte słowa.

– Co tam na mieście?

– Źle, z tego, co słyszałam. Źle, kurna.

– To znaczy co? – Nuk wolała ściślejsze informacje. – Żabami z nieba bije?

Nanti wiedziała swoje na temat sierżantów sił specjalnych. Miały niepoukładane w głowach. A Nuk szczególnie. Ale trudno, tolerowała ją ze względu na Shen, która była jej wojskową siostrą.

– Ruchawki jakieś wiszą w powietrzu. W Negger Bank następuje wymiana wojsk. Te stare z garnizonu, co znają miejskie życie i mają tu znajomych, są wycofywane gdzieś w zarazę daleko. A do miasta sprowadzają żołnierzy z garnizonów na końcu świata, z rubieży, z dzikich granic, ze wsi, niekumatych, nieznających miasta. Jak te tutaj, w naszych koszarach.

– Czego się boją?

– Ja znam tylko plotki. – Nanti potrząsnęła głową. – Kiedy tłum ruszył na jakiś pałac w stolicy, to kazali wojsku strzelać do ludzi. No i o włos było od dużego kłopotu, bo piechociarki nie chciały strzelać do własnych matek i ojców. Nie?

Sharri podniecona zerwała się z pryczy.

– No nareszcie! I co? I co?

– Nic. Podobno przyprowadzili dwie kompanie piechoty morskiej i koleżanki zrobiły porządek przed pałacem.

– Kurwy z piechoty morskiej! – warknęła Nuk.

– Suki pierdolone! – zawtórowała jej Sharri.

– Oj, oj, oj! – Nanti tylko pokiwała głową. – Pani sierżant z sił specjalnych. Ciekawe, które z was to większa elita... w strzelaniu do swoich.

– Spokojnie! Spokojnie, baby. – Sharri usiłowała zapobiec wybuchowi kolejnej kłótni pomiędzy rodzajami wojsk. – To zamknięcie zaraz sprawi, że wszystkie weźmiemy się za łby. Do rzeczy, jedna z drugą. Co wiesz jeszcze?

Nanti wzruszyła ramionami.

– Poza wymianą wojsk z centralnych na prowincjonalne pani cesarz kazała jeszcze wystawić inne oddziały porządkowe.

– Jakie?

– Złożone z obcokrajowców najemników.

– O Bogowie! Najemników nie było w cesarstwie od tysiąca lat!

– Cesarzowej to powiedz. Ja tylko powtarzam, co słyszałam.

Sharri wstała nagle ze swojej pryczy i podeszła do okna, jakby chciała zaczerpnąć świeżego powietrza. Oparła ręce na parapecie i patrzyła gdzieś w dal, nad dachami otaczających ich domów. Potem szepnęła:

– O kurde. Ci to się nie zawahają strzelać do ludzi.

Ciężki krążownik ORP „Poznań" był okrętem zbyt wielkim, jak na te wody. Ogromny, przestarzały, ociężały, nie miał z kim walczyć na tej półkuli. Dosłownie: nie istniał dla niego żaden potencjalny przeciwnik. Osiem dział kalibru dwieście trzydzieści milimetrów, o zasięgu ponad czterdziestu kilometrów mogłoby więc być użyte do niszczenia fortyfikacji, i to w warunkach idealnych, z pozycji stojącej, przy lotniczej korekcie każdego strzału. Problem w tym, że żadnych bunkrów na brzegu nie było, a miejskie mury dałyby się zniszczyć byle czym. Cóż więc pozostało? Hm, zawsze można użyć potęgi krążownika do anihilacji jakiegoś miasta i upodobnienia miejsca, gdzie stało, do usianej kraterami pustyni. Lecz bez przesady. Nikt nie zaprojektował pancernej machiny jako narzędzia dla kata, a celem jego budowy nie było uprawianie masowych morderstw. Do czego więc był potrzebny na tej półkuli?

Ambasador podpłynął na pokładzie ORP „Poznań" tak blisko brzegu, jak tylko się dało. Tłum, który zebrał się na nabrzeżach Negger Bank, zablokował wszystkie porty, składy towarowe, sparaliżował ruch i handel w mieście. Ludzie obsiadali dachy, z których widać było morze, co do jednego, gałęzie wszystkich drzew, każdą wieżę, dostrzegalnię, obserwatorium i punkt sygnałowy. Każde z okolicznych wzgórz było z jednej strony oblepione ciżbą. W południe tłum wypełnił ulice prowadzące nad ocean i utknął, paraliżując zupełnie ruch w mieście. Każdy chciał zobaczyć żelazne monstrum na wodzie, większe niż cesarski pałac. Ci, którzy zobaczyli, zrozumieli, że tej mocy żadna znana im siła nie zdoła się oprzeć. Cel więc wysłania na te wody ORP „Poznań", do miejsca, gdzie nie było przecież dla niego żadnego przeciwnika, okazał się tego dnia jasny.

Krążownik ani nawet niszczyciel nie dałby rady wpłynąć do reprezentacyjnego basenu portowego w mieście. Wybrano więc uzbrojony holownik oceaniczny, na który ambasador musiał się przesiąść. W eskorcie dwóch ścigaczy – nie bez problemów, ponieważ echolokator sygnalizował bez przerwy, że jest za płytko, ważna persona dotarła do portu.

Na szczęście Tomaszewski i Kai, choć zostali zaproszeni oczywiście na bal cesarski, nie musieli towarzyszyć oficjalnej delegacji. Ktoś w wywiadzie zadecydował, że z tak perfekcyjną znajomością języka bardziej się przydadzą jako tłumacze kuluarowi, zdobywając więcej informacji niż oficjalni. Zresztą dyplomaci woleli niedoskonałych tłumaczy, ledwie co wyszkolonych w dolinie Sait, bo wszelkie nieścisłości w translacji, niedopowiedzenia i różnorakie interpretacje były właśnie najbardziej ulubionym pokarmem polityki zagranicznej.

Kiedy czekali wśród zgromadzonych w salach balowych pałacu gości na koniec oficjalnego powitania, Kai poczuła się naprawdę jak w swoim żywiole. Ubrana w nowy, elegancki i stosowny do sytuacji strój, zadawała szyku, tłumacząc rozmowy polskich oficerów z dworzanami. Odróżniała się od wszystkich dam dworu krojem sukni pochodzącej z drugiej strony gór. Dałaby sobie głowę uciąć, sądząc po spojrzeniach wysoko urodzonych kobiet, że już niedługo taki właśnie model zacznie królować w pałacach. Zastanawiała się, dlaczego tyle czasu spędziła w zagubionej na pustyni szkole. To nie było jej przeznaczenie. Naturalnym żywiołem było to, co przeżywała teraz: była wielką damą, przedstawicielem obcego mocarstwa, potęgi nie z tego świata, na którą skierowały się oczy wszystkich. Tak. O to właśnie chodziło jej w życiu. Lawirując w uśmiechach i konwenansach, po raz pierwszy pomyślała o dwóch ojczyznach. I o tym, kim bardziej się czuła. No właśnie, kim była? Obywatelką imperium czy... Polką? Imperium posłało Kai do szkoły, która pozwoliła jej doskonalić naturalny dar. Ale nie chciała zostać czarownicą na usługach nawet i wielmoży (choć pewnie z racji jej dość słabego daru być może nawet do tego by nie doszło). Czary to w jej przypadku nie były władza i znaczenie. Prawdziwą siłę dało jej inne imperium. Zza gór. Którego skrót nazwy widziała na emblematach zdobiących rękawy wyjściowych uniformów cudzoziemskich oficerów. RP.

Tomaszewski również był zadowolony z przebiegu dnia. Choć z zupełnie innych względów. Wraz ze świtą dyplomacji przybył szef wywiadu floty ekspedycyjnej: Rosenblum. Który zresztą właśnie zaproponował przejście z Tomaszewskim na ty. Ich współpraca rzeczywiście układała się dobrze.

– Izaak. – Wyciągnął przed siebie kieliszek z winem.

– Krzysiek. – Tomaszewski lekko stuknął w szkło.

Wypili po łyku miejscowego, doskonałego wina. Żaden z nich nie był specjalnym koneserem, ale obaj mieli świadomość, że takiego trunku po ich stronie gór po prostu nie ma. Nic nie mogło konkurować z cesarskimi winnicami.

– Dowództwo jest naprawdę zadowolone z obrotu ostatnich spraw – przeszedł do rzeczy Rosenblum. – Incydent na nabrzeżu to istny majstersztyk, który pozwoli na rekonfigurację naszych wstępnych założeń dyplomatycznych.

– Izaak, wybacz, lecz za długo obracałeś się w kręgach salonowych. – Tomaszewski śmiał się cicho. – Powiedz tak, żeby zrozumiał zwykły oficer operacyjny działający na terytorium wroga.

Rosenblum podchwycił uśmiech.

– No tak, tak... – Machnął ręką. – Za długo w dyplomacji.

– Wywiad niejedno ma oblicze. Na szczęście ktoś jeszcze potrafi odwalać robotę w terenie.

– Tak. W każdym razie wiele państw, państewek, nie wiem, jak je nazwać, dotychczasowych wasali...?

– Dotychczasowych niby-sojuszników – podrzucił Tomaszewski.

– O, właśnie. Paru pomniejszych władców zauważyło w tym wszystkim szansę dla siebie. Uznało, że imperium traci siłę i traci impet. Wielu postanowiło wykorzystać ten moment. Kilka wolnych miast portów wypowiedziało lojalność, kilku władców wręcz zaczęło szarpać imperialną flotę, piraci się rozzuchwalili.

– Mam tylko nadzieję, że Rzeczpospolita nie zacznie uzbrajać imperium.

– A skąd! – Rosenblum wzruszył ramionami. – Ale jakoś tam damy im do zrozumienia, że teraz my jesteśmy języczkiem u wagi. Doskonałe wykorzystanie okazji, nieprawdaż?

– Tak, tak, oby się tylko nie skończyło na wysłaniu doradców wojskowych i sprzętu. Wtedy imperium stanie się nietykalne, a nasi sojusznicy tu, wewnątrz, znajdą się na straconej pozycji.

Co prawda rozmawiali po polsku, lecz Tomaszewski nie mógł wypowiedzieć imienia „Rand", bo byłoby zrozumiałe dla wszystkich w zasięgu słuchu. Rosenblum jednak domyślił się, o kogo chodzi.

– Bez obaw. – Ukłonił się jakiejś damie, która oglądała go niczym dziwacznego ptaka z dalekich krain. Kobieta nagle dostała pąsów i ze spuszczonymi oczyma oddała ukłon. – Dyplomacja RP nie jest taka głupia. Jeśli pomożemy imperium i wyślemy jakichś tam doradców czy trochę sprzętu, to tylko na morzu. Takich choćby kilka ścigaczy bardzo by pomogło cesarzowej w każdej bitwie morskiej. Potęgą na lądzie i zagrożeniem dla naszych interesów tym samym się jednak nie staną. Nawet ścigaczem w górę rzeki płynąć się nie da.

– No tak.

Tłok wokół robił się coraz większy. Tomaszewski wskazał Rosenblumowi kierunek. W gęstniejącym tłumie z trudem torowali sobie drogę na taras. Ciekawe, jak służący z tacami obciążonymi łatwo tłukącym się towarem manewrowali w tej dżungli. Musieli być absolutnymi mistrzami w swoim fachu. Druga obserwacja dotyczyła perfum. Ostre, chemiczne zapachy wód kolońskich polskich oficerów walczyły o lepsze z łagodnymi, orientalnymi woniami pań z towarzystwa. Zastanawiające było to, jak długo miejscowe zapachy utrzymują swoją moc. Wydawałoby się, że to dopiero zasługa nowoczesnej chemii, a tu nie. Oczekiwanie w upale przeciągało się, a żadna z wonności wokół nie traciła swej intensywności. Przy okazji okazało się, że i dyplomacja imperium nie zasypia gruszek w popiele. Wiedzieli dość sporo o polskich propozycjach. Tomaszewskiemu w zatorze przy wyjściu na zewnątrz udało się podsłuchać rozmowę dwóch starszych mężczyzn.

– Będą chcieli własnego portu i takiego pola tuż przy nim – twierdził jeden z rozmówców.

– Będą tam coś budować?

– Wprost przeciwnie. Będą chcieli ogromnego płaskiego pola, całkiem pustego. Budować będą obok.

Tomaszewski był pod wrażeniem nie tylko samego faktu zdobycia wcześniej informacji o budowie lotniska, ale też tego, że informacje rozchodzą się aż tak szybko.

– Co zbudują obok?

– Swoje miasteczko. Dla marynarzy, obsługantów, służb, no i na magazyny, domy, składy. Całą bazę chcą mieć. My mamy to ochraniać, dostarczać towarów i zaopatrzenia.

– To nie lepiej skorzystać z tego portu, co już jest? Tam to wszystko gotowe od dawna.

– Oni chyba nie chcą, żeby ich marynarze mieszali się z tłumem na ulicach. Baza będzie zamknięta, ale z pełnią rozrywek. Nawet burdel ma tam powstać.

– I co? Sami sobie zbudują miasteczko, a nawet postawią sobie własny burdel?

– Ale kurwy będą nasze. Wyciągną wszystkie potrzebne informacje.

Mężczyźni zaczęli się śmiać, a Tomaszewski, wykorzystując lukę w tłumie, wyciągnął Rosenbluma na taras. Tu można było nareszcie odetchnąć. Powtórzył koledze całą rozmowę, którą słyszał przed chwilą. Rosenblum nie był szczególnie zdziwiony.

– To może być celowy przeciek z naszej strony, żeby ich uprzedzić i dać czas do namysłu. Albo też sami są tak dobrzy w zdobywaniu informacji. – Wzruszył ramionami. – Jednak poza oficjalną współpracą, dla której grunt ma przygotować ambasador, od dawna istnieje współpraca nieoficjalna.

– Jak to? – zdziwił się Tomaszewski.

– Po prostu. Wzdłuż wybrzeża pływa nasz niszczyciel, A210. Ma udzielać wsparcia i umożliwić ewentualną ewakuację różnym grupom, które działają na lądzie. No ale taki niszczyciel poza paliwem i konserwami potrzebuje ciągle nowych rzeczy. Świeżych owoców i warzyw, słodkiej wody, surowego mięsa.

– I to wszystko dostarczają miejscowi?

– Skwapliwie, rzekłbym, i z wielkim dla siebie ukontentowaniem. Słyszałem nawet plotki, że za dnia brzegiem posuwają się za niszczycielem ozdobne wozy, z których alfonsi lornetują okręt, chcąc zgadnąć, gdzie zatrzyma się na noc. Przecież nie będzie po ciemku pływał po obcych wodach.

– A skąd mają lornetki? – dał się zaskoczyć Tomaszewski.

– A kto je ma oprócz nas? Oni z kolei mają towar, który jeździ z sutenerami na ozdobnych wozach, mają wino, mają różne inne rozrywki, mają hazardzistów, spekulantów, całe towarzystwo, które aż się pali do nawiązywania bliskich i przyjaznych kontaktów z naszymi marynarzami.

– Nie mogę uwierzyć, że kapitan na to pozwala.

Rosenblum znowu wzruszył ramionami.

– Nie wiem, na ile wierzyć plotkom. Ale oprócz miejscowego nawigatora kapitan jest informowany o stopniu zamulenia ujść miejscowych rzek, o wędrujących łachach piasku i wszelkich innych zagrożeniach. Zaczyna znać te wody lepiej niż miejscowy rybak czasami.

Tomaszewski nie zdążył zareagować, kiedy podeszła do nich jedna z dystyngowanych, młodych dam.

– Proszę wybaczyć śmiałość, czy mogłabym zająć panom malutką chwilkę?

Odkłonili się odruchowo, lecz obaj zdębieli. Obaj też zaklęli jednocześnie w myślach. To zdanie zostało wypowiedziane bardzo poprawną polszczyzną! O szlag! A oni rozmawiali przez cały czas po polsku, nie krępując się, bowiem sądzili, że nikt ich nie rozumie. Straszny błąd niedoceniania przeciwnika. A przecież Kai ostrzegała, mówiąc o czarownikach! No niby tak, ale przecież nikt rozsądny w czary nie wierzy. Jasna cholera!

– Proszę więc za mną. – Dama idealnie kryła swoje uczucia pod wyćwiczonym dworskim uśmiechem. – Chciałabym, żeby panowie mogli kogoś poznać.

Wymieniając się wściekłymi spojrzeniami, obaj ruszyli za nią.

– Tędy, proszę. – Wskazała im wąskie marmurowe schodki prowadzące wprost do ogrodu poniżej. Ogród też był zapełniony ludźmi, ale już nie tak gęsto jak na górze. W dzikim zakątku, mającym sprawiać wrażenie, że nie dotknęła go ręka człowieka, łatwo było o ustronne miejsce. I do takiego właśnie ogromnego spiętrzenia poplątanych korzeni pod niedającym się nazwać drzewem zaprowadziła ich tajemnicza przewodniczka. Wcale nie czekała, aż wokół nikogo nie będzie. Wprost przeciwnie. Kilka innych dam, szczebiocząc nieustannie, otoczyło kryjówkę, przyjmując na siebie rolę ochrony.

Ich przewodniczka z fałd sukni wyjęła spory zwitek papierów.

– Mam dwa listy od przyjaciela, panie komandorze. – Podała Krzysztofowi papiery z idealnym pałacowym dygnięciem. – Tu może pan je bezpiecznie przeczytać. Jeszcze przez dłuższą chwilę koleżanki będą panów osłaniały.

Potem wykonała jeszcze jeden ukłon, wycofała się pomiędzy plotkujące damy, a chwilę później zobaczyli ją, jak idzie jedną z alejek w stronę przeciwną, niż leżał pałac.

– No, Krzysiek. – Rosenblum tylko kręcił głową. – Ty chyba admirałem chcesz zostać. Nawet tutaj dostajesz raporty wywiadu?

– To od naszego znajomego. – Tomaszewski znowu nie wymienił imienia Randa. – Pierwszy to szkic raportu geologów. Chcieli tą drogą przesłać obliczenia i wartości, które trudno przekazać za pomocą radiostacji.

– I co piszą?

Tomaszewski podniósł głowę znad rozpostartych kartek.

– Według wstępnych badań pola z takimi zasobami nie ma na drugiej półkuli w ogóle.

Rosenblum gwizdnął cicho. Potem wyjął chusteczkę i osuszył pot z czoła.

– No to prerogatywy naszej polityki wobec imperium zostały właśnie określone na parę najbliższych lat.

– Dokładnie tak.

– A drugi list?

– Ten jest już bezpośrednio od naszego znajomego. – Tomaszewski nachylił się do ucha Rosenbluma i zaczął czytać szeptem: – „Drogi przyjacielu, na pewno zainteresuje cię wiadomość, że pani inżynier Wyszyńska, pan inżynier Sakowicz i pan inżynier Załuski odłączyli się od grupy mędrców grzebiących w brudnej ziemi i robiących głośne wybuchy. Wzięli sporo zaopatrzenia, muły i wielbłądy. Odmówili jakiejkolwiek ochrony oraz przewodnika. Nie podali celu swojej wyprawy. W każdym razie mędrcy od grzebania się w lepkim gównie sami byli zadziwieni". – Tomaszewski przerwał na chwilę, unosząc głowę. – List kończy się słowami: „Zmierzają w kierunku ruin Syrinx".

– O szlag! Co to może znaczyć?

– Znowu sprawa pomnika?

Rosenblum potrząsnął głową.

– Mam nadzieję, że nasz znajomy każe ich śledzić?

– Znając go, na pewno. – Tomaszewski nie wiedział, co myśleć. – Dziwna kobieta.

– Tak.

– Obserwowałem ją w chwili, kiedy zginął jej przyjaciel, inżynier Węgrzyn. Kapłanka dzikusów przegryzła mu gardło. A właściwie rozszarpała, a Wyszyńska spokojnie wyjęła z torebki jakiś taki mały pistolet maszynowy, przeładowała, odbezpieczyła i kiedy kapłanka rzuciła się na nią, powstrzymała ją zawartością całego magazynka. A potem... Obserwowałem ją bardzo uważnie. Ona potem dmuchnęła w lufę pistoletu jak kowboj na nędznym westernie. Zerknęła, czy Węgrzyn żyje, i po prostu wyszła. Bez słowa. Bez jakiejkolwiek reakcji.

Rosenblum uśmiechnął się nagle.

– No to ja powiem, co się zdarzyło później. Zadałem sobie trud i sprawdziłem.

– Co takiego?

– Prosto z miejsca tragedii poszła do kantyny na kawę. Rozumiesz? Nie na drinka dla uspokojenia, nie na pół litra wódki, tylko na kawę! Wyjęła z torebki jakieś kartki i coś sobie na nich liczyła. Była w dobrym nastroju, bo wymieniała się żartobliwymi uwagami z oficerem zaopatrzeniowym.

Tomaszewski zagryzł wargi.

– Niesamowite. Każdy z nas przejąłby się bardziej, gdyby na pikniku rodzinnym zginął ratlerek raz do roku widzianej ciotki.

– No właśnie.

Koleżanki tajemniczej posłanki zaczęły się powoli rozchodzić, więc Tomaszewski schował papiery do kieszeni. Obaj wyszli spod osłony powyginanych korzeni, narzekając głośno na upał, żeby wszyscy wokół wiedzieli dokładnie, co jest powodem ich narzekań i dlaczego ukryli się pod kopułą z liści. Potem niespiesznie ruszyli z powrotem w kierunku pałacu.

– No i czego ona szuka w Syrinx? – szepnął jeszcze Rosenblum.

Rozdział 9

Koszary trzęsły się od plotek. Wszystkie niesprawdzone, wszystkie z trzeciej ręki. Nie było po prostu dostępu do nikogo, kto naprawdę mieszkał w Negger Bank i wiedział, co się dzieje za murami. Te dziewczyny, które przyjechały z doliny Sait, miały kontakt jedynie z obsługantkami – żołnierzami przywiezionymi z prowincjonalnych garnizonów, wymieszanymi tak, żeby nie stanowiły jednolitych, zgranych oddziałów, i co gorsze, również pozbawionymi przepustek do miasta. Z zewnątrz do koszar wchodzili jedynie dostawcy zaopatrzenia, ale tylko na moment i pod nadzorem. Plotki więc miały bardziej charakter przypuszczeń i fantazji niż odbicia realnych zdarzeń. Lepiej było na nich nie polegać. Pierwsza okazja, żeby dowiedzieć się czegoś konkretnego, pojawiła się dopiero wraz z wizytą Idri.

Siedziały właśnie w kantynie, kiedy porucznik weszła bez zapowiedzi.

– Całość powstań! – ryknęła Nuk, podrywając wszystkich na równe nogi. – Całość baczność!

Zasalutowała sprężyście, Idri oddała salut, nakazała „spocznij" i podała rękę swojej sierżant, a chwilę potem przywitała się z pozostałymi podoficerami. Obsługantki z prowincjonalnych garnizonów stały oszołomione tym widowiskiem. Ta, która dostała małą harmonijkę i szybko nauczyła się na niej grać, odważyła się szepnąć do Nanti:

– Czemu to robicie według obcych regulaminów? Są lepsze?

– Nie – roześmiała się sierżant piechoty. – W ten sposób podkreślamy tylko swoją wyższość – powiedziała zaskakująco szczerze.

Idri pokazała gestami „swoim dziewczynom", żeby szły za nią. Najwyraźniej nie miała ochoty rozmawiać w kantynie. Poszły zaintrygowane na zalany słońcem dziedziniec koszar, pewne, że nareszcie dowiedzą się czegoś konkretnego. A miejsce rzeczywiście o tej porze należało do ustronnych, z gwarancją, że każdy, kto chciałby podsłuchiwać, będzie widoczny z daleka jak na patelni.

Idri znalazła odpowiednie miejsce pod rozłożystym platanem dającym cień. Dziewczyny rozsiadły się na niskich murkach służących do ćwiczeń z czyszczeniem broni.

– No, baby, czas się rozstać – porucznik bez wstępów przeszła do sedna. – Postanowiłam pożegnać się również z naszą armią.

Nanti i Sharri opuściły głowy. Lubiły dowódcę, która nie traciła głowy na wojnie. Nuk postanowiła dopytać o szczegóły.

– A jak ci się udało wywinąć?

– Oficerowi zawsze łatwiej. A dowodem są przecież papiery lekarskie. Mam w brzuchu odpowiednio dużo żelaza spinającego mi wszystko razem do kupy, żeby naprawdę nie nadawać się na ponowną wojnę taką jak w dolinie Sait.

– I wzięli to pod uwagę?

– Wiesz, jak mówię, oficerowi zawsze łatwiej. Ale zaraz wam powiem, co stanie się z wami. Bo naprawdę nowe czasy idą.

Nanti jednak musiała dopytać o co innego.

– A co będzie dalej z tobą?

– Do obcego wojska nie zamierzam wstępować – odpowiedziała szybko porucznik. Najwyraźniej pytanie poruszyło w niej jakąś czułą strunę. – Ale zaproponowano mi posadę cywilnego doradcy w oddziałach tatarskich. Jako zwiad potrzebują i miejscowych, i kumatych, i takich, co się nie zesrają na sam widok wroga.

Siedzące wokół dziewczyny kiwały potwierdzająco głowami. Wiedziały, że były w cenie. Wszystkie poznały Tatarów i dobrze znały priorytety w tych oddziałach. Znajomość wojennego rzemiosła i wiedza na ten temat się liczyła, ale tylko praktyczna.

– A co z nami? – spytała Nuk. – Gnić tu dalej czy dezerterować?

– Nie no, spokojnie. Aż tak źle nie jest.

– A jak jest?

– Właśnie się dogadują w waszej sprawie. Ponieważ oddziały strażnicze przy polskiej bazie to pieśń przyszłości, więc padła propozycja ze strony cesarstwa, żeby utrzymać waszą uprzywilejowaną pozycję poprzez... – Idri zawiesiła głos. – Trzymajcie się mocno, dziewczyny.

– Poprzez co?

– Stworzenie z was oddziałów reprezentacyjnych.

Nanti rzeczywiście mało nie spadła z murku. Sharri tylko potrząsała głową. Nuk zamarła w bezruchu.

– Co?!

– Czemu się dziwicie? Nowe mundury, nowa broń, wyglądacie bardzo egzotycznie. No to chcą was podzielić na kompanie honorowe i przydzielić co ważniejszym możnowładcom w imperium. Se będziecie stały w upale pod sztandarami i uświetniały każdą oficjalną uroczystość. – Idri przygryzła wargi. – Ale też nie spotkają was żadne szykany, nie pojedziecie na żadną wojnę, żołd i przywileje jak u garnizonowych elit.

– No srał to pies! – nie wytrzymała Sharri. – Znaczy dezercja nam pozostaje?

– Co? Nie chcesz być kompanią honorową? – zakpiła Nuk. – Jak będziesz równo strzelała na wiwat podczas pogrzebu jakiegoś oficjela, to jaśnie pani przyśle ci później resztki ze stypy. Najesz się za wszystkie czasy, aż się zesrasz ze szczęścia.

Nanti zaklęła wulgarnie. Odwróciła głowę i złorzeczyła komuś szeptem. Sharri podciągnęła kolana pod brodę i oparła na nich głowę. Wyglądała niczym zagubiona gdzieś kupka nieszczęścia.

– Idri? – Jedynie Nuk zachowała jasny umysł. – Przecież wiesz, że po tym, cośmy przeszły, to się nie nadajemy do jakiegoś uśpionego, zapyziałego garnizonu za małpy na pokaz robić. Nuda nas zabije.

– Wiem.

– A z kolei po tym, cośmy widziały, to na psa przywiązanego do budy również kiepskie z nas kandydatki.

– Wiem. – Idri popatrzyła sierżant w oczy. – Nie zamierzam was tu zostawić – westchnęła. – Jest taka możliwość: Polacy się uparli, że te z dziewczyn, które naprawdę doznały uszczerbku na zdrowiu, zostaną zwolnione z wojska bez żadnych konsekwencji. A żeby było uczciwie, powoła się komisję złożoną z naszych i z tamtych medyków. A komisją dowodzić będzie znany wam porucznik doktor Siwecki.

– No! – Nuk energicznie kiwnęła głową. – To już coś.

– Spokojnie, spokojnie, on mnie lubi. Już się tak dogadamy, że zwolni także te, które żadnych ran nie odniosły. Wymyśli wam takie choroby, że wolałybyście nawet o nich nie słyszeć.

– No dobra! – wtrąciła się Nanti. – Nareszcie coś rozumiem: rąsia rąsię, swój swojego, wszystko jasne. – Cmoknęła cicho. – A co dalej?

Idri uśmiechnęła się i szeroko rozłożyła ręce.

– No nie. I tak wiem, że wystarczająco się narabowałyście na wyprawie, żeby mieć z czego żyć. – Zmrużyła jedno oko, a drugim spojrzała prosto na rozmówczynię. – Dacie sobie radę. A niedługo zaczną werbować do oddziałów ochronnych bazy. Jeśli wam to będzie pasować, to przecież was przyjmą w pierwszej kolejności.

– Dobra, mniejsza o to. – Nuk wiedziała dobrze, że dadzą sobie radę tak czy inaczej. W ogóle nie należała do osób mnożących trudności ani rozdzielających każdy włos na czworo. Była jednak patriotką. Jako jedyna z nich wszystkich wstąpiła do wojska naprawdę na ochotnika. Niczym nieprzymuszona. Cywilna przyszłość niezbyt jej odpowiadała. A brak jakiejś przygody w szczególności. – Zmienię temat.

– No?

– Co to za plotki o wybuchach niezadowolenia? I w mieście, i w kraju, podobno? Co się dzieje?

Idri odruchowo ściszyła głos, choć przecież wszystkie widziały, że w zasięgu słuchu nie ma nikogo.

– Mam wieści o Shen – powiedziała.

– Co?! – Nuk podskoczyła jak ukłuta ostrogami. – Żyje?

Idri wypuściła powietrze przez nos. Przez chwilę nie wiedziała, co powiedzieć.

– Tego nie wiem tak naprawdę. Ale chyba... – znowu się zawahała. – Chyba jest szansa, że tak.

Nuk chwyciła panią porucznik za ramiona.

– Nie cedź, tylko powiedz. Żyje?

– Nie wiem.

– A co wiesz konkretnego?

Zaaferowane dziewczyny przysunęły się bliżej. Dawno już pochowały szaloną koleżankę. Dokładnie w chwili, kiedy dowiedziały się, że uciekła, postanawiając dotrzeć gdzieś przez las pełen potworów. Sama jedna. Cóż. Była już dawno opłakana, wszystkie stosowne ofiary w jej intencji Bogom zostały złożone.

– Ogłoszono, że Shen jest zdrajczynią. To ona rzekomo doprowadziła do zagłady naszego korpusu. Nikt z nas nie uszedł z życiem, a w naszej intencji ogłoszono żałobę narodową.

– Co ty mówisz?! – Nuk ciągle potrząsała ramionami porucznik.

– Aua! – Ta usiłowała się wyrwać. – Przestań!

– Co przestań? No mów!

– Przestań mną szarpać, bo mi siniaki zrobisz!

Nanti zachowała resztki przytomności i rozdzieliła obie na bezpieczną odległość.

– Jak mogli tak nakłamać? – spytała.

– Pojęcia nie mam. Nie wiem, do czego było im to potrzebne, ale nakłamali.

– I według ich wersji wszystkie nie żyjemy?

– Tak. A lud się burzy, bo zrozumiał, że pałac łże jak pies w jakimś celu.

Nuk odtrąciła trzymającą ją Nanti.

– Shen żyje czy nie? – warknęła, czując, jak pod powiekami zbierają się gorące łzy. – No żyje?

– Nie wiem! – powtarzała Idri. – No ale gdyby była martwa albo w ich rękach, toby takich bredni nie wygadywali, nie?

Sharri również wstrząśnięta przytakiwała. Ona jedna zdawała się myśleć racjonalnie.

– Toczy się jakaś rozgrywka na górze. Dobrze myślę?

– No pewnie – tym razem przytaknęła Idri. – I co gorsze, ci zza gór też są w to jakoś zamieszani.

– W jaki sposób zamieszani?

– To przecież proste. Pałac ogłasza zdradę Shen i całkowitą zagładę korpusu. I jak na zawołanie pojawia się ambasador RP, a wraz z nim my jako żywy dowód kłamstwa. Jeszcze jakieś wątpliwości, czy też wierzycie w boskie zrządzenie losu, które zadało kłam oszczercom?

Długi czas siedziały w milczeniu, każda roztrząsając coś po swojemu. Nic się jednak u żadnej nie skrystalizowało na tyle, by ubrać to w słowa. Ciszę przerwała dopiero Idri:

– Muszę już biec. Wpadnę do was jeszcze z wieściami.

– Jeśli nas tu jeszcze zastaniesz.

Porucznik westchnęła ciężko.
– Nie róbcie głupstw, dobra?

Poranek, jak na tę porę roku, był zaskakująco rześki. Shen wstała, jeszcze zanim słońce ukazało się na horyzoncie. Po raz pierwszy od bardzo, bardzo dawna czuła się pełna życia i woli działania. W nocy dokładnie wszystko sobie przemyślała. I nie chodziło nawet o stosunek Shen do własnego państwa, który można by nazwać głębokim wkurwem. Nie chodziło jej o złość na imperium, które ją zdradziło, odrzuciło wszystko, co miała do zaoferowania, a potem jeszcze oszczerczo oskarżyło o coś, czego nie zrobiła. Shen nie czuła złości na panią cesarz. Po tym jak poświęciła wszystko, łącznie z przyjaźnią Nuk, tylko po to, żeby wykonać rozkaz, jak pokonała coś, czego nie zdołał pokonać cały korpus, jak dokonała cudu i wróciła do domu z dokumentami wagi państwowej, to... Nie bardzo umiała ubrać myśli w słowa. Wtrącenie do więzienia za coś takiego po prostu Shen zaskoczyło. Władowali ją do celi bezbrzeżnie zdumioną. Jak to powiedzieć? Jako chłopka, córka rybaka, była zła na siebie, że potraktowała to jak rzecz naturalną. O! To właśnie jest najlepsze określenie. Shen nie była zła na cesarstwo. Była zła na samą siebie.

No tak, chłopka, wiadomo. Uznała, że biednemu zawsze wiatr w oczy, tak musi być i już. Tak sprawy na całym świecie ułożone.

A myślała już, że jest inna. Że dotknęła światowych tajemnic i interesów. Że może być czymś więcej niż nieważnym pionkiem na tym stole gry. Myślała, że czegoś się nauczyła. A tu... kiedy wzięli ją z zaskoczenia, uznała jak każdy inny chłop: tak ma być.

A gówno!

Myła się w zimnej wodzie, kiedy wszyscy jeszcze spali. Miała wrażenie, że spłukuje z siebie całe swoje spartolone życie. Wioskę nad jeziorem, gdzie pijany ojciec ją bił, chciał sprzedać, desperacką decyzję o wstąpieniu do wojska, wyspę Tarpy, tragiczną kampanię w Sait i swój heroiczny rajd. A potem więzienie. Ono zmywało się najtrudniej. Tarła skórę piaskiem z całych sił, a po osuszeniu dokładnie nacierała oliwą. Koniec pieśni!

Na szczęście wszystkie gry na świecie są ułożone w taki sam sposób. Ten, który przegrał, jeśli tylko zostały mu pieniądze, może wrócić do stołu gry i powiedzieć: Jeszcze raz! Ten, który przegrał życie, jeśli jeszcze dyszy, zawsze może powrócić do gry i powiedzieć: Jeszcze raz!

Każdy może to zrobić. Zawsze. Jeszcze raz!

Już w mundurze strzelca pustyni wyszła na dziedziniec. Dziwne, ale poza wartownikiem słaniającym się na nogach wszyscy spali dalej. I to ma być oddział? Chlali wczoraj? Nie zawracała sobie tym głowy, zajmując się przemyśleniami na własny temat.

W starej, na poły zrujnowanej stodole znalazła dwa wozy drabiniaste. Były na tyle zdewastowane, że nie nadawały się do jazdy, ale też Shen nigdzie się nie wybierała. Systematycznie, jeden za drugim, zaczęła wyjmować kołki z burt obu pojazdów. Potem zbierała je po kilka i wyrzucała na środek dziedzińca. Dopiero ten dźwięk zdołał kogoś obudzić. Na schodach prowadzących do budynków mieszkalnych pojawił się Kadir.

– Czemu tak hałasujesz, dziewczyno? – Przecierał oczy. – Jeszcze słońce nawet nie wstało.

– Chcę ci coś pokazać. Ale najpierw muszę ci zadać jedno pytanie.

Skrzywił się, ciągle nie do końca obudzony, i podszedł do kuchennego okna. Gwałtownie zastukał we framugę, potem krzyknął:

– Zrób trochę grzanego wina z ziołami. Pomieszaj z wodą.

Powoli odwrócił głowę i spojrzał na Shen.

– O co pytałaś?

– Jeszcze o nic. Dopiero chcę zadać pytanie.

– No to wal. Słucham.

– Do czego ma służyć ten oddział?

Kadir rozejrzał się, jakby w poszukiwaniu bandytów, których zwerbował do sił własnych. Żaden jednak jeszcze się nie obudził. Z budynków gospodarczych dopiero dochodziły odgłosy dowodzące, że ten proces właśnie się zaczął. Rusznikarz otrząsnął się szybko.

– Eeee... – Przełknął ślinę. – Nie można dłużej tolerować rażącej dysproporcji pomiędzy tym, co wyrabiają możnowładcy, a nędzą ludu. Nie można tolerować krwawych rzeźni, jakie urządza państwo upominającym się o podstawowe...

– Ładnie mówisz – przerwała mu z uśmiechem. – Ale takimi słowami ludu nie poderwiesz. Za mądre.

Uśmiechnął się również.

– Cóż poradzę na to, że jestem dobrze wykształcony?

– Najpierw odpowiedz mi na pytanie, do czego ma służyć ten oddział. Ale nie chcę usłyszeć wersji, którą podyktujesz kronikarzom, jeśli wygrasz. Chcę wiedzieć naprawdę.

Wzruszył ramionami.

– Mamy nadzieję, że z niezadowolenia ludu naresz-cie coś się urodzi.

Nie uszło uwagi Shen, że użył liczby mnogiej: „mamy nadzieję", a nie „mam". No tak, przypuszczała, że organizacja jest większa, gdzieś przecież ulokowano w niej Aie. No i na pewno jest ktoś jeszcze, ktoś, kto dowodził całością. Z całym szacunkiem, bo lubiła przyjaznego rusznikarza, Kadir nie był typem wodza.

– Zamiast jednak zakończyć się masakrą, jak w przypadku zamieszek pod Pałacem Audiencji, ktoś może udzielić ludziom wsparcia. A wrzenie może ogarnąć większe obszary.

Nie zadała pytania, po co mu wrzenie. Po co strzępić język. Wystarczyła prosta konstatacja: jego cel jest na razie wspólny z jej celem. No i dobrze. Wystarczy.

– A wiesz, że nie masz żadnego oddziału? – zapytała w zamian.

– Jak to? – dał się zaskoczyć. – A ci wszyscy dokoła? – Znowu się rozejrzał, mając pewnie na myśli budynki gospodarcze, gdzie rozlokowali się wynajęci lub zwerbowani przez niego ludzie.

– To nie wojsko. Rozproszą was w kilka modlitw.

– A nieprawda! – zaperzył się lekko. – Będą mieli miażdżącą przewagę ognia. Ponieważ skonstruowałem kilkustrzałowe karabiny. A w dodatku jeszcze z wymiennymi bębnami.

Pokręciła głową.

– To rzeczywiście siła zmiatająca klasyczne wojsko – przyznała. – Na bezleśnej równinie – zaczęła kpić. – Przy frontalnych atakach.

– Mam jeszcze...

– Tej przewagi nie ma już w mieście – nie pozwoliła sobie przerwać. – Kiedy żołnierze mogą kryć się za naturalnymi przeszkodami i ładować broń w ukryciu. Owszem, dałoby się tę przewagę wykorzystać, gdybyś miał zgrany oddział.

– Mam. Te bandziory nie zawahają się strzelać, nie znają strachu.

Zaczęła się śmiać.

– Chyba kpisz. To, że jakiemuś bandycie nie drży ręka, kiedy morduje swoją ofiarę, to nie znaczy, że wytrwa w polu, pod ostrzałem, poświęcając się dla dobra ogółu.

– Nie powiesz mi, że każdy żołnierz się poświęci.

– Wystarczy wyszkolenie i to, żeby nie myślał. A oni nie są nawet zgrani. Nie znają manewrów, musztry. Rozkaz dla nich nie jest sprawą ostateczną. Nie mają morale.

– Przesadzasz. Najemnicy, których kupiło sobie cesarstwo, również walczą za złoto.

– Ale są wyszkoleni. Wiedzą, że ten, kto ściśle wykonuje rozkazy, ma większą szansę przeżycia. A ci tutaj nie wiedzą!

Kadir zrobił gest, wyciągając przed siebie ręce, jakby chciał powstrzymać Shen.

– Nie wierzysz? – zapytała.

– Nie.

– No to krótki pokaz.

Przyłożyła do ust złożone dłonie i zawołała:

– Hej, wy tam. Wstawać z barłogów i na dziedziniec. Jazda! Szybciej! Szybciej, zarazy!

Rumor wewnątrz najbliższego budynku był na razie jedyną odpowiedzią na jej okrzyki. Ludziom płacono jednak bardzo dobrze. Po chwili rzeczywiście zaczęli ukazywać się w drzwiach. Pojedynczo, trąc oczy, gmerając palcami w kudłach albo w nosach. Gromadzili się jednak. Powoli, ale nawet skutecznie. Po chwili otaczało ich pięćdziesięciu mężczyzn. Nie byli wzorem musztry, lecz też nie zachowywali się jak ostatnie łajzy.

– Tu macie drągi, które powyjmowałam z wozów drabiniastych. – Shen wskazała im stos na samym środku. – Połamcie je wszystkie na pół tak, żeby uzyskać pałki. Chcę, żeby każdy z was miał pałkę o długości mniej więcej połowy drąga.

Nie byli oporni. Zaczęli łamać. Tylko... to nie jest taka prosta sprawa. W rękach złamać się nie da. No to można jeden koniec oprzeć o jakiś kamień, drugi o bruk na dziedzińcu i skoczyć nogami na środek. Potem, kiedy pęknie, to już we dwóch skręcać drewno w lewo i prawo, aż się rozdzieli. No ale jest pewien kłopot. Tak uzyskane pałki mają rozcapierzone końcówki, z których sterczą włókna, drzazgi, Bogowie wiedzą co jeszcze. Jako broń tłuczna – mało poręczne. No więc co? Nożem przeciąć drąga się nie da, bo za długo by trwało. No to siekierą. Dokładne przeszukanie stodoły i innych zabudowań wokół jasno pokazało, że żadnej siekiery pod ręką nie ma. No to można by opalić rozcapierzone końcówki i będzie dobrze.

Shen w ostatniej chwili powstrzymała próbę rozpalenia ogromnego ogniska na samym środku dziedzińca.

– No i co? – Zerknęła na Kadira. – Jak znajdujesz dyscyplinę w swoim oddziale?

– Mają inicjatywę.

– Mhm... – Cmoknęła. – Wolałabym jednak, żeby szeregowi nie wykazywali inicjatywy, pozostawiając wydawanie rozkazów dowódcy.

– Ale oni chcieli spełnić twój rozkaz jak najlepiej.

– Rozkazów nie spełnia się jak najlepiej – westchnęła. – Rozkazy wykonuje się szybko.

– Czepiasz się. – Kadir popatrzył po twarzach wcielonych do oddziału złoczyńców. – Wykazują się wielką chęcią do współpracy.

– W sensie: bo mogliby nas przecież pozabijać? – zakpiła znowu Shen.

Podeszła do ogromnych wrót w parkanie otaczającym posesję i otworzyła je na całą szerokość. Za brukowaną drogą stał dom, jak wiele w tej okolicy opuszczony i zdewastowany. Kiedyś pewnie pełnił rolę karczmy albo przynajmniej zajazdu dla biedniejszych podróżnych. Był wielki.

– Tam wewnątrz mogą kryć się nasi wrogowie. Musicie otoczyć ten budynek. – Shen wskazała drugą stronę drogi. – Wy idziecie w lewo! Wy w prawo! – Ruchami rąk podzieliła grupę na dwa oddziały. – Jazda!

– No ale... – Rosły mężczyzna z gęstą, dość nawet starannie przystrzyżoną brodą miał wątpliwości. – To znaczy mamy wejść do środka i złapać czy tylko otoczyć i zawołać, żeby sami wyszli?

– Czy ja, kurwa, mówię niewyraźnie?! – Shen aż podskoczyła.

– No właśnie nie. Wszystko zrozumiałem, no i pytam, czy my ich mamy złapać, czy nie.

Na szczęście Kadir powstrzymał Shen i nie doszło do bójki.

– Powiedziała: otoczyć budynek – sam zinterpretował rozkaz dowódcy, która słysząc to, szarpnęła się w jego ramionach.

– To ja już, kurwa, nic nie rozumiem. – Wyraźnie obrażony brodacz odwrócił się i ruszył za swoimi.

Shen szarpnęła się znowu i usiłowała przynajmniej kopnąć na odchodnym. Na szczęście nie udało jej się dosięgnąć tamtego.

– I ty to nazywasz wojskiem? – syczała do Kadira. – To coś nazywasz oddziałem? To teraz każdy szeregowy, zamiast wykonać rozkaz, będzie pytał dowódcy, co dalej?

Rusznikarz nie zdążył odpowiedzieć, bo zza rogu budynku znowu wyszedł dociekliwy brodacz.

– Ja nie chcę nic mówić, ale tam jest mur i wysoki płot. Czy my mamy to rozwalać, żeby przejść, czy to tylko ćwiczenia?

Shen jęknęła cicho. Z drugiej strony wyszedł ktoś z grupy, która miała otoczyć dom z lewej strony.

– Tam się da dojść tylko do skarpy – powiedział.

– Co?

– No mówię: tylko do skarpy.

Shen spojrzała na Kadira, a on na nią. Zaczynał rozumieć, co miała na myśli, mówiąc, że nie mają oddziału. Mężczyzna za to w najlepsze, powoli i dokładnie objaśniał sytuację, że za ścianą jest strumień i stroma skarpa. Pytał, czy mają wchodzić do strumienia, czy przejść na drugą stronę, czy po prostu się zatrzymać, bo korytem nikt przecież niezauważony z domu nie ucieknie.

– Już jestem spokojna... – Shen uwolniła się z ramion rusznikarza. – Jestem zupełnie spokojna.

Odeszła kilka kroków, a potem zatrzymała się i odwróciła twarzą do niego.

Kadir za dobrze znał się na ludziach, żeby nie wiedzieć, o co chodzi. No dobrze, pokazała mu, co chciała, udowodniła, co chciała, ale to nie było złośliwe przedstawienie jedynie, żeby uświadomić mu, kto ma rację. Dziewczyna najwyraźniej miała swój plan.

– Powiesz mi, co zrobić? – zapytał.

Odpowiedziała uśmiechem.

– Jeśli zaprosisz na śniadanie z winem.

Oczekiwanie zawsze zaliczano do najgorszych rzeczy na świecie. Chwile rozciągające się ponad miarę, niemożność zrobienia czegokolwiek, wymuszony bezruch i czas...

Czas, który nie płynął. Czas, który wymykał się spod jakiejkolwiek kontroli. W którym nic się nie działo. Rand w sali przyjęć w wynajętym pałacyku przy głównej ulicy łączącej miasto i port chodził od ściany do ściany. Zatrzymywał się właściwie tylko, żeby coś zjeść albo kiedy przychodził Kadir. Aie, przyzwyczajona do takich zachowań szefa, z reguły drzemała na krześle pod oknem. Nie mogła zasnąć głębszym snem, bo od czasu do czasu udręczony Rand pytał:

– I co? Dzieje się coś?

Umęczona bezsennością przenosiła leniwie wzrok na ulicę.

Nic.

Zaczynał znowu krążyć po sali. Nic, nic i nic. Specjalnie wynajął akurat ten pałacyk. Przylegająca ulica miała strategiczne znaczenie. Jeśli miałyby się zacząć jakiekolwiek rozruchy o znaczeniu szerszym niż atak głodomorów na lokalną piekarnię, to tłum musiałby przejść tędy. A nie przechodził nikt. Siewcy plotek nie próżnowali. Pracowali dzień i noc, doprowadzając wygłodzony lud niemal do furii. Niemal. Miasto wrzało, ale żaden wybuch nie następował.

Rand postanowił więc go sprowokować. Kazał wynająć bandytów i podpalić strażnicę. I owszem, męty wykonały zadanie, pożar wybuchł, strażnicy wyłapali ich bez większych trudności, a potem ogłosili, że to wynajęci przez kogoś wrogowie porządku. I stała się rzecz zdumiewająca. Ludzie oczywiście strażnikom nie uwierzyli. Powieszeni za karę bandyci zostali bohaterami ludowymi. I co? I nic. Wrogość do władz może i wzrosła, lecz nie manifestowała się żadnym wydarzeniem.

Siewcy plotek puszczali zatem w obieg wiadomości o wzroście podatków, o zwiększeniu kar, o przymusowych rekwizycjach na rzecz kampanii wojennej. W to ludzie wierzyli jak najbardziej, i to mimo wyraźnego braku symptomów, że takie działania władz będą rzeczywiście miały miejsce. I nadal nic się nie działo.

Rand myślał, że go rozsadzi. Było coraz gorzej, lecz nikt najwyraźniej nie zamierzał wziąć spraw we własne ręce.

– On znowu swoje? – Kadir stanął w otwartych drzwiach.

Aie skinęła głową ze swojego stanowiska pod oknem. Rusznikarz podszedł do niej, żeby móc odczytać odpowiedzi w razie czego.

– Od dawna tak? – spytał. – Od czasu mojej ostatniej wizyty?

Nie. Trochę spał. Widział się z tym swoim specem od wywiadu z tamtej strony.

– A poza tym łazi całymi dniami?

Aie skinęła ponownie.

– No ładnie. Hej! – Kadir odwrócił głowę. – A może byśmy coś zjedli?

– Nie mam czasu na jedzenie – warknął Rand.

– Rozumiem, ważna podróż służbowa – zakpił z wędrówek przyjaciela od ściany do ściany. – Doszedłeś już do Dahmerii?

Rand zatrzymał się gwałtownie na samym środku sali. Przez chwilę rozcierał sobie twarz, jakby zdrętwiały mu wszystkie mięśnie.

– Co? – Spojrzał na Kadira nieprzytomnie.

– To ja chciałem zapytać co. Jak tam rozmowy z panem Tomaszewskim? – Rusznikarz zaklął głośno. – Ja cię pieprzę! Czy oni nie mogli sobie krótszych imion powymyślać?

– Na imię to on ma Krzysiek.

Udało się jednak oderwać Randa od ponurych rozmyślań o kończącym mu się czasie i mackach służb specjalnych zaciskających się powoli wokół jego szyi.

– A w ogóle to wiesz... Najchętniej nieba by nam przychylił. Rzeczypospolitej byłoby bardzo na rękę, gdyby podczas negocjacji nad traktatem jakieś rozruchy się u nas zaczęły. Ich pozycja w rozmowach staje się natychmiast „jedyną możliwą", a oni sami zaczynają robić za języczek od wagi.

– No tak – zgodził się Kadir. – Ale sam Tomaszewski za karabin nie chwyci. Rozruchów nie wznieci.

– Ano nie! – Rand podszedł do niewielkiego stolika pod ścianą, którego blat zajmowały stosy zapisanego papieru i naczynia z winem. – Powiedziała Shen, że potrzebuje wyszkolonych podoficerów, bo inaczej nici z jej dowodzenia?

– Powiedziała.

– No to proszę. – Rand wybrał z bałaganu jakiś papier. – Tu jest pełna lista podoficerów, których przywieziono z bazy w dolinie Sait. Polacy zadali sobie w bazie trud i przesłuchali wszystkich żołnierzy. Dość dyskretnie. Niemniej wiem nawet to, z kim Shen była blisko. To sierżant Nuk, jej wojskowa siostra, sierżant piechoty Nanti i niedoszła kapłanka, szeregowa Sharri. Proszę bardzo! – Odrzucił papier na blat. – Jeśli tylko zechcemy, to te trzy dziewczyny w pół modlitwy wyślą na zorganizowaną przez siebie komisję lekarską, w ciągu dwóch oddechów zwolnią z imperialnego wojska i w mgnieniu oka dostarczą pod wskazany adres. Wszystkie trzy przewiązane dużymi kokardkami jak prezenty!

– Nie przesadzaj.

– Nie przesadzam! Dostaniemy, co zechcemy. Dostawy zaopatrzenia, wiadomości o tym, co widać z góry, oni to nazywają zwiadem lotniczym, drogę ewakuacji w razie czego. Ale nie mogą mi dać jedynej rzeczy, o którą tak naprawdę chciałbym poprosić.

– A o co chciałbyś poprosić?

– O salwę burtową z krążownika wprost na miasto. I gówno... Przecież nie wystrzelą.

Kadir podszedł bliżej i położył dłoń na ramieniu przyjaciela.

– Przestań bredzić. Napijmy się.

– Piję od rana i tylko mi się sikać chce.

Rusznikarz westchnął ciężko.

– No to może każ rzeczywiście przysłać te trzy?

– Kazałem. Niedługo będą. – Rand uderzył pięścią we własną dłoń. – Ale ja potrzebuję rozruchów.

Kadir usiłował okazać spokój i panowanie nad sobą.

– W mieście jest wiele grup, które się buntują. Są rojaliści chcący, by cesarzowa ustąpiła, a na tronie zasiadła królowa Arkach, jak dawniej. Są przedstawiciele prowincjałów, którzy woleliby mniejszej koncentracji dóbr w miastach. Są zwolennicy oparcia państwa na warstwie chłopów. I są też tacy, którzy wzywają do rozdawania żywności. Są setki, jeśli nie tysiące różnych grup, warstw, wspólnot interesów. Nie da się ich połączyć.

– Ja nie chcę łączenia.

Rand wbrew swojej poprzedniej uwadze nalał wina do mieszalnika. Najzupełniej odruchowo zresztą, bo po chwili okazało się, że nie będzie dolewał żadnej wody. Nie zamierzał też podgrzewać wina. Podstawił dwa kubki pod kran i napełnił je szybko.

– Może masz rację? – powiedział zagadkowo, podając jedno z naczyń przyjacielowi. – Mówiłem o ewakuacji? – przypomniał sobie.

– Tak.

– Pamiętaj więc, co robić w razie czego.

– W razie czego? – powtórzył Kadir jak echo.

– No gdy już nas siły specjalne będą chciały ubić na miejscu.

– To co mam wtedy robić?

– Wszyscy nasi mają się udać na wybrzeże. Tam krąży niszczyciel. ORP A210. Łatwo znaleźć, nadbrzeżną drogą podążają za nim wozy alfonsów. Jak się znajdzie, wystarczy dostać się na pokład i poprosić o azyl polityczny.

Jeśli ktoś nie zna języka, nie musi się martwić. Tam jest Melithe, nasz oficer nawigacyjny. – Rand westchnął i wychylił zawartość kubka jednym haustem. – Mam gwarancję, że każdy z naszych, kto dostanie się na pokład, azyl uzyska od razu.

Nagle Aie włożyła dwa palce do ust i gwizdnęła z całych sił. Obaj odwrócili głowy. Dziewczyna chwyciła rysik i wielkimi literami napisała na ścianie:

IDĄ!!!

– Kto idzie? – wyrwało się Kadirowi.

– Nieważne. – Rand podskoczył do okna.

Całą szerokością ulicy rzeczywiście szli ludzie z tęgimi pałami i pochodniami w rękach. Widać było, że są na coś zdecydowani. Wprawne oko dostrzegłoby też, że są zorganizowani, choć nie maszerują jak wojsko na musztrze.

– Wygraliśmy! – zawołał Rand. – Hurrra! Wygraliśmy!

– Jacy my? – zapytał Kadir.

– A kim jesteśmy „my", to ja ci powiem wieczorem, gdy się dowiem, o co walczymy.

Rusznikarz oniemiał, Aie tylko uśmiechnęła się lekko. Dla niej oznaczało to koniec nużącego czuwania przy oknie. Jeden z gońców czekających za półotwartymi drzwiami zerwał się i wybiegł na zewnątrz. Nie musieli czekać długo. Wrócił po kilku chwilach zdyszany i spocony.

– Panie! – Ukłonił się, usiłując uspokoić oddech. – To kupcy korzenni z pachołkami i czeladzią.

– Co się stało?

– Idą palić składy celne. Otóż państwo dławi ich cłem, podatkami powodując wzrost cen, a tymczasem kupcy z innych krajów mogą handlować według własnych ustaleń, jeśli to robią w porcie. Członkowie naszego cechu kupieckiego mogą potracić fortuny. Albo raczej nie zarobić odpowiednio dużo. A właśnie przypłynął wielki transport korzeni zorganizowany przez obcokrajowców. No to kupcy idą palić składy celne z towarem.

Kadir zaczął się śmiać.

– No i z gniewu ludu biednego, ciemiężonego, głodnego raczej nici, co? Lud nie powstanie jednak z kolan.

– Jak ty niczego nie rozumiesz, przyjacielu.

– Czego nie rozumiem?

Rand ukrył twarz w dłoniach i długo potrząsał głową. Potem wzniósł oczy ku niebu i szeroko rozłożył ręce.

– Bogowie moi! – krzyknął. – Co się z tym krajem zrobiło?! Co tu się wyrabia z handlem korzeniami? Bogowie moi! Dość ciemiężenia naszych biednych kupców! Dość już!

Zreflektował się nagle, że potrzebuje jakiegoś rekwizytu, więc wybiegł gwałtownie na korytarz. Udało mu się znaleźć w jakimś uchwycie pochodnię. Wyrwał ją, ale nie miał czym rozniecić ognia. Z niezapaloną wrócił do sali przyjęć.

– Ludu cesarstwa! Wzywam cię na świadka. Dość ciemiężenia niewinnych! – Wręczył pochodnię Kadirowi. – Przyjacielu, idź i wznieć ogień świętej wojny o sprawiedliwość.

Rusznikarz oszołomiony całym przedstawieniem odruchowo ujął drewniany uchwyt. Nie bardzo wiedział, co zrobić z pochodnią. Nie bardzo też wiedział, na ile Rand gra, a na ile inscenizuje, chcąc, żeby ludowe opowieści o tym, co zaszło, poszły w świat. Rzeczywiście, z korytarza obserwowało ich sporo gońców z otwartymi ze zdziwienia ustami.

– Na razie nie mam podoficerów dla Shen – szepnął nagle Rand zupełnie rzeczowo. – Dam ci Aie – dodał i znowu podniósł głos do krzyku na użytek przyszłych kronikarzy: – Idź i zrób porządek w handlu korzeniami!

Kadir wzruszył ramionami. No nie, to przecież zwyczajna kpina.

Bibliotekę ufundował jeden z pierwszych cesarzy, ale... Cesarstwa Luan.

Była przepiękną budowlą. Oczywiście przebudowywaną wielokrotnie, modernizowaną, burzoną częściowo i odbudowywaną. W czasach, kiedy skarbiec był pełny, a panowała nowa moda, zmieniano jej elewację. W czasach chudych „przywracano dawny blask", cofając do pierwotnej prostoty, co polegało na odarciu budynku ze wszystkich złoceń i inkrustacji z kamieni półszlachetnych.

Jakimkolwiek jednak zabiegom poddawano by tę starożytną budowlę, zawsze pozostawała piękna. A szczególnie ta część, która graniczyła z gajem w parku cesarskim, a gdzie mieściło się forum inżynierów. Dziedziniec nie był wielki, lecz sztuczne jeziorko na środku i kilka drzew tworzyły swojską atmosferę, której dostojności dodawały marmurowe posągi dawnych mistrzów ukryte między kępami ozdobnych krzewów. Byli tu wszyscy – inżynierowie sprzed tysięcy lat, budowniczowie legendarnych dróg, jak choćby osławiona i znienawidzona kiedyś przez niewolników Aleja Syrinx – z drugiej strony istny cud klasycznej konstrukcji. Uwieczniono twórców portów i większych mostów, projektantów miast i akweduktów. Był tu każdy, kto liczył się w historii inżynierii. Wszyscy wielcy. Do dziś. A właściwie do kilku pokoleń wstecz, kiedy to sztuka inżynierska zaczęła przeżywać swój regres. Kraj pogrążony w rosnącym chaosie, szarpany przez plagę biedy i wszelkich nieszczęść nie potrafił realizować potężnych zamówień publicznych jak kiedyś. Zawód inżyniera pauperyzował się coraz bardziej, tradycja ulegała atrofii i teraz na forum łatwiej było o młodzieńca, który jeśli był bogaty z domu, nauczył się aż kilku specjalizacji, niż kogoś, kto realizował wielkie projekty w praktyce. Coraz mniej fachowców przychodziło tutaj wymieniać się doświadczeniami. Coraz mniej ludzi w ogóle miało jakieś doświadczenia poza doraźnymi remontami czy małymi pracami dla możnowładców.

Ten dzień jednak był inny niż wszystkie. Wcześniej ogłoszono, że tego dnia właśnie na specjalne zebranie konwentu inżynierów przybędzie przedstawiciel RP wraz z osobami towarzyszącymi, który zaprasza na skromny poczęstunek. Każdy, kto znał język dyplomatów, wiedział doskonale, że poczęstunek na pewno nie będzie skromny i że z całą pewnością będzie należał do absolutnie nieważnych punktów tego wieczoru. O co więc szło?

Tłum, który przybył tego dnia na forum, nie miał sobie równych. Tomaszewski wraz z Kai przyszli spóźnieni o protokolarne dwie modlitwy. Zrobili piorunujące wrażenie. On wysoki, sprężysty, we wspaniałym smolistoczarnym mundurze z białymi i srebrnymi dodatkami (wielcy Bogowie, jak oni uzyskują taką skondensowaną czerń?!). Ona w eleganckim kostiumie nieznanego kroju, z parasolką w ręce i odznaką cechu czarowników (jacy oni tam muszą być bogaci – czarownica do towarzystwa).

Inżynier senior rozpoczął przemówienie inauguracyjne, przywitał gości bardzo uprzejmie, nie rozwodził się. Nie wiedział po prostu, czemu spotkanie ma służyć. Tomaszewski, który dostał głos tuż po nim, wprost przeciwnie. Długo i w sposób wyszukany dziękował za zaszczyt, czyli przyjęcie go w tak znamienitym gronie. Długo również, ale tym razem bardzo kwieciście podkreślał zasługi pokoleń inżynierów obu imperiów, to znaczy Luan sprzed tysiąca lat i Arkach obecnie. Mówił, że konstruktor tak naprawdę nie wie, kto będzie korzystał z owoców jego pracy. Nie ma pojęcia, jakie pokolenia przyjdą po nich i komu jego drogi, porty i akwedukty ułatwią życie. Inżynier, twierdził, pracuje dla dobra ludzi, dobra społeczeństw, a nie aktualnych władców i doraźnych systemów politycznych, i dlatego jego praca, jeśli zostanie dobrze wykonana, jest wieczna.

Aha! Co bardziej inteligentni słuchacze w lot pojęli aluzję. No ciekawe, ciekawe. Niektórzy pochylali głowę nad śmiałością tej koncepcji. W miarę jak Tomaszewski ją rozwijał, nawet najbardziej twardogłowi zrozumieli, że nadchodzą nowe czasy i odtąd będzie obowiązywał nowy styl myślenia.

– Jak panowie wiedzą, między naszymi państwami prowadzone są negocjacje na najwyższym szczeblu, mające na celu podpisanie międzynarodowego układu – kończył swoje przemówienie Tomaszewski. – Wspólny cel, czyli pokój na świecie... – ktoś w pierwszym rzędzie słuchaczy stłumił ziewnięcie – okazał się tak ważny, że już teraz wysokie, układające się strony podjęły decyzję o współpracy nad wspólnymi projektami. Między innymi budową imperialnych dróg.

Wśród zebranych rozległ się szmer. Mówca przeszedł do konkretów:

– Pałac dał nam glejt. Mamy prowadzić i realizować wspólny projekt budowy dwóch dróg.

Znowu szmer. Dużo głośniejszy. Jeden ze starszych inżynierów nachylił się do stojącej trochę z boku Kai.

– Wielka pani, naprawdę będzie wspólna budowa?

Czarownica uśmiechnęła się szeroko.

– Wspólna, tak. My dajemy sprzęt, pieniądze i technologię, mamy zatrudnić miejscowe siły robocze, a wy dajecie pozwolenie na budowę.

Inżynier skłonił głowę i odpowiedział jej uśmiechem. Wokół czuło się rosnące napięcie i podniecenie. Dwie imperialne drogi! Ależ będą potrzebować niezmierzonej liczby fachowców. Będzie prestiżowa praca. Wśród ludzi, którzy ostatnimi czasy w większości żyli z pożyczek u lichwiarzy, było to jak powiew świeżego wiatru w zatęchłej piwnicy. Po raz pierwszy od bardzo długiego czasu nadzieja przybrała realny kształt. Imperialne drogi. Honor, zaszczyt i pieniądze. Wszystko w jednym, wszystko zaklęte w dokonaniach tak pięknych, że oprócz numerów nadawano drogom przecież własne imiona!

– Dokąd będą prowadzić te drogi? – zawołał ktoś stojący z tyłu.

– Obie do Złych Ziem – odparł Tomaszewski.

Kilku skrybów zaczęło ustawiać statyw z rozpiętą na nim wielką mapą odpowiedniego fragmentu imperium.

– A gdzie drogi poprowadzą dalej?

– Nigdzie. Złe Ziemie są punktem docelowym.

To już nie mieściło się inżynierom w głowach. A dlaczego akurat tam? Przecież tam niczego nie ma. Tłum
z przodu gęstniał, bo ci, którzy w oczekiwaniu na poczęstunek stanęli z tyłu, przepychali się teraz, żeby być
bliżej prezydium.

– A dlaczego dwie drogi prowadzące do tego samego miejsca?

– Bo obie będą bardzo ważne. To system, a nie poje-
dyncza nitka, która może być przerwana. A poza tym to
będą dwie różne drogi.

– W jakim sensie różne? – Nikt już nie ziewał jak
podczas oficjalnych przemówień, inżynierowie wręcz zaczynali się tłoczyć przy mówcy, co zupełnie nie licowało
z powagą tak szacownego gremium.

– Jedna z nich to będzie droga żelazna – powiedział
Tomaszewski.

Biblioteki z reguły należą do miejsc spokojnych i niezbyt hałaśliwych, ale cisza, która zapadła po tych słowach, nie miała sobie równych. Droga z... żelaza? Każdy
z obecnych wyobraził sobie nagle metalowe płyty ukła-
dane jako nawierzchnia. Kogo na to stać? Skąd wziąć
tyle żelaza? Przecież aż tyle to chyba nie ma na całym
świecie. No i jak się zabezpieczyć, żeby nikt tego żelaza
nie ukradł?

Tomaszewski na szczęście szybko rozwiał wątpliwości.

– Spokojnie, spokojnie! – Uniósł ręce w obronnym
geście. – To nie będzie metalowa nawierzchnia, a jedynie dwie szyny.

– Ale skąd w ogóle wziąć tyle żelaza?

– Nie bójcie się, szanowni panowie. Szyny przywieziemy. – Tomaszewski ukłonił się audytorium. – Na tym jednak nasze możliwości transportowe się kończą – zażartował. – Nie ma żadnego ekonomicznego uzasadnienia dla przywożenia tu naszych inżynierów. Wiem, że nie mają panowie żadnych doświadczeń w budowie kolei żelaznych. Ale zasady są identyczne jak przy budowie dróg. Tyle tylko, że tym razem trzeba będzie stworzyć nasyp na całej długości, a zamiast korony będzie skrajnia. Dostaniecie oczywiście specyfikacje.

– Fascynujące! – wyrwało się jakiemuś entuzjaście.

Ten nastrój udzielał się wszystkim. Gigantyczna budowla publiczna. Tomaszewski umiejętnie podgrzewał nastrój.

– Płacimy zwykłą waszą stawkę razy dwa.

Najpierw rozległy się pojedyncze okrzyki, a potem rzęsiste brawa.

– Ponieważ bardzo zależy nam na czasie, zastosujemy system dodatkowych premii, które mogą jeszcze podwoić wynagrodzenie podstawowe.

– O, to, to, to. Nie ma to jak motywacja.

– A w dodatku każdy ważniejszy element struktury, wszystkie mosty, wiadukty, ważniejsze skrzyżowania czy forty otrzymają imię wyróżniającego się budowniczego!

Nastąpiły owacje. No tak, proste do przewidzenia. Oprócz prestiżu i ogromnych pieniędzy w grę zaczęła jeszcze wchodzić sława. Rzeka pychy rozlała się właśnie szerokim strumieniem w głowach wszystkich obecnych. Czy mogą istnieć piękniejsze słowa dla inżyniera?

– A po co forty przy drogach wewnątrz kraju? – spytał inżynier stojący blisko Kai.

– Po pierwsze to pogranicze – wyjaśniała dziewczyna. – A właściwie już chyba nawet poza granicą, bo pustynia jest chyba niczyja. A po drugie lepiej, żeby tych szyn nikt nie rozkradł, prawda?

– A forty obsadzi wasze wojsko?

– Wasze wojsko. No, dołóżcie się choć trochę do interesu, jeśli chcecie czerpać korzyści z drogi, i przynajmniej wojsko wyślijcie w pole. To zresztą wasz kraj.

Zamilkła nagle, bo zdała sobie sprawę, że o własnej ojczyźnie powiedziała „wasz kraj". Co gorsze, powiedziała to zupełnie odruchowo. Naturalnie. Na szczęście inżynier nie zwrócił uwagi. Nurtowało go co innego.

– Wielka pani, a co tak interesującego jest na miejscu, żeby budować aż dwie drogi do Złych Ziem?

Usłyszało to parę osób stojących w pobliżu.

– Panie kolego – jeden z nich uśmiechnął się z kpiną – niech pan nie będzie naiwny. Przecież nam nie powiedzą.

– Racja, racja – roześmiał się inny. – A jeśli tam odkryli kopalnie złota czy pola diamentów, to lepiej, że nie mówią. Żeby cała ludność cesarstwa tam nie runęła, mordując się nawzajem.

Ktoś jednak zachował zdrowy rozsądek. Siwy, pochylony lekko starzec włączył się do dyskusji.

– Gdyby tam było złoto lub diamenty, nie potrzebowaliby do transportu aż dwóch dróg obok siebie – powiedział cicho, na granicy słyszalności. – To coś o wielkich gabarytach, co trzeba wozić w niewyobrażalnych ilościach.

– Marmur? Porfir? – zaproponował ktoś z boku.

– Bez przesady.

– Chyba musimy myśleć o czymś niespotykanym. Dwie metalowe szyny? – kontynuował starzec tak cicho, że ciekawscy musieli się nachylić. – Straszny koszt. To coś da im więc nieprawdopodobne zyski. Mały zysk jednostkowy jednak, wpływ robi się na przewożeniu monstrualnej masy tego czegoś. To teraz się zastanówcie, co można transportować ze Złych Ziem w ogromnych ilościach, a jednocześnie ten towar wożony na przykład w dzbanku nie da żadnych korzyści.

– Woda?

– Blisko. Ale po co wodę wozić stamtąd? Co tam jest innego?

– Olej skalny!

Starzec roześmiał się chrapliwie i aż zakrztusił. Stojący bliżej zaczęli go ratować, poklepując po plecach.

– Olej skalny – wychrypiał, kiedy już odzyskał oddech. – Gdybym sprzedał go wam w butelce, nic bym nie zarobił. Ale gdybym sprzedał wam jezioro? Rzekę?

– O Bogowie! Racja! To wyjaśnia tę potrzebę transportu jakichś niewyobrażalnych ilości towaru, do którego trzeba aż dwóch dróg naraz.

– Ale nie wyjaśnia samej potrzeby posiadania oleju skalnego – wtrącił ktoś z boku. – Nie ma na niego takiego popytu.

– My nie mamy, panie kolego – odciął się starzec. – A dla nich to pewnie surowiec strategiczny. Czymś przecież muszą napędzać te swoje okręty bez żagli.

– Bogowie! – powtórzył jakiś młody człowiek stojący z przodu. – Rozgryźliśmy ich! – bezczelnie podłączył się do sukcesu. – Nie jesteśmy więc tak całkiem do dupy. Coś tam jednak umiemy.

– No tak. Każdy inżynier myśli tak samo. W tym świecie czy w innym, zawsze identycznie.

Młodzieniec dał po chwili dowód na to, że naprawdę potrafi być bezczelny. W pół słowa przerwał Tomaszewskiemu, który rozwodził się nad potrzebą dopasowania geometrii obrazowej, panującej tutaj, do geometrii rzutów prostokątnych, obowiązującej inżynierów RP.

– Jak będziemy wozić gigantyczne ilości oleju skalnego? – zapytał.

Komandor rozkaszlał się nagle. Zerknął na Kai, ta pokazała gestami, że niczego nie zdradzała.

– Cysternami na wozach nie osiągniemy wymaganej przepustowości, prawda?

– No tak... – Tomaszewski opanował się błyskawicznie. – Jestem pod wrażeniem waszej fachowości, panowie – powiedział, budząc sympatię słuchaczy. – Olej będziemy transportować koleją żelazną. Nie mam ze sobą zdjęć, żeby teraz pokazać, o co chodzi, ale przyniosę na następne zebranie. A skoro już nas rozgryźliście, to jeszcze jedna sprawa. Nie mamy map tamtych terenów. I będą się panowie musieli nauczyć posługiwać zdjęciami lotniczymi. Ale jak widzę – zerknął na młodego w pierwszym rzędzie – opanowanie tego nie powinno nastręczyć większych trudności.

– To dzikie tereny – krzyknął ktoś z tyłu. – Czy zaczynamy jak zwykle od zwiadu inżynierskiego?

– Oczywiście. Poproszę o wyłonienie grupy o różnych specjalnościach i na dniach możemy się pakować do ciężarówek.

Odwrócił się do mapy.

– Pojedziemy, o, tędy... – Pokazywał trasę palcem. – Do Syrinx.

– Po co do Syrinx? Przecież to w innym kierunku.

– Ciężarówki potrzebują dobrych dróg. Inaczej nie jadą. A z ruin Syrinx rozchodzi się promieniście cała siatka imperialnych, doskonałych dróg, które etapami pomogą osiągać poszczególne cele właściwej trasy.

Zamydlił strasznie. Lecz nie mógł przecież powiedzieć, że prawdziwym celem nadkładania drogi jest tajemnicza wyprawa innego inżyniera – pani Wyszyńskiej.

Shen, widząc Aie wchodzącą na dziedziniec wpół zrujnowanego folwarku, zerwała się na równe nogi. Chciała coś krzyknąć, lecz w ostatniej chwili przypomniała sobie, że Aie jest głuchoniema. Tamta na widok koleżanki z celi włożyła dwa palce do ust i gwizdnęła z całej siły. Podbiegły do siebie, padając w ramiona. Bogowie, ta głupia bliskość. Ta prymitywna potrzeba ciepła cudzego ciała. Shen czuła, że zaraz się rozklei.

– Umiesz już pisać? – zapytała na widok tabliczki przymocowanej do przedramienia koleżanki. Usiłowała nad sobą panować.

Pewnie – Aie gryzmoliła, udając nieporadność. Udawanie okazało się dość trudne dla mistrza kaligrafii, kogoś wdrożonego od dawna do szybkiego zapisywania myśli. Ale jakoś poszło. W każdym razie była kapral nie zauważyła niczego podejrzanego.

– Co się z tobą działo?

Tu na szczęście gryzmolenie i udawanie, że się jeszcze nie za bardzo umie pisać, było niezwykle pomocne. Aie niewiele mogła powiedzieć. Na szczęście z boku podszedł Kadir.

– Pakujemy się na wozy i jedziemy do portu – powiedział. – Idealny moment na rozruchy.

– Nie mamy oddziału – zaoponowała Shen. – Nie mam żadnego podoficera.

– Dostaniesz Aie.

Shen zatkało. I to nie dlatego, że głuchoniemy dowódca był kuriozalnym pomysłem. Aie przecież nie miała żadnego doświadczenia wojskowego.

Dam radę – napisała Aie na swojej tabliczce.

– To poderwij ludzi – zaproponowała Shen i to był jej błąd.

Aie wyjęła skądś gwizdek, włożyła do ust i wydała tak świdrujący dźwięk, że wszystko, co żyło, spojrzało na głuchoniemą w oczekiwaniu na atak. Shen odskoczyła o krok, Kadir zatkał uszy, w których momentalnie zaczęło mu dzwonić. Aie gwizdnęła jeszcze raz i wskazała kierunek. O dziwo, bandyci wcieleni do prowizorycznego oddziału zaczęli podnosić się z ziemi. Dziewczyna na środku wolną ręką wyjęła z olstra rewolwer, podniosła i dramatycznie odwiodła kurek. Ruchy „żołnierzy" przybrały na intensywności. A cele wskazywane lufą broni były osiągane natychmiast.

– O szlag! – Shen otworzyła szeroko oczy, widząc ustawiony oddział. Szlag! Aie miała to coś, miała ten szczególny dar okazywania stanowczości i zdecydowania, który charakteryzował dowódcę.

– Bogowie! – Kadir potrząsał głową. – Łeb mi pęka.

Shen podjęła decyzję.

– Jaki cel mamy osiągnąć? – zapytała.

Rusznikarz spojrzał na nią skrzywiony.

– Mamy wzmóc rozruchy. Przeciwstawić się najemnikom, jeśli...

– Wojska nie wysyła się, żeby zorientowało się w sytuacji. Wojsko również nie lubi słowa „jeśli". Musisz wskazać konkretny cel, a nie mówić: „Jeśli będzie padać, to kryjcie się pod koronami drzew".

Kadir zmełł przekleństwo. Takiej Shen jeszcze nie widział. Z płóciennej torby wyjął mapę okolic portu i rozpostarł ją w rękach.

– Składy celne są tu. Jeżeli kupcy zrobili swoje, to zwabiony możliwością rabunku tłum będzie się gromadził gdzieś tutaj. – Jego palec wędrował wzdłuż wykaligrafowanych starannie symboli. – A pacyfikatorzy nadejdą stąd. – Wskazał główną ulicę.

– I wbiją się w największy tłum? – Shen wydęła wargi. – Tylko wtedy, jeśli ich dowódca jest idiotą. Moim zdaniem, zrobią płytkie obejście, albo z prawej, albo z lewej. To już okaże się na miejscu. Ogólny kierunek jednak wybrałeś chyba dobrze.

Co mam robić? – Aie podsunęła tabliczkę z koślawym napisem.

– Weźmiesz połowę oddziału. Muszę mieć jakieś odwody. Ale nie będą służyć do tego, co zazwyczaj. Nie będziesz wzmacniać moich sił.

Dziewczyna skinęła energicznie na znak, że rozumie.

– Tam, gdzie chce Kadir, tylko wypróbuję ten oddział i zobaczę, czy to w ogóle ma sens. Nasz prawdziwy cel leży o wiele dalej. – Teraz Shen sunęła palcem po mapie. – O, tutaj.

Rusznikarz nachylił się, żeby lepiej widzieć. Nie miał oczu już tak sprawnych jak jeszcze kilka lat temu. Teraz dodatkowo był bardzo zmęczony i w ogóle widział niezbyt wyraźnie. Co ona pokazywała? Więzienie wojskowe w okolicy portu? Słyszał o nim. Stamtąd dezerterów, złodziei i inne armijne łotrzyce przewoziło się wprost do kolonii karnej na wyspie Tarpy. Wstrząsnął się. Podobno okropne miejsce.

– Co racja, to racja – powiedział. – Uwolnienie więźniów, szczególnie wojskowych, da większe zamieszanie niż w przypadku cywilów. One mają jeszcze mniej do stracenia.

Shen nie skomentowała.

– Aie – położyła rękę na ramieniu koleżanki – nie wymagam od ciebie żadnych skomplikowanych manewrów. Nie chcę, żebyś w ogóle mieszała się do walki.

A czego chcesz?

– Dostaniesz połowę oddziału i trzymaj się z tyłu. A potem chcę, żebyś wykonała jeden jedyny atak. Chcę, żebyś wytrasowała mi przejście. Jeden atak, a właściwie szturm.

Rozumiem.

– No to nie ma po co dalej języków strzępić. – Shen odkaszlnęła i przytuliła Aie do siebie. – O, przepraszam cię. Nie chciałam.

Nie szkodzi – tym razem do napisu na tabliczce dołączony był szybki szkic uśmiechniętej dziewczynki.

– Ruszamy. – Kadir dał znak woźnicom, a ci pobiegli do swoich wozów. – Ruszamy!

Ludzie zajmowali miejsca w wozach. Nie dało się zauważyć wśród nich ani szczególnego napięcia, ani podniecenia. Shen widziała coś takiego po raz pierwszy. Nawet w oddziałach wojskowych złożonych z weteranów przed atakiem, przed wejściem do akcji zawsze dało się dostrzec nikły cień poruszenia. A ci tutaj nic. Ciekawe, czy wynikało to z hardości tych ludzi, czy po prostu z nieznajomości pola walki. No cóż. Już za kilka modlitw wszystko stanie się jasne.

Wbrew przewidywaniom po drodze nie napotkali większych trudności. Nikt ich nawet nie usiłował skontrolować. Chociaż to akurat można było wytłumaczyć. Kiedy kupcy zaczęli w porcie rozróbę, wszystkie posterunki ściągnięto do pomocy. Zdawałoby się, karygodna nieodpowiedzialność dowódcy straży, ale chyba nie. Pozostawienie patroli na ulicach i tak nie powstrzymałoby ludzi, którzy chcieliby dołączyć do rabunków, a naraziłoby garnizon na niepotrzebne straty. Na ulicach jednak dawało się wyczuć napięcie. Prawie nie widziało się ludzi. Nieliczni przemykali pod ścianami tak, jakby chodzenie środkiem było równoznaczne z rzuceniem wyzwania samej cesarzowej. Członkowie oddziału Shen wyglądali ciekawie spod płóciennych płacht, którymi przykryto wozy. Dopiero teraz dziewczyna zauważyła u nich jakieś oznaki ożywienia. Aha, zdobycz blisko.

– Woźnice, stój! – to Kadir wydał rozkaz.

Bandyci błyskawicznie wyskakiwali na bruk. Porozdzielali się w małe grupki, żeby w razie czego nie uciekać jako jedno zbite kłębowisko. Shen nie miała dobrego zdania o swoich ludziach, choć na razie wydawali się bardzo sprawni. Szybko podzieliła oddział na dwie części, jedną oddając pod komendę Aie.

– Musisz posuwać jakieś siedemdziesiąt kroków za mną – powiedziała. – Umiesz ocenić taką odległość?

Aie przytaknęła.

– No to jazda. Pamiętaj: około siedemdziesięciu kroków za mną.

Ruszyli w stronę portu; gwałtowny podmuch wiatru przyniósł ze sobą swąd spalenizny. Po dłuższym marszu, kiedy minęli puste teraz, wielkie obory dla bydła, dobiegły ich krzyki i trzask płonącego drewna. Shen skręciła w stronę dzielnicy mieszkalnej, która leżała tuż przy porcie. Zgodnie z przewidywaniem Kadira tu już coś się działo. Na szerokim placu oddzielającym domy od płonących składów gromadziło się wojsko.

– Zaraza, to nie są najemnicy – powiedziała Shen.

– Garnizon coś wystawił.

– Nie chcę strzelać do garnizonu.

Kadir spojrzał byłej kapral w oczy.

– Ostatnio zmieniono obsadę. W strachu przed buntami i żeby nie powtórzyła się sytuacja spod Pałacu Audiencji, wycofano dziewczyny, które pochodziły z miasta, stare garnizonowe wyjadaczki, i sprowadzono żołnierzy zewsząd, byle nie z miast. Im bardziej zapadłe koszary, tym lepiej.

– I co za różnica dla nas?

– Pogubią się w terenie, jak się cokolwiek zacznie.

Shen wzruszyła ramionami. Było jej wszystko jedno, czy tamte się pogubią, czy nie. Wolałaby do nich nie strzelać. Za dobrze znała uczucie kogoś, kto zostaje zagnany tam, gdzie nie chce, i zmuszony do robienia tego, czego najlepiej chciałby uniknąć. Nie można tego rozpatrywać w prostych kategoriach: „chcę lub nie chcę strzelać do kogoś". To w ogóle nie ten zakres wrażeń. Z drugiej strony doskonale wiedziała, że w bitwie pojęcie „winny, mniej winny, bardziej winny" to zupełny absurd. Tam działają siły, na które nikt nie ma wpływu. A jeśli już ktokolwiek wziął karabin do ręki, musi się liczyć z najgorszym. Po prostu niech sobie założy z góry, że przyjdzie mu robić rzeczy straszne i jemu będą robić rzeczy straszne. No dobrze, można by powiedzieć: przecież nie każdy dobrowolnie wziął broń do rąk. Niektórych zmuszono. A gówno! Gdyby tak naprawdę nie chciał, toby nie wziął. Po prostu podczas poboru nie zastanawiał się za dobrze nad konsekwencjami. A na wojnie jest jak w życiu. Do własnych urodzin też nikt się nie pchał dobrowolnie. A żeby przeżyć, musi robić świństwa i na świństwa jest ciągle narażony.

– Dobra. – Shen pokazała kierunek. – Ruszamy. Na razie rozpoznanie, kryć się w miarę możliwości.

Zaczęli podchodzić bliżej, grzęznąc na jakimś rumowisku. Wydarzenia na placu przybierały tempa. Kupcy korzenni musieli być dobrze przygotowani. Nagle wybuchł pożar za plecami formujących się żołnierzy. Szybkość, z jaką płomienie ogarniały domy, zdradzała dobitnie, że były to podpalenia. I to prowadzone bezwzględnie. Ludzie z płonących budynków wyskakiwali z okien, krzyczeli, biegali w bezładzie, nie usiłowali nawet niczego ratować. Ściana ognia rosła z każdą chwilą.

– Ciekawe, czego użyli podpalacze? – zastanawiał się Kadir.

Shen nie odwróciła głowy. Bardziej interesowało ją to, co działo się na placu.

– Patrz tam. – Wskazała kierunek.

– O Bogowie.

Kilku ludzi z pałkami i drągami wyłoniło się z bocznej uliczki. Byli tak umorusani, że albo zajmowali się podpalaniem składów, albo domów. W każdym razie prowokowali żołnierzy. W stronę zwartych szeregów poleciały kamienie. Ludzie z drągami symulowali nawet coś w rodzaju ataku. Oczywiście do niczego nie doszło. Czmychnęli jakieś trzydzieści kroków przed linią bagnetów, ale zmusili wojsko do przegrupowania i manewru obronnego. To rozjuszyło ofiary pożaru.

– No to masz, czego chciałeś – szepnęła Shen.

Ludzie, nawołując się, wrzeszcząc bez opamiętania, ruszyli na wojsko. Prawdopodobnie tylko pomstować. Prawdopodobnie tylko wykrzyczeć swoją złość. Chyba nie wiedzieli, że na regulamin nie ma co krzyczeć. Na szczęście któraś z oficerów pospieszyła się strasznie. Zobaczyli, jak pierwszy szereg składa się do strzału, potem pojawiły się smugi dymu nad zamkami, linia żołnierzy drgnęła od odrzutu, buchnęły kłęby dymu z luf, a po chwili dobiegł ich odgłos wystrzałów.

– I co ta kretynka chciała osiągnąć? – Shen zerknęła na Kadira, ale rusznikarz unikał odpowiedzi.

Z tej odległości mało kto konkretnie oberwał. Większość kul przeszła górą, bo żołnierze ustawiły celowniki na przewyżkę i chyba podoficer prowadząca salwę kazała ustawić za dużą poprawkę. Niefart.

Tłum, widząc krew, choć nie w jakiejś szokującej ilości, dostał szału. Najpierw wyłonili się z niego pojedynczy nawoływacze, a chwilę później cała falanga poszła w przód, wprost na pozbawione naboi w lufach wojsko. Żołnierze nastawiły bagnety. Ale nadbiegający nieuzbrojeni cywile to nie to samo co atak wroga na dzikim polu. Jakoś tak po prostu głupio wbić w kogoś bagnet. Nie wszystkie żołnierze były zwyrodnialcami, nie wszystkie tępo wykonywały każdy rozkaz. No i były źle dowodzone. A niezdecydowanie przeciwnika jest właśnie tą

rzeczą, którą nawet niedowodzony przez nikogo tłum potrafi wykorzystać.

Ludzie zaczynali zwalniać przed linią karabinów. Niemal się zatrzymali. Niektórzy krzyczeli, niektórzy próbowali się z żołnierzami dogadać. To była ta sama warstwa społeczna, więc... albo dowódca coś zrobi, na przykład puści wojsko do ataku, albo stanie się to, co się stało.

Z tłumu zaczęli wyłaniać się prowodyrzy. Podchodzili coraz bliżej, usiłowali z żołnierzami dyskutować. I choć te stały bez słowa oczywiście, to jednak w każdej głowie pojawiła się myśl, że jakoś tak głupio dziabnąć bagnetem kogoś, kto do ciebie mówi. A kilku dowódców popełniło błąd jeszcze straszniejszy – wdało się w dyskusję.

To wystarczyło. Kilku prowodyrów podeszło jeszcze bliżej. Za nimi tłum. Ktoś chwycił ręką lufę z bagnetem, odsunął na bok i zrobił krok do przodu. Chwilę później jego gest powtórzył ktoś inny, a potem tłum znowu ruszył do przodu. Druga linia usiłowała interweniować, ale zaraz posypały się na nich kamienie. Teraz już strzelać nie było jak, mając przed lufami uwikłane w bijatykę koleżanki. Major dowodząca wojskiem na placu popełniła potworny błąd. Mając ogromną przewagę, sprawiła, że jej niezdecydowanie stało się czynnikiem przesądzającym o wyniku starcia. A może źle ją oceniali wszyscy, którzy obserwowali tę scenę. Może była po prostu porządnym człowiekiem i nie chciała popełnić okropnej zbrodni? Wolała zaprzepaścić swoją dalszą karierę w armii, niż żyć później z wyrzutami sumienia?

– Już po nich – powiedziała Shen.

Kadir wysłał do Aie gońca z wiadomościami, co się dzieje. Tłum na placu spychał żołnierzy w stronę portu, a konkretnie, w kierunku płonących składów.

– Jeśli dowódca nie wyda jakiegoś rozkazu, to ich zgniotą.

– A co w tej sytuacji musiałaby zrobić? – spytał Kadir.

– Cokolwiek, żeby zachować oddział jako jedną zorganizowaną siłę. Oderwać się od przeciwnika.

– No ale to oznacza ucieczkę.

– Lepiej wycofać się na z góry upatrzone pozycje, niż uczestniczyć w mordobiciu. Jak ci tłum zabierze karabin albo części wyposażenia, to do koszar lepiej nie wracać. A jeśli, nie dajcie Bogowie, coś się stanie ze sztandarem, to...

Nie dokończyła, bo wrócił goniec od Aie. Powiedział, że z tyłu, dokładnie za nimi, również trwają walki. Nie słychać strzałów, ponieważ ludzie zaskoczyli wojsko i trwa zwykła bijatyka. Niestety, dobiegają już oficerskie gwizdki od strony miasta.

– Niestety? – Shen zerknęła na Kadira, który wyraźnie się zaniepokoił. Sama właśnie zaczęła łapać drugi oddech. Po długim czasie w tym pieprzonym więzieniu, po tych wszystkich torturach, upokorzeniach, świństwach znowu czuła coś, czego po raz pierwszy doświadczyła w dolinie Sait. Coś, co kazało Nuk, durnej intelektualistce, tkwić w wojsku przez długi czas. Poczuła zew.

– Gwizdki! – prychnęła. – A niech sobie gwiżdżą, jak im przyszła na to ochota. – Klasnęła w dłonie i wskazała swoim ludziom kierunek. – Zająć pozycje!

Ustawiła ludzi za poszarpanym murkiem, w miejscu, gdzie kiedyś wznosiła się ściana spichlerza. Stąd mieli cały plac na widoku, a ludzi jak aktorów w teatrze. Ktoś musiał ich już zauważyć. Lecz w mordobiciu pośrodku placu nie było już nikogo, kto mógłby sensownie zareagować.

Rzeczywiście usłyszeli gwizdki od strony miasta. Coraz bliżej i bliżej. Po dłuższej chwili u wylotów dwóch równoległych ulic ukazały się czołówki wojska. To znaczy to na pewno było wojsko, ale takich mundurów Shen jeszcze nie widziała.

– Najemnicy – szepnął Kadir.

No tak. Mężczyźni w mundurach. Z całą pewnością nie była to zwykła imperialna armia ani żadne z jej oddziałów specjalnych.

– No ładnie... – Shen patrzyła na najemników z pewną fascynacją. Tu dowodzenie stało naprawdę na wysokim poziomie. Żadnych niepotrzebnych manewrów. Obie szpice poszły na ubezpieczenie, a wyłaniające się z wylotów ulic wojsko ustawiało się od razu w cztery szeregi frontem do centrum placu. Pokaz niezłej musztry.

Nikt na placu nie reagował. Dowódca piechoty prawdopodobnie nie wydał nawet jakiegokolwiek rozkazu. W ogóle nikt wokół nie zorientował się, co zaraz nastąpi. Jedyną osobą, oprócz dowódcy najemników oczywiście, która rozumiała sytuację, była Shen. W jej głowie właśnie rozlewało się coś piekącego i podniecającego do granic możliwości.

– Cel! – dowódca najemników wydał pierwszy rozkaz.

– Cel! – powtórzyła jak echo Shen, znacznie ciszej jednak.

Lufy karabinów wyrównały na jednej wysokości. Pierwszy szereg klęczał, drugi stał za nim, a trzeci i czwarty czekały w odwodzie. Cudowne wojsko. Najemnikom nie trzeba było niczego powtarzać, na żadnego z nich krzyczeć. Widziała dość dobrze ich dowódcę, wysoki, rudawy, przystojny. Właśnie wydawał kolejny rozkaz.

– Ognia!

Kadir zerknął na Shen w oczekiwaniu, że powtórzy tamtą komendę. Ona uśmiechnęła się tylko.

– Wolę, żeby zostali bez nabitej broni – wyjaśniła.

W kłębach dymów po wystrzałach pierwszy i drugi szereg zbierały się, żeby dać miejsce następnym. Dosłownie w ciągu chwili na pozycjach zastąpił ich trzeci i czwarty szereg.

Od strony placu niosło się wycie. Nikt nie spodziewał się, że ktoś może strzelać salwami do kłębowiska ludzi, swoich i obcych. Każda kula musiała w tych warunkach trafić.

– Cel!

Shen ciągle się uśmiechała.

– Ognia!

Dwa szeregi najemników wypaliły ze swoich karabinów. I teraz Shen powtórzyła rozkaz do własnych ludzi:

– Ognia!

Prawie pięćdziesiąt karabinów wystrzeliło w stronę zwartych szeregów. „Żołnierze" Kadira, czyli uzbrojeni bandyci, też nie zawahali się strzelać do wskazanego celu bez jakichkolwiek wątpliwości. A mieli go równo ustawionego, pod kątem, na przeciętnej odległości. Tu również prawie każda kula trafiała! Oddział najemników pękł momentalnie. W przeciwieństwie jednak do tłumu na placu, który wył, płakał, zawodził i kręcił się w szoku, ci tutaj byli dowodzeni i zachowali sprawność. Widząc nowego wroga i nie mając naboi w karabinach, dowódca zaczął krzyczeć:

– Na bagnety! Na bagnety! Do ataku!

Jedyna rozsądna decyzja. Przeciwnicy widzieli się wzajemnie i łatwo dało się zauważyć, że nikt z tych, którzy strzelali ostatni, nie podnosił się zza załomów murku, żeby nabić broń. Szarża na bagnety wydawała się więc rozwiązaniem idealnym.

– Ale fajnie! – wyrwało się Shen.

Kadir spojrzał na nią z przerażeniem.

– Nie strzelać – poleciła dziewczyna. – Nie strzelać bez rozkazu. Spokojnie, ludzie. Spokojnie.

– Na bagnety! – wrzeszczał dowódca najemników. Byli coraz bliżej. Jakieś sześćdziesiąt kroków.

– Spokojnie, spokojnie – powtarzała Shen, jakby chciała wprawić swoich w trans. – Nic się wam nie stanie, ludzie. To tylko tak wygląda. Nic się wam nie stanie.

Jej monotonny zaśpiew musiał działać, bo bandyci, choć niespokojnie, znowu zaczynali mierzyć ze swojej broni. A widok naprzeciw był upiorny. Pięćdziesiąt kroków! Czterdzieści! Furia atakujących na bagnety najemników, ich przewaga liczebna. To robiło wrażenie. Coraz to ktoś oglądał się za siebie.

– Spokojnie, ludzie, spokojnie. Nic wam się nie stanie! Nie strzelajcie bez rozkazu. Spokojnie.

Tamci byli o trzydzieści kroków – przecież rozgniotą! Dwadzieścia! Bo...

– Ognia!

Prawie pięćdziesiąt karabinów wypaliło, zasnuwając wszystko wokół gęstym dymem.

– Strzela ten, kto widzi cel! – darła się Shen. – Strzela ten, kto widzi cel!

– Do ataku! – okrzyki obcego dowódcy mieszały się z jej słowami. Tamten był tuż-tuż.

Kadir w panice wyszarpnął dwa rewolwery i odciągając kurki, wymierzył na oślep przed siebie. Słychać było, jak buty tamtych uderzają o ziemię. To był właśnie ten ulotny moment wojny, gdzie jeden oddech mógł zadecydować o losach wszechświata.

Shen podniosła się i wyskoczyła przed mur, tak żeby widzieli ją wszyscy jej ludzie. Nie miała w rękach żadnej broni. Oficer przecież nie musi.

– Strzela ten, kto widzi cel – zakomenderowała spokojnie.

– Ja cię pierdolę! – Oszołomiony jej wyczynem brodacz z blizną w poprzek twarzy odciągnął spokojnie kurek i strzelił prosto do postaci, która wyłoniła się właśnie z kłębów dymu. Napastnik poleciał w tył jak szarpnięty za włosy niewidzialną ręką. Bagnet mu nie pomógł. Po chwili zaczęli strzelać inni. Raz po razie. Osłabieni i zaskoczeni pierwszą salwą najemnicy nie mogli się tego spodziewać. Padał jeden po drugim, strzelano do nich z odległości kilku kroków. Bezustannie.

Wszystko, co zdołało dożyć tej chwili, zaczęło uciekać. Wydawało się niemożliwe, ale wielu przysięgłoby, że słyszało od strony najemników okrzyki strachu. Kadir z dwoma rewolwerami również wyszedł przed mur.

– No i co? – Zerknął do tyłu. – To jednak dobre wojsko, co?

– Nie – osadziła go Shen. – Gdybym miała swoje dziewczyny z doliny Sait, rozkazałabym teraz kontratakować. I zrobiłabym z tamtych miazgę. Wymazała ich z historii świata.

– No to kontratakujmy! – Może nie był przesadnie odważnym człowiekiem, ale nie był też tchórzem.

– Kim? – Wskazała na swoich bandytów. Kilku z nich opuściło już swoje stanowiska za murem i zaczęło przeszukiwać zabitych i rannych po ataku na bagnety, żeby dobrać się do ich sakiewek. – Nimi? – Popatrzyła na przegrupowujące się resztki oddziału najemników. – Oni właśnie ładują karabiny. Stracimy oddział na pięćdziesięciu krokach szarży.

Kadir nie pytał, jakim cudem.

– Wycofujemy się – zadecydowała Shen. – Tamci wiedzą, gdzie jesteśmy, i coś wymyślą.

Odwróciła się i ruszyła w stronę swoich głównych sił. Przechodząc obok jednego z rabusiów, kopnęła go z całej siły w bok.

– Zostaw to ciało, hieno – wysyczała. – A może byś swój karabin naładował, co?

– Tamci mają już nabite. – Kadir wskazał do tyłu, na resztki oddziału, z którym przed chwilą walczyli. Sam był pełen podziwu dla sprawności najemników. I dla faktu, że po takich stratach oddział nie uległ rozproszeniu.

Rabuś mruknął coś niezbyt zrozumiałego i zaczął obszukiwać następnego martwego najemnika.

– I naprawdę z nimi chciałeś coś zrobić? – Shen nawet nie zerknęła na rusznikarza. Przyłożyła do ust zwinięte dłonie i krzyknęła: – Wycofujemy się!

To była ostatnia chwila. Bijatyka na placu ustała po pierwszych salwach najemników. Mniejsze lub większe grupki uciekały różnymi drogami. Z rzadka obok nich, bo ludzie nie wiedzieli, czy walka tutaj nie rozgorzeje znowu. Kobiety, zawodząc, szukały swoich martwych lub rannych mężów. Piechota usiłowała zająć się swoimi, ale tam rozgardiasz przekraczał wszystkie normy. Strategia Kadira jednak zaczynała przynosić pierwsze efekty. Nie wszyscy zwiewali zygzakiem, nie wszyscy lamentowali. Było trochę ludzi, którzy podnieśli leżące na placu karabiny. Od czasu do czasu bowiem ktoś strzelał do najemników z okien budynków, których nie ogarnęły jeszcze płomienie.

Ich własny oddział udało się jako tako zebrać i uporządkować po dłuższej chwili. Ruszyli w stronę odwodów Aie.

– Wiesz? – Kadir zerknął na Shen. – Podziwiam cię.

– Bo? – Spojrzała z zaciekawieniem.

– Trzeba jakiejś makabrycznej odwagi, żeby w chwili, kiedy tamci atakują, wyjść bez broni przed własne szeregi.

Roześmiała się. Chwyciła rusznikarza za ramię, przyciągnęła do siebie i pocałowała w policzek. Był sympatycznym człowiekiem, nie miał jednak zielonego pojęcia o tym, o czym wiedział weteran.

– Pomyśl przez chwilę, Kadir – mruknęła. – Co jest bronią dowódcy? Bo przecież nie ten pistolecik, którym i tak nie powstrzymam atakującej kompanii.

– Bronią dowódcy jest jego oddział.

– No właśnie. Musiałam więc użyć swojej broni jak najlepiej. Wpłynąć na morale, sprawić, żeby żołnierze nie byli nerwowi i zestrachani, żeby spokojnie, jednostajnym ruchem ściągali spust. Żołnierz przestaje się bać, widząc, że jego dowódca stoi wyprostowany dziesięć kroków przed nim. A tamci przecież... – Roześmiała się znowu. – Mówię o atakujących. Tamci przecież w biegu do mnie nie strzelą. Przeżyję wyłącznie wtedy, gdy mój oddział będzie strzelał precyzyjnie. A w związku z tym to, co zrobiłam, to nie odwaga. To kalkulacja.

Kadir może i nie był weteranem. Ale nie był też ani głupi, ani mało inteligentny. Również się uśmiechnął.

– To bardzo rozsądne, co mówisz – przyznał. – Bardzo... Choć ja widziałem zew krwi w twoich oczach. – Teraz on chwycił Shen za ramię, przyciągnął i pocałował w policzek. – Ty po prostu lubisz tę grę, dziecko. Kochasz te zabawy!

Ludzie Aie z napięciem obserwowali powracający oddział. Przeliczali żołnierzy oczami. Brak jakichkolwiek strat wyraźnie ich uspokoił.

– Jak sytuacja? – spytała Shen.

Przed nami, po lewej i po prawej jakieś potyczki, bijatyki, ale głównie ganianie się po ulicach. Tłum się gromadzi, a jak przychodzi wojsko, ucieka. A do tego różne podpalenia i rabunki.

– No nic. Realizujemy w takim razie nasz podstawowy plan.

Kadir rozpostarł w powietrzu mapę. Trudno było cokolwiek zobaczyć, bo nagłe podmuchy wiatru powodowały, że papier łopotał, nie dając się chwycić.

– Chodźcie. – Shen pociągnęła Kadira i Aie z dala od oddziału, do wykuszu w jakimś murze, gdzie było zdecydowanie spokojniej. – Proponuję pójść tędy. – Wskazała na mapie trochę okrężną drogę tuż przy zabudowaniach portowych.

Tam może być najgoręcej – napisała Aie na swojej tabliczce.

– Być może. Ale wiemy, czego się spodziewać. – Shen jeszcze raz zerknęła na mapę. – A jeśli z dala od brzegu napotkamy na przykład punkt koncentracji oddziałów najemniczych, to nas rozsmarują po prostu.

Kadir zerknął na nią, ale nic nie powiedział. W jego mniemaniu pierwsze starcie wypadło znakomicie. I na korzyść nowej broni, której użycie okazało się decydujące, i jako sprawdzian dla własnych ludzi. Nie bardzo rozumiał wahanie Shen. Natomiast Aie wyczuła coś instynktownie.

Jak nasi ludzie? – napisała na tabliczce.

– Strasznie. W obronie, strzelając zza osłony, mogą być. Ale wątpię, żeby ruszyli do przodu jako zorganizowana siła. To nie wojsko.

– Jesteś pesymistką – mruknął Kadir.

– Jestem realistką. W ataku się posypią.

A przewidujesz jakiś atak? – napisała Aie.

Shen uderzyła wierzchem dłoni w mapę.

– Tak, jeden, krótki i zdecydowany. Jeśli dobrze odczytuję taktykę najemników.

A co tu jest do odczytywania? Regularne oddziały potrzebowały przestrzeni. W wąskich uliczkach może i miała znaczenie przewaga ognia, ale starcie tam to i tak loteria. Wygra ten, któremu szczęście sprzyja. Najemnicy woleli się nie opierać na szczęściu. Koncentrowali się na placach. Tam można było myśleć o manewrze, przegrupowaniu, podzieleniu oddziałów do pacyfikacji.

Aie i Kadir zerknęli na rozpostartą mapę. Przed ich głównym celem, czyli więzieniem dla dezerterów, znajdował się właśnie piękny, duży plac. Szlag!

– No nic, idziemy. – Shen ruszyła w stronę swojej połowy oddziału. – Szyk jak poprzednio.

Początkowo wydawało się, że wybrali bardzo spokojną trasę. Słychać było oczywiście wrzaski dochodzące z oddali, pojedyncze wystrzały, a rzadziej nawet salwy, ale wokół nich nic się nie działo. Potem jednak trafili na rumowiska. Te mniejsze dało się jeszcze jakoś przejść. Później natrafili na dosłownie górę złożoną z cegieł i potrzaskanych bali. Nie wyglądało to na barykadę celowo wzniesioną przez człowieka. Ciekawe, co mogło być przyczyną. Ciągi połączonych domów zostały osłabione przez pożary, a połączenia konstrukcyjne między nimi nadwyrężone? I budowane z byle czego, byle jak, nigdy nieremontowane domy dla biedoty zaczęły się po prostu walić? Możliwe. Zawsze mieszkanie w tych wielopiętrowych ulach podszytych wiatrem, a spojonych słowem honoru przypominało najbardziej ryzykowny hazard. Lecz w takim razie dziwił brak ludzi wokół. Przecież pod gruzami musiały być jeszcze jakieś ofiary. Nikt ich nie ratował? Nikt nie chciał dobrać się do zgromadzonych tam dóbr? No... tu akurat odpowiedź była prosta. Więcej dóbr i lepszej jakości pozostało przecież w płonących składach celnych.

Musieli skręcić w lewo, w jedną z prostopadłych uliczek, co było dość ryzykowne, ponieważ oddalało ich od płonącego wybrzeża. Z drugiej strony ta droga wiodła na wzgórze, skąd być może uzyskają jakiś widok na okolicę, żeby zorientować się w sytuacji. Ani jedno, ani drugie. Wysłany naprzód zwiadowca wrócił pędem, mówiąc, że wprost przed nimi jest mały plac przed świątynią, gdzie posila się właśnie oddział najemników. Niewielki, kompania raptem, i to w niepełnym składzie chyba. Mniej niż sto osób.

– Widział cię ich wartownik?

– Chyba tak. – Zwiadowca opuścił głowę.

– No to pozamiatane.

Przez głowę Shen przemknęło tysiąc myśli. Atakować z marszu, licząc, że tamci zajęci jedzeniem nie zbiorą się szybko? Nie z tymi ludźmi, których miała. Nie zdołają wybiec na plac i dopiero tam się ustawić. A strzelanie z wylotu wąskiej uliczki było bez sensu. Z jej strony będzie mogło prowadzić ogień tylko kilka ściśniętych obok siebie osób. Tamci będą mogli strzelać wszyscy do łatwego, skupionego celu.

Pozostawała więc ucieczka zwana wycofaniem sił. Problem w tym, że za plecami mieli to wielkie rumowisko. Przeciskanie się obok zajmie trochę czasu...

Na szczęście dowódca najemników popełnił błąd. Wysłał wzmocniony patrol na rozpoznanie. Cudownie!

– Pierwszych pięciu kłaść się na ziemi! – zakomenderowała, cofając się szybko. – Następnych pięciu w przyklęku! Kolejnych pięciu stoi za nimi!

Genialne. Patrol przeciwnika składający się może z dwudziestu, może z dwudziestu pięciu żołnierzy napotkał coś, czego jeszcze nigdy nie widział. Żołnierzy wroga leżących na ziemi! Jednak nie zdążyli się zdziwić.

– Ognia! – wrzasnęła Shen.

Huk wystrzałów dosłownie wstrząsnął wąską uliczką. Z góry posypały się dachówki. Żołnierze Shen powoli odciągali kurki i niespiesznie strzelali jeszcze raz. A potem jeszcze... W ciasnej uliczce nie sposób było myśleć o jakichkolwiek manewrach, taktyce, zwodach. Tu liczyła się wyłącznie brutalna siła ognia. A tę karabiny, które można było przeładować i wystrzelić powtórnie, zapewniały sobie błyskawicznie. W mgnieniu oka dosłownie.

W gęstym dymie, który wypełnił przestrzeń między ścianami budynków, nie dawało rady czegokolwiek dostrzec. Wiadomo było tylko, że tamci już nie strzelają. Na ziemi leżało kłębowisko ciał, zaraza jedna wie czy ktoś uciekał.

– Straty meldować!

– Dwóch zabitych, dwóch rannych! – zaraportował ktoś z tyłu.

Nieźle, jak na tę ciasnotę. Przytłoczyli tamtych ogniem. Shen zastanawiała się, jak członkowie jej oddziału zareagują na pierwszą krew. O dziwo, bandyci odnosili się do tego dość zwyczajnie. W każdym razie nie spostrzegła oznak ani paniki, ani histerii.

– Powoli do przodu! Po trzech ludzi gęsiego pod ściany z obu stron!

Ruszyli naprawdę powoli. Krok po kroku. Kolejna trudność nastąpiła, kiedy musieli przejść nad zabitymi wrogami. Na bandziorach z jej oddziału to jednak też nie zrobiło większego wrażenia. Gorzej, kiedy z tyłu rozległ się ostry gwizd i palba dochodząca od strony oddziału Aie. Shen zastanawiała się nad wysłaniem posiłków, lecz dosłownie po chwili strzały umilkły, a do niej samej dotarł goniec.

Okazało się, że dowódca oddziału na placu przed świątynią wcale nie był oszołomiony ani zdezorientowany. Widząc, co się dzieje, natychmiast wysłał ludzi inną, równoległą uliczką. Chciał otoczyć oddział Shen i uderzyć z zaskoczenia od tyłu. Cwaniak. Ale co? Sądził, że nie zabezpieczyła sobie tyłka? No to się natknął na ludzi Aie. I znowu wielostrzałowy karabin pokazał swoją miażdżącą siłę w walkach ulicznych. Nie było na

tę broń żadnego kontrargumentu. No przynajmniej do chwili, aż sprowadzą działa.

Shen jednak zdumiała elastyczność działania, szybkość i sprawność oddziałów najemników. Prawdziwe zawodowe wojsko, psiamać! I to, co gorsze, ostrzelane, wyćwiczone w boju, a nie na placu musztry przed koszarami. Rozumiała, że miała w związku z tym bardzo mało czasu, żeby wykonać swój plan. Ale też właśnie zrozumiała inną rzecz. Za plecami nie miała już zbiorowiska przypadkowych zbirów. Co prawda ta hołota, skora do rabunku, nie zamieniła się w wojsko, ale też przeżyła kilka zwycięskich potyczek. Doświadczyła na sobie własnej siły. Oddział zaczynał, powoli jeszcze, rozumieć swą moc. Przewagę swojej broni oraz fakt, że to ich dowódca lepiej przewidywał, miał lepszy plan i nie wystawiał ich na niepotrzebne niebezpieczeństwo.

– Zwiad naprzód i marsz! – Ręką pokazała czołówce kierunek.

Zgodnie z założeniami Shen teraz na placu przed świątynią nie było już nikogo. Udało im się skręcić, a w perspektywie ulicy nie widzieli żadnych przeszkód. I wszystko byłoby w porządku, gdyby nie narastająca palba dokładnie z kierunku, dokąd zmierzali.

– Mam nadzieję, że nie wpakujemy się w sam środek koncentracji ich wojsk – wysapał Kadir zmęczony tempem marszu.

Shen skinęła głową.

– Chyba tego nie przewidziałam.

– Czego? – przestraszył się rusznikarz.

– Że oni rzeczywiście mogą koncentrować się właśnie przed więzieniem wojskowym. To chyba jedyne budowle w okolicy należące do armii.

Kadir zaklął.

– Mówiłem, żeby wziąć kartaczownice.

– I co byśmy z nimi zrobili w tych uliczkach? Kto by nam nosił amunicję?

Dwóch zwiadowców wróciło biegiem. Usiłowali wytłumaczyć, co widzieli, ale żaden z nich nie umiał czytać mapy i nie potrafił pokazać wrogich pozycji palcem.

– Są wszędzie. Najemnicy tuż przed więzieniem. Jakoś tak się mieszają strasznie...

– Przegrupowują?

– Ja tam nie wiem. – Zdyszany młody człowiek zdecydowanie nie wyglądał na bandytę, a przecież tylko takich kupowano do zaimprowizowanego oddziału. Przypominał bardziej mało rozgarniętego czeladnika piekarskiego. Oddychający gwałtownie, cały spocony, niepotrafiący się wysłowić. – Bitwa była, albo raczej strzelanina.

– I do kogo strzelali?

– No do ludzi. – Spojrzał na Shen zdziwiony. – Tam dużo ciał leży. I martwi, i ranni... Jęki słychać... I różni tam chcą z tych domów podejść, ale nie. Boją się, że ich tamci też zastrzelą.

– Mów składniej. Ilu jest najemników?

Wzruszył ramionami. Potem rozcapierzył dłonie i pokazał kilka palców. Jeśli jeden palec oznaczał dziesiątkę, to tamtych mogło być sześćdziesięciu, siedemdziesięciu... Zwarty, zgrany oddział to masakryczna siła. A jeśli jeden palec oznaczał setkę? To ludzie Shen są bez szans, można nie analizować tego wariantu.

– Ktoś jeszcze?

– Piechota. Jest ustawiona tuż przed więzienną bramą.

– I co robią?

– Nic. Stoją.

Szlag mógł trafić człowieka podczas słuchania takiego raportu zwiadu. Co za jełop się trafił?

– Ile ich jest?

Nie za bardzo potrafił pokazać. Chyba setka, czyli coś około kompanii. Ale to i tak mniejsza siła niż najemnicy. Piechociarki nie myślały i nie były elastyczne. Walczyły według regulaminu. No, niemniej tamci mieli ogromną przewagę. Zawsze w sztuce prowadzenia wojen zakładało się, że liczba atakujących ma być większa niż broniących. Tu było odwrotnie.

Shen przekazała dowództwo Kadirowi, zaskakując go tym tak, że nie zdążył zaprotestować. Roztrącając swoich ludzi, pobiegła do drugiego oddziału. Nie było ani chwili do stracenia. Aie podniosła się na jej widok.

– Posłuchaj, musimy się rozdzielić. To jedyna szansa.

Głuchoniema dziewczyna przytaknęła. Wpatrywała się w usta koleżanki, żeby wszystko dobrze zrozumieć. Często właśnie ten wyraz twarzy ludzie brali u niej za oznakę naiwności, dziecięcej ufności, niedojrzałości. A ona po prostu usiłowała się skupić.

– Na placu są dwa oddziały. Mniejszy, ale gorszy to najemnicy. Zrobili chyba jakąś masakrę i teraz się reorganizują. Mniejsza z tym. Biorę ich na siebie. Będę symulować atak, odciągnę i może uda mi się wpieprzyć ich w zasadzkę, a może nie. Bez znaczenia, bo tak naprawdę chcę ich wyminąć i gnać do bramy więzienia.

Rozumiem.

– Widzisz, są jednak dwa problemy. Pierwszy to taki, że kiedy dotrę do bramy, to ona musi być już szeroko otwarta i obsadzona przez twoich ludzi.

No to ją zajmę. A drugi problem?

– Na drodze między twoimi ludźmi a bramą będzie stała kompania piechoty.

Aie o mało nie zadławiła się śliną. Po chwili namysłu uśmiechnęła się jednak i znowu skinęła głową potakująco.

– Posłuchaj mnie dokładnie. Jest ich dwa razy więcej, ale piechota strzela według regulaminu. Muszą się ustawić w dwuszeregu, frontem do nieprzyjaciela, pierwszy szereg musi uklęknąć i dopiero wtedy idzie salwa ze wszystkich luf. Jeżeli do tego dojdzie, zabiją was wszystkich momentalnie. Ich karabiny mają większą donośność.

Ale przecież wcale nie musi do tego dojść.

– Właśnie. Nie daj im się ustawić, to nie strzelą. Nie atakuj z daleka, bo pójdą na bagnety. Po prostu musisz je rozproszyć, to się prędko nie zbiorą. Twoim atutem musi być szybkość.

Nie ma sprawy.

Shen długo patrzyła Aie w oczy. Z całą pewnością będzie to absolutnie pierwszy głuchoniemy dowódca w historii. Aie miała to coś. Potrafiła budzić posłuch, ludzie wykonywali jej rozkazy. Lecz dowodzenie pięćdziesięcioma niedoświadczonymi ludźmi w trakcie bitwy...? Bez możliwości wykrzykiwania rozkazów? Tylko z gwizdkiem? Trzeba być albo wariatem, albo kimś o niespotykanej dotąd sile woli. Kimś równie zdecydowanym co młot dźwigniowy do rozbijania wielkich głazów. Shen nie wiedziała, czy koleżanka jest taka.

Chyba niepotrzebnie. Aie była jednym i drugim.

– No to zostawiam cię z myślami. Wykonaj obejście i zaczynaj zaraz po mnie.

Rozdział 10

Ludzie z drugiego oddziału dość sprawnie wykonali obejście. Ani razu Aie nie musiała użyć gwizdka. Wystarczyły gesty. A teraz udało im się dojść prawie na sam skraj placu i ukryć się za wielkimi zwałami słomy zgromadzonymi tu dla importowanego bydła.

Shen miała rację. Najemnicy musieli strzelać do ludzi na placu. Wzbudzili panikę, bo ciała były rozsypane na całej powierzchni. Niektórzy żyli jeszcze, ale nikt nie udzielał im pomocy. Mieszkańcy Negger Bank kryli się jak oni, za słomą, pod ścianami, bojąc się wychynąć na otwartą przestrzeń. Przed samym więzieniem, a więc najbliżej, stała w szyku kompania imperialnej piechoty. Wyglądały na pozór groźnie. Ciekawe jednak, jaką rzeczywiście stanowiły wartość, szczególnie po długim czasie na baczność w upale. Najemnicy zajęli pozycję znacznie dalej. I oni nie tylko wyglądali groźnie. Tu nie miał znaczenia regulamin, był za to zabójczy w bitwie manewrowej rozsądek. Ale, na szczęście dla Aie, to był problem Shen.

Głuchoniemą dziewczynę od piechoty dzieliło jakieś sześćdziesiąt kroków. Wydawało się to małym dystansem, tyle długości miewały mniej więcej bieżnie dla zawodników występujących na igrzyskach dla uciechy gawiedzi. Sześćdziesiąt kroków. Potwornie daleko, jeśli chodzi o dystans dzielący od człowieka z karabinem, który trzeba pokonać, zanim tamten strzeli. Niemożliwy do przebycia. A każdy manewr, każdy atak wymagał albo wariactwa, albo okropnej determinacji. W to, że jest wariatką, Aie nie wątpiła. A czy jest zdeterminowana?

Uśmiechnęła się do siebie. Czy jest zdeterminowana? Czy jej zdecydowanie jest wystarczające? Chyba... może... Nagle ogarnęły ją wspomnienia.

Aie nie zawsze była głucha i niema. W najwcześniejszym dzieciństwie, jak daleko sięgała pamięcią, była zupełnie normalną dziewczynką. Źle zaczęło się dziać po chorobie, na którą zapadła. Pewnego dnia zaczęła gorączkować. Tak po prostu. Nie kaszlała, nie ciekło jej z nosa, nie miała zawrotów głowy, ani nawet chrypki. Wieczorami jednak nie mogła się podnieść z łóżka. Była średnio przytomna. Wychowywała ją matka, wdowa, ojciec zginął na morzu lub przepadł gdzieś w dalekich krainach. Nikt nie wiedział, co się stało. Kobieta zarabiała jako krawcowa w wielkim zakładzie realizującym dostawy dla wojska. Stać ją było nawet na medyka.

Pewnego wieczora odwiedził ich więc najlepszy fachowiec w okolicy. Stary, kostyczny, doświadczony. Nie wziął wiele pieniędzy, choć po pierwszych odwiedzinach pojawił się jeszcze dwa razy. Niczego nie zaniedbał, udzielił kilku cennych rad, puścił dziewczynce krew. Diagnozy jednak nie potrafił postawić. Zostawił trochę leków i poinstruował matkę, jak przynosić ulgę w gorączce. Pierwszy zauważył, że dziecku pogarsza się słuch i że ma coraz większe kłopoty z mówieniem. Zalecił napary z ziół. Był ewidentnie uczciwym człowiekiem, nie zdarł z ubogiej rodziny, przychodząc co dwa, trzy dni pod byle jakim pretekstem, niewiele wziął za leki. Najbardziej pomógł dziewczynce długą rozmową, w której wyjaśnił, że choć medycyna jest często bezradna, to jednak duch człowieka zawsze ma szansę zatriumfować nad ciałem. Gorączka przeszła sama po kilkudziesięciu dniach pielęgnacji w łóżku.

Aie traciła głos i słuch powoli. Wadę słuchu rekompensowała trochę, ucząc się czytania z ruchu warg. Gorzej było z mówieniem. Już w wieku kilkunastu lat mówiła ochrypłym, zdartym głosem, jak pijak w zapadłej knajpie po kilku latach żłopania na okrągło. Jak stary bosman od zarania wykrzykujący komendy do marynarzy w wyciu burzy, podczas wichury i sztormu. Ten niezwykły kontrast, jaki stanowiła jej filigranowa figura i śliczna twarz w połączeniu z niskim, chrapliwym głosem i coraz większą głuchotą, sprawił, że matka znalazła jedyne wyjście z tej sytuacji. Aie musiała nauczyć się czytać i pisać, i to biegle, a nie byle jak. A jedynym sposobem, żeby to osiągnąć przy braku środków na edukację, było oddanie dziewczyny na służbę do jakiegoś mędrca.

Matka okazała się wyjątkowo zaradna. Potrafiła dobrze wybrać. Potrafiła też być pragmatyczna. Udało jej się znaleźć całkiem znanego filozofa, który zgodził się uczyć Aie w zamian za usługi... no, jak by to powiedzieć... niekoniecznie polegające na sprzątaniu, praniu i gotowaniu, bo to już mędrzec miał zapewnione przez dużo starsze i dużo brzydsze służące.

Prawdę powiedziawszy, i całkiem bez hipokryzji, był to jeden z bardziej przyjemnych okresów w życiu dziewczyny. W łóżku filozof okazał się delikatny, a jego talent dydaktyczny pozwolił mu na wyszkolenie Aie w czytaniu, pisaniu oraz samodzielnym myśleniu, co okazało się chyba najważniejsze. Niestety, nie był przesadnie wielkoduszny. Kiedy dziewczyna prawie przestała słyszeć, a zamiast głosu z gardła wydobywał jej się głównie charkot, zwolnił ją, zaopatrzywszy jedynie w niewielką sumkę jako odprawę.

Matka, sama dość już leciwa i dręczona chorobami, zrozumiała, że jedyną szansą ratunku dla dziecka jest wydanie jej za mąż. Oczywiście, jak mawiał właściciel zakładu krawieckiego, w którym pracowała, znający się na handlu: na rynku podstawowym żadnych szans Aie nie miała. No ale jest przecież rynek wtórny: rozmaici wdowcy, kawalerowie nie do końca udani albo starzy po prostu.

Poszły zatem do dzielnicy swatów. Aie, ubrana w najlepszą sukienkę, jaką miała, robiła piorunujące wrażenie wśród potencjalnych absztyfikantów – była prześliczna. Jej ukryta wada wychodziła na jaw dopiero przy próbie zamienienia kilku zdań. I, niestety, nikt nie chciał brać kaleki. Stały obie bardzo długo, kiedy w samym środku nocy zjawił się nareszcie ktoś poważnie zainteresowany.

Starszy już, ale nie sędziwy kupiec bławatny, rozsiewający wokół silną woń alkoholu, zdawał się nie zwracać uwagi na defekty dziewczyny. I tym sposobem Aie poszła na pierwszą w życiu randkę. Stary najpierw zabrał ją do karczmy, gdzie wlał w siebie ogromne ilości wina. Jej oczywiście też postawił – dostała słodkie ciasteczka i grzane wino z korzeniami. Potem poszli na targ. Kupiec mówił coś, a Aie przeżywała istne katusze. W gwarze panującym wokół zupełnie go nie słyszała, a chwiejący się na nogach mężczyzna nie dbał o to, żeby kiedy mówił, zwracać twarz w jej stronę. Po raz pierwszy w życiu poczuła się zagubiona. Wiedziała, że to być może jej ostatnia szansa, lecz nie miała pojęcia, co może zrobić. Cierpiała okropnie dodatkowo dręczona strasznym uczuciem, że się mu narzuca.

Kupiec przystanął przed jakimś straganem. Zaczął wybierać pierścionek dla niej. Często jednak kręcił głową i odkładał towar z powrotem. Bardzo chciała, żeby to się nie przeciągało, czuła wypieki na twarzy z upokorzenia. Kiedy kupiec wziął do rąk kolejny pierścionek, powiedziała swoim zdartym głosem bosmana:

– Może być, może być!

To raczej otrzeźwiło kupca, niż skłoniło do zakupu. Poszli dalej. On coraz bardziej chwiejnym krokiem, ona coraz bardziej czerwona. Zatrzymali się przy jeszcze jednym straganie. On znowu wziął do ręki jakiś pierścionek.

– Może być! – Usiłowała przywołać na twarz zgodliwy uśmiech. – Ten może być!

Mężczyzna jednak nie potrafił podjąć jakiejkolwiek decyzji. Ledwie dobiegł do ściany, pod którą zwymiotował. Aie stała zagubiona, nie mając pojęcia, co powinna zrobić. Nawet nie pamiętała za bardzo wszystkiego, co działo się potem. Jej umysł, chcąc sobie radzić z przykrymi wspomnieniami, prawie całkowicie usunął je ze świadomości.

Jej matka zmarła jakieś pół roku po nieudanej próbie wydania córki za mąż. Aie została sama. Bez jakichkolwiek dochodów. Nie miała nawet dachu nad głową, bo z matką mieszkały w izbie czynszowej. Chodziła sama po ulicach z maleńkim tobołkiem, gdzie miała tę lepszą sukienkę i parę drobiazgów. Miała też sześć brązowych. Wszystko, co odziedziczyła po matce. Cała reszta poszła na pogrzeb.

Bezwiednie trafiła do jednej z lepszych dzielnic miasta. Usiadła na murku i obserwowała domy przyzwoitych ludzi. Na tyle bogatych, że rano jedli śniadanie, w południe obiad, a wieczorem czekała na nich kolacja. Zajmowali się zwykłymi problemami. Na przykład: czy bank Barucha daje dostatecznie dobre warunki, żeby ulokować w nim swoje oszczędności? Albo: czy moje sandały nie są już przypadkiem zbyt podniszczone i czy powinienem kupić sobie nowe? To byli normalni ludzie zajmujący się normalnymi sprawami, a nie tym, jak przeżyć do następnego dnia.

A jednak te sprawy też czasem przybierały gwałtowny obrót. Zapadła już noc, kiedy zauważyła młodzieńca stukającego do drzwi naprzeciw. Nikt mu nie otworzył. Zaczął więc krzyczeć, że wie wszystko o nowym kochanku swojej dziewczyny. I będzie tu stał, aż tamten wyjdzie. Raz prosił „miłość swojego życia", żeby się opamiętała, to znowu groził, a nawet machał swoim nożem. Widać było, że to czcza gadanina, chłopak nie wyglądał na kogoś, kto może zrobić drugiemu krzywdę. Nowy kochanek jego dziewczyny ukazał się zresztą w oknie. Tylko po to, żeby kpić z niedoszłego narzeczonego, co Aie wyczytała z jego warg. A ten znowu chwycił za nóż. Potem ukrył się w załomie muru i długo płakał.

Oboje od czasu do czasu zerkali na siebie. On na dnie rozpaczy z powodu zawiedzionej miłości, upokorzenia, którego doznał od innego mężczyzny, ona, widząc przed oczami własną śmierć z głodu, odurzona samotnością w całym tym wielkim świecie i beznadzieją, która zaczynała ją ogarniać.

Potem podjęła decyzję. Podeszła do zapłakanego młodzieńca.

Zrobię to za ciebie – napisała na podręcznej tabliczce, bo jej głos nie nadawał się już do niczego. *Za dziesięć srebrnych* – dopisała, rozpoczynając tym samym karierę zawodowego zabójcy.

Chłopak sięgnął do sakiewki.

– Mam tylko trzy srebrne. – Spojrzał na nią przestraszony, że umknie mu taka okazja.

Może być.

Wzięła do ręki jego nóż i dalej czekali już razem. Kochanek wyszedł z domu nad ranem. Aie podeszła do niego z uśmiechem na ślicznej buzi. Niczego nie podejrzewał, niczego się nie spodziewał, a ona wcale swojego napadu nie wymyśliła głupio. W momencie kiedy ją mijał, podłożyła mu nogę, a kiedy upadł, usiadła na nim i wbiła mu nóż w plecy. Nie miał szans. A Aie dowiedziała się, jak potwornie ciężko operuje się nożem. Mężczyzna pod nią żył i żył. Głębiej wbić ostrza nie dało rady, ciało stawiało okropny opór. Zaczęła więc obiema rękami kręcić rękojeścią, żeby zwiększyć upływ krwi. Trwało to i trwało, zanim ofiara przestała się nareszcie poruszać. Zdyszana podniosła się na równe nogi. Zabrała należną jej sakiewkę zleceniodawcy, który stał teraz zszokowany, przypominając pomnik. Uciekała najszybciej jak mogła, hałasy na pewno zbudziły wielu ludzi. Kilkanaście przecznic dalej znalazła ustronne miejsce. Zdjęła zakrwawioną sukienkę, wytarła się i ubrała tę lepszą, z tobołka. Palcami uporządkowała włosy. Nigdzie oczywiście nie było żadnego lustra, w którym mogłaby się przejrzeć, ale uznała, że wygląda zupełnie normalnie.

Może być... – pomyślała.

Młodzieńca, który zlecił morderstwo, złapano na miejscu zbrodni. W ciele ofiary znaleziono jego nóż, przesłuchano jego byłą dziewczynę, motyw był. Na co więc czekać? Sąd odbył się tego samego dnia. Chłopak co prawda twierdził, że zabójstwa dokonała śliczna, filigranowa dziewczyna za trzy srebrne. Egzekucji dokonano tego samego dnia. Nikt nie uwierzył chłopakowi.

Oprócz jednego jedynego człowieka. Był nim Rand, który przypadkowo dowiedział się o sprawie. Los skazańca niewiele go obchodził, sprawca zbrodni przeciwnie. Dołożył wszelkich starań i odnalazł śliczną, filigranową dziewczynę o tak niezwykłym talencie. Od tej chwili wszelkie kłopoty Aie z własną przyszłością się zakończyły.

Shen miała pewien problem. Zamierzała odciągnąć najemników od bram więzienia, a to oznaczało zwabienie ich w pułapkę. Nic trudnego. Zaatakować, cofnąć się, niech pościg wpadnie w wąską uliczkę, przebiegnie kilkaset kroków i dostanie ostrzał z bocznej ulicy, gdzie ukryje się część jej ludzi. No ładnie. Ale tylko idiota albo imperialna piechota mogłyby się dać nabrać w ten sposób. A Shen zdążyła się już dzisiaj dowiedzieć, że najemnicy mają doświadczonych dowódców, myślących w trakcie bitwy, skupionych i analizujących to, co się wokół dzieje. Nie wyglądali na takich, którzy dadzą się zrobić na podręcznikowe numery.

Pozostał drugi wariant. Taktyka ludzi z żelaznych okrętów. Pamiętała dobrze, jak mówili: o złamaniu ataku wroga zawsze decydują dwa czynniki, nigdy jeden. Jeśli masz przewagę ognia, musisz jeszcze unieruchomić obcy atak. Choć na chwilę. Niech staną na linii zasieków, a ty ich wtedy wystrzelaj.

Dobre. Kłopot w tym, że Shen nie miała drutu kolczastego. Rozesłała swoich ludzi po okolicznych domach, warsztatach i składach, żeby znaleźć jakiś zamiennik. Owszem, kozły drewniane udało się znaleźć szybko, ale nie było niczego groźnego, co można by na nich zawiesić.

Doznała olśnienia, a raczej głupawki. Skoro nie ma niczego do zawieszenia na kozłach, to najlepiej będzie niczego nie wieszać. Genialne. Wystawi same kozły. Przecież i tak trzeba przez nie przeleźć albo je przesunąć. To zatrzyma najemników na moment.

Oddział obciążony kozłami ruszył na plac. Początkowo nawet, kiedy pojawili się u wylotu ulicy, nikt nie zwrócił na nich uwagi. Spokojnie, nie niepokojeni doszli aż do ciał cywilów leżących w jednej trzeciej drogi do więziennych bram. Kiedy jej żołnierze ustawiali prze-

szkody, żeby przegrodzić prowizorycznie wolny teren,
ona sama podeszła do miejsca masakry. Gwizdała cicho
pod nosem. Nie wzywała imienia Bogów, bo chyba trochę już za dużo widziała na bożym świecie. Nikt się już
nie ruszał i nie prosił o pomoc. Zerknęła na położenie
słońca. No pewnie. Tyle czasu w upale... Ranni zdążyli
przenieść się do krainy, gdzie nic nie będzie odtąd bola-
ło. Szczury jeszcze nie zwąchały trupów. Na razie tylko
stada much zbierały się na ucztę.

Zaraza jedna. W tłumie znajdowali się przypadkowi
ludzie. Shen zobaczyła nagle jakąś dziewczynę z prze-
strzelonym brzuchem. W odświętnej, ślicznie zdobionej
tunice. W dłoni trzymała jeszcze wiązkę przepięknych
ogrodowych kwiatów, których łodygi związano razem
tak, żeby całość była dłuższa niż łokieć. Shen nachyliła
się i wyjęła wiązankę z martwej dłoni. Doskonała buława
do wskazywania wojsku celu w huku bitwy. Ciekawe, czy
leżał tu też kochanek dziewczyny, który dał jej te kwiaty?
A może uciekł? A może pobiegł po pomoc, która nigdy
nie nadeszła, bo zastrzelili go gdzie indziej? Nie sposób
rozstrzygnąć. Hm. Jeśli leżał gdzieś obok, to do ostatniej
chwili byli razem. I tak się plączą losy.

Jej żołnierze skończyli ustawiać kozły. Najemnicy już
wiedzieli, że mają przed sobą przeciwnika. Przeorgani-
zowali się, stając frontem do ewentualnego zagrożenia,
jednak nie wiedzieli, co ich może spotkać. Pierwszy raz
widzieli, jak ktoś ustawia na polu ewentualnej walki jakieś śmieszne drewniane gówna.

Shen wyszła przed kozły.

– Całość, zająć stanowiska za osłoną! – Wiązką kwiatów pokazywała, gdzie kto ma się ustawić.

Spojrzała na dowódcę najemników, który przyglądał jej się z niesłabnącą uwagą. Pokazała mu wiązankę i gestami dała do zrozumienia, że chętnie by mu ją podarowała, ale rezygnuje z tej chęci z powodu nadmiernej odległości. Najemnik chyba nie zrozumiał dowcipu, bo wzruszył tylko ramionami.

– Całość!... Przyklęk! Wyceluj broń!

Jej ludzie klękali za kozłami, o które opierali lufy. Zbawienne ułatwienie przy tym dystansie dzielącym strzelca od celu. Shen znowu wyszła przed szereg. Spokojnie oceniała odległości, szanse, spodziewaną szybkość manewru. Zobaczyła też, że piechota w ogóle nie interesowała się jej oddziałem. Dziewczyny stały w równych szeregach, jakby w oczekiwaniu na wizytację. Ich sprawa.

– Uwaga! – Shen podniosła do góry swoje kwiaty. – Ognia! – Gwałtownie opuściła rękę.

Salwa spowodowała zamieszanie w szeregach najemników, ale nie była jakoś szczególnie zabójcza. Odległość, jak na ten rodzaj broni, okazała się zbyt duża.

– Padnij! – zakomenderowała Shen w oczekiwaniu na odpowiedź najemników.

Aha! Wprawiła ich w konsternację. I co teraz mają zrobić? Strzelać do leżących? Czyli praktycznie nie widząc celu? No ale skoro tamci leżą, to nie mogą nabić broni, pozostaje więc starcie wręcz. Zwyciężyła tradycja. Najemnicy ustawili się do strzału. Padła salwa. Praktycznie bez efektu, chyba tylko na postrach. Potem nałożyli bagnety i ruszyli do ataku. No! O to mniej więcej chodziło.

– Strzela ten, kto widzi cel! – ryknęła Shen, podnosząc się z ziemi i kucając obok najbliższego kozła. – Strzelać według własnej woli.

Bandytom wcielonym przez Kadira do oddziału nie trzeba było powtarzać. Spokojnie, tkwiąc w wygodnej pozycji, zaczęli niespiesznie strzelać. Dowódcę najemników musiało zamurować. Jak to?! Przeciwnik leży i... strzela?! Jakim cudem? Jego żołnierze biegli jeszcze wdrożeni do bezwzględnego wykonywania rozkazów, ale i w nich rosło przerażenie. Ten ogień prowadzony z ziemi jest ciągły! Partyzanci strzelają powoli co prawda, ale przez cały czas! Shen zrozumiała, że mogłaby już teraz wygrać to starcie. Gdyby tylko miała oddział wojska, który już ćwiczył pod jej komendą. A tu wiedziała, że nie wolno jej wykonywać żadnych skomplikowanych manewrów. Jej bandyci zaraz gdzieś się pomylą, zrobi się zamieszanie, które natychmiast przerodzi się w panikę. Spokojnie. Pieprzona piechota stoi opodal i nic nie robi, ale jeśli włączy się do walki i odda jedną salwę, to nie ręczyła za swoich.

– Odskok! – wrzasnęła. – Odskok za mną! Nie wychodzić przed dowódcę!

Wstała lekko, czując, jak coś buzuje jej we krwi. Znowu wojna, ulotne uczucie panowania nad sytuacją. Poczuła to, co tak bardzo zawsze upajało Nuk. To lepsze niż hazard, lepsze niż miłość, lepsze niż pieniądze i władza. To wojna!

Przebiegła ze dwadzieścia pięć kroków, pilnując, żeby nikt jej nie wyprzedził.

– Stać! – zakomenderowała. – Całość, stać!

Mieszały jej się regulaminy armii imperium i wojska RP. Wydawała komendy raz według jednego regulaminu, raz według drugiego, a najczęściej składała oba w jeden rozkaz. O dziwo, na kilku krokach udało jej się zatrzymać własny oddział. Nakazała zwrot frontem do przeciwnika, przyklęk.

Poharatani najemnicy dotarli właśnie do zagradzających ulicę kozłów. Żadna przeszkoda bez drutu kolczastego. Wystarczy przecisnąć się pomiędzy, przejść górą albo przestawić na bok. Wszystko jedno. Żeby jednak zrobić którąkolwiek z tych czynności, najemnicy musieli się... zatrzymać.

– Pal!

Nawała ognia powstrzymała natarcie.

– Strzelać wedle własnej woli!

Precyzyjne strzały powstrzymały najbardziej zapalczywych. Widać było, że atak się załamał. Pojedynczy najemnicy szukali jakiejkolwiek ochrony. Shen kazała wstrzymać ogień i przeładować karabiny. To był właśnie ten moment. Wyjęła z torby gwizdek i włożyła do ust. To właśnie ta chwila. Piechociarki patrzyły w zdumieniu na rozsmarowanych na placu najemników. Im ciągle nikt nie wydał żadnego rozkazu. Dopiero teraz dowódcy usiłowały przygotować imperialne wojsko do... do czego? Ataku? Obrony? Chyba nikt w armii nie miał pojęcia. Shen gwizdnęła z całych sił.

Aie również obserwowała pole bitwy. Dobrze wiedziała, że nadszedł jej moment. Kiedy ktoś dotknął jej ramienia i powiedział, że słyszy umówiony sygnał, zerknęła na swoich ludzi. Potem przeniosła wzrok na Shen. Było trochę daleko, żeby rozpoznać wyraz twarzy, ale wiedziała, o czym tamta myśli. Czy głuchoniemy dowódca poradzi

sobie ze swoimi ludźmi. Czy okaże się odpowiednio zdecydowany, konsekwentny i nie zawaha się ani przez chwilę. I najważniejsze: czy to jest w ogóle zadanie dla niej?

– Może być – powiedziała Aie samym ruchem warg.
W przeciwieństwie do Shen nie wierzyła w żadne tam
buławy z kwiatków ani inne efekty psychologiczne. Do
ust włożyła gwizdek, a dłońmi ujęła dwa rewolwery. Po
ułamku chwili na zebranie się w sobie gwizdnęła prze-
ciągle i wystąpiła zza osłony z bel słomy. Jej ludzie ruszyli
za nią, choć, co zauważyła natychmiast, trzymali się kilka kroków z tyłu. Narzuciła ostre tempo, ale nie pozwalała sobie na bieg. Wszyscy po prostu szli z opuszczoną
bronią, w bezładzie, bez żadnego uporządkowania. Ot,
maszerująca kupa ludzi. Piechociarki oczywiście zauważyły zbliżającą się grupę, ale same przecież nie odważyły
się niczego zrobić. Czekały na rozkaz.

Sześćdziesiąt kroków. Wbrew pozorom dość dużo.
Nawet jeśli się idzie szybko.

Od strony piechoty również rozległy się gwizdki. Ob-
rócenie kompanii na jedną ze stron wymaga jednak trochę czasu. Najpierw trzeba podjąć decyzję, ile sił pozosta-
wić frontem do wciąż obecnej na placu Shen. Pozostałą
część, podzieloną przecież na mniejsze oddziały, scalić
w jedno i oddać pod czyjeś dowództwo.

Trzydzieści kroków. Aie była już pewna swego, jej
ludzie także.

Prawe skrzydło piechoty zaczynało robić zwrot. Średnio sprawnie – nie trzeba było trzymać tak długo żołnierzy na baczność w okrutnym upale. I o to właśnie chodziło. Wystarczyło poczekać, aż zrobi się jakiś zator albo
niewielki chociaż bałagan.

Dwadzieścia kroków.

Aie zatrzymała się, lecz tylko na moment, nie chcąc wstrzymywać całego oddziału. Wystrzeliła kolejno z prawej i z lewej ręki i od razu ruszyła znowu do przodu. Dwa trupy walące się na ziemię spowodowały zamieszanie w przegrupowującej się piechocie. Imperialna armia nie znała jednak komendy „odpowiedzieć ogniem". Nigdy nie napotkała przeciwnika, który wymusiłby takie działanie. Przecież najpierw trzeba się ustawić.

Ludzie Aie zwolnili trochę. Nadal w marszu zaczęli strzelać w kierunku najbardziej zbitej masy piechociarek. Niezbyt mierzyli, niektórzy wręcz strzelali z biodra, bo tak im było wygodniej. Krok za krokiem, strzał po strzale.

Dziesięć kroków. Tego już nikt nie wytrzyma. Strzelanie z bliska raz po razie, kiedy nie ma się gdzie schować. Piechociarki rozprzęgły się nagle, usiłując uniknąć upadających na ziemię koleżanek, zaczęły się cofać. Strzały napastników nie były precyzyjne, w marszu nie da się celować. Straszny był kaliber ich broni. Trafiona w rękę bryzgała mnóstwem krwi i miotając się wśród koleżanek, powodowała panikę. Trafiona w brzuch zalewała je czerwoną fontanną. Ale najgorsze były rany głowy, i wcale nie przy trafieniu w sam środek. Te zgarnięte z sennych, prowincjonalnych garnizonów dziewczyny nie potrafiły stawić przeciwnikowi czoła. Zaczęły uciekać, i to wybierając najgłupszą dla nich drogę. Długi odcinek prowadzący prosto w tył, ku zbawczym wylotom ulic. Niestety. Ta droga wiodła przed lufy oddziału Shen, który już zdążył uzupełnić naboje.

Ludzie Aie zatrzymali się, rezygnując z pościgu. Woleli nie wchodzić w zasięg ognia oddziału Shen. Zamierzali także sprawdzić, co znajduje się za aż tak strzeżoną bramą. A może coś, co da się łatwo zabrać? Wrota jednak stawiały znaczny opór. W środku prawdopodobnie nie było już strażników. Z wysokości murów zbyt dobrze widzieli, co działo się na placu. I na pewno znali jakieś inne wyjście. Majstrowanie przy zasuwie nie dawało efektu. Najlepiej więc wysadzić bramę z zawiasów. To jednak wymagało znalezienia odpowiedniej ilości drągów.

Aie drgnęła, kiedy ktoś położył jej rękę na ramieniu. Odwróciła się gwałtownie i o mało nie zastrzeliła Shen.

– I jak?

Uśmiechnęła się do koleżanki. Najpierw musiała schować broń do kabur, żeby móc odpowiedzieć cokolwiek.

Łatwo poszło – napisała na swojej tabliczce.

– Myślisz, że za łatwo? Nie. Wszystko osiągnęliśmy przez zaskoczenie. Następnym razem będą lepiej przygotowani.

Armia imperium jest do niczego.

– Te oddziały, które teraz są w Negger Bank, owszem. Ale nie spotkaliśmy oddziałów specjalnych, piechoty morskiej, ani choćby strzelców pustyni.

Daliby nam radę?

Shen wzruszyła ramionami.

– Najemnicy są niesamowicie dobrzy. To mnie zaskoczyła ich sprawność.

Tym razem Aie nie wiedziała, co napisać. Nie miała z nimi bezpośredniego kontaktu. I tak nie mogły dalej rozmawiać. Ich ludzie znaleźli gdzieś drągi i zaczęli właśnie wbijać je pod skrzydła bramy. Całkiem nieźle im to szło. Widać było, że nie pierwszy raz wchodzą gdzieś bez pozwolenia.

– Jeszcze! Jeszcze! Razem! – Szybko wyłonił się samozwańczy dowódca tej akcji. – No dalej!

Ludzie naparli na drągi. Rozległ się głośny trzask. Jedno ze skrzydeł drgnęło i poruszyło się, tworząc na dole niewielką szczelinę. Szybko wykorzystano ją, wbijając drągi głębiej.

– No dalej! Jazda!

Jeszcze jeden wspólny wysiłek i po chwili usłyszeli głośny trzask. Napierający odskoczyli, a brama, zgrzytając o mur flankujący, osunęła się z łoskotem na dziedziniec więzienia. Bandyci wbiegli po niej do środka. Zatrzymali się jednak, widząc, że tu niczego nie zrabują. Tak naprawdę to nie było nawet prawdziwe więzienie, a jedynie punkt przeładunku skazańców w drodze do kolonii karnej. Pod przeciwległą ścianą stał tylko jeden mały i nędzny barak dla strażników. Wszyscy dezerterzy zostali stłoczeni w klatkach stojących na powietrzu jedna przy drugiej. Prawdopodobnie transport musiał być przewidziany na najbliższe dni, ponieważ w środku panował tak nieprawdopodobny tłok, że chyba nikt z więźniów nie mógł się ruszyć. Jak ich karmiono? Może w ogóle, sądząc po stanie niektórych. Nawet bandyci, którzy wtargnęli tu pierwsi, stali jak wryci, patrząc na to z niedowierzaniem. Jedynie Shen i Aie zachowały spokój. Podobne traktowanie nie było im obce.

I z nich chcesz zrobić wojsko? – napisała Aie na swojej tabliczce. *Przecież one nie będą w stanie iść.*

– Ciekawe, czy uda się tu przyprowadzić nasze wozy?

Nawet jeśli się da, gdzie je zawieziemy? No i najważniejsze: nie mamy żadnych podoficerów, żeby zrobić z nimi porządek.

– Sierżant Nuk, sierżant Nanti, szeregowa Sharri!

Zaczęły się podnosić, ale zdecydowanie niespiesznie. Jakaś tam porucznik piechoty z prowincjonalnego garnizonu, zagubiona w tych nowych, wielkich koszarach, nie była dla nich wystarczająco przekonującym argumentem. A poza tym to one są weterankami, odbyły morderczą kampanię w dolinie Sait, mają na sobie mundury ludzi z żelaznych okrętów, poznały wielki świat, a dzięki długiemu pobytowi wśród obcych nauczyły się obrazoburczego przekonania, że każdy człowiek ma jakieś prawa. Istny element wywrotowy według oficerskiej kadry, którą przysłano do pilnowania koszar z najdalszych zakątków imperium.

– Melduje się sierżant Nuk plus dwie! – dziewczyna okrutnie zakpiła z pani porucznik, meldując się według nieznanego tu regulaminu WP.

No, co prawda honory oddała, zasalutowała. Ale zamiast pięścią do gołego czoła zrobiła to bezczelnie dwoma palcami do daszka czapki, którą chwilę wcześniej specjalnie w tym celu nałożyła. Niech ją szlag! Oficerowie tutaj zdecydowanie nie radzili sobie z dziewczynami, które poznały już obce obyczaje.

– Mam wam odczytać rozkaz dowództwa i zadbać o natychmiastowe wykonanie. – Porucznik zawiesiła głos.

Spojrzała na Nuk, ale sierżant stała nieporuszona.

– Dlaczego nic nie mówisz?

– Nie było komendy „spocznij". A na baczność nie wolno mi komentować. – Nuk używała sobie w najlepsze. A co ta garnizonowa zaraza może jej zrobić?

Porucznik nie wiedziała za bardzo, jak się zachować.

– Masz powiedzieć: „Tak jest!".

– Nie wydano mi żadnego rozkazu, żeby potwierdzać w ten sposób.

Tamta zmełła przekleństwo. No wywrotowcy normalnie, no! I co z takimi zrobić? Dać do karnej kompanii i na front! Albo nie bawić się, bo jeszcze zwieją podczas transportu. Zakuć od razu, załadować na barkę, wywieźć na środek zatoki i zrobić w dnie barki dziury. Ot co! To ewidentnie najlepszy sposób postępowania z tym zepsutym do cna obcymi miazmatami elementem. Ich się już nie da odzyskać. A dowództwo cacka się niepotrzebnie – miała na uwadze rozkaz, który nakazano jej odczytać.

– Udzielono wam urlopu – postanowiła jednak nie czytać, tylko przekazać własnymi słowami. Mniejszy wstyd. Nagradzać wywrotowców. Też coś! – Możecie opuścić koszary i udać się w... – zawahała się – i udać się w dowolnym kierunku.

Nuk z najwyższym trudem zachowała kamienny wyraz twarzy. Miała ochotę parsknąć śmiechem.

– Rozkaz obowiązuje ze skutkiem natychmiastowym.

Porucznik wręczyła tym razem już zaskoczonej Nuk trzy przepustki, bez słowa odwróciła się i wyszła. Z wściekłości zapomniała nawet o komendzie „spocznij".

Z Sharri z sykiem uszło powietrze.

– Uuu... Co o tym myślicie, dziewczyny?

– Myślimy tak – odparła Nanti, biorąc się do pakowania swoich rzeczy do plecaka – skoro jest szansa zwiać stąd z oficjalnym papierem, to należy to zrobić błyskawicznie! Nie czekając, aż się komuś humor zmieni i decyzja!

– Ożeż... – Nuk runęła do swoich rzeczy. – Ona ma rację. Spierdalajmy błyskiem!

Sharri była mniej doświadczona w sprawach wojskowych od dwóch sierżantów, lecz też instynktownie czuła, że tamte mają rację. Najważniejsze w wojsku to błyskawicznie łapać okazje, jeżeli te się nadarzą. Coś jednak nie dawało jej spokoju.

– Zwróciłyście uwagę, że nie powiedziała nam, kiedy... – Wzięła głębszy oddech. – Kiedy kończy się urlop?

Nuk zamarła na chwilę, ale szybko powróciła do pakowania.

– No rzeczywiście. Bardzo dziwne. – Zerknęła na przepustki. – Hm, są bezterminowe.

– Coś tu śmierdzi.

– No. Ale może skoro skierowali nas na przepustki, to nas sami z nich odwołają?

– A jak nas znajdą? Nie ma przecież ograniczenia w poruszaniu się.

– No szlag. Fakt.

Taka wątpliwość sprawiła jedynie, że udało im się pobić rekord w szybkości opuszczania zajmowanej sali. Większość dziewczyn była teraz albo w stołówce, albo na dziedzińcu, ciesząc się słońcem. Nie wiedziały, czy iść się żegnać, czy raczej zniknąć cichcem. Nie no, przecież nikt nie będzie ich szukał. Ktoś z oficerów powie, co się stało. A jeśli będą się żegnać, impreza się przedłuży i zaraza jedna wie co może się stać. Nie mówiąc o tym, że reszta dziewczyn może się czuć zawiedziona, że ich nie spotkał taki zaszczyt. A to oprócz podejrzeń pod ich adresem może zainicjować wiele procesów niszczących. Okazało się, że Sharri, która to wykoncypowała, miała dar przekonywania. To ona tak naprawdę sprawiła, że wszystkie trzy poszły od razu do bramy. Bez rzucania się w oczy komukolwiek.

Przepustki zadziałały niczym czarodziejskie zaklęcie. Brama koszar otworzyła się przed nimi i nareszcie mogły wyjść na zalany słońcem plac. Bogowie. Jak długo nie były „u siebie"? Jak długo nie były wolnymi ludźmi, mogącymi zrobić, co chcą, pójść, gdzie oczy poniosą, pogadać z kimkolwiek, z kim ma się ochotę gadać? Nieprawdopodobne uczucie. Oszołomione nawałą słońca, ciepłem i zapachem miasta, cywilami kręcącymi się niespiesznie wokół, dopiero teraz poczuły, że są w domu.

Ruszyły przed siebie, rozkoszując się atmosferą. Tu wszystko było im znane, było swoje, okiełznane, przewidywalne.

– Wszyscy na nas patrzą – mruknęła Sharri.

– Bo mamy obce mundury.

– To może zdejmij okulary przeciwsłoneczne, bo na to patrzą najbardziej.

– Przestań. Bardziej się boję, że zaraz zaczną nas zatrzymywać i wypytywać o prawdziwe losy korpusu.

– No.

Jakież było ich zdziwienie, kiedy się okazało, czego dotyczy pierwsza zaczepka.

– Mamo, mamo! – darło się jakieś dziecko. – A czemu te panie tak dziwnie wyglądają?

– Ciiii... są chore, oślepły po prostu i muszą sobie zasłaniać puste oczodoły.

– A czemu są tak dziwnie ubrane?

– Żeby się odróżniały od tych, co widzą, i żeby nikt ich nie popychał w tłumie.

– A czemu tak dziwnie pachną?

– Bo są chore, przecież mówię! Nie idź w tamtą stronę. One są obce!

– Śmierdzą.

Sharri odruchowo zaczęła się obwąchiwać. Zrobiła pytającą minę w stylu: śmierdzę? Nuk wzruszyła ramionami.

– To mydło. Mówiłam, żebyśmy wzięły od nich to zwykłe, wojskowe. To nie. Sama się upierałaś, żeby wyżebrać pachnące.

– Nie wiem, czy będę potrafiła wrócić do oliwy i skrobaczek – westchnęła Nanti. – A zaraz nam się zapasy skończą.

Dalszą dyskusję przerwał im mężczyzna, który czekał u wylotu ulicy. Nie pytał, kim są, w końcu trudno było nie zauważyć. Nie wyjaśniał niczego.

– Chodźcie za mną – powiedział sucho. – Krótkie spotkanie.

Zaciekawione ruszyły za nim. Nie musiały iść nigdzie daleko, celem była najbliższa karczma. Mężczyzna wskazał im drzwi, a sam poszedł dalej. Spojrzały po sobie zdziwione, lecz bez niepokoju. Może wyjaśni się sprawa tajemniczych przepustek.

Wyjaśniła się. Kiedy weszły, w przestronnym wnętrzu nie dało się nie zauważyć człowieka, który chciał się z nimi spotkać. Siedział sam przy pustym stole, choć cała karczma była pełna gości. I stało się zupełnie jasne na pierwszy rzut oka, dlaczego tak się dzieje. Młody mężczyzna, prawie chłopak, miał na sobie smolistoczarny mundur chorążego Marynarki Wojennej RP. Przed nim na stole leżał rozłożony kolorowy magazyn ilustrowany, srebrna papierośnica i szklany puchar napełniony winem. Szklany puchar! Szlag. Jak w pałacu, okazuje się, że karczmarz ma coś takiego, ale wyciąga z szafy tylko dla specjalnych gości.

Chorąży wstał na widok dziewcząt, ukłonił się i wskazał miejsca, zapraszając do stołu. Najwyraźniej chciał uniknąć oddawania honorów, nie chciał sprawiać wrażenia, że między nimi mogłaby istnieć jakakolwiek zależność służbowa. A tak to proste: ot, młody mężczyzna zaprasza piękne kobiety. Normalne.

Siadając, jednak zauważyły, że chłopak ma w klapach i na rękawach naszywki wywiadu marynarki wojennej. No nie... Takie obnoszenie się z insygniami swojej służby. Ci Polacy najwyraźniej traktowali już Negger Bank jak swój prywatny folwark. Chociaż oficjalnie ciężko było cokolwiek zarzucić. Służy, gdzie służy, może wyjść na ląd jak każdy. A może specjalnie takiego wysłali, chcąc coś pokazać miejscowym służbom kontrwywiadowczym.

– Witam, miło mi panie widzieć. – Chłopak przedstawił się stopniem, imieniem i nazwiskiem, ale tego ostatniego nie zapamiętały. Ich koślawa, łamana polszczyzna była zupełnie niezaawansowana. Prawdę powiedziawszy, rozumiały ledwo, ledwo.

– To my załatwiliśmy przepustki – młody chorąży usiłował używać jak najprostszych słów i zwrotów.

Nie widziały sensu pytać, do czego były potrzebne polskiej marynarce wojennej. Chłopak najprawdopodobniej nic nie wiedział. Ktoś go tu wysłał po prostu w charakterze gońca. Bo gdyby posłaniec miał do przekazania coś istotnego, to przecież misję powierzono by komuś, kto mówi w ich języku.

Nuk niepewna, czy chorąży nie będzie tłumaczył jakichś skomplikowanych spraw, skinęła głową.

– Wasza koleżanka potrzebuje waszej pomocy.

– Która?

Wyjął z kieszeni mały notes i pokazał im odpowiednią stronę. Miał to napisane w tutejszym języku już wcześniej, a Sharri i Nuk czytały biegle.

Napis brzmiał: Shen.

– Jak ją znaleźć?

Chłopak przewrócił stronę i pokazał im inny napis.

– Zapamiętajcie ten adres.

Kiedy Nuk przytaknęła, schował notes do kieszeni.

– Napijecie się ze mną wina? – zapytał. Najwyraźniej najważniejsza część spotkania już się zakończyła. – Posiedźcie trochę. Niech nikt z boku nie odniesie wrażenia, że polski oficer wydaje wam polecenia. – Podniósł rękę. – Gospodarzu, poproszę o wino dla tych pań!

Gospodarz nie znał po polsku ani jednego słowa. Ale w przyjęciu zamówienia nie przeszkadzało mu to zupełnie. Był po prostu zawodowcem.

Nuk myślała intensywnie. Zaraza jedna. Ten facet, który wskazał im karczmę, był na pewno miejscowy. A tu polski oficer. Ich wywiad na mur dogadał się z jakąś ze służb w Negger Bank. No to przecież jasne jak słońce – współdziałają tu z kimś. Ale ta demonstracja? Mundur z naszywkami wywiadu noszony na pokaz? Przy okazji przybysze chyba chcieli coś komuś pokazać. Hm. Nieważne. Kiedy zobaczą Shen, może dowiedzą się czegoś konkretnego.

– Żeby rozmowa się kleiła, przyniosłem wam magazyn ze zdjęciami najnowszych projektów sukien. –

Chorąży podsunął im kolorowe pismo „Rewia Mody". –
W środku są piękne zdjęcia.

Gospodarz, gnąc się w ukłonach, postawił przed
dziewczynami trzy szklane kielichy. A w dupie tam
z wątpliwościami. Wino było doskonałe, a zdjęcia naprawdę świetne i bardzo ciekawe. Życie w ogóle i praca
z wywiadem potrafiły być piękne.

Konwój formował się daleko za granicami Negger Bank.
Stanowiły go dwa pojazdy pancerne uzbrojone w wukaemy, kilka terenowych łazików z napędem na cztery koła, ciężarówki i cysterna. Spora odległość od bram
miasta nie gwarantowała jednak spokoju. Mieszkańcy
okolicznych wiosek i osiedli, a przede wszystkim chmara
wrzeszczących dzieci otaczali ustawione jeden za drugim
pojazdy i nie pozwalali na zachowanie porządku. Awantury wybuchały o byle co.

Konwój nie miał polskiej ochrony. Z szeregów wojska
polskiego pochodzili jedynie kierowcy, mechanicy, celowniczy karabinów maszynowych i kilku podoficerów.
Ochronę zapewniała więc elitarna jednostka strzelców
pustynnych. Podczas kiedy żołnierze obu armii dogadali się szybko, i to w sposób bardzo pragmatyczny, nie
można było tego powiedzieć o oficerach. Kapitan Hene,
dowódca oddziału imperium, przez cały ranek dowodziła, że strzelcy pustynni to nie formacje piechoty, tylko jazdy! Nie trafiały do niej argumenty, że przecież na
ciężarówkach żołnierze będą jechać, a nie iść. Odpowiadała niezmiennie, że nie będą mieli swoich wielbłądów.

I w związku z tym jakikolwiek kontratak na piasku będzie niemożliwy. Tomaszewski, na wpół zagotowany od upału, oszołomiony nieustającym wrzaskiem dzieci wokół, w końcu machnął ręką. No dobrze, zabieramy wielbłądy ze sobą. Niestety, mimo wybudowania specjalnych trapów z desek żaden z wielbłądów nie chciał przedzierzgnąć się ze środka transportu w pasażera. Ani jedno zwierzę nie okazało się skłonne wsiąść na pakę. W przeciwieństwie do swoich dowódców przynajmniej zwierzęta wykazały się jakim takim rozsądkiem.

Drugim problemem stał się człowiek z czerwoną flagą. W ogóle nie dało się z nim dojść do porozumienia. Facet miał za zadanie iść przed niecodziennym tutaj konwojem i ostrzegać ludzi na drodze, że zaraz zobaczą coś strasznego. Słysząc to, polscy kierowcy solidarnie stwierdzili, że, delikatnie mówiąc, gościa ze szmatą mają w dupie i nie będą się wlec za pieszym na drogach, które są doskonałej jakości i pozwalają rozwinąć normalne szybkości, takie jak w Polsce. Chorąży nie chciał ustąpić. Dostał rozkaz, żeby ludność ostrzegać przed śmierdzącymi wozami bez koni, to będzie ostrzegał. Mediacja imperialnych inżynierów doprowadziła wreszcie do kompromisu. Mężczyzna z czerwoną flagą będzie posuwał się przed konwojem, ale nie pieszo, tylko konno i będzie często zmieniał konie.

Kierowcy pomstowali głośno, że to i tak marnowanie wyśmienitej drogi. Jeden z nich kucnął nawet na środku, oparł dłonie o wypolerowane kamienie i krzyczał, że na takiej nawierzchni można jeździć limuzynami. Można pić wódkę i ani kropla nie wyleje się z kieliszka, takie są równe.

Krzyki i pomstowanie kierowców przerwał ktoś, mówiąc, że dzieci oblegające pojazdy kradną wszystkie mosiężne, miedziane i niklowane części. W ogóle biorą wszystko, co lśni. Poproszone o interwencję żołnierze imperium zaczęły odganiać dzieciaki kolbami i kopniakami z całej siły, co z kolei dla Polaków było nie do przyjęcia. Sytuację opanowała dopiero Kai, wrzeszcząc, że rzuci na bachory straszliwą klątwę, która nie pozwoli im do końca życia zjeść żadnego cukierka. Trochę poskutkowało. Przed czarownicą zaczął rosnąć stos oddawanych połyskujących łupów. Szybko jednak okazało się, że to głównie mosiężne okucia imperialnych wozów, które przejeżdżały tędy wcześniej. Chęć posiadania czegoś niklowanego okazała się więc większa od strachu przed klątwą.

Nagle rozległ się strzał. Wszyscy zamarli błyskawicznie, huk był trudny do zniesienia.

– Przepraszam, przepraszam – usprawiedliwiał się celowniczy wukaemu na najbliższym transporterze opancerzonym. – Poszło i tak w niebo, a ja muszę wyszkolić osłonę.

Rzeczywiście miał obok siebie dwie dziewczyny z oddziału strzelców pustynnych i rzeczywiście coś tam im tłumaczył.

– Strzelam tylko ja – mówił powoli, choć one i tak nie rozumiały. – Wy osłaniacie. Jedna patrzy w prawo. – Dotknął palcami oczu, a potem pokazał kierunek. – Druga w lewo. Ja prowadzę ogień, wy osłaniacie, żeby z boku nikt nie strzelił.

Obie nie do końca rozumiały instrukcję. Ale sądząc po ich minach, nić sympatii pomiędzy nimi a celowniczym właśnie została zadzierzgnięta.

Jedynie inżynierowie wyznaczeni na podróż nie sprawiali żadnego kłopotu. Czekali spokojnie na rozkaz wyjazdu pod płócienną wiatą, którą sami sobie prowizorycznie rozpięli. Jeden z nich podszedł do Tomaszewskiego i podał bukłak z wodą.

– Zimna – powiedział. – Prosto ze studni.

– Dziękuję. Z przyjemnością trochę odsapnę.

– To chodźmy pod wiatę. Tam trochę chłodniej.

Rzeczywiście. Imperialni fachowcy umieścili płócienny dach po pierwsze na wzgórku, a tam zawsze chłodniej, po drugie za osią ściany najbliższego budynku, gdzie trochę wiało, bo robiła się naturalna dysza. Widać było, że to nie pierwsza ich wyprawa na pustynię. Każdy spokojnie siedział na ciasno spakowanym bagażu, każdy miał podstawowe wyposażenie, a na sobie odpowiedni na spodziewaną pogodę strój, łącznie z zawojem na głowę i specjalną chustą. Tomaszewski w swoim tropikalnym mundurze szybko zrozumiał, że marynarka wojenna jednak niewiele wie o prawdziwym upale. Ktoś podsunął mu zydel i cieniutki ręcznik, którym mógł wytrzeć twarz i szyję.

– To zawsze tak wygląda – powiedział uspokajająco inżynier, który go tu przyprowadził. – Nigdy jeszcze żadna z wypraw budowlanych nie wyruszyła o czasie.

– Dziękuję za dobre słowo. W wojsku jestem po prostu przyzwyczajony do większej punktualności.

– To zrozumiałe. Strzelcy pustynni też zawsze narzekają, że z cywilbandą nie sposób się nigdzie wybrać. Ale z drugiej strony jako inżynier nie przywykłem, żeby mnie ktoś kopał w tyłek i poganiał, co się często zdarza w ich oddziałach.

Tomaszewski uśmiechnął się lekko. Mężczyzna był sympatyczny i wyglądał na bardzo kompetentnego.

– Słusznie, słusznie. – Pociągnął wielki łyk wody i długo trzymał w ustach. Jedyna metoda na gorące, suche powietrze.

– A czy to prawda... – Inżynier zdał sobie sprawę, że pytanie, które chce zadać, jest zbyt obcesowe. Postanowił złagodzić formę. – Tyle się mówi o negocjacjach między naszymi państwami. Ale tak naprawdę dochodzą do nas same plotki.

– Do mnie, prawdę powiedziawszy, też. Mam stopień komandora podporucznika w marynarce. To w waszej armii odpowiednik, hm... majora? Podpułkownika? W każdym razie nie jest to najwyższa kadra dowódcza.

– No tak, ale... Zwróciłem uwagę, że u was panują inne obyczaje. U was więcej się ludziom mówi.

Tomaszewski rozbawiony skinął głową. Oczywiście nie zamierzał informować tamtego, że jest z wywiadu.

– A co pana interesuje?

– Czy to prawda, że będzie między nami współpraca wojskowa?

– Już jest. – Wskazał najbliższy transporter opancerzony, gdzie celowniczy pokazywał właśnie obu dziewczynom z oddziału strzelców pustyni, jak się wkłada kamizelkę przeciwodłamkową.

– No tak. Ja nie o tym jednak. Podobno RP ma uzbroić naszą flotę?

– Ja też to słyszałem. Z tego, co wiem, ma dojść do przekazania dziesięciu ścigaczy. To bardzo małe, ale bardzo szybkie okręty. Uzbrojone głównie w takie działo, jakie pan widzi na transporterze.

Inżynier zerknął w bok, żeby się upewnić, czy to to samo, co niedawno spowodowało makabryczny huk.

– To pozwoli pokonać każdą flotę, jaka może nam zagrażać?

– Tego nie wiem. Ale na pewno w rękach doświadczonego dowódcy pozwoli wygrać każdą bitwę morską na tych wodach.

– Jak rozumiem, zażądacie za te okręty krocie?

Tomaszewski wzruszył ramionami.

– To zupełnie nie o to chodzi. Owszem, okręty tanie nie będą. Do tego instruktorzy, paliwo, części zamienne, amunicja i miliony innych rzeczy. Lecz to kropla w porównaniu z morzem oleju skalnego.

Nie bardzo mógł mu wytłumaczyć, że nie chodzi o zarabianie na dostawach broni. To też oczywiście. Ważne, żeby uzależnić cesarzową, a tym samym całe cesarstwo od Polski. Nie chodziło o grosze, które można zarobić. Chodziło o posiadanie całości. Wyłączne posiadanie. A do tego trzeba stać się dla cesarstwa czymś absolutnie i bezwzględnie niezbędnym. Inżynier był jednak bardzo domyślnym człowiekiem, bo zapytał:

– A czy będą dostawy uzbrojenia do walk na lądzie?

Spryciarz. Tomaszewski spojrzał na niego ze skrytym podziwem.

– Nie sądzę – mruknął, co powinno dać tamtemu do myślenia. I dało.

– Takie dostawy pozwoliłyby uporać się z najgorszymi wrogami, uspokoić wszystkie bunty ludu, zamieszki i...

Tomaszewski rozłożył ręce. Czuł, że tamten się domyśla. Po cholerę RP ma pozwolić imperium pacyfikować wrogów? RP ma być ciągle potrzebna, niezbędna, niezastąpiona, a nie załatwić za kogoś sprawę i sobie pójść, choćby i z przyzwoitym wynagrodzeniem. RP nie chce żadnego wynagrodzenia. Chce dostać wszystko. Czy to tak trudno zrozumieć? Nie będzie przecież pomagać pacyfikować rozruchów, które sama wspomaga. Inspiruje. Nie będzie wykańczać Organizacji Randa, bo to alternatywa dla obecnej władzy. Coś jak as trzymany przez szulera w rękawie. Tu naprawdę nie chodzi o pieniądze, tu chodziło o władzę. A limitowanie technologii doskonale się nadawało do regulowania wagi, na której RP chciała być języczkiem.

Inżynier musiał być naprawdę inteligentny. Jedno rozłożenie rąk powiedziało mu wiele. Uśmiechnął się i teraz on rozłożył znacząco ręce, licząc na domyślność rozmówcy. Tomaszewski również chwycił w lot. Ten gest mógł znaczyć: „A może miejscowe elity wolą taki układ niż obecne bezhołowie i zapaść? A może nawet poprą nową ideę?". Hm.

Ich uwagę odwróciła pierwsza ciężarówka, której silnik zaryczał nagle. Samochód ruszył powoli i ustawił się u wylotu drogi, żeby móc zacząć formować konwój. Kupiec, który akurat jechał z naprzeciwka, o mało nie dostał apopleksji. Mimo drżących rąk podjechał jednak bliżej, zeskoczył z kozła i zajrzał pod ciężarówkę.

– O Bogowie! Jak to jeździ bez koni?

Inżynierowie zgromadzeni pod płóciennym daszkiem, którzy widzieli silnik już wcześniej, zaczęli się śmiać.

– Wielki panie, zajrzałem pod spód, żeby zobaczyć, czy widać wystające z dołu nogi ludzi, którzy to pchają. I nie ma!

Kierowca gestami dał do zrozumienia, że nie rozumie, i wskazał siedzącą obok kapral strzelców pustyni. Długa lufa jej karabinu nie mieściła się w szoferce, więc dziewczyna wystawiła ją przez okno.

– Panienko, nie gniewaj się, że nie znam form wojskowych – indagował dalej kupiec. – Powiedz, jakim cudem to coś jeździ? A?

– Panie, ja sama w strachu – jęknęła dziewczyna. – Dla pewności zaciskam pośladki, żeby nic się nie stało.

Jeśli ktoś miał dobry wzrok, mógł dostrzec światła pałacu cesarzowej po drugiej stronie wielkiej zatoki. Właśnie trwał tam bal dyplomatyczny, wieńczący kolejny etap długich rokowań pomiędzy imperium a Rzecząpospolitą. Wytworne damy i szlachetni panowie bawili się, chcąc uczcić zbliżające się powoli, acz nieuchronnie podpisanie traktatu pokojowego i paktu pomiędzy oboma państwami.

Po tej stronie jednak było cicho i spokojnie. Ciemności rozpraszały tylko małe lampki osłonięte tak, żeby pozostawały widoczne wyłącznie od strony morza. Sprawiało to wielki problem Aie. W ciemnościach nie mogła odczytać niczego z ruchu warg i żeby jej coś powiedzieć, należało zbliżyć głowę do najbliższej lampki. Szczęściem Rand i Kadir mogli porozmawiać szeptem bez żadnych utrudnień. Zabezpieczenie, kilkunastu ludzi z karabinami, miało nakazane całkowite milczenie.

– Jak podoficerowie? – zapytał Rand. – Dotarły?

– Oczywiście, cała trójka. Naszej Shen nie ma z nami na akcji, bo wpadła w objęcia tej swojej Nuk i leżą gdzieś, szepcząc sobie nawzajem do uszu całą historię, co się z nimi działo od czasu, kiedy się nie widziały. To może potrwać.

– Dobre. W każdym razie mogę zapewnić drugą stronę – Rand nawet teraz usiłował mówić oględnie i nie nazywać rzeczy po imieniu – że wszystko w porządku i że zamówiona przez nas przesyłka dotarła do adresata?

– Jasne. Cała trójka została nam dostarczona bez problemu.

Kadir przyłożył lunetę do oka i dłuższą chwilę przyglądał się drugiemu brzegowi zatoki. Nad pałacem właśnie pojawiły się rozbłyski sztucznych ogni.

– Wiesz – mruknął – jak pomyślę o polityce, czuję ciarki na plecach. Panowie oficerowie Rzeczypospolitej na balu u cesarzowej mówią o pokoju i pomocy. A inni panowie oficerowie Rzeczypospolitej w chaszczach dostarczają wszystko, co potrzeba, przeciwnikom cesarzowej. Czyż to nie śmieszne?

– To bardzo pragmatyczne. Stać ich, żeby dać imperium zabójcze okręciki i inne zabawki. Stać ich, żeby dać opozycji, czego ta sobie będzie winszować. Stają się niezbędni dla obu stron, stoją sobie z boku, obserwują, kto górą. Zresztą lepiej dla nich samemu finansować opozycję, niż miałby to robić kto inny.

– Jesteś strasznie cyniczny.

Rand z uśmiechem spojrzał na Kadira.

– Ja?

Przerwał im dochodzący od strony morza terkot. Cichy, właściwie na granicy słyszalności.

– Są! Odsłonić światła! Podaj dalej.

Mężczyźni z karabinami zaczęli podkręcać swoje lampki tak, żeby dawały więcej światła. Terkot wzmógł się na chwilę, potem znowu ścichł. Czekali w milczeniu dłuższą chwilę. Potem nad powierzchnią morza rozbłysło silne źródło światła. Jego snop omiótł okolicę, a potem obniżył się i szperając wokół, oświetlił powierzchnię wody. Terkot wzmógł się znowu.

– Wiesz, co ci powiem? – Pokaz, co potrafi elektryczny reflektor, nie zrobił na Kadirze większego wrażenia. – Ja rozumiem, że uwolniliśmy dezerterów. Rozumiem też, że należało wycofać się z walk ulicznych i zreorganizować oddział. Ale nie możemy ukrywać tak dużej liczby ludzi w domach na obrzeżu miasta. Zaraz nas odkryją.

– Nie panikuj. Mają większe zmartwienia w okolicach portu. Nie będą się nami zajmować.

– Jak ty to sobie wyobrażasz? Że wcielimy więźniarki do oddziału i przeprowadzimy na jakimś podwórku ćwiczenia?

– Niech się tym Shen martwi. Sama chciała takiego rozwiązania.

– Zwariowałeś. – Kadir odwrócił wzrok od zbliżającego się kutra. – Abstrahując od wszelkich innych niebezpieczeństw, uwolnione dziewczyny są w bardzo złej formie. Chore, niedożywione, w bardzo kiepskiej kondycji.

Rand wszedł w krąg światła najbliższej latarni. Zaczął machać rękami.

– A od czego nasi bracia z żelaznych okrętów? – rzucił do tyłu i zaczął się śmiać.

Płaskodenna łódź dobiła do brzegu. Na jej dziobie stał bosman w mundurze marynarki wojennej, z pistoletem maszynowym w dłoniach.

– Rand?

– To ja.

Bosman chyba nie znał języka, bo przeszedł na mowę gestów. Pokazał, które skrzynie są do przeniesienia na plażę. Kilku mężczyzn rzuciło się odbierać je z rąk marynarzy.

– Co to jest? – zainteresował się Kadir.

– Nowoczesne lekarstwa, koncentraty witaminowe, jak oni to określają, specjalna żywność. To powinno postawić nasze dezerterki na nogi w czasie szybszym, niż ktokolwiek mógłby pomyśleć.

– A moje części do broni?

Rand zaczął się śmiać.

– Przyjechały, przyjechały. Tak mnie przynajmniej zapewniono.

– Czy oni umieli wyprodukować w zwykłych okrętowych warsztatach wszystko, co im dostarczyłem? Skopiowali idealnie?

– Niedługo sam się przekonasz. Mówili, że to żaden problem. Nawet wiedzieli, dlaczego ty masz trudności z wykonaniem odpowiednich sprężyn, i tłumaczyli, dlaczego oni nie mają. Ale wybacz, nie powtórzę ci, bo niewiele zrozumiałem.

Rand musiał przerwać dyskusję. Marynarze właśnie skończyli wyładunek. Kilku z nich wyskoczyło na plażę, żeby wypchnąć łódź z powrotem na wodę. Bosman przekazał Randowi kopertę, potem zasalutował i podali sobie dłonie. Marynarze naparli na burty, a kiedy znaleźli się w wodzie do kolan, kolejno zaczęli wskakiwać do środka. Łódź przez chwilę cofała się, terkocząc i dymiąc, do stojących na brzegu dotarł silny swąd spalin. Potem jednak bosman zatoczył ręką w powietrzu koło, płaskodenna jednostka zawróciła zgrabnie i obrała kurs na pełne morze. Reflektor zgasł nagle, a terkot ścichł szybko do ledwie słyszalnego poziomu.

Mężczyźni na brzegu zaczęli przenosić skrzynie do czekających na pobliskiej drodze wozów. Zrobił się pewien problem z pokonaniem skarpy brzegowej, szczególnie po tym, jak zgaszono naprowadzające łódź latarnie. Rand dał Aie znać, że trzeba się wycofać. Dowództwo nie będzie się przecież narażało podczas transportu skrzyń. Gdzie indziej mieli przygotowany inny środek transportu. Na razie jednak ruszyli powoli wzdłuż plaży. Kadir ostatni raz zerknął na oświetlony teraz rzęsiście sztucznymi ogniami pałac. Ciekawe, czy ktokolwiek z ludzi stojących tam teraz na licznych tarasach zauważył małe lampki naprowadzające płaskodenną łódź do celu na drugim brzegu. I czy ktokolwiek zdawał sobie sprawę, co to mogło oznaczać.

– I co dalej? – spytał, doganiając Randa.

– Muszę jechać na pustynię – usłyszał odpowiedź. – Mam tam umówione spotkanie.

– Zaraz, a ja?

– Ty musisz zostać. I zdaj się na Shen. To bardzo inteligentne dziewczę. W dodatku doświadczone i niepochopne.

– Tak. Jak ktoś wziął w dupę tyle, co ona, to rzeczywiście można go nazwać doświadczonym i z całą pewnością niepochopnym. Ale... – Kadir zawahał się na chwilę. – Coś nie wychodzą nam te wyrazy niezadowolenia ludu. Grabić to i owszem, pójdą. Jednak zamieszki wybuchają, zamierają, znowu gorzeją i znowu...

– Przestań – przerwał mu Rand. – Wśród tej trójki dostarczonej Shen na żądanie jest pewna niedoszła kapłanka, Sharri. Straszny tchórz, ale ona czegoś chce.

– Czego?

– Oj, to trudno wyrazić. Ma pewien specyficzny system wartości, który mógłby trafić do świadomości ludu.

Kadir zatrzymał się na chwilę.

– Czy ty chcesz wywołać poważne zamieszki, czy zorganizować świąteczne szkółki filozofii?

Rand zrozumiał, że zabrnął w meandry kwiecistej wymowy. Roześmiał się i machnął ręką.

– Chodź, chodź. – Gestami przywołał przyjaciela. – Otóż trochę masz rację. Zapytałem dobrego filozofa, jak to określić jednym słowem.

– Co określić?

– To coś, co ma, o czym myśli, co knuje, co sobie w głowie ułożyła... Sharri.

– Jednym słowem? – Kadir nie mógł zrozumieć. – I co to jest?

– Ideologia – powiedział Rand. – Zapamiętaj sobie, bo to nowe słowo.

Kadir syknął i wzruszył ramionami.

– To od idei, tak?

– Owszem. Różnych idei, ale poukładanych w system.

Teraz rusznikarz zaczął się śmiać na cały głos.

– I to ma ruszyć ludzi? – chichotał. – Idee poukładane w system? Ciekawe, kto z robotników portowych zrozumie choć jedno słowo z naszej dyskusji. Ha, ha. Choć jedno!

– Wiesz... – Rand wcale się nie obraził za szydercze rechoty pod swoim adresem. – Przeczytałem wszystkie raporty dotyczące Sharri. I chyba jej nie do końca chodzi o robotników.

Kadir zdecydowanie nie podzielał szaleńczych przekonań Randa. Nie sądził, by większość jego pomysłów była możliwa do realizacji. Często sam zastanawiał się, dlaczego do niego przystał. Z czystej przyjaźni? Bo okazał się jedynym człowiekiem, który go rozumiał. Rozumiał jego koszmarną samotność? Hm... Czy może to było jedyne miejsce, gdzie Kadir mógł wypróbować swoje teorie na temat broni, znormalizowanych, wymiennych części do tejże? Zaraz okaże się, czy ma rację. Części, które mogą posłużyć do dalszej produkcji nowej broni w prawie że polowych warunkach, a wykonane przez ludzi z żelaznych okrętów, czekają w skrzyniach. Wykonać lufy, łoża czy całą resztę mógł w każdej, nawet prowincjonalnej hucie. Ale nie sprężyny. Nie drobne, precyzyjne części skomplikowanych mechanizmów. Tamci mogą i dosłownie chwile dzielą go od sprawdzenia, czy się mylił, czy ma rację. Czy obce części wykonane na zamówienie będą pasować do jego karabinów? Czy sprawi historii ogromny szok, czy, choćby i we własnych oczach, zostanie pośmiewiskiem? Niedługo się okaże.

A Rand ze swoim szaleństwem? On gonił własne cienie. Kadirowi nie umknęła nuta podniecenia, kiedy jego przyjaciel mówił o pustyni. A gdzie jest najbliższa pustynia, licząc z tego miejsca? Wiadomo gdzie. Nigdy nie zapomniał krótkiej opowieści, którą usłyszał, kiedy pijany w sztok Rand zaczął się zwierzać. Kiedy przebywał w jednym z przytułków, podsłuchał rozmowę dwóch kobiet na swój temat. „Cóż to za wyrodna matka, żeby tak podrzucić komuś własne dziecko i ani razu o nie nie spytać. Pewnie pochodzi z jakiegoś zasypanego piaskiem zadupia. Pewnie z okolic Syrinx". Taaak, Kadir dobrze to zapamiętał. I zauważył zmianę w głosie przyjaciela.

– A gdzie konkretnie jedziesz? – zapytał na głos. – Myślę o pustyni.

– Tam, gdzie udał się mój nowy znajomy, pan Tomaszewski. Wezmę naszych speców od szyfrów służb specjalnych. Bo on ma kopię raportu służb z lasu, z doliny Sait.

– Mhm. A konkretnie, gdzie się spotkacie?

– W okolicach ruin Syrinx.

Droga stała się łatwiejsza, kiedy konwój opuścił gęsto zaludnione obszary i dotarł do granic pustyni. Tu prędkość nareszcie mogła wzrosnąć. Można było też zrezygnować z mężczyzny, który wrzaskiem ostrzegał ludzi o przejeździe upiornych maszyn, powiewając czerwoną chorągwią. Na perfekcyjnych kamiennych drogach imperium, których nie imał się upływ czasu, można było jechać naprawdę szybko. Kierowców to zachwyciło. Jedyną przeszkodą wydawały się od czasu do czasu łachy piasku naniesione przez wiatr, ale na szczęście ktoś to przewidział i teraz ten problem nie istniał. Po prostu do jednego z opancerzonych transporterów przymocowano stalowy lemiesz, zamieniając maszynę w gigantyczny pług. Korzyść z takiego rozwiązania była podwójna. Droga była łatwo trasowana, a przystanki, które musieli robić z tej okazji, służyły do wzajemnego poznawania się obu ekip.

Tomaszewski trochę wstydził się sam siebie. Co prawda dużo słyszał i czytał o miejscowej inżynierii, a także widział jej dokonania na własne oczy. Ale nie wiedzieć czemu, ciągle ci ludzie jakoś podświadomie wydawali mu się w jakimś sensie gorsi niż inżynierowie z Polski. Gdzieś w środku pokutował w nim stereotyp, że antyczny inżynier to owszem, i piramidę postawi wysokości wieżowca, gdzie każdy kamień będzie spasowany na żyletkę, której się w żadną spoinę wcisnąć nie da, ale... tak naprawdę miejscowy inżynier wydawał mu się takim lepiej wykształconym i bardziej inteligentnym nadzorcą niewolników z długim batem. Absurd!

Ci tutaj okazali się kompetentni i idealnie wykształceni w wielu dziedzinach. Mimo że ich specjalizacją była „drogówka", to znali się na architekturze, konstrukcji. A także malarstwie, rzeźbie, poezji i literaturze. Wpędzając Tomaszewskiego w kompleksy, który sam przecież po wyższych studiach, często nie orientował się tak jak oni w niuansach sztuk wyższych.

Byli też niesamowitymi praktykami. Mieli nieporównanie większe niż Polacy pojęcie o tym, jak należy postępować na pustyni. Nie gubili się w bezkresnej pustce. Wiedzieli, gdzie najlepiej rozbić obóz, żeby nie wiało całą noc i nie szarpało namiotowych płacht, jak znaleźć wodę w oceanie, wydawałoby się, idealnie suchego piachu. Byli tak kompetentni, kulturalni i na poziomie, że właściwie trudno powiedzieć, kto się od kogo uczył.

No ale z drugiej strony ważyła polska przewaga techniczna. Tamci byli zachwyceni maszynkami gazowymi i benzynowymi, dzięki którym po zapadnięciu zmroku można ugotować ciepłą kolację. I to na środku pustyni, gdzie nie ma drewna na opał. Można przegotować wodę z niepewnego źródła. Chociaż na wodę było wiele sposobów. Polacy mieli nawet specjalne filtry niepozwalające przeniknąć żadnej truciźnie.

W prawdziwy zachwyt wprawiały antycznych inżynierów nowoczesne urządzenia pomiarowe. Szczególnie
dalmierz optyczny. Dwie nożycowe lunety z pokrętłami
i skalą wyznaczające dokładnie odległość od jakiegokolwiek obiektu bez konieczności żmudnego podchodze-
nia przez piach i wykonywania powolnych pomiarów.
Trzask-prask i odległość jest na skali w metrach. Inżynierowie szybko też przestawili się na inny system jednostek.
Metry były bardziej precyzyjne niż kroki czy łokcie, a od-
mierzane zegarkami minuty i sekundy sto razy bardziej
dokładne niż nieokreślone bliżej tradycyjne „modlitwy".

Ale to wszystko okazało się niczym wobec cuda cudów, jak określali to urządzenie. „Daru Bogów", jak mówili. „Skończonego absolutu" – maszyny tak prostej, że
wyrywali sobie włosy z głowy, dlaczego na to sami nie
wpadli i nie zrobili z dostępnych im materiałów. Zawzięcie uczyli się nowego sposobu spojrzenia na matematykę,
pojęcia zera i przekształceń. Tylko po to, żeby móc ob-
służyć „ideał ostateczny dla każdego inżyniera" – suwak
logarytmiczny. Koniec żmudnych obliczeń. Nieliczne egzemplarze będące na wyposażeniu wyprawy były w ciągłym użyciu w ramach ćwiczeń na każdym wieczornym
biwaku. Tomaszewski obiecał, że zadepeszuje do kwater-
mistrzostwa, żeby do najbliższego zrzutu zaopatrzenia
dołączono odpowiednią ilość suwaków, tak żeby każdy
mógł mieć przynajmniej jeden.

No ale wieczorów nie poświęcano wyłącznie na
sprawy naukowe. Czas spędzano na poezji, recytowanej
i śpiewanej. Tomaszewski, który sądził, że nie lubi takich imprez, tu i teraz, na pustyni, zrozumiał, jak bardzo
się mylił. Miejscowi inżynierowie wykonywali bowiem

w większości utwory tak sprośne i dowcipne, że nie sposób było się oderwać.

Właśnie rozbawieni wracali z Kai do namiotu, świecąc sobie jedyną elektryczną latarką, której musieli używać na spółkę. Resztę latarek zabrali miejscowi inżynierowie zachwyceni tymi poręcznymi cudami techniki.

– Jutro dotrzemy do Syrinx – powiedziała Kai.

– Boisz się?

– To... – Żeby zyskać na czasie i móc się zastanowić, przystanęła i zaczęła poprawiać pustynną chustę mającą chronić szyję przed zimnym, niosącym piasek wiatrem. – Legendarne miejsce – podjęła po chwili. – Tam zaczęła się nasza historia. Lecz nikt ze znanych mi ludzi nie był w tym mieście upiorów.

– Czemu zaraz upiorów?

Tomaszewski przypomniał sobie, czego mogła się bać. Tego ranka spotkali na drodze oddział imperialnej piechoty. Było z nimi kilku saperów, w tym wojskowy inżynier. Początkowo nawet przyszykowali broń, widząc przedziwne pojazdy. Inżynier jednak uspokoił ich, widząc swoich kolegów na ciężarówkach.

– Jak to coś w ogóle jeździ? Popychacie żerdziami przez dziury w podłodze?

– Sam sprawdź, jak umiesz – padła pogardliwa odpowiedź. Chyba cywile z wojskowymi niezbyt się tu lubili.

– A gdzie się wybieracie na tym pustkowiu?

– Jedziemy budować drogę żelazną.

– Co?!

– No przecież słyszysz. – Cywile kpili sobie już jawnie, choć przecież mówili prawdę. – Będziemy budować drogę z żelaza.

– Bogowie dobrzy. Drogę do Syrinx przez te dzikie ostępy? A po co?

– Z Negger Bank na Złe Ziemie.

– No to jeszcze lepiej. Ci cywile zupełnie podurnieli. Oficer służb inżynieryjnych podał im jednak kilka ciekawych informacji. W ruinach Syrinx podobno założył swoje „państwo" jakiś watażka i ogłosił się królem. Generalnie boi się chyba regularnego wojska, bo do ich oddziału nikt obcy się nie zbliżał. Nieliczni podróżnicy, jakich udało się spotkać na tym odludziu, mówili, że w samym mieście odprawia się jakieś rytuały czy coś tam. On sam nie wie, na ile to plotki, na ile zmyślenia. W samym mieście jego oddział nie był.

– Myślisz o tym watażce? – spytał Tomaszewski.

– Nie. – Kai potrząsnęła głową. – Choć ciekawi mnie, jak sobie radzą wasi, sami w trójkę na tym terenie.

Tomaszewski uśmiechnął się. Sam często zastanawiał się, jak radzi sobie Wyszyńska. Tylko z dwoma kolegami.

– Bardziej interesuje mnie, czego oni tam szukają.

– Spróbujemy się dowiedzieć.

Dotarli do ukrytego za niewielkim wzgórkiem namiotu. Tu zimny wiatr mniej dokuczał. Można było jeszcze na zewnątrz rozpiąć kurtkę i wytrząsnąć piasek ze wszystkich zakamarków.

– Bo wiesz... – zaczęła znowu Kai. – Tak mi to chodzi po głowie.

– Co?

– Pomnik cesarzowej Achai – wyjaśniła. – Ten właściwy, ten, który jest ważny, ma być ponoć naturalnej wielkości. Czyli wzrostu zwykłego człowieka.

– No to co?

Czarownica potrząsnęła głową.

– Pamiętam legendy o pochówku pierwszej cesarzowej. Podobno zamurowano ją w jednej z bram Syrinx.

Tomaszewski wzruszył ramionami.

– I co by z niej miało zostać? Po upływie tysiąca lat? Może kości, a może i nie.

– Hm. Z tego, co słyszałam, ciało władczyni zatopiono w żywicy. A czasem znajduje się przecież owady zatopione w bursztynie. Jak żywe.

– Nie, nie, nie. – Tomaszewski podniósł ręce w geście zaprzeczenia. – To nie jest takie proste. Wyjaśniłby ci to lepiej Siwecki.

– Ale co?

– Czytałem o mumifikacji w dawnych kulturach. To bardzo skomplikowany zabieg. Ciało trzeba oczyścić, wyjąć, wybacz dosłowność, wszystkie wnętrzności, wydłubać mózg, za przeproszeniem. Wszystko trzeba nurzać w jakichś roztworach, nacierać solami, owinąć w coś i powstaje mumia.

– Achaję zatopiono w żywicy.

– Nie. Gnicie powodują bakterie. Żywica co prawda stanowi idealną przed nimi ochronę, ale nie zapominajmy, że bakterie są także w środku ciała. Żadna ochrona od zewnątrz nic nie da, bo one już są w środku. Ale wybacz, mówiąc ci o tym, daleko wykraczam poza swoje kompetencje. Ja o tym tylko gdzieś czytałem. Natomiast wiem jednak, że sama żywica nic nie da.

– A gdyby ją wspomóc czarami?

– I spirytusem od wewnątrz, względnie formaliną – zakpił. – Ale tu już oboje wykraczamy. Nie poza kompetencje co prawda, tylko poza ramy świata rzeczywistego.

– Dlaczego ciągle nie chcesz uwierzyć w czary?
Zaperzył się.

– Ależ wierzę w twoje niesamowite umiejętności.
W twoją intuicję, którą można by i nazwać cudownym
darem przewidywania. Ale tylko można...

– A jak się pojawił trup mężczyzny na okręcie podwodnym, szczelnie zamkniętym i płynącym pod wodą? –
zaatakowała. – Jak to wyjaśnisz?

Tomaszewski westchnął ciężko.

– Wałkowaliśmy to już tyle razy. Fakt, że nie możemy
znaleźć racjonalnej przyczyny, nie oznacza wcale, że jej
nie ma. To tylko my nie potrafimy jej dostrzec.

– Nie chcesz po prostu przyjąć pewnych prawd do
wiadomości.

Przewrócił oczami.

– No dobrze. Wyszyńska znalazła Achaję gotową do
użytku. Teraz pewnie podłączy do trupa prąd z pioruna i cesarzowa się obudzi. Na sztywnych nogach będzie
krążyć po okolicy, pojękując i pożerając ludzi. A konkretnie, ich mózgi. Kurde balans! Zrozum: to nie jest powieść
grozy, a Achaja nie należy do nieumarłych!

– Istotnie – zgodziła się natychmiast czarownica. –
W jakimś jednak celu poszukują jej pomnika.

– Owszem. I spróbujemy się dowiedzieć dlaczego. Ale
uwierz mi, grób Achai niewiele nam tu pomoże.

Kai zaczęła się śmiać. Stanęła przed nim na szeroko
rozstawionych nogach i oparła ręce na biodrach.

– Mniejsza o sprawy cmentarno-historyczne. Nie
wiem jednak, co ci zrobiła twoja cywilizacja, że widząc
efekty działania czarów, nie chcesz w nie uwierzyć. Czy
nie przewidziałam ci na przykład, że już w porcie Neg-

ger Bank odkryjesz ropę naftową i ten fakt momentalnie zmieni wszystkie działania całej waszej wielkiej wyprawy za góry?

– Oj, oj. Nie była to tak precyzyjna przepowiednia,
jak teraz przedstawiasz. Wiele rzeczy można by do niej
przypasować.

– No dobra. – Czarownica poddała się i machnęła
ręką. – Chodźmy spać. Przed nami dzień drogi do Syrinx.

Coś wstrząsnęło nią nagle. Miała uczucie, jakby
gdzieś w pobliżu, no, może bliżej morza, ktoś już wypowiedział to zdanie. Jakieś tysiąc lat temu.

Rozdział II

Bogowie! – Sharri w niedowierzaniu potrząsała głową. – To niemożliwe! To jakieś czary.

Siedziały wraz z Nuk z uratowanymi dezerterkami. Musiały poutykać ledwie żywe dziewczyny po różnych gospodarstwach na przedmieściach, co dramatycznie zwiększało możliwość wpadki. Niestety, nie miały innego wyjścia. Wyciągnięte z punktu etapowego w porcie więźniarki były ledwie żywe. Trzymane w przepełnionych klatkach, praktycznie niekarmione, z rzadka dostawały wodę. Ich stan określić należało jako tragiczny. O tym, żeby mogły przemieszczać się gdziekolwiek o własnych siłach, można było zapomnieć. Ledwie dowieziono je tutaj na wozach, co prowokowało zresztą straszliwe niebezpieczeństwo. Na szczęście większość sił garnizonu zajęta była zamieszkami, a właściwie powtarzającymi się masowymi grabieżami w okolicy portu.

Sytuacja była na tyle zła, że wydawało się, iż nic już nie pomoże uwolnionym dziewczynom. Zostały zamęczone prawie na śmierć, ich transport do kolonii na wyspie Tarpy musiał się opóźnić, a etapówka nie była przystosowana do dbania i karmienia kogokolwiek. Żywe trupy. Wydawało się, że zaraz wszystkie pomrą, ale wtedy właśnie przyszedł polski transport dostarczony płaskodenną łodzią. Po otworzeniu skrzynek okazało się, że każda zawiera zestaw dziwnych fiolek i prostych szklanych przyrządów. Na szczęście na serii rysunków zdobiących od wewnątrz wieko każdej skrzynki zostało wyjaśnione, co należy zrobić. Sharri opanowała tę umiejętność momentalnie: wbić igłę w wieczko fiolki, pociągnąć za tłok, napełniając szklany pojemnik, wyjąć, wbić igłę w ramię człowieka, nadusić tłok tak, żeby płyn znalazł się wewnątrz człowieka, wyciągnąć przyrząd i powtórzyć czynności z innym delikwentem. Proste jak obsługa bata.

Gorzej, że po wykonaniu tych czynności zaczynały dziać się cuda. Chore, wyczerpane do imentu dziewczyny najpierw zasypiały momentalnie. Głęboko, wydawało się, że umarły. Następnego dnia jednak budziły się w zaskakująco dobrej formie. Zaczynały wstawać. A teraz, w kolejnym dniu, stały już ustawione w nierówną kolejkę, by dostać następny zastrzyk.

– Czary – powtarzała Sharri, patrząc na ozdrowieńców. – Co to jest? – Spojrzała pod światło na zawartość szklanego pojemnika. – Dusza w płynie?

– Rób to szybciej – popędzała ją Nuk. – Muszę przecież spalić te nieszczęsne opakowania.

– Bo?

– A jeśli tu wpadnie kto nie trzeba i okaże się, że tamci nam pomagają, podczas kiedy oficjalnie prowadzą rozmowy z cesarzową?

Sharri pokręciła głową.

– Nie panikuj. Słyszałam, jak Kadir rozmawiał z tym mężczyzną, co wygląda jak dziewczyna. Podobno Polacy już zgłosili, że ktoś im zrabował transport zaopatrzenia. Więc w razie czego to nie oni. To my złodziejki jesteśmy.

– Cokolwiek by się działo na dworze, ty kończ szybciej. Naradę mamy.

Sharri wzruszyła ramionami. Wstrzykiwać duszy szybciej się nie da. Tym bardziej że zabieg był dość bolesny. Dziwne. Żołnierze oswojone z kulami, z ranami i trupami na polu bitwy syczały z bólu i krzywiły się, kiedy wbijała w nie cienką igłę. Skończyła dopiero po dłuższym czasie, używając sobie na dezerterkach i kpiąc z nich, powtarzając bez przerwy, że w dolinie Sait na własne oczy widziała baby pchnięte nawet bagnetem, które potrafiły się nie skrzywić. A co dopiero igłą. Kłamała zresztą okropnie. Przeciwnicy imperialnej armii w dolinie Sait nie mieli bagnetów i nie mogli ich użyć.

Kiedy skończyła, razem ze zniecierpliwioną Nuk poszły palić polskie opakowania. Dezerterkom nie ufały, zaraza wie czy któraś, gdyby zlecono im tę robotę, nie zrabowałaby czegoś, co błyszczało, na pamiątkę. Dopiero potem mogły zjawić się na naradzie w zaimprowizowanym na sztab przedsionku największego z mieszkalnych budynków folwarku.

– Aleście się guzdrały. – Shen podniosła głowę znad mapy. – Czy te żywe trupy będą już mogły wejść do akcji?

– Na dniach. – Sharri uśmiechnęła się do Nanti grającej z Kadirem w kości. Sierżant piechoty była zdecydowanie lepsza w tej grze. Piętrzył się przed nią już spory stos drobniaków. – Dobrze jednak byłoby je trochę przećwiczyć.

– I gdzie ty chcesz zrobić manewry? – prychnęła Shen. – Wynająć plac od cesarzowej, pisząc w podaniu, że wrogie jej oddziały będą na nim ćwiczyć musztrę?

– Myślałam raczej o terenach za miastem.

– To też od razu zgłośmy do najbliższej strażnicy.

Nanti schowała kości i usiadła wygodniej, okrakiem na zydlu, opierając łokcie o blat stołu z mapami.

– Chcesz sypnąć ludzi do boju prosto z marszu? Tfu! Prosto z kwatery?

– Już to zrobiłam. Mając pod sobą bandziorów, którzy nigdy nie byli w wojsku.

Nuk zaintrygowana również podsunęła sobie zydel.

– I jak oceniasz to starcie?

Shen wzruszyła ramionami.

– Bałam się wykonać najprostszy manewr, żeby mi się nie pogubili ani nie poplątali. Nie miałam pojęcia, jak oni zareagują na ogień, jak będą wykonywać komendy. To nie wojsko! A jednak, zachowując maksymalną ostrożność i robiąc wyłącznie najprostsze ruchy, udało mi się utrzymać ich w całości. Już na polu bitwy uwierzyli w swoją siłę ognia jako oddział. Jako oddział! – powtórzyła, bo to było bardzo ważne.

– E tam... – Nuk ciągle nie dowierzała. – A te dezerterki to za co wysłali do pierdla?

– Domyślam się, o co ci chodzi – do dyskusji włączyła się Nanti. – Nie za tchórzostwo, bo przecież one z Negger Bank, stąd, a tu żadnej bitwy ani wroga nie było.

– No to za co?

– Za różne przekręty, za pyskowanie oficerowi, za kradzieże, lewiznę...

– Co to jest lewizna? – spytał Kadir.

– Opuszczenie miejsca zakwaterowania bez rozkazu i przepustki. No... – Nie wiedziała, jak wytłumaczyć cywilowi. – Z koszar na miasto po prostu poszły bez pozwolenia. I dały się złapać, durne.

– I tylko za to?!...

– Za to, za to – kiwnęła głową Nuk. – Bardziej mnie jednak interesuje, czy to weteranki, czy świeżynki?

– Z tego, co wiem, głównie weteranki. No przecież garnizon Negger Bank to rodzaj nagrody. Więc w boju były w dużej części otrzaskane. Choć oczywiście z różnych jednostek. Najwięcej piechoty, trochę desantu, czyli piechoty morskiej, trochę strzelców pustyni. I te najlepiej się trzymały, są w dobrej formie, bo nawykłe do braku jedzenia i picia.

– Czyli zbieranina po prostu. To samo co ci twoi bandyci – mruknęła Nuk.

Shen westchnęła i chciała coś powiedzieć, ale Sharri ją ubiegła:

– Ja je znam najlepiej. To ja im wtłaczam tę duszę w płynie. Mnie pytają, mnie się zwierzają.

– I cóż wywnioskowałaś, słuchając ich trosk, hm?

– One są świetnie zmotywowane.

– Jakie? – zdziwiła się Nanti.

– No i widzisz, dziecko, gadaj tu z chamami... – Nuk przytuliła się do Sharri. – My szkoły kończyłyśmy, ja świecką, ty świątynną, więc rozumiemy mądre słowa. A oni nie!

– Ja rozumiem – powiedział Kadir.

– A ja nie rozumiem – powiedziała Shen.

– Widzisz? – Sierżant piechoty zerknęła na niedoszłą kapłankę. I wyjaśniła tym, co nie wiedziały: – Sharri chodzi o to, że nasze nowe koleżanki mają wysokie morale. Chcą się bić, chcą komuś dojebać i pójdą...

– Za Shen one pójdą w ogień – wpadła jej w słowo Sharri. – Poważnie, naprawdę i z oddaniem. Wiedzą, że wyciągnęłaś je z otchłani.

– A wiedzą, o co walczymy? – zapytała Nuk.

– Nie. Ale wiedzą, przeciwko komu. Do cesarstwa miłością nie pałają. To wystarczy.

– Ja tam nie wiem. – Kadir wzruszył ramionami.

– Zapewniam, że wystarczy. Powiedziałam im, jakie zasługi ma Shen. I że też ją za to, co zrobiła w dobrej wierze, wsadzili do pierdla. Uwielbiają cię i będą wykonywać twoje rozkazy.

Kadir patrzył na niewielką, lecz zadziorną Sharri. Zdążył już zasięgnąć o niej opinii. Wiedział, że dziewczyna jest koszmarnym tchórzem, ale też w dyskusji sprawdza się znakomicie. To właśnie w niej Rand upatrywał mózgu całej grupy. Shen była niekwestionowanym przywódcą, Nuk jej wsparciem w ciężkich chwilach, Nanti wpływała na wszystkich uspokajająco, a właśnie Sharri stawała się powoli ideologiem grupy. Musiał przyznać, że Rand miał nieprawdopodobny wręcz zmysł obserwacji i dar wyciągania wniosków. Pełen w pewnym sensie podziwu nawet, obserwował, jak mówiła, a raczej przemawiała.

– Nie jest takie ważne, czy wojsko jest zgrane. Ważne, żeby miało motywację. To może być to samo co oddziały ochotnicze. Tym lepsze jednak, że składają się z weteranek.

– Bez wspólnej musztry wcześniej? A jak zachowają się w boju? Wiesz?

– Tego nigdy nie wiesz. Ale w ogniu wolę mieć za sobą ludzi, którzy chcą, niż ludzi, którzy muszą!

Nanti zaczęła się śmiać, słysząc określenie „za sobą". Oczyma wyobraźni zobaczyła, jak by wyglądało natarcie w wykonaniu Sharri ciągnącej za sobą ludzi. Niedoszła kapłanka nie speszyła się jednak.

– Musimy zmienić nasz tok myślenia. Tu nie będzie zwykłych bitew. Tu będzie ciągłe wrzenie, atak i odskok, wsparcie dla ludu, a nie spotkanie na ubitej ziemi. A tu lepsi są ci, którzy są przekonani o wadze celu, jaki chcą osiągnąć.

Nanti machnęła pogardliwie ręką.

– A jaki jest ten cel? – powiedziała. – Jak widać, „złości ludu" nie udało się ukierunkować. Zamieszki są, owszem. Ale tylko dlatego, że w kupie rabować raźniej!

Kadir patrzył na dziewczynę z niesłabnącą uwagą. Kątem oka dostrzegł, że i Shen coś zauważyła, bo znowu podniosła głowę znad mapy.

– Jeśli chcecie prawdziwej zmiany, to nie można opierać się na biedocie!

– A na kim? – spytała Shen.

– A kto zaczął zamieszki? Kupcy korzenni, świadomie. Lud nie przyłączył się, tylko poszedł rabować. Ponieważ biedota myśli wyłącznie o własnej dupie. A walczyć o swoje państwo, o nowy ład będą tylko ci, których stać na oderwanie oczu od własnej pustej miski. Ci, których stać na to, żeby popatrzeć znacznie wyżej!

– I gdzie takich szukać?

– Wśród tych, którzy jednak mają wykształcenie i widzą, co się dzieje. Wśród tych, którzy widzieli obciach w porcie, kiedy obca cywilizacja oddaje nam nasze własne wojsko, a ono nie chce wysiadać! Nie chce do własnej ojczyzny, z powrotem pod but i bat. Robi publicznie porutę, bo woli się oddać pod opiekę obcych, którym bardziej wierzy niż naszemu porządkowi.

– I kto to jest? Kim są ci ludzie?

– To nie biedota oczadziała z głodu i nie bogacze, którym dobrze.

– Więc?

Kadir dokończył za dziewczynę pełen podziwu dla jej pomysłu. Trzeba mówić do tych, którzy świadomie chcą zmian.

– Chodzi o... – szukał przez chwilę odpowiednich słów. – O warstwę średnią.

Syrinx zamieniło się w ruinę dawno, dawno temu. Budynki, szczególnie wielkie budowle publiczne, trwały jeszcze w jakiej takiej formie, ale wszystko, co służyło do mieszkania, wykonane z bardziej lichego materiału, sypało się, zamieniając ulice w niezbyt przejezdne gruzowiska. Można jednak było posuwać się szybko. Do tego służyły wyschnięte kanały, głębokie i szerokie, niczym niezasypane ani nieuszkodzone. Tyle tylko, że posuwając się po dnie, miało się wrażenie jazdy w kanionie. Wokół strzeliste ściany i brak możliwości zobaczenia, co za nimi. Trzeba było długo szukać dróg na górę, co z wojskowego punktu widzenia sprawiało, że wybierając taką drogę, samemu wybierało się pułapkę. A z drugiej strony były to jedyne miejsca, gdzie jeszcze udawało się uniknąć tumanów pomarańczowożółtego pyłu, które tańczyły wyżej, na powierzchni miasta, w każdym podmuchu wiatru. Pył dusił i uniemożliwiał obserwację, tu jednak, na dnie, opadał tylko w formie pomarańczowej mgiełki, w której promienie słońca rzeźbiły dziwne cienie. Miasto duchów.

Rand zdjął z twarzy chustę, dzięki której nie wdychał pyłu, żeby Aie mogła odczytywać słowa z ruchu warg.

– Jak myślisz? Czy te wieści o jakimś kacyku, który uznał się tu królem, to tylko pogłoski?

Aie uśmiechnęła się promiennie. Nie umknęły jej częste spojrzenia Randa na garstkę zbrojnych, która im towarzyszyła. Kilkunastu wynajętych mężczyzn, tak zwanych pustynnych przewodników. Oczywiście każdy z nich miał broń, ale nowoczesny karabin był jedynie w rękach Aie. W razie gdyby plotki okazały się prawdą, a nastawienie nowego „władcy" do przybyszów nieprzychylne, mogliby rzeczywiście znaleźć się w opałach. Szczególniej tutaj, na dnie wyschniętego kanału. Nie tylko Rand przejawiał coraz większy niepokój. Kilku towarzyszących im uczonych również rozglądało się bardzo nerwowo. Nastrój musiał udzielać się koniom, bo parskały co chwila, potykały się i myliły krok.

Już niedaleko – podsunęła mu swoją tabliczkę bliżej, żeby mógł odczytać koślawe z powodu nierównego kołysania siodła pismo. *Za tym załomem kanały powinny się krzyżować. Tam też jest port.*

– Jesteś pewna? – Wszystko w jego głosie wskazywało, że to on nie jest pewny.

Aie z uśmiechem przytaknęła. I rzeczywiście. Po kilkunastu krokach zatrzymał ich gromki okrzyk:

– Stój! Kto idzie?!

Rand rozglądał się nieprzytomnie. Zerknął nawet do góry.

– My do komandora Tomaszewskiego.

– To droga wolna.

Dopiero teraz zauważył ukrytą wśród osypanego gruzu dziewczynę w kamuflażu strzelców pustyni, która mierzyła do niego z karabinu. Westchnął, a właściwie wypuścił z płuc powietrze. Ruszyli dalej, mijając sztuczne piargi, jakie utworzyły się z częściowo zawalonej ściany. Dalej widać było skrzyżowanie kanałów, które kiedyś musiało być dość sporym nawet sztucznym jeziorem, i port, gdzie szerokie schody oraz pochylnie pozwalały łatwo wydostać się na powierzchnię. W pyłowej mgiełce najpierw zobaczyli czarne ciężarówki i pojazdy zaparkowane na samym środku, ostro kontrastujące z pomarańczowym otoczeniem. Potem dopiero namioty obozowiska.

Ktoś wyszedł im na spotkanie.

– Tutaj, tutaj. – Tomaszewski też odwijał chustę z twarzy, żeby mogli go rozpoznać. Zupełnie niepotrzebnie. Nie sposób było nie zauważyć tropikalnego munduru marynarki wojennej.

Rand zeskoczył z konia. Aie zsiadała powoli. Po pierwsze koń nie był jej ulubionym środkiem transportu, po drugie obserwowała z uwagą powitanie pracowników dwóch różnych służb wywiadowczych. Oczywiście przeważały konwenanse i męska sztywność w tej mierze. Ale wprawny obserwator, jak ona, nazwałby to powitanie wręcz serdecznym. Najwyraźniej wzajemna znajomość bardzo cieszyła obu chłopców, a płynące z niej obopólne korzyści były im wręcz niezbędne.

– Co za podróż. Istna męka. – Rand długo opisywał trudności, które musieli pokonać. – A tutaj? – Podniósł wzrok. – Da się jakoś przeżyć?

– Nazwałbym to miejsce gabinetem duchów. W nocy coś łazi dookoła, wyje, jęczy. A w dzień spokój. Z tym że zauważyłem dziwną rzecz.

– Jaką?

– Gdy wysyłam patrol, w którąkolwiek ze stron, to ktoś go śledzi, posuwając się górą. Prawdopodobnie więc i was śledzono od samego początku.

Rand poruszył się niespokojnie, lecz Tomaszewski machnął uspokajająco ręką.

– Tym razem zastawiłem pułapkę. W nocy kilku strzelców pustyni ukryło się w okolicznych ruinach. Jeśli ktoś was śledzi, to właśnie wpadł lub wpada w pułapkę. I zaraz się dowiemy, o co chodzi.

Aie nie dawała wiary pogłoskom o duchach, ale poczuła dreszcz na plecach. Ciekawe, co czułaby, gdyby ktoś kazał jej wyjść ciemną nocą i samej ukryć się, a potem czekać świtu, podczas gdy wokół krążą upiory. Fuj!

– Napijecie się kawy? – Tomaszewski wskazał im metalowy stolik i kilka składanych krzeseł rozstawionych z dala od inżynierów pod wielkim płóciennym dachem, studiujących jakieś mapy, i z dala od stanowisk żołnierzy, którzy właśnie pomagali ich przewodnikom znaleźć jakieś miejsce na nocleg. – Wielokrotnie stwierdziłem, że wrzątek tutaj gasi pragnienie lepiej niż zimna woda.

– I tu się zgadzam – uśmiechnął się Rand, zajmując miejsce przy stoliku, na którym jakiś szeregowy umieścił już parujący dzbanek. – Wodę w tym słońcu można pić wiadrami, a ulgi żadnej. Tyle tylko, że człowiek się potem źle czuje, jak po chorobie.

– Mhm... – Tomaszewski pełnił rolę gospodarza, rozlewając kawę do filiżanek.

Aie, patrząc na to z boku, śmiała się w duchu. Konwenanse. W obu kulturach istniał obowiązek prowadzenia rozmowy o niczym, jeśli rozmówcy nie widzieli się dłużej. A widać było, że mężczyzn aż pali chęć natychmiastowego przejścia do sprawy.

– A dlaczego akurat tu wybrałeś miejsce na obozowisko?

– Teraz bardziej sprzyja obronie. No i łatwiej się tu wydostać na górę po obu stronach. – Tomaszewski usiadł nareszcie, nasypał cukru do swojej filiżanki i zaczął powoli mieszać. – Poza tym w pobliżu jest wielki stadion. W razie zrzutów powietrznych pilotom najłatwiej jest mierzyć w coś takiego, a zaopatrzenie nigdzie się nie zgubi wśród gruzów.

Aie postanowiła ułatwić im przejście do sprawy.

Czy nasi uczeni dostaną osobny namiot? – Podetknęła tabliczkę komandorowi do przeczytania.

– Oczywiście.

– Masz kopię raportu sił specjalnych? – wykorzystał okazję Rand.

– Niejedną. Każdy może dostać swoją.

– Czyli kiedy odpoczną, mogą przystąpić do pracy? Tomaszewski skinął głową.

– Dadzą radę?

– Widzisz. Szyfr imperialny zasadniczo jest nam znany, ale służby specjalne używają wersji znacznie zmodyfikowanej. Klucz wiele razy wpadał nam w ręce. Za każdym razem sam szyfr był zmieniany. Ale osnowa szyfru jest ciągle taka sama. Teraz więc, chociaż nie mamy klucza, jesteśmy w stanie rozsupłać ten węzeł. Mam nadzieję.

– No to świetnie. Możemy...

Przerwał im dzwonek telefonu.

– To pewnie z posterunku na górze. – Komandor skinął na funkcyjnego szeregowego, który czekał pod wiatą dowodzenia. Chłopak przyniósł ciężki aparat do stolika, ciągnąc za sobą kable.

– Tomaszewski. – Słuchawka była równie ciężka jak sam telefon. Złośliwi mówili, że sprzęt łączności, jak wszystko w wojsku, musi służyć także jako broń. No to sądząc po trwałości i ciężarze, telefon polowy został pewnie zakwalifikowany jako zapasowy taran do rozwalania okutych drzwi. – Tak. Rozumiem, już idę.

Zadowolony podniósł się z krzesła, odkładając słuchawkę.

– Mamy go.

– Kogo? – Rand również wstał.

– Tego, który was śledził od chwili, kiedy wjechaliście do miasta. Jesteście ciekawi?

We trójkę ruszyli w stronę potężnych schodów. Najpierw jednak musieli pokonać niewielki piarg, gdzie łatwo skręcić nogę. Potem jednak konstrukcja była w lepszym stanie. Powierzchnia stopni zachowała nawet finezyjny wzór wykuty grubo ponad tysiąc lat temu.

Na posterunku powitała ich Kai, roześmiana, jakby to ona była autorem sukcesu.

– Mamy go!

Wymieniły z Aie badawcze spojrzenia. Obeszło się jednak bez spięcia. Chyba dziewczyny zaczęły się po prostu szanować.

Rand nachylił się zaciekawiony nad jeńcem trzymanym przez dwóch strzelców pustyni.

– Kto to jest?

Dowódca patrolu podeszła bliżej.

– Twierdzi, że poddany tutejszego króla. – Butem wskazała krwawiący, rozwalony nos jeńca. – Usiłowałam mu wytłumaczyć, że tutaj znajduje się wyłącznie pod jurysdykcją Jej Cesarskiej Mości, ale mógł mnie do końca nie zrozumieć. Trzeba rozpalić ognisko i przemówić do niego bardziej gorącym językiem.

Jeden z dwóch Polaków stojących obok z pistoletami maszynowymi musiał służyć w obozie w dolinie Sait, bo zrozumiał słowa dowódcy.

– Ognisko? Szkoda drewna – powiedział dość nawet poprawnie w miejscowym języku. – Mamy coś lepszego.

Podał koledze swój pistolet i rozłączył kable od aparatu telefonicznego. Z kieszeni wyjął zwój drutu, z którego bagnetem odciął dwa krótkie kawałki, przymocował do prądnicy aparatu i do stóp skrępowanego jeńca. Pokazał strzelcom pustyni, żeby nie trzymały jeńca rękami, który związany i tak nie miał szans uciec. Potem nachylił się nad leżącym.

– Nie chcesz mówić? – zapytał grzecznie. – To zadzwoń!

Energicznie pokręcił korbką aparatu. Jeniec wrzasnął przeraźliwie, nie wiadomo, czy z zaskoczenia bardziej, czy z bólu. Prawda o tym, że każdy sprzęt w wojsku musiał w razie czego pełnić zastępczą, dodatkową rolę, potwierdziła się właśnie. Ciężkie polowe telefony wcale nie miały służyć jako tarany. Sprawdzały się doskonale na innych polach.

Żołnierz pokręcił korbką jeszcze raz. Jeniec zawył przeraźliwie.

Dziewczyny w mundurach strzelców pustyni patrzyły zachwycone.

– Teraz ja pokręcę! Teraz ja! – Zaczęły się przepychać do cudownego urządzenia. Ich dowódca patrzyła z rosnącą fascynacją. To coś sprawiało koszmarny ból, ale nie zostawiało śladów. Nie zostawiało śladów! W jej umyśle pojawiało się tysiące zastosowań dla tego cudu obcej techniki.

– Żołnierze! – Tomaszewski usiłował przywołać wszystkich do porządku. – Zostawcie go.

Mało kto zwrócił na komandora uwagę. Nawet Kai, Rand i Aie pochylali się nad zatrzymanym. Ale fajne!

– A wiesz, gdzie jeszcze możemy podłączyć ci druty? – Żołnierz, który wpadł na sposób „przesłuchania", zaczął wyliczać: – Na przykład pod pachy, do sutków albo do jaj!

Jeniec patrzył na nich przerażony, wodząc wzrokiem od jednej nachylonej nad nim twarzy do drugiej.

– Kim jesteś? – zapytała go kobieta dowodząca oddziałem strzelców pustyni.

Potrząsnął głową. Dowódca zerknęła na żołnierza przy prądnicy. Zrozumiał w lot i pokręcił korbką. Wrzask sprawił, że stojący najbliżej odskoczyli.

– Kim jesteś? – powtórzyła.

Złapany mężczyzna okazał się twardy. Znowu potrząsnął głową. Tomaszewski zaciekawiony podszedł bliżej. Zdarzało mu się widzieć ideowców, odpornych na ból, potrafiących znieść wszystko w imię sprawy. Ale oni mieli po dwadzieścia, dwadzieścia pięć lat. Natomiast kulący się pod butami żołnierzy mężczyzna wyglądał na jakieś czterdzieści pięć, pięćdziesiąt. W tym wieku niejednemu już rozsądek puka do głowy. Ideowa chęć do poświęceń ustępuje miejsca trzeźwej analizie sytuacji i dostrzeżeniu faktu, że wściekli żołnierze zaraz go tu zamęczą i nie będzie to bohaterska śmierć na polu bitwy, opiewana później latami przy każdym ognisku przez towarzyszy walki. Cóż więc może być tak ważnego, żeby poświęcić się bez wahania?

Żołnierz przy prądnicy podniósł rękę.

– Zdejmijcie mu spodnie – powiedział. – Inaczej pogadamy!

Mimo że mówił po polsku, dziewczyny w mundurach strzelców zrozumiały od razu. Zrozumiał go także leżący na bruku mężczyzna. Zaczął się wić nerwowo. Dla żołnierzy nie stanowiło to jednak wielkiej przeszkody.

– Zaczekajcie. – Kai poczuła litość. – No przecież możemy porozmawiać kulturalnie.

Kucnęła tuż obok jeńca.

– Powiesz nam, co chcemy usłyszeć?

Mężczyzna, choć wpatrzony w nią wzrokiem pełnym podejrzliwości i napięcia, nie wykonał żadnego ruchu.

– Jestem czarownicą – przedstawiła się uprzejmie. – I może już wiedząc o tym, coś nam powiesz?

Znowu żadnej reakcji.

Kai przyłożyła prawą dłoń do ust. Z boku wyglądało to tak, jakby powiedziała coś bezgłośnie, rozdzielając poszczególne sylaby między palce, którymi zaczęła szybko poruszać. Była bardzo sprawna, ruchy, a właściwie skoordynowane drżenia jej dłoni, okazały się godne prestidigitatora. Miało się nawet wrażenie, że niektóre ułożenia palców nie są możliwe do wykonania przez normalnego człowieka – w taki sposób można tylko połamać sobie kości i pozrywać ścięgna. Ledwo się nadążało wzrokiem za tym ruchem. Robiła to, co robiła, zbyt szybko, żeby dostrzec szczegóły.

Po dłuższej chwili Kai zbliżyła rękę do leżącego mężczyzny. Zrobiła gest, jakby coś odrzucała, wyrzucała ze wstrętem. Gdyby ktoś na chwilę choć zamknął podrażnione słońcem i pyłem powieki, mógłby niczego nie zauważyć.

Mężczyzna nadal leżał nieruchomo, a Kai podniosła się lekko i zastygła w pozycji oczekiwania. Tomaszewski miał wrażenie, że coś pełznie poza polem jego widzenia. Gwałtownie odwrócił głowę. Nic. Zdawało mu się? Znowu jakby kątem oka coś zauważył. Dwa węże? Rozglądał się dłuższą chwilę. Nie on jeden. Dwóch Polaków również rzucało wokół niespokojne spojrzenia. Żołnierze w pustynnych mundurach stały natomiast spokojnie.

Tomaszewski przeniósł wzrok na jeńca. Drgnął nieprzygotowany. Wydawało mu się, że dwa węże, ale nie takie, jakie być może widział kątem oka, tylko duże, a właściwie ogromne, pochłaniają nogi leżącego. Zaczynając od stóp, coraz wyżej i wyżej wsysały go powoli... Tfu! Potrząsnął głową i zamrugał oczami. Niczego takiego nie było! Co za aberracje umysłowe! Wszystko przez ten pieprzony upał.

– Kim jesteś? – spytała Kai.

Mężczyzna nie patrzył na czarownicę. Jego wybałuszone do granic możliwości oczy skierowane były na własne stopy. Na twarzy po raz pierwszy odbił się strach.

– Kim jesteś?

Twardy gość. Kai dała znak żołnierzowi przy prądnicy. Szybkie obroty korbką wywołały taki wrzask, że stojący bliżej cofnęli się jak jeden mąż. Nieco dalej niż poprzednio.

– Kim jesteś? – zapytała Kai po raz trzeci.

Mężczyzna opadł bezwładnie na ręce trzymających go żołnierzy.

– Szlag!

Kai zaczęła grzebać w swojej torbie podręcznej przypiętej do paska. Po chwili wyjęła małą strzykawkę. Zębami zdjęła osłonę z igły i dość wprawnie wbiła w przedramię jeńca.

– Nie mdlej mi tutaj, człowieku. – Energicznie nacisnęła tłok strzykawki. – Magia i medycyna, dwa w jednym. Temu się już nie przeciwstawisz.

Rand spojrzał na Tomaszewskiego zaciekawiony. Ten niewiele umiał wyjaśnić. Wiedział, że Kai spędza długie godziny na jachcie z doktorem Siweckim, wiedział też, że wymieniali się różnymi doświadczeniami. Leszek wyjaśniał Kai działanie różnych lekarstw, ona jemu wiele przepisów na mieszanki ziołowe. Nie wiedział jednak, że doszło do wymiany konkretnych specyfików.

– Już wiem, że jesteś uwarunkowany – powiedziała Kai, kiedy jeniec otworzył oczy. – Już wiem. – Spojrzała na żołnierzy. – Obróćcie go – zakomenderowała.

Kiedy wykonali rozkaz, zdarła mu z szyi pustynną chustę. Szarpiąc za mokre od potu, skołtunione włosy, odsłoniła mężczyźnie kark, ukazując skomplikowany tatuaż. Jakby oczy ułożone w okrąg i patrzące w jego centrum. Nieznany mistrz, który wykonał tatuaż, odznaczał się niezwykłym kunsztem.

– Co to jest?

Tym razem Tomaszewski spojrzał pytająco na Randa. Ten uśmiechnął się tajemniczo. Był szczerze zdziwiony.

– Widziałem to tylko na starych rycinach. Mniej więcej sprzed tysiąca lat.

– Ale wiesz, co to jest?

– Tak. – Rand skinął głową.

– To tatuaż Zakonu – wyjaśniła Kai. – A o zakonnym uwarunkowaniu ja również czytałam wyłącznie w starych księgach.

– Możecie mi wyjaśnić, o czym mówicie? – Tomaszewski zrobił błąd i włożył paczkę papierosów do kieszeni spodni. Teraz wszystkie były pomięte, a w dodatku musiał długo w niej gmerać, żeby znaleźć taki, który nie jest przepocony. W końcu mu się udało i po chwili głęboko zaciągnął się dymem.

– Zakon był kiedyś zbrojnym ramieniem Bogów na ziemi. A konkretnie, był wredną, opresyjną siłą świątynną, dbającą tylko i wyłącznie o utrzymanie istniejącego porządku rzeczy – wyjaśniał Rand. – Dokładnie jak czarownicy.

Kai spojrzała na niego z udawaną wściekłością.

– O, znalazł się zwolennik szybkich zmian i błyskawicznych reform.

– Zakon opierał się właściwie na sile wszystkich państw, będąc czymś w rodzaju straży międzypaństwowej. Jego znaczenie było trudne do przecenienia. Potem jednak okazało się, że tak naprawdę jego siła opierała się na Cesarstwie Luan, które czerpało największe zyski z jego istnienia.

– Jakie zyski? – zdziwiła się Kai. – Luan po prostu używało tej siły w swoich interesach. Używało jej też jako legitymacji swoich imperialnych poczynań. Tak mi przynajmniej w szkole mówiono.

– Przecież to jedno i to samo – obruszył się Rand. – Luan płaciło i Luan ciągnęło zyski. Przecież mówiłem, że we wpływach, a nie w czystej, żywej gotówce.

Tomaszewski dmuchnął na nich dymem z papierosa.

– Moglibyście powrócić do rzeczy?

Rand dał znak, że może to on jednak przedstawi swoją wersję.

– Kiedy Zaan i Biafra podstawili Luan nogę, a Achaja je dorżnęła, Zakon stracił oparcie. Gdzieś tam jeszcze egzystował na swojej wyspie, stanowiąc lokalną potęgę. Gdzieś tam jeszcze malutkie państewka udawały, że się go boją. Ale jak każdy pies bez zębów zmarł w końcu śmiercią naturalną z głodu. Od mniej więcej ośmiuset lat nikt o nim nie słyszał.

– No to nie bardzo widzę, w czym problem – powiedział Tomaszewski. – Taki tatuaż można chyba podrobić, prawda?

– Tatuaż tak – powiedziała twardo Kai. – Ale uwarunkowania nie.

Rand podniósł ręce w obronnym geście.

– Ja o uwarunkowaniu tylko czytałem. – Kiwał głową z niedowierzaniem. – Oczywiście, że każdy lepszy mistrz tatuaży podrobi to cudo. – Butem dotknął szyi leżącego. – A...

Kai nie dała mu dokończyć.

– A nam pokazywali uwarunkowanie w szkole. Ja naprawdę wiem, o czym mówię. A on – zerknęła na jeńca – nie powie niczego. Przesłuchując, szybciej go zabijemy, niż cokolwiek usłyszymy.

– Nie da się tego uwarunkowania ominąć?

Tym razem Kai uśmiechnęła się słodko i powiedziała z wyraźną nutą samokrytyki:

– Nie po to przed tysiącami lat je stworzono, żeby zdejmowała je jakaś tam niedouczona, przypadkowa czarownica. Nie, nie. Ale – odpięła od paska swoją podręczną torbę i znowu zaczęła w niej grzebać – dzięki panu doktorowi Siweckiemu mam środki, o jakich się przed tysiącami lat czarownikom nie śniło.

Rand wzruszył ramionami.

– Zdejmiesz z niego to coś, czarownico? – zapytał.

– Nie. Ale mogę go wprowadzić w taki rodzaj maligny, którego zamierzchli mistrzowie nie potrafili przewidzieć.

Zręcznie mieszała zawartość różnych fiolek, które miała przy sobie. Kropla, dwie krople do małego zbiorniczka strzykawki, z której wyjęła tłok. Nie potrzebowała żadnego stolika. Miała niesamowicie zręczne dłonie, wszystko robiła w rękach bez żadnego oparcia.

Tomaszewski i Rand zerkali na siebie z powątpiewaniem. Uda się czy nie uda, bez wielkiego znaczenia. Maligna to nie był stan, do którego przesłuchujący koniecznie chciał doprowadzić przesłuchiwanego. Może i żaden z nich nie był specjalistą od tego typu spraw, ale obaj woleliby raczej odpowiedzi na trzeźwo.

Wreszcie Kai schowała wszystkie fiolki z powrotem do torby. Umocowała w strzykawce trzymany dotąd w zębach tłok. Ponownie wbiła igłę i wstrzyknęła swój specyfik, teraz tuż obok karku z tatuażem. Mięśnie jeńca zwiotczały dosłownie po kilkunastu sekundach. Kai wypowiedziała jakieś słowo, znowu jakby łapiąc w palce poszczególne sylaby.

Kazała żołnierzom odwrócić mężczyznę na wznak. Nie był przytomny, ale też nie spał jak kamień.

– Kim jesteś? – zapytała Kai, przykładając jeńcowi dłoń do czoła.

– Za... zakonnikiem.

– To Zakon istnieje jeszcze?

– Zakon istnieje zawsze.

Rand z Tomaszewskim nie mogli doprowadzić do trwonienia czasu na nieistotne pytania. Nic ich nie obchodziło, czy jakaś sekta trwała gdzieś w oderwaniu przez tysiąc lat, czy ktoś sobie stworzył erzac na nowo. Mężczyzna sprawiał wrażenie, że zaraz odpłynie w niebyt, i musieli się spieszyć.

– Dlaczego nas śledzisz? – inicjatywę przejął Rand.

– Przybysze... przybysze porywają...

– Kogo porywają?

– Biała wielka kobieta porwała naszą czarownicę. Czarownicę Zakonu.

O szlag! Tomaszewski zaczął się śmiać. Domyślał się, o kogo chodzi, Rand jednak dopytywał dalej:

– Jak biała? Co masz na myśli?

– Białą skórę. – Jeniec brodą wskazał Tomaszewskiego, żeby pokazać podobny kolor. Rzeczywiście karnacja komandora była zdecydowanie jaśniejsza od mieszkańców Arkach.

– Naszych inżynierów jest tylko troje. – Nie mógł powstrzymać uśmiechu. – Zaraz... – zreflektował się nagle. – Chcesz powiedzieć, że Wyszyńska zabrała sobie spośród was czarownicę Zakonu, a wy...?

– Ilu was jest? – dodała Kai.

Mężczyzna wyjąkał coś niezrozumiałego.

– Co?

– Wielka biała kobieta szukała drogi do kapsuły.

– I znalazła?

Mężczyzna z trudem przytaknął.

– Czarownica potrzebna... Potrzebna aura medium.

– Majaczy – zdenerwował się Rand.

– Gdzie jest wielka biała kobieta? – Tomaszewski chwycił leżącego za ramiona. – Gdzie?

Niechcący nasypał mu do oczu popiołu z papierosa, ale tamten nie zareagował.

– W krypcie, tam. – Usiłował wskazać kierunek podbródkiem. Chwilę później zemdlał.

Shen siedziała skupiona nad pustym talerzem w kwaterze na piętrze głównego budynku podmiejskiego folwarku. Nie wiedzieć czemu, przypominały jej się wszystkie zdarzenia z własnego życia. Krok po kroku, zdarzenie po zdarzeniu, jakby ktoś przekładał karty jakiegoś rejestru. W każdym razie po stronie osiągnięć pojawiało się cały czas monotonne: nic, nic, nic... Co się zdarzyło w życiu Shen? Nic. Do czegokolwiek się wzięła, kończyło się klapą. Jakiejkolwiek zmiany spróbowała, właziła z deszczu pod rynnę. Właściwie wszystkie jej zamiary paliły niczym proch na panewce karabinu. Chcąc wyrwać się z wioski, gdzie głód zaglądał w oczy, spod kurateli ojca, który tylko czekał, żeby ją sprzedać, wpadła na salę tortur zwaną wyspą Tarpy, a potem wprost do krainy śmierci nazywanej doliną Sait. Podjęła heroiczny wysiłek, chciała wykonać rozkaz, spełnić sama misję korpusu i... Trafiła do najcięższego więzienia w stolicy. Zaiste. Czego się tknęła, zamieniało się w złoto głupców. Ale przecież ta historia była Shen już znana. Biedna dziewczyna gotowa do poświęceń, a kiedy doszło co do czego, okazywała się pionkiem w rękach lepszych niż ona. Achaja... Więźniowie Magazyniera wiele o niej rozmawiali. Postać sprzed tysiąca lat wcale nie była martwym człowiekiem, trwającym tylko na rozsypujących się kartach starych kronik. Ona nadal żyła w świadomości ludzi. A w więzieniu siedziało sporo tych bardziej wykształconych. Znających dobrze historię i związane z nią nauki. To oni wykładali współwięźniom tragedię antycznej cesarzowej: jak się nie obrócisz, zawsze dupą pod bat.

A jednak. Achaja wreszcie wzięła sprawy w swoje ręce. Pod sam koniec życia zaprowadziła pokój na granicach cesarstwa. Nazwano ją za to amoralną terrorystką, bo zgładziła Królestwo Chorych Ludzi, spaliła Wielki Las i spacyfikowała większych wrogów. Niemniej prosty człowiek z Arkach przez długie dziesięciolecia nie znał pojęcia wojny, biedy i głodu. Achaja przeciwstawiła się boskim zasadom – w jej państwie powstało nawet coś, co można byłoby nazwać zalążkiem powszechnej edukacji. A w więzieniu Shen dowiedziała się, że edukacja to potężna broń – dużo bardziej zabójcza od karabinu. Gdyby Achai udało się doprowadzić reformę do końca...

Nie udało się. Zasztyletowano ją na schodach własnego pałacu. I tu z reguły pomiędzy więziennymi dyskutantami wywiązywała się naukowa bez mała dyskusja dotycząca analizy dokumentów, które zostały po Achai. Wśród tych najbardziej wykształconych więźniów często pojawiał się pogląd, że cesarzowa nie mogła doprowadzić spraw do końca między innymi dlatego, że nie uświadamiała sobie przyczyn większości swoich krzywd. Tak: krzywd. Achaja nigdy, ale to nigdy nie winiła za swój los ani ojca, ani swojej ojczyzny i panujących w niej stosunków. Podobno zachowywała się jak typowa ofiara. Nie przyjmowała do siebie przyczyn swojej krzywdy, nie potrafiła ich nazwać, bała się znaleźć je poza sobą. I jak typowa ofiara za wszystko winiła samą siebie. Na efekty nie trzeba było długo czekać: zamiast otoczenia zaczęła zmieniać samą siebie. Jakieś tatuaże, przyprawianie sobie ogona i kłów i inne dziwactwa.

Shen, patrząc w talerz, zapytała siebie, czy uświadamia sobie, co jest przyczyną jej własnych krzywd? Siedziała nieruchomo bardzo długo. Ktoś ciągle przewracał karty niewidzialnej kroniki. Wioska, ojciec, wojsko, więzienie. Zauważyła w talerzu odbicie swojej twarzy i zapytała na głos:

– Dziewczyno, czy wiesz, co jest przyczyną tego syfu, który cię spotkał?

Ciekawe, czy to ona sama, czy tylko odbicie...? Ktoś mrugnął okiem.

– No pewnie, że wiem! – Wstała nagle, przewracając stół. Metalowy talerz wylądował na podłodze z głośnym, nieprzyjemnym brzękiem. – Nigdy, kurwa, więcej!

Zdecydowanie otworzyła drzwi swojego pokoju i zbiegła na dół.

– Kadir! – Spotkała rusznikarza przy studni. – Jak ci idzie produkcja broni?

Uśmiechnął się, widząc Shen twardą i zdecydowaną. Za dużo niepewności towarzyszyło im w ostatnich dniach.

– Świetnie. Najważniejsze i najtrudniejsze do wykonania części dostarczyli Polacy. A resztę... – wzruszył ramionami – można zamówić w każdej hucie. Nawet i cywilnej.

– A złożenie do kupy?

– Nie pamiętasz, co ci mówiłem? Każda część ma pasować do każdego egzemplarza. I wszystkie można zamieniać w dowolnej chwili. Normalizacja – pochwalił się wymyślonym przez siebie słowem.

Przerwał im głośny okrzyk od strony drogi. Zauważyli Nuk biegnącą wzdłuż płotu. Nic nie wskazywało jednak na to, żeby przed kimś uciekała. Była jednak bardzo zdyszana, kiedy otwierała bramę. Już na podwórku musiała zwolnić. Kiedy dotarła do studni, stanęła w rozkroku, pochyliła się i opuściła ręce, opierając dłonie nad kolanami.

– Dogadali się!

Shen zerknęła na Kadira, ten jednak odpowiedział równie pytającym spojrzeniem.

– Kto z kim?

– Rzeczpospolita i cesarstwo właśnie podały sobie ręce.

– Ożeż w mordę. Dogadali się?

– No przecież mówię. – Nuk zaczerpnęła powietrza. – Dajcie się napić. – Sięgnęła do wiadra. Na dnie zostało trochę wody. Sierżant piła długo, drobne strużki ciekły na mundur. – Jutro podpisują traktat. – Przełknęła ostatni łyk i odstawiła puste wiadro. – Pojutrze Marynarka Wojenna Rzeczypospolitej Polskiej przekaże Cesarstwu Arkach dziesięć ścigaczy. W pełni uzbrojonych i zaopatrzonych w zapasy amunicji, materiałów pędnych i części zamiennych.

– Dają, bo nic ich nie kosztuje – mruknął Kadir.

– Do tego Polska dostarczy specjalistów instruktorów, mechaników. A sztab marynarki dostanie polskich doradców wojskowych.

Kadir zaczął się śmiać.

– No! To jest interes. – Ubawiony roztarł twarz. – Właśnie pozbyliśmy się własnej marynarki wojennej.

– No jak? – Nuk podniosła głowę. – Właśnie wyposażono Arkach w jednostki, którym nikt się nie przeciwstawi.

– Owszem. Tyle tylko, że nasza marynarka będzie odtąd całkowicie uzależniona od Polaków. Będzie walczyć w ich interesie, będzie załatwiać ich sprawy. My dopuścimy się świństw, których im nie wypada popełnić, i ich ręce pozostaną wiecznie czyste. Ale jak mówisz: za to zagwarantują nam, że nasza flota rzeczywiście będzie niezwyciężona.

Nuk wzruszyła ramionami.

– Pesymista. Obiecali wsparcie lotnicze.

– Wsparcie czy rozpoznanie? – spytał rusznikarz podchwytliwie.

Sierżant zawahała się.

– Sama już nie wiem.

– No właśnie.

– Przestańcie – przerwała im Shen. – To nieistotne.

– A wprost przeciwnie – zaoponował Kadir. – To bardzo istotne.

Ściszył głos, żeby nie słyszał ich nikt inny, i nachylił się do dziewczyn.

– Skoro traktat wynegocjowany, to wszystkie środki służące do osiągnięcia maksymalnie korzystnych warunków przestają być potrzebne, prawda? Łatwiej się prowadziło rozmowy pod naciskiem zamieszek za plecami drugiej strony, ale teraz... – teatralnie zawiesił głos. – Teraz nie będziemy już Polakom potrzebni.

Nuk przygryzła wargi. Argument trafiał do wyobraźni. Póki toczyły się rozmowy, instrument pozwalający eskalować zamieszki był prawie niezbędny. A teraz? Po co? Do czego ma służyć? A przecież jego istnienie i możliwość wykrycia może w każdej chwili doprowadzić do międzynarodowego skandalu.

– Mylisz się – uśmiechnęła się Shen. – Jedyne, co można były u nas odkryć, to polskie opakowania. A te można kupić lub ukraść. Broń wyprodukowałeś przecież ty.

Popatrzył na nią niezdecydowany.

– Nie, nie – ciągnęła dziewczyna. – Ja też od razu o tym pomyślałam, że przestaniemy być potrzebni. A wtedy wystarczy jedna rozmowa z kimś odpowiedzialnym za służby w pałacu i nas nie będzie.

– Jedno słowo – uściślił Kadir.

Nuk przełknęła ślinę.

– Ale nie. Nie pozbędą się takiego cudu, jakim może być ten oddział. Siła zbrojna na zapleczu sojusznika, z którą nie są w żaden sposób powiązani, a którą mogą skłaniać do różnych działań? Nie darują sobie tego rodzynka.

– Tutaj przecież nie możemy trwać. Teraz gdy zamieszki zostaną spacyfikowane, a do Negger Bank powróci stary, doświadczony garnizon, wystarczy im chwila, żeby nas wszystkich wyłapać.

– Owszem. Dlatego musimy przystąpić do ewakuacji na prowincję.

– Dziewczyno! – Kadir przez moment nie mógł wydobyć z siebie ani słowa. – Przecież to niemożliwe! Jak to sobie wyobrażasz?

– Ja? W żaden sposób – odparła z uśmiechem. – Niech sobie Polacy sami wymyślą. A ja się muszę spotkać z komandorem Tomaszewskim.

– Jest na pustyni. – Jakaś myśl zmarszczyła czoło rusznikarza. Już nie wykrzykiwał, że to czy tamto jest niemożliwe.

– To z porucznikiem Siweckim. Jego też trochę znam, ale... – Shen nagle zmieniła zdanie: – Nie, niech Nuk się z nim spotka.

– A w jakim języku będą rozmawiać?

Nuk roześmiała się nagle.

– W arkapolskim – wyjaśniła.

Kadir mógł o tym nie wiedzieć. Od dawna już, jak na każdym pograniczu w historii, zaczął się tworzyć zupełnie nowy język. Jego początki sięgały jeszcze obozu przejściowego dla żołnierzy cesarstwa w dolinie Sait. Później rozwijał się w kontaktach handlowych – zlepek polskich i miejscowych zwrotów podlegających krańcowo uproszonej gramatyce był niezbędny dla rozwoju kupiectwa i sprzedaży usług na najniższym, a więc praktycznym poziomie. Stąd rodząca się gwara: arkapolski. Język, który w tej chwili stał się już absolutną podstawą w kontaktach kupców i kwatermistrzów. Siwecki, który sporo czasu spędził w Sait, musiał go znać. A potem przecież długo pływał z Melithe, o czym wiedziała od Idri. Nuk powinna się z nim dogadać.

– No – westchnęła. – Powinniśmy się przygotować do dyslokacji na niedaleką prowincję.

– I zaszyjemy się na wsi? – usiłował zakpić Kadir, ale niezbyt mu wyszło.

– Nie, przechodzimy do ciągłego jątrzenia, tlenia się walki niby to partyzanckiej, niby tajnej. Zaraza! Polacy mają na to odpowiednie słowo, ale zapomniałam. Do permanentnej... mmm... No szlag!

– Chcesz stworzyć partyzantkę?

– Nie. Wyszkolić oddział w małych potyczkach, w kluczeniu, w nagłych odskokach. No i pokazać zwykłym ludziom, że można.

– Co można? – nie zrozumiał. – Co to ma być? – Ciekawiło go słowo, którego zapomniała. – Permanentna...?

Shen przypomniała sobie.

– Rewolucja!

Pomarańczowy pył unosił się wszędzie. Na górze po wyjściu z kanałów właściwie trudno było dostrzec cokolwiek, co znajdowało się kilkadziesiąt kroków dalej. Tomaszewski i Kai szli w przedziwnej rdzawej zawiesinie, która gdyby zawiał wiatr, mogła stworzyć tuman nie do przeniknięcia wzrokiem na cal. Rand i Aie, którzy stanowili straż tylną, trzymali się bardzo blisko, na trochę zbyt małym dystansie. Ale trudno się dziwić. Tu chyba nawet pojedynczy strzał mógł wzbudzić chmurę pyłu zupełnie zasłaniającego i cel, i samego strzelca. Tomaszewski jeszcze bardziej zrozumiał, jak wielką w związku z tym przewagę daje tu pistolet maszynowy, pozwalający wysyłać pociski jedynie mniej więcej w stronę napastnika, ale za to całą ich chmarę.

Wędrowali po piargach, w górę i w dół, uważając, żeby nie poruszyć jakiegokolwiek kamienia. Gdzieniegdzie droga w dół biegła stromo, a materiału do przysypania kogoś, kto znalazłby się na dnie, wokół było w bród.

– Tam! – krzyknęła nagle Kai.

Tomaszewski wielokrotnie podziwiał jej bystry wzrok. Sam, kiedy zdjął pokryte kurzem przeciwsłoneczne okulary, nie widział niczego, co w znaczący sposób różniłoby się od otoczenia.

– Co?

– Dobrze, że nie ma wiatru i sucho. Zwłoki się mumifikują.

– O czym ty mówisz?

– O smrodzie z rozkładającego się trupa. No patrz tam. – Ręką wskazała kierunek.

Ni cholery. Dopiero kiedy podeszli bliżej, Tomaszewski dostrzegł ciało mężczyzny z karabinem w ręku, leżące u stóp złamanej w połowie kolumny. Czarownica podeszła do cembrowiny suchej od kilkuset co najmniej lat fontanny.

– Tu są inni.

Aie zerknęła ciekawie. Rand, tak jak i Tomaszewski trzymali się z dala. Ciała ulegały rozkładowi rzeczywiście zupełnie inaczej, niż to ma miejsce w zwykłych warunkach. W każdym razie nieciekawy widok. A na pytanie, czy mają tatuaże, nie sposób było odpowiedzieć bez dokładnych badań, na które nikt chyba w tym upale nie miał ochoty.

– Jak zginęli?

– W strzelaninie.

Kai niczym doświadczony zwiadowca ruszyła dalej zgięta wpół, z nosem prawie przy samej ziemi.

– Ciekawe – Rand rozejrzał się – czy to zakonnicy strzelali do poddanych tego króla watażki, czy odwrotnie.

– Ani tak, ani tak. – Czarownica wyprostowała się i rzuciła w Tomaszewskiego mosiężną łuską. – To nasi ich załatwili.

Obaj mężczyźni zrobili kilkanaście kroków w jej kierunku. Jeśli się odgarnęło pył czubkiem buta, można było zobaczyć więcej łusek. Małe, pistoletowe, dziewięć milimetrów. Bardzo dużo. Ktoś tu szył z rozpylaczy, nie szczędząc amunicji. Tomaszewskiego jednak zdziwił fakt, że łuski nie znajdowały się za żadną osłoną. Jak więc odbywała się potyczka? Rozejrzał się. Za marmurową cembrowiną musieli czekać ludzie w zasadzce. Ale wydarzyło się coś, co przeszkodziło im w dokonaniu napaści. Może wartownik, ten zabity obok złamanej kolumny, stracił nerwy i się wychylił? Albo strzelił za szybko? Cholera wie. W każdym razie strzelanina nie trwała długo. Kilka osób otworzyło ogień z pistoletów maszynowych. Potem zmienili magazynki – Tomaszewski kopnął jeden z nich, ciągle leżący w pomarańczowym pyle – i zrobili kilka kroków. Otworzyli ogień jeszcze raz, z bliska, wprost do ludzi przy fontannie. Drugi wysyp mosiężnych łusek znajdował się jakieś osiem metrów stąd. I koniec. Żadnych więcej śladów nie zauważył.

– Ciekawe, co to było? – Kai przygryzła nerwowo wargi.

– Prawdopodobnie zaraz się dowiemy.

– Owszem, zaraz – odpowiedział mu kobiecy głos dochodzący gdzieś z góry.

Wszyscy aż się poderwali.

– Trach! I teraz bym was załatwiła. – Rozległ się śmiech. Na podeście podtrzymującym kiedyś balkon mignęła jakaś postać i zniknęła wewnątrz budynku. Usłyszeli kroki dochodzące ze schodów w przestronnym wnętrzu nieźle zachowanej budowli publicznej, a po dłuższej chwili w tumanach pomarańczowego pyłu ukazała się inżynier Wyszyńska. Miała na sobie szorty i lekką bluzę w kolorze piasku, ale największe wrażenie robił korkowy hełm na głowie i olbrzymi rewolwer w kaburze na biodrze ze specjalnym jarzmem, do którego przywiązany był luźny sznur biegnący aż do szyi jako zabezpieczenie przed zgubieniem broni. Wyglądałaby niczym z obrazka w książce o angielskich podróżnikach badających tropiki, gdyby nie pistolet maszynowy przewieszony przez pierś, dwa granaty na specjalnej uprzęży pod pachą i chlebak na ramieniu, z którego wystawały powiązane taśmą laski dynamitu.

– Przyjrzyj się uważnie. – Tomaszewski nachylił się do Randa. – Tak wygląda typowy polski naukowiec w misji badawczej.

– A tam są efekty jego pracy naukowej? – Kai pokazała kciukiem przez ramię w kierunku fontanny z ciałami u podnóża.

– Oj, bez przesady. – Wyszyńska zdjęła z oczu ciemne okulary o okrągłych jak monety szkłach i zaczęła wycierać z nich pomarańczowy kurz chustą, którą miała na szyi.

Tomaszewski dokonał przepisowej prezentacji. Pani inżynier z wielką ciekawością przyglądała się Randowi. Aie ledwie musnęła wzrokiem. Jakimś cudem domyśliła się, że dziewczyna jest kimś w rodzaju sekretarki ochroniarza.

– Jakim cudem mnie pan tu znalazł? – zapytała Tomaszewskiego po dłuższej chwili. – Nikt ze zwiadu geologicznego nie wie przecież, w jakim kierunku się udałam. Zasłoniłam się tajną misją.

Nie spuścił wzroku, kiedy go taksowała. Uśmiechnął się promiennie.

– Wywiad jest przecież po to, żeby sprawy tajne odtajniać.

Zobaczył w jej oczach szacunek. Duży i prawdziwy. I przedtem oceniała go wysoko, jak sądził. Ale teraz to coś jeszcze innego. Zaczęła Tomaszewskiego uważać za gracza na planszy, który właśnie dołączył do jej gry. Pytanie, po której stronie.

– Chciałby pan zobaczyć, czym się zajmujemy?

Postanowił ją dobić.

– To przy okazji, gdyby była pani uprzejma – powiedział. – Najbardziej mnie jednak interesuje, co tam nowego u naszego stratosferycznego księcia.

Jakby piorun uderzył tuż obok. Skąd wiedział? Dokąd jedzie, stało się jasne dzięki szpiegom Randa. A stratosferyczny książę? Jedno słowo wypowiedziane w malignie przez jeńca z zakonu. Kapsuła. No przecież w ruinach Syrinx nie mogło chodzić o żaden batyskaf. Ona musiała znaleźć aerostat Osiatyńskiego – tylko z niego mogła pochodzić ciśnieniowa kapsuła zdolna wytrzymać warunki panujące na wysokości kilkudziesięciu kilometrów.

Wyszyńska otrząsnęła się wreszcie.

– Tak. Znaleźliśmy kapsułę.

Zapadła niezręczna cisza. Im nie wypadało zapytać, czy zobaczą to miejsce zaraz, ona milczała, roztrząsając coś w myślach.

– Okay, chodźmy – powiedziała w końcu.

Tomaszewski przygryzł wargi, słysząc odruchowe „okay". To z angielskiego, zdaje się.

– Jak znaleźliście miejsce lądowania stratosferycznego balonu? – zapytał. I chyba znowu trafił. Tym razem już zupełnym przypadkiem. Ten problem, który przed chwilą mącił Wyszyńskiej umysł, to najwyraźniej było to! Jak powiedzieć przybyszom o przyczynie podjęcia poszukiwań. I chyba pani inżynier nie znalazła dobrego rozwiązania, bo jej odpowiedź wypadła bardzo blado.

– E... Tam, na Złych Ziemiach, prawdę powiedziawszy, nie mieliśmy niczego poważnego do roboty.

Tomaszewski powstrzymał się od pytania, po co tam w takim razie pojechali. I to w pierwszej kolejności. Przecież do szacowania źródeł ropy naftowej potrzebni są geologowie, geodeci, a nie specjaliści od maszyn liczących jak Wyszyńska.

Pani inżynier jednak nie zamierzała wdawać się w wyjaśnienia.

– Napotkaliśmy nielicznych tubylców. Tak jakoś usiłowaliśmy poznać ich bliżej. Co tam robią, z czego żyją.

Rand dyskretnie szturchnął Tomaszewskiego. Kiedy Wyszyńska wysforowała się naprzód, żeby poprowadzić zagruzowanymi schodami na szeroką pochylnię ogromnej, starożytnej budowli, chwycił komandora za rękę i powiedział samym ruchem ust, tak żeby się nie zorientowała:

– Kłamie. Tam nie ma ludzi.

Łatwo było się domyślić, że chodziło mu o Złe Ziemie. Tomaszewskiego zresztą nie zdziwiło to specjalnie. Od dłuższego czasu miał wrażenie, że inżynierowie wiedzą dużo więcej, niż mówią. Przypomniał sobie Węgrzyna. Kiedy tamten zobaczył pamiątki po Osiatyńskim znalezione w świątyni dzikusów, nagle zdjęcia fotogrametryczne, które wcześniej zamówił, straciły znaczenie. Oni coś wiedzieli. Coś, co było ich pilnie strzeżoną tajemnicą.

– Analizowaliśmy podania i legendy tubylców – podjęła Wyszyńska, kiedy znaleźli się na szczycie pochylni. Skierowała się w bok, prowadząc grupę do wielkiej sali, kiedyś sklepionej prawdopodobnie olbrzymią kopułą, bo gdzieniegdzie na murach widać było jeszcze jej szczątki. – I znaleźliśmy jeden powtarzający się element.

Idący trochę z tyłu Rand skrzywił wargi. Kiedy Wyszyńska go nie widziała, kręcił zaprzeczająco głową. A kiedy był pewien, że nie odwróci się nagle, powtarzał do Tomaszewskiego dyskretnie:

– Tam nie ma żadnych ludzi.

Ciekawe.

– Otóż tubylcy opowiadali o wielkiej metalicznej kuli, która spadła z nieba. – Wyszyńska zorientowała się nagle, że trochę przesadziła. – To oczywiście nasze określenie. Oni tego słowa nie użyli.

Tomaszewski przytaknął. Nieistotne. Wyimaginowani tubylcy nie mogli tak mówić z bardzo prostego powodu. Czasza balonu stratosferycznego podczas lądowania NIE JEST KULĄ! Nie może być po prostu. Czaszę takiego balonu na ziemi napełnia się tylko trochę. Kiedy aerostat leci w górę, dostaje się w rejony, gdzie ciśnienie jest ekstremalnie niskie, gaz nośny rozpręża się wtedy, wypełniając dopiero tam czaszę do maksimum. Gdyby było inaczej, gdyby napełniono ją zbyt mocno jeszcze na ziemi, to wysoko uległaby rozdarciu i statek powietrzny spadłby jak kamień. Ale dzięki temu rozwiązaniu dopiero w stratosferze czasza zaczyna mieć kształt kuli. Z tym że nie jest wtedy widoczna z powierzchni Ziemi. Zbyt daleko. Kiedy aparat ląduje i kiedy go widać, w powietrzu utrzymuje go coś, co przypomina jedynie nędzny, ledwo, ledwo napełniony gazem flaczek.

Zatem tubylcy w żadnym razie nie mogli mówić o kuli. Po prostu nie mogli jej widzieć, bo takie są prawa fizyki.

– Kierując się tymi legendami, raczej z ciekawości, niż spodziewając się jakiegoś konkretu, przybyliśmy tutaj. No i jakie było nasze zdziwienie – nie potrafiła grać, dobrze, że wzięła się do inżynierki zamiast aktorstwa – kiedy okazało się, że niektóre części garderoby ludzi, którzy tu mieszkają, wykonane są z gumowanego jedwabiu japońskiego. A takiej tkaniny przecież tutaj nie ma. Nie muszę dodawać, że z niej właśnie wykonano powłokę aerostatu Osiatyńskiego.

Przeszli do innej sali, która miała już sklepienie. Z wielką dziurą trochę z boku, ale i tak przybysze mogli podziwiać kunszt starożytnych budowniczych, których konstrukcja przetrzymała przestrzelinę ogromnym pociskiem.

– Kapsuła przebiła się tędy. – Wyszyńska wskazała otwór w kopule. – Powłoka balonu musiała uwięznąć na dłuższą chwilę. Prawdopodobnie kabina kołysała się pod sufitem przez jakiś czas i opadła, zupełnie nie w kierunku lotu, o tam! – Pokazała równie wielki otwór w podłodze sali.

Skierowała ich ku schodom o półokrągłym biegu pod ścianą.

– Tędy.

Zaczęli schodzić ostrożnie, trzymając się jak najbliżej muru. Wszystko było zasypane gruzem. Zastanawiało, skąd on się wziął, bo materiału z dziury w sklepieniu nie wystarczyłoby, żeby stworzyć to rumowisko. Dopiero po dłuższej chwili Tomaszewski zauważył ślady po jakichś ozdobnych konstrukcjach na ścianach. To chyba one posypały się pierwsze. Pewnie wykonano je z bardziej lichego materiału niż potężne ściany.

– Już dochodzimy? – zapytał, kiedy znaleźli się przy wielkim otworze w podłodze.

– Musimy zejść do krypty. Kabina jak pocisk przebiła dach i dwa piętra. – Wyszyńska pokazała, jak bezpiecznie schodzić po piargu z cegieł. – Macie latarki?

Tomaszewski i Kai mieli. Powinno wystarczyć.

– W krypcie jest zupełnie ciemno? Przecież powinien pozostać otwór wlotowy.

– Zobaczycie sami. Kabina albo toczyła się sama z rozpędu, albo ktoś ją przeniósł. Długo po lądowaniu.

– Czytałem opis parametrów technicznych tego statku – pochwalił się Tomaszewski. – Żeby przenieść taką kabinę, chyba musieli użyć dźwigu.

– Albo bardzo wielu ludzkich rąk – uśmiechnęła się inżynier.

– No może. Mogli ciągnąć za linki – zgodził się, podtrzymując Kai, która mało nie zsunęła się na dół.

– Teraz naprawdę uwaga.

Minęli jeszcze jeden otwór „wlotowy", jeśli można się tak wyrazić o dziurze spowodowanej przez kabinę, w której znajdowali się ludzie. Musieli iść schyleni przez coraz bardziej mroczną czeluść. Podłoże opadało łagodnie, no i było coraz mniej gruzu. Właściwie po kilkuset krokach szli już idealnie czystym, wybrukowanym traktem pod ziemią, ze ścianami, które przed wiekami ktoś ozdobił przepięknymi płaskorzeźbami, praktycznie nietkniętymi przez ząb czasu. Tutaj latarki bardzo się przydały. Na szczęście pod nogami nie było już niespodziewanych przeszkód.

Kryptę zauważyli z daleka. Zza wyrwanych z zawiasów ogromnych wrót sączyło się światło. Kiedy podeszli bliżej, okazało się, że to z dwóch lamp gazowych o wysokiej wydajności.

– Kto tam? – powstrzymał ich okrzyk i szczęk zamka przeładowywanego karabinu.

– Spokojnie, spokojnie. Przyprowadziłam gości – krzyknęła w odpowiedzi Wyszyńska.

Dwóch inżynierów, Sakowicz i Załuski, podniosło się zza prowizorycznej osłony z cegieł. Nie wyglądali na specjalnie wystraszonych. Obaj mieli półautomatyczne karabiny małego kalibru. Przy walce na większą odległość broń nieco lepsza niż pistolety maszynowe.

– Otwieramy muzeum chyba, skoro są pierwsi zwiedzający – uśmiechnął się Załuski, ten wyższy. Tomaszewski mgliście go pamiętał z krótkiej prezentacji podczas desantu. Zapamiętał tylko fakt, że obaj mówili ze śladami tego przedziwnego akcentu, który tak zwracał uwagę w wymowie Wyszyńskiej.

– Czy możemy od razu zobaczyć kapsułę? – wyrwała się Kai.

Tamci zaczęli się śmiać.

– Oczywiście, proszę pani. – Sakowicz wykonał zapraszający gest połączony z lekkim ukłonem. – Prosimy, prosimy, czym chata bogata.

Obaj podnieśli specjalne reflektory na baterie. Ciekawe, ile ogniw takie draństwo zużywało na godzinę? No i w związku z tym pojawiały się kolejne pytania. Skąd Wyszyńska ma sprzęt w takich ilościach? Wiozła ze sobą z obozu geologów na Złych Ziemiach? Czy może miała zrzut już tu, na miejscu?

– Rozłożyliśmy obóz tuż przy obiekcie. – Sakowicz prowadził całą grupę w stronę namiotów. To, że zostały rozbite wiele metrów pod powierzchnią ziemi, tylko potęgowało nastrój tajemniczości. – Trzeba bardzo uważać na wszystko, co znajdziemy. Szczególnie papier.

– Znaleźliście jakieś notatki? – zapytał Tomaszewski.

O dziwo, to pytanie nie spowodowało żadnej reakcji, ani ukradkowych spojrzeń, ani nerwowych ruchów. Nie wiadomo, czego się zresztą spodziewał. Może to tylko własne wyobrażenia, że ukrywają coś niezmiernie ważnego po wykrętnych odpowiedziach Wyszyńskiej.

– Tak, znaleźliśmy. – Sakowicz zdawał się nie mieć żadnych tajemnic. – Z tym że papier źle zniósł panujące w kabinie warunki. Każdą kartkę trzeba pieczołowicie odklejać od innych. Natychmiast się rozpada, więc trzeba ją szybko sfotografować, a zdjęcia wywołać, żeby móc przeczytać cokolwiek. Przynajmniej jedno nam sprzyja.

– Tak?

– Nie potrzebujemy ciemni fotograficznej do wywoływania zdjęć. – Roześmiał się. – Tutaj wystarczy zgasić światło.

– A co to za skrzynie dokoła? – Kai skierowała latarkę na dziwne prostopadłościany pod ścianami. – Niby równe, ale każda inna.

Inżynier zatrzymał się. Oświetlił sobie twarz, żeby pozostali dojrzeli jego przesłodzony uśmiech.

– To groby – wyjaśnił. – Jesteśmy przecież w krypcie grzebalnej Cesarstwa Luan.

– O Bogowie! – Kai odruchowo cofnęła się o krok. – Ale niektóre są pootwierane... i...

– Zmarli wychodzą ze swoich grobów – zaczęła Wyszyńska, modulując specjalnie głos.

– Przestań – przerwał jej Sakowicz. – Chodźmy. – Ruszył w głąb krypty, pociągając pozostałych. – Tu nie leży byle kto – wyjaśniał czarownicy – tylko elity luańskie. Dlatego też przez setki lat każdy grób został spenetrowany, a szanowne zwłoki poddane rewizji osobistej. Wszystkie kosztowne drobiazgi zostały zarekwirowane przez celników u wrót niebios i pozostały z nami na tym łez padole.

– Powinieneś zostać poetą – mruknął Załuski.

– Na szczęście nie zdąży – wtrąciła się Wyszyńska. – Właśnie dochodzimy.

W świetle jej reflektora zobaczyli obły, lśniący metalicznie kształt. Ale olbrzymia! Ta myśl pojawiła się chyba we wszystkich głowach. Kiedy podeszli bliżej, wrażenie stało się jeszcze bardziej przytłaczające. Gigantyczna. Rząd iluminatorów przypominał bulaje na luksusowym pasażerskim liniowcu. Kopuła obserwacyjna z kolei przypominała stanowisko nawigatora w najcięższych bombowcach. Szeregi uchwytów na jakieś wyposażenie po obu stronach ziały pustką. Najwyraźniej wszystko, co dało się zdemontować, dawno już zdjęto.

Załuski, ciągnąc z całych sił, otworzył klapę, a właściwie pancerne drzwi o eliptycznym obrysie. Wokół ich wzmocnienia, pośród resztek sparciałych uszczelek, dało się dostrzec ślady kucia. Inżynier zauważył zdziwione spojrzenie Tomaszewskiego.

– Tak, słusznie pan zwraca uwagę. – Dotknął starych śladów. – Ktoś za pomocą prymitywnych narzędzi usiłował się dostać do środka.

– Ze skutkiem?

– Nie. Zamek jest zbyt solidny, a przez ciśnieniową skorupę nie sposób się przebić. Bez palnika acetylenowego.

– A szkło?

– Pancerne. – Inżynier wskazał mroczne wnętrze. – Zapraszam do środka.

Rand się cofnął. Czyżby miał klaustrofobię? – przemknęło przez głowę Tomaszewskiego. Aie też wolała nie wchodzić. Kai przeciwnie. Wepchnęła się pierwsza przez wąski otwór. I dobrze, oświetliła Tomaszewskiemu drogę.

Prawdę powiedziawszy, nie spodziewał się aż takiego widoku. Raczej jakiejś klitki wypchanej aparaturą i elementami konstrukcyjnymi. Nic z tych rzeczy. Elegancki stolik przyśrubowany do podłogi, głębokie fotele. Tyle że z pasami bezpieczeństwa. Na ścianie biblioteczka, zestaw map czy dużych arkuszy papieru – może plany konstrukcyjne kapsuły. Instrumenty owszem, były. We wnęce, która mogła uchodzić za centrum sterowania, jeśli w przypadku balonu w ogóle można mówić o sterowaniu. Wszystkie eleganckie, lśniące wypolerowanym mosiądzem nawet teraz. Obok znajdował się magazyn z wyposażeniem. Chyba do eksploracji na lądzie. Widać, że ktoś z tego korzystał – pomieszczenie okazało się prawie puste. A dalej, kiedy przeszli wąziutkim korytarzykiem, znaleźli pierwszą i jedyną na świecie ciśnieniową stajnię!

Miała wszystko: elegancki żłób, przyrządy do czyszczenia oraz specjalne pasy do przytrzymania wierzchowca.
Kurde blade. Wszystkie więc legendy o tym, że Osiatyński wziął ze sobą w podróż do stratosfery ulubionego białego konia, są prawdą. No niby widział to w książkach
na zdjęciach, ale wiedział też, że każde zdjęcie można
zmontować. Szczególnie w celach reklamowych. A tu nie.
Stratosferyczny książę naprawdę miał fantazję. I był chyba jedynym człowiekiem, który zdecydowawszy się na
szaleńczą misję, przewidział jakiś ciąg dalszy. I wydaje
się, że skutecznie zaczął go realizować.

Tomaszewski cofnął się do pomieszczenia technicznego z butlami zawierającymi jakieś gazy i aparaturą hy-
drauliczną, żeby przepuścić Kai. Po chwili, kiedy czarownica zaspokoiła ciekawość, oboje wrócili do głównego
pomieszczenia kapsuły.

– Zapali pan? – Załuski wyciągnął w stronę komandora paczkę papierosów. Takich już dzisiaj nikt nie pro-
dukował. Opakowanie zostało wykonane z twardego
kartonu, na którym wytłoczono złote emblematy. – Na
specjalne okazje.

– Pamiątka?

– Tak, jaśnie wielmożny pan książę raczył tę paczkę
tutaj zapomnieć. Proszę bardzo uważać. Tytoń się wy-
sypuje.

Tomaszewski ostrożnie wziął papierosa do ręki. Sko-
rzystał z podanego ognia i zaciągnął się lekko.

– Aromatyzowane. Cholera, jeszcze ten zapach trzyma.

Załuski był bardzo zadowolony z wywołanego wrażenia. Zaprosił do zajęcia miejsc w historycznych fotelach.

Przysiedli tylko na moment ze względu na czekającego na zewnątrz Randa.

– Jest coś ciekawego w notatkach Osiatyńskiego? – zagaił Tomaszewski, dokładnie obmacując wyściełane poręcze. Mimo upływu lat i braku konserwacji fotel nic nie stracił ze swojej sprężystości.

– Tak. Książę przebywał tu bardzo długo. A może inaczej: po wylądowaniu Osiatyński odbył kilka podróży, ale ciągle tu wracał.

– Traktował kapsułę jako swoją bazę wypadową?

– Tak jest. Miał tu sporo sprzętu. A drzwi, jak widać, solidne.

Obaj zaczęli się śmiać.

– I co ciekawego opisał?

– To trudno tak streścić w dwóch słowach. Interesowały go legendy, podania, okres formowania się nowego imperium. Bardzo zajmował się Wielkimi Lasami. Odbył szereg podróży w tym kierunku.

– Był też w lesie, który znamy? Tym w dolinie Sait?

– Oczywiście. Przecież znaleziono tam pamiątki po nim.

– I radził sobie z krwiożerczymi dzikusami?

Załuski spojrzał pytająco.

– Wracał z tych wypraw żywy.

– No tak, ale chodziło mi o to, czy zaprzyjaźnił się z tymi dzikusami?

– Tak. Nawet ich poznał dość dobrze. Bardzo ciekawiły go ich legendy założycielskie.

– To dokonał czegoś, co się żadnemu z miejscowych nie udało. Nam zresztą też.

Załuski podsunął komandorowi srebrną popielniczkę.

– To był wielki człowiek. A nie jakiś tam admirałek też mieniący się księciem. – Wydął wargi. – Dowodzący wielką flotą, a jedyne jego dokonania to zagazowanie tubylców i polanie ich napalmem!

Załuski nagle się zreflektował, że mówi do podwładnego wspomnianego admirała. Uśmiechnął się przepraszająco.

– Proszę mi wybaczyć – westchnął. – Wyszedł ze mnie pacyfista. Ale Osiatyński był naprawdę wielkim człowiekiem. Kiedyś będą mu stawiać pomniki.

Zapadła męcząca cisza. Dopiero po chwili przerwał ją Tomaszewski:

– Skoro jesteśmy przy pomnikach. On też szukał pomnika cesarzowej Achai?

Inżynier gwałtownie podniósł wzrok.

– Tak.

– Znalazł?

– Nie.

Załuski nagle zdał sobie sprawę, że odpowiada zbyt obcesowo. Natychmiast zmienił ton.

– Oczywiście z ostatniej wyprawy już nie wrócił. I chyba nie zamierzał.

– A dokąd się udał?

– Właśnie usiłujemy to ustalić.

Dla wprawnego ucha Tomaszewskiego zabrzmiało to jak kłamstwo. Ale nie miał pewności. Inżynier wyczuł zawahanie komandora. I nagle się zmieszał.

– A napisał coś na temat, dlaczego tu wracał? – kontynuował Tomaszewski. – Przecież skoro tak łatwo nawiązywał kontakty i czuł się dobrze w tej cywilizacji, mógł kazać przewieźć swój sprzęt w bardziej przyjazne miejsce.

Załuski westchnął cicho.

– Osiatyński szukał tutaj miejsca pochówku Achai. Według legendy zamurowano jej trumnę w jednej z bram Syrinx.

– I? Znalazł ciało?

– Nie. Ale ustalił, że legenda była prawdziwa. Odnalazł właściwą bramę i stwierdził, że zwłoki zostały stamtąd zabrane.

Tomaszewski zaciągnął się po raz ostatni aromatyzowanym kiedyś papierosem i zdusił niedopałek w srebrnej popielniczce.

– No tak. Czyli nie ma szans dowiedzieć się, gdzie ją zabrano?

Załuski podniósł wzrok i uśmiechnął się kpiąco.

– Osiatyński się dowiedział.

– Gdzie?

– Tam, dokąd udał się w swoją ostatnią podróż.

Nuk nie bez trudu odnalazła Siweckiego. Tłum na nabrzeżach był tak zbity, że samo przejście w okolice umówionego spotkania graniczyło z cudem. A jak tu jeszcze znaleźć konkretne osoby? Na szczęście porucznik lekarz miał na sobie czarny wyjściowy mundur, a Melithe niezałożony co prawda, ale z powodu upału przewieszony przez ramię sztormiak. Gumowana tkanina była jaskrawożółta, a to z czernią oficerskiego munduru dawało mieszankę, której nikt z miejscowych nie mógł podrobić. Oboje, kiedy tylko znaleźli się na podwyższeniu, stali się widoczni z daleka. Nie znaczyło to, że Nuk zdołała szybko do nich dotrzeć. Tłum bowiem nie pozostał w miejscu, falował i przemieszczał się, a zgromadzeni ludzie usiłowali znaleźć jak najlepsze miejsce do obserwacji.

– Cześć. – Nuk cała spocona dotarła nareszcie do małego, wydzielonego pomostu. – Przychodzę od Shen.

– Domyślam się. – Siwecki pomógł Nuk wejść na wąziutki pomost. Nie sposób się było pomylić. Dziewczyna miała na sobie przecież polski mundur, jedynie z insygniami cesarstwa. A poza tym pamiętał, choć mgliście, jej twarz z obozu przejściowego w dolinie Sait. Obcy kontrwywiad nie mógł więc jej podstawić. Przedstawił dziewczynę Melithe. Obie po krótkiej taksacji zrobiły na sobie dobre wrażenie.

– Jak ci się z nimi pływa? – spytała Nuk.

– To jakieś niewyobrażalne uczucie – uśmiechnęła się Melithe. – Nawigować górą żelaza. Przeżycie zupełnie nieprawdopodobne. W porównaniu z łodzią żelazo jest prawie niesterowalne, zanurzone tak, że właściwie co chwila coś ci z dołu grozi. Jednocześnie można okręt rozpędzić do jakichś strasznych szybkości. Nieosiągalnych dla zwykłych statków.

– Ale radzisz sobie?

– Nauczyłam się nie myśleć jak w łodzi, patrząc kilkanaście metrów przed dziób.

– A jak?

– Tam trzeba skupić wzrok na punkcie o tysiąc kroków z przodu, o dwa tysiące. – Melithe uśmiechnęła się ciepło. – A ja szybko się przekonałam, że ta metoda powinna obowiązywać i w życiu. Chwila, której w tym momencie doznajesz, właśnie minęła. A ty o czym myślisz?

O tym, co właśnie dzieje się dokoła. A to przecież też już jest przeszłość. Ta chwila, w której się znajdujesz, już minęła. A ty jak na żelaznym okręcie z jego bezwładnością nie myśl o tym, co cię otacza, bo to przeszłość. Skup się na tym, co nadejdzie.

Nuk poczuła sympatię do pani nawigator. Trochę zazdrościła jej faktu, że znalazła własną ścieżkę. Że odkryła, co jest jej pasją, i nie zamierza zboczyć z kursu.

– I co zamierzasz zrobić?

– Oni są bardzo otwarci na dopływ świeżej krwi. – Skinęła głową, wskazując Siweckiego. – A ja chcę dowodzić żelaznym okrętem. Nie tylko nawigować. Chcę dowodzić.

– Wysoko.

– Tylko wysokie szczyty są warte wspinaczki! Na razie intensywnie uczę się polskiego. Tak że nie musicie się męczyć z arkapolskim. Będę wam tłumaczyć.

– Nagadałyście się, baby? – przerwał im Siwecki. – No to patrzcie tam, bo wam umknie.

Obie spojrzały w kierunku, w którym on patrzył. U wejścia do portu ukazały się pierwsze ścigacze. Trębacze cesarscy, zgromadzeni wokół specjalnego podestu dla ważnych osobistości, zadęli w swe instrumenty. Nikt jednak nie przewidział szybkości tych pościgowych jednostek. Kiedy pierwsza z nich dobijała już do pomostu ozdobionego girlandami kwiatów, hejnał sygnalizujący pojawienie się floty trwał ciągle w najlepsze, a trębacze nie wiedzieli, co zrobić. Na moment dobijania przewidziano inną melodię.

Tłum wokół wiwatował radośnie. Nie było już żadnych śladów po zamieszkach, żadnego niezadowolenia jak w chwili, kiedy w tym samym porcie lądowały oddziały ewakuowane z obozu w Sait. Tym razem nikt się nie buntował.

Szybka zmiana nastrojów ludzi była zastanawiająca. Nuk zwróciła na to uwagę Siweckiemu, Melithe zaczęła tłumaczyć, zastrzegając, żeby używali wyłącznie prostych słów.

– Tak – zgodził się lekarz. – Nie umknął mi ten fakt.

– Nie sądzisz, że musi mieć swoją przyczynę?

Spojrzał na nią ze zdziwieniem, ale i zainteresowaniem.

– O czym mówisz?

– Zamieszki wybuchły i tliły się, tliły, czasem narastały gwałtownie, kiedy oddział Shen wziął udział w rozruchach, a gdy już przestały być na rękę Rzeczypospolitej, nagle ustały jak nożem uciął. Prawda?

– Prawda – zgodził się. – Prawda.

– Dziwna zbieżność. Tym bardziej że ludzie Shen zostali wycofani już wcześniej, kiedy wykonali swoje zadanie przy obozie etapowym dla dezerterów.

Uśmiechnął się kpiąco.

– Nie jest prawdą, że pan admirał chodzi po pokładach wszystkich okrętów i spowiada się wszystkim porucznikom. Ale twoje myślenie zmierza we właściwym kierunku.

Nuk potrząsnęła głową. Była naprawdę inteligentna i dobrze wykształcona.

– No to z moich przemyśleń wynika, że mieliście więcej takich „miejscowych" oddziałów jak grupa Shen. Prawda?

Spojrzał na nią uważnie.

– Otóż moja szczera odpowiedź brzmi: nie wiem – odparł po chwili. – A moja wyrozumowana odpowiedź brzmi: ależ oczywiście. Chyba nie sądziłaś, że w tak ważnej sprawie RP postawi wszystko na jedną kartę. Przecież tymi okrętami – wskazał kierunek, gdzie na redzie zakotwiczyła część floty – nie dowodzą idioci. Potrzebne były rozruchy, to były. Teraz są nie na rękę, to ich nie ma.

– Podziwu godny pragmatyzm i podziwu godna twoja szczerość. – Uśmiechnęła się. – A co będzie z tymi niepotrzebnymi już oddziałami?

– Naprawdę nie wiem – powtórzył. – Ale jak myślisz? Moim zdaniem, zostaną po prostu rozpuszczone. A żaden z bandziorów, którzy je tworzyli, nie wie, skąd płynęły instrukcje. Rabował z kolegami i tyle. Ich zeznania nie są groźne.

– Tak – zgodziła się. – Bandyta to bandyta. Tym bardziej że nikt go nie będzie słuchał. Jednak oddział Shen jest inny. Tworzą go dezerterki. Jeśli rozpuścisz ten oddział, wszystkie prędzej czy później zostaną wyłapane. To samo zresztą z samą Shen. Uciekinierem z więzienia.

– A widzisz... To jest troszeczkę inna sprawa...

Musieli przerwać. Wszystkie ścigacze stały już przy nabrzeżu. Właśnie rozpoczęła się na nich ceremonia opuszczania polskich bander. Tłum wiwatował i nic nie było słychać. Po dłuższym czasie, zgodnie z ceremoniałami obu marynarek wojennych, wciągnięto na maszty barwy imperium. Tłum ogarnął szał. Od tej chwili właśnie flota cesarska zaczęła dysponować upiorną bronią, stając się siłą, z którą na morzach nie będzie się mógł mierzyć nikt na wodach tej półkuli. Nikt z tłumu nie zdawał sobie sprawy, jak bardzo jednostronna to siła. Co innego móc wygrać każdą morską bitwę, a co innego zapanować nad danym akwenem, udzielić wsparcia lądującym oddziałom, utrzymać linie zaopatrzenia. Ale po co się martwić? Wygrać każdą bitwę – to jest coś. A resztę spraw załatwi się... hm... prosząc o wsparcie sojusznika. Sposób niezły. Mało kto jednak rozumiał, do czego prowadzi. Bo przecież czego ten sojusznik od nas chce? Jednego portu, bazy z obsługą i lotniska. A co to jest lotnisko? To jest puste pole, na którym nic nie ma. I czego jeszcze chce? Dojazdu do ziem, na których nic nie rośnie, nie mieszkają żadni ludzie, na których są kłopoty nawet ze zdobyciem pitnej wody. Nic tam nie ma. No to zawarto właśnie bardzo korzystny układ. Tłum wiwatował zawzięcie.

Nuk przyglądała się temu z beznamiętnym wyrazem twarzy. Potem, dokładnie w tym samym momencie, obie z Melithe zerknęły na siebie. Entuzjazm mas sięgał zenitu. Siwecki patrzył gdzieś w dół, na własne buty, jakby się wstydził.

– A czego się spodziewałyście? – mruknął po dłuższym czasie, kiedy można już było usłyszeć słowa. – Ci ludzie – znowu wskazał brodą niewidoczne stąd okręty stojące na redzie – są zainteresowani wyłącznie władzą, pieniędzmi i wpływami. Czego się...

– Ci ludzie – przerwała Siweckiemu Nuk, powtarzając za nim jak echo – muszą się liczyć z demokracją. Sami tak mówicie. Muszą się liczyć z jakimiś konkretnymi prawami innych ludzi. Ale u was.

– Muszą, nie muszą. – Nie wiedział, jak wybrnąć. – To zbyt skomplikowane.

– Ale jakieś gwarantowane prawa u was są. Nie można robić, co się chce, prawda?

Skinął głową.

– No są.

– Czy oni muszą się liczyć z demokracją?

– Tak, muszą. Choć to uproszczenie.

Nuk nie ustępowała.

– Odpowiedz mi w takim razie na takie pytanie: czy ty też liczysz się z demokracją?

Tak go zaskoczyła, że nie miał pojęcia, co powiedzieć.

– Czy Tomaszewski liczy się z demokracją?

Siwecki odetchnął głęboko.

– Do czego zmierzasz?

– Chcę zapytać, czy poprzesz ludzi, którzy chcą tego samego tutaj?

Aż podskoczył.

– Kobieto, ale co ja mogę?! Jestem zwykłym porucz-niczyną.

– Czy demokracja to przypadkiem nie rządy zwy-kłych ludzi?

Siweckiego zatkało. Roztrząsał coś w myślach. Kilka razy otwierał usta, żeby coś powiedzieć, ale potem za-mykał, nie mówiąc niczego. Jak Nuk to wytłumaczyć? Mówiąc, że to nie takie proste, że tego nie da się wyrazić w sposób jasny i jednoznaczny? A, zadał sobie pytanie, czy samemu sobie potrafił to wyjaśnić?

Melithe, która wszystko tłumaczyła, patrzyła teraz na oboje z wyraźną fascynacją. Ona coś zrozumiała. Po-wiedziała nagle:

– Pamiętaj, tej chwili, która teraz się dzieje, już nie ma. Jest przeszłością. A ty musisz patrzeć daleko przed siebie.

– Na rzeczy, które nadejdą – szepnął.

– Ona prosi cię tylko o pomoc – powiedziała Melithe. – Jak zwykły człowiek zwykłego człowieka.

Siwecki podniósł wzrok. Przypomniał sobie Tomaszewskiego i to, jak podszedł do biednej, zagubionej Kai. Przypomniał sobie wszystko.

– Dobra, połączę się z Krzyśkiem i coś wymyślimy. Jakoś podejdziemy Rosenbluma, a on będzie miał jakiś pomysł.

Nuk położyła mu rękę na ramieniu.

– Dziękuję.

Siwecki spojrzał dziewczynie w oczy.

– Czasami żałuję, że ta chwila, która właśnie się dzieje, jest już przeszłością – sparafrazował Melithe. – Czasami – zerknął na dłoń Nuk na swoim ramieniu – mogłaby potrwać trochę dłużej.

Rozdział 12

Imperialni inżynierowie byli już podzieleni na grupy, gotowi do wyjazdu na wyznaczone im odcinki. Tomaszewski był pod wrażeniem ich zdolności organizacyjnych. Sztuka czytania zdjęć lotniczych została przez nich opanowana w jedną dobę. Mieli własne tabele zaopatrzeniowe, z których łatwo mogli obliczyć, ile i czego dana grupa powinna wziąć na pustynną wyprawę. Bardzo łatwo wprowadzili do tych tabel takie wartości, jak: zużycie paliwa przez ciężarówkę w zależności od obciążenia, ilość paliwa zużywanego przez agregaty prądotwórcze w zależności od stopnia użycia i tym podobne. Sami wiedzieli, co każda grupa ma wziąć ze sobą w zależności od dystansu do pokonania. To była organizacja inżynierska z prawdziwego zdarzenia. Wszystko na swoim miejscu o swoim czasie. Miało się wrażenie, że pochodzącym z zupełnie innej epoki polskim inżynierom, przyzwyczajonym do cywilizacji nadmiaru sił i środków, poszłoby o wiele gorzej.

Także druga grupa, specjaliści od łamania szyfrów, pracowała zawzięcie w osobnym, wielkim namiocie. Ci z kolei nie rzucali się w oczy. Podczas kiedy inżynierowie byli widoczni w każdym kącie obozowiska, a zgromadzony przez nich sprzęt zajmował każdy skrawek przestrzeni, „naukowcy" prawie się nie pokazywali. Tomaszewski raz wszedł do ich namiotu. Nic specjalnego w środku nie znalazł. Na specjalnej desce zawieszonej centralnie wisiały jakieś plansze z cyferkami. Na malutkich stolikach, a właściwie kantorkach, bo pracowało się przy nich na stojąco, rozłożono papiery. Nic więcej. No ale czego się spodziewać?

Teraz Tomaszewski nie miał czasu się tym zajmować. Były ważniejsze sprawy do rozstrzygnięcia. Słońce zaczynało się chylić ku zachodowi, co dawało w perspektywie ulgę od skwaru. A jednocześnie mógł zerwać się wiatr, który, nawet lekki, mógł wznieść w górę tumany pyłu i zamienić wszystko w czerwonawą zawiesinę. Na razie jednak na dnie wyschniętego kanału dawało się wytrzymać tylko pod płóciennym daszkiem, z dużą ilością wody na podorędziu. Nawet Aie, dziewczynie wyjątkowo odpornej, słońce dawało się we znaki. Siedzieli pod daszkiem sami. Rand i Kai poszli oglądać znaleziska odkryte na stanowisku Wyszyńskiej. Sami chcieli, to znaczy chciał Rand i chciał iść sam. Dość zabawne, zważywszy, że nie znał polskiego, a te parę słów, które przyswoił, dramatycznie nie pozwalało na porozumienie. Ale jakoś zdawał się tym nie przejmować. W końcu wziął ze sobą Kai, jak wynikało z jego zachowania, raczej dla przyzwoitości.

Tomaszewski ciągle miętolił w dłoniach ostatnie depesze.

Coś bardzo złego? – Aie podsunęła mu swoją tabliczkę pod oczy.

– Aż tak widać, że się denerwuję? – Uśmiechnął się przepraszająco.

Skinęła głową.

– Dostałem telegram od Siweckiego. Oddziały... – zawiesił głos, nie wiedząc, jak je określić – buntownicze, powiedzmy, mają być rozformowane. W tym oddział Shen.

Co w tym dziwnego? – napisała. *Przestały być potrzebne.*

– A co teraz zrobią?

Wzruszyła ramionami.

Kadir jest przyjacielem Randa. A Rand na pewno zapewnił mu zawczasu jakieś schronienie. Tak samo Shen. Jest zbyt potrzebna.

– A te trzy, które wyszły z koszar, żeby pomóc?

Przecież nikt ich nie ściga. Niech idą, gdzie chcą.

– A dezerterki? Gdzie pójdą po rozformowaniu oddziału?

Do więzienia? – Aie uśmiechnęła się tak łobuzersko, że zaraziła Tomaszewskiego i mało sam się nie uśmiechnął. *Świat jest okrutny, prawda?*

Potrząsnął głową.

– Mam wiadomość od Siweckiego. Nuk prosiła, żeby im jakoś pomóc.

A, rozumiem – Aie była bezwzględna. *Dostaną więc coś po znajomościach.*

– Tak. Mogę wpłynąć na Rosenbluma. Na pewno znajdzie się jakiś transport, który bezpiecznie wywiezie dziewczęta z miasta. Bez kontroli, bo to będą ciężarówki ze sprzętem do budowy lotniska, bazy radiolokacyjnej czy czegokolwiek. Ale w ten sposób opuszczą tylko miasto. Przecież nie zawieziemy ich w głąb kraju do jakichś lasów, żeby mogły robić tam za partyzantów. Ten numer nie przejdzie.

Aie zabrała mu z kolan mapę i dłuższą chwilę studiowała, przygryzając język, którego koniuszek wystawał z ust. Tomaszewski wiedział, że grała tylko, ale widok naprawdę robił wrażenie. Słodka dziewczynka na etacie egzekutora.

Może tu je podwieziecie? Mała szansa, że na tej drodze znajdzie się ktokolwiek, kto będzie chciał kontrolować, co wyładowujecie nocą z ciężarówek.

Tomaszewski nachylił się, żeby zobaczyć szczegóły tego, co pokazywała.

– To pułapka. Teren dość gęsto zaludniony. Dookoła może być pełno wojska.

Ale wzdłuż tej rzeki mogłyby jakoś dojść do dzikiego lasu.

– Tylko w kilka dni ostrego marszu. To czysta teoria. Imperium zdąży ściągnąć posiłki.

Jakąś szansę by miały.

– Iluzoryczną, bo wstawiamy dziewczyny w sam środek zaludnionego obszaru, pod bok garnizonu. To pułapka.

Musieli przerwać, widząc wracających Randa i Kai. Oboje wyglądali na zadowolonych z siebie.

– Coście tacy weseli? – Tomaszewski wstał na powitanie.

– Ta zaraza cały czas ściemniała! – krzyknęła Kai. – Wciskała nam opowieści o jakichś notatkach, które oczywiście ważne, ale jako ciekawy drobiazg, a nie...

– Zaraz, zaraz – Tomaszewski usiłował powstrzymać potok wymowy młodej czarownicy. – Możesz to opowiedzieć trochę bardziej składnie?

I po kolei? – napisała Aie na swojej tabliczce.

– No więc tak. Wyszyńska łgała jak najęta, że przyszli tu znaleźć grób Achai. No może zresztą przyszli, ale głównym celem ich misji było co innego.

– Co?

– Artefakty, które w jednym z Wielkich Lasów, tam, gdzie zamieszkują dzikusy, zdobył balonowy książę. Jego aerostat wylądował tutaj. Dookoła nie ma, czy może inaczej, wtedy nie było żadnej ludności ani jakichkolwiek kacyków i watażków. Teren zajmowali ludzie, którzy czuli się kontynuatorami Zakonu. Taki przetrwalnik, resztka dawnej świetności, ukrywający się zwolennicy. Zaraza jedna wie jak nazwać.

– To chyba są tu do dziś?

– Są, są. Ale jeszcze bardziej ukryci niż wtedy. W każdym razie książę umiał się z nimi dogadać. W końcu zstąpił do nich z nieba, prawda? – Kai zaczęła się śmiać. – A poza tym był człowiekiem wysokiej kultury i miał dar.

Był czarownikiem? – napisała Aie na tabliczce i podsunęła Kai pod oczy.

– No skąd. Miał dar przekonywania. Ludzie go lubili po prostu, bo wzbudzał zaufanie. I rzeczywiście, od zakonników dowiedział się wszystkiego o historii świata. To znaczy tej półkuli. Oczywiście poznał ich wersję wydarzeń, ale to nie był głupi facet. Szybko porównał z innymi mitami założycielskimi.

– Wiemy przecież – przerwał jej Tomaszewski. – Był w bibliotece publicznej w Negger Bank.

– Nie tylko. Okazało się, że obycie i wielkopańskie maniery oraz sława podróżnika sprawiły, że był mile widziany na wielu dworach. Błyskawicznie nauczył się języka, bywał, podejmował wyprawy.

– Gdzie?

– Właśnie! – Czarownica przygryzła wargi. – Nie wielkie miasta, nie skupiska władzy, nie centra kultury. Interesowały go wyłącznie... – zawiesiła głos, jakby nie mogła czegoś zrozumieć.

– Wielkie Lasy – dokończył Rand. – Ciekawe, prawda?

– A czego tam szukał? – zapytał Tomaszewski.

– Myślę, że oni – Rand wskazał kciukiem za plecy, gdzie znajdował się obóz Wyszyńskiej i jej kolegów – sami za dobrze nie wiedzą. Choć z drugiej strony ich wiedza o stratosferycznym księciu wydaje się większa, niż wynikałoby z tego, co odkryli.

– Też to zauważyłeś? – Tomaszewski potrząsnął głową. – Jakby w jakiś sposób już się ktoś z nim kontaktował.

– Medium – wtrąciła się Kai. – Zapominacie, że księciu towarzyszyło medium.

– Tak zwane medium to nie czarownica. Ale jeśli nawet... To powiedz mi, jaką ty potrafisz wysłać wiadomość na odległość? A konkretnie, podpowiedz mi, jaką wiadomość jesteś w stanie przesłać na drugą stronę gór?

Czarownica opuściła głowę. Przez chwilę myślała o czymś intensywnie, potem podniosła wzrok.

– No dobra. Nie odpowiedziałam ci na pytanie.

Tym razem Tomaszewski spojrzał pytająco.

– Pytałeś, czego książę szukał w Wielkich Lasach – wyjaśniła. – Odpowiedź brzmi: szukał artefaktów.

Rand zerknął na Tomaszewskiego. Najwyraźniej coś zaświtało mu w głowie. Przerwali na chwilę. Kapral strzelców pustynnych przygotowała im przekąski i zimne napoje. Tradycje oddziałów pustynnych były tu kultywowane dokładnie w takim kształcie, w jakim powstały kilkaset lat temu. No, może jedyną zmianą były płócienne krzesełka na aluminiowych stelażach rozstawione pod daszkiem i generator z kompresorem, dzięki któremu dało radę wyprodukować trochę lodu. Niemniej zimny napój na bazie cytryn i słodkie, cieniutkie placki zdecydowanie przemawiały za służbą w oddziałach pustynnych strzelców. Oczywiście w randze oficerów – zwykli żołnierze nie dostali takich cudów.

– Co to są artefakty? – spytał Tomaszewski, kiedy już uporał się ze swoim sokiem.

– Kawałki tkaniny. Podobno niezniszczalnej.

– Wyszyńska ci pokazała? Ma taki?

– Owszem. Książę wracał tu ze swoich wypraw. Wszystkie informacje skrzętnie zapisywał, a pamiątki gromadził w swojej kapsule. No i Wyszyńska znalazła dwa artefakty, które zdołał tu zgromadzić.

– Jak wyglądają? Mają jakieś znaki?

Zaprzeczyła.

– To niewielkie kawałki strasznie miękkiego materiału. Nie ma żadnych znaków, malunków, niczego. Całość pokrywa tylko taki... – Wzruszyła ramionami, nie wiedząc, jak powiedzieć. – Taki rzucik? – zabrzmiało to jak pytanie. – Faktura? Bardzo skomplikowana.

– I do czego to ma służyć?

– To część kultu świętego miejsca, które znajduje się w jednym z Wielkich Lasów. W każdym jest matecznik,

miejsce, gdzie działa magia Bogów. Ale jeden z mateczni-
ków jest najważniejszy. I właśnie Osiatyński tego szukał.

– Znalazł?

– Nie wiem. Myślę jednak, że Wyszyńska może się
domyślać.

– No dobrze, ale skoro dysponuje jego notatkami...
Kai uśmiechnęła się szeroko.

– Książę był wielkim człowiekiem, wizjonerem i kimś
wspaniałym. – Czarownica zaczęła chichotać. – Ale geo-
grafem był beznadziejnym. Pani inżynier pokazała mi
kilka fotokopii. Nie sposób się zorientować, gdzie był
i którędy tam można dotrzeć.

– No bez przesady.

– A jednak. Jedno tylko wiedzą na pewno. Z notatek wynika, że nie zdobył artefaktów w lesie, który leży
w dolinie Sait. Tam, gdzie zostały pamiątki po nim, które
wymieniał z potworami... tfu! dzikusami, tam nie udało
mu się zdobyć artefaktów. Ani też nie ma tam pomnika
cesarzowej Achai.

Tomaszewski, który właśnie nalewał sobie drugą porcję soku, poczuł, że drżą mu ręce. Kilka kropel splamiło
nieskazitelnie biały obrus rozścielony przez kapral pustynnych strzelców. Tam, gdzie znajdowały się pamiątki po Osiatyńskim, nie mogło być pomnika cesarzowej
Achai. Dlatego Węgrzyn, kiedy tylko zobaczył świątyn-
ne „wota", zakrzyknął: „Pudło". Pudło! Nie trafili z za-
łożeniem bazy w tamtym Wielkim Lesie. Nie było po co
się starać, skoro nie było tam pomnika. Ale to oznaczało, że dziwni inżynierowie dokładnie wiedzieli o tym, że
Osiatyński przeżył lot w stratosferze, i o tym, co zdziałał
później. W jaki sposób?! Skąd mogli czerpać tę wiedzę?

Tomaszewski sam był już bliski tego, żeby uwierzyć w siłę sprawczą towarzyszącego księciu medium.

– Osiatyński jednak dowiedział się, gdzie jest ten najważniejszy z Wielkich Lasów. I udał się na swoją ostatnią wyprawę.

– Gdzie?

– Wyszyńska na pewno pokaże ci jego notatki. Trudno z nich cokolwiek wywnioskować.

– No dobrze. Ale napisał coś o tym, po co pojechał? I do czego służą te artefakty?

– Owszem. Artefakty mają być zebrane w najważniejszej świątyni. W mateczniku, który jest centrum wszystkich świątyń dzikusów. Tam, gdzie działa magia Bogów.

– No to czemu nie wziął ze sobą tych dwóch, które zdobył wcześniej?

– Nie miał wszystkich. Rytuał był więc niemożliwy. Ale chciał dotrzeć do miejsca największej zgęstki magii.

– A! – Tomaszewski machnął ręką. – Znowu jakieś głupoty spirytystyczno-okultystyczne. Media, tajemne kręgi z artefaktów, psiakrew.

Czarownica podniosła dłonie.

– To działa, Krzysiek. To działa.

– Co?

– Odczułam to na sobie. Rozmawiałam z Dairin, czarownicą korpusu z doliny Sait. To są zupełnie nieprawdopodobne rzeczy. Przypadkiem dałam Shen swój amulet, o nikłej mocy i źle zrobiony. W ogóle nie powinien działać prawidłowo. A jednak tam, w mateczniku, zadziałał. I tylko dzięki niemu ocalały resztki korpusu, kierując się na wybrzeże, pod wasze opiekuńcze skrzydła, a nie drogą według wcześniejszych rozkazów. Nie widzisz tego? Ten durny amulet działał, i to z taką mocą, że tutaj, w normalnym miejscu, w normalnym otoczeniu, byłoby to absolutnie nie do pomyślenia. Nie znam takiej mocy, która mogłaby sprawić coś takiego, co mógł ten amulet. Ale tam, w mateczniku, działał. Tu może ktoś bardzo, ale to bardzo wrażliwy odczułby zaledwie słabiutkie, trudne do określenia stany...

– Już, już, już... – Położył ręce na ramionach Kai, żeby ją uspokoić. Wolał zmienić temat, widząc, że dziewczyna zapętliła się wokół jakiegoś drobiazgu i niczego konkretnego już nie powie. Zresztą i tak lepiej będzie się dowiedzieć bezpośrednio od Wyszyńskiej. – A powiedz mi, czy pani inżynier wspominała coś o czarownicy?

– Jakiej czarownicy?

– No, szpieg zakonny twierdził, że wielka biała kobieta ukradła mu czarownicę.

Rand zaczął się śmiać, słysząc to określenie.

– Nie, nie wspominała – powiedział po chwili.

– Ciekawe dlaczego? A może ten szpieg zmyślał po prostu?

– Nie sądzę. Ale masz rację. Ciężko sobie wyobrazić jakieś zamknięte miejsce, gdzie inżynierowie trzymają jeńca. W końcu jest ich tylko troje.

– Właśnie.

– Tej kwestii nie rozstrzygniemy – wtrąciła Kai. – Trzeba pójść nocą i przeszukać ich obozowisko.

Tomaszewski już sobie wyobrażał tę akcję. Pójść w nocy i przeszukać. Pewnie. Nikt z nich jednak nie był nieustraszonym zwiadowcą. Znowu zmienił temat:

– Powiedzcie mi, jakim cudem Wyszyńskiej nagle rozwiązał się język i powiedziała wam tyle rzeczy?

– To on. – Kai wskazała Randa. – Nie wiem, jak to zrobił. Ale zrobił.

Tomaszewski przeniósł pytający wzrok na Randa, lecz ten tylko wzruszył ramionami. Kai jednak nie ustawała.

– Myślałam, że to ja jestem czarownicą. Jednak jeśli chodzi o kobiety, to on jest.

– Jak? – Tomaszewski nie mógł uwierzyć. – Przecież ty nie mówisz po polsku, a Wyszyńska nie zna waszego języka. Więc jak?

Rand znowu wzruszył ramionami i uśmiechnął się lekceważąco.

– A po co mi znajomość języka? Ja tylko słuchałem, ona mówiła, a zapamiętywała Kai. Proste.

– Ale jakim cudem zaczęła w ogóle mówić?

– Wiesz... Wychowywałem się w takich miejscach, że... Nie, nie tak. – Rand poprawił się na płóciennym krzesełku. – Wychowywałem się od małego wśród samych kobiet. Umiem myśleć jak kobieta, zachowywać się jak one, mogę być ich najbliższą koleżanką, powierniczką, siostrą, przyjaciółką. Po co mi znajomość języka? Siedziałem sobie, patrzyłem, uśmiechaliśmy się do siebie, ale skromnie i tylko od czasu do czasu. A ona mówiła.

– Potwierdzam – mruknęła Kai. Najwyraźniej i czarownica była pod wrażeniem. – Niczego nie zrobił. Nawet nie nalegał na nic. A Wyszyńska tak... sama z siebie zaczęła mu wszystko opowiadać.

Niebywałe. Tomaszewski co prawda widział wiele akcji pomiędzy kobietami a mężczyznami i doskonale zdawał sobie sprawę, że archetypiczny macho, wysportowany, szarmancki i przystojny, zupełnie nie jest tym, czego kobiety chciałyby najbardziej. Ale też nie przypuszczał, że „to coś" ma akurat Rand, przypominający generalnie dziewczynę i z wyglądu, i z zachowania. Niemniej wierzył w to, o czym mówiła Kai. Widział już niejedno w wykonaniu mistrzów podrywu, którzy robili to bez słów, bez mimiki i jakichś przesadnych gestów i w dodatku wyglądali jak ostatnie nieszczęścia. Tomaszewski chciałby mieć takiego fachowca.

– Napijemy się kawy czy już za późno? – spytał.

Nie zdążył wydać dyspozycji, bo podszedł do nich jeden ze specjalistów Randa.

– Panie. Nasza praca jest już na ukończeniu. – Ukłonił się głęboko.

– Świetnie. – Rand dał oczami znak Tomaszewskiemu. – Jak się domyślam, trzeba przeglądać sążniste zestawienia. Chyba nie będziemy tym zamęczać naszych pań.

Specjalista ukłonił się bez słowa.

Komandor i Rand wstali więc i ruszyli za nim do namiotu, gdzie zajmowano się szyframi. Kilku ludzi pracowało tam nad kopią raportu, które oficer sił specjalnych zrobiła w dolinie Sait, a które wywiad marynarki przejął na chwilę w obozie przejściowym. Kiedy weszli do namiotu, powiększone zdjęcia wisiały wszędzie na żerdziach umieszczonych pod stelażami. Na stołach pod ścianami rozłożono z kolei ogromne płachty papieru upstrzone drobnymi znaczkami. Jedynie na środku pozostawiono trochę wolnej przestrzeni, tak żeby można się było tu w ogóle poruszać. Tam też ustawiono mały stolik, przy którym stało kilka płóciennych krzeseł. Na ich widok podniósł się najstarszy ze specjalistów, Rino, wielki, zwalisty mężczyzna kojarzący się raczej z zapaśnikiem niż naukowcem.

– Panie! – Pochylił głowę. – Udało nam się rozszyfrować większość raportu.

Z Randa jakby uszło powietrze. Poczuł wyraźną ulgę.

– Czemu tylko część? – spytał jednak.

– Sam szyfr nie stanowi dla nas wielkiego problemu i złamalibyśmy go wcześniej.

– Tak jak inne bazuje na podstawie ogólnych szyfrów sił specjalnych?

– Tak. Jak mówię, to nie problem. Gorzej, że niektóre fragmenty zaszyfrowano dwukrotnie, trzykrotnie albo i więcej razy. Dlatego to nie sam kod jest przeszkodą. Lecz potrzeba bardzo dużo czasu na posuwanie się do przodu metodą prób i błędów.

Rino wykonał zapraszający gest. Tomaszewski i Rand zajęli miejsce za stolikiem z papierami. Sterta obliczeń na środku zwiastowała brak jakiegokolwiek poczęstunku – nie byłoby go gdzie postawić.

– A jeszcze gorszą sprawą jest to, że oficer, która szyfrowała te dokumenty, spieszyła się i działała w stanie bardzo pobudzonych emocji.

– Co to znaczy? – Rand zerknął na specjalistę.

– Po prostu strach jej dupę ściskał – wyjaśnił za niego Tomaszewski. – Ręce drżały, w głowie się mieszało, to i kody się myliły.

– Właśnie.

– Rozumiem. – Rand podrapał się w podbródek. – Ale coś tam rozszyfrowaliście?

– Praktycznie wszystko – powiedział Rino. – Podwójnie zaszyfrowano jakieś szczegóły ważne dla nich, ale dla nas, dla zrozumienia sensu, chyba mało istotne. Tak podejrzewam.

– Świetnie. No to słuchamy.

– Tylko żebyście się, panie, nie rozczarowali... – szepnął Rino chyba do siebie, ale za głośno i usłyszeli wszyscy.

Rand i Tomaszewski wymienili się spojrzeniami.

– Raport składa się z dwóch części. Pierwsza to drobiazgowy opis działań korpusu z punktu widzenia sił specjalnych. Dokładna i bardzo rzetelna analiza przeprowadzona przez major Dain wszystkich działań dowództwa przede wszystkim pod kątem ścisłości wypełniania rozkazów sztabu w polu.

– Donosiła, speckurwa – roześmiał się Rand. – Na swoje koleżanki, innych oficerów. Ale bagno.

Nikt nie skomentował tej uwagi.

– Dzięki temu raportowi – kontynuował Rino – nareszcie się dowiedzieliśmy, co tak naprawdę stało się w dolinie Sait. Otóż kiedy korpus podzielił się na siły szybkie i część spowalnianą przez wozy z zaopatrzeniem, wcale nie chodziło o wydanie walnej bitwy potworom.

– Dzięki Bogom – zakpił Rand. – Dowiedzieliśmy się, że sztab to nie kretynki, a jedynie idiotki.

Znowu nikt nie skomentował.

– Tabory miały być przynętą dla potworów. To je powinny zaatakować w pierwszej kolejności i skupić się przy drodze. A siły szybkie w tym czasie miały wykonać marsz na obiekt priorytetowy.

– Co to jest?

Rino wzruszył ramionami.

– Nie jest wyjaśnione w tekście. Choć można się domyślać, że chodzi o główną świątynię potworów.

– Zaraz... – włączył się Tomaszewski. – A skąd w sztabie wiedzieli, gdzie w ogóle jest główna świątynia potworów?

- W tekście też nie zostało wyjaśnione, ale znowu mogę się domyślać. Kilka razy autor wspomina znaleziska przechowywane w Lai Ho Park. Jest wzmianka dotycząca znalezisk dokonanych przez oficerów cesarzowej Achai w Wielkim Lesie podczas wojny z Chorymi Ludźmi tysiąc lat temu. Jest uwaga, że teren tu i tam powinien wyglądać tak samo, jednak nie powiedziano dlaczego.

- Zastanawiające. - Rand potrząsnął głową. - Z tego wniosek, że wszystkie te pogłoski były prawdziwe. Tysiąc lat temu Achaja naprawdę znalazła w Wielkim Lesie coś, co nimi wstrząsnęło. I to coś było przechowywane przez cały ten czas w Lai Ho Park.

- Co tam jest? - zapytał Tomaszewski.

Rand wzruszył ramionami.

- Część archiwów sił specjalnych. Niewielki specjalistyczny ośrodek, gdzie szkoli się jakichś ludzi. Ustronne, mało ruchliwe miejsce. A w razie czego pod bokiem dla ochrony imperialny garnizon, gdzie również się szkoli, ale oficerów zwykłej piechoty. Nie miałem pojęcia, że tam przechowują takie cuda, jak znaleziska służb rozpoznania i zaopatrzenia Biafry. I to sprzed tysiąca lat.

- Mhm... - Tomaszewski skinął głową i przeniósł wzrok na Rino. - I co dalej?

- Plan sztabu się nie powiódł - podjął specjalista od szyfrów. - Potwory, zamiast zająć się taborami, pogoniły za siłami szybkimi, uniemożliwiając im osiągnięcie pozycji do bezpośredniego ataku na świątynię. Trzeba było przyjąć bitwę albo, to nie jest jasno powiedziane, wydostać się jakoś z sytuacji, gdzie siły główne ugrzęzły wśród morza potyczek. Zaczęto realizować plan B.

– To znaczy?

– Siły główne utworzyły wielki czworobok obronny i w nocy rozpaliły wokół wysoki ogień. W samym centrum, pod osłoną oślepiającego potwory ognia, wykopano ogromne doły i zakopano w nich oddział szturmowy.

– Co zrobiono? – Rand nie mógł uwierzyć w to, co usłyszał. – Zakopano żywych żołnierzy?

– Oczywiście w specjalnych komorach, które zakopano i potem zamaskowano. Rano siły szybkie ruszyły dalej, a oddział szturmowy pozostał na miejscu nieodkryty.

– Sprytne – mruknął Tomaszewski. – Nie takie głupie te baby ze sztabu.

– Potwory oczywiście udały się w pogoń za siłami głównymi. A pod koniec dnia oddział szturmowy wydostał się z kryjówki i wykonał zakończony sukcesem rajd w stronę świątyni. Udało się odnaleźć obiekt priorytetowy.

– Autorka pisze, co to było?

– Tak, później tak. Tu kończy się pierwsza część raportu. Napisana czytelnie i w sposób zrozumiały. Druga została stworzona pod wielką presją. W szyfrowaniu następuje błąd za błędem, część szyfrowana jest podwójnie i nie wszystko udało się jeszcze odczytać.

– A co wiemy?

– Oddział szturmowy oczywiście nie miał za zadanie dostać się samodzielnie ani do twierdzy, ani do któregokolwiek z fortów, ani tym bardziej do portu w Sait. Zgodnie z planem opuścił świątynię i ukrył się w umówionym miejscu, czekając, aż po bitwie wrócą siły główne i ich przejmą, osłaniając w drodze powrotnej.

Tomaszewski uśmiechnął się kwaśno.

– A siły główne nie wróciły – westchnął. – Rozsmarowano je nad jakąś rzeką, która nawet na waszych mapach nie ma nazwy.

– Tak jest. Żołnierze imperium nie nadciągały. Za to potwory, kiedy dowiedziały się, co wydarzyło się w świątyni, zaczęły przeszukiwanie całego terenu.

– To tłumaczy, dlaczego dzikusy były takie wściekłe i dlaczego tak okrutnie torturowano oficerów. – Tomaszewski zapalił papierosa i rozglądał się za czymś, co mogłoby służyć za popielniczkę. Nie chciał puścić z dymem tego bajzlu wypełnionego papierami.

– Nie. Nie dlatego.

– Słucham? – Znalazł podstawkę pod kałamarz. Od biedy ujdzie.

– Potwory z reguły są okrutne, ale tu zależało im na czymś innym. Rzeczywiście odnalazły kryjówkę oddziału szturmowego i rozprawiły się z nim w mgnieniu oka. Tym razem nie zabito jednak żadnego oficera. Zamęczono ich później, owszem. Ale najważniejsza dla nich okazała się major Dain. Poddano ją szczególnym torturom, chcąc wyciągnąć kilka zeznań, bo dzikusy wiedziały, że służyła w siłach specjalnych.

– Domyślam się, że chcieli odzyskać to, co zostało skradzione ze świątyni. – Tomaszewski wypuścił kółko dymu w stronę sufitu.

– Dokładnie tak. Nie miała tego przy sobie, nie ukryła też w lesie. Oczywiście tego, co w tej chwili wiem, nie mówię na podstawie odszyfrowanych zapisów, tylko jej wcześniejszych wskazówek. Dain w momencie schwytania straciła możliwość pisania raportu. To jedynie moje domysły na podstawie zasłyszanej opowieści o oddziale Shen.

– To jasne. Ale jak to możliwe, że potwory nie znalazły przedmiotu rabunku, a do samej Shen Dain powiedziała: „Przekaż, że korpus zginął, ale wypełnił swoje zadanie"? Jakim cudem mogła tak powiedzieć?

– Może majaczyła? – poddał Rand.

– Nie. Czy z tekstu nie wynika, że celem mogły być małe szmatki pokryte wzorkiem?

Rino zastanawiał się chwilę.

– Tak. Mogłyby.

Tomaszewski zerknął na Randa.

– Artefakty – powiedział. – Czy zwróciłeś uwagę na fakt, że to słowo dziwnie dzisiaj do nas powraca?

– Zwróciłem. Ale przecież Dain nie przekazała ich Shen. Więc gdzie są?

Tomaszewski zaciągnął się nerwowo.

– Podejrzewam, że w Lai Ho Park. – Machał dłonią, żeby rozwiać dym, który wydmuchiwał przy każdym słowie. – Razem z tymi, które zdobyto tysiąc lat temu.

– O szlag! – Rand ukrył twarz w dłoniach. – W jaki sposób Dain przekazała artefakty Shen?

– To dramatycznie proste. – Tomaszewski z trudem powstrzymał się od grubego przekleństwa. – To szmatki! Zaszyła w swojej skórzanej torbie. A przecież nie będzie się dzielić wiedzą z jakąś tam kapral. Tej wystarczyło wydać rozkaz. – Jednak nie wytrzymał, wstał gwałtownie i zaczął krążyć nerwowo po namiocie. – Miałem tę teczkę w rękach. Obfotografowałem zawartość i zwróciłem ją Shen. A ta głupia, narażając życie, grzecznie zaniosła artefakty wprost do sztabu głównego sił specjalnych.

Rino, widząc, co się dzieje, przyniósł zdjęcia samej teczki, w której znajdował się zaszyfrowany raport.

Oczywiście skrupulatni technicy na okręcie obfotografowali samo opakowanie również – standard postępowania w wywiadzie. Specjalista wziął do ręki coś, co nazywał „cudownym szkłem", i zaczął studiować zdjęcia. Błyskawicznie zidentyfikował miejsce, gdzie rozpruto warstwy skórzanej teczki i gdzie zaszyto je ponownie.

– Macie rację, panie. – Rino odłożył ogromne szkło powiększające, które dostał od Polaków. – O, w tym miejscu pani major ukryła artefakty. Nie jest łatwo szyć skórę, a potwory nie przyjrzały się jej palcom. Opuszki musiały być bardzo pokiereszowane.

Rand siedział w milczeniu, obserwując Tomaszewskiego, który wściekły krążył od jednej płóciennej ściany do drugiej.

– Powiedz mi jedną rzecz – mruknął, kiedy komandor zatrzymał się na chwilę. – Co tak ważnego może być w kilku szmatkach, że zaryzykowano zagładę korpusu, żeby je zdobyć?

– Ładuj!

Kilku żołnierzy w zaciemnionej szopie szarpało się ze skomplikowanymi mechanizmami kartaczownicy.

– Rozładuj!

I znowu te same czynności, tyle że wspak, wykonywane w odwrotnej kolejności.

– Ładuj!

Magazynek od góry na miejsce, dwa rygle, suwadło w tył.

– Gotowi...

Korba poszła w ruch, dwóch żołnierzy usiłowało ustabilizować obracające się wokół osi lufy, kierując je mniej więcej na cel namalowany na ścianie szopy.

– Pal!

Celowniczy nacisnął spust. Żaden strzał jednak nie padł, magazynek był pusty.

– Zacięcie! – Kadir trzcinką wskazał miejsce, w którym mechanizm został zablokowany. – Spłaszczona i przekrzywiona blaszka łuski. Ząb wyrzutnika nie może zadziałać, bo obsuwa się po zniszczonym ładunku.

Któraś z dziewczyn miała już przygotowaną szczotkę z metalowymi prętami zamiast włosia. Jeden przejazd przez mechanizm wyrzutnika powinien wystarczyć dla usunięcia uszkodzonej łuski. Oczywiście w teorii. Karabin nie strzelał, a żołnierze uczyły się obsługi na sucho.

– I jak? – Shen podeszła do Kadira, który wyglądał na usatysfakcjonowanego.

– Nieźle, nieźle. – Uśmiechnął się wymuszenie. – Na sucho już skosiły kilka kompanii wroga.

– To czego się boisz?

– Na sucho! – powtórzył.

Shen dopiero teraz pojęła.

– Aha. Myślisz, że w huku bitwy czegoś się przestraszą?

– Te karabiny nie należą do cichych. I myślę też, że żołnierze nie uciekną z powodu samego huku.

– Chyba cię rozumiem.

Spojrzał na Shen z przedziwną mieszaniną podziwu i podejrzliwości. Wiedział przecież, że dziewczyna jest weteranem, że radziła sobie w piekle, w którym wielu odważniejszych wojowników mogłoby się pogubić i poddać panice. Ale czy rozumiała pewną podstawową rzecz? Karabiny Kadira to bardzo skomplikowane mechanizmy, o które trzeba dbać na polu bitwy. Łatwo się wydaje rozkazy w cichej, ba, zacisznej wręcz szopie. A co będzie, kiedy żołnierze w polu w huku obcych dział i łoskocie własnych wystrzałów usłyszą tylko co drugie słowo? Nie zrozumieją całego zdania? Czy będą w stanie wykonywać swoje czynności automatycznie, ale nie bezmyślnie? Czy będą potrafiły reagować elastycznie na różne niespodzianki, które mogą im wyciąć skomplikowane mechanizmy? A skupić się nad czymś, kiedy kule świszczą koło głowy, jest niezwykle trudno. Zwykły karabin to kilka nieskomplikowanych czynności, żeby wystrzelić. A jeśli się cokolwiek stanie, to trudno, nikt nie wymaga od żołnierza, żeby naprawiał karabin w ogniu bitwy. Jakby co, to przecież bagnet na lufę i do przodu, a nawet jeśli nie, to chwycić jak maczugę i wywijać mocno. A tu... już nie! Trzeba zareagować na daną sytuację, podjąć właściwą decyzję i ją zrealizować.

– W szopie ci żołnierze strzelają perfekcyjnie – powiedział. – Ale tu, na przedmieściach, nie mamy możliwości, żeby choć raz posłać serię z tych karabinów. Co czyni ich umiejętności, nazwijmy to, czysto teoretycznymi.

– Nie wiem, jak z obsługą. Ale te baby były w boju. Nie przestraszą się huku, nie spanikują, gdy wróg ruszy.

– Oby – skwitował.

– Oj, nie bój się. – Shen oparła się o jego ramię. – Ja również mam mnóstwo wątpliwości. Chodź.

Poprowadziła Kadira do wyjścia.

– Dowodzenie wojskiem ma jednak to do siebie, że wojsko wykonuje twoje rozkazy. W przeciwieństwie do zgrai bandytów, którą miałam pod rozkazami ostatnio.

– Dezerterzy to jednak nie jest zgrany oddział, który ćwiczył i walczył razem.

– Owszem. Ale to żołnierze. Wiedzą, co to rozkaz i jak się go wykonuje. A z tymi bandytami bałam się wykonania najprostszego manewru. Nie miałam po prostu pojęcia, jak się zachowają i czy nie pójdą w rozsypkę.

– Jak uważasz – zgodził się niechętnie.

Weszli na schody prowadzące do sieni głównego budynku folwarku.

– A właśnie – zainteresowała się Shen. – Co z tymi bandytami? Czy mnie wzrok myli, czy ich jakby mniej?

– Bardzo mniej. – Otworzył przed nią drzwi. – Po wypłacie większość zdezerterowała.

– Sam widzisz.

– Stawali dzielnie, jak na nich.

W pomieszczeniu, gdzie rozłożono mapy, Nuk kłóciła się z Nanti, a Sharri usiłowała jakoś zapobiec zaostrzaniu się konfliktu.

– Kiedy ja ci mówię, że to jest polska pułapka. – Nanti pokazywała na mapie szlak ich ucieczki po przewiezieniu ciężarówkami do miejsca na odludziu, gdzie będzie można wysadzić dziewczyny bez świadków. – Popatrz sama. Po rozładunku czeka nas minimum trzy dni marszu, żeby osiągnąć las.

– No to jest defetyzm normalnie, to, co mówisz! – Nuk również pochylała się nad mapą. – To tylko trzy dni, a i tak zakładamy zwykłe tempo marszu. W sytuacji zagrożenia wojsko może maszerować szybciej.

– Bezdrożami? Zapomnij.

– Można i drogami.

– Przez zaludniony teren? No to nas w trzy modlitwy odkryją, zawiadomią kogo trzeba i tyleśmy maszerowały. Jakieś garnizonowe wojsko się nami zajmie.

– No defetystka normalnie.

– To pułapka. Chcą się nas pozbyć.

– Cisza! – krzyknęła Shen. – To nie jest żadna pułapka. Jedyne wyjście, zanim nas tu znajdą.

– Nie możemy tu siedzieć w nieskończoność – poparł ją Kadir. – Sytuacja w mieście normalizuje się bardzo szybko. Dosłownie chwile dzielą nas od powrotu zwykłych patroli, zainteresowania się okolicą i dziwnymi sprawami, które się tu dzieją.

Nanti pokręciła głową.

– I dlatego Polacy wolą wpakować nas w pułapkę? W interesie Rzeczypospolitej?

– Siwecki nie działa w interesie Rzeczypospolitej – przerwała jej Nuk. – Tomaszewski również. Chcą dla nas coś zrobić jak człowiek dla człowieka. Półlegalnie, wbrew oficjalnym interesom.

– Akurat.

– Co? – spytała Sharri. – Nie mieści ci się w głowie, że można zrobić coś dla obcych bezinteresownie? Jak różne to zachowanie w porównaniu z tym, co nam wpojono, prawda?

– Spokojnie, spokojnie. – Shen usiłowała wyciszyć koleżanki. – Omówimy organizację i szykujemy się do marszu.

– Jednak? – Nanti nie dawała za wygraną.

– A masz inne wyjście? – Shen zerknęła na mapę z wytyczonym szlakiem, który miał ich zaprowadzić do lasu, gdzie być może mogłyby się ukryć. – Dobra. Wiem, że mamy zdecydowanie więcej ludzi, niż wynosi etat kompanii. Ale jak zwykle brak doświadczonych podoficerów.

– Był czas przywyknąć – mruknęła Nuk. W siłach specjalnych, z których się wywodziła, braki kadrowe były codziennością.

– No to proponuję podzielić nasze wojsko proporcjonalnie, tak jakby to miała być powiększona kompania. Żołnierzy będzie więcej, ale nie tworzymy nowych struktur.

– Po prostu plutony będą bardziej liczebne?

– Tak. – Shen rozejrzała się po twarzach koleżanek. – Ja biorę pierwszy pluton i dowodzę całością. Nuk drugi pluton i sekcję karabinów Kadira, Nanti trzeci pluton i zaopatrzenie.

– O Bogowie... – wyrwało się Nanti.

– Zaraz. Ja sobie nie dam rady z plutonem i nieruchawymi kartaczownicami – powiedziała Nuk. – Obciążony tym sprzętem pluton będzie nieruchawy i niezdolny do szybkich manewrów.

– Karabinami dowodzisz tylko w marszu. Gdy coś zaczyna się dziać, kartaczownice zostają pod dowództwem Sharri.

– Wybacz. – Nanti zerknęła na niedoszłą kapłankę. – Ale, z całym szacunkiem, ona nie grzeszy zbytnią odwagą.

– I nie jest jej to potrzebne. Kartaczownice to właśnie istota obrony i powstrzymywania. Nie trzeba iść na bagnety. – Shen uśmiechnęła się łobuzersko. – Kadir ze mną.

– Dlaczego? – Rusznikarz nie mógł zrozumieć. – Powinienem być przy...

– Przy mnie – ucięła. – Bardzo cię będę potrzebować.

Nie zdążył zareagować, kiedy rozległo się walenie do drzwi.

– Wejść! – zakomenderowała Shen.

– Melduje się szef warty, pani kapral! – Dziewczyna, jedna z dezerterek, stanęła na baczność.

– Co jest?

– Przybiegł posłaniec z portu. Mówił, że to papier od białego oficera z żelaznego okrętu. – Wartownik podała dowódcy maleńki skrawek złożonego we czworo papieru.

Shen rozwinęła go szybko.

– Szlag! Siwecki zaryzykował przekazanie wiadomości tak niepewną drogą?

Nie tylko Kadir miał wątpliwości. Wszyscy patrzyli w napięciu na Shen, która czytała powoli. Nie miała czasu, żeby lepiej opanować tę trudną sztukę.

– I co? – nie wytrzymała w końcu Nuk.

Shen podniosła głowę.

– Transport odwołany. Nie bacząc na rosnące niebezpieczeństwo wykrycia, mamy czekać na dalsze instrukcje.

Tomaszewski i Rand siedzieli w zasadzce. Ciemności podziemnych krypt rozpraszały jedynie promienie słońca wpadające z górnych pięter przez nieliczne dziury w sklepieniu. Kai i Aie ukryły się trochę dalej. Wnęki grobowe w ścianach okazały się za małe, żeby pomieścić cztery osoby w jednym miejscu. Czas dłużył się okropnie, było duszno i gorąco, a Tomaszewski mógł jedynie marzyć o papierosie.

– Jesteś pewny, że ona będzie tędy szła? – wyszeptał.

Rand wzruszył ramionami.

– Każda inna droga z ich obozowiska prowadzi na zewnątrz – powiedział, maksymalnie ściszając głos. – Strzelcy pustyni są świetnymi zwiadowcami. Można im ufać.

– A może przechowują porwaną czarownicę w innym budynku?

– Nie sądzę. Nie mieliby wtedy żadnej kontroli nad kryjówką. Co by powstrzymało zakonników od odbicia swojej czarownicy?

– Niby prawda. Ale coś mi się wydaje, że legenda o wielkiej białej kobiecie porywającej ludzi z wioski i pożywiającej się niemowlętami może być wyssana z palca.

Rand chyba się uśmiechnął, trudno było rozpoznać w ciemności. Dłuższy czas siedzieli w milczeniu, nasłuchując. Wyszyńska ani nikt z jej obozu jednak nie nadchodził. Ile tak można siedzieć? Czy w ogóle oni odwiedzają porwaną czarownicę? Chyba tak, przecież muszą ją karmić. Zaraz... musi istnieć jakiś powód, dla którego ją trzymają. Nie są trybunałem, który teatralnie skazuje na ciemnicę i zapomina o więźniu.

– Powiedz mi... – Tomaszewski postanowił oderwać się od jałowych myśli o Wyszyńskiej. – Czemu chciałeś wstrzymać ewakuację oddziału Shen? Przecież w tej sytuacji mogą wpaść w każdej chwili.

Rand prawdopodobnie znowu się uśmiechnął.

– Pamiętasz naszą rozmowę przy śniadaniu? Kiedy Kai opowiadała o swoich koszmarach?

– Jasne.

– Słowo „artefakty" pojawiało się w każdym zdaniu. A to, o czym śni czarownica, jest zależne od miejsca, w którym się znajduje.

– A co ma jedno do drugiego?

– Teoretycznie nic. Lecz skoro Kai aż tak to przeżywa, znaleziska muszą być potwornie ważne. Zwróć uwagę: cesarstwo wysyła cały korpus, licząc się z jego zagładą, żeby je zdobyć. Wyszyńska ma gdzieś wasz priorytetowy cel, czyli pola z olejem skalnym, i też przyjeżdża tutaj, żeby je znaleźć.

– I co w związku z tym?

– Skoro to takie ważne, to czy nie warto byłoby wejść w posiadanie tych artefaktów?

– Dać Wyszyńskiej w łeb i jej zabrać?

– Oj, z Wyszyńską sobie poradzicie sami. Ale skoro artefakty znalezione przez wojska Achai przechowywano w ośrodku w Lai Ho Park, to jak myślisz? Gdzie powędrowały te z doliny Sait, które przyniosła im Shen?

Tomaszewski żałował, że nie ma przed oczami mapy. Oczywiście wcześniej, kiedy tylko się o tym dowiedział, sprawdził, gdzie leży ta baza. Ale nie miał fotograficznej pamięci.

– Zdaje się, że w pobliżu jest garnizon?

– A jest, jest. Przecież tak ważnych rzeczy nie będą trzymali w chatce w szczerym polu. Ale też artefakty nie mogą znajdować się na terenie garnizonu. Za dużo ludzi kręciłoby się dokoła, zbyt trudno utrzymać tajemnicę.

– Myślisz, że Lai Ho Park sam w sobie jest słabo chroniony?

– Myślę, że Shen sobie poradzi z obrońcami.

Rand mógł mieć rację. Obrona ośrodka jest raczej przygotowana na odparcie kogoś, kto do chwili ataku będzie musiał działać skrycie. Na przykład straceńców z jakiegoś obcego wywiadu. Gdyby ośrodkowi zagrażała armia, to od obrony jest wtedy garnizon. Zresztą armia przecież nie zbliży się niepostrzeżenie. Zawsze jest wiele czasu na przemyślenia, co zrobić z rzeczami, które trzeba chronić.

– No tak. Ale potem Shen musi się jakoś wycofać. A z garnizonem już sobie nie poradzi.

– Oczywiście, że nie. Musi uciekać w stronę morza. Do lasu już się nie przebije w żaden sposób.

Tomaszewski pokręcił głową przecząco, czego Rand mógł nie zauważyć.

– Trochę bez sensu. I co dalej?

– Na brzegu mogę zostawić trochę łodzi.

– Dobrze, ale nadal aktualne pozostaje pytanie, co dalej? Na wodzie rozsmaruje ich każda wojenna jednostka cesarstwa. A nie myśl, że weźmie ich na pokład jakakolwiek polska. Po tym kiedy traktat został podpisany, nie ma mowy.

– Domyślam się. – Rand urwał nagle. – Ciii!

Zanim jeszcze usłyszeli kroki, zobaczyli blask silnej latarki. Obaj skulili się odruchowo, choć szansa, że przypadkowo omiecie ich promieniem światła, była raczej nikła. Pani inżynier Wyszyńska szła przed siebie pewnym krokiem. Pasek pistoletu maszynowego, który wisiał z przodu, zahaczał co chwila o sięgający szyi sznurek bezpieczeństwa rewolweru w kaburze. Doskonale wiedziała, dokąd idzie, i znała drogę bardzo dobrze. Nie zwolniła, mijając ich stanowiska. Nie świeciła wokół, żeby sprawdzać cokolwiek, szła prosto do celu. Celu zresztą, który okazał się stosunkowo blisko. Od momentu, kiedy zniknęła za załomem ściany tuż przed zakrętem, nie upłynęło nawet pół minuty, a usłyszeli stłumiony metaliczny szczęk. Dobiegł ich odgłos jeszcze kilku kroków, a potem jakieś chrobotanie. Nie sposób określić, co pani inżynier robiła. Przez długi czas nie dobiegał ich żaden dźwięk. Potem usłyszeli znowu chrobotanie i znowu metaliczny odgłos. Aż wreszcie kroki zaczęły się przybliżać.

Obaj odruchowo skulili się znowu. I znowu niepotrzebnie. Wyszyńska oddaliła się tak samo szybko, jak się pojawiła. Odczekali jednak dłuższy moment. Potem Tomaszewski wstał, z trudem rozciągając zastane w kucznej pozycji mięśnie, i zapalił swoją latarkę.

– Idziemy.

Doszli do kryjówki dziewczyn. Tu jednak musieli przystanąć.

– Co się stało?

Kai trzęsła się tak, jakby miała atak epilepsji. Aie trzymała ją, przyciskając mocno do siebie. Tomaszewski pomógł im wstać.

– Co się stało? – powtórzył.

– Nic. – Kai usiłowała sama stanąć na nogach. Jednak wyraźnie ją mdliło. – Ona... Ona ciągnęła za sobą tak odpychającą aurę, że nie mogłam wytrzymać. Coś... coś takiego mdlącego, męczącego, lepko przygniatającego.

– Aie, czułaś coś?

Odpowiedziała mu cisza. Zapomniał, że tamta jest głuchoniema. Dotknął ramienia dziewczyny, a potem oświetlił sobie usta.

– Czułaś coś?

Aie zaprzeczyła. Wskazała na Kai i wykonała gest, jakby zawiązywała sobie opaskę na czole. Ach, łatwo się domyślić. To coś mogła czuć tylko czarownica.

– Możesz iść?

– Jasne. – Kai potrząsnęła głową. – Kiedy szła w tamtą stronę, niczego nie czułam. Ale gdy wracała...

– To może świadczyć, że oni mogą trzymać tam czarownicę.

– Oni na pewno – zbolała dziewczyna podkreśliła te słowa – trzymają tam czarownicę. Chodźcie. Zaprowadzę was jak po sznurku.

I rzeczywiście. Kiedy tylko Kai udało się opanować chwiejny chód, zaprowadziła pozostałych za załom muru, gdzie Wyszyńska poprzednio zniknęła im z oczu, skręciła w nisko sklepioną odnogę korytarza i bezbłędnie wybierając spośród trzech możliwych kierunków, doprowadziła ich do metalowej kraty.

– Jak to zrobiłaś? – Tomaszewski oświetlił latarką zamek i kłódkę.

– Pozostawiła po sobie okropną aurę. Ale – Kai zawahała się nagle – skoro trzymana za tymi drzwiami czarownica jest aż tak silna, to dlaczego nie zrobiła nic Wyszyńskiej?

Rand nachylił się nad kłódką.

– Piłujemy?

– Za długo potrwa. – Tomaszewski wyjął przygotowany wcześniej łom. – Patrz, skobel jest przybity gwoździami do wapiennej skały.

Włożył łom w ucho kłódki, oparł o ścianę i szarpnął z całej siły.

– Widzisz? Najlepiej kłódkę po prostu ukręcić. – Teraz już bez problemu otworzył drzwi z metalowej kratownicy.

Dalej poszło jeszcze łatwiej. Drzwi, tym razem drewniane, zamknięte zostały na zwykłą zasuwę. Tu również

wisiała kłódka, ale Tomaszewski nie zamierzał się z nią
mocować. Wbił łom pod drzwi i wykorzystując powsta-
łą w ten sposób dźwignię, po prostu zdjął je z zawiasów.

– Gieno Gazrura byłby ze mnie dumny – stęknął.

– Kto taki?

– Postrach dzieciaków z komiksów.

– To u was dzieci potrafią czytać?

Nie mieli czasu, żeby tłumaczyć, czym jest komiks.
Tu było za ciasno na pistolet maszynowy. Tomaszewski
wziął więc latarkę do ust, wyjął z kabury swój służbowy
półautomatyczny pistolet i przeładował. Z całej siły kopnął drzwi, wbijając je do środka, i z pistoletem w jednej
dłoni, a z łomem w drugiej wtargnął do celi. Owionął
go duszny, ostry zapach. Kai za jego plecami zwymioto-
wała gwałtownie.

Kobieta leżąca na czymś w rodzaju skołtunionego
siennika nie była ani związana, ani skuta. W migotliwym świetle trzymanej w ustach latarki komandor nie
zauważył na jej ciele żadnych obrażeń. Nie była też zbyt
przytomna. Ostrożnie się nachylił. Odłożył łom i kciukiem uchylił kobiecie powiekę. Napotkał pusty wzrok.
Wydawało mu się, że usłyszał pisk. Kobieta odchyliła głowę i skuliła się na posłaniu z kilku wojskowych koców.
Nie była stara. Choć trudno było określić jej wiek. Może
trzydzieści pięć, może czterdzieści parę? Gdzieś pomiędzy. Nie wyglądała ani na zaniedbaną, ani na zagłodzoną,
a jednak czuło się w jej postaci coś nieporadnego. Wyszyńska podała jej jakiś narkotyk.

– Kai? – Zerknął na dziewczynę zasłaniającą usta białą pustynną chustą. – Czujesz coś?

Czarownica gwałtownie pokręciła głową.

– Co ona jej dała? – Tomaszewski oświetlał z bliska twarz leżącej kobiety. – Jasny szlag.

Rand podniósł coś z podłogi. Przysunął bliżej światła.

– Pentotal sodu? – Komandor wziął do ręki pustą fiolkę i zbliżył do nosa. Poczuł charakterystyczny zapach czosnku. Potem schylił się, świecąc sobie w dół. Różnych opakowań walało się na podłodze więcej.

– Wiesz, co to jest? – szepnęła Kai, odrywając na chwilę chustę od ust.

– Wiem. Ten środek występuje w prawie każdej powieści szpiegowskiej. A w wywiadzie marynarki jest zakazany od jakichś piętnastu lat. Oficjalnie się go nie stosuje.

– I jak to ma działać?

– To serum prawdy. Rozluźnia, uspokaja, blokuje pewne ośrodki w mózgu, zwalnia hamulce. I więzień zasadniczo powinien wyklepać, co chcesz wiedzieć.

– I więźniowie mówili?

– W wielu przypadkach. To nie ideał, oczywiście, ale w porównaniu z meskaliną czy skopolaminą jest rzeczywiście dość skuteczny.

– To dlaczego go zakazali?

Tomaszewski uśmiechnął się kpiąco.

– Wiesz, u nas nawet więzień ma jakieś prawa. A Wyszyńska przegięła trochę. – Odrzucił na bok podniesione z podłogi fiolki. – Tu są jeszcze środki powodujące depresję, halucynogeny i cała masa innych chemicznych świństw, których nie znam.

– Ona ją przesłuchiwała?

– Mhm. Do tej pory ta tutaj ma pełno tego okropieństwa w żyłach. A my nie mamy nic, żeby jej wstrzyknąć i dobudzić.

Kai przysunęła się bliżej, przepychając między Aie i Randem w ciasnym pomieszczeniu. Ostrożnie odsunęła swoją chustę od twarzy.

– Chyba ja bym potrafiła?

Zabrzmiało to jak pytanie.

– Umiesz?

– To czarownica, jak i ja. – Kai wzruszyła ramionami. – Mogę spróbować. Mogę dać jej aurze oprzeć się na mnie.

– I będzie przytomna?

Kai rozłożyła ręce.

– Mogę spróbować.

Rand skinął aprobująco. Bardzo zależało mu na zeznaniach tego więźnia. Miał wrażenie, że właśnie dotyka jakichś bardzo istotnych tajemnic sił specjalnych. Czuł też, że współpraca z przybyszami zza gór jest jego jedynym wyjściem.

Kai przysiadła na posłaniu kobiety. Ostrożnie dotknęła jej czoła. Usiłowała coś wyczuć, jednak jej starania nie przyniosły spodziewanych rezultatów i po dłuższej chwili cofnęła dłoń. Przyłożyła ją do własnych ust. W migotliwym świetle latarek, co chwila zmieniających kierunek, w którym świeciły, bo ktoś kogoś szturchnął w ciasnocie, trudno było zobaczyć, czy coś powiedziała. W każdym razie jej palce zaczęły nagle drżeć, a potem dygotać w dziwnym, trudnym do przewidzenia rytmie. Z boku wyglądało to tak, jakby dziewczyna trzymała coś niewidzialnego pomiędzy palcami i ze wszystkich sił starała się zapobiec temu, żeby to coś wyrwało się i odpłynęło. Z każdą upływającą sekundą Kai zdawała się coraz lepiej nad tym panować, a po jakimś czasie przysunęła dłoń do czoła więźnia. Nie, nie przysunęła nawet, wyglądało to raczej, jakby rzuciła na leżącą coś niewidzialnego.

Czarownica Zakonu drgnęła lekko. Kiedy otworzyła oczy, nie były już tak nieprzytomne jak poprzednio. Mogła nawet zogniskować wzrok na dziewczynie przy niej.

– Pomóż... Pomóż mi, siostro.

– Robię, co w mojej mocy.

– Zdejmij to ze mnie, proszę. – Leżąca dyszała ciężko. Pot gromadził się nad jej brwiami. Nieprzyjemna woń w małym pomieszczeniu wzmogła się znowu. – Błagam, zdejmij to ze mnie.

– Nie za bardzo umiem. – Kai spłoszona zerknęła na Tomaszewskiego, jakby szukając pomocy. – Nie ukończyłam jeszcze szkoły czarowników.

– Zdejmij... Zdejmij zaklęcie, które rzuciła na mnie wielka kobieta.

– Siostro, to nie zaklęcie. – Kai nie wiedziała, jak wytłumaczyć. – To, co na ciebie rzucono, to nie zaklęcie.

– A co? – Czarownica na łóżku znowu odpływała.

– To obca chemia, którą ci wstrzyknięto do żył.

Tomaszewski wykrzywił tylko wargi. Super! Może zrozumiałby to ktoś zza gór. Ale na tej półkuli?

– Spróbuj, proszę.

– Ale to nie zaklęcie! Nie mogę z tym walczyć, bo to obca chemia. Trzeba oczyścić ci krew w żyłach. Ale to by mógł zrobić tylko doktor Siwecki, a jego tu nie ma.

Rand chwycił Kai za ramię.

– Zapytaj, czego chciała się dowiedzieć wielka kobieta.

Przytaknęła. Jeszcze raz dotknęła własnych ust i złapała palcami coś niewidzialnego. Potem delikatnie dotknęła czoła leżącej.

– Już, już... Już jest ci lepiej. Spokojnie.

Więźniarka powoli poddawała się brzmieniu łagodnego głosu. Drżenie ramion ustępowało, nie rzucała też głową na boki.

– Ciii... – Kai głaskała ją po czole. – Ciii...

Rand niecierpliwił się coraz bardziej.

– Spytaj ją...

Umilkł, kiedy Tomaszewski chwycił go za ramię.

– Rozmawiała z tobą wysoka kobieta, prawda? – Kai szeptała nachylona do ucha leżącej.

– To zła kobieta... Zła... Ona nie jest...

Czarownica zakrztusiła się nagle. Kai pomogła jej się trochę unieść. Uspokajała ją powoli, ale systematycznie.

– O co cię pytała?

– Chciała wiedzieć, gdzie udał się w swoją ostatnią podróż Podniebny Podróżnik.

– I dowiedziała się?

– Tak.

– A dokąd pojechał Podniebny Podróżnik?

– Na płaskowyż Banxi.

Tomaszewski zerknął na Randa, ale ten tylko wzruszył ramionami.

– Wiem tylko, że to jakaś obca nazwa. I do tego jeszcze zawierająca „x", jak się domyślam. Literę praktycznie nieużywaną. – Potrząsnął głową. – Sądzę, że chodzi o nazwę miejsca położonego na dalekim południu. Tam, gdzie zimno i nieprzyjemnie.

Mimo niedoboru światła Aie musiała odczytać coś z ruchów warg. Położyła rękę na ramieniu Randa i podsunęła mu pod latarkę swoją tabliczkę.

X?

Rand oświetlił swoje usta.

– Chodzi o nazwę Banxi. Wiesz, gdzie to jest?

Skinęła głową potwierdzająco i zaczęła szybko pisać.

Płaskowyż Banxi – kraina leżąca na końcu świata. Pada tam śnieg, jest lód i podobno jest tam największy z Wielkich Lasów, gdzie żyją potwory. Mówią też, że tam znajduje się matecznik Bogów. Że tam zaczęła się Historia.

– Jaka historia?

Cała. Historia jako taka.

– Wiele się dowiedzieliśmy...

– Wprost przeciwnie. – Tomaszewski również oświetlił sobie twarz, żeby Aie mogła widzieć, co mówi. – Zresztą skoro Osiatyński podjął wyprawę w tamtym kierunku, to coś musi być na rzeczy.

– Wyprawę, z której nie wrócił.

Tomaszewski westchnął ciężko.

– Ale mam wrażenie, że jakiś swój cel udało mu się osiągnąć. Wyszyńską też to interesuje, jak widać.

– O co jeszcze pytała pani inżynier? – Rand szturchnął lekko Kai.

Czarownica powtórzyła pytanie. Leżąca jednak znowu odpłynęła, a dziewczyna nie umiała jej doprowadzić do przytomności. Tomaszewski przeszukał kieszenie. Nie miał oczywiście soli trzeźwiących, ale najwyraźniej zapomniał też metalowej piersiówki, z której śmiano się, że z powodu powszechności użycia stanowi etatowy element wyposażenia oficerów marynarki wojennej. Nie miał jej zresztą z prostej przyczyny – drugi zwyczaj marynarki mówił jasno, że w tropikach pije się alkohol dopiero po zachodzie słońca. Wyjął więc papierosa i zapalił szybko, ignorując zdziwienie malujące się na twarzy Kai, że chce zadymić tak małą klitkę. Ale on nie zaciągał się ani niczego nie wydmuchiwał. Podsunął żar dokładnie pod nos leżącej. Cienka strużka dymu zadziałała lepiej niż sole trzeźwiące. Czarownica zaczęła kaszleć i gwałtownie odsuwać głowę. A Kai potrafiła to wykorzystać.

– Co jeszcze chciała wiedzieć wielka biała kobieta? – rozpoczęła indagację na nowo.

– Dokąd pobiegł kurier.

– Jaki kurier?

– Nasz, zakonny. Ona bardzo dużo o nas wiedziała. Choć nie widziała, to wiedziała, że kurier został wysłany, kiedy tylko zobaczyliśmy jej wyprawę.

– Zanim otworzyła podniebną kapsułę – włączył się Tomaszewski – już wiedziała, że wysłaliście kuriera? Czy po prostu przypadkiem go zobaczyła?

– Nie zobaczyła. Wiedziała z góry.

Tomaszewski zgasił papierosa, żeby zachować choć resztki powietrza w ciasnym pomieszczeniu.

– A dokąd pobiegł kurier? – zapytał.

– Do Lai Ho Park.

Randa i Tomaszewskiego zamurowało.

– Jasny piorun!

– Co to ma znaczyć?

Patrzyli na siebie, nie mogąc wymówić ani słowa. Co łączyło jakieś nędzne resztki Zakonu z tajnym ośrodkiem sił specjalnych w Lai Ho Park? Co było dla nich wspólnego? A może speckurwy wiedziały, że Osiatyński zdobył gdzieś te cholerne artefakty. Same nie znalazły, więc wynajęły albo zmusiły, albo zachęciły w jakiś sposób pozostających tu zakonników do szukania tych rzeczy? Teoretycznie powinni te artefakty znaleźć, nawet pancerną stal kapsuły dałoby się jakoś rozłupać przez tyle lat, ale... Osiatyński nie był kretynem. Mógł ukryć zdobyte artefakty gdzieś poza swoim statkiem powietrznym, a w samym aerostacie zostawić ślad zrozumiały tylko dla Wyszyńskiej albo kogoś takiego jak ona – Polaka zza Gór Pierścienia. Trochę naciągane. Lecz coś na rzeczy mogło być.

A może więc inaczej. Speckurwy spodziewały się wizyty kogoś takiego jak pani inżynier Wyszyńska z ekipą. I kazały zakonnikom zawiadomić się o przybyciu oczekiwanej ekspedycji. Niech sobie przybysze sami znajdą ukryte artefakty, sami rozszyfrują ślady pozostawione przez rodaka, a dopiero potem one ich zaatakują. Trzask-prask i do piachu. To mogło mieć sens. Poza jednym faktem: skąd siły specjalne mogły wiedzieć o tym, że ktoś taki jak Wyszyńska w ogóle tu dotrze?

Tych spraw nie dawało się tutaj rozstrzygnąć. Ale jedno stawało się jasne. Zgodnie z wcześniejszym pomysłem Randa oddział Shen powinien ruszyć dupy i wykonać jedno błyskawiczne uderzenie, zadać cios niemożliwy do odbicia. Obaj mężczyźni myśleli tak samo. Była to zresztą jedyna szansa, którą dał im los, a dzięki której mogli się czegoś dowiedzieć.

– Jesteś w stanie przeprowadzić to tak, żeby Rzeczpospolita nie została w nic zamieszana? – spytał Tomaszewski, nawet nie tłumacząc, o co chodzi. Obaj przecież myśleli tak samo i o tym samym.

– Jasne. Musiałbyś mi jednak pomóc w kilku szczegółach.

– Kiedy tylko wrócimy do obozu, ślę instrukcje dla Siweckiego. Mm?

– Mm – powtórzył jak echo Rand.

– Posłuchajcie – przerwała im Kai nachylona nad czarownicą, która usiłowała teraz szeptać jej coś do ucha.

– Co ona mówi? – Tomaszewski nachylił się również. Niepotrzebnie. Leżąca w barłogu kobieta targnęła się nagle, uderzyła go swoim czołem w czoło i krzycząc coś niezrozumiałego, opadła z powrotem na koce.

– Nie przeszkadzaj. – Kai odepchnęła Tomaszewskiego, który usiłował rozmasować sobie twarz. Nie szło mu dobrze, w jednej ręce miał latarkę, a w drugiej ciągle trzymał swój półautomatyczny pistolet.

– Niech powie...

– Ciii... – Kai znowu zaczęła głaskać kobietę po głowie. – Powiedz, jakim cudem cię złapali? Jesteś silną czarownicą. Zaskoczyli cię? Nie usiłowałaś rzucić jakiegoś czaru?

– Rzuciłam.

– I co?

– Nic. Nie zadziałał. – Tamta z trudem uniosła głowę. – A tu zaczęli mieszać moją krew z jakimś płynem. Nie jestem sobą.

– Rozumiem. Powiedziałaś, że jakiś czar rzuciłaś, tak?

– Tak.

– I co?

– Nie zadziałał – powtórzyła tamta.

Kai nie posiadała się ze zdumienia.

– Nie udało ci się rzucić?

– Udało. – Leżąca oddychała z trudem.

– I nic się nie stało?

Czarownica długo nie mogła powiedzieć ani słowa. Kai podetknęła jej manierkę do ust, ale nie chciała pić, odsuwała głowę. Wodowstręt do tego wszystkiego? Szlag!

– Pamiętasz Księgę Początku? – wyszeptała nareszcie po licznych próbach właściwego układania ust.

– Oczywiście.

Ta księga stanowiła podstawę nauki magii. W szkole musiał ją wykuć prawie na pamięć każdy student. Opowieści o życiu dawnych mistrzów.

– A pamiętasz fragment: „Spróbuj wyjaśnić istotę magii psu. Żadne hau-hau, żadne merdanie ogonem ani o włos nie zbliży go do pojęcia istoty czarów".

– Pamiętam. Jak to się ma do wielkiej złej kobiety?

Leżąca znowu uniosła drżącą głowę.

– Czary dotyczą ludzi. Nie można zaczarować psa, prawda? – Wzięła głębszy oddech i wypowiedziała resztę jednym zdaniem: – Moja magia na nic się nie zdała, bo wielka biała kobieta nie jest człowiekiem.

– Co?! – W Kai jakby piorun strzelił. – Wyszyńska?

– Ona nie jest człowiekiem. – Czarownica zaniosła się suchym kaszlem. – To zwierzę! Nie widzisz tego?

Kai jakby straciła czucie w mięśniach. Gdyby Tomaszewski jej nie podtrzymał, osunęłaby się na podłogę.

– Co ty mówisz?

– Oni nie są ludźmi! – więźniarka usiłowała krzyczeć. – To zwierzęta w ludzkich ciałach! Czary nie mogą na nich działać, bo to zwierzęta obdarzone rozumem!

– O Bogowie.

– O czym ona mówi? – nie rozumiał Tomaszewski. – Czy...

Nie było mu dane dokończyć. Chora kobieta w barłogu zaczęła nagle wyć:

– To nie ludzie! Oni nie są ludźmi! To potwory!

Z tyłu dobiegł ich odgłos czyichś głośnych, pośpiesznych kroków. Nie zdążyli się odwrócić, kiedy usłyszeli okrzyk:

– Kto tam jest? Kto ośmielił się tu wejść?

Po chwili zobaczyli Wyszyńską z ogromnym reflektorem w jednej dłoni i równie wielkim rewolwerem w drugiej.

– Spokojnie. To my – usiłował wyjaśnić Tomaszewski.

– Jak to spokojnie? – Pani inżynier nie wyglądała teraz na opanowaną ani rozluźnioną. – Jacy my, do cholery?!

Była odważną kobietą. Co prawda widziała z zewnątrz światła latarek, więc teoretycznie nie powinni to być groźni tubylcy, ale fakt, że chodziła tędy sama i nie rozpoznawszy sytuacji, wepchnęła się do ciasnego wnętrza, świadczył, że uczucie strachu było jej obce.

– Co wy tu robicie?! – Świeciła po twarzach silnym reflektorem.

– Jakim prawem trzyma tu pani nielegalnego więźnia?! – Tomaszewski błyskawicznie przeszedł na jej agresywny ton. Czuł, że właśnie zbliża się konfrontacja.

– Jakiego nielegalnego? – oburzyła się. – O jakim prawie pan mówi?

– Przypominam, że jesteśmy na terenie obcego państwa! I obowiązuje nas tutejsze prawodawstwo!

– Pan chyba kpi!

– Ja kpię?! To niech pani powie, jakim prawem łapie pani człowieka, torturuje i więzi? A może polskie prawo na to pozwala, co?!

Wyszyńska nie pozostała mu dłużna.

– A jakim prawem wy na okręcie podwodnym wynurzyliście się i w jednej chwili zabiliście dziesiątki niewinnych ofiar? To było według prawa morskiego czy polskiego, co?

– To był wypadek! A tu jest celowe więzienie i tortury!

– Wypadek?

Kłótnia nie zdołała rozgorzeć na dobre. Więziona kobieta poderwała się nagle, opierając ciało na łokciach.

– To nie jest człowiek! – wrzasnęła. – To zwierzę! Strzeżcie się! To zwierzę...

Szarpnęła się, odrywając jedną rękę od barłogu. Wskazała panią inżynier stojącą w drzwiach.

– To nie człowiek!...

Wyszyńska odwiodła kurek rewolweru i strzeliła jej prosto w głowę. Huk w tak małym pomieszczeniu rozsadzał bębenki. Coś posypało się ze sklepienia. Uporczywe dzwonienie w uszach nie pozwalało na usłyszenie czegokolwiek. Dym i wirujący pył były tak duszące, że nie mogli zaczerpnąć powietrza. Zebrani w ciasnej celi zaczęli kaszleć, przecierać oczy. Krew bluznęła na wszystko. Kai obiema dłońmi usiłowała zetrzeć ją z twarzy, jednocześnie próbując przepchnąć się dalej od czegoś, co było głową leżącej kobiety.

– Psiakrew! – wrzasnął Tomaszewski. – Teraz pani przesadziła!

– Co przesadziła?! Co przesadziła! Ona chciała się na mnie rzucić!

– A gówno prawda! Leżała spokojnie!

– Chciała się na mnie rzucić i rozszarpać mi gardło! To był strzał w samoobronie!

– Nieprawda! Leżała spokojnie!

– Nie będzie mnie uczył facet, który zagazował setki dzikusów w dolinie Sait! Ot, jednego dzikusa mniej!

– A mnie nie będzie uczyć baba, która polała napalmem tysiące bezbronnych wojowników!

– To nie ja! Wykonywałam rozkaz admirała!

– Ale teraz przeprowadziła pani egzekucję własnoręcznie! Dość tego!

– Przestańcie! Przestańcie! – wyła Kai, nie mogąc ani wytrzeć krwi z twarzy, ani przepchnąć się do wyjścia. Wiedziała jednak, że w tak małym pomieszczeniu, jeśli kłóci się baba z rewolwerem w dłoni i facet, który trzyma półautomatyczny pistolet, to zaraz się pozabijają albo uśmiercą kogoś obok. – Przestańcie!

Na szczęście Aie nie straciła zimnej krwi. Chwyciła przeciwników za nadgarstki i uniosła ich ręce. Wyszyńska szarpnięta za rękę strzeliła odruchowo. Kula trafiła w sufit. Tomaszewski miał mocniejsze nerwy.

Nikt już niczego nie słyszał. Nikt też nie mógł niczego dojrzeć. Z przeraźliwym dzwonieniem w uszach Kai na czworakach, po omacku szukała drogi na zewnątrz. Na bezdechu dosłownie udało jej się wyczołgać na korytarz. A później znowu na czworakach, krztusząc się, z twarzą mokrą od łez, dotarła do krypty. Dopiero tu usiadła i zdjętą z szyi pustynną chustą wytarła twarz. Nadal nic nie słyszała. Widziała jednak, jak pozostała czwórka z trudem, w oszołomieniu wydostaje się na zewnątrz. Żaden inny strzał na szczęście już nie padł.

– Melduję przybycie posłańca z portu. – Wartownik wyprężyła się przed Shen w postawie zasadniczej.

– Przyprowadź go.

– Tak jest! Ale to może chwilę potrwać. Jakiś patrol kręci się po okolicy.

– Rozumiem.

Shen nachyliła się nad mapą, którą studiowali z Kadirem. Rusznikarz jednak nie chciał powrócić do dyskusji nad wariantami ewentualnego szlaku ucieczki. Wiadomość o patrolu w pobliżu wyraźnie go poruszyła.

– Wiedziałem, że jest za późno – powiedział, zerkając na dziewczynę. – Wszystko normalnieje po tych rozruchach. Znowu zaczynają patrolować ulice. A kiedy wróci stary garnizon, odkryją nas w ciągu kilku chwil.

– A nie przesadzasz przypadkiem?

– Już są tuż-tuż! Przecież nie można trzymać takiej masy uzbrojonego wojska w mieście, żeby się nikt nie dowiedział.

– Po pierwsze przedmieścia są prawie opustoszałe. Po drugie nasi ludzie nie mają mundurów i nie łażą z bronią. Po trzecie...

– Po trzecie już stąd nie wyjdziemy – wpadł dziewczynie w słowo.

– Oj... – Shen położyła mu rękę na ramieniu i uśmiechnęła się ciepło. – Czy to przykład męskiej histerii?

Spojrzał na nią urażony. Shen ciągle się uśmiechała.

– Kadir, przyjacielu. Powiedz lepiej, jak tam twoje eksperymenty w tej hucie?

Wiedział, że dziewczyna chce po prostu zmienić temat. Wiedział. Ale jak tu się oprzeć, kiedy mowa o najnowszych innowacjach technicznych? Rozpogodził się momentalnie.

– Zaciekawiły mnie opisy weteranów. Te dotyczące wielkokalibrowych karabinów ludzi z żelaznych okrętów, z których luf wylatywały świecące pociski. I tymi pociskami można było zapalić las, i w ogóle wszystko, co jest suche.

– Widziałam to na własne oczy.

– Właśnie. Kartaczownicy tych rozmiarów nie umiem zrobić. Ale... jednostrzałową broń tego kalibru... z zapalającym pociskiem. To już mi się udało.

– O? Ile sztuk zrobiłeś?

Spojrzał na Shen jak na ucznia, który wspaniałe teorie chce zawsze sprowadzić do przyziemnej praktyki.

– A niby jak mógłbym rozpocząć produkcję? – Wzruszył ramionami. – Zrobiłem jeden karabin, a właściwie rusznicę. Eksperymentalną.

– I strzela dobrze?

– A jak to tutaj wypróbować? – odpowiedział pytaniem.

Dalszą dyskusję przerwało im wejście Nuk, która przyprowadziła posłańca. I to nie byle kogo. Okazało się, że kurierem jest nawigator Melithe. Jak sama powiedziała, wysłano ją, żeby nikt z dowództwa oddziału Shen nie miał wątpliwości, że rozkazy pochodzą od samego Siweckiego. Są więc przekazem od Tomaszewskiego i Randa.

– Zmiana planów. – Melithe zaczęła rozkładać na stole własną mapę. Na niej dopiero położyła półprzezroczystą nakładkę, kalkę, jak wyjaśniła, z narysowaną trasą marszu. Sprytne rozwiązanie ludzi zza gór. Nawet gdyby ktoś niepowołany wszedł w tej chwili i nachylił się nad stołem, to wystarczy jeden ruch ręki, żeby odsunąć nakładkę. A wtedy nikt niewtajemniczony nie dopasuje kalki tak, by zrozumieć, którędy ma biec planowana trasa. – Waszym celem już nie jest wydostanie się z miasta i ucieczka przez las do mniej zaludnionych rejonów.

– A co będzie naszym celem? – zainteresował się Kadir.

– Atak na Lai Ho Park.

Zapadła cisza. Potem Nuk zamruczała jak kot:

– I to mi się podoba.

Po niej odezwał się Kadir, który zdążył przeanalizować sytuację na mapie.

– Ale stamtąd w żaden już sposób nie przedostaniemy się do lasu. – Przesunął palcem po kalce. – To zupełnie gdzie indziej. Prawie na wybrzeżu.

– I o to chodzi. – Nuk też nachyliła się nad stołem. – A do tego jeszcze garnizon pod bokiem. Będzie naparzanka.

– Nuk! – Shen podniosła głowę. – Ty jesteś całkiem zboczona.

– Oj tam, może trochę. – Sierżant uśmiechnęła się, mrużąc łobuzersko oczy.

Melithe zupełnie poważna mierzyła je wzrokiem.

– RP nie może być zaangażowana w całą akcję pod żadnym pozorem. Generalna zasada brzmi: „To oni, a nie my". Bardzo ważne.

– I zrozumiałe – skwitowała Shen. – Ale w związku z tym rozumiem, komu ma służyć ta akcja.

– Mylisz się. To leży w obopólnym interesie. W każdym razie dowodzi wszystkim Rand.

Kadir skinął głową.

– Co to ma być? – spytał.

– Nagły atak na bazę w Lai Ho Park. Spokojnie, nie jest przesadnie broniona, bo to baza na głębokim zapleczu, prawie w centrum kraju.

Nuk pokazała zaciśniętą pięść na znak zwycięstwa, Kadir zaciśnięte ze strachu wargi.

– Obok jest garnizon – wyszeptał.

– Zanim się zbiorą i wytoczą działa, może już być po wszystkim. Napad ma być rabunkowy. Interesują was magazyny z żywnością i wszelkie cenne przedmioty. Kiedy garnizon na was ruszy, trochę skradzionych rzeczy należy porozrzucać na trasie ucieczki, żeby zrozumieli, że chodziło wam wyłącznie o rabunek.

– A nie skojarzą naszych nowych karabinów z Polakami?

– Ale przecież one nie są polskie. A Kadir przedstawiał swoje wynalazki na komisji wojskowej. Sami są sobie winni, że odrzucili te pomysły. Nie sposób się również dziwić, że w tej sytuacji Kadir znalazł sobie innego kupca.

– No ale – Shen ciągle miała wątpliwości – nikogo nie zdziwi jednolicie uzbrojony, zorganizowany oddział?

Melithe uśmiechnęła się szeroko.

– Kupcy korzenni podczas rozruchów uzbrajali różnych dziwnych ludzi. I przeprowadzali różne dziwne akcje. A skoro skończyło się zapotrzebowanie w Negger Bank, to różne uzbrojone bandy przedzierają się w głąb kraju. Na pewno nie będziecie jedynym oddziałem, który ucieka z portowego miasta. Już odpowiedni ludzie o to zadbali, żeby zaciemnić obraz sytuacji.

– Rand jest niezły w zaciemnianiu obrazu sytuacji – przyznał Kadir.

– No dobrze. – Dziewczyna wyglądała na przekonaną. – A nasz prawdziwy cel?

– Musicie zdobyć takie przedmioty. – Melithe wyjęła z torby niezwykle szczegółowe rysunki. – Będą prawdopodobnie przechowywane w głównym skarbcu bazy.

– I jak się tam dostaniemy?

– Wysadzicie wszystko w zarazę. – Nawigator wzruszyła ramionami. – Wasz rusznikarz nie powinien mieć z tym problemów.

Kadir przytaknął.

– A te wzorzyste szmatki nie spalą się od wybuchu?

– Podobno są niezniszczalne. A już na pewno nie przez ogień.

– Hm...

– Oficjalnie szukacie złota i kosztowności. Takie robicie wrażenie. Naprawdę bierzecie to, co na rysunku, i wszelkie dokumenty, jakie wam wpadną w łapska. Potem palicie wszystko i wysadzacie, co się da, dla zatarcia śladów.

– Rozrzucając kosztowności? – zakpiła delikatnie Nuk.

– Tak jest. – Melithe albo nie zrozumiała kpiny, albo nie chciała zrozumieć. – Jak szybko możecie wymaszerować?

– Błyskawicznie – odparła Shen. – W każdej chwili spodziewamy się wykrycia. – Przełknęła ślinę. – Ale powiedz mi jedną rzecz.

– Mhm?

– W jaki sposób wydostaniemy się z Negger Bank? Teraz już wszystko jest patrolowane po staremu.

– Wozami, którymi przywieźliście dezerterki.

– Zwariowałaś?! Tyle ludzi z bronią mam załadować na zwykłe wozy i jechać przez miasto? Pierwszy patrol, który nas zatrzyma, oczywiście każę zabić, drugi też, a przy trzecim będzie już na mnie czekać cała armia.

– Nikt was nie zatrzyma – powiedziała spokojnie Melithe.

– Niby dlaczego?

– Nikt po prostu nie będzie na was patrzeć. Już zadbali o to nasi sojusznicy.

– W jaki sposób?

– Sama zobaczysz. – Melithe położyła na stole wyjęte z torby rysunki i notatki na temat bazy, które udało się zdobyć w tak krótkim czasie. – Tylko musicie wyruszyć jak najszybciej.

Shen spojrzała na Nuk. Ta skinęła głową. Wszystko jasne, nie ma najmniejszego sensu siedzieć, nudząc się tutaj. A wielki świat i przygody, które oferował, ciągnęły mocniej i mocniej. Shen przeniosła spojrzenie na Kadira. On również przytaknął. Przygoda nie pociągała go za bardzo, owszem, chciał wypróbować swoją nową broń w boju, ale nie aż tak, żeby iść na wojnę. Niemniej pozostawanie tutaj stawało się niebezpieczne.

– No to ruszcie ludzi do wymarszu.

Melithe zaczekała, aż tamci wyjdą. Potem pokazała Shen coś jeszcze.

– Nakładkę z mapą pokrywa się według trzech punktów. O, tutaj: ten, ten i ten. To wystarczy, żeby uzyskać tylko jedno jedyne położenie. Niezgrane mapa i kalka nawet znalezione przez kogoś są bezużyteczne. Nie sposób się zorientować, o co chodzi, więc tych dwóch rzeczy nie niszcz do samego końca. Zapewniam, że nikt się nie dowie, co tu narysowano.

Melithe wyjęła ze swojej torby ostatni z przyniesionych tu przedmiotów. Podała Shen niewielką, zalakowaną kopertę.

– To jednak musisz zniszczyć natychmiast po przeczytaniu i zapamiętaniu. Są w niej instrukcje dotyczące waszej ucieczki z Lai Ho Park oraz wyjaśnienia oznaczeń na mapie. Nawet ja ich nie znam. A ty przeczytaj, zapamiętaj i spal.

– Zrozumiałam.

Melithe uśmiechnęła się dziarsko.

– No nic. Pozostaje mi życzyć wam...

Przerwał jej głośny okrzyk dochodzący z drogi.

– Słuchajcie, słuchajcie, słuchajcie!

– Co to jest? – Shen doskoczyła natychmiast do okiennicy. – Obława?

– Nie sądzę – zaskoczyła ją nawigator. – Otwórz okno.

Shen lekko uchyliła drewnianą okiennicę. W wąskiej szparze zobaczyła herolda, który chyba musiał stać na koźle jakiegoś wozu, bo nawet zza płotu był widoczny do połowy. Miał już bardzo zachrypnięty głos. Pewnie jeździł od rana po całym Negger Bank.

– Słuchajcie! Pan ambasador Rzeczypospolitej Polskiej, nasz nowy sojusznik, urządza dziś pokazy dla uczczenia podpisanego układu. Na cześć Jej Cesarskiej Mości w dniu dzisiejszym na niebie pokażą się latające maszyny!

– Ożeż w mordę.

– Latające maszyny, cud nad cudami, ukażą się nad waszymi głowami i będą krążyć wysoko w powietrzu, zrzucając dla was słodkie prezenty!

Shen przełknęła ślinę.

– Z tym zrzucaniem to mam złe skojarzenia – mruknęła.

Melithe podeszła bliżej.

– Teraz już rozumiesz? Nikt nie spojrzy na wasze wozy, bo wszystko, co żyje, wejdzie na dachy, żeby patrzeć, a reszta będzie się uganiać za rozsypywanymi cukierkami.

Rozdział 13

System udało się zorganizować całkiem sprawnie. Z radiostacji Tomaszewskiego mógł korzystać także Rand. Oczywiście jego ludzie nie mieli odbiornika, ale wiadomości przekazywane Sieckiemu przez odpowiedniego łącznika trafiały do Organizacji Randa prawie bezbłędnie. Rosenblum również usiłował półprywatnie czuwać nad tym wszystkim. Oficjalnie starał się nie dopuścić do mieszania się oficerów RP w wewnętrzne sprawy sojuszniczego mocarstwa, ale... Kiedy okazało się, że kolejne raporty Tomaszewskiego znowu elektryzują sztab wywiadu marynarki, i to do tego stopnia, że swoją wizytę zapowiedział sam admirał Wentzel, depesze Rosenbluma zrobiły się nagle o kilka tonów cieplejsze. Natomiast jeśli chodzi o ekipę Wyszyńskiej, właściwie doszło do „zerwania stosunków". Pociągnięto co prawda kabel telefoniczny do jej obozu, ale aparaty po jednej i drugiej stronie milczały. Prawdę powiedziawszy, nikt nawet nie sprawdzał, czy kabel nie został gdzieś przecięty. Nie żeby tubylcy wiedzieli, do czego służy – mogli go po prostu chcieć ukraść.

Tomaszewski siedział z Kai pod baldachimem. Młoda czarownica próbowała właśnie dojść przyczyn jego dziwnego, jej zdaniem, zainteresowania grupą inżynierów.

– Uważasz, że to Ziemcy? – spytała w końcu wprost, kiedy mnożył przed nią coraz mniej prawdopodobne hipotezy, poczynając od agentów węgierskich po tajny związek masonów kierowany przez medium Osiatyńskiego.

Zaskoczyła go.

– Ci z legend?

– No.

– To znaczy istoty stworzone przez waszego Boga Sepha nie na podobieństwo? – usiłował sobie przypomnieć legendy, które usłyszał niegdyś od Kai. – Te zwierzęta obdarzone rozumem?

– Przecież ta więziona czarownica krzyczała wyraźnie: „To nie są ludzie".

– Wiesz, jaki mam stosunek do legend?

– Taki sam jak do loży masonów dowodzonej przez medium? – zakpiła, celnie trafiając i zatapiając koncepcje Tomaszewskiego momentalnie.

Zaczął się śmiać, przyznając do porażki w walce na słowa.

– No masz rację – mruknął po chwili. – Ale jak pamiętam, Ziemców tu nie powinno być.

– Mieszkają w innym świecie.

– Na innej planecie. Dobrze, to jestem w stanie przyjąć do wiadomości. Ale jak ci przybysze z kosmosu dostaliby się tutaj? Co?

– Nie wiem. Ale skoro wy macie okręty, których my nie potrafimy zrobić, to może oni mają okręty, o których wy z kolei nie macie pojęcia.

– Hm. Może u was lądowanie takiego statku kosmicznego przeszłoby bez echa. Ale po naszej stronie gór chyba takiego faktu nie dałoby się już ukryć. Chociaż... – Wzruszył ramionami. – Sam nie wiem. Pozostaje inna rzecz. Skoro to według legend nasi najwięksi wrogowie, to dlaczego nie wszczynają wojny? Jakim cudem wróg przenika nasze szeregi i pomaga nam ze wszystkich sił?

Tym razem roześmiała się Kai.

– Wy przybyliście na tę półkulę i co? Wszczynacie jakieś wojny? Masakry?

– No, choćby z dzikusami w lesie.

– Oj, przestań. Ugryzła was pluskwa, toście ją rozgnietli obcasem. Ale wojna? No sam popatrz, jak się zachowujecie. Wybraliście sojusznika, który najbardziej wam pasuje, i co robicie? Pomagacie mu ze wszystkich sił. Nowoczesna medycyna, szkolenia inżynierów, zacieśnianie współpracy, edukacja, nowoczesna broń. Mam wymieniać dalej? Przyszliście tu, ale nie po to, żeby walczyć z imperium, co oznaczałoby tylko niepotrzebną masakrę. Wszystko będzie wasze tak czy siak. Więc po co komu masakry i pogromy? Niech nieprzyjaciel sam wam wszystko pod nos podetknie i więcej, niech będzie z tego okropnie zadowolony i dozgonnie wdzięczny!

– Inteligentna jesteś – przyznał. – Prawdę powiedziawszy, i mnie coś takiego przemknęło po głowie. Przybywają istoty z kosmosu i robią w Polsce to, co my robimy tutaj. Tylko w takim razie dlaczego postępują tak głupio?

– Dlaczego głupio?

– Powinni zrobić to, co my tutaj: wystąpić jawnie, ogłosić się mocarzami nad mocarze, zaproponować układ. U nas, po tamtej stronie gór, nie ma legend o Ziemcach. Gdyby wprost powiedzieli, kim są, i zaproponowali współpracę, każdy by się zgodził z pocałowaniem ręki. A oni działają bez sensu. Kilkadziesiąt, nie wiem, może kilkaset osób rozproszonych po różnych instytucjach i co? Budzą powszechne podejrzenia, cholera wie ile służb prowadzi śledztwa w ich sprawie. Działają, jakby nie mieli sił ani środków. Głupio, bezsensownie, bez planu. Jeśli masz rację i jeśli jesteśmy ich przeciwnikiem, to oni bezsensownie uzbrajają tego przeciwnika w broń, która może zniszczyć cały świat. Nic z tego nie mając.

Kai zamyśliła się, sącząc przez słomkę sok cytrynowy z wodą. Uwielbiała te wynalazki ludzi zza gór. No taka zwykła przecież słomka! Dlaczego nikt w jej świecie nie wpadł na to, że można przez nią sączyć koktajle w sposób niezwykle dystyngowany? A może dlatego oni cały czas myślą, jak by tu ulepszyć sobie życie, bo nie wierzą w czary? A właśnie...

– A właśnie – powiedziała na głos. – Czary.

– Co czary? – nie zrozumiał Tomaszewski.

– Ta zabita kobieta powiedziała, że na nich nie działają czary. Że porwali ją, ponieważ nie mogła się bronić. Nie mogła nic im zrobić czarami.

Tomaszewski tylko westchnął.

– Wiem, wiem – powiedziała Kai. – Tobie naprawdę jest łatwiej uwierzyć w lożę masońską, która tkwiła w ukryciu tysiąc lat, niż w magię. Ale przypomnę ci, że

podczas ataku potworów na wasz port w dolinie Sait na-
prowadzaniem swoich oddziałów kierowała ich czarownica ukryta o kilka kroków od waszego sztabu. O kilka
kroków!

– Którą ty dzielnie zabiłaś.

– No proszę, coś w tobie mi wierzy, a twój racjonalny umysł jednocześnie temu zaprzecza. Nie widzisz, że
to manowce?

– Jesteś inteligentna i wygadana.

– Nie zmieniaj tematu za pomocą komplementów! –
Trzepnęła Tomaszewskiego w ramię. – Wy nie wierzycie, nawet mając dowody. Przekonaliście się, że potwory widzą w ciemnościach. Co więc to jest według was?
„Zwyrodnieniowe zmiany gałki ocznej", jak napisał wasz
lekarz podczas sekcji zwłok dzikusa.

– Oj, przestań! Jeśli postawię gramofon u was na
targu i puszczę jakąś płytę, to zostanę okrzyknięty czarownikiem. A jestem nim? No przecież nie. I w związku
z tym jak widzę w działaniu wasze czary, to jedyne, co
mogę powiedzieć, że na razie... na razie! – powtórzył –
nie jestem w stanie wyjaśnić przyczyn tych zjawisk. Ale
naukowcy już nad tym pracują.

Kai zaczęła się śmiać na cały głos. O mało nie rozlała
cytrynowego soku.

Szczęściem zaostrzeniu się sprzeczki zapobiegło pojawienie się podoficera z naszywkami łączności.

– Jakaś depesza z okrętów? – zapytał Tomaszewski.

– Telefon. – Sierżant zaprzeczył ruchem głowy, najwyraźniej jednak nikt kabla nie ukradł. Tu, wśród cywilnych inżynierów pracujących nad zaplanowaniem
budowy dróg ze Złych Ziem, nie przestrzegano ściśle

wojskowych regulaminów dotyczących meldowania. – Pani Wyszyńska chciałaby się spotkać z panem komandorem. Czeka właśnie przy tej podziurawionej kopule, przy skrzyżowaniu kanałów.

– Czyli pośrodku drogi pomiędzy jej obozem a naszym? Cholera, jak w westernie. – Tomaszewski wzruszył ramionami i wstał z płóciennego krzesła. – Dobra. – Zerknął na sierżanta. – Zawiadom Randa.

– Tak jest.

– A wracając do naszej dyskusji... – Kai podniosła się również, biorąc do ręki swój pistolet maszynowy.

– Wracając do naszej dyskusji i ją kończąc – wpadł jej w słowo Tomaszewski – jeśli ci dziwni ludzie są legendarnymi Ziemcami, to powiedz, co tu robią? Bo przecież ze współpracy z nami nie mają absolutnie żadnych korzyści.

Potrząsnęła głową.

– Nie wiesz, czego szukają. – Ruszyła za nim w stronę schodów prowadzących z dna kanału na powierzchnię. – Powiedz mi tylko, czy jeśli zauważysz różnicę w działaniu czarów na nich i na was, to mi uwierzysz?

– Potem, potem. – Tomaszewski machnął ręką Randowi i Aie, którzy wyszli ze swojego namiotu. – Masz ochotę spotkać się z Wyszyńską?

– Czemu nie? – Rand uśmiechnął się w odpowiedzi. – Ciekawe, kogo dzisiaj zabije?

We czwórkę ruszyli w górę po schodach.

– Też cię tak interesuje ta kobieta?

– A ciebie nie?

Kai na te słowa postanowiła się włączyć:

– Za wysoka, za głupia, za pewna siebie, za koścista, za wredna, za... i w ogóle brzydka!

Tomaszewski aż syknął i ukłonił się przepraszająco.

– Wybacz mi, Kai. Oczywiście obaj zapomnieliśmy zaznaczyć, że to ty jesteś najbardziej interesującą kobietą na świecie. A poza tym najpiękniejszą, najbardziej uroczą, prześliczną, cudowną, wspaniałą.

Zabrakło mu konceptu, więc Rand dokończył za niego:

– Wyszyńska jest za tobą daleko z tyłu!

Powiedział to z takim przekonaniem, że nawet Aie, choć tylko czytała z ruchu warg, zaczęła chichotać rozbawiona. Kai nie wiedziała natomiast, czy wziąć komplementy za dobrą monetę, czy dalej się obrażać. Na szczęście nie trwało to długo. Droga przez gruzy wymagała skupienia całej uwagi.

Nagle Aie wyciągnęła rękę, wskazując coś palcem.

– Aha. – Rand podszedł bliżej. – Ja też ich widzę. Czekają przy wejściu do tej budowli z kopułą.

Tomaszewski osłonił oczy dłonią. Cholera jasna... Mieszkańcy zza Gór Pierścienia mieli ewidentnie lepszy wzrok. Zobaczył inżynierów, dopiero kiedy pokonali kolejne kilkadziesiąt kroków. Cała trójka czekała w cieniu antycznej kolumnady, z pistoletami maszynowymi na paskach zwisających z ramion, ale bez jakiejś przesadnej pozycji bojowej. Najwyraźniej nie spodziewali się napaści.

– Ciekawe miejsce, jak na spotkanie – powiedział, gdy nieco zasapani dotarli do celu. – To rodzaj „ubitej ziemi" i dojdzie do pojedynku?

Wyszyńska natychmiast rozjaśniła się w uśmiechu. Zadziwiająca zmiana nastroju od ostatniego, dość dramatycznego w skutkach spotkania.

– Niech pan nie przesadza, chciałam po prostu coś pokazać.

Zawahała się na moment, jakby walczyła sama ze sobą.

– Przedtem jednak chciałam pana przeprosić – przeszła na ton ugodowy. I zabrzmiało to nawet przekonująco. – Państwa przeprosić – poprawiła się po chwili. – Ostatnim razem zachowałam się jak kretynka.

– Ale...

– Niech pan nie zaprzecza z uprzejmości. Zachowałam się w sposób absolutnie nieakceptowalny. Jest mi bardzo przykro z powodu tamtego wybuchu. Nie chcę się usprawiedliwiać, ale proszę mnie zrozumieć.

Podeszła trochę bliżej i spojrzała Tomaszewskiemu w oczy.

– Mam po prostu jakiś uraz. Był pan świadkiem przecież, jak przy mnie jedna z tych czarownic zagryzła dosłownie Węgrzyna. Rozszarpała go i rzuciła się na mnie. Proszę naprawdę zrozumieć moją traumę. No i ten durny strzał w głowę, kiedy tamta kobieta się szarpnęła... – Wyszyńska wzięła głębszy oddech. – Strzeliłam pochopnie. Przykro mi.

– Przeprosiny przyjęte – powiedział Tomaszewski sucho. – Wbrew pozorom rozumiem panią.

– No tak – wpadła mu w słowo. – Moje późniejsze zachowanie to efekt szoku, zdenerwowania. Nie chcę powiedzieć: histerii.

Skinął głową. Była przekonująca jak jasna cholera. Jej historia brzmiała prawdziwie i wiarygodnie. I to właśnie wzbudzało w nim podejrzenia.

– A co chciała nam pani pokazać? – zmienił temat, usiłując uniknąć niezręcznej sytuacji, kiedy musiałby przyznać jej rację. Wiedział, że to trochę dziecinne, że zachowuje się jak mały chłopczyk, ale co tam, wkurzyła go ostatnio, a teraz wrednie wytłumaczyła wszystko, i to w taki sposób, że właściwie zrobiła z siebie osobę, której stała się krzywda.

Wyszyńska zmianę tematu przyjęła za dobrą monetę. Wyglądała na taką kobietę: „w porządku, sprawa z głowy, problem załatwiony". Energicznie wskazała wielką budowlę z dziurawą kopułą.

– Chodźmy. Pokażę wam coś niesamowitego.

Poprowadziła wąską ścieżką wśród gruzów. Wokół ustawiono monstrualne posągi jednego z cesarzy Luan. Czas jednak ujawnił tandetę zastosowanych rozwiązań. Rzeźby wykonano z cegły, którą pokryto jedynie tynkiem i cienką okładziną, prawdopodobnie blachą. Podczas rabowania blachy tynk się osypał, ukazując prawdę o lichocie posągów.

Droga prowadziła dalej wśród spiętrzonych gruzowisk wokół fundamentów wież, które zawaliły się pewnie setki lat temu. Też tanizna. Konstruktorzy budowali w okresie, kiedy panowały surowe normy oszczędzania na wszystkim. Dopiero dalej, kiedy już dotarli do gigantycznych wrót głównej budowli, zobaczyli ślady prawdziwej architektury. Posągi cesarskie zostały wykute w kamieniu. Z tego też materiału wykonano bloki składające się na ściany. Solidne budownictwo, o czym świadczyła choćby znikoma ilość gruzu wewnątrz, który pochodził prawdopodobnie tylko z niewielkich fragmentów, jakie oderwały się od kopuły. Dzięki tym dziurom w dodatku nie panowały tu ciemności, przyjemny półmrok i chłód dawały wytchnienie po pomarańczowej patelni na zewnątrz.

Wyszyńska zatrzymała się, wskazując potężny, dość regularny kształt na środku gigantycznej sali. W tym oświetleniu wyglądało to jak łuk triumfalny.

– Co to jest? – spytał Tomaszewski.

– Brama wjazdowa do Syrinx – wyjaśnił Sakowicz. – Konkretnie, szósta brama, północna.

– A co brama robi tutaj?

– No właśnie. Ciekawostka, prawda?

Długo patrzyli na ciemniejący w oddali kształt bez słowa. Ciszę przerwała dopiero Wyszyńska.

– Paręset lat temu ktoś zadał sobie gigantyczny trud i przetransportował tutaj całą bramę. Wyobrażacie sobie?

Tomaszewski pokręcił przecząco głową. Nawet przy współczesnej technice była to rzecz pioruńsko trudna i makabrycznie kosztowna. Brama ma dwa punkty podparcia i nie można ruszać nimi względem siebie podczas transportu, bo cała konstrukcja posypie się momentalnie. Przy transporcie takiego obiektu należy więc uwzględnić też wymontowanie sporego fragmentu stabilnego podłoża.

– Nie umiem sobie wyobrazić potrzeby transportu tutaj całej bramy – powiedział. – To aż taki zabytek, że ktoś chciał to zabezpieczyć?

– Nie domyśla się pan? – spytała Wyszyńska.

– Nie. Pierwsze skojarzenie, że właśnie w tej bramie zamurowano ciało cesarzowej Achai zatopione w żywicy i tak dalej. Ale jeśli tak jest, w żaden sposób nie zbliża mnie to do odpowiedzi na pytanie, w jakim celu przetransportowano tu całą bramę. Ktoś chciał wydobyć trumnę? Mógł to przecież zrobić na miejscu, kiedy jeszcze brama stanowiła część murów.

– Dokładnie tak – potwierdziła Wyszyńska. – No i ma pan rację. W bramie jest częściowo rozbita komora grobowa. Ale jeśli ktoś chciał zabrać ciało, to po jaką cholerę transportował tutaj całą bramę? To idiotyzm przecież. Po co zadawać sobie tyle niepotrzebnego trudu?

– Żeby odbyć jakieś rytuały, które w przypadku murów nie mogłyby mieć miejsca? – zaproponował Tomaszewski. – Staram się myśleć jak miejscowi.

– Takie było i nasze pierwsze skojarzenie. Względy religijne. – Wyszyńska potrząsnęła głową. – Potem jednak dotarliśmy do odpowiedniego fragmentu notatek Osiatyńskiego, który odkrył ten osobliwy grobowiec. Według stratosferycznego księcia setki lat temu oni dokonali tego kolosalnego przedsięwzięcia budowlanego po to, żeby Achaję przed czymś chronić.

Rand gwizdnął cicho.

– Ciekawe przed czym? – mruknął.

– Ha! – Wyszyńska wspięła się na jakiś piarg i stanęła w rozkroku na jego szczycie. W swoim korkowym hełmie, z rewolwerem zabezpieczonym sznurkiem do szyi i w szerokich, długich szortach wyglądała jakby żywcem wyjęta z obrazków o dawnych podróżnikach zadumanych na wzgórzu nad odkrywaniem nowych krain. Szczególnie gdy splotła ramiona. – Sama chciałabym to wiedzieć.

Do rozmowy włączył się Załuski:

– Najwyraźniej przeniesienie bramy okazało się nieskuteczne. Ktoś jednak ciało znalazł i wydobył.

– No i mamy dwie możliwości. – Wyszyńska odwróciła się do nich przodem, co zniweczyło obraz zeszłowiecznego podróżnika. Wędrowcy nie mieli bowiem z reguły pistoletów maszynowych przewieszonych przez piersi. Tomaszewski przypomniał sobie zwłoki zgromadzone w fontannie i ślady, jakie pozostawili inżynierowie. Rozsypane łuski do automatycznych pistoletów, kilka metrów przerwy, kiedy szli naprzód, zmieniając magazynki, i znowu stosy łusek. Zastanawiający ludzie. – Pierwsza możliwość to taka, że ci, którzy przenieśli bramę, uznali, że ciało władczyni dalej nie jest bezpieczne. A może stało się coś niespodziewanego? Dowiedzieli się o czymś? Nie dojdziemy tego.

– W każdym razie zabrali ciało – wtrącił Załuski.

– Nie wiemy, czy oni. Bo druga możliwość jest taka, że ktoś inny zabrał ciało. Ten, przed kim chciano je ukryć.

Rand uśmiechnął się smutno.

– Biedna dziewczyna – mruknął. – Nawet po śmierci musi się tułać.

– Może to zwykli rabusie? – poddał Sakowicz. – Minęły setki lat, a cesarzową pochowano w wysokogatunkowej żywicy, jak twierdzą legendy.

– W legendach na pewno jest słowo „wysokogatunkowa" – zakpił Załuski. – Powiedz wręcz, że „termoutwardzalna". – Zaczął się śmiać.

– I co dalej?

– Są pewne ślady, które świadczą, że być może ciało zabrano do jednego z Wielkich Lasów.

Tomaszewski czekał z zaciekawieniem, czy Wyszyńska powie do którego. Nie powiedziała. Ale też nie dostała szansy. Ktoś znienacka strzelił w ich kierunku, a kula świsnęła nad głowami.

– Padnij!

Momentalnie przypadli do ziemi. Rand miał na tyle przytomności umysłu, żeby pociągnąć za sobą głuchoniemą Aie. Dobrze, że nie wyszli na otwartą przestrzeń wokół tej wielkiej bramy. Bliżej ścian leżało więcej gruzu, gdzie łatwo mogli się ukryć.

Po chwili rozległ się znowu huk i druga kula przeleciała tuż nad ich kryjówkami, a zaraz po niej trzecia. Kai uniosła się i posłała serię w stronę, gdzie, jak sądziła, ukryli się napastnicy. Po sekundzie to samo zrobiła Wyszyńska.

– Nie strzelać! – wrzasnął Tomaszewski. – Nie wychylać się!

– To nas rozgniotą! – krzyknął Sakowicz.

– Niby jak?

Tomaszewski nie zamierzał tłumaczyć. Ładowane od przodu karabiny miały zdecydowanie większy zasięg od peemów. Dlatego wystawianie się mogło szybko doprowadzić do nieszczęścia, a strzelanie na oślep nie przyniosłoby efektu. Jednak jeśli będą tkliwi w ukryciu, tamci nic im nie mogą zrobić. A jeśli podejdą bliżej, niwelując przewagę w zasięgu broni, to wtedy pistolety maszynowe pokażą z kolei swoją przewagę – w sile ognia. I to miażdżącą. Wystarczyło więc czekać.

– To co? – Wyszyńska nie mogła wytrzymać. – Czekamy tak aż do nocy czy co?

Wbrew pozorom nie był to głupi pomysł. W ciemnościach pistolety maszynowe również będą miały ogromną przewagę, ale faktem jest, że to napastnicy znali teren i mogli przeprowadzić różne manewry. A poza tym współczesne teorie wojskowości nie znały właściwie pojęcia obrony. Obrona to przejściowa forma działań ma-

jąca na celu umożliwienie przeprowadzenia ataku. Tylko
tyle. Istotą myśli wojskowej jest atak, a nie siedzenie na
dupie. Z tym tylko, że Tomaszewski, jeśli chodzi o wykształcenie z taktyki pola walki, był marynarzem. Znał
taktykę floty, a nie wojsk lądowych.

– Robimy kreskę nad T – krzyknął.

Siłą rzeczy nikt nie zrozumiał, o co chodzi w tym
bardzo prostym, jeśli chodzi o marynarkę wojenną, manewrze. Rzucił kamykiem w Aie, żeby na niego spojrzała. W pomieszczeniu pod gigantyczną kopułą cholernie
ciężko było zorientować się na słuch, skąd strzelają. Echo
to praktycznie uniemożliwiało. A głuchoniema nie była
zmylona dźwiękami. Mogła coś zauważyć.

– Gdzie oni są? – krzyknął.

Aie bezbłędnie wskazała mu kierunek.

– Dobrze. Wszyscy teraz idą w lewo po łuku. Nie wystawiać się. Strzelać na oślep od czasu do czasu, tylko po
to, żeby pokazać im, gdzie jesteście. Zrozumiano?

Członkowie zaimprowizowanego oddziału kiwali
głowami.

– A ty? – spytała Kai.

– Ja zostaję.

– Ale...

– To nie jest żadne bohaterstwo. Wykonać rozkaz.

Odwrócił się.

– Aie! Przejmujesz dowodzenie!

Dziewczyna w odpowiedzi zasalutowała energicznie. Rand tylko westchnął. Wybór był oczywiście dobry. Zastanawiał się jednak, ile frontalnych ataków zdąży przeprowadzić jego ochroniarka, zanim go zabiją. Aie
nie zajmowała się rozważaniami dotyczącymi strategii.

Gwiżdżąc ostro, zaczęła prowadzić swój oddział lewym łukiem.

Kreska nad T jest naprawdę prostym manewrem. Kiedy dwie linie okrętów płyną obok siebie, należy wyprzedzić wroga i zagrodzić jego linię własną linią tak, żeby obie były do siebie prostopadłe. Wtedy jedne okręty mogą strzelać ze wszystkich dział, a drugie tylko z dziobowych, a i tam okręty z przodu będą przeszkadzać tym z tyłu.

Na lądzie nie jest to jednak takie proste, ponieważ linia przeciwnika może się elastycznie odwracać frontem do nieprzyjaciela daleko łatwiej niż okręty na morzu. Ale też właśnie o to chodziło Tomaszewskiemu. Od czasu do czasu wystawiał głowę. Dostrzegł kilku przeciwników, kiedy ci zaczęli opuszczać swoje kryjówki, gdy zauważyli, że jego oddział przemieszcza się za osłoną z gruzów. Gdy Rand i pozostali ukryli się na nowych miejscach, bokiem do niego, Tomaszewski ruszył ze swojego stanowiska. W przeciwieństwie jednak do własnych ludzi odwrotnie: w prawo. Również łukiem.

Kiedy Kai i Wyszyńska zaczęły strzelać z daleka, niezbyt nawet celując, mógł już bez żadnego problemu wyjść na tyły przeciwnika. Dopiero teraz wyciągnął z kabury swój służbowy pistolet i przeładował. Kiedy znalazł się już bardzo blisko, wyjął z kieszeni swój gwizdek – coś, co każdy oficer marynarki musiał mieć przecież przy sobie. Włożył do ust. Gwizdnął z całych sił, żeby ostrzec własnych ludzi i wstrzymać ich ogień. Potem zerwał się na równe nogi. Napastników było pięciu. Dopiero teraz odwracali głowy zaskoczeni.

– Rzuć broń! – Tomaszewski podniósł pistolet, mierząc z obu dłoni. Krzyknął jeszcze głośniej: – Rzuć broń!

To półautomatyczny pistolet! Nie strzela raz, tylko wiele razy – w zdenerwowaniu wołał po polsku.

Tamci słów nie zrozumieli, ale kontekst najwyraźniej tak. Ostrożnie i powoli odkładali swoje karabiny.

– Wstawać! Ręce do góry!

Podnosili się niechętnie. Tomaszewski zauważył u dwóch z nich tatuaże zakonne, takie same, jakie miał pierwszy złapany przez nich człowiek w Syrinx. Wiele o tym rozmawiał z Kai. I jeśli się nie mylił, to u jednego z napastników rozpoznał emblemat zakonnego mistrza.

– Czego od nas chcecie? – zapytał, przechodząc już na miejscowy język.

– Od was niczego – odparł człowiek z tatuażem mistrza.

Aie tkwiąca na swoim stanowisku zrozumiała, że sytuacja jest opanowana. Pozwoliła swoim ludziom podnieść się zza osłony gruzów. Wszyscy ruszyli w kierunku Tomaszewskiego. Kai wysforowała się naprzód, za nią Wyszyńska. Reszta pozostała trochę z tyłu.

– Jak to niczego? To dlaczego strzelaliście?

– Nie do ciebie strzelałem.

– A do kogo, psiakrew?!

Mężczyzna miał jakieś czterdzieści, czterdzieści pięć lat. Nie wyglądał ani na strachliwego, ani na takiego, który się waha przed popełnieniem jakiegokolwiek czynu. I nie wyglądał też na takiego, który zniży się do kłamstwa czy kluczenia.

– Do nich.

Tomaszewski zrozumiał, że chodziło o inżynierów, którzy porwali czarownicę.

– Strzelaliście na oślep. Nie pitol mi tu, że nie wybilibyście wszystkich.

– To ostatnia szansa – wyjaśnił mistrz zakonny. –
Ostatnia. A do was nic nie mamy.

Kai i Wyszyńska były już blisko. Mężczyzna stał twarzą do Tomaszewskiego, plecami do nich, więc nie mógł oszacować odległości dzielącej go od nadbiegających. Domyślił się raczej lub usłyszał, że są coraz bliżej.

– Pamiętaj o jednym, panie oficerze – powiedział nagle. – My jesteśmy twoimi sojusznikami. Sojusznikami!

– Jakimi sojusznikami, do cholery? Zwariowałeś?

– Tylko na nas możesz liczyć. Pamiętaj. To my jesteśmy po twojej stronie.

Wyszyńska razem z Kai ukazała się na szczycie gruzowiska, za którym wcześniej kryli się napastnicy. Żadna z nich nie zdążyła niczego powiedzieć. Mistrz sięgnął nagle pod okrywający go płaszcz tak szybko, że Tomaszewski zaskoczony nie zdążył zareagować. Wyszarpnął pistolet i wykonując obrót, złożył się do strzału. Kai jednak okazała się szybsza. Nacisnęła spust, posyłając niezbyt mierzoną serię w stronę mężczyzny. Wyszyńska dołączyła do niej dosłownie w ułamek sekundy później.

Tomaszewski odskoczył w panice, a one siały po wszystkich aż do wyczerpania naboi. Aie i Załuski, którzy dobiegli po chwili, nie mieli już liczącego się celu. Stali zdyszani, nie bardzo wierząc swoim oczom. Rand i Sakowicz zjawili się dopiero teraz.

– Miałeś ich na muszce? – Rand zerknął na człowieka z pistoletem.

– No, ale sam nie miałem ich jak obszukać. – Tomaszewskiemu drżały dłonie. Szlag! Stał zbyt blisko, kiedy tamte otworzyły ogień. – Ten dureń znienacka wyszarpnął spluwę spod płaszcza.

– Jasna sprawa.

– No nie do końca. Przecież wiedział, że nie ma szans.

– Poświęcił się?

– Najwyraźniej. – Tomaszewski zdjął czapkę i wytarł mokre czoło pustynną chustą. – No jasna cholera.

– Najwyraźniej – Wyszyńska powtórzyła słowo, którego użył – to nie pan był jego celem, prawda?

– Prawda. – Potwierdził kiwnięciem. – Ale wydaje mi się, że chciał osiągnąć dwa cele.

Rand spojrzał pytająco. Nie chciał podchodzić bliżej. Zmasakrowane pociskami zwłoki nie wyglądały najciekawiej.

– Może sądził, że uda mu się panią zastrzelić, może nie. – Spojrzał na Wyszyńską. – Myślę jednak, że generalnie nie chciał, żeby jego ludzie i on sam dostali się do niewoli. Musiał coś wiedzieć o metodach przesłuchań ulubionych przez ekipę inżynierską.

Załuski i Sakowicz zrobili miny w rodzaju „bez przesady", sama Wyszyńska stała jednak nieruchomo, z twarzą bez wyrazu. Roztrząsała w myślach coś ważnego. Potem powiedziała sucho:

– Na szczęście tym razem nie zaprzeczy pan, że strzelanina wybuchła w obronie własnej.

Tomaszewski nie odpowiedział. Męczyło go zdanie wypowiedziane przez zakonnego mistrza: „To my jesteśmy twoimi sojusznikami".

Wozom wiozącym piechotę udało się dotrzeć do przewidzianego planem miejsca bez problemów. Shen rozesłała zwiadowców we wszystkie strony, a sama obserwowała rozładowujące się z taboru koleżanki. Jej uwagę zwróciła liczba wynoszonych skrzynek z amunicją. Bogowie!... Amunicja zawsze stanowiła najmniejszą objętościowo część taskanego przez armię zaopatrzenia. No ile razy taki żołnierz zdąży wystrzelić w trakcie bitwy? Jeśli ma szczęście i nie zginie na samym początku, to odda raptem kilka strzałów. Oczywiście inaczej wygląda bitwa, jeśli strzela się zza umocnień. Ale wtedy w twierdzy, forcie czy warownym obozie o zapasy dbają kwatermistrzowie. A tu? Każdy żołnierz musiał się sam obładować jak juczny muł albo wielbłąd. Jakiekolwiek więc przemieszczenia typowe dla klasycznej armii, jak choćby długie marsze, dla tych tutaj nie miały już zastosowania. Daleko nie ujdą z tym, co dźwigają na sobie. To już było wojsko, które na pole bitwy musiało być podwożone. Inaczej nie da rady. A widok skrzynek amunicji, które trzeba było wynieść dla kartaczownic, przechodził wszelkie wyobrażenie. Powinno się zastosować dla tego wojska nowe określenie: „armia juczna". Shen nie dziwiła się zbytnio, że sztab generalny odrzucił pomysł Kadira zastosowania szybkostrzelnej broni. Po pierwsze, kto to będzie nosił? Po drugie, mając nowe karabiny i kartaczownice, żołnierze wystrzelają wszystko w try miga i rodzi się pytanie, kto i z czego za to zapłaci? No i jak dostarczać na pole bitwy nowe zapasy amunicji oraz skąd je brać?

Ponure rozmyślania dowódcy przerwała Nuk:

– Zwiadowcy powrócili.

– I co?

– Teren czysty. Idziemy idealnie według planu. – Nagle Nuk uśmiechnęła się szeroko. – Oprócz jednego małego szczegółu.

– Jakiego?

– Ten garnizon w pobliżu bazy Lai Ho Park to nie jest zwykła piechota kiblująca na zadupiu. To siły specjalne.

– O kurwa mać! – Shen wypluła źdźbło trawy, które żuła do tej pory.

– No. Ładnie to ujęłaś. – Nuk nie pozostała dłużna i również zaklęła szpetnie. – To nie garnizonowe wycieruchy. Same weteranki. A poza tym będziemy strzelać do swoich.

Tego Shen nie wytrzymała i podskoczyła do siostry, opierając jej ręce na ramionach.

– Jakich „swoich", siostro? Jakich „swoich" masz na myśli?

Nuk speszyła się wyraźnie.

– Dziewczyny z sił specjalnych. W końcu my też wywodzimy się z tych formacji.

– To wiedz, że ja w takim razie pierdolę tych „swoich". I to równo. Chrzanię ludzi, którzy wpierniczyli mnie do więzienia, chrzanię żołnierzy, którzy strzelają do ludzi na ulicach. One już dawno wybrały, po której są stronie. A ja wybrałam stronę przeciwną.

– Nie no, ja cię rozumiem. Ale nie przeginaj, że zwykły żołnierz ma coś do powiedzenia, kiedy mu każą strzelać.

– Do własnych sióstr, braci, mam i tatusiów? – dokończyła za siostrę Shen. – No właśnie. Ma czy nie ma? Pod Pałacem Audiencji zwykłą piechotę jednak coś ruszyło. Piechota morska natomiast rozkaz wykonała. Strzelały do tłumu jak do stada kaczek.

Nuk wiedziała, że nie ma teraz sensu dyskutować z Shen. Zresztą sama jeszcze nie wybrała swojej drogi. Nosił ją duch elitarnej jednostki, która wykona każdy rozkaz, ale nęciły ją też nie do końca wytrzepane marzenia z okresu, gdy na ochotnika zaciągała się do wojska. Nie zapomniała troski o chorą ojczyznę i tego uczucia, że sama powinna być choć trochę odpowiedzialna. Teraz jednak zaczęła mieć wątpliwości, co jest tą chorobą.

– Jestem z tobą, siostro – powiedziała. – Wiesz o tym, prawda?

– Wiem.

Uśmiechnęły się do siebie.

– A mówiąc o siłach specjalnych, mam na myśli przede wszystkim to, że ich żołnierze to weteranki. Nie pójdą w rozsypkę po kilku salwach.

– Wiem.

Nuk spojrzała na nią zdziwiona.

– Jakoś cię to specjalnie nie martwi.

– Ano nie. – Shen podniosła głowę. W jej oczach można było zobaczyć pasję okropnego łobuza. – Przecież znaleziono już skuteczną taktykę na oddziały sił specjalnych.

– O czym mówisz?

– O wojnie w dolinie Sait. Potwory w końcu wymyśliły, jak się za nas zabrać, prawda?

Nuk też zaczęło coś świtać w głowie.

– Każ wszystkim żołnierzom w plutonach odliczyć do dwóch – powiedziała Shen. – „Jedynki” w bitwie mają strzelać do oficerów i podoficerów. „Dwójki” do kogo chcą. Wszyscy strzelają jedynie wtedy, kiedy widzą cel.

– I wszystko jasne! – roześmiała się Nuk. – Zobaczymy, czy ich siła żywa zacznie dowodzić się sama.

– No właśnie. – Shen klepnęła siostrę w pośladek, kierując do wykonania rozkazu, a sama podeszła do Kadira skupionego nad mapami. – Będę potrzebowała trochę prac inżynieryjnych – powiedziała. – Podjąłbyś się?

– Sam? – odparł kpiąco. Kiedy zbliżała się chwila rozpoczęcia akcji, rusznikarzowi ewidentnie poprawiał się humor. Przez chwilę myślała, że dotąd męczył się nerwowym oczekiwaniem, niepewnością każdej chwili, ale nie, zganiła się w myślach. Głupia była! To przecież profesjonalista, fanatyk, twórca, wręcz artysta inżynierii. A teraz miał na własne oczy zobaczyć, jak jego wynalazki sprawdzą się na prawdziwym polu bitwy. I czy oficerkom ze sztabu, którzy odrzucili jego pomysły, nie stanie przypadkiem gul w przełyku.

– Dam ci pluton osłony Sharri – powiedziała. – Patrz, mój plan jest taki.

Nachyliła się nad mapą, przykładając i orientując szybko nakładkę.

– Atakujemy bazę i robimy w środku swoje. Garnizon w tym czasie wypełznie zza murów. Część pewnie ruszy na odsiecz bazie, a część będzie nas chciała przyszpilić, najprawdopodobniej gdzieś tutaj. – Pokazała jedyne w okolicy wzgórze o łagodnych, według kartografów, stokach. – Nie mogą się tutaj usadowić, więc będziesz tam na mnie czekał.

– Dobrze. – Skinął głową. – Właściwe miejsce.

– Ale one zaatakują prawdopodobnie stąd, od strony swojego fortu. Przygotuj im kilka niespodzianek.

Przytaknął. „Niespodzianki" na różne okazje mieli omówione już wcześniej. A wzgórze rzeczywiście nadawało się na „punkt powstrzymania" wrogich sił.

Kadir zatarł dłonie.

– To akcja w rodzaju brązowa moneta za wejście, a za wyjście złota.

– I tak w życiu bywa.

Złożyła mapę i zasalutowała mu, zabawnie marszcząc brwi. W miarę zbliżania się akcji rusznikarz nie mnożył trudności, a raczej je niwelował. Przypominał człowieka w euforii. Shen nie mogła go zrozumieć. Aż tak go podniecała możliwość sprawdzenia w praktyce własnych koncepcji? Nie było czasu, żeby analizować duszę starego rusznikarza. Skinęła na Sharri, przypominając jej gestami, że jest przypisana do ochrony stanowisk karabinów Kadira.

– Nuk, Nanti. – Podeszła do swoich podoficerów stojących przed trzema plutonami, które ukrywały się w cieniu wozów. – Raporty od wart macie?

– Od strony bazy – zaraportowała Nanti – teren czysty. Od strony garnizonu zauważono kilku cywilów. Nie zbliżają się.

– Dobra. Nie będziemy dłużej czekać. – Shen przygryzła wargi. – Ruszamy!

Nanti i Nuk pobiegły do swoich plutonów. Nie było żadnych głośnych komend, żadnych wywrzaskiwanych rozkazów. Wszędzie krótkie i ciche:

– Idziemy.

Ruszyły bokiem polnej drogi wśród rzadkich drzew porastających wąski pas wokół uprawnego pola. Jedyną przeszkodą okazała się Sharri, która na chwilę wymarszu zostawiła swoich ludzi, stanęła przy drodze i przypominała coś przechodzącym obok niej żołnierzom.

– Dziewczyny, pamiętajcie! Idziecie porachować się z tymi, co was wsadzili do paki.

Któraś mniej rozgarnięta zaczęła dopytywać, czy na pewno osobiście spotka panią sierżant, która ją biła, na szczęście koleżanki zdołały ją uciszyć.

– Dziewczyny, pamiętajcie...

Shen uśmiechnęła się, mijając Sharri. Ta dziewczyna była dziś drugim człowiekiem bliskim euforii, choć z zupełnie innego powodu. Jej dusza buntownika nareszcie będzie mogła zaznać ukojenia. Zacznie się prawdziwa walka przeciwko systemowi opresji.

A sama Shen? Tak po prawdzie nie mogła pogodzić się sama ze sobą. Raz wydawało jej się, że obce, mroczne siły targają nią na różne strony, raz – że jednak panuje nad sytuacją, że wydostała się z okropnego gówna i sobie radzi. W dzień wszystko wydawało się jeszcze w porządku. Gorzej było w nocy. Duszące sny, przewracanie się z boku na bok. No nic. Nadchodzący dzień pokaże, czy poradzi sobie w rzeczywistości. Wzruszyła ramionami. Jak przed skokiem do zimnej wody. Nie ma o czym myśleć, trzeba wziąć głęboki oddech.

– Pani kapral! – Zdyszana żołnierz zameldowała się służbiście. – Nie mają wart na przedpolu. Brama zamknięta.

I dobrze. Oddziały czołowe zatrzymały się i rozłożyły zgodnie z planem w bardzo rzadkich zaroślach. Shen podeszła do przodu, żeby samej ocenić sytuację.

Baza była przygotowana idealnie do obrony. Praktycznie nie do zdobycia od jednego szybkiego uderzenia. A jeśli wytrzymają choć trochę dłużej, to garnizon wygrzebie się z pieleszy i spadnie na karki oblegającym. Pierwszym ważnym punktem obrony było puste pole wokół, gdzie nie rosła żadna roślinka, nie istniały żadne doły, rowy czy zagłębienia. Idealnie wyczyszczony, płaski teren z twardą, ubitą i zakonserwowaną przez słońce ziemią, w której nie sposób wykopać szybko jakiejkolwiek osłony. Drugą ważną linią obrony były wysokie mury otaczające bazę. Niby nie taka straszna przeszkoda w dobie artylerii. Ale żeby je zniszczyć za pomocą armat, trzeba wielu dni oblężenia. A pobliski garnizon spadnie na karki już pierwszego dnia. Poza tym z blanków można prowadzić celowany ogień z podparcia, bezpiecznie, na stojąco ładować, a jeśli ktoś podejdzie bezpośrednio pod zamkniętą bramę, po prostu obrzucić granatami. No i koniec. Twierdza praktycznie nie do zdobycia w szybkim czasie przez piechotę. Nie ma szans w przypadku klasycznej armii.

Cały szkopuł w tym, że Shen nie miała klasycznej armii. Miała za to za sobą doświadczenia zupełnie innej armii, która przybyła zza Gór Bogów i przywiozła ze sobą zupełnie inne pomysły na prowadzenie walki. Przeszkodą był płaski teren bez żadnej osłony? No fakt, nie sposób przecież wozić ze sobą drewnianych umocnień ani rąbać drzew tu i teraz, bo brakuje czasu. Nie sposób też kopać rowów pod ogniem nieprzyjaciela. Szczególnie w wyschniętej, ubitej ziemi, którą trzeba rąbać kilofami. To wszystko prawda, ale tuż za plecami znajdowało się uprawne pole, idealnie zaorane – kopać w nim można łatwo, szybko i bez wysiłku. No ale po co komu okopy z tyłu? Ależ nie będą z tyłu – żołnierze napełniały ziemią worki, które przyniosły ze sobą. Jeden żołnierz, jeden worek. Póki pusty, przenieść łatwo, a po napełnieniu stawał się automatycznie częścią okopów. Worki z piaskiem. Dlaczego nikt na to nie wpadł po tej stronie gór?

– Równać linie. – Shen nadal nie podnosiła głosu. –
Podaj dalej.

Czekała, aż rozkaz dotrze do samych krańców roz-
ciągniętych oddziałów.

– Nuk i Nanti... naprzód! – dopiero to rzuciła głośno.
Odczekała, aż dwie linie obciążone workami ruszą do
przodu. A potem krzyknęła: – Pierwszy pluton za mną.

Szły trochę z boku od dwóch pierwszych grup żołnierzy. Dość szybko też wysforowały się naprzód. Ich
grupa nie była obciążona workami. Nie zdążyły przebyć nawet czwartej części dystansu dzielącego rzadkie
zarośla od muru twierdzy, kiedy w powietrze wzbił się
smolistoczarny, wąski słup dymu. Sygnał dla garnizonu,
domyśliła się. Ale są szybcy. No cóż, za kilka chwil ogłoszą alarm i poderwą wojska, które mają przyjść twierdzy
z odsieczą. Miały bardzo mało czasu.

Kto miał dobry wzrok, mógł dostrzec małe sylwetki
żołnierzy zajmujących stanowiska strzeleckie za blan-
kami muru. Shen podziwiała ich sprawność. Dowódca
traktowała swoje obowiązki bardzo poważnie. A Shen
nabierała powoli pewności, że zaatakowali właśnie naprawdę jeden z najważniejszych w państwie ośrodków.
I to siłami wzmocnionej i nadetatowej, ale jednak tylko
kompanii.

Nie mogła pozwolić, żeby tamte z murów zaczęły strzelać pierwsze. Stare karabiny miały większy zasięg niż ich, bębnowe. A tu nie chodziło o celność. Shen
chciała, żeby świszczące wokół kule nie pozwalały precyzyjnie mierzyć. To na razie powinno wystarczyć.

– Pluton, stój! – krzyknęła. – Linię formuj!

Żołnierze ustawiały się błyskawicznie. Nigdy nie ćwiczyły razem jako zwarta jednostka, ale to przecież były rutynowe komendy, przećwiczone dawniej.

– Przyklęk!

Dezerterki sprawdzały się w musztrze. Nie wiadomo, jak będzie w boju, jak u nich z żołnierską inicjatywą, ale manewry w ich wykonaniu wyglądały naprawdę porządnie. Shen po raz pierwszy, jeszcze zanim padł jakikolwiek strzał, poczuła moc tej jednostki. A po raz pierwszy od czasu działań podczas rozruchów w mieście zrozumiała też, że z takim oddziałem może swobodnie manewrować.

– Unieś broń!

Idealnie równo. Jak na poligonie.

– Żołnierze! Strzelajcie, widząc cel. Unikać salw.

Ogień przygniatający to to nie był. Żołnierze strzelały niespiesznie, nie chcąc się za szybko wyzbyć amunicji. Celność prawdopodobnie była żadna, ale też sprawiły, że kilkanaście strzałów, które padły z murów, również nie wywołało żadnego efektu. I o to właśnie chodziło.

Dwa pozostałe plutony zdążyły dobiec na odległość skutecznego strzału. Żołnierze zrzucały swoje worki z ziemią, tworząc dwa stanowiska dla karabinów Kadira, które właśnie podtaczano. Ich obsługa znalazła się błyskawicznie za doskonałą osłoną. Atakujący w ciągu kilku chwil mieli więc dwa dobrze obwałowane punkty ogniowe, których nie sposób zaczepić zwykłym karabinem. Reszta żołnierzy rozsypała się wokół, kładąc na ziemi, żeby stanowić mniejszy cel. Teraz one przejęły rolę osłony. Shen kazała swoim ludziom przerwać ogień oraz powstać z przyklęku. Chwila na przeładowanie bębnów i mogła ruszyć w stronę przygotowanych stanowisk. Nie było na co czekać.

– Nanti! Do przodu! Ruszaj!

W momencie kiedy dobiegała z ludźmi do stanowisk kartaczownic, trzeci pluton ruszał właśnie do ataku.

– Ogień opresyjny! – krzyknęła Shen do celowniczych. – Obezwładnić ich!

Dwóch ładowniczych zaczęło kręcić korbami karabinów, obracając lufy wokół osi, amunicyjni przysuwali bliżej skrzynki z nabojami, celowniczy ustawiali kąt podniesienia.

– Ognia!

Nikt wokół nie spodziewał się czegoś takiego. Żołnierze w szoku podnosiły głowy i patrzyły zdziwione. Dwa karabiny zaczęły nagle strzelać ogniem ciągłym, raz za razem. Nieprawdopodobny zupełnie widok. W kierunku nieprzyjaciela leciały dwie serie pocisków. Ale w przeciwieństwie do plutonu Shen wcześniej, tym razem broń ustawiono w zasięgu skutecznego strzału. Nawet stąd widać było chmury pyłu z odprysków w miejscach, gdzie pociski uderzały w mur. Tam, w oddali, nikt nie mógł się spodziewać takiej nawały ognia. Nikt też nie wystawił głowy, w chwili kiedy pluton Nanti dobiegał do bramy.

Te z żołnierzy, które miały granaty przywiązane do długich tyk, zapalały je właśnie, pozostałe montowały na bramie miny.

– Nuk! – krzyknęła Shen. – Bądź w gotowości!

– Przez cały czas jestem!

Zobaczyła uśmiech siostry. W huku palby niewiele więcej dało się powiedzieć.

Pod murami żołnierze kolejno przerzucały nad bramą tyki z granatami. Chodziło o to, żeby obrońcy nie mogli rzucać własnych granatów. Chwilę później ktoś podpalił lonty ładunków wybuchowych i żołnierze odskoczyły na boki. Z murów twierdzy oddano w tym czasie zaledwie kilkanaście strzałów. Wszystkie w pośpiechu i niecelnie.

– Nuk! Ruszaj!

– Drugi pluton, za mną! – jej siostra poderwała ludzi do biegu.

Karabiny Kadira przerwały ogień. Po chwili obrońcy wystawili głowy zza blanków. Dokładnie w tym momencie eksplodowały ładunki wybuchowe umieszczone na bramie. Ziemia zadrżała chyba. Oba ciężkie skrzydła wrót najpierw uniosły się nieco, gdzie ogarnął je tuman pyłu, a potem opadły w snopach iskier dopalającego się prochu. Żołnierze kryjące się pod murami ruszyły do miejsca eksplozji, usiłując przedostać się do środka na oślep. Kilka chwil później dobiegł do nich drugi pluton Nuk. Karabiny Kadira znowu podjęły swą morderczą pracę, wymiatając obrońców z tych części murów, które były odległe od wysadzonej bramy. Celowniczy nie chcieli ryzykować trafiania własnych ludzi.

Shen uznała, że to jest właściwy moment na podciągniecie zabójczej broni bliżej. A nawet przerzucenie za mury.

– Przerwać ogień! – zakomenderowała. – Zlikwidować stanowiska. Pluton osłania przejście!

Wszystko zostało zorganizowane naprawdę dobrze. Żołnierze nie ociągały się, wiedziały, że im krócej będą przebywać na otwartym polu, tym mniejsze niebezpie-

czeństwo, że dosięgnie ich wroga kula. Na dziedzińcu
bazy musiała już wybuchnąć walka. Z samych murów
nikt już nie strzelał na zewnątrz.

– Szybciej! Szybciej!

Dopadły do bramy dokładnie w chwili, kiedy pluton
Nanti szturmował najbliższy budynek. Klasyczne działanie armii starego typu. A tu biorące się z desperacji. Pluton Nuk pacyfikował wszystkich, którzy jeszcze zostali
na murach. Tu, przy niewielkich odległościach, karabiny
nowego typu zapewniały momentalnie przewagę ognia
i paraliżowały wszystko w zasięgu wzroku. Gorzej z za-
mkniętymi budynkami. Ukryci w nich obrońcy mogli
rozstrzelać napastników, nie narażając się zbytnio.

– Powstrzymaj atak! – krzyknęła Shen do Nanti. –
Powstrzymaj atak!

Wysłała dwie dziewczyny na przedpole za bramę,
żeby zbierały tyczki, na których podczas szturmu umo-
cowano granaty. Należało na nich umocować nowe.
Ogień obrońców wzmagał się. Ale mimo ran odnoszo-
nych przez żołnierzy walczące po raz pierwszy razem
plutony trzymały się dzielnie. Na szczęście podtoczono
właśnie pierwszy karabin Kadira.

– Pierwszy pluton! – krzyknęła Shen. – Osłaniać kartaczownicę.

Dziewczyny zaczęły strzelać do otworów okiennych.
Niewiele można było zaszkodzić tym, którzy strzelali
i rzucali granaty z dachu. Żołnierze wroga wdrapywali
się na dach drugiego budynku i brali napastników
w krzyżowy ogień. Na szczęście, kiedy uruchomiono
sześciolufową broń, jej maszynowy ogień błyskawicznie przygniótł obrońców na górze. Podtoczony chwilę

później drugi karabin uniemożliwił wychylanie się z okien.

– Teraz! – wrzasnęła Shen. – Do ataku!

Nanti poprowadziła ludzi jeszcze raz. Tym razem z granatami na tyczkach. Nie sposób ich odrzucić, nie ma możliwości uniknąć ani powstrzymać. Teoretycznie można zatkać okna. Ale po pierwsze trzeba być na to przygotowanym, a po drugie zdaje się w ten sposób na łaskę atakującego, który może podpalać, spokojnie wysadzać, a nawet kuć cały mur wedle uznania.

Karabiny Kadira uniemożliwiały obrońcom prowadzenie celnego ognia do atakujących. Granaty na tyczkach zrobiły resztę. Po kilku dosłownie chwilach pluton Nanti bez przeszkód wdarł się do budynku, rozwalając grube drzwi. Dokładnie w tej samej chwili osłabła postawa żołnierzy prowadzących ogień z drugiego budynku. Kiedy karabiny Kadira przeniosły swój ogień na nich, a w rękach napastników pojawiły się rozpalane właśnie pochodnie... tamci zaczęli uciekać.

– Nuk! – Shen podeszła do siostry. – Zrób tam przeczesywanie. I sprawdź, gdzie jest skarbiec.

Swoim ludziom, poza osłoną smarowanych teraz olejem kartaczownic, kazała przeszukać wszystko, co znajdowało się w obszarze murów. Pierwszy cel wydawał się osiągnięty. Całkiem sprawnie. Patrzyła na opatrywanych rannych. Przy naprawdę niewielkich stratach. No ale... jak ładnie powiedział Kadir: brązowa moneta za wejście, złota – żeby wyjść.

Spacerując po dziedzińcu, przyglądała się ofiarom. Nowoczesna wojna, psiakrew. Liczba rannych w każdej bitwie była wyższa od ilości zabitych, lecz tutaj... Powin-

ni wynaleźć jakąś inną kategorię: ranny obezwładniony.
Właściwie trudno było zobaczyć zabitego. Kazała swoim sanitariuszom opatrywać też wrogów. Ale to nawet
nie kropla w morzu. Co za upiorny widok. Czy tak będą
wyglądać wojny przyszłości? Nie zabijać wrogich żołnierzy, tylko ranić. Korzyść wielokrotna. Bo zabitego można
po cichu pochować, oddać salwę honorową, a do rodziny napisać zawiadomienie. No i o wszystkim zapomnieć.
A takie rzesze rannych? Najpierw ich widok zdemorali-
zuje niedraśniętych kolegów. Potem obciąży siły tyłowe,
nakaże dowództwu ogromnymi nakładami organizować
szpitale i pompując w nie niewyobrażalne pieniądze, leczyć tych wszystkich. Potem podleczonego kalekę trzeba odesłać do domu, niech będzie ciężarem dla rodziny i przeraża swym wyglądem cywilów. A rzesze kalek
niech osłabiają morale i wolę walki obywateli państwa.
Makabra. Karabin starego typu powodował rany, które
szybko zabijały trafionego żołnierza. Nowoczesna, szyb-
kostrzelna broń nie zabijała. Raniła, obezwładniała i eli-
minowała, lecz tylko z pola bitwy. Dalej kłopot spadał
na wrogie sztaby i służby zajmujące się logistyką. Co za
skuteczność i perfidia. A jeśli się wynajmie filozofów, to
oni jeszcze gotowi nazwać taką broń humanitarną. Przecież nie zabija! Daje szansę.

Ponure rozmyślania przerwała Nuk, która przybiegła
od strony większej budowli.

– Znalazłyśmy skarbiec w podziemiach! – wydysza-
ła. – Ale to nie jest to, co myślisz. – Z trudem łapała oddech. – Musiałam pomóc tam przenieść bombę Kadira. –
Wytarła pot z czoła. – Bałam się, że te głupie piechociarki
spowodują eksplozję jeszcze na zewnątrz.

– I co?

– No właśnie będą odpalać.

– Ale czemu skarbiec to nie to, czego się spodziewałam?

– O psiamać, o psiamać...

– No wykrztuś wreszcie!

Nuk potrząsnęła głową.

– To nie jest żadne pomieszczenie z kutymi drzwiami i wielkim zamkiem. To jest cała pancerna sala!

– Ożeż. – Shen spojrzała w kierunku budynku, z którego szybko uciekały piechociarki. – Damy radę?

– No, mam nadzieję, że Kadir wszystko przewidział.

Rusznikarz wykonał dla nich ładunek wybuchowy składający się z wielu segmentów. Nauczył Nuk, ile mniej więcej potrzeba na jaką grubość przeszkody. Im bardziej odporny materiał, tym więcej segmentów trzeba dołożyć do zapalnika. Problem w tym, żeby nie przesadzić i nie posłać do nieba w formie proszku wszystkiego, co jest w skarbcu. A teraz widać było po minie Nuk, że dołożyła do ładunku głównego wszystkie segmenty, jakie miała.

– No ładnie.

Jakaś piechociarka podbiegła do Nuk.

– Pani sierżant. Lont podpalony.

Shen poczuła, jak coś nagle ściska ją w dołku.

– Kryć się! – wrzasnęła. – Kryć się! Zaraz będzie wybuch!

Obie z Nuk pobiegły aż do bramy, chowając się za rozwalonymi wrotami. Żołnierze radziły sobie różnie. Czasem było to zwykłe „padnij". Ranne nie miały żadnej możliwości wyboru. Leżały, gdzie rzucił je los.

Wybuch pod ziemią, osłonięty ścianami budowli, nawet nie był jakoś tam szczególnie głośny. Ale zadrżało wszystko wokół. Tym, którzy patrzyli w tamtym kierunku, zdawało się, że cały budynek uniósł się na chwilę, a potem opadł w tumanach kurzu. Wspaniałe, pokryte wypaloną glazurą dachówki spadały na wszystkie strony. Wstrząs był taki, że popękały nawet fragmenty muru, przy którym kryły się Shen i Nuk.

– Zaraza, przesadziłyśmy!

– Nie no, dałam według jego obliczeń.

– Ale tam, w środku. Z tego, co było w skarbcu, mógł pozostać tylko pył.

– Mówiłaś, że artefakty są niezniszczalne.

– Tak, tylko szukaj ich teraz w koronach drzew w promieniu pół dnia drogi.

Obie podniosły się i wiedzione ciekawością zaczęły biec.

– Przesadzasz – zdążyła jeszcze szepnąć Nuk.

Dobiegły do budynku, a właściwie prawie ruin, tuż za wdzierającymi się do środka własnymi żołnierzami. Skarbiec – we wszystkich głowach tliła się jedna myśl. Więc wiadomo, co w środku.

– Nie rabować niczego! – krzyczały Shen i Nuk razem. – Będzie na to czas! Teraz nie rabować.

W tumanach pyłu udało im się z największym trudem przepchnąć do rozwalonych drzwi. Ich żelazne wzmocnienia oddzieliły się od grubych desek, siła wybuchu skręciła je, powodując, że wyglądały niczym więzienna krata zniszczona przez próbującego się wydostać olbrzyma. W podziemiach nie dało się oddychać. Obie nasunęły na twarze wojskowe chusty, ale to niewiele pomagało. Z wielkim trudem udało się rozpalić pochodnie. W towarzystwie żołnierzy, których nie udało się wygonić, zaczęły schodzić niżej. Pierwsze pomieszczenie okazało się czymś w rodzaju szerokiego korytarza z aktami, które kiedyś, dawno temu, były pewnie idealnie poukładane na szafach i półkach wokół. Teraz większość regałów leżała potrzaskana, a papiery tworzyły prawdziwe barykady utrudniające przejście.

I bardzo dobrze, pomyślała Shen. Łatwiej będzie całość podpalić.

Nie zaprzątała sobie głowy faktem, że akta, gdyby je pozbierać i posegregować, mogłyby stanowić broń daleko potężniejszą nawet niż karabiny Kadira. Nie była politykiem, tylko żołnierzem. Uśmiechnęła się do własnych myśli. Jeszcze nie tak dawno określała siebie samą jako córkę rybaka. Ech... to już nie wróci.

W następnym pomieszczeniu pod ścianami poustawiano skrzynie. Trzeba się było przepychać. Nie między skrzyniami, tylko ludźmi, rzecz jasna. Dziewczyny, które wpadły tu przed dowództwem, przygotowały się zawczasu, miały ze sobą nawet łomy. Trzaskały otwierane na siłę wieka. A z rzadka akcja kończyła się znalezieniem czegoś cennego w doraźnym rozumieniu tego słowa. Znowu papiery, dokumenty spisywane nawet na skórze, mapy, pieczęcie.

Znacznie lepiej wyglądało trochę dalej. Następne pomieszczenie okazało się rodzajem archiwum kancelarii. I tu w małych, skrzętnie posegregowanych paczkach różne sumy można było znaleźć. Czasem nawet bardzo konkretne. Ale nadal nie „skarby", które, jak to sama nazwa zdawała się wskazywać, powinny leżeć w „skarbcu".

Żołnierzy najbardziej rozczarowało ostatnie pomieszczenie. Zawierało znowu jakieś papiery, pieczęcie, a nawet coś jakby wota zrabowane w jakichś nieznanych świątyniach. Bogowie wiedzą co to było. Nic cennego.

Shen, a przede wszystkim Nuk stanęły jak wryte. Długo nie potrafiły wykrztusić ani słowa.

– Czy... – Shen przełknęła ślinę – widzisz to, co ja?

– Tak. Nieprawdopodobne.

Nuk ściągnęła chustę z twarzy. Patrzyła, nie bardzo mogąc zrozumieć, co to wszystko ma znaczyć.

– Zakon – wyszeptała Shen. Wiedziała sporo o sprawach Zakonu od chłopca, który nawiedzał ją we śnie.

Wszystko wokół nosiło na sobie zakonne znaki. Wielkie skrzynie, pochodzące być może sprzed setek lat, opatrzone lakowymi pieczęciami dokumenty, księgi, insygnia, znaki rycerskie... Wszystko oznaczone godłem Zakonu. Kiedy podeszły bliżej, do stołów, przy których ktoś pracował, sądząc po walających się notatkach, zobaczyły, że nawet pieczęcie mają na sobie odpowiednie znaki. A wszystko to, jak wskazywały ślady, było w ciągłym, codziennym użyciu.

– Bogowie! – westchnęła Nuk. – Co to ma znaczyć?

– Nic nie rozumiem. Skąd tu Zakon nagle?

Nuk przysiadła na brzegu stołu. Przygryzła wargi, myśląc o czymś intensywnie. Shen nie mogła sobie na to pozwolić. Musiała przeszukać pomieszczenie. Miała tylko nadzieję, że artefakty nie są ukryte w jakiś perfidny sposób. Na szczęście pozostawiono wiele oliwnych lampek. Sto razy lepsze narzędzie niż pochodnie używane przez żołnierzy.

Nie musiała szukać długo. Artefakty nie dość, że miały służyć jakimś tajemnym celom, to jeszcze były traktowane jak relikwie. Na samym końcu pomieszczenia, wśród bardzo starych znaków zakonnych mistrzów, znajdowało się coś w rodzaju ołtarzyka. A w jego centrum na specjalnie rzeźbionej podstawie szklane puzdro ze wzorzystymi kawałkami tkaniny w środku.

Nie kryli się więc. To coś w środku musiało być dla nich nie tylko bardzo ważne, ale wręcz stanowiło obiekt religijnej czci. Wzruszyła ramionami. Co się dziwić? Skoro ktoś poświęcił cały korpus i życie tylu żołnierzy, żeby zdobyć te kawałeczki materiału. Szlag! Sama jak głupia, żeby wykonać rozkaz, narażała życie, porywając się na rzecz prawie niemożliwą do wykonania, żeby dostarczyć artefakty tutaj. Jak durna. Nie wiedziała nawet, że są zaszyte w skórzanej okładce teczki, wewnątrz której tkwił tajny raport major Dain.

Shen nie bała się zakonnych klątw. Zdjęła puzdro z ołtarza i przysunęła bliżej światła. Nie potrafiła odróżnić skrawków materiału, które były ukryte w świątyni potworów i które przyniosła ona sama, od tych, które zostały znalezione w Wielkim Lesie przez żołnierzy Achai tysiąc lat temu. Na pierwszy rzut oka wszystkie kawałki wyglądały identycznie.

No nic. Nie czas i miejsce, żeby rozstrzygać o takich sprawach. Shen stłukła szklane puzdro. Ostrożnie, starając się nie skaleczyć w palce, pozbierała skrawki wzorzystych szmatek. A potem schowała je wprost do kieszeni munduru. Bez sentymentów.

Wróciła do Nuk, ciągle pogrążonej we własnych myślach.

– I jak? Doszłaś do czegoś?

Jej siostra wzruszyła ramionami.

– To zbyt straszne, żeby było prawdziwe.

– No? No? – zachęcała ją Shen.

– Kiedy Meredith pokonał czarownika Zakonu na słynnym placu w Syrinx, rozpoczął się proces demontażu starego układu sił na świecie. Po rozwałce Cesarstwa Luan Zakon stał się psem pozbawionym zębów. Achaja i Biafra zakończyli działalność tej instytucji na świecie. Podobno nędzne resztki Zakonu wegetowały jeszcze na jakiejś kamienistej wyspie zagubionej gdzieś na morzu. Tam, gdzie wcześniej więziono Mereditha.

– Co to ma do rzeczy?

– Słuchaj! Wszyscy uznali milcząco, że Zakon się poddał. A oni się nie poddali. Trwali w ukryciu.

– Do chwili, aż ich połapały siły specjalne? – Shen wskazała wszystkie przedmioty zgromadzone wokół.

– Nie, siostro. – Nuk uśmiechnęła się szeroko. – Siły specjalne to Zakon.

Shen zatkało.

– Co?

– Mówię niewyraźnie? Pomyśl chwilę. Nie mieli żadnych szans na przetrwanie, więc postanowili przyłączyć się do zwycięzcy. W pewnym sensie przynajmniej. Stworzyli służbę, która rosła w siłę, stawała się coraz bardziej niezbędna, władna. Przecież oni znali wszystkie zakonne tajemnice. Pewnie okazali się najlepsi w chwytaniu swoich, czyli ukrywających się rycerzy Zakonu. Rycerze, przydatni do działań jawnych, nie byli już przecież potrzebni. A wszystkie zakonne koneksje, wszyscy ci agenci, donosiciele, układy... Wszystko było ich. Powoli stawali się więc najlepszą służbą cesarstwa.

– Chcesz powiedzieć, że...?

– Tak, siostro. Władza cesarzowej opiera się teraz na Zakonie. Gorzej, gdybyśmy się nie zbuntowały, to same byłybyśmy dalej częścią Zakonu.

– No szlag!

Shen rozejrzała się jakby w poszukiwaniu pomocy. No jasny piorun! Nie mogła sobie poradzić z natłokiem myśli. Ten legendarny, mityczny właściwie Zakon ciągle żyje? No nic. Nie teraz. Nie miała już ani chwili czasu do stracenia.

– Hej tam, laski! – wrzasnęła. – Koniec rabowania! Podpalić mi ten burdel natychmiast!

– Panie komandorze! – daleki głos rozbrzmiewał na pokrytej gruzami ulicy. – Panie komandorze!

Wyszyńska skończyła przeszukiwanie trupa zakonnego mistrza.

– Klasyczne samobójstwo. – Podniosła się nieusatysfakcjonowana. Mężczyzna nie miał przy sobie żadnych dokumentów. – Facet wyciągnął pistolet dokładnie w chwili, kiedy nadbiegaliśmy. I to nawet w pana nie mierzył.

– Chciał wymierzyć w panią.

– Nie mógł być aż tak głupi. Wiedział, że nie ma szans.

Tomaszewskiemu cały czas brzmiały w uszach jego ostatnie słowa: „To my jesteśmy twoimi sojusznikami".

– Panie komandorze! – rozległ się znowu głos z ulicy.

– Tutaj! – odkrzyknął. – Nie ma co tu stać. – Przeniósł wzrok na grupę zgromadzoną wokół niego. – Wychodzimy.

Słońce na zewnątrz zdawało się jeszcze bardziej palące niż przedtem, kiedy schodzili pod kopułę, która kryła antyczną bramę. Dwóch polskich żołnierzy z karabinami gotowymi do strzału przedzierało się przez gruzy w ich stronę.

– Panie komandorze. – Pierwszy z nich przyjął postawę zasadniczą i chciał złożyć meldunek, ale Tomaszewski machnął tylko ręką.

– Co tam?

– Pilna depesza ze sztabu. Leci tu admirał Wentzel. Dwa wielkie wiatrakowce. Każe przygotować sobie lądowisko.

– Tutaj leci? – dał się zaskoczyć Tomaszewski. – Na dwóch wiatrakowcach?

– Tak jest!

– No ładnie.

Wyszyńska przygryzła wargi.

– Ale jak to leci? – zapytała. – Już wystartował i jest w drodze czy tylko powziął taki zamiar i nas powiadamia?

– Ja nic o tym nie wiem. – Żołnierz wyprostował się jeszcze bardziej. – Depesza jest bardzo lakoniczna.

– Cały Wentzel – mruknął Tomaszewski. – To typowy jego styl.

– No to mamy problem... – zafrasowała się Wyszyńska. – Na tych gruzach nie wyląduje. A jeśli już leci, to nie mamy czasu, żeby wydostać się poza miasto i rozejrzeć za odpowiednim miejscem.

– Tak – Tomaszewski przyznał jej rację, a potem zwrócił się do żołnierza: – W tych plecakach macie świece dymne i taśmy do oznaczania lądowisk?

– Tak jest! – Żołnierz wskazał na dźwigany przez siebie ekwipunek. – Gdy będą blisko, na tę krótkofalówkę otrzymam sygnał SQ.

– To rzeczywiście mamy problem. – Tomaszewski rozejrzał się wokół. – Tu nic nie wyląduje.

Rand rozwinął swoją mapę, studiował ją krótko, a potem podsunął pozostałym.

– Patrzcie, tu obok jest plac Zgody, czy jak go tam nazwali. Jest tak duży, że na samym środku może nie być żadnych gruzów.

– Na pewno nie ma – wtrąciła Kai. – Ten plac był święty i przez długi czas służył za miejsce kultu. Nie wolno było tam wznosić żadnych budowli, bo musiał pomieścić tysiące wyznawców.

– Miejsce jakiego kultu?

– Wielkiej cesarzowej Achai – uśmiechnęła się Kai. – Tak, tak, zafundowali jej coś takiego pośmiertnie. A sam plac jest bardzo ważny dla historii Arkach. Tam wielki książę Orion oświadczył się Achai, tworząc podwaliny pod budowę największego państwa na znanym świecie. Tam zginął książę Sirius i mędrzec Zaan. Tam Cesarstwo Luan zakończyło swój żywot.

Rand złożył mapę. Najwyraźniej już zapamiętał, którędy mają iść.

– Dobra, będę służył za przewodnika. – Najpierw
ręką wskazał kierunek, a potem ruszył przed siebie. Reszta poszła za nim. Prawdę powiedziawszy, nikt nie miał
lepszego pomysłu.

– A! – Rand przypomniał sobie coś nagle i zerknął
na czarownicę. – Kai, nie wspomniałaś o czymś ważnym,
jeśli chodzi o plac Zgody.

– O czym?

– Przecież to tam Meredith zwyciężył głównego czarownika Zakonu. I tam właśnie Zakon tak naprawdę
przestał istnieć.

– Coś w tym jest. Jeszcze parę lat usiłował wierzgać,
ale potem rozpłynął się w pomroce dziejów.

– I tam chyba też zginął sam Meredith. Tak?

Kai roześmiała się na cały głos.

– Widzisz, w jego przypadku ta kwestia jest bardzo
skomplikowana. Bo należy odpowiedzieć: tak, masz rację, zginął na placu. Ale też już współcześnie widziałam
go żywego, a nawet dostąpiłam zaszczytu przeprowadzenia paru osobistych rozmów z tą historyczną postacią.

– No nie... – Rand spojrzał na Kai, potknął się
i o mało nie przewrócił. Złapał rytm dopiero po kilku
krokach. – Jak to rozmawiałaś?

– Zwyczajnie. Spytaj Krzyśka, jeśli nie wierzysz.

Tomaszewski wzruszył ramionami.

– Każdy może podać imię Meredith – mruknął.

W zapadłej ciszy, zakłócanej jedynie sapaniem podczas pokonywania co bardziej stromych gruzowisk, odezwał się nagle inżynier Sakowicz:

– Ciekawe, czego chce tutaj ten Niemiec, który do
nas leci?

Wyszyńska parsknęła śmiechem.

– Radzę zachować większy umiar w szermowaniu słowem, panie kolego – powiedziała.

– A co złego w tym, co powiedziałem? Może i dobrze, że Wentzel jest Niemcem, przynajmniej w wywiadzie marynarki wszystko jest sicher.

– Poza tym, że pan admirał dowodzi wywiadem marynarki, to jest jeszcze wujkiem pana komandora Tomaszewskiego.

– O? – Sakowicz ukłonił się symbolicznie. – Nie wiedziałem.

– Dochodzimy – przerwał im Rand. – To tam.

Kiedy weszli na szczyt piargu, zobaczyli spory fragment placu.

– Rzeczywiście, środek wygląda na czysty – powiedział Załuski.

– Prawie w centrum placu jest kanał. – Tomaszewski osłaniał oczy od światła.

– Ale poza kanałem jest wystarczająco dużo miejsca. Powinno być w porządku.

Zaczęli schodzić, powoli i z trudem wydostając się z zawalonego gruzem wylotu ulicy.

– Masz włączoną radiostację? – Tomaszewski zwrócił się do żołnierza łączności.

– W marszu nie da rady, panie komandorze. A tam, na dole, będę musiał rozstawić jakiś maszt z powodu tych gruzów dookoła.

– Ja mam lepszy pomysł – odezwał się Sakowicz. – Wejdę na tę wieżę. – Wskazał ręką budowlę na obrzeżu placu. Rzeczywiście, obok sklepienia jakiejś stoi z budzącą nadal podziw kolumnadą wznosiła się okrągła wieża. – Po pierwsze tam może być chłodniej, a po drugie, kiedy zobaczę nadlatujące wiatrakowce, wystrzelę racę.

– Z powierzchni placu też można strzelać race – powiedziała Wyszyńska. – A kiedy wiatrakowce będą w pobliżu, to i tak najpierw je usłyszymy.

– Ale może tam będzie choć trochę chłodniej?

Wyszyńska wzruszyła ramionami.

– Jeśli tylko o to ci chodzi...? Ale ja bym nie szła. Tam w każdej chwili może się coś osunąć z wysokości i spaść na głowę.

– Zaryzykuję. – Sakowicz ukłonił się teatralnie. Najwyraźniej między nim a panią inżynier coś było nie tak. Nie pałali do siebie sympatią.

Odszedł zaraz bez słowa. No nieźle. Tomaszewski słyszał co prawda o tak zwanej chorobie ekspedycyjnej, powodującej, że kilka osób skazanych na siebie w odosobnieniu i trudnych warunkach zaczyna się po pewnym czasie nienawidzić, ale dla niego była to tylko figura retoryczna. Jako marynarz na łodziach podwodnych został nauczony, ba, wytrenowany w radzeniu sobie z tym problemem i w ogóle go nie zauważał.

Wychodzili właśnie na wolną przestrzeń. Rzeczywiście. Miejsca na lądowanie było aż nadto. Należało tylko jakoś oznaczyć, gdzie jest kanał, żeby pilot, lądując w chmurze wzbitego pyłu, nie wpadł tam z rozpędu. Wiatrakowce w przeciwieństwie do samolotów nie potrzebowały długich pasów startowych. W zależności od wagi i konstrukcji im wystarczało od kilkunastu do kilkudziesięciu metrów. Ale jednak. Jakiś teren musieli wytyczyć, żeby piloci nie stracili orientacji. Tomaszewski czytał o maszynach zdolnych startować i lądować zupełnie pionowo. O ile pamiętał, nazywano je helikopterami. Ciągle jeszcze jednak były w stadium prób. Na świecie więc jak dotąd nie było nic lepszego niż stare, porządne autożyro, zwane z polska wiatrakowcem.

Żołnierze mierzyli krokami odpowiednie wartości i rozkładali świece z kolorowymi dymami. Wyszyńska z Załuskim zastanawiali się, jak tu zapewnić sobie choć trochę cienia. A Rand zaczął sobie przypominać wszystko, co czytał o placu Zgody, na którym właśnie się znajdowali.

– Po bitwie, która się rozegrała w tym miejscu, było wielu rannych. – Pokazywał Tomaszewskiemu wszystko gestami ręki, jak aktor na scenie amfiteatru. W drugiej dłoni miał złożoną mapę, dzięki której usiłował przypomnieć sobie szczegóły. – Armia nie nadążała opatrywać. Z okolicznych domów wychodzili cywile, żeby jakoś zaradzić, ale też nie za bardzo potrafili. Zaraz... – Rand usiłował zorientować mapę. – Oddziały Achai przyszły tutaj, od strony pałacu, czyli... – Rozglądał się, porównując szczegóły. – Czyli stamtąd. A stąd w takim razie – pokazał wylot innej ulicy – wyjechały wozy bankiera Barucha, który skupował dobra wojenne i łupy.

– Tak legalnie? – zapytał Tomaszewski.

– A u was to nielegalne?

– No przecież wiadomo, że to z grabieży pochodzi.

– W każdym razie jego bank istnieje do dziś.

– Nieźle się obłowił, że aż na tysiąc lat starczyło.

Rand zignorował żart Tomaszewskiego. Pokazywał najbliższą ścianę, jedyną na placu, przed którą nie było kolumnady lub jej resztek.

– O, tu właśnie zorganizował pierwszy punkt opatrunkowy z prawdziwego zdarzenia. Kazał mieszkańcom znosić z domów stoły i ławy, a swoim ludziom sprowadzić miejscowych prywatnych medyków. I opatrywanie rannych stało się taśmowe i profesjonalne.

– Eee... – Kai wzruszyła ramionami znudzona tymi wywodami. – Gdzieś tutaj wielki książę Orion oświadczył się księżniczce Arkach, Achai. – Rozglądała się, ale nie sposób było w żadnym wypadku zlokalizować tego konkretnego miejsca. – Gdzieś tu. Wyobrażacie sobie? Setki trupów dookoła, ranni jęczą, wołają o pomoc, a tu taka miłość, że natychmiast, teraz, musiał się jej oświadczyć i wręczyć rodowy pierścień zaręczynowy.

– Miłość! – zaczął kpić Rand. – Co za durna kobieta. – Spojrzał na Kai z politowaniem. – Achaja i Orion może się znali z widzenia sprzed lat, może gdzieś zobaczyli się podczas uroczystości na dworze króla Troy. Bo nawet się nie otarli o siebie.

– Co za brak romantyzmu. To miłość.

– Wyłącznie polityka. A przypieczętowanie układu pierścieniem musiało nastąpić tu i teraz, bo trzeba było zabezpieczyć sobie tyłki w zmienionej sytuacji po śmierci Zaana i Siriusa.

Tomaszewski nie chciał włączać się do niezbyt zrozumiałej dla siebie kłótni, zapalił papierosa. Plac rzeczywiście robił wrażenie. Mimo pomarańczowej mgiełki z drobinek piasku, która przesłaniała dalszą perspektywę, widać było jego gigantyczne rozmiary. Budowle po drugiej stronie ledwie majaczyły w oddali. Stał, długo kontemplując widoki.

Z zamyślenia wyrwała go Kai.

– Ach, przypomniałam sobie o pewnym eksperymencie dotyczącym działania czarów. Obiecałam ci.

– Nie pamiętam. – Potrząsnął głową.

Podsunęła mu otwartą dłoń, na której leżał pąk przepięknego egzotycznego kwiatu. Ciekawe, gdzie taki znalazła w tej wysuszonej do cna okolicy. Nie zdążył zapytać, bo rzuciła:

– Przybij piątkę!

Uśmiechnął się. Co ona? Sprawdza jego odruchy? Gdyby uderzył dłonią w jej dłoń, przecież dziwna roślina uległaby zniszczeniu. Pokręcił głową w geście „nie zrobisz mnie na taki numer" i poklepał dziewczynę po ramieniu.

Kai uśmiechnęła się triumfalnie.

– No to patrz!

Podeszła do Wyszyńskiej.

– A pani zna ten gest, którego nauczył mnie Krzysiek?

– Jaki gest?

Kai podsunęła inżynier swoją dłoń z leżącym na niej kwiatem.

– Przybij piątkę!

– Pewnie, że znam. – Wyszyńska uśmiechnęła się ciepło do czarownicy i z dużą siłą palnęła własną dłonią w jej dłoń. – Dobrze zrobiłam?

– Mhm.

Kai wróciła do Tomaszewskiego, który wybałuszał ze zdumienia oczy. Nie wyobrażał sobie, że Wyszyńska zignoruje tak niesamowitą roślinę i pacnie dziewczynę w rękę. Po drugie kwiat wcale nie uległ zniszczeniu. A po trzecie zniknął dopiero teraz, kiedy Tomaszewski właśnie na niego patrzył.

– Co to było? – wyjąkał.

– Chciałam ci pokazać działanie prostych iluzyjnych czarów. Ty zobaczyłeś, co chciałam, ona nie.

Przypomniał sobie.

– Chodzi ci po głowie to, co krzyczała ta czarownica zastrzelona w katakumbach? Że to nie ludzie, że czary na nich nie działają?

– Tak jest. Jeśli pokażesz psu ułudę kości z mięsem ociekającym tłuszczem, nie rzuci się z radosnym szczekaniem, żeby choć powąchać. A jak człowiekowi pokażesz kubek wody na pustyni, odruchowo sięgnie, choć rozum ma i wie, że na pustyni wody nie ma. – Z lekką kpiną spojrzała Tomaszewskiemu prosto w oczy. – Ani świeżych egzotycznych roślin.

Pojął aluzję i już miał na końcu języka jakąś kąśliwą uwagę, kiedy rozległ się okrzyk jednego z żołnierzy:

– Tam! Panie komandorze, tam!

Wszyscy spojrzeli we wskazywanym kierunku.

– Co?

– Tam coś spadło! Widziałem kątem oka!

Wyszyńska nie chciała wierzyć.

– Jeśli coś spadło, to czemu nie słyszeliśmy huku?

– Ja coś słyszałem... – wahał się Załuski. – Ale jakoś tak głucho tąpnęło.

– O, ja cię! – Tomaszewski zdał sobie nagle sprawę, że żołnierz pokazuje wieżę, na którą chciał się wspiąć Sakowicz. – Cholera jasna! – Rzucił się biegiem.

Równie dobrym refleksem wykazała się jeszcze Kai i jeden z żołnierzy, nie ten, który wołał. Ale Tomaszewski i tak pierwszy wbiegł na piargi, gdzie musiał zwolnić. Posuwał się jednak szybko. Nie zdążył się nawet porządnie zasapać, gdy dotarł do podnóża wieży. Zwolnił, żeby nie skręcić kostki pomiędzy osypanymi cegłami. Ciało inżyniera widział z daleka. I zrozumiał, że tamten nie żyje. Pod takim kątem ułożyć głowy się nie da.

– I co? – Kai zasapana dogoniła go dopiero teraz.

– Sama widzisz.

Powoli zbliżali się do miejsca, gdzie leżał Sakowicz. Nie był to przyjemny widok.

– Może zostaniesz?

– A czemu? – obruszyła się czarownica. – Od pierwszego spotkania z wami jestem przyzwyczajona do widoku trupów.

Nie było czego zbierać, nie było sensu sprawdzać pulsu. Rand, który dobiegł chwilę później, skrzywił się i odwrócił głowę. Aie patrzyła beznamiętnie. Tomaszewski również odwrócił głowę, ale po to, żeby poszukać kogoś wzrokiem. I zauważył. Wyszyńska i Załuski zbliżali się powoli, krok za krokiem, nie chcąc narażać się na wysiłek w upale.

– I jak tam? – spytała Wyszyńska, kiedy już podeszli bliżej.

– Nie żyje. Może go ktoś zepchnął w dół? Ran od kuli ani noża nie widać.

– A tam, zepchnął. – Lekceważąco machnęła ręką. – Mówiłam mu, żeby tam nie lazł. To nie. On zawsze wiedział lepiej, no to się potknął gdzieś i efekt widać.

Załuski nachylił się nad ciałem. Zdjął martwemu z szyi pistolet maszynowy, a z kabury wyjął rewolwer.

– Lepiej, żeby to się nie dostało w niepowołane ręce – wyjaśnił.

– Trzeba się zastanowić, jak zniesiemy ciało. – Tomaszewski oceniał ekipę ewentualnych tragarzy.

– A gdzie pan chce je znosić? – zapytała Wyszyńska takim tonem, jakby jej zaproponował bezcelowe przełożenie z miejsca na miejsce tony gruzu. – Niech pan przyśle żołnierzy, a oni wykopią grób i go w nim złożą.

– Jak to? Nie chce pani zabrać ciała do kraju?

– Niby jak? – obruszyła się. – W tym upale zaraz zacznie się rozkład.

– Można je przewieźć wiatrakowcem Wentzla na okręt, do chłodni.

– A po co? – Wyglądała na szczerze zdziwioną. – Niech pan każe żołnierzom wykopać grób i już. – Odwróciła się i zaczęła schodzić z piargu. Po kilku krokach zatrzymała się jednak, żeby coś wyjaśnić. – On nie miał rodziny, nikt się nie upomni – powiedziała. – Bez znaczenia, czy grób będzie tutaj, w morzu, czy w Polsce. I tak nikt go nie odwiedzi.

Ruszyła dalej w stronę placu, a Załuski do niej dołączył.

– Pan komandor podsunął mi doskonały pomysł – powiedział. – A może to my zabierzemy się z admirałem Wentzlem z powrotem?

– O! To rzeczywiście dobry pomysł. Unikniemy drogi przez pustynię, a tu już mamy wszystko skończone.

– Żeby tylko miał dwa wolne miejsca.

– Będzie miał. Ja go o to poproszę. – W głowie Wyszyńskiej nie postał ani cień wątpliwości. – W razie czego zostawi tu dwóch żołnierzy.

– To świetnie, to świetnie. Chodźmy pakować to, co chcemy zabrać.

– Chodźmy.

Tomaszewski stał nieruchomo, nie mogąc wydobyć z siebie głosu. Zerknął na Kai. Ta miała wybałuszone oczy, a jedyny ruch, na jaki się zdobyła, to przełknięcie śliny. Obaj żołnierze też stali zszokowani. Nic nie mówili, ale zerkali znacząco jeden na drugiego. Nawet Rand i Aie, choć nie zrozumieli ani słowa, bo rozmowa toczyła się po polsku, wyglądali na oszołomionych. Większą reakcję państwa inżynierostwa można było chyba wywołać, zabijając ich psa. Coś niesamowitego. Jakby nic się nie stało, jakby komar im kolegę ugryzł.

Tomaszewski zapalił kolejnego papierosa. Poprzedniego gdzieś zgubił w trakcie biegu. Zaciągnął się do samego dna płuc. A przecież już to widział. Pamiętał doskonale, jak Węgrzyn zginął na oczach Wyszyńskiej w straszny sposób, a ona jedynie dmuchnęła w lufę pistoletu. A potem poszła załatwiać swoje drobne sprawy. Wtedy myślał, że to po prostu jest taka twarda kobieta o określonym typie psychiki. Ale teraz identycznie zachował się również Załuski. Zabili mu kolegę. Co to oznacza? Że w wiatrakowcu łatwiej będzie się postarać o dwa wolne miejsca niż o trzy.

Tomaszewski przygryzł wargi. Wyobraził sobie inne ich dialogi: „Co się stało?" „Nic". „A skąd ten huk?" „Zastrzeliłem kogoś przypadkiem". „A kogo?" „Pojęcia nie mam. No przecież mówię, że nic się nie stało". Mało śmieszne. Ale prawdziwe.

Rozdział 14

Shen ze swoim oddziałem dotarła do wzgórza, które zajmował Kadir, prawie dokładnie z pierwszymi oddziałami wysłanymi przez pobliski garnizon. Tyle tylko, że tamci nadciągali z drugiej strony. Dobrze więc odgadli z rusznikarzem – wzgórze miało charakter strategiczny w tej okolicy, jako punkt, w którym można zakorkować wszystkie drogi i panować nad sytuacją.

Niewiele to jednak dawało oddziałowi, który chciał ujść z pola bitwy, tak jak dezerterki Shen. Miejsce dobre, żeby kogoś powstrzymać, ale one miały jeszcze przed sobą drogę na pobliskie wybrzeże, gdzie czekały łodzie przygotowane do ewakuacji. To, że powstrzymają tu na dłuższy czas siły garnizonu, można było włożyć do teczki z pobożnymi życzeniami, ale też i nie miały takiej potrzeby ani zamiaru. Jeśli tamci uderzą, Shen zamierzała trochę schłodzić im zapał wojenny. Jeśli nie uderzą, tak czy tak należało zacząć szybki odwrót. Brązowy za wejście, złoty za wyjście. No cóż... każda wojna niesie ze sobą element improwizacji. Gdyby wszystko udało się przewidzieć, kampanie wygrywałoby się na stołach z mapami w przytulnych pomieszczeniach sztabów.

– Jak było w bazie wroga? – Kadir nie wydawał się zaniepokojony obecnością nieprzyjaciela tak blisko. Obserwował rozwijające się u podnóża wzniesienia oddziały raczej z fascynacją niż trwogą.

– Pełne zaskoczenie, jeśli o mnie chodzi – mruknęła Shen. – Coś, czego nigdy bym się nie spodziewała.

– Co takiego? – Rusznikarz odwrócił na chwilę wzrok od formujących się linii piechoty na dole.

– Nie zgadłbyś, z kim będziemy teraz walczyć.

– Z siłami specjalnymi?

– Z Zakonem.

Zostawiła go zaskoczonego i pobiegła do swojego oddziału. Zauważyła dwie postaci, które zbliżały się wzgórzem powoli od strony wroga. Parlamentariusze?

– Nuk! – krzyknęła. – Nuk! Weź kogoś i zejdźcie do nich! Nie mogą oglądać pola bitwy przed starciem!

– Tak jest! – odpowiedziała jej siostra regulaminowo. Przed piechociarkami udawały idealną dyscyplinę w hierarchii. – Jeśli chcą oglądać, to pod naszym ogniem. Tak im powiem.

Shen podeszła do szeregu, który krył się właśnie za pośpiesznie wykonanym umocnieniem z worków z piaskiem. Kręciła głową. Dlaczego nikt po tej stronie gór nie wpadł wcześniej na tak proste rozwiązanie? Sharri biegała wzdłuż szeregów, zagrzewając żołnierzy.

– Musicie wiedzieć, o co walczycie! Ludzie! Tam czekają na was oprawcy i ciemiężyciele! Już czas, żeby prosty

człowiek zaczął odpłacać krwiopijcom i tym, co otuma-
niają nas w imieniu Bogów!

Shen przykucnęła przy jednej z piechociarek ukry-
wającej się za swoim workiem.

– A ty za co walczysz? – spytała z mimowolnym
uśmiechem, bo ciągle miała w głowie argumenty Sharri.

Dziewczyna o smoliście czarnych, krótko obciętych
włosach spojrzała trochę spłoszona.

– No... – Najwyraźniej nie wiedziała, co powiedzieć,
a także bała się, czy jeśli coś jednak powie, to spodoba
się to pani oficer. – Ja... o to, żeby mnie do pierdla nazad
nie dali, nie? W pierdlu nie ma dobrze.

– Mhm. A do wojska jak trafiłaś?

– Na ochotnika, proszę pani.

Shen zaszkliły się oczy. Na ochotnika. W pamięci pojawiły się dawno zapomniane obrazy.

– Co? Przygodę jakąś chciałaś przeżyć?

– Nie. Za chlebem poszłam.

– Ty ze wsi?

– Z miasta. – Dziewczyna jakby trochę się skurczyła. –
Ale tam roboty nie ma, nic nie ma. Żebrać nie dało rady,
na kurwę nikt mnie nie chciał, bo za chuda i za wysoka
jestem. No i... – Zerknęła podejrzliwie na rozmówczynię,
żeby rozeznać, czy przypadkiem nie spotka jej kara za
szczerość. – No i jeden taki werbownik żartował sobie,
że w wojsku nie jest może cudownie, ale jeszcze nigdy
w całej historii świata nikt tam z głodu nie zdechł. Zna
pani to powiedzenie?

Shen musiała przełknąć ślinę. Tyle razy to słyszała.

– Znam. Bardzo dobrze.

– No tośmy z koleżanką poszły. Nawet nas wzięli, mimo że za chude. No ale ją zabili w pierwszej potyczce. Nawet nie wystrzeliła, kryć się nie umiała jeszcze.

Shen poklepała piechociarkę po barku. Wstała na widok wracającej Nuk.

– I co?

– Miałaś rację, popatrzeć dwie oficerskie panienki chciały. To je powstrzymałam.

– Mówiły coś?

– Tak. Kazały się poddać. Oficerom to nawet życie mogłyby obiecać. No i straszyły. Mówiły, ile mają żołnierzy, a ile dział, a ile czegoś tam. Mówiły, że czapkami nakryją, że samych armat mają trzydzieści. No to im powiedziałam: a my mamy sześć karabinów Kadira. To se poszły.

– Jak u nich z duchem bojowym?

– Z czym? – Nuk aż podskoczyła. – Z jakim duchem bojowym? One przyszły tu szajkę bandziorów zabić i tyle.

Shen zaczęła się śmiać.

– No to dobra nasza – mruknęła.

Podeszła do Sharri i uciszyła ją jednym ruchem ręki.

– Żołnierze! – krzyknęła jak mogła najgłośniej. – Ci tam – wskazała kciukiem za siebie, w stronę pozycji przeciwnika – uważają, że jesteśmy bandą zbirów i dezerterów. Udowodnijcie im, że... – zawiesiła teatralnie głos, niby to dla zaczerpnięcia oddechu. – Udowodnijcie im, że mają rację! Zabijcie wszystkich i spadamy! Można grabić.

W szeregach rozległy się śmiechy. Napięcie tuż przed bitwą zelżało trochę. W samą porę. Oddziały u stóp wzgórza właśnie formowały się do ataku. Była tylko jedna możliwa trasa. Z lewej strony znajdowało się urwisko. Dość łagodne nawet, ale w żaden sposób nienadające się na teren do przeprowadzania jakichkolwiek manewrów. A z prawej strony był las. Niezbyt gęsty przecież. Lecz mając wolne pole przed sobą i z nastawieniem, że przyszło się zabić pałkami garść bandytów, to droga była jedna. Łagodna, lekko pod górę, bez żadnych przeszkód.

Wszystko dzieje się w głowie. Każda walka, zanim zacznie się w rzeczywistości, najpierw rozgrywana jest we własnej głowie. Przecież można atakować przez las (tak zrobiłaby Shen). Wiadomo, trudno manewrować, trudno rzucić żołnierzy do ataku, bo przecież jeśli już się taka ukryje za drzewem, to sądzi, że jej oficer nie widzi, i będzie się dekowała. Tak, to wszystko prawda. Ale była za to kryjówka pozwalająca na nabicie broni, była osłona dająca możliwość posuwania się małymi skokami. No tak. Ale ani wymyślona w sztabie taktyka, ani psychika oficerów nie dopuszczały tak tchórzliwego rozwiązania.

No to można obejść wzgórze, albo nawet w ogóle je otoczyć i nawet, w krańcowym przypadku, wziąć wroga głodem. Nie. Nie można. Bo to się tamtym oficerom nie mieściło właśnie w głowie. Nie po to przyszli. Oni tu przybyli egzekucjonować bandytów. I tyle.

Zgromadzone u podnóża oddziały ruszyły do ataku. Idealnie równo, powolnym, jednostajnym krokiem do wybijanego przez werbel rytmu. Nie za dobrze można było ocenić ich liczebność, ale wyglądało na to, że na czele posuwają się trzy kompanie. Tamci w takim razie dobrze określili liczebność obrońców wzgórza. I posłali na pierwszą linię trzy kompanie. Tak jak w podręczniku.

Trzy do jednego – taki jest wzorcowy stosunek atakujących do obrońców.

Kiedy linia wroga pokonała dystans jakichś pięćdziesięciu kroków, z tyłu ruszyły na stok wzgórza jeszcze trzy kompanie. Po co? Sześć do jednego? Shen domyśliła się natychmiast. Nie. To wojsko miało uganiać się po krzakach za uciekinierami z pogromu. Niemniej sześć kompanii szło na jedną, choćby i wzmocnioną. A nie były to przecież wszystkie wojska garnizonu.

– Nie strzelać – wydała swój pierwszy rozkaz w zbliżającej się bitwie.

Rozejrzała się wokół. Te z dziewczyn, które poszły do ataku w bazie Lai Ho Park, znały już własne możliwości dzięki zastosowaniu nowej taktyki. Znały też możliwości karabinów Kadira. W każdym razie stały dużo spokojniej niż dziewczyny z plutonu Sharri, które dotąd jedynie przygotowywały pułapki na polu bitwy. Nikt jednak nie lubi, gdy idą na niego równe linie atakujących.

– Wchodzą między miny. – Kadir przysunął się z boku. Drżały mu ręce, lecz nie ze strachu. Rusznikarz był zafascynowany tym, co miało się stać, do granic możliwości. – Już!

Pierwsza mina eksplodowała, wyrzucając w górę trzech żołnierzy. Reszta ich kompanii skłębiła się, ale przeszła w szyku, który zaraz dał się uporządkować. Druga eksplozja rozerwała następnego. Potem nastąpiła trzecia i czwarta. Tamci ciągle szli, lecz w ich szeregach nie było już spokoju. Żołnierze w panice rozglądali się niepewnie. Skąd strzelają armaty? Dlaczego nie ma huku wystrzałów ani świstu kul? Dlaczego nie widać dymu?

Po kolejnych trzech eksplozjach rozległy się gwizdki oficerów. Żołnierze zaczęli biec. Regulaminowy manewr. Strzelają z armat – należy jak najszybciej wydostać
wojsko spod ognia, a do tego najlepszy jest szybki bieg.
Od zarania myśli wojskowej powtarzano szeregowym:
im szybciej przedostaniesz się przez pole ostrzału, tym
mniejsza szansa, że cię trafią. I słusznie. Tyle tylko, że
tu żołnierze biegli pod górę. Może i małą, o łagodnym
stoku, ale górę.

Kolejne dwie czy trzy miny już nie zrobiły na biegną-
cych wielkiego wrażenia. Tu sojusznikiem atakujących
stał się pęd, który sami sobie nadali. Kiedy zaczyna bra-
kować oddechu i krew pulsuje w żyłach, mniej odczuwa
się zagrożenie.

– Ciekawe, jak długo są w stanie tak biec w pełnym
oporządzeniu? – zastanawiał się Kadir.

– Już są zdyszani. Patrz, zataczają się. – Shen wskazała mu ręką coraz większą liczbę odstających od linii
napastników.

Kadir zerknął do góry, zupełnie jakby chciał spojrzeć
prosto w pałące niemiłosiernie słońce. Po chwili opuścił głowę.

– Wracam na stanowisko – powiedział. – Zaraz będą
w optymalnej odległości.

– Przygotować się! – krzyknęła Shen. Wyczekała jeszcze chwilę, żeby mieć pewność, i dodała: – Ognia!

Sześć kartaczownic zaczęło strzelać jednostajnymi
seriami. Siały po wszystkim, co ruszało się z przodu. Piechota leżąca za workami z piaskiem mogła wybierać sobie cele. „Jedynki" strzelały do oficerów i podoficerów,
wymiatając ich z szeregów w drugiej czy trzeciej sal-

wie. „Dwójki" strzelały do całej pozbawionej dowódz-twa reszty.

Atak pierwszej linii załamał się momentalnie. Żoł-nierze nigdy jeszcze nie doświadczyli takiej gęstości og-nia. Nigdy nie widzieli tak wielu ofiar wokół, i to naraz, błyskawicznie, bez ostrzeżenia. Niektórzy zatrzymali się, chcąc strzelić z własnego karabinu. Ale do czego? Wróg nie stał naprzeciw, tylko leżał. Cel sam w sobie znikomy, a do tego jeszcze za workami z piaskiem. W co więc ce-lować? Bo strzał oddany dla samego huku, dla zastrasze-nia wroga przy takiej sile ognia, którą dysponował, nie miał żadnego sensu.

Trzy świeże kompanie, które szły z tyłu i, co najważ-niejsze, były ciągle dowodzone, stały się drugą falą ata-ku. Ktoś je nawet całkiem nieźle prowadził. Druga fala ogarnęła pierwszą i płynnie pociągnęła za sobą.

Karabiny Kadira działały bardzo sprawnie. Każde za-cięcie było błyskawicznie likwidowane przez wytrenowa-ną obsługę. Z sześciu kartaczownic w ogniu ciągłym uda-ło się zawsze utrzymywać nie mniej niż cztery mordercze maszyny. Podawanie amunicji odbywało się bardzo sprawnie. Shen po raz pierwszy tak naprawdę w trakcie bitwy mogła stwierdzić skuteczność tej broni. Ale pamię-tała też cały czas, co mówili Polacy. Osłaniane karabiny maszynowe i zasieki są przeszkodą nie do sforsowania przez piechotę. Zasieki! A tego Shen nie miała. Nie dyspo-nowała przecież drutem kolczastym. No trudno. Jeśli nie masz tego, czego potrzebujesz, wykorzystuj to, co masz.

– Liny! – krzyknęła. – Szarp!

Przygotowane wcześniej szeregowe zaczęły ciągnąć końce dwóch ukrytych w trawie lin, unosząc je i napinając na różnych wysokościach. Jedna na wysokości kolan. Druga piersi. Niby nic. Linę da się przeciąć, przejść nad nią lub pod nią. Żaden problem. Shen pamiętała jednak dobrze. Zasieki są po to, żeby zatrzymać atakujących na chwilę. Na chwilę! Po to, żeby wycelować, wystrzelić, posłać mierzoną serię. Tyle wystarczy. A przy linie zawadzającej kolanom lub klatce piersiowej trzeba się zatrzymać, żeby zrobić odpowiedni krok. Szczególnie kiedy żołnierz jest zdyszany i zmęczony. Zatrzymać się musi. Na chwilę właśnie.

Kiedy linie atakujących zbiły się w jeden gęsty tłum, karabiny Kadira zrobiły swoje. Przewracając ludzi, jak żniwiarz kładzie łany swoją kosą. Tych, którzy przedarli się przez liny, zabijały żołnierze leżące za workami z piaskiem, oddając precyzyjne, celowane strzały z odległości trzydziestu kroków.

Atak załamał się po raz drugi. Utopił się we krwi. To, co żyło po stronie przeciwnika, nędzne resztki sześciu kompanii, runęło do tyłu w panicznej ucieczce. Często nawet porzucając broń. Masakra.

– Wstrzymać ogień – zakomenderowała Shen.

Wszystko, co widziała i usłyszała od Polaków, działało z makabryczną konsekwencją. To nie były matematyczne sztuczki wymyślone w zaciszu sztabowych pomieszczeń z mapami. To działało naprawdę, sprawdzało się w rzeczywistości. Oni nie kłamali.

I nagle zdała sobie sprawę, że musi wyciągnąć wnioski. Według planu, ochłodziwszy zapał wroga na wzgórzu, powinni teraz oderwać się od przeciwnika i ruszyć w kierunku wybrzeża. Marsz w pozycji obronnej, powstrzymującej. No dobrze, ale siły przeciwnika są ciągle nierozpoznane i... Jak długo im zajmie zebranie się ponownie i ruszenie w pościg? Marsz w pozycji obronnej jest koszmarnie powolny. A na równinie, bez przygotowanych pozycji, jak długo samotna kompania może się bronić przed przeważającym liczebnie wrogiem? Na jak długo wystarczy amunicji?

Znowu przypomniała sobie ludzi zza gór i rzeczy, które mówili. We współczesnym wojsku nie ma nawet pojęcia obrony. Obrona to tylko przejściowa forma działań mająca na celu stworzenie sytuacji umożliwiającej atak. A marsz w pozycji obronnej? Takie pojęcie w ogóle nie jest znane? To dziwoląg, miraż, ułuda.

A co w takim razie nie jest dziwolągiem, mirażem i ułudą?

No przecież to banalnie proste: atak.

Po co masz iść w pozycji obronnej? Po co masz oddawać inicjatywę przeciwnikowi? Nie oddawaj jej w ogóle. A najlepszą formą obrony jest wyprzedzający atak!

– Nuk! Nuk! – W zamieszaniu nie wiedziała, czy rozmawiała sama ze sobą na głos, czy wszystko działo się jedynie w jej głowie. – Nuk!

– Jestem, siostro.

– Weź swój pluton i schodź na dół przez las. Pomiędzy drzewami. Rozpoznaj siły przeciwnika i ukryj się na skraju lasu. Gdy się ustawią w linię, żeby do nas strzelać, pokryj ich pozycje ogniem. Rozumiesz?

– Rozumiem, siostro, ale.. O Bogowie! Ty chyba nie zamierzasz...

– Zamierzasz co?

– Atakować?

– A co mam zrobić? – odpowiedziała Shen pytaniem. – No już, biegnij!

Sama wstała powoli i skinęła na Nanti i Sharri.

– Dziewczyny, mój pluton i Nanti idą na dół do ataku.

Przypadł do niej Kadir.

– Shen, co ty robisz? Nie taki był plan!

Uśmiechnęła się w odpowiedzi.

– Właśnie go zmieniłam.

– Ale chcesz zaatakować przeważające siły! I to jakimś manewrem, którego nie omawialiśmy nawet!

– Wolę to niż powolny marsz na wybrzeże z możliwością, że w każdej chwili może mnie dopaść liczniejszy przeciwnik, a mnie się właśnie kończy amunicja. Sam wiesz najlepiej, ile dzisiaj wystrzelaliśmy!

Opuścił głowę. Wiedział. Zasadniczo gonili na resztkach. Sam przez moment był w strachu, że może się pojawić trzecia linia atakujących, której powstrzymać już po prostu nie ma czym. Armia nowego typu potrzebowała tak wielkich i ciągłych dostaw, że przez moment potrafił zrozumieć nawet sztab generalny, który odmówił przyjęcia na uzbrojenie jego broni, mówiąc, że w ten sposób żołnierze zużyją za dużo nabojów. Teraz zostało im na drobną potyczkę. Długi marsz na wybrzeże? Pod warunkiem, że nikt nie będzie ich gonić. Czyli wystawianie się na prawie pewną zagładę. Teraz zrozumiał, że czym innym jest obliczanie średniego zużycia amunicji na papierze, a czym innym ogień prawdziwej bitwy.

– Dobra, nie ma czasu na gadanie. Nuk już poszła w dół i nie można jej zostawić samej.

– Rozumiem.

Nie był przekonany, ale też sposób postępowania Shen nim wstrząsnął. Przecież była to naturalna konsekwencja zastosowania nowej broni i nowej taktyki. Podświadomie czuł, że nie można zatrzymać się w połowie wprowadzanych zmian. Po zupełnie innej niż dotychczas bitwie właściwie nie sposób zastosować klasycznego odwrotu. Być może więc dziewczyna miała rację?

Machnął ręką i pobiegł do swoich wydać odpowiednie rozkazy.

– Nanti, prowadź – rzuciła Shen. – Ruszamy w dół.

Sierżant piechoty przynajmniej nie dyskutowała. Zebranie dwóch plutonów trwało moment. Sprawdzenie broni, przeładowanie. Potem dwa plutony uderzeniowe i trzeci osłaniający kartaczownice ruszyły w dół. Trudno było pochwalić się jakimś szczególnym szykiem. Na linii ognia trzeba było przejść nad taką ilością ciał wroga, że właściwie żołnierze musiały przedzierać się każda na własną rękę. Najtrudniej było z karabinami Kadira, transportem amunicji. I choć niżej Nanti udało się trochę uporządkować szeregi, nie miało to nic wspólnego z szykiem szturmowym. Ale może i dobrze, bo Shen żadnego szturmu nie przewidywała.

Kiedy nadchodzące ze szczytu wzgórza siły stały się widoczne, pozostałe wojska sił specjalnych były właśnie przegrupowywane. Tak jak przewidziała Shen, nikt nie spodziewał się ataku. Nawet jeśli wróg wygrał potyczkę, to przecież prawdziwa bitwa dopiero się zaczynała. Teraz już, w mniemaniu speckurew, na poważnie. A poza tym atakujący według podręczników musiał mieć przewagę minimum trzy do jednego na swoją korzyść. A tu na to nie wyglądało. Atakował mniej liczebny!

Ze zbitego tłumu wojska dowódcy usiłowali wyodrębnić mniejsze jednostki i ustawić je na pozycji powstrzymującej. Szło im to bardzo sprawnie. Już po kilku chwilach przed kompanią Shen wyrosły równe szeregi żołnierzy z przygotowaną do strzału bronią. Właśnie przykładali kolby karabinów do ramion, w pozycji „ogień na wprost".

– Padnij! – wrzasnęła Shen.

Rozległ się świst kul, które poszły górą, a potem huk wystrzałów. Teraz żołnierze imperium potrzebowali czasu, żeby ponownie nabić broń w pozycji stojącej albo ruszyć na bagnety. Dowódcy mieli świeżo w pamięci szturm na wzgórze i siekaninę, którą uczyniły kartaczownice. Wybrali więc ładowanie broni i kazali żołnierzom nabijać karabiny.

Jedno i drugie rozwiązanie było złe. Ale to okazało się gorsze.

Pluton Nuk, ukryty w pobliżu, zaczął strzelać do ładujących karabiny żołnierzy. Chwilę później otworzyły ogień żołnierze Nanti i Shen. Mierząc spokojnie, z pozycji leżącej, do stojącego na baczność celu. Ci, którzy ładowali, stali się nieruchomymi idealnymi tarczami na poligonowej strzelnicy. Każdy, kto potrafił zgrać muszkę i szczerbinkę z tej odległości, trafiał tam, gdzie chciał.

Kiedy udało się nareszcie odwrócić i ustawić karabiny Kadira, nie miały właściwie celu, do którego mogłyby strzelać. Żołnierze sił specjalnych poszli w rozsypkę. Ustawiono je więc trochę skosem i zaczęły pokrywać ogniem sztab wraz z siłami osłonowymi.

Shen wykorzystała tę chwilę.

– Przeładuj! Powstań, powstań!

Jej wojsko zaczęło się błyskawicznie ustawiać. Choć to niewiarygodne, rozgardiasz w szeregach przeciwnika był taki, że nikt do nich nie strzelał.

– Naprzód marsz! – wrzasnęła Shen i sama ruszyła do przodu.

Nie miała w rękach żadnej broni. Nawet nie wskazywała kierunku marszu. Żołnierze w tej przedziwnej sytuacji zachowywały się instynktownie. A szły po prostu w stronę jako tako jeszcze zorganizowanej siły – bronionego przez wojsko sztabu, ostrzeliwanego właśnie przez Kadira.

– Nuk! Nuk! – Shen machała rękami, nie wiedząc, jak zmusić siostrę do ruszenia swojego plutonu zza drzew. Nuk okazała się czujna. Dostrzegła znaki Shen i wyprowadziła swoich ludzi na wolny teren. Chwilę później, po pobieżnym uporządkowaniu, zaatakowała z flanki. Kiedy znalazły się o jakieś trzydzieści kroków od linii broniącej sztab, dziewczyny Shen, ciągle w marszu, zaczęły strzelać z biodra. Choć wydaje się to nieprawdopodobne, nikt nie odpowiedział ogniem. Obrona była zajęta prowadzeniem ognia do ludzi Kadira i osłaniającej go Sharri. Ponosili w ten sposób ogromne straty. To nie był dobry pomysł przeciwstawić zwykłe karabiny maszynowym. Kiedy Nuk uderzyła z boku, speckurwy poszły w rozsypkę.

– Dalej! Dalej! – krzyczała Shen. – Do ataku!

Właściwie nie dowodziła już swoim wojskiem. Każda z jej dowódców robiła, co podpowiadał jej instynkt albo co wynikało z zaistniałej sytuacji. Miały już wspólny cel.

Pluton Shen wkroczył właśnie pomiędzy wozy taborów. Tu nastąpiła pierwsza konsternacja. Gdzie są żołnierze wroga? Wystarczyło się rozejrzeć, żeby dostrzec, że uciekają, ale... Oni nie zwiewali przed maszerującym plutonem. Naciskani z tyłu, uciekali obok. Tuż obok. Co za niesamowita sytuacja. Atakujący i uciekający posuwali się równolegle jedni przy drugich, ramię przy ramieniu. Co więc decyduje o wygraniu bitwy? Tylko przekonanie, że to my wygrywamy? Shen nie umiała rozstrzygnąć tego dylematu.

Napotkały działa, jeszcze nieodprzodkowane nawet. Strach pomyśleć, co by się stało, gdyby zostały na szczycie wzgórza. Albo zaczęły osłaniany, powolny odwrót według wcześniejszego planu. Nie było jak zagważdżać dział. Shen kazała je powpychać do rowów i rozwalić koła lawet. A potem podpalić wozy z zaopatrzeniem i jaszcze z amunicją. Kiedy po dłuższej chwili wszystko wokół zaczęło wybuchać, żołnierze ruszyły biegiem.

Chwilę później nawiązały kontakt z plutonem Nuk.

– Hej, babo, widziałaś jakiegoś wroga?

– Tak. Biegają gdzieś tutaj.

– Zorganizowani?

– Wątpię. Ale... – Nuk zawahała się. – Ale czy my jesteśmy zorganizowani?

Shen zaczęła się śmiać.

– Nie wiem. Mam prośbę.

– Tak?

– Jeśli zostało ci jeszcze trochę amunicji, skręć ze swoim plutonem w kierunku garnizonu.

Nuk zatrzymała się nagle.

– Mam zaatakować fort siłami jednego plutonu?

– Nie. Przed fortem jest puste pole ostrzału, a za nim na pewno wybudowano szopy, chałupy dla obsługantów, kuźnie i inne rzeczy, których nie sposób trzymać w obrębie murów, prawda?

– Tak.

– Idź i podpal to wszystko.

Nuk nie pojmowała.

– Siłami plutonu mam się znaleźć na oczach prawie całego garnizonu?!

– Siostro, zrozum, wszystko jest inaczej niż dotąd. Przecież musieli do nich dotrzeć posłańcy klęski. I wiesz...

– No?

– Wiesz, co oni zrobią, jak zobaczą wroga palącego ich zabudowania gospodarcze?

– Nie wiem.

– No to ja ci powiem. Oni zamkną bramę fortu!

Nuk oniemiała patrzyła na Shen.

– Jak to?

– Oni myślą po staremu. Kiedy wróg pali im drzwi domu, to muszą je zamknąć. Żeby nagłym szturmem przez bramę nieprzyjaciel nie wziął ich przez zaskoczenie. I będą tam siedzieć zestrachani, a my bez pościgu na karku dotrzemy do łodzi.

– Ale...

– To jest zupełnie inny świat niż dotychczas. Zaczynają rządzić nowe prawa. Zresztą nie wysyłałabym swojej siostry na pewną śmierć, Nuk. Idź i zrób to!

– Tak jest!

Shen wróciła do swoich ludzi. Dłuższą chwilę usiłowała zorientować się w sytuacji. W oddali widziała wiele poruszających się postaci, ale nie sposób było zobaczyć, czy tamci robią coś konkretnego, czy po prostu „biegają gdzieś tutaj", jak to wyraziła się Nuk. Shen wcześniej nie opracowała żadnego planu koncentracji po bitwie. Jakoś tak instynktownie czuła, że sama sytuacja zmusi ją do wybrania kierunku dalszych działań. A piorunujące zwycięstwo po prostu ją zaskoczyło. Kazała ludziom iść wzdłuż drogi.

Okazało się to zresztą niezłym pomysłem. Podobnie jak ona musiała myśleć Nanti. Wyprzedziła w jakiś sposób pluton Shen, kiedy jej żołnierze były zajęte niszczeniem armat i podpalaniem wrogich zapasów, a teraz zakorkowała drogę w dogodnym dla siebie miejscu, tuż za zakrętem. Razem z nią stał rozpromieniony Kadir i zestrachana, ale szczęśliwa Sharri.

– No to jesteśmy prawie wszyscy. – Nanti zasalutowała sprężyście. Trudno ją było tego oduczyć. – Gdzie Nuk?

– Zaraz dołączy.

Sierżant piechoty kręciła w podziwie głową.

– Ale jatka, ale się nam udało. – Wypiła kilka łyków wina z bukłaka i podała Shen. – Nie uwierzysz, co mi się zdarzyło. Idziemy sobie chaszczami obok drogi, a tu podbiega wrogi szeregowy i melduje mi się regulaminowo. Mówi, że ich pluton został pozbawiony w bitwie oficerów i podoficerów i musiał się wycofać. I teraz ona oczekuje na rozkazy. Myślę sobie, durna jakaś czy co? No i tłumaczę jej jak dziecku, że co prawda jestem podoficerem, ale, kurwa mać, wrogiej armii! Jakich rozkazów ode mnie oczekuje? A ona zdurniała mówi, że właśnie mnie szukała i nie chce być z całą resztą dziewczyn skazana za dezercję. Mam jej wydać jakiś rozkaz.

Kadir chichotał z boku.

– Byłem tego świadkiem – powtarzał. – Byłem tego świadkiem. Zgłupieli.

Shen uśmiechnęła się również, oddając bukłak.

– I co jej rozkazałaś?

– Powiedziałam tak: „Zrób dwadzieścia przysiadów i spierdalaj, to rozkaz!". Chyba jej nie zadowoliłam, choć posłusznie wykonała.

Przerwała im zdyszana dziewczyna z wieściami od plutonu wysłanego do podpalania budynków.

– Nuk melduje... – dyszała.

– Że miałam rację? – dokończyła za nią Shen.

– Tak jest! Na widok naszego plutonu załoga fortu zamknęła bramę. Siedzą teraz sami w środku i się boją.

Kadir nie mógł uwierzyć własnym uszom. Ale on był i tak pierwszy w próbach zrozumienia nowej sytuacji. Spojrzał na Shen, kiedy położyła mu rękę na ramieniu.

– No to teraz bez pościgu do wybrzeża. Na piechotę, czy może spokojnie odzyskamy nasze wozy?

Załogi dwóch zbliżających się wiatrakowców zostały uprzedzone o możliwości wzbicia potężnych tumanów pyłu przy lądowaniu. Gdyby więc jedna z maszyn wylądowała pierwsza i stworzyła sztuczną burzę piaskową, druga mogłaby po prostu nie dostrzec lądowiska. Admirałowi jednak zapewniono najlepszych pilotów z piechoty morskiej. Oba wiatrakowce wylądowały jednocześnie, jeden obok drugiego, wzbudzając gejzery pyłu z tyłu, daleko za sobą. Pomarańczowa mgła ogarnęła maszyny dopiero po zakończeniu dobiegu. Była za to tak gęsta, że istniała obawa, iż wiatrakowce albo wystartują na oślep, albo na start trzeba będzie czekać do jutra.

Wentzel, poprzedzony dwoma żołnierzami piechoty morskiej, ukazał się na trapie ze zwiniętą chusteczką przy ustach. Pomarańczowy pył dostawał się wszędzie. Po chwili dosłownie oczy wszystkich czekających zaczęły łzawić. Admirał dał znak, żeby go nie witać ani nie składać służbowych meldunków. Chciał jak najszybciej wydostać się z pyłowej kurzawy.

Nie było to takie proste. Musieli odejść naprawdę daleko, za wielkie zwały gruzów, żeby znaleźć miejsce, gdzie dało się jako tako oddychać. Tutaj też mogli obetrzeć twarze. Wyszyńska, Załuski, Kai i Tomaszewski wyglądali jak Indianie. Sam Wentzel jak pół-Indianin, bo dolną część twarzy zakrywał chustką. Rozglądał się ciekawie po otoczeniu. Oczywiście wiedział o Randzie i Aie z raportów Tomaszewskiego, domyślał się też powodów, dla których Rand nie chciał, żeby widziano go razem z szefem wywiadu marynarki obcego bądź co bądź mocarstwa.

– Proszę państwa – zaczął bez wstępów – przepraszam, że trochę obcesowo przejdę od razu do rzeczy, ale przyleciałem tu w bardzo konkretnej, pilnej sprawie.

Tomaszewski spojrzał pytająco.

– Nasi specjaliści rozszyfrowali tak zwany raport major Dain. To pismo, które przenosiła kapral Shen, a skopiował ukradkiem komandor Tomaszewski.

Wyszyńska potakiwała poważnie, a Tomaszewski z trudem panował nad uśmiechem. Ten sam raport rozszyfrowali też ludzie Randa. I on znał jego treść.

– Prace nad nim nadal trwają, cały czas nasi najlepsi naukowcy odkrywają nowe szczegóły raportu, ale pewne rzeczy już są jasne. I stawiają w nowym świetle pani odkrycia.

Wentzel ukłonił się z kurtuazją Wyszyńskiej. Ta odpowiedziała promiennym uśmiechem.

– Cieszę się – powiedziała. – I to nie dlatego, że od początku miałam rację. Cieszę się dlatego, że dowództwo w końcu postanowiło mi ją przyznać.

Admirał skinął głową. Wyraz jego twarzy wcale jednak nie był odbiciem entuzjazmu. Tomaszewski natomiast dziękował w duchu wszelkim mocom naturalnym i nadprzyrodzonym, że nie zdążył napisać raportu o postępach prac specjalistów Randa. Poczuł falę zalewającej go adrenaliny. Wiedział, że w takim razie dziś zarobi mocny punkt na giełdzie wywiadu. Zdobędzie wdzięczność wuja i umocni jego pozycję. Z najwyższym trudem opanował emocje.

– No cóż. Nikt się nie spodziewał, że wielkie imperium wyśle cały korpus na zatratę po to tylko, żeby zdobyć jakieś antyczne artefakty.

– Nikt oprócz mnie, panie admirale – przypomniała bezczelnie Wyszyńska.

– Tak – przyznał Wentzel. – Zaskarbiła sobie pani wdzięczność dowództwa. Z całą pewnością.

– Bo to naprawdę ważne.

– Owszem. Ważne. Ale na zasadzie: jeśli coś jest ważne dla naszego strategicznego partnera, to musi być ważne i dla nas. Bo gdyby to coś znalazło się w naszym posiadaniu, to mogłoby zostać użyte jako odważnik na wadze historii, który w dowolnym momencie możemy położyć na szali.

– Czyta pan w moich myślach, panie admirale – odcięła się Wyszyńska. – I cieszę się, że dowództwo zaczęło doceniać to, co robię. À propos: czy statek badawczy, o który tak bardzo zabiegałam, został wysłany w kierunku wybrzeża Banxi?

Kai drgnęła, słysząc tę nazwę. Tomaszewski delikatnie chwycił ją za rękę i ścisnął, dając znać dziewczynie, żeby niczego po sobie nie pokazywała.

– Owszem. Wysłaliśmy tam niewielką jednostkę.

– Czy przysłali jakikolwiek raport?

– Zaraz się dowiem. – Wentzel skinął na jednego z żołnierzy. – Niech przyjdzie tu łącznościowiec. – Przeniósł wzrok z powrotem na panią inżynier. – Czy mają państwo coś jeszcze do zrobienia tutaj, czy razem z tym, co znaleźliście, wolą się przenieść do naszej bazy?

– Właśnie chciałam pana prosić o miejsca w wiatrakowcu.

– Przewidziałem to i zarezerwowałem trzy miejsca dla państwa.

– Wystarczą dwa.

Admirał omiótł wzrokiem Wyszyńską i Załuskiego.

– Pan Sakowicz tu zostaje?

Skinęła głową.

– Tak. I to na zawsze. – Nasunęła swój hełm korkowy głębiej na oczy i zasalutowała teatralnie. – W takim razie idziemy po nasze rzeczy i wracamy tutaj.

– Będę czekał.

Kiedy inżynierowie odeszli, Wentzel spojrzał na swojego komandora.

– A teraz...

– A teraz wyjawisz, po co tak naprawdę przyleciałeś – wpadł mu w słowo Tomaszewski. – Przecież nie wysyła się admirała po jakieś tam artefakty ani po jakichś tam inżynierów.

– Słusznie myślisz, chłopcze. Słusznie.

Wentzel skinął na drugiego żołnierza eskorty. Ten bez rozkazu pobiegł do flagowego wiatrakowca. Wrócił po dobrej minucie ze składanymi aluminiowymi krzesełkami i takim samym stolikiem. Pojawił się też steward ze śnieżnobiałą serwetą i poczęstunkiem. Tomaszewski po raz kolejny odniósł wrażenie, że admirałowie traktują marynarkę wojenną jak swój prywatny folwark.

Przybiegł też łącznościowiec z papierowymi taśmami powietrznego telegrafu i jakąś paczką. Admirał taśmy i sprawy wywiadu odłożył na później, paczkę wziął.

– Pozwolisz, wuju, że Kai zostanie z nami i wysłucha, co masz do powiedzenia?

– Wyprzedzasz moje życzenia, Krzysiu. Siadajmy. – Wskazał obecnym miejsca. – Mam do panny Kai pełne zaufanie i przybyłem też między innymi, żeby spełnić jej wypowiedziane kiedyś życzenie.

– Jakie życzenie? – dała się zaskoczyć czarownica.

– Powiedziała pani kiedyś, że chciałaby być oficerem w wojsku. Towarzyszący pani dżentelmeni zachowali się grubiańsko i zapytali: „Ale w której armii?". Ja nie miałem żadnych wątpliwości.

– Przecież pana przy tym nie było. – Kai przypomniała sobie własną cichą uwagę i reakcję ludzi, którzy ją otaczali.

– Och... my w wywiadzie, sama pani rozumie. Musimy wiedzieć o wszystkich sprawach, których nie byliśmy świadkami.

Uśmiechnęła się w odpowiedzi.

– Jest armia, która docenia pani zasługi – kontynuował admirał. – Która docenia fakt, że zabiła pani własnymi rękami czarownicę dzikusów podczas masakry w dolinie Sait, która wie, jakie zasługi położyła pani, udostępniając nam ważne informacje oraz pomagając w poznaniu tutejszego języka.

Rozwinął papier, jakim została owinięta paczka, i podał dziewczynie nowiutką legitymację.

– Mianuję panią kapitanem Wojska Polskiego. – Otworzył fabryczne pudełko i położył przed Kai wielki, czarny i ciężki półautomatyczny pistolet. Taki sam, jaki miał Tomaszewski. – To pani służbowa broń, pani kapitan.

Kai zatkało. Przecież... nagle zdała sobie sprawę z prostego faktu: to było spełnienie jej marzeń i konsekwencja jej działań. Nagle też zrozumiała, że cieszy się z sytuacji, że ktoś podjął za nią ostateczną decyzję oraz postawił kropkę nad „i". Co ją tak pociągało? Wyższość? Władza? Wyróżnienie się spośród innych? Ciężko było nazwać, ale chodziło właśnie o to nienazwane.

– Świetny pomysł – powiedział Tomaszewski. – Teraz będę ci mógł wydawać rozkazy, a ty będziesz musiała je wykonywać.

Szturchnęła go łokciem pod żebro.

– Co powinnam teraz powiedzieć?

– „Ku chwale Ojczyzny", ale ponieważ jest z tym pewien kłopot semantyczny, nie musisz nic mówić.

Wentzel uśmiechnął się do siostrzeńca, który wybawił go z tego małego kłopotu. Był bardzo zadowolony z efektu, który osiągnął, a który teraz doskonale uwidaczniał się na twarzy młodej czarownicy.

– Przejdźmy więc do meritum – powiedział. – Chciałbym się dowiedzieć, czego nie było w przedstawianych mi raportach.

Skinął na stewarda, który napełnił szklanki wodą z termosu. Natychmiast pokryły się szronem. No tak, na admiralskim wiatrakowcu była i lodówka. Oboje z Kai sięgnęli natychmiast po swoje naczynia. Zimna woda w tym upale i pyle była darem niebios.

– Nie wiem, jak zacząć – powiedział Tomaszewski. – Oficjalnie czy...

Wentzel skinął głową.

– Skoro mowa o rzeczach, które nie mogły się znaleźć w raporcie, to rozmawiajmy prywatnie.

Tomaszewski sięgnął po papierośnicę. Powstrzymał się jednak. I tak drapało go w gardle od pyłu, który wciskał się wszędzie.

– Odpowiedz mi więc na jedno pytanie, wuju. Gdyby tak przybiegł tu twój adiutant i powiedział, tfu, tfu, przez lewe ramię, i powiedział, że twoja żona nie żyje, a ty...

– Chyba bym szału dostał! – odparł Wentzel. – Chyba by mnie szlag trafił.

– Przepraszam – przerwał mu Tomaszewski. – Ja jeszcze nie zadałem pytania.

– Ach, tak. Jasne, to pytaj, chłopcze.

– Przychodzi adiutant, mówi, co mówi, a ty pytasz, czy w jesiennych rozgrywkach w siatkówkę wygrał Kraków. Co mogłoby sprawić, żebyś się tak zachował?

– No... gdybym nie cierpiał swojej żony, gdybyśmy się kłócili od lat.

– Mówimy o realnej sytuacji.

Do Wentzla dopiero teraz dotarło, że jego siostrzeniec pyta naprawdę poważnie. Jakieś podejrzenie zmarszczyło mu brwi.

– Sakowicz? On nie żyje?

Kai przytaknęła energicznie.

– A to cholernica jedna – szepnął Wentzel na myśl o Wyszyńskiej. – Przecież ona mi to powiedziała nawet. A ja nie skojarzyłem, że można być aż tak obojętnym wobec śmierci kolegi.

– Sakowicz zginął mniej niż godzinę temu – rzucił Tomaszewski. – A Wyszyńska nie pierwszy raz tak się zachowała.

– Węgrzyn?

– Mhm. Ale w porządku. Może ma taki wredny charakter. Niestety, Załuski zachował się identycznie jak ona.

Admirał odchylił się na oparcie swojego krzesła. Dość niebezpieczny manewr, zważywszy, że jego konstrukcja wykonana była z cienkich aluminiowych rurek.

– Czy to nie zbyt pochopne tworzyć hipotezę na podstawie dwóch jednostkowych obserwacji?

– Kai zrobiła im kilka swoich sztuczek. Jeśli chcesz, to ci jakąś pokaże.

Czarownica znowu energicznie przytaknęła. Admirał jednak na temat czarów miał takie samo zdanie jak reszta Polaków.

– No to wracając do mojej historyjki, od której zacząłem – powiedział Tomaszewski. – Kiedy zareagowałbyś tak jak Wyszyńska na wiadomość o śmierci swojej żony?

Tym razem Wentzel zastanawiał się dużo dłużej niż poprzednio.

– Wtedy, gdy byłbym absolutnie przekonany, że ona nie mogła zginąć – odparł.

– No właśnie – uśmiechnął się Tomaszewski. – Strzał w dziesiątkę.

– Co mi chcesz przez to powiedzieć?

– Że nie wiemy, kto tam leży pod wieżą. Nie mamy pojęcia, kto dzisiaj spadł i się zabił.

Admirał skinął na stewarda. Ten znał dobrze wszystkie rodzaje skinięć, bo bez pytania rozstawił kieliszki i nalał do nich idealnie zmrożoną wódkę. Admirał nikogo nie zapraszał, podniósł swój, wychylił błyskawicznie i kazał napełnić ponownie. Tomaszewski chwycił za rękę Kai, która chciała sięgnąć po kieliszek. Niech się uczy, że w tropikach picie przed zachodem słońca jest nieregulaminowe, a na służbie wręcz nie do pomyślenia. Niech nie da się zwieść atmosferą niby to prywatnej rozmowy. O dziwo, Kai zrozumiała natychmiast, że jako osoba prywatna mogłaby sobie pozwolić, na cokolwiek by chciała. Jako kapitan natomiast – żegnaj pieśni. I chyba jej to pasowało. W każdym razie przybrała bardzo poważną minę.

– Mów. – Admirał wychylił drugi kieliszek i zapalił papierosa.

– Zrobiliśmy wielki błąd na samym początku. W przypadku tych dziwnych inżynierów. Śledziliśmy historie ich życia. Te, które nam opowiedzieli.

– A mieliśmy inne wyjście?

– Owszem. Błąd, który popełniliśmy, jest dość charakterystyczny. Mogę zrekapitulować całą sytuację, o której rozmawialiśmy już kiedyś?

– Jasne.

– Przyjeżdża sobie tajemniczy pan, który kupuje firmę farmaceutyczną „Kocyan i wspólnicy". Patentuje środek na potencję i na jego produkcji błyskawicznie dorabia się miliardów. Ale nie inwestuje tych środków w inne firmy. Patentuje różne rewolucyjne lekarstwa, które, owszem, przyniosą mu potężne zyski, ale dopiero po seriach badań, po testach, w dalszej przyszłości. Czym więc zajmuje się doraźnie ten pan? Otóż z jego polecenia różni młodzi inżynierowie znajdują zatrudnienie w kluczowych dla gospodarki zakładach. Z jego poręczenia dostają pracę, jakiej nikt nigdy, kto nie jest znany z historii swojego życia, studiów i dokonań, by nie dostał.

– To prawda – powiedział Wentzel. Nie spuszczał wzroku z twarzy Tomaszewskiego. Był wręcz ideałem dobrego słuchacza. – A na czym polegał nasz błąd?

– Sekundę. Ci dziwni inżynierowie okazywali się zawsze geniuszami. Wizjonerami bez mała. Co prawda mówili z cieniem jakiegoś dziwnego akcentu i wplatali czasem w rozmowę słowa, których znaczenia nikt nie rozumiał, ale... Polecał ich sam właściciel „Kocyana”. Żaden z nich nie potrafił przedstawić jakiegokolwiek przekonującego własnego życiorysu ani historii własnych studiów choćby, ale dzięki nim fabrykanci zarabiali miliony. Gorzej. Nie wiedząc nawet, czy zarobią, ryzykowali miliony, jak choćby ten przemysłowiec, który zainwestował gigantyczne sumy w budowę fabryki produkującej ogromną liczbę lamp elektronowych, w chwili kiedy na te lampy nie było praktycznie żadnego popytu. Fabrykę budowano dwa lata, a po tym czasie okazało się, że gdzie indziej budowano bombowiec stratosferyczny, który będzie potrzebował ogromnych ilości tych lamp do swoich elektronicznych celowników. I ktoś już projektował mojego „Dragona”, okręt podwodny, który będzie potrzebował lamp do krokomierza i tysiąca innych rzeczy. Gorzej, w chwili projektowania ani dla bombowca, ani dla „Dragona” nie było uzbrojenia. Długo się nad tym

zastanawiałem z kolegami na pokładzie. Po co kilkanaście pionowych rur na okręcie podwodnym? Nie ma do
nich żadnej broni. I już na ORP „Sęp" dowiedziałem się,
że jest! Że można nią nawet rozbić Góry Pierścienia.

– Owszem. Zastanawialiśmy się nad tym, rozmawia-
jąc w hangarze lotniskowca. I ustaliliśmy, że nie do pomyślenia jest, żeby obcy wywiad nam pomagał, robiąc
nie wiadomo po co mocarstwo z RP.

– Ale dzisiaj jesteśmy o wiele mądrzejsi. Od czasu
tamtej rozmowy zdobyliśmy wiele doświadczeń, prawda?

– Co masz na myśli?

– A imperium, na którego terenie właśnie się znajdu-
jemy? Ot, przypłynęliśmy nie wiadomo skąd, nie wiadomo kim jesteśmy. Mamy potworną przewagę w technologii. I co? Zrobiliśmy krzywdę imperium? Przeciwnie.
Uratowaliśmy dupę resztkom ich korpusu. Stworzyliśmy
im świetną marynarkę wojenną. Ślemy instruktorów, doradców, mamy wymianę inżynierską, dajemy lekarstwa
i wiedzę. Za co? Za nic. Chcemy w zamian nikomu tu
niepotrzebne Złe Ziemie. A za to im jeszcze drogę wybu-
dujemy, i kolej. Bezrobocie zmniejszymy, cuda pokaże-
my. A w ogóle mieć nas za kumpla to jest to, o co chodzi!

– Załóżmy, że masz rację. – Wentzel znowu skinął na
stewarda i wychylił następny kieliszek. – Jeśli pochodzą
skądś... – nie mógł znaleźć słowa. – Jeśli przysyłają nam
swoich ludzi i robią nam dobrze, to czego chcą?

– Nie sposób rozstrzygnąć. A czego my chcemy od
imperium Arkach? Żeby nam ułatwili zdobycie rzeczy,
których potrzebujemy, a oni i tak do końca nie zrozumieją, na cholerę nam bezwartościowa ropa naftowa i równie bezwartościowy, a za to niebezpieczny uran, którego

jak się dowiedziałem, też szukamy. Na co nam te zupełnie dla nich bezużyteczne rzeczy? Jak im wytłumaczyć? A przede wszystkim: po co? Jedno widzą: mają ewidentne korzyści z obcowaniem z nami.

– To się jeszcze okaże – mruknął Wentzel. – W szerszej perspektywie.

– Właśnie! – podchwycił Tomaszewski. – Właśnie...

– No dobrze. Ale jaki błąd popełniamy?

Tomaszewski uśmiechnął się szeroko.

– Pamiętasz, wuju, naszą rozmowę w hangarze? Mówiliśmy też o tym, że w szkole wywiadu na jednym z wykładów pokazuje się słuchaczom zdjęcie człowieka, który codziennie o tej samej porze i w tym samym miejscu podnosi z ziemi papierek. I pyta się studentów: kto to jest? Generalnie pada od razu, że to agent wywiadu. Łatwo jednak udowodnić, że tak nie jest, a oni się gubią potem w bezsensownych domysłach.

– Owszem. To przykład tego, jak łatwo zwodzą człowieka z góry założone hipotezy.

– A jeśli błąd polega na tym, że to jest akcja obcego wywiadu?

– Przecież udowodniliśmy, że ten człowiek nie jest agentem.

– Ale nie udowodniliśmy, że agentem nie jest sam podnoszony papier!

Wentzel wybuchnął śmiechem. Śmiał się głośno, do łez, a potem przyszło mu do głowy coś, co sprawiło, że śmiech stawał się coraz bardziej cichy i cichy, aż w końcu zamarł zupełnie.

– A jeśli papier każe niewinnemu człowiekowi się podnieść?

– Co masz na myśli?

– Nasz błąd polegał na tym, że usiłowaliśmy śledzić i badać historie życia tych ludzi znikąd. Ich dzieciństwo, studia, zawodowe praktyki. A to wszystko przecież wymyślone. Lepiej czy gorzej. Więc nie mogliśmy znaleźć niczego.

– A jakie historie powinniśmy śledzić?

– Historie ich ciał.

Wentzel zamknął oczy. Nie roześmiał się. A Tomaszewski szeptał hipnotyzująco:

– Nie przejąłbyś się wiadomością o śmierci żony, gdybyś wiedział, że umrzeć mogło tylko jej ciało. Ona nie. Bo nie jest człowiekiem. I po śmierci ciała po prostu przebywa gdzieś daleko, daleko, gdzie nic nie można jej zrobić. W takiej sytuacji jeszcze byś pomstował nad stygnącymi zwłokami swojej żony: „A mówiłem idiotce, żeby nie wsadzała palców do gniazdka elektrycznego. Nie słuchała i dobrze jej tak!".

Wentzel przełknął ślinę.

– Jak szukać historii ich ciał? – zapytał sucho.

– Nie musieliby wymyślać historii swoich żyć, gdyby je od początku spędzali ze swoimi ciałami, prawda? – Tomaszewski czuł, że jego logika trafia do umysłu wuja. Wentzel był naprawdę inteligentnym, pozbawionym przesądów człowiekiem. – W związku z tym musiał kiedyś w życiu każdego z nich nastąpić jakiś przełomowy moment. Kiedy ktoś z zewnątrz rozsiadł się w ich ciałach.

– Przybysze z kosmosu?

– Nie wiem, nie mam zielonego pojęcia – odparł Tomaszewski. – Kai oczywiście może ci konkretnie powie-

dzieć, o kogo chodzi, ale ty obruszysz się, że to prymitywne legendy.

Wentzel skinął głową.

– Kiedyś pewnie wysłucham wersji „legendarnej",
lecz rzeczywiście jeszcze nie dziś.

– W każdym razie mamy ograniczoną liczbę ludzi,
którymi można by zawładnąć. Pozwól, że powrócę do
przykładu z twoją żoną. Na pewno żywo byś zareagował, gdyby ni stąd, ni zowąd pewnego dnia zgłosiła się
do pracy w firmie „Kocyan i wspólnicy", znalazła zatrudnienie, a po tygodniu wyprodukowała lekarstwo na ospę
na przykład. Zareagowałbyś jakoś, prawda?

– W obecnej sytuacji na pewno nie uszłoby to mojej
uwadze. – Wentzel zakpił lekko sam z siebie, dając dowód, że ma poczucie humoru.

– Ci dziwni inżynierowie są generalnie bardzo młodzi. Nie ma się co dziwić. No pewnie, że potrzebują młodych, zdrowych ciał, na nic im staruszek na wózku.

– To jasne, a wśród młodych ludzi bardzo ciężko znaleźć kogoś tak bardzo samotnego, pozbawionego rodziny, którego przemiana osobowości uszłaby uwadze otoczenia.

– Bardzo ciężko – zgodził się Tomaszewski. – Jeśli
twój nieletni bez mała syn zacznie zdobywać nagrody
naukowe, zarabiać dziesiątki tysięcy złotych miesięcznie
i z dnia na dzień stanie się naczelnym inżynierem stoczni, to chyba zauważysz, że coś jest nie tak.

– A jeszcze jedno. – Wentzlowi wyraźnie zaczęła się
podobać ta nieprawdopodobna teoria. – Nawet jeśli tak
się stanie, to przecież nie zerwę z synem kontaktu.

– Właśnie.

– Skąd więc biorą ciała? Żyjące, sprawne, takie, na których przemianę nikt nie zwróci uwagi, a jeśli znikną w innej części kraju, nikt ich nie będzie szukał?

Tomaszewski przemógł się jednak i zapalił papierosa. Było cholernie gorąco, a zimna woda dolewana co chwila przez stewarda błyskawicznie znajdowała drogę na zewnątrz przez wszystkie pory skóry.

– Zaczęli od kupna firmy farmaceutycznej. Myślę, że przy ich wiedzy nie jest jakimś tam wielkim wyczynem uleczenie kogoś, kogo my uznaliśmy za zmarłego. Szukałbym po kostnicach, czy nie giną ciała przed pogrzebem.

Nagle milcząca dotąd Kai zaczęła się śmiać na cały głos.

– Jesteście ciemni jak błoto o północy – powiedziała, kiedy udało jej się trochę uspokoić. – Chłopaki będą przeszukiwać kostnice. Wszystkiego się po was spodziewałam, ale tego to chyba nie – chichotała.

– A pani kapitan co sugeruje? – zapytał admirał i błyskawicznie osiągnął swój cel. Kai zaczęła mówić poważnie.

– Jeśli oni są tacy mądrzy, jak mówicie, to na pewno potrafią to, co ja potrafię zrobić dwoma palcami. Tym bardziej jeśli mają firmę z tymi cudownymi lekarstwami.

– Co takiego?

– Ja potrafię jednym pstryknięciem sprawić, że ktoś będzie wyglądał jak trup. Nie oddycha, serce nie bije, dla zwykłego gapia trup. A ożywię go, kiedy zechcę. Oni, jeśli tacy mądrzy, pewnie też to potrafią.

Admirał ukłonił się czarownicy z szacunkiem.

– Oczywiście szukanie po spisach w kostnicach nie ma sensu. Ale typ człowieka, którego ja bym wybrał na ich miejscu, jawi mi się przed oczami. Samotny, na głębokiej prowincji, młody, zdrowy, nagły zgon z przyczyn, które nie niszczą ciała. Z jakichś powodów pogrzeb się nie odbył w miejscu zamieszkania.

– To dalej strasznie dużo możliwości, panie admirale – powiedziała Kai.

Wentzel uśmiechnął się w odpowiedzi.

– Mamy czas, mamy ludzi, mamy pieniądze – powiedział spokojnie. – A dzięki zestawieniu tych trzech rzeczy zawsze da się wymielić rozwiązanie, pani kapitan. – Znowu odchylił się niebezpiecznie w trzeszczącym krzesełku. – I proszę pamiętać: jestem pani bardzo wdzięczny za pomoc, pani kapitan.

Większej radości nie mógł Kai sprawić.

Przerwał im chorąży z naszywkami łączności, który przybiegł takim pędem, jakby jedynym jego celem było wzniecenie jak największej ilości pomarańczowego pyłu.

– Panie admirale, na linii głównodowodzący floty ekspedycyjnej admirał Ossendowski! – zameldował, ledwie łapiąc oddech.

– Mam nadzieję, że chce rozmawiać ludzkim głosem, a nie za pomocą tych kropek i kresek.

– Tak jest! Na linii rozmowa radiofoniczna!

Wentzel skinął głową.

– To daj mi słuchawkę, synu – zgodził się łaskawie.

– Ale, panie admirale. Wiatrakowiec z radiostacją jest ponad sześćdziesiąt metrów stąd.

– Zaraz. Sugerujesz, synu, że nie macie tam głupich sześćdziesięciu metrów kabla?

– A... – Chorąży przełknął ślinę. – Aaa... Tak jest!

Zrobił w tył zwrot i ruszył biegiem w stronę lądowiska.

Port okazał się całkiem duży. Miał nawet wydzieloną część dla transportów wojskowych. Nieczynną teraz i zamkniętą. Zaopatrzeniem garnizonu zajmowali się cywile. Wbrew obawom Shen jej ludzie nie napotkali żadnego oporu. Strażnicy portowi w niewielkiej liczbie uciekli na widok zbliżających się zbrojnych. Mieszkańcy okolicznych domów i chałup nie śmieli wychylić nosa. Pewnie wzywali wszystkich Bogów na ratunek i opiekę przed grabieżą. Kiedy oddziały Shen maszerowały główną ulicą osady, okiennice zatrzaskiwały się właśnie. Wieść o starciu pomiędzy bandytami a miejscowym garnizonem musiała tu dotrzeć lotem błyskawicy. W samym porcie również nie napotkały żywego ducha.

Natomiast obiecane przez ludzi Randa łodzie były. Nie wszystkie co prawda porządne, morskie, z wiosłami przystosowanymi do każdych warunków. Kadir zaproponował, żeby do tych mniej pewnych, mniejszych zapakować po prostu sprzęt i wziąć je na hol. Shen nie oponowała. Tak rzeczywiście będzie bardziej bezpiecznie, a przecież żadnej bitwy morskiej nie planowali. W piratów też się już nie zamienią. Nuk i Nanti zajęły się rozlokowaniem oddziałów w poszczególnych łodziach i załadunkiem wyposażenia. Port ciągle był pusty, nikt nie śmiał im przeszkadzać.

Shen dla zachowania pozorów, że nie jest to z góry przygotowana akcja, kazała rabować wszystko, co w porcie było cennego, i podpalić parę zabudowań. Niech do końca wygląda to na akcję zwykłych bandytów. Potem usiadła na murku okalającym smolarnię. Obok rusznikarza.

Kadir zerknął na nią, ale skupiony nad mapą nie odzywał się ani słowem. Shen podciągnęła kolana pod brodę i objęła nogi ramionami. W tym maleńkim, zapomnianym przez wszystkich porcie nagle wróciły do niej wspomnienia. Wioseczka, gdzie się urodziła i skąd wyruszyła w świat, wyspa Tarpy, dolina Sait... Obóz przejściowy, gdzie w cudowny sposób wyleczono jej rany, samotna wyprawa przez okropny las. A potem więzienie. Uczucie, że jakieś tajemnicze, wielkie i ukryte przed wzrokiem siły targają nią w różne strony we własnych dziwnych celach, gdzieś znikło. Wydawała się sobie normalna. Ot, tak plecie się zwykły ludzki los. Raz na wozie, raz pod wozem. Raz pogłaszcze po główce, nawet jak nie zasłużyłaś, a raz kopnie w dupę nie wiadomo za co. E, durna jesteś, powiedziała sobie, to i nie tobie rozważać sens życia. Tam i daleko mądrzejsi od ciebie generalnie podają tyły, uciekając od odpowiedzi na pytanie. Ale głowa sama puchnie i nic z tym zrobić nie można.

– O czym myślisz? – spytał Kadir.

Drgnęła nieprzygotowana.

– A takie tam – mruknęła. – A wiesz, nie dokończyliśmy jednej rozmowy. Tam, w bazie sił specjalnych, widziałyśmy przedziwne rzeczy.

– No tak, wspominałaś, że siły specjalne to Zakon. Ten Zakon?

– Lepiej ich nie wzywaj. Oni od tego są – usiłowała obrócić problem w żart. – Przyznasz, że to wiele wyjaśnia, prawda?

Powoli kręcił głową.

– To niczego nie wyjaśnia – odparł. – To wszystko komplikuje.

– Dlaczego?

– Niszcząc go, Achaja nie poznała wszystkich tajemnic. Siłą rzeczy byli dla niej naturalnym wrogiem. No i jak każda instytucja przy władzy, stali się za bardzo butni.

– O czym ty mówisz?

Kadir ukrył twarz w dłoniach.

– Czyżby ich misja nie była tak wsteczna i wyłącznie religijna, jak się wtedy uważało? – szeptał sam do siebie. – Jeśli są tak zdeterminowani i działają dalej, może to oni mieli rację?

– O czym ty mówisz?

Wyprostował się gwałtownie i spojrzał na Shen trzeźwo, wracając do realnego świata.

– Studiowałem mapę – wyjaśnił. – Stąd wypłyniemy bezpośrednio na głębię Danee. – Pokazał ręką kierunek. – To dobrze, bo tam są bardzo spokojne wody. Ale przed nami wyspa Dang, siedziba sztabu „Południe" imperialnej marynarki wojennej. Możemy płynąć przesmykiem na lewo od wyspy, gdzie trafimy na ich kotwicowisko. Albo na prawo od wyspy, gdzie jest ich poligon, miejsce ćwiczeń, rejon ciągle patrolowany.

Spojrzał na dziewczynę i uśmiechnął się nagle.

– Płynąc w prawo czy w lewo, zawsze płyniemy w stronę okrętów wojennych.

Żołnierze piechoty morskiej znaleźli wreszcie kabel dłuższy niż sześćdziesiąt metrów. Niestety, nie było przymocowanej do niego słuchawki na końcu. Nie było też czasu na rozbebeszanie sprzętu i podłączanie nowych urządzeń. Żołnierze przynieśli więc całą radiostację, głośnik i mikrofon wprost do aluminiowego stolika, gdzie siedział admirał.

Wentzel wziął do ręki mikrofon i zameldował się regulaminowo. W odpowiedzi z głośnika dobiegł go wyraźnie podekscytowany głos głównodowodzącego flotą RP na tej półkuli.

– Słuchaj, Joachim, jest wielce... – Ossendowski zdał sobie nagle sprawę, że są na otwartym kanale i w dodatku jest to połączenie głosowe. Oczywiście „wróg" nie miał możliwości podsłuchiwania, ale po co „nasi" niższych rang mają wiedzieć, jakie stosunki panują w dowództwie. Przeszedł na bardziej regulaminową formę wyrażania myśli: – Panie admirale, pańskie służby kończą właśnie rozszyfrowywanie raportu major Dain.

– Bardzo mnie cieszy, że to idzie tak szybko.

– Mnie również. To sprawa priorytetowa. Tym bardziej że major Dain określiła miejsce, gdzie przechowuje się artefakty znalezione przed wiekami przez żołnierzy Achai.

– Jakie to miejsce?

– Baza sił specjalnych w Lai Ho Park.

Tomaszewski przełknął ślinę.

– Podjąłem nawet kroki, żeby sprawdzić, gdzie to jest. Być może dałoby się dowiedzieć czegoś więcej o tych artefaktach. Niestety, jacyś bandyci napadli na bazę, spalili wszystko, zrabowali i ostrzelali miejscowy garnizon. Nie wiem, czy te wieści to nie zasłona dymna ich kontrwywiadu.

– Bandyci? – szepnął Tomaszewski tak cicho, żeby mikrofon nie wyłapał, ale żeby jego wuj usłyszał. – Bandyci?! Wypraszam sobie.

Wentzel, który właśnie chciał coś powiedzieć, zamarł z półotwartymi ustami. Patrzył na siostrzeńca jak na istotę z innego świata. Był jednak właściwym człowiekiem na właściwym miejscu. Opanował się w mgnieniu oka i przełknął ślinę.

– Przepraszam, coś mnie rozproszyło. – Podniósł mikrofon. – Czy mógłby pan admirał powtórzyć ostatnie zdanie?

– Powiedziałem, że szkoda. Straciliśmy ogromną szansę, żeby dowiedzieć się, co angażuje aż takie siły cesarstwa. A artefakty nie znajdą się w naszych rękach.

– Panie admirale – powiedział sucho Wentzel – artefakty są w naszych rękach.

– Przecież powiedziałem wyraźnie, że jakieś bandziory zrabowały... – Ossendowski urwał tak nagle, jakby piorun strzelił obok niego. – Co pan powiedział? – dodał dopiero po dłuższej chwili.

– Że są już w naszych rękach.

– Aha. – Głównodowodzący rozkaszlał się znienacka. Lecz on też potrafił się szybko opanować. – W takim razie tego bandytę... tfu! tego oficera proszę jakoś wynagrodzić, awansować z jakiejś innej okazji. Bo nie ma możliwości, żeby otrzymał order za... No sam pan wie za co.

– Zrozumiałem.

– To świetnie, to świetnie, liczę, że szybko się spotkamy i porozmawiamy otwarcie, panie admirale.

– Ja również na to liczę.

Wentzel z nieprzeniknioną miną odłożył mikrofon. Gestem kazał łącznościowcom zabrać radiostację. Chorążego zatrzymał jeszcze na chwilę.

– Proszę się dowiedzieć, co z tym statkiem, który wysłaliśmy w pobliże Banxi. Wyszyńska będzie mi głowę suszyć, jeśli nie dostanie wiadomości.

– Tak jest!

Potem admirał skinął na stewarda, który błyskawicznie napełnił mu kieliszek. Wentzel podniósł szkło, uważnie obserwując odbijane przezeń refleksy słońca. Potem wypił wódkę.

– Czyż świat nie jest cudowny, chłopcze? – Spojrzał Tomaszewskiemu prosto w oczy. – Moje akcje w sztabie generalnym szybują właśnie wysoko w górę. I to dzięki tobie.

– Staram się. Dzięki współpracy z Randem oddział Shen zaatakował właściwą bazę.

– Błagam – przerwał mu Wentzel. – Oszczędź mi, Krzysiu, opisów rabowania, mordowania, palenia i niszczenia. Ja się nigdy nie mogę pogodzić z tym, że ktoś kogoś musi fizycznie zabić. Wolę traktować uczestników rozgrywki jak pionki na szachownicy.

– Rzeczywiście. – Kai uśmiechnęła się promiennie. – Na planszy do gry nie widać krwi i spalenizny nie czuć – zgodziła się z admirałem.

– A w dodatku żaden pionek nie morduje innego pionka ze szczególnym okrucieństwem i upodobaniem. – Wentzel, ciągle zadowolony z siebie jak cholera, nachylił się nad stolikiem. – Drodzy moi oficerowie – powiedział dobitnie, patrząc na Tomaszewskiego i Kai z baczną uwagą – muszę wam powiedzieć, że jestem bardzo zadowolony z efektów waszej działalności tutaj. – Roześmiał się chrapliwie. – A lista awansów u mnie nigdy nie jest zamknięta. – Znowu skinął na stewarda. – Aleście się dobrali.

Przerwał mu chorąży pokryty pyłem i zadyszany. Zdrowy chłopak, miał niezły czas na sześćdziesiąt metrów.

– Panie admirale, statek wysłany do Banxi odezwał się przedwczoraj, meldując osiągnięcie celu i swoją pozycję.

– Podali coś jeszcze?

– W kilka godzin po pierwszym meldunku wysłali sygnał o niebezpieczeństwie. W wielkim pośpiechu, przeszło tylko proste RQ.

Tomaszewski przygryzł wargi i zerknął na Kai. RQ. Sygnał, że zaraz zostanie nadany raport o grożącym niebezpieczeństwie.

– Nic więcej?

– Nic, panie admirale. Mimo wezwań do nawiązania łączności milczą.

– Wysłano tam jakiś samolot?

– Nie, panie admirale. Jest za daleko i samolot już by nie wrócił.

Wentzel zmarszczył brwi. Nie przywykł do takich raportów. Bez słowa patrzył przed siebie. Jednak krajobraz zrujnowanej, pokrytej pomarańczowym pyłem sta-rożytnej Syrinx ani o włos nie przybliżał go do żadnego możliwego rozwiązania.

Shen urodziła się w wiosce rybackiej i nie czuła strachu przed wodą. Znała jej moc, wiedziała, że to żywioł nie-przewidywalny, ale strach? Nie. Nic z tych rzeczy. Kiedyś tam w przyszłości nie chciałaby, żeby ją chowano w zie-mi, wolałaby pogrzeb na morzu. Nie wszyscy żołnierze podzielali jednak jej uczucia. Kiedy wpłynęli na głębi-nę Danee, woda co prawda stała się rzeczywiście bardzo spokojna, ale, co frustrowało nieobytych z morzem naj-bardziej, nie widać było brzegu. Szczególnie Sharri wy-kazywała oznaki, że nie byłoby dla niej źle, gdyby jed-nak zawrócili. Jakiekolwiek niebezpieczeństwa na lądzie bladły teraz w porównaniu z wielką, złowieszczą tajem-nicą, którą oferowało morze.

Żeby uspokoić koleżankę, Shen dała jej kawałek rury, który znalazła na łodzi, i żelazny pręt. Kazała włożyć ko-niec rury do wody i jednostajnie uderzać w rurę prętem. Jednostajne dudnienie niosące się daleko miało ponoć wpływać na dziewczynę uspokajająco.

Jedynie Kadir nie mógł się pogodzić z tym anachro-nicznym zwyczajem.

– Sądzisz, że naprawdę ją to uspokoi? – spytał.

Shen zaprzeczyła.

– Niech się czymś zajmie i nie myśli o bzdurach.

– Ale w ten sposób przyzywamy rekiny.

– A zamierzasz poruszać się wpław?

Wzruszył ramionami i usiadł obok dziewczyny.

– I jak? Podjęłaś już decyzję?

– W sprawie?

– Czy płyniemy na lewo od wyspy, na kotwicowisko marynarki, czy na prawo, w kierunku ich poligonu i patroli?

Shen położyła rusznikarzowi rękę na ramieniu.

– Oj, Kadir, Kadir, ty się nigdy nie zmienisz. Pozwól, że opowiem ci pewną historię z mojej młodości.

– Młodości. – Roześmiał się, powtarzając słowo jak echo. – Ty jesteś ciągle młoda w przeciwieństwie do mnie.

– Z najmłodszej młodości – zgodziła się, nie zamierzając polemizować. – W mojej wiosce był chłopak, do którego wzdychały wszystkie dziewczyny. Kiedy przychodził na jakąkolwiek zabawę, zaraz zaczynała się bójka. A on zawsze wygrywał. Był absolutnie najlepszy.

– Dlaczego kobiety lubią wyłącznie łobuzów? – skrzywił się Kadir. – Ja się nigdy z nikim nie biłem i żadna kobieta mnie nie lubi.

– Oj, ja cię lubię. – Shen przytuliła się do rusznikarza i pocałowała go w policzek.

– Tak jest znacznie lepiej – mruknął. – Możesz mówić dalej.

– No i kiedyś, na jakiejś zabawie, ten chłopak strasznie się spił. A ja byłam w grupie tych, co go nieśli do domu i cucili nad jeziorem.

– I co?

– Kiedy się ocknął, spytałam, czy zdradzi mi, jak to się robi, że zawsze się wygrywa. Czy trzeba ciągle ćwiczyć, żeby być najsilniejszym? Czy może raczej poznawać tajniki walki. A on, jak trochę otrzeźwiał, to powiedział:

„Wiesz, Shen, w walce nie trzeba być najsilniejszym ani znać jakichś tam tajników. W bijatyce najważniejsze to mieć fajnych kumpli, którzy kryją ci dupę".

Kadir wyraźnie się zainteresował.

– I co? Pojęłaś dobrze jego naukę? – zapytał. – Masz fajnych kumpli?

– Właśnie to sprawdzam. – Zerknęła na Sharri walącą metalem w rurę. – Przestań.

Potem wytężyła słuch, nakazując milczenie na pokładzie.

– Słyszysz bulgotanie wody? – spytała rusznikarza po chwili. Wszyscy rozglądali się zaniepokojeni. Cichy z początku szum zdawał się gwałtownie narastać. – Odpowiedź więc brzmi: Tak, mam fajnych kumpli.

Kiedy w oddali w przerażającym łoskocie opadającej wody wyłonił się spod powierzchni makabryczny stalowy potwór, dziewczyny wokół zaczęły wrzeszczeć ze strachu. Jedynie uprzedzone Nuk i Nanti usiłowały zaprowadzić spokój. Nastrojowi przerażenia nie poddał się też Kadir, który powtarzał tylko:

– Bogowie! Oni mają nawet coś takiego.

– I widzisz, to jest też odpowiedź na twoje pytanie: w lewo czy w prawo. Obojętnie. Gdzie by się znajdowała marynarka wojenna cesarstwa, my przepływamy pod nią.

Kiedy ORP „Dragon" wynurzył się na powierzchnię, kapitan Kozłowski poszedł na kiosk zlustrować wachty. Oficer dyżurny zaraportował służbiście:

– Panie kapitanie, zaobserwowano płynące ku nam łodzie. Są na godzinie drugiej.

– Dobrze. Musimy wywiesić barwy.

Tu porucznik pełniący wachtę na kiosku odważył się zadać pytanie:

– Ale po co, panie kapitanie? Przecież oni wiedzą, kim jesteśmy, bo tylko my mamy okręt podwodny na tej półkuli.

– Owszem, ale nie będę dyskutował z regulaminem – odparł Kozłowski i wydał rozkaz: – Bandera na maszt!

KONIEC TOMU DRUGIEGO

Książki Andrzeja Ziemiańskiego
wydane nakładem naszego wydawnictwa

Jarosław Grzędowicz

Pan Lodowego Ogrodu – tom 4

ISBN 978-83-7574-751-5

Powieść, którą zna już pół miliona Polaków. Na kolejne tomy oczekiwano w ogromnym napięciu, czasem złości, że jeszcze nie teraz, że dopiero za rok. Oto przed Wami ostatni tom fantastycznej torpedy, która przejdzie przez Wasze umysły i na długie lata pozostawi w pamięci ślad, może znamię, a z całą pewnością niezapomniane wrażenia. Lodowy Ogród po raz czwarty otwiera swoje podwoje, wbija w ziemię i miażdży jak „Ogród rozkoszy ziemskich" Hieronima Boscha.

Nafaszerowany magią, naszpikowany akcją. Nie spoczniesz, póki nie skończysz.

„Pan Lodowego Ogrodu" to cykl, który będzie oddziaływał na polską fantastykę przez całe dekady. Pisarzom podpowie drogę. Czytelnikom wskaże standardy, których mają prawo oczekiwać. Lektura obowiązkowa dla każdego miłośnika fantastyki.

Aneta Jadowska

Bogowie musza być szaleni

ISBN 978-83-7574-842-0

Jak wiele może się wydarzyć w ciągu roku?

Dora Wilk jak magnes przyciąga kłopoty, wariatów i męskie spojrzenia. Łamie regulaminy, szuka przyjaźni w dziwnych miejscach, a od losu dostaje przeciwników wyłącznie potężnego kalibru.

Policjantka to nie zawód, ale stan umysłu... a że po drugiej stronie Bramy rzadko można złoczyńcę zakuć w kajdanki i odprowadzić do aresztu... Dora robi, co musi, by Toruń, Thorn czy Trójmiasto i Trójprzymierze pozostały dobrymi miejscami do życia.

Drżyjcie bogowie, wampiry, wilki, archaniołowie i pospolici wariaci – Dora Wilk kopie tyłki z wdziękiem baleriny, nie przyjmuje usprawiedliwień o złym dzieciństwie i nie przebiera w środkach, by zaprowadzić porządek.

James S. A. Corey

Przebudzenie Lewiatana

ISBN 978-83-7574-728-7

Ta space opera skopała mi dupę.
George R.R. Martin

Skolonizowaliśmy Marsa, Księżyc, pas asteroid, satelity planet zewnętrznych. Jesteśmy władcami Układu Słonecznego. Gwiazdy wciąż są nieosiągalne.

Holownik Canterbury, transportujący ogromne bryły lodu z Pierścieni Saturna do baz górniczych, natrafia na opuszczony statek Scopuli. Ktoś zadał sobie wiele trudu, by go ukryć. Ktoś wystarczająco potężny i wystarczająco bezwzględny, by nie przejmować się tym, ilu ludzi trzeba zabić, by tajemnica skrywana we wnętrzu Scopuliego nigdy nie została odkryta.

Zwycięskie połączenie nowoczesnej wrażliwości i oldskulowej space opery...

Tomasz Kołodziejczak

Czerwona Mgła

ISBN 978-83-7574-873-4

Rzeczywistość pękła i na świat zstąpiła zagłada.
Rzeczpospolita broni się jeszcze. Zawarła sojusz,
a jej król pochodzi nie z tego świata.

Walczymy ze złem elementarnym. Za pomocą technologii i czarów. Karabinem maszynowym i mieczem. Bombami i modlitwą. Musieliśmy na nowo
odkryć dawno zapomniane rytuały, gesty i zabobo-
ny. Sięgnąć po narodowe symbole i magiczne artefakty. Granice wolności naszego świata wyznaczają
menhiry, święte dęby, przydrożne kapliczki i naje-
żone lufami bunkry. Poza nimi rosną Czarne Hory-
zonty i pulsuje Czerwona Mgła. Tam jest martwy
świat. My trwamy.

**Zło dobrem zwyciężaj. Ciężko uzbrojonym i moc-
no opancerzonym.**

WYDANIE I

ISBN 978-83-7574-858-1

PROJEKT I ADIUSTACJA AUTORSKA WYDANIA Eryk Górski, Robert Łakuta

PROJEKT ORAZ GRAFIKA NA OKŁADCE Piotr Cieśliński

ILUSTRACJE Dominik Broniek

REDAKCJA Karolina Kacprzak

KOREKTA Magdalena Byrska

SKŁAD ORAZ OPRACOWANIE OKŁADKI Dariusz Nowakowski

SPRZEDAŻ INTERNETOWA

ZAMÓWIENIA HURTOWE

Firma Księgarska Olesiejuk sp. z o.o. s.k.a.
05-850 Ożarów Mazowiecki, ul. Poznańska 91
tel./faks: 22 721 30 00
www.olesiejuk.pl, e-mail: hurt@olesiejuk.pl

WYDAWCA

Fabryka Słów sp. z o.o.
20-834 Lublin, ul. Irysowa 25a
tel.: 81 524 08 88, faks: 81 524 08 91
www.fabrykaslow.com.pl
e-mail: biuro@fabrykaslow.com.pl

DRUK I OPRAWA OPOLGRAF s.a. www.opolgraf.com.pl